戲非戲236

西遊八十一案

（四）

大唐敦煌變

（上）

陳漸　作

高寶書版集團

◆目錄◆

楔子一

大唐武德七年，鄭州龍泉寺。

這一年，玄奘二十五歲。他遊歷荊楚，辯難吳越，又順著十五年前開鑿的大運河北上趙州。

這日，玄奘行止鄭州，夜宿龍泉寺，卻有州裡的司兵參軍和一名驛使前來，交給他一份鴻臚寺崇玄署[1]的文書，徵召他於九月初七前往長安大興善寺。

玄奘不禁詫異：「崇玄署如何知道貧僧今夜來到龍泉寺？」

司兵參軍苦笑：「這位驛使乃是兵部駕部司[2]的驛官，七日前便來到鄭州，要找尋僧人玄奘。他只知道法師沿著大運河北上，卻不知行止。查過各地過所之後，才知道法師尚未抵達，刺史府便派人駐守運河兩岸幾乎所有的寺院，就是為了等待法師。」

驛使拿出一面銀牌交給玄奘，銀牌闊一寸半，長五寸，上面刻著一行隸字：敕走馬銀牌。這是使用官方驛站郵傳的憑證，等級最高，由門下省頒發。[3]

驛使著急道：「法師，今日已經是九月初四，鄭州距離長安九百里，我們必須日行十驛才能在三日內抵達長安。請法師稍事休息，我們便出發吧！」

玄奘頗感震驚，自己只是初出茅廬的僧人，與朝廷並無交集，為何動用如此大的陣仗找尋自己？僅僅這一番徵召，就涉及門下省、兵部、鴻臚寺和地方刺史府，尤其是日行十驛，即日行三百里，這在大唐驛事的輕重緩急中，僅次於日行五百里的皇帝敕書和軍中羽檄。

玄奘一頭霧水，卻不敢耽誤，當即收拾一番，隨著驛使上路。

寺院後院早已備好驛馬，兩人連夜出發，馳往長安。

從鄭汴之地前往長安，驛路最為便利，三十里一驛，二人每到一驛便更換馬匹。根據朝廷律令，一日十驛，中途不得入驛休息，於是乎一日三百里，兩人乾脆將自己綁在了馬背上。

九月初七正午時分，玄奘二人趕到長安通化門外長樂驛，距離長安城只有十五里。玄奘滿身塵土，渾身僵硬，皮膚皸裂。大腿內側被馬鞍磨得血跡斑斑。幾名驛丁上前解開綁繩，將玄奘從馬匹上抬了下來，直接送進驛站內備好的馬車上。

人一上車，車夫一聲鞭響，馬車滾滾而去。

玄奘躺在車廂內，渾身痠痛，幸好這幕後主事者考慮得周到，在車廂內安排了醫師。醫師先是餵玄奘喝了一碗參湯，又給他處理身上的皸裂和擦傷，再按摩緩解肌肉疲乏。玄奘的精神終於鬆弛下來。

從延興門入長安，行四坊之地，便來到靖善坊大興善寺，馬車在寺廟山門前停了下來，醫師攙扶著玄奘下車。玄奘凝望著眼前宏大的山門，不由一陣恍惚，彷彿昨夜夢中，從運河的船上一腳踩空，就踏進了天下長安。

這時一群僧人急匆匆迎了出來，為首的卻是大覺寺的住持道岳法師。

玄奘急忙合十行禮，道岳一把扯住他道：「玄奘，身體可還撐得住？」

玄奘笑道：「無妨。」

道岳鬆了口氣：「那便好。當初揚州的智琰來信說你八月初三離開揚州，順著運河去趙州，算算時日，蕭相公便派人在鄭州截你，沒想到竟耽延這麼久，可真是苦了你了。且趕緊隨我來吧，蕭相公已經等候多時了。」

玄奘這才恍然，怪不得鴻臚寺能掌握自己的行蹤。大唐官員中，能稱為相公的只有朝廷宰相，而宰輔中姓蕭的只有一人，那便是宋國公、中書令蕭瑀。不過蕭瑀為何不惜動用朝廷公器，派人到千里之外找自己這個無名僧人？

玄奘臉色有些凝重，看來朝廷必定是出了大事。

大興善寺是長安城中最為宏大的佛寺，占盡一坊之地，道岳一邊帶著玄奘在重重殿塔樓閣中疾行，一邊為玄奘講述原委。饒是玄奘這些年禪定功夫修得不動如山，也不禁聽得臉上變色。

原來今年六月，太史令傅奕又出手了！

武德四年，傅奕上《請廢佛法表》，引起了軒然大波，但當時朝廷正與王世充、竇建德激戰中原，天下未定，最後不了了之。

今年三月，大唐削平境內最後的反王高開道、輔公祏，海內一統，朝政重心轉向國治民生。傅奕覺得時機到了，再次上《請除釋教疏》，請求皇帝禁斷佛教。中書令蕭瑀與之針鋒相對，兩人激烈爭論。皇帝李淵下令百官議論，蕭瑀和傅奕各自組織人手，發起一場席捲朝野的三教論戰。

原本雙方各有勝負，可是八月初八，一名年輕男子受傅奕之邀來到大興善寺，在觀音院中開了論場，十日十夜，駁倒十七名高僧，一時轟動長安。蕭瑀等人灰頭土臉，無人敢戰。結果那男子就住在大殿，宣稱要挑戰天下佛宗論師，坐足一個月的擂臺主。

蕭瑀等人一籌莫展，這時道岳收到了智琰的書信，信中對年輕僧人玄奘大力推崇，認為他是佛門千里駒，辯詰論戰無人能及。蕭瑀和首輔裴寂都是佛教徒，兩大宰相聯手，命鴻臚寺發文、兵部駕部司派員，徵召玄奘進京。

玄奘問：「今日已經是九月初七，那人如何了？」

道岳苦笑：「他還在觀音院的大殿中坐著。」

玄奘問：「此人到底是何來歷？」

道岳臉色凝重：「此人便是大唐開科取士後的第一任狀頭，而且是秀才科、進士科雙狀頭，呂晟。他原本學儒，後來入了樓觀派修道，武德四年，傅奕舉薦他到太醫署做了從九品下的小官。武德六年開科取士，共開了秀才、明經、進士、明法、明書和明算六科，其中秀才科為最高科等，敘階為正八品上，那呂晟一舉考中狀頭。其後進士科開考，敘階為從九品上，沒想到他竟然棄了正八品上的品秩，又去考進士科，結果又奪了狀頭。」

玄奘也聽得愣了：「這……此人為何這麼做？」

道岳道：「當時不但禮部煩惱，連陛下都不知該如何給他敘階了，便親自遣人問他。你猜那呂晟如何說？」

玄奘搖頭。

道岳也面露欽佩：「呂晟說，『惜乎明經與秀才同日開考』。」

玄奘喃喃道：「此人竟然想一舉拿下三狀頭！」

道岳嘆了口氣：「可不是嘛！這一年來，呂晟名震長安，有詩家稱之為『大唐無雙士，武德第一人』！此人如今就在大殿中坐著，已整整一個月了。玄奘，擊敗他！」

兩人不再說話，一路沉默地走進觀音院。中庭裡古柏參天，有三十餘人正在石階前候著，除了緇衣僧人和各色品秩的朝廷官員，還有不少黃冠道士。

中書令蕭瑀急匆匆地迎了過來，劈頭便問：「你便是玄奘？可能贏他？」

玄奘沉默片刻：「不敢言勝敗。」

蕭瑀惱怒：「智琰說你是佛門千里駒，辯難問詰從無對手，如今怎地怯了不成？這田舍兒[4]在大殿中住了三十日，如今已是最後一日，你若是再敗，三教論戰，我們便澈底輸了！」

玄奘沒有說話，合十一揖，從容地走上青石階，朝著觀音殿而去。

蕭瑀愣怔片刻，臉上露出期待的表情。中庭裡的眾人也鴉雀無聲，默默地望著。

玄奘推開觀音殿斑駁的大門，昏暗的大殿中，一名相貌英俊的年輕男子跪坐在蒲團上，閉目冥思。玄奘一言不發，在他對面的蒲團上趺坐。

呂晟睜開眼，笑了笑：「來了？」

玄奘問：「你知道貧僧要來？」

呂晟打量著他：「十日前，蕭公派人去鄭州時便知道了。法師三日驅馳九百里，如執煩惱障，如迎刀頭鋒。想必你也疲乏了，要不要休息片刻？」

玄奘道：「區區臭皮囊，撇下無罣礙。洪爐烈焰中，明月清風在。」

呂晟目光一縮：「好和尚，不枉我等了十日！法師，這些時日，凡是進入這大殿裡的人，我都要問一個問題。」

玄奘道：「請講。」

呂晟道：「隋朝大業五年，天下戶有多少？口有多少？」

玄奘遲疑片刻：「應該是九百萬戶，四千六百萬口。」

呂晟讚嘆，「好和尚！」他凝目片刻，繼續道，「準確來講，是八百九十萬七千五百三十六萬戶，四千六百零一萬九千九百五十六人。」

玄奘不動聲色：「好記性。」

呂晟冷笑：「我再問一個問題。」

玄奘笑著道：「凡是進入這大殿裡的人，你都問兩個問題？」

呂晟啞然苦笑：「法師果然辯才無礙！其實這只是因為沒人能回答出第一個問題。」

玄奘含笑：「請問。」

呂晟問：「武德六年，天下戶有多少？口有多少？」

玄奘沉默著搖頭：「這是民部機密，貧僧不敢知道。」

呂晟道：「無妨，這不是我的第二個問題。今年初民部記帳，兩百零三萬七千六百七十五戶，九百一十三萬三千八百五十六人。法師可知道，這是為何？」

玄奘倒抽一口冷氣：「隋末戰亂，竟然死了這麼多人？」

呂晟一字一句道：「自大業七年崩亂至武德六年，十二年間人口減去三千六百萬人！十之有八！法師，我們都是從隋末的屍山血海中走出來的。群雄爭野，殺人盈野；群雄爭城，殺人盈城。百姓掘土做餅，易子而食。這天下人對天道、佛陀、綱常可有一絲一毫的敬畏？我等待法師十日，就是為了問您這一句：今日我們辯論儒道佛三教誰先誰後，可有絲毫的意義？」

玄奘沉默了很久：「在呂狀頭看來，今日我們如何做才有意義？」

呂晟看著玄奘疲憊憔悴的面孔：「法師這副皮囊想必也疲乏了，如今古寺清淨，陽光正好，不如你我酣睡一場？」

玄奘想了想：「我且問你一個問題。」

呂晟點頭：「請問。」

玄奘問：「為何你要棄了正八品上的秀才科，去考那從九品上的進士科？」

呂晟凝望著他：「聽說法師當年是從成都偷渡出川？」

玄奘苦笑：「沒錯。」

呂晟問：「偷渡關隘按照朝廷律令，要判流徒之刑，法師為何要冒險？」

玄奘道：「只是為了求解心中的大道罷了。」

呂晟問：「聽說法師在荊楚和吳越聲望卓著，卻又為何要北上趙州？」

玄奘道：「趙州道深法師精通《成實論》，貧僧想去求解心中大道。」

呂晟笑了：「在下也是如此啊！法師，有一種東西，佛家稱之為佛，道士稱之為道，帝王稱之為法，讀書人稱之為儒，黔首眾生稱之為夢想。它能使人與人有所敬畏，國與國永保和平，黎民百姓安居樂業，世上不再有戰亂、饑荒和痛苦。這個東西觸之不見，摸之不著，口不能述，筆不能載。大唐開科取士，不問門第與家世，一舉打破魏晉以來的九品中正，使得寒門士子也有了晉升之途。有人說科舉便是這種東西，我卻不信，於是親自去試了一試，可惜不能六科全中，深以為憾！」

玄奘默默地凝望著他，兩人都不再說話。

玄奘打了個呵欠，斜躺在蒲團上：「既然如此，我們便酣睡一場吧！」

呂晟大笑，也斜躺下來。

幽深古殿，午後的飛塵與日影籠罩下來，令人昏然欲睡。這些時日玄奘疲憊無比，很快便神思恍惚。

朦朧間，耳中傳來呂晟的聲音：「聽說法師是洛陽人，家中可還有親人？」

玄奘低聲：「父母早亡，二姐早嫁，二兄出家，只有大兄在家中務農。呂狀頭你呢？」

呂晟聲音低沉：「我是山東博州人，父親是一老卒，前隋時隨韓擒虎征戰，後來又隨薛世雄征高句麗，到頭來一身傷病。我還有三個兄長，都在大業年間從了軍，大兄戰死在高句麗，二兄戰死在雁門郡，三兄戰死在揚州。」

玄奘嘆息：「去者日以疏，來者日以親。出郭門直視，但見丘與墳。十二年亂世，你我都是飄零之人。」

呂晟道：「法師說得不錯，老父一生征戰，卻落得家園破滅，三子喪生，後來他帶著我回到博州老宅，當真是遙看是君家，松柏塚纍纍。兔從狗竇入，雉從梁上飛。從此我就在家宅和墳塚間讀書、長大。」

午後的陽光照著，兩人就這樣聊著，聲音越來越低，似乎從天邊傳來，是風雲在講述，是青史在呢喃。玄奘終於睡去。

也不知睡了多久，寺中晨鐘聲傳來，玄奘才悠悠醒來，呂晟正含笑望著他。玄奘愕然看了看天色，竟然已是卯時日始，佛殿裡窗欞泛白，他竟然睡了整整一夜。

呂晟笑著：「法師這一覺睡得我心服口服！這場論戰，是我輸了！」

玄奘不解：「這是為何？」

呂晟坦然：「我已經贏了二十九日，全無牽掛，你卻不同，你是兩大宰相徵召而來，肩上擔著佛門的榮辱，你敢睡這一覺，自然便是我輸了。」

玄奘沉默片刻：「你我談的只是一場賭局嗎？」

呂晟神情嚴肅，深深鞠躬施禮：「那是你我一生的賭局。既然其觸之不見，摸之不著，口不能述，筆不能載，那就傾盡我們一生來尋找吧！」

玄奘含笑點頭，兩人對視一眼，一起推開觀音殿的大門。眼前是層疊殿閣，是輝煌長安，似乎正有一股蓬勃之氣在三千六百萬的屍骸中覺醒。

楔子二

大唐武德九年，西沙州敦煌縣衙，地牢。

地牢深入地下兩丈，長不及三丈，寬不過七尺，中間被粗硬的榆木分隔，一側是甬道，一側是囚室，空間極為逼仄，毫無挪動的餘地，如同生與死，成與敗。

縣衙典獄帶著一名白直小吏[5]行走在狹窄的甬道中。此刻正是入暮時分，甬道頂上開了幾個氣孔，直通地面，引下薄暮的日光，斑駁昏暗。地牢中只有五間囚室，外側的四間都空無一人，夯硬的沙石地面斑斑褐色，似乎是昔年陳舊的血色。

典獄打開最內側囚室的鎖鏈，推開木柵門，白直將一副食盒擺放在地上，低聲道：「郎君，該上路了。」

黑暗中一陣鎖鏈聲響，囚犯緩緩起身，從黑暗中走了出來。此人蓬頭垢面，披頭散髮，只有一雙亮晶晶的眸子映出火焰般的光芒。他手上、腳上、腰上、甚至頸上都鎖著杻鐐。七八條鐐銬都粗如拇指，沉重無比，另一端鎖在嵌入牆體的鐵環上，動彈之間，嘩啦啦作響。

白直心中一怯，迅疾起身後退，握住了腋下的橫刀[6]。典獄卻不在意，走上前去打開食盒，裡面是一張胡麻餅，一隻燉雞，一壺酒，他把東西一一擺在地上。

囚犯語氣平淡：「如何死法？斬還是絞？」

典獄道：「瘐斃[7]。」

囚犯呵呵笑著：「一群無膽鼠輩。藥便下在這酒裡嗎？拿過來吧！」

典獄搖頭：「郎君，上官的意思是要將你藥殺，買些鉤吻[8]或烏頭下在酒裡，不過唐律森嚴，買賣毒藥者皆絞，我不願連累他人。這頓酒食是我一番心意，你是我敦煌鄉黨，同鄉之誼，手上既要沾染你的性命，卻又想這酒食清清白白，所以我便取了一截長綾。」

典獄從袖中取出三尺白綾，垂在手上，另一隻手托起酒壺。

囚犯拿過酒壺一飲而盡，揮手將其摔碎在牆壁上，忽然瘋狂怒吼：「我且去那泰山府君處應卯，他日輪迴歸來，定要再戰敦煌！」

典獄和白直兩人沉默地拉開長綾，絞在囚犯脖子上緩緩拉拽，囚犯的怒吼戛然而止，雙手握著喉嚨，口中仍然喃喃不休：「精衛銜微木，將以填滄海。刑天舞干戚，猛志固常在。同物既無慮，化去不復悔……」

囚犯喉嚨咯咯作響，面皮漸漸發紫，身子也越發綿軟，臉上似笑非笑，卻有淚水流淌。典獄鬆了口氣，正要再加一把勁，忽然間囚室內大放光明，整座地牢亮如白晝，刺眼的白光照耀了每一寸角落，纖毫畢現！

兩人驚駭交加，雙手一鬆，那囚犯撲通倒在了地上。

兩人瞇著眼睛勉強望去，卻見那似乎穿透萬物的白光中，有一團五彩光影從穹頂慢慢垂落。囚犯也被這異象驚動，劇烈地咳嗽著，呆呆地看著這五彩光影。

五彩光影中有人聲傳來：「兀那死囚，生死之間，可得見神靈否？」

囚犯喃喃道：「你……你是何物？」

五彩光影笑道：「吾乃天庭正神，只因些許小事，被貶下凡，適才吾在天地間遊蕩，見你神魂離竅，便來瞧上一瞧。」

典獄二人早已嚇得呆住了，囚犯卻冷笑：「這人間世事精采萬分，尊神且有得瞧呢。若是瞧夠了，就莫要耽誤我泰山應卯。」

五彩光影大笑：「你這囚犯當真有趣。也罷，吾被貶下凡，無所憑依，便借你皮囊寄居三年如何？三年後吾回歸天庭，便還你自由！」

囚犯沉默片刻：「請問尊神是哪路神靈？」

五彩光影念道：

腰細頭尖似破鞋，
一十六星繞鞋生，
外屏七烏奎丁橫，
屏下七星天混明。

囚犯吃驚：「原來是你！」

五彩光影沉默無聲，似乎在等待答覆。

囚犯悽然嘆息：「我如今家破人亡，大夢碎滅，這敦煌城中，大唐天下，早已沒有容身之地。既然能夠不死，這破皮囊便借給你吧，且隨你看一看這天外世界，世間眾生。」

五彩光影一閃，沒入囚犯天靈蓋內，地牢內的光明一收而盡，再度變得晦暗不明。

囚犯忽然痛苦地掙扎吼叫，聲音有如狼嚎。典獄二人驚駭之中，下意識地抽出橫刀，就見那囚犯身上、臂上、頸上紛紛冒出濃密的長毛，十指長出利爪，臉上也開始扭曲，唇吻凸出，口中冒出獠牙，整個化作一頭人狼！

囚犯接著念起了咒語，嗓音宏大嘹亮：「設復有人，若有罪，若無罪，杻械枷鎖，檢繫其身，稱觀世音菩薩名者，皆悉斷壞，即得解脫。」

話音一落，身上的枷鎖鐵鏈盡皆脫落，嘩啦啦響了一地。

典獄二人大叫一聲轉身就跑，囚犯陰森森地獰笑著，身子閃電般衝出囚室，狼爪噗地插入白直的後背，哢嚓一聲抓斷了脊椎；白直一頭栽倒。

「妖孽，我跟你拚了！」典獄一聲大吼，一刀劈下。但是眼前一花，卻不見囚犯人影，他愕然片刻，突然背後伸過來兩隻狼爪，扣住了他的脖頸，將他整個脖子給扳了過來。那人狼低下頭，狠狠地撕咬他的脖頸，連血管帶肌肉瞬間撕裂，頸血飆飛。

囚犯嘴裡叼著碎肉，霍然轉頭望向甬道盡頭，身子猛然一躥，瞬間就到了地牢門口，手臂一劃，噹啷一聲門鎖斷裂。

地牢位於縣衙西北角的偏僻之所，上方蓋著一座小小的獄神廟，鎮壓著地牢出口。典獄要祕密殺囚，所以四周並無外人。囚犯一個跳躍，蹲踞在廟頂，傷感地遙望著這座城池。

戌時日暮，大漠孤煙，長河落日，高低錯落的敦煌城如同染金塗赭，耀眼蒼茫。坊市內正值宵禁，遠處的鐘鼓樓傳來暮鼓之聲。

敦煌城二十八坊，一條長街貫通南北，名曰甘泉大街。

街上正在舉行昏迎之禮。迎親隊伍浩浩蕩蕩，規模龐大的鼓樂手和旗牌手，打著大紅色的喜字燈籠，舉著大紅色的喜字旗牌。燈籠與旗牌上分別寫著「令狐」與「翟」。新郎騎在高頭大馬上，迎送親的親朋好友護持著八抬花轎，後面跟隨著挑嫁妝的家僕和部曲[9]。

囚犯蹲踞在一座房頂上，發出驚天動地的嘶吼長嚎，猛然間一個彈跳，撲向隊伍前方。迎親隊伍頓時大亂，有幾名粗壯漢子上前阻攔，那囚犯狼爪一揮，將一名漢子開腸破肚。那漢子發出淒厲的慘叫，周圍幾名旗牌手揮舞著旗牌來打，囚犯身影閃爍，捉摸不定，昏黃夜幕中只看見一雙閃亮的狼爪忽隱忽現，所過之處血肉飛濺，屍橫遍地，慘叫聲此起彼伏，長長的隊列有如一卷被撕裂的錦帛，朝著花轎席捲而去。

新郎大驚失色，策馬衝過來，卻被那囚犯一撞，身子凌空跌了出去。囚犯砰的一聲撞破花轎，就此無聲無息。

新娘的兄長衝開奔散的人群，提著一把長劍奔到花轎前，用劍尖慢慢挑開轎簾，頓時如遭雷擊，整個人都呆了。

花轎裡一聲嚎叫，隨著光芒一閃，花轎砰地碎裂，那囚犯抱著新娘沖天而起，直飛十丈高，就在那敦煌上空踩著虛空奔跑，如妖似仙，如鬼如魅，直入蒼天深處。

長街上的人早已經四散一空，死傷枕藉的街道上，倖存的眾人目瞪口呆地望著半空。

「翟郎君，那到底是什麼人？」一名部曲聲音顫抖。

新娘兄長盯著他：「你確定是人？」

部曲點頭：「絕不會錯，是一名身材高大的男子！」

昏暗中劍光一閃。那新郎不知何時走了過來，奪過長劍，手起劍落，部曲詫異地睜大雙眼，喉嚨鮮血滾滾，一頭栽倒。

「令狐——」新娘兄長吃了一驚。

「妳呢？這東西是人是狼？」新郎並未多說，回身詢問一名婢女。

婢女戰戰兢兢：「是……人……不不不，是狼！渾身長滿銀色長毛的大狼！」

新娘兄長輕嘆一聲，神情決絕。兩人提劍在傷者中巡看，一個個詢問，回答是狼的，輕輕放過，說是人的，一劍斬殺。

大漠之上，墨色越來越濃，垂落四野，染透了敦煌。

咚——八百聲暮鼓敲出最後一槌，餘音繞城。

第一章　瓦崗名將鎖河西

貞觀三年，瓜沙古道，魚泉驛。

「西出長城關塞邊，黃沙磧裡人種田。漢家壯士胡笳唱，過得敦煌無人煙。列位看官，且來聽我講這一齣《敦煌變》！」

魚泉驛是從瓜州到敦煌的第二站，背靠祁連山，門前便是三百里瓜沙驛道。隴右沙磧地帶因為條件所限，做不到中原的三十里一驛，便在有水源處建立驛站。

苦水從山中流出，在山下匯聚成泉，泉中有魚，名曰魚泉。

隴右道是大唐邊境，驛站和烽戍往往一體，魚泉驛也不例外，驛站本身就是一座夯土的四方城堡，夯土版築的堡牆極為厚實，上方是平整的城道，四角築著角樓。驛站背靠的山丘上高聳著兩座烽燧，駐紮了一支三十人的戍卒。[10]烽燧用來守禦邊疆，一旦有警，晝則點煙，夜則生火。瓜沙驛道三百里，共有八座烽驛，頃刻間警訊便能傳到州城。

而邊疆的驛站與中原不同，因地域廣闊，上百里無人煙，除了官府的傳驛公務之外，還兼具往來商旅歇腳飲水的功能，只不過商旅行人必須提交公驗[11]、過所，以供勘合，身分不明之人一律緝捕送官。

魚泉驛的城門外就是魚泉，泉水邊長著些古老的胡楊和紅柳。胡楊的樹蔭下，鋪著十幾張羊毛氈毯，一群歇腳的商旅正坐在氈毯上，一邊吃喝，一邊聽著俗講師[12]講唱變文。

那俗講師名叫劉師老，五十餘歲，相貌清臞，三綹長髯，頗有些仙風道骨的模樣。他盤膝坐在氈毯上，膝蓋上橫放著羯鼓，兩手拍打，搖頭晃腦地講唱。在他身後，坐著一名女子，低眉垂眼，懷中抱著琵琶，一旦劉師老講到關鍵處，女子纖細的手指便輕攏慢撚，以流水般的錚錚琴聲來應和。她是劉師老的唱導師，亦是他的徒弟煙娘。

他講的《敦煌變》是關於東晉時的敦煌太守，後來在敦煌建都，立了西涼國的西涼太祖、武昭王李暠。劉師老蒼涼的嗓音，講述著兩百年前的敦煌舊事，激烈時羯鼓聲聲，哀傷時琵琶嗚咽，眾人聽得如痴如醉。

這變文甚長，一段講完，劉師老喝酒休息，問道：「列位可知道，這敦煌是誰的敦煌？」

「自然是朝廷的敦煌！」一名士子答道。

「這當然不錯。」劉師老笑咪咪地說，「不過什麼是朝廷？對州郡來說，朝廷無非是一座衙門[13]而已。」

「難道是胡人的敦煌？」一名客商問。

劉師老冷笑：「如今可不是武德年間，昭武九胡只是商賈而已，吐谷渾的慕容氏被打得不敢北望，東西突厥被阻隔磧北，胡人又有什麼了不得？」他手一拍，咚的一聲鼓響，「這敦煌真正的主人，自然便是八大門閥士族！」

有人恍然失笑，有人卻頗為不解：「在下來自涼州，正要去敦煌採辦些買賣，還請老丈講講這敦煌人物。」

劉師老笑道：「敦煌八大士族便是李氏、張氏、索氏、氾氏、令狐氏、宋氏、陰氏、翟氏，這八大士族自從兩漢起便是累世公卿，在敦煌傳承不絕。列位都知道，山東有五大門閥世家，李、崔、盧、鄭、王，號稱五姓士族，可五姓士族自從北魏孝文帝品評士族、訂下甲乙丙丁四等姓氏以來，至今也不到兩百年。且說這敦煌張氏，乃是西漢司隸校尉張襄之後，只因張襄得罪了權臣霍光，才舉家遷到了敦煌，至今已傳承七百年！再看那索氏，乃是漢武帝時的太中大夫索撫，因為直諫被漢武帝從了邊，到如今更有七百四十年！氾氏，是西漢成帝的御史中丞氾雄，也是在朝廷失了勢，遷徙到敦煌，至今六百五十年。而翟氏，先祖則是西漢丞相翟方進，只因後來王莽篡漢，東郡太守翟義與令狐氏的祖先、建威將軍令狐邁起兵反莽，兩人兵敗被殺後，子孫逃奔敦煌，至今也有六百二十一年……」

這時，在魚泉邊餵飲馬匹的一名年輕僧人牽著馬走了過來。他把馬拴在樹杈上，盤膝坐在人群裡認真地聽著。

劉師老道：「這八大士族累世為官，五百年婚姻相連，子孫遍布敦煌、瓜州乃至隴右，從州郡刺史到衙門小吏，無不是八姓之人充任，掌握了畜牧、農田、行商坐賈、百工行會，更有兩姓建國，出了兩家帝王！」

年輕僧人插嘴：「施主說的除了西涼武昭王李暠，可還有那前涼太祖張軌？」

劉師老驚異地看了他一眼：「法師好學問！」

年輕僧人沉吟：「大唐皇室追諡西魏八柱國的李虎為景皇帝，廟號太祖。而李虎又自稱是西涼武昭王李暠的六世孫，這豈不是說，敦煌李氏也是唐室宗親了？」

劉師老一拍羯鼓，興奮道：「正是！老朽久居敦煌，平日在瓜州、西沙州各地講唱。此次返回敦煌，便是李氏要為西涼武昭王立廟，老朽受邀來做幾天俗講！」

周圍的商旅中響起一片豔羨和讚嘆。

「你們這些僧人，哪個是玄奘？」

眾人正說話間，忽然魚泉驛長帶著幾名驛丁走了過來，手中拿著一卷公文。

那名年輕僧人沉默片刻，忽然苦笑：「貧僧就是。」

「果然就是你！」驛長大喜，「來人，拿下！」

眾驛丁一擁而上，用繩索將玄奘牢牢地捆住。周圍眾人都喧譁起來，驛長威嚴地掃視著眾人，展開手中公文念道：「有僧人玄奘，欲違背禁邊令偷越國境，潛赴西蕃，所在州縣須嚴加訪查，捉拿入官。涼州都督李大亮。」

原來，從山西霍邑回到長安後，玄奘便矢志西遊，向李世民再三上表，請求出關，李世民也不見他，直接命有司駁回。

玄奘無奈，便悄悄離開長安，前往西域。不料到了涼州以後，一些人久聞玄奘的名聲，請他開講《般若經》，玄奘只好開壇講了一個月的經，轟動涼州。然而有人知道玄奘要西遊的意圖，密報給涼州都督李大亮。此時大唐朝廷已決定對東突厥開戰，為防止情報洩露，頒布禁邊令，嚴禁一切人等私自出關。李大亮一聽就急了，玄奘這樣的名僧一旦落入突厥人手裡，後果不堪設想，當即嚴令玄奘返回長安。

玄奘不願放棄，在涼州佛門的庇護下，連夜離開涼州。李大亮大怒，不但派人追趕捉拿，還下發公文給沿途各縣。從涼州到瓜州一千五百多里，玄奘晝伏夜行，和李大亮捉迷藏一般，突破涼州關隘，潛行到了瓜州。

玄奘受到瓜州刺史獨孤達的熱情接待，供養優渥，但玄奘名氣太大，獨孤達也不敢違背禁令放他出關。才住了幾天，李大亮沒抓著玄奘，竟然把公文發到了瓜州。獨孤達這下子難辦了，暗示心腹州吏李昌去找玄奘，讓他看了公文，當著玄奘的面把公文撕毀。[14]

玄奘知道瓜州官府沒法公然庇護自己，向李昌請教如何出關。李昌告訴他，瓜州出關極為艱險，不但要渡過水疾河寬的疏勒河，還要闖過五座烽燧，再穿過八百里莫賀延磧，九死一生。

李昌建議他去西沙州的州治敦煌，敦煌有一條古道，叫稍竿道，可以直通西域的伊吾國。料想李大亮不會把公文發到西沙州去，玄奘便可以避開官府緝拿。

他這麼一說，玄奘倒想起一件事，他有一名好友如今正在敦煌做官，或許可以得到那人的協助。玄奘當即離開瓜州，沿著瓜沙驛道前往敦煌，卻不料到了這瓜州下轄的最後一座驛站魚泉驛，居然被李大亮的公文給追上了。

驛長綁了玄奘正要帶走，周圍的商旅行人卻圍了上來，一個個朝著玄奘禮拜。俗講師劉師老更是一跳而起，驚喜交加：「原來您便是玄奘法師？老朽在涼州就聽過您的大名，卻不想在這裡遇見！」

那些商旅也嚷嚷：「是啊，魯驛官，公文上也說了玄奘法師是意欲偷越國境，這不也沒出去嘛！或許他老人家只是要到莫高窟朝佛呢！」

驛長大怒：「都嚷嚷什麼？這是涼州都督李大亮的命令，誰敢不聽？」

眾人頓時啞然。

忽然魚泉驛門口傳來一聲冷笑：「李大亮居然管到我瓜沙肅三州，真是好大的威風！」

眾人都吃了一驚，回頭望去，只見魚泉驛門前不知何時來了一隊人馬，由一名校尉統率，足有上百人，一個個全身披甲，掛著橫刀，馬背上則帶著弓箭，竟是一支精銳軍隊。

最前面幾匹駿馬上坐著幾名身穿家常服飾的男子，帶頭男子年有四旬，穿著寬袖大裾的圓領袍服，只不過是用紫色大科[15]的綾羅所製，腰上掛著玉帶鉤[16]。這分明是朝廷三品以上高官的服飾，而他旁邊那名二十歲左右的年輕男子服飾居然也是紫色大科，腰掛玉帶鉤。

眾人愣愣地看了半晌，才注意到隊伍打著的旗幟，上面繡著：左領軍衛大將軍，督瓜、沙、肅三州諸軍事，臨江郡王。

驛長頓時明白了，嚇得撲倒在地：「小吏拜見大王！」

驛站中的眾人也嚇得急忙跪拜。

原來此人便是瓜州都督，臨江郡王李琰！

李琰是太上皇李淵的姪兒，皇帝李世民的堂兄，貞觀元年上任瓜州都督，總督瓜州、西沙州、肅州三州的軍事，負責守禦大唐西部邊疆。由於都督府在瓜州，所以他每年春秋兩季都要到轄下的西沙州和肅州行縣[17]，檢查各州、鎮、守捉以及府兵武備，沒想到卻與玄奘前後腳來到這魚泉驛。

旁邊的世子李澶跳下馬，攙扶著父親下馬。

李琰沉著臉來到驛長面前，劈手拿過公文，看了一眼，嚓嚓嚓撕了個粉碎。那驛長渾身顫抖，卻不敢說話。

「您便是玄奘法師？」李琰笑著朝玄奘拱手，「上個月我到肅州行縣，便聽說李大亮在緝捕法師，後來知曉法師去了瓜州，便匆忙離開肅州，想在瓜州拜見法師。在瓜州又問了獨孤達，知道法師去了敦煌，這才一路馬不停蹄，所幸沒有再次失之交臂！」

玄奘苦笑：「貧僧也是迫於無奈，請大王恕罪。」

「你有什麼罪？」李琰大聲，「怕你出境，那便好言好語地規勸，好生供養著便是，李大亮這廝，又是派騎兵追緝，又是發公文緝拿，簡直是豈有此理！」

旁邊的世子李澶從身上抽出橫刀，割斷了綁繩，插嘴道：「法師，您是陛下的至交，不久前在霍邑救了陛下，乃是我李家的恩人，哪能這般對待？阿爺，您得好好參那李大亮一本！」

「自然要參他。」李琰笑道，「不過得等法師離開國境，要不然陛下知道法師在我這裡，豈不要逼我把法師送回長安？」

玄奘驚喜：「大王願意幫助貧僧前去伊吾國？」

李琰頓時尷尬起來：「這個……法師，我也不瞞你。李大亮敢這麼做，恐怕也是揣摩了陛下的意思，陛下擔憂你的安危，定然是不肯放你西遊的。若是知道我把你送走，這……怕是不好交代。」

「貧僧明白了，定然不牽連大王。」玄奘苦笑。

李琰擺了擺手，讓跪著的眾人都起來。那驛長趕忙招呼手下，收拾驛站，打掃房間，安排士卒們刷馬餵飲。庖廚那邊也開始忙碌，準備酒食。

驛站的驛舍極為簡陋，不過李琰往來多次，也不以為意，邀請玄奘到自己房間內閒坐，李澶親自在一旁伺候。房內正堂放著一張四四方方的坐榻，約一尺高，四周也沒有圍欄和角柱，只在上面鋪了張竹席，頗為簡陋。驛長親自送了些瓜果和葡萄酒，李澶心細，知道內地的僧人不飲酒，特意讓人送了一壺葡萄汁。

「七月食瓜，八月斷壺。」李琰笑著，「瓜州這個地方沒別的好處，就是蜜瓜格外香甜，也因為這個東西才叫瓜州。」

李琰言詞雖然文雅，為人卻豪爽，也不講究形象，抓起瓜就啃，直啃得汁水淋漓，連啃了兩塊才心滿意足。

「阿爺，」李澶有些尷尬，「法師在呢！」

李琰恍然：「喔，澶兒提醒得是，倒忘了招呼法師，來，吃吃吃。」

李澶哭笑不得，無奈地看了玄奘一眼。玄奘笑著也抓起一塊蜜瓜：「貧僧也愛吃這蜜瓜，在瓜州這幾天，見許多人吃瓜，倒也總結出吃瓜的講究。」

「哦？怎麼講？」李琰感興趣。

玄奘嚴肅：「大口啃，呱唧脣，帶瓤嚼，不擦嘴。」

李琰和李澶面面相覷，隨即捧腹大笑：「法師，這可真是……大道至簡，振聾發聵。」笑完了，李琰感慨，「其實我何嘗不知道澶兒的意思，無非是嫌我身為郡王，吃相卻不大文雅罷了。」

「兒子哪敢。」李澶賠笑。

李琰哼了一聲：「法師可知道，我大唐得天下和歷代有什麼不同嗎？」

「倍為艱辛。」玄奘道。

「法師這是客氣話。」李琰笑道，「比起兩漢的高皇帝和光武皇帝，我大唐定鼎天下容易許多，可有一樣不同，西漢亡是權臣篡權，東漢崩是諸侯割據，西晉滅是八王之亂，北魏分是權臣分裂，北周亡也是權臣篡權，只有這隋朝，是亡在了黎民造反、百姓起事！」

「的確如此。」玄奘想了想，默默點頭。

「我從太原就跟著太上皇起事，武德四年與河間王攻打蕭銑，又隨著太子……隱太子平定河北的劉黑闥。」李琰追憶著往事，「那河北真是平了又叛，叛了又平，隨後又叛，一撥撥的亂民在劉黑闥的大旗下，唱著『髮如韭，剪復生，頭如雞，割復鳴，吏不必可畏，小民從來不可輕』。一個個悍不畏死，前仆後繼。就是這群亂民，打敗了淮安王李神通、幽州總管羅藝，殺李玄通，敗李勣，生擒薛萬均、薛萬徹，斬羅士信、李道玄。李元吉聞風喪膽，直到陛下和隱太子兩次親征，才算平定了下來。不瞞法師，當時我也被劉黑闥打得大敗，棄城而逃。我痛定思痛，從此明白，隋朝之後，這天下就不再是門閥士族、公卿貴胄的天下了。」

玄奘忽然想起武德七年，那個占據大興善寺、挑戰天下論師的摯友呂晟，也是出身寒門，藐視皇權貴胄，連科舉取士都不相信，試圖奪下六科魁首，要檢驗大唐變革的誠意。

玄奘低聲道：「湯湯洪水方割，蕩蕩懷山襄陵，浩浩滔天。上古的堯舜正是知道民眾的力量，才不敢虐民，協和萬邦。」

「是啊，」李琰道，「所以從那以後，我在軍中與軍卒同吃同住，大口吃肉，大碗喝酒，粗言俚語，從不計較這所謂郡王身分。既然被陛下遣到這隴右黃沙之地，我便是這隴右人，瓜州人，吃蜜瓜，喝羊奶，住土坯牆，這樣才覺得心裡踏實。」

李澶忽然向父親致拜：「阿爺，是我見識淺薄了，多謝阿爺教誨。」

李琰搖頭：「我沒什麼要教誨你的，你沒經歷過，不知道隋末大崩的恐懼。我只希望我的子孫後代能對這黎民百姓有所敬畏，不要把這火山給壓榨崩了。要不然改朝換代，連你阿爺我的墳都能給人刨了。」

玄奘笑道：「大王這話說得可重了。如今我大唐方興，陛下是一代英主，又是歷經了隋末亂世之人，斷然不會輕視民力的。」

「那倒是。這陛下呀——」李琰嘆了口氣，「法師，我想問問你，今年六月你和陛下在霍邑縣到底經歷了些什麼事？」

玄奘把霍邑縣的事情大致講述了一番，至於泥犁獄的真假就含糊了過去，涉入其中的裴寂等朝廷大員更是絕口不提，只說了崔玨和法雅陰謀作亂。[18]

李琰認真地盯著他：「法師，當時陛下果真沒有殺裴相公的心思嗎？」

玄奘瞧著李琰焦慮的神情，心頭悚然一驚，急忙道：「陛下並沒有與我談過裴相。」

「明白了。」李琰忽然意興闌珊，但也知道玄奘斷然不肯猜測皇帝的心思，便不再說這個話題。

兩人又閒聊一番，玄奘告辭出去。李琰命李澶親自陪著玄奘，安排一應食宿。

這一夜，玄奘就在魚泉驛歇息。

大漠，明月，沙磧，古城。祁連山上烽燧高掛，山泉裡波光月影。玄奘坐在魚泉邊上，望著沙漠裡的泉水，泉水中的星空，一閃一閃間，彷彿模糊了宇宙與大地的界線。

「法師，」李澶從館舍裡走了出來，坐在玄奘旁邊，「法師，我能不能陪您去學佛？」

玄奘愣了：「你要出家？」

李澶尷尬：「出家……阿爺定然是不許的。聽說您要出關西遊，我想如果能陪您走一走西遊路，去一趟天竺，也許阿爺會同意。」

「比起西遊，只怕你阿爺倒寧願讓你出家了。」玄奘笑了。

「為什麼？」李澶詫異。

「因為西遊路九死一生，而出家卻不會死。」玄奘道。

李澶愕然，撓著頭皮：「這……居然如此艱險？」

「是啊，」玄奘凝望著明月升起的方向，「自古以來西遊的僧侶不知凡幾，可到頭來我們只知道法顯，因為其他人都死在了路途中。」

李澶也驚了，半晌不說話。

「世子，為什麼想要學佛呢？」玄奘問。

李澶苦澀：「法師可知道我阿爺為什麼要來瓜州做都督嗎？」

玄奘想了想：「唐室郡王掛地方州府的都督銜也是慣例吧？瓜州是西陲重鎮，處於東西突厥和大唐的交接地帶，陛下想必也希望由宗室諸王來鎮守。」

「這倒是不錯，只可惜，做瓜州都督並不是陛下對我阿爺器重，而是貶謫。」李澶苦笑道。

玄奘有些驚訝。

李澶道：「我阿爺比陛下大十幾歲，從小和隱太子建成交好，包括前任的涼州都督長樂王李幼良、幽州都督廬江王李瑗，都被陛下視為隱太子一黨。玄武門之變後，李瑗謀反被誅，李幼良被賜死，我阿爺雖然被貶到這偏僻之地，卻好歹留了條命。可是阿爺日夜不安，每次長安有書信來，拆信之前總是手指顫抖，彷彿長安城有一把劍懸在他頭頂。我身為人子，替阿爺難受的同時也覺得世事荒誕，若是尋常人家，同宗族、堂兄弟，那是何等親密，可在這帝王天家，兄弟卻是最令你懼怕的人。法師，不知佛家可能使我得解脫？」

玄奘無法回答。

第二日一早，李琰便邀請玄奘跟自己出發去敦煌。劉師老和一些商旅也悄無聲息地跟著出發，瓜沙一帶不但時常有沙賊侵擾，還有東南方的吐谷渾越過祁連山劫掠，這些行商跟著軍隊自然是最保險的。上百名行商僕役，押著幾十輛大車，組成一支浩浩蕩蕩的隊伍向西南而去。

瓜沙驛道貼著祁連山西麓的大小山脈，沙磧路險，不過好在水源豐富，眾人又走了兩日，便從滿目蒼黃的沙磧走進了樹木蔥蘢的綠洲。敦煌城外有一條甘泉水從東邊的祁連山裡流出，浩大河水向東北而去。千百年來，敦煌人在綠洲中挖了無數條水渠，引來甘泉水，灌溉著這片綠洲。

道路兩側，榆樹、楊樹、柳樹連綿起伏，綠茵遍地，渠水幽幽流淌，清澈甘甜，對久困於沙漠中的旅人來說，那種驚喜、感激和敬畏簡直令人想要跪下來親吻這冒著香味的泥土。

路上是成片的農田園圃以及葡萄園，不少農人正在田裡勞作，偶爾有牧歌響起，穿透了林葉。路邊和園圃間時不時出現一座塢堡，夯土版築，高大厚實，有如一座小城，那便是百姓聚居的村落。

李琰、李澶陪同玄奘騎在馬上，走在隊伍的最前面，李澶向玄奘介紹道：「敦煌自從漢武開邊以來，就是歷代中原王朝的邊陲鎖鑰，天賜福地。這座方圓數百里的龐大綠洲，東面是險峻的祁連山，剩下的三面全是千里無人煙的戈壁沙漠，而這大漠之中，偏偏又有幾條路徑可以通行西域各國。

「往東連接瓜州和隴右，自然不必說了。往西邊去，走漢玉門關或者陽關，可以到鄯善、于闐；走大磧路，經漢玉門關、樓蘭故城可到達焉耆。往北邊去，走矟竿道，可以到伊吾、高昌。往南面去，走南山道，可以抵達吐谷渾。

「如今我大唐國勢日上，絲綢之路也漸漸繁華，敦煌作為四通八達之處，胡漢商旅往來不絕，東西方珍奇寶物薈萃一城，法師到了城中就知道了。」

玄奘驚奇：「世子好見識！」

李琰笑道：「澶兒跟隨我在瓜州住了幾年，不愛待在都督府中，就喜到處遊逛，法師大可以向他詢問西行之路。」

玄奘合十感謝。

眾人一路聊著，走過一條條的水渠和木橋，便到了瓜沙驛道上最後一座驛站——州城驛。州城驛距離敦煌城有五里，和城池之間隔著一條甘泉水，敦煌的官員迎送、親人離別往往都在這裡。

李琰的車駕還沒抵達州城驛，西沙州刺史王君可已經率領州縣衙門的長史、司馬、錄事參軍、縣令，以及城中士族的耆老來到路邊迎接。王君可甚至調動了兵馬，一支足有五百人的鎮兵在幾名校尉的率領下，於四周戒嚴，氣氛凝重得令人不安。

李琰覺察出異樣，卻不動聲色，含笑與迎候的官員和耆老盡了禮儀，被眾人迎入驛站，行一些官場虛禮。

李澶不喜歡這場合，早早就陪著玄奘進了驛站。兩人沐浴更衣，洗掉了一路的沙塵和汗漬，剛回到內堂坐下，就聽得外面腳步聲響，李琰帶著王君可走了進來。玄奘急忙起身合十。

「這位法師是——」王君可有些詫異。

李琰介紹：「這位便是長安的玄奘法師，本王有幸和法師在魚泉驛偶遇，便一起來了敦煌。」

「玄奘法師？」王君可吃了一驚，遲疑道，「便是六月時和陛下……」

李琰笑著打斷他：「便是那位法師！」

王君可急忙深深一揖：「下官久聞法師大名，崇慕萬分，不料竟然在敦煌相見，真是三生有幸！」

玄奘也細細打量著王君可。

王君可如今約有四十歲，身材雄壯，面相卻頗為瘦削，一雙眼睛光芒四射，顯得極為精悍。

玄奘合十：「貧僧也久聞當年瓦崗寨的大刀英雄王君可，十三人破一萬賊兵，古今戰事以寡破眾，王刺史可謂前無古人。」

這話說得王君可心花怒放，但卻矜持地笑著。

王君可乃是隋末瓦崗寨的悍將，以一柄數十斤重的陌刀稱雄瓦崗，與秦瓊、單雄信、程咬金、李勣等人是過命的交情。李密戰敗後，王君可便隨著秦瓊、程咬金等人投奔了王世充。

但王世充任人唯親，並不信任他們。趁著李世民和王世充對峙的軍前陣上，秦瓊做了個駭人聽聞的舉動，和程咬金、王君可、牛進達等數十人離開王世充的軍陣，來到兩軍之間，眾人下馬朝著王世充跪拜。

秦瓊說：「雖蒙您收留，我等卻不能為您效力，請允許我等告辭！」

然後眾人視萬軍如無物，從容上馬，馳向李世民的隊伍。王世充恨得咬牙切齒，卻不敢阻撓。

王君可歸了大唐之後，跟隨李世民平滅王世充，在偃師一戰中，王君可先詐敗，後設伏，親自率領十三人突入敵將中軍，斬將奪旗，擊破鄭軍一萬餘人。事後李淵專門下詔盛讚王君可：卿以十三人破賊一萬，自古以少制眾，未之前聞。

王君可神情感慨：「如今在這隴右沙磧中待了三載，回想起當年的金戈鐵馬，真是恍如夢中。」

眾人笑著，在床榻上坐定，王君可命人上了瓜果酒水，然後屏退了外人。

玄奘見二人似乎有事要談，想要告辭，李琰卻挽留：「無妨，無妨，不是什麼公務。」

玄奘只好坐下。

李琰喝了杯葡萄酒，皺眉道：「君可，本王只是例行秋季行縣，你為何調動州裡的鎮兵？這實在有些張揚了！我方才看見帶兵的校尉是西關鎮將令狐瞻，怕是整個西關鎮傾巢出動了吧？」

王君可笑著：「不止。子亭守捉我也調了兩百人過來，守捉使翟沭帶著兵馬在周邊戒守。」

李琰愣了，一言不發地盯著他。

王君可苦笑：「下官也知道張揚，可實在是無可奈何。因為最近這些時日，敦煌城裡不太平。」

「不太平？」李澶驚訝，「有你鎮守城中，還有什麼宵小敢為非作歹？莫非是吐谷渾或者突厥人有警？一路上沒見著烽火呀！」

「當然不是吐谷渾和突厥入侵，那我倒不擔心。」王君可嘆了口氣，「敦煌城中，有天狼殺人！」

眾人都愣住了。

玄奘不解：「什麼叫天狼殺人？」

「法師有所不知。」王君可耐心解釋，「武德九年我還沒上任的時候，這敦煌出了一頭妖物，形狀如狼，吃掉數十人，血洗甘泉大街。當時的刺史和縣衙派人圍捕，又被他吃了幾人，後來出動軍隊，這妖狼才逃入沙漠。」

「哎呀，此事我知道！」李澶興奮起來，插嘴道，「貞觀元年我隨阿爺剛來到瓜州時就聽說了，妖狼占據了沙漠中那座廢棄幾十年的漢代玉門關，自稱奎木狼，說自己是天上奎宿下凡！」

「奎木狼？」玄奘驚異地道，「這名字好生奇怪。奎宿乃是二十八宿中西方白虎七宿的第一宿，卻如何跟木和狼有關聯？」

「這就不知了。」李澶道，「那妖物頗有些奇異的神通法術，漸漸地就有些愚昧的漢人胡人受他蠱惑，前去投奔。兩三年之內，居然被他嘯聚幾百人，時常騷擾絲路，劫掠客商。我記得都督府還曾經發文給敦煌，嚴令剿滅。」

「是，是。」王君可有些尷尬，「下官接到都督的公文，就出兵剿過多次，可是那沙漠地形複雜，兵少了不濟事，兵多了，他便逃進更西邊的魔鬼城，每次都勞師無功。」

「這麼說……」李琰沉吟著，「這天狼如今來到敦煌城中肆虐？」

「是啊！」王君可愁眉不展，「半月前就出現在城中，吞殺了幾人，下官派人圍捕，可這奎木狼神通詭異，根本就抓不著。縣衙門的差役無能為力，下官便讓令狐瞻的西關鎮接管了城中的巡查警備之事。您這次來，下官擔心奎木狼對您不利，便把翟述的子亭守捉也調了過來。」

李琰這才明白。他深知朝廷對自己的猜忌，在瓜州便事事低調，從不張揚，今日見王君可如此大張旗鼓，就深感不安，這才把他叫進來詢問。不過碰上這事，也不能說王君可做得不對，想必皇帝在州裡的耳目也不會因此參自己，便安下心來。

眾人又聊了一陣，玄奘便向二人告辭。他要打探偷渡邊境的事情，自然不便一直跟著李琰，不如趁機離開，行動也方便。

李琰知道他的心思，也不阻攔，親自送玄奘出了驛站。

李澶見玄奘牽著一匹瘦馬，孑然一身，自由自在，不由好生羨慕：「阿爺，我想追隨法師一段時日，可好？」

「澶兒……」李琰神色複雜地望著兒子，「陪著阿爺在瓜州三年，真是苦了你了。法師這個人心性豁達，見識高深，你能追隨他也好。只是他要西遊天竺，你卻萬萬不能去。」

李澶大喜：「兒子曉得！」急忙牽了一匹馬，朝玄奘追了過去，彷彿一隻放飛的鳥雀。

「這個和尚我早聞大名了，今日一見真是更勝聞名。」王君可感慨道。

「也只有這樣的僧人，才能得陛下那般垂青！」李琰笑道。

「京城裡有消息傳來，裴相公被抄家，流放靜州了。」王君可目不轉睛地望著玄奘的背影，淡淡地說道。

李琰霍然轉頭盯著他：「什麼時候的事？」

「昨天從京裡來的急遞，是七月中的事。」王君可嘆了口氣，「裴相左支右絀，到底沒能躲過這結局。武德年間的名臣，也只剩下蕭瑀還在中樞，不過如今也是第三次被罷相了。」

李琰臉色鐵青，卻不說話。

李琰是太子建成一黨。武德朝間，裴寂權傾朝野，極受李淵寵信。李琰與裴寂關係不錯，當年便是他替太子暗中勾通裴寂，裴寂才對建成多有照拂。玄武門之變後，廬江王李瑗、長樂王李幼良紛紛被殺，也多虧了裴寂幫忙，李琰才被貶到瓜州，算是離開了朝廷的是非之地。

可如今，裴寂也倒了。

王君可似乎自言自語道：「貞觀三年以來，隴右真是煥然一新，陛下命李大亮做了涼州都督，替換宇文士及，又讓張弼來甘州做了刺史，隨後又遣牛進達來肅州做了刺史。整個隴右官場算是上上下下洗了一遍。」

「這只是配合朝廷攻伐東突厥而已。」李琰沉默半天，平靜地道，「四月，代州都督張公瑾上書，認為可以攻滅東突厥，陛下有意出兵。李大亮、張弼、牛進達都是悍將，讓他們來隴右，要麼是防備突厥寇邊，要麼是有意從隴右出一支奇兵。」

「都督說得是。」王君可笑著，「說起這張弼和牛進達，還都是我舊日瓦崗寨的袍澤。當年我跟著秦叔寶和程知節脫離王世充，投奔陛下，其中就有他們二人。」

李琰好奇起來：「你我相識多年，從未聽你講過當年事。」

「當年群雄璀璨，真是不知從何說起啊！」王君可望著大漠，無限感慨，「說起這個張弼，和李大亮還有一段趣事。」

「張弼和李大亮？」李琰驚訝，「他們二人之前認識？」

「何止認識？」王君可臉上露出意味深長的表情，「當年張弼是李密的心腹，大業十三年李大亮跟著隋將龐玉攻打瓦崗寨，結果龐玉兵敗，李大亮也被俘虜。這張弼不知怎麼的，一看見李大亮就極為驚異，下令斬了其他被俘的一百多名隋軍，卻單單留下李大亮。」

李琰一臉不可思議：「這是為何？」

「我當年還問過張弼。」王君可道，「張弼只說，他一看見此人就心生好感，不忍下手。後來張弼把李大亮保護在瓦崗寨中一連半年，和他相交莫逆。再後來瓦崗寨吃了幾次敗仗，情勢日窘，張弼又私自釋放了李大亮，讓他去投奔太上皇。」

李琰倒抽一口冷氣：「這事我還是第一次聽說。」

「後來張弼跟隨著我們投奔當今陛下，我們這些瓦崗一系不願私下往來過於密切，我和張弼也就慢慢淡了。」王君可搖頭不已，「聽說李大亮和張弼兩人明面上來往少了，可私下裡卻交情深厚。」

「這是自然的啊，」李琰不以為然，「說到底張弼是李大亮的救命恩人。」

「是啊，」王君可若無其事道，「這下子，陛下算是把三個與瓦崗關係深厚之人安排到了隴右，加上我，那就是四個人了，可見陛下對隴右的重視。」

這一剎那，李琰只覺晴天霹靂，冷水澆頭，身體都顫抖起來。他瞥了王君可一眼，卻見這位當年的瓦崗英雄風輕雲淡，似乎只是在閒談。

李琰一閉眼，眼前一陣恍惚，瞬間出現了隴右的輿圖，從重鎮涼州往西，甘州、肅州、瓜州、西沙州，自己這個瓜州都督，赫然已被三名瓦崗舊將給鎖困其中！[19]

第二章　敦煌八大士族

這敦煌是河西大城，夯土版築的城牆有五十三尺之高[20]，高大厚實，西域的城牆都沒包磚，裸露出原本的土色，極為粗礪。城池在甘泉水西岸，東西寬四百步，南北長六百二十九步[21]，但並非正四方形，東南角有四分之一的牆體往內收進去一截。城牆的四角都修築高聳的角墩，據高而望，日夜值守。

敦煌城的奇特之處，是在城牆外加了一圈羊馬城[22]。羊馬城高有五尺，僅到人肩膀，可基座竟然也厚達五尺。在攻城戰時，這一層羊馬城哪怕不甚高，卻也是進攻方難以逾越的障礙——要翻越這座羊馬城勢必遭到守城方猛攻，而哪怕成功跳進羊馬城，狹窄的地勢也令他們無法展開雲梯等攻城器械。

而此時，玄奘和李澶牽著馬走過，發現羊馬城裡真的屯了許多的羊馬，竟是被當作羊馬圈來使用。

到了敦煌城門口，玄奘和李澶遞交了公驗、過所，牽著馬匹進城。

「師父，您到敦煌有什麼打算？」李澶問道。

玄奘眺望著這座土黃色的塞外雄城，眼中充滿期待：「貧僧有一名至交好友，名叫呂晟，他如今就在這敦煌做官！」

兩人從北門進城。

唐代的敦煌沿襲的是曹魏時期的格局，城內東南劃作子城，為官府衙署所在地。其他部分為羅城，是居民區及商業區，兩者以高牆分隔，中間開有兩座內門以供出入。如此一來，敦煌城總計三座城門，西門和南門必須透過子城出入，只有北門最為便利。一進北門便是甘泉大街，向南延伸了大半座城，直到和子城的城門相接。羅城也被這條大街給分隔成東西兩部分，東部是規整的長方區域，坊市規劃嚴整，棋盤羅列；而西部則因為子城牆歪歪斜斜地分割，變成了三角狀。

結構雖然怪異，倒是無礙其繁盛。整個西沙州的常住人口只有兩萬多人，然而西域和中原各地的行商往來頻繁，城內觀者如織。

主街上，騾馬和駱駝馱著貨物從身邊經過，還有人趕著羊群去城外放牧，熙熙攘攘，除了漢人，還有面孔發紅的吐谷渾人、編著辮子的突厥人，以及高鼻深目、翻袍圓領、頭戴高帽的粟特人，甚至還有來自更西邊的吐火羅人和波斯人。引得玄奘嘖嘖讚嘆，眼界大開。

李澶笑道：「其他倒也罷了，這粟特人在敦煌可是不少，甚至在各鄉里還有聚居的粟特村落。他們在官府落了手實[23]，已經算是唐人了。」

子城為貴，州縣衙門和大姓士族、富商巨賈的宅邸都在子城內，兩人一路走著，李澶向玄奘介紹敦煌風物。

「師父，您要找的這個呂晟，在刺史府做的是什麼官？」李澶問道。

玄奘想了想：「他武德八年赴任西沙州，據說是參軍。」

李澶笑了：「師父有所不知，官場上大大小小的參軍不計其數，在州裡，有錄事參軍，還有六曹司的主官都是參軍，這區別可大了。」

「我們在武德七年相識，武德八年他調任敦煌之前，貧僧就外出遊歷了，因此不知道他是什麼官職。」玄奘苦笑，「不過他在京中是正八品上。」

李澶搖頭不已：「正八品上的京官，即使平調，到了西沙州起碼也是錄事參軍啊！這是州裡僅次於刺史、長史、司馬的第四號人物，權力更在司馬之上，這樣的人您直接在州城驛問問王君可不就知道了？」

「貧僧是想求呂晟幫忙偷渡出關的。」玄奘苦笑，「貧僧可以一走了之，但若是將來讓呂晟的上官和同僚知道，怕連累他。」

李澶點頭：「明白了。不過這也好辦，堂堂錄事參軍，到州衙門一問便知。」

從北門順著甘泉大街直行，便到了子城城門。如今並非戰時，子城出入便利，兩人進了城門便望見一座高聳的佛塔，那是後秦時期的名僧、大譯經家鳩摩羅什為自己死去的白馬所建的寶塔——白馬塔。

西沙州府衙便在白馬塔西側，敦煌的州衙不似中原那般講究，夯土版築的牆壁極為高大厚實，像一座四方內城，城牆上還有角樓和馬面[24]，府門也是如同城門一般的拱門，極為粗礪蒼涼。

門口有挎刀執矛的甲士值守，兩人走上前，一名身穿甲冑的校尉迎了上來：「什麼人？莫要擅闖州衙！」

玄奘合十：「貧僧是來找人的。貧僧想找州裡的錄事參軍，名叫呂晟。」

那校尉愕然：「錄事參軍？本州的錄事參軍不姓呂，州衙裡也沒有呂晟此人。」

玄奘和李澶都愣住了，面面相覷。

「呂晟乃是武德八年來敦煌的。」玄奘問道，「難道是調任了嗎？」

那校尉見他是僧人，旁邊的李澶則衣著華貴，當即耐著性子道：「這我便不知曉了。如今的錄事參軍姓曹，諱誠，前年來到西沙州。」

李澶低聲：「師父，這曹誠我知道，如今正在州城驛迎接我阿爺呢。您肯定是哪裡搞錯了。」

玄奘想了想也不禁苦笑，呂晟調任敦煌至今已有四年了，官職變動也是常事，不過當務之急還是打聽呂晟的下落。

刺史府對面就是永康坊，坊牆厚實高大，坊門上還有城樓，也是一座小型城池的規制。玄奘和李澶來到坊內，這座坊緊鄰州衙，住戶也以官員士族為主。玄奘一路察看過去，見十字橫街的拐角有一座酒肆，門面古舊，酒博士[25]也有五六十歲，說話間是當地口音，便進入酒肆。眼下正值巳時，酒肆內並無客人，酒博士熱情地上前招呼。

玄奘合十問道：「老丈可是敦煌本地人？在這裡開酒肆有多少年了？」

酒博士急忙避開：「不敢，不敢。回稟法師，老朽世世代代都是敦煌人。這酒肆是祖上傳下來的，至今有一百五十餘年。」

「那正好請教老丈，」玄奘問，「武德八年的時候，西沙州來了一位錄事參軍，姓呂，老丈可知道他？」

「您是說呂參軍？他——」酒博士脫口而出，隨即臉色就變了，不安地望著玄奘和李澶，不敢說話。

李澶知道有異，玄奘卻含笑望著酒博士，道：「正是呂參軍，老丈可知道他如今到何處去了？」

「二位不是敦煌人？」酒博士咬咬牙，低聲問。

兩人都搖頭，玄奘道：「貧僧是洛陽人氏，路過此地，當年和呂參軍有過一面之緣，特意來拜訪一下。」

「既然是路過，法師最好不要再打聽了。」酒博士小心地四下張望著，「老朽一家世代信佛，萬萬不敢讓一位高僧惹上麻煩。在這敦煌城中，呂晟二字就是個禁忌，無論跟誰您都萬萬不能提起。您辦完事，趕緊離開敦煌，才是上策。」

玄奘和李澶的表情凝重起來。

李澶吃驚道：「這是為何？他到底出了什麼事？」

酒博士若無其事地抹著桌子，低聲道：「呂參軍的宅子在成化坊東街二曲，法師且去一看便知，還請法師切莫讓人知道是老朽告訴您的。」

玄奘心頭驚駭，當下也無心再問，隨即帶著李澶離開永康坊。

成化坊並不遠，順著甘泉大街往北走了三坊便到了。不過這座坊頗為偏僻，在一條橫街裡。從坊內的門戶規格來看，也不似住著什麼高官大賈。玄奘二人走到十字街的東街，迎面有牧人趕著幾百隻羊過來，把街巷堵得滿滿當當。

二人避開羊群，走到第二曲，就見臨街一座高大的門戶，厚實的夯土外牆圍成四方宅院，院牆四周廊屋環繞。整套宅院占地足有兩畝，在城中算是大宅。兩層門樓，粗大的榆木立柱，門頭雕粱畫棟，頗為精細。只是整座大宅都已經荒廢，廊屋上的屋瓦破爛不堪，陳年的蛛網掛在半空，於風中搖擺。臺階上野草侵凌，足有膝蓋高。漆黑的大門上，似乎還貼過封條，只不過年深日久，封條剝落，早已看不清上面的字跡。

玄奘沉默地站了片刻，走上臺階，去推那兩扇厚厚的黑漆大門，連帶著門樓晃了一晃，卻沒有推動。玄奘有些發愁，四下踅摸著，想打開門。

「師父，您當真要追查嗎？」李澶問。

「追查到底。」玄奘一字一句道。

「既然如此，那何必小心翼翼？」李澶飛起一腳踹在門上，然後迅速拉著玄奘跳下臺階。那門樓晃了幾下，頓時轟隆隆塌下半邊，一扇門也倒了下來，塵土漫天。

玄奘苦笑不已。

街上路過的行人也有些傻眼，呆呆地看著他們。周圍的宅院裡也有人奔跑出來圍觀，一個個臉上變色，指指點點。玄奘朝他們一笑，這些人又縮了回去。

等灰塵散去，玄奘二人走進院子。

一進門便是橫長的前庭，兩側是廊屋，似乎是僕役所居，一側是庖廚，一側是側門，似乎通往圍牆外的馬廄。廊屋中央是中門，同樣有高高的門樓，不過兩扇木門早已倒了半邊。

前庭的地面被挖得坑坑窪窪，地上的青磚被撬起來，挖了十幾個深深的土坑。玄奘蹲在土坑邊緣，仔細查看著。李澶徑直走進主院，臉色倏然變了：「師父，快來！」

玄奘急忙起身，穿過中門走了進去，一看之下也愣在當場。

主院寬大無比，堂前種植著些榆柳，周圍是一圈廊屋，庭院正中砌起臺基，蓋著一座正堂，倒也是河西宅院的常見格局。問題在於，主院裡一樣被挖得坑坑窪窪，到處是深坑，甚至一株合抱粗的柳樹從根部被挖了一個大坑。正堂下方夯土的厚實牆體甚至也被鑿開，有些只鑿出一尺深，有些則直接被挖穿。正堂的青磚臺階也被挖開，四周的廊屋也一樣，甚至一些立柱都被拆掉了。

真正詭異的是，地面和牆壁上用黑、紅兩色顏料畫出密密麻麻上百個符籙和上千根線條。這些符籙形成一個立體的結構，彼此之間以線條相連。

多年來的塵沙吹蝕和雨水沖刷，有些圖案已經模糊不清，卻更顯得滄桑古舊。

「師父，這畫的到底是什麼東西？」李澶問道。

「這是……」玄奘凝重地道，「法陣！一座大型的道術法陣！」

「法陣？」李澶震驚了。

「還不是普通的法陣，是巫術與道術結合的法陣。」玄奘指著庭院四周的牆壁，「最東側畫著三個形鬼煞生，是一道步罡符，其後依次是混元符、六丁六甲符、屠戶符、召魂符、三十六天罡符、十二時辰符。」玄奘小心地繞過坑洞，查看著，「你看這地面上，從中門到這座正堂，被設成了六甲壇，中門左右側有兩座石頭堆，是神荼、鬱壘。而這個正堂本身，被設成了三山九侯神位，左側諸仙位，右側諸鬼位。庭院兩側各有六個大些的坑，左側是六丁神位，右側是六甲神位。」

玄奘似乎碰上了什麼疑難問題，半晌沉吟不語。李澶心中驚悚，走向一側的牆壁，打算細細查看一番。

「別動！」玄奘突然大叫。

話音未落，李澶腳下哢嚓一聲，地面崩裂，他驚叫著往下直墜。慌亂間，他雙手死死地抓過旁邊一根房頂椽子，哢嗒一聲，橫在陷阱上，把自己吊在半空。李澶往坑洞裡一看，只見坑底是一根根尖銳的鐵刺，足有一尺多長，鐵刺間還有些花紋斑斕的長蛇在扭動。

李澶驚魂未定地往上爬，只聽轟隆一聲，中門簷脊上掀起一大片陰影，竟然是一面四方的鐵板掠過地面橫掃而來，那鐵板上焊接著倒鉤與尖刺，隨便一掃，人身上立時就會多出七八個大洞。

李澶嚇得魂飛魄散：「師父救我！」

玄奘踩踏著地面上的道符，手指默默地掐算著，身子左一扭，右一跨，猛然在一道符上一踩，迅速又縮回。轟隆一聲，一根粗大的圓木從廊屋裡破窗而出，直撞過來，恰好在半空將鐵板攔截，砰地撞上，兩件凶險利器轟隆隆落地。

玄奘長出一口氣，李澶也嚇得不敢動彈。玄奘繼續掐指計算，腳踩符籙，循著複雜的線條繞了好幾個方位，才總算到了陷阱旁邊，拽著李澶的胳膊，把他提了上來。

李澶一屁股坐在地上，整個人都虛脫了：「嚇死我了！」

玄奘一臉歉意：「抱歉世子，貧僧也是剛剛才看明白，這是一套三重法陣，除了道術和巫蠱術，還有機關術，按照八門分布陷阱、弩箭、獸夾、繩網，三重陣法環環相扣，不設生門，幾乎都是死門。」

李澶看著玄奘愣怔了半晌：「師父，這片刻工夫，您不但看出來三重陣法，還破解了？」

玄奘皺眉：「談不上破解，主要是年深日久，日晒雨淋，這套法陣中很多機關都已經失效了。世子請看——」玄奘指著正堂和中門上方，上面分布著幾塊圓形的東西，斑駁不清，「那是銅鏡，白天採日光，夜晚採月光星辰，極容易把人帶入幻境，只不過早已鏽蝕了，才沒有發揮威力。還有這些巫道符籙和勾線，應該摻有各種祕製的丹砂藥物，可是這麼多年也早已經失了效用。你看旁邊的柳樹上是不是有個蟲巢？」

李澶仔細看去，果然見柳樹的樹瘤裡長了密密麻麻的孔洞，不過如今掛滿了蛛網。

「那是蠱蟲，這麼些年，日晒鳥啄，加上蜘蛛捕食，都死了。」玄奘道，「布下這套法陣的人極為厲害，要是這三重法陣剛布設不久，只怕你我二人剛進這院子，就被蠱蟲鑽入眼耳口鼻，攝入陣中了。」

「師父是高僧，竟然對道法巫術如此精通！」李澶欽佩不已。

玄奘卻搖頭：「這些東西貧僧絲毫不會，只是釋迦大道傳到如今，被一些旁門左道混雜其中，震懾民眾，誘取錢財，貧僧想要追求大道，不得不深究其源流，擇掉糟粕。」

「師父，」李澶心有餘悸，「誰在呂晟家裡挖了這麼多坑，布設法陣？這到底是要對付誰？」

玄奘心中沉重，默默地搖著頭：「挖坑的，與布設法陣的，並不是同一撥人。」

李澶詫異：「這陷阱分明是法陣的一部分！」

「坑是先挖的，後來才布置了法陣。」玄奘指著地上的線條，「你看這些線條，有些到了深坑邊緣就斷掉，或者繞過，實在繞不過的，便在坑上安裝了連環翻板。這說明先有人來掘了坑，之後才另有他人來布設法陣。至於那些陷阱機關，只是隨手利用這些坑，因地制宜而已。」

李澶仔細看了看，果然如此：「師父慧眼如炬。」

「世子，咱們且到屋裡瞧瞧。」玄奘道。

「到屋裡？」李澶嚇了一跳，「那豈非更加危險？」

「自然是更危險。」玄奘叮囑，「只要你不亂走，跟緊了貧僧的腳步就不妨事。若是怕危險，你也可以留在院子裡，切記不要亂動。」

玄奘說完，撩起僧袍，一隻手掐訣計算，雙眼緊緊盯著地面的線條和符籙，小心翼翼地變換腳步，曲折前行。李澶一咬牙，也照著玄奘的樣子跟過去，一手撩起袍子，一手掐著訣，只是他不知道自己掐的是什麼訣。

兩人登堂入室，走進正堂。

正堂裡更加凌亂，幾乎所有陳設家居都被打砸破壞，地上也到處掘坑，巫道法陣也更加凶險，此時是下午，日光透過破爛的窗櫺照耀進來，連李澶都瞧見了幾根懸空繃緊的精鋼細絲。牆壁、地面和屋頂畫下的符咒圖案更是肆意張揚，各種鬼臉和魔怪符籙懾人心魄，色澤呈褐紅色，也不知道是什麼顏料所繪。

「這是鮮血。」玄奘小心蹲下身，摳下一塊仔細看著，臉色凝重。

「鮮血……」李澶渾身一哆嗦，忽然指著一面牆壁，「師父，那上面有字！」

玄奘起身，果然看見正堂一塊完好的側壁上寫了幾行字。在房門口看不清，玄奘小心踩著幾塊符籙，跨過幾根絲線，避開機關陷阱，走到正堂中央，只見牆壁上以黑墨寫了一行草書。

「觸之不見，摸之不著，口不能述，筆不能載。是為之道。」

玄奘痴痴地看著。他伸出手，觸摸著磨痕，彷彿當年的摯友早已預知他的來臨，告訴他自己並未忘掉當年的誓約。穿越了六年的光陰，年輕的僧人穿過古剎禪林，推開殿門，風華絕代的白衣男子朝他微笑著：「來了？」

一瞬間玄奘淚水流淌，哽咽失聲。李澶不明所以，卻能感受到玄奘心中的傷感與痛苦，他默不作聲。

玄奘擦了擦眼淚，沉默地穿過正堂，來到後院的廊屋，這裡一樣被砸得破爛不堪，幾乎所有的家具都被拆了。左側廂房似乎是呂晟的書房，地上堆滿了散亂的書籍，大都是史籍，殘缺不全，有些甚至已經漚爛，紙上到處都是踩過的腳印。

玄奘撿起來翻看，主要是《左傳》、《竹書紀年》、《漢書》、《後漢書》之類的史籍，除此之外還有《世說新語》、《庾亮文集》等文學集，《千家姓篇》、《姓纂》、《姓氏書辯證》之類的姓氏書。

玄奘翻看了幾本，皺眉思索著，卻見書房的牆壁上也寫了幾個字，頗為凌亂，細細看去，似是「龍、進、興、璜、義、湯」六個意義不明的單字。

「師父，這幾個字是什麼意思？為什麼寫在牆壁上？」李澶問

玄奘搖了搖頭：「一時我也看不明白。不過這幾個字的位置是在書案右側的牆壁上，似乎是隨手寫成。世子，你看看這書籍，有沒有發現問題？」

李澶納悶：「就是普通的書籍啊！」

「你不覺得門類太單一了嗎？」玄奘道，「呂晟學通道儒，精通醫術、樂理、詩賦，

為何書房中既沒有儒家經典，也沒有道家道藏以及醫樂詩集，反而全都是史籍和姓氏書？」

「師父覺得呢？」李澶問。

「貧僧覺得，他是有意圖的。」玄奘道。

李澶啞口無言：「師父，您說得太對了！」

「世子，能否麻煩你去衙門報備一聲，叫些人來把這些書搬走，貧僧想好好讀一讀。」玄奘道。

「沒問題。」李澶很爽快。

就在此時，大門外忽然響起一聲佛號：「阿彌陀佛。君不見生來死去，似蟻迴圈，為衣為食，如蠶作繭。直饒那玉提金縷無雙士，未免於一械灰爐爐中炭。」

玄奘和李澶急忙離開廊屋，走進正堂之後，透過洞開的中門，就見倒塌的門樓外站著一名老僧。那老僧很是蒼老，鬚眉灰白，甚是莊重地穿著袈裟，上面的金線在日光下熠熠生輝，彷彿一尊金身羅漢，站在倒塌的廢墟之上。

一老一少兩名僧人遙遙對視，玄奘合十鞠躬：「敢問法師名諱。」

「老僧是大乘寺的寺主，俗家姓翟，法名法讓。」那老僧笑道，「少年時曾遊歷京城，與道岳同門求道，聽說他的弟子來了敦煌，特意素襪新衣，來迎接法師。」

西沙州刺史王君可把李琰迎入敦煌，安排在城南的長樂寺。這座寺廟是敦煌大寺，和城北的大乘寺、莫高窟的聖教寺合稱敦煌三大寺。

長樂寺的菩提院是李琰行縣的慣常住所，景致清幽，合抱粗的古柏遮蔽了半個院子的日光，極為清爽，院中還引了一條水渠，苦草浮萍，流水潺潺。李琰站在水渠邊的樹蔭下，滿腹憂慮，輕輕地踱步。

都督府的兵曹參軍王利涉疾步走了進來：「大王！」

「找到澶兒的下落了？」李琰問。

「世子和玄奘法師應翟法讓之邀，去了大乘寺。」王利涉道，「下臣在路邊親眼見著了，卻沒有傳話給世子讓他回來。」

「為何？」李琰詫異問道。

王利涉低聲：「世子和玄奘法師多來往些時日也好，一旦朝廷有變，也能隨著玄奘出奔西域！」

「大膽！」李琰驚怒交加，厲聲斥責。

王利涉卻不害怕，沉聲道：「下臣本是賤口，祖、父三代都是李家部曲，大王不以下臣卑賤，讓下臣在軍中立了些許功勞，不但放免為良人，還得了朝廷官身，此恩粉身碎骨也難以報答。下臣為大王謀劃籌策，只為大王安危存亡，不敢惜身。」

「你——」李琰待人和善，御下並不嚴厲，聽得如此膽大的言論也只是長長一嘆。

從西魏到隋唐，王利涉家族一直是隴西李氏的部曲。李琰的祖父李蔚和李世民的祖父李昞都是西魏大柱國李虎之子，李蔚和李昞年長後分家，王利涉家族便伺候李蔚一脈。所謂部曲是已經釋放但仍依附於主家的奴婢，都是主家財產，地位不過比奴婢略高一些。

王利涉自幼跟在李琰身邊，為人機警，頗有智計。李琰便在戰場上給他安排了些功勞，放免為良人，並為他謀了官身，升到了都督府正八品下的兵曹參軍。

李琰嘆了口氣：「利涉，局勢並沒有險惡到這種地步！王君可只是危言聳聽而已，陛下針對我的用意並不明顯。」

「大王此言差矣。」王利涉道，「什麼是朝廷？朝廷便是官員。朝廷的一切動向都可以從官員任用中揣摩出來，陛下給了您瓜州都督，讓您督三州軍事，卻沒有讓您兼領瓜州刺史，您雖然有兵權，兵卒調動卻必須透過三州刺史來執行。陛下對您早有防備之心啊！」

李琰一愣，吃驚地指著他：「你……當年我初到瓜州時，你藉口無人服侍左右，勸我把澶兒召過來，難道竟是……」

李琰手腳發抖，不敢再想下去。

「沒錯。」王利涉坦然道，「萬一陛下派出一名小吏，拿著聖旨前來鎖拿您進京，世子還能出奔西域，為蔡烈王[26]一脈留下香火祭祀。」

李琰呆若木雞。

「這便是下臣仿效馮諼，為您設下的三窟。這三年中您刻意籠絡獨孤達，將其引為心腹之後，情勢上好了許多，起碼陛下一紙詔書是動不得您了。」王利涉道。

「那又如何？」李琰怒不可遏，「陛下真要拿我，難道我身為李氏太祖景皇帝的子孫，還能抗命造反不成？」

「當然不能造反。」王利涉微笑道，「但是當您手中有了真正的軍權，掌控瓜沙肅三州，便有了和陛下討價還價的本錢。將來陛下要動您，哪怕您自削兵權，赴京請罪，陛下最多只能褫奪您的王爵，卻不會像長樂王李幼良一樣，一條白綾賜死於獄中。」

「這是為何？」李琰不解。

王利涉道：「因為您用出削權柄之舉，讓滿朝文武看到您毫無二心！陛下好名聲，追求成為千秋史冊上的仁皇聖君，斷然不會讓自己有所瑕疵。」

李琰長嘆一聲，神情疲憊，卻不得不承認王利涉謀劃周全：「利涉，那如今的局勢又該如何破解？」

「聯姻！」王利涉一字一句道。

「聯姻？」李琰驚訝道，「與誰聯姻？」

王利涉簡短地道：「聽說王君可有個女兒，排行十二，閨名魚藻。敢請大王為世子提親，迎為世子妃。」

此時，玄奘和李澶已被翟法讓迎入大乘寺。

大乘寺規模宏大，還承擔著為朝廷追諡的歷代帝后國忌行香的職責，算是朝廷在西沙州的官寺。事實上，翟法讓本身便是河西名僧，在前隋時曾擔任敦煌郡僧統，管理全郡僧團。

翟法讓俗事繁多，僅僅陪同玄奘二人到禪房這一路上，就有無數僧人來請示寺內的事務：某些大族要舉辦的法事，抄寫經書耗費錢財物資的審批，寺院所擁有的農田、果園的收成儲藏，糧倉的修繕，磨坊、酒坊、油坊當月的記帳收支，上萬頭牛羊牲畜的管理，還有寺院向百姓放貸的貸息記帳，以及依附於寺院，為寺院提供勞役的寺戶婚喪嫁娶。

翟法讓陪著玄奘一路腳步不停，那些僧人穿梭在他身邊，一一稟告，翟法讓隨口做出指示，僧人們便如飛而去。

玄奘自幼出家，卻從來沒有接觸過寺院裡的產業經濟事務，頓時如墜雲霧，聽得暈頭轉向。

「師兄！」一名中年僧人急匆匆走了過來，手中還拿著一本帳冊。

「法定，」翟法讓急忙把他拉過一邊，低聲道，「籌備得如何了？」

原來這僧人便是大乘寺直歲僧，法定。

敦煌佛寺擁有大量產業僧眾，因此分工明確，寺院事務的最高管理者稱為三綱：寺主、上座、都維那。寺主掌管一寺之庶務，上座則以統領眾僧參修為主，兼管寺務；都維那則管理僧眾雜事。三綱之下，還有管理齋粥事務的典座，管理俗家事務的寺卿，而這位法定，便是掌管寺院財產的直歲僧。

「師兄，都在帳冊上。」法定把帳冊遞給他，卻被翟法讓推了回去。

「有貴客在，沒工夫細看，直接講給我聽便是。」翟法讓道。

「是。」法定急忙翻開帳冊，「這幾日市司那邊定下的估貨價比上個月低了一些。羊的上估價是每隻五百六十文，中估價五百四十文，下估價是五百二十文。剛剛秋收完，糧價也跌了，小麥每升的中估價三十二文，豌豆每升中估價二十六文。生絹還是穩定如常，每匹中估價四百六十五文。」

這些玄奘倒是能聽明白，各城的東市或西市都是由州縣派市司管理，每日市司都會發布各行貨品估價，按照貨品品質不同，分為上估、中估、下估三種標準。買賣雙方可以根據各自品相差別談價交易，但上不得超過上估，下不得低於下估。

「那些麥子糶出多少文？」翟法讓臉色有些難看。

法定展開帳冊，一列列稟告。

「九百二十四石七斗七合小麥，共糶出兩千九百五十九貫六十四文一分。

「三千五百四十二隻羊，咱們要錢又急，量又大，只好比中估價低十文兌了出去，得錢一千八百七十七貫二百六十文。

「酒是每斗四十文，寺裡兩座酒坊的存酒全部兌出，得錢三千四百三十五貫一百二十文。

「今年施主們布施的三百零三匹紫熟綿綾，按照一尺六十文的價格兌給了石記彩帛行，一千八百一十八貫。

「其他的貨物賣出的錢都是幾貫十幾貫，記帳下來總數有一萬一千七百九十二貫。加上寺中自有，咱們能拿出來的錢是一萬六千八百貫。」

玄奘倒抽口冷氣，原來這法定把寺中一部分財貨兌了出去，幾日之內竟然得錢一萬多貫。

「師父，」李澶低聲，「這大乘寺好生有錢，朝廷的財政收入可以分為錢、粟、布三部分，據阿爺談及，朝廷去年的現錢記帳只有一百二十多萬貫，而大乘寺數日之間竟然湊起一萬六千多貫，真可謂富可敵國！」

玄奘淡淡道：「他人寺中的私事，咱們不用多嘴。」

李澶點頭，表示明白。其實玄奘不說他也明白，大乘寺聚攏錢財肯定是要做一樁大事，外人當然不便打聽。

然而翟法讓還在煩惱：「太少了，一萬六千貫怕是遠遠不夠！法定，都換成開元通寶了嗎？」

法定苦笑：「咱們隴右哪裡有這麼多開元通寶，一部分折合成了大生絹，一部分兌成了波斯銀幣和拜占庭的金幣。裝了六輛大車，如今就存在寺庫，我安排僧眾好好看守著呢。」

「罷了，我們盡力而為吧！」翟法讓道，「我要接待貴客，其他的事務就讓上座去處理吧。」

法定點點頭，向玄奘合十，急匆匆離開。

翟法讓苦笑：「讓法師見笑了。身為寺主，每日都得操持這些俗事，大道修行日久，不知何年何月才能圓滿。」

玄奘並不多問，搖頭笑道：「貧僧今日才知道，我能安心修行，身後有多少同門法師捨棄修行，來處理這俗事紛擾，貧僧感恩至深。」

翟法讓大有同感，三人一路聊著來到他居住的禪堂，臺階下站著一名素衣輕袍的老者，瞧來似乎有些面熟，玄奘也不確定在哪裡見過。

見到三人過來，老者急忙迎了上來，朝玄奘施禮：「可算把法師給盼來了！」

玄奘愕然：「敢問——」

翟法讓笑道：「老僧來介紹一下，這位便是敦煌翟氏這一代的家主，翟昌，字弘業。我翟氏一向尊奉三寶，聽說法師來了敦煌，弘業一早便在老僧這裡等著，想要供養法師。」

玄奘吃了一驚，在隴右佛門眼中，敦煌翟氏的聲名之大，比出過帝王的李氏和張氏還響亮，因為敦煌翟氏是隴右士族之中最為崇佛的家族。從西晉佛教初傳敦煌起，翟氏就布施三寶，營造寺院佛窟，寫經造像，起塔奉齋。每一代都有大批族人舍俗出家，幾百年間，翟氏僧遍布敦煌十八寺，甚至隴右各寺，擔任僧正、悅眾、僧錄、沙門統等僧官，協助朝廷管理佛寺、僧團。

在敦煌八大士族之中，翟氏閥閱之高貴比不上李氏，祖上顯赫比不上張氏，文化昌盛比不得宋、索，官吏子弟比不得令狐，在宗教界卻絕對是整個隴右、甚至朝廷都不能忽視的存在。法讓向玄奘介紹自己時，特意提及自己的俗家姓氏，並不是沒有原因。

玄奘和翟昌見禮，正要介紹李澶。李澶卻急忙開口：「在下李琛，是追隨法師來敦煌朝佛的士子。」

翟法讓和翟昌對視一眼，一笑而過。

眾人在翟法讓的禪堂裡坐定，玄奘立刻便問：「法讓禪師，請問您如何知道貧僧去了成化坊的呂氏舊宅？」

「是弘業告訴貧僧的。」翟法讓毫不隱瞞。

翟昌坦然道：「其實在下與法師已經在州城驛見過，原本那時就打算邀請法師的，只是忙於迎接臨江郡王，不想之後法師又急匆匆離開了。」

玄奘恍然，怪不得這翟昌有些面熟。

「那呂氏舊宅頗有些不乾淨。」翟昌笑道，「在下聽說法師打聽呂晟，去了成化坊，就有些擔心，便急忙來請叔父出面。」

玄奘饒有深意地看了他一眼，並沒有追問他為何知道自己打聽呂晟，有些事情上糊塗一些會更好。

「其實你的擔憂也是多慮了。」翟法讓含笑，「老僧到了呂宅，法師已經登堂入室，連闖兩重院落，進了正堂。那些不乾淨的東西對法師而言，無非是班門弄斧。」

翟昌明顯吃了一驚：「法師竟然有這等本領！」

「這都是小術而已。」玄奘搖搖頭，「翟家主，貧僧想請教一下，呂晟到底出了什麼事？他的宅中怎麼會布設那種可怕的機關法陣？」

翟昌輕輕吐了口氣：「既然請法師來，自然會講明緣由。只是……不知道法師和那呂晟是什麼關係？」

「呂晟人稱長安無雙士，武德第一人。貧僧在長安修道，自然認識，不過也只見過寥寥幾面而已。」玄奘輕描淡寫地道，「聽說他來了敦煌做官，既然到了西沙州，便過來見上一見。」

「武德第一人？」李澶有些吃驚，「師父，這話可有些犯忌。」

玄奘擺擺手：「不妨，這話是武德六年，太上皇親口說的。當年大唐首度開了科舉，呂晟一舉奪得秀才科、進士科雙狀頭。因為是武德年間，太上皇便說了這番話。」

李澶頓時愣住了。當年呂晟名震長安之時，李澶還在隴西成紀老家，等大唐初定天下，他搬到長安之後，呂晟已如燃燒的流星，在長安城上一閃而逝，因此李澶沒有聽說過他的名聲。

「長安無雙士，武德第一人。」翟昌喃喃地念著，表情竟然有些傷感，「原來法師還不知道，呂晟早在武德九年就已經死了。」

「死了？」玄奘哪怕已經有了心理準備，也禁不住心神震動，臉上變色，「怎麼可能？武德八年他才剛遷任敦煌，怎麼就死了？」

翟昌和翟法讓對視一眼，都嘆了口氣。

翟昌沉聲道：「謀反！」

「什麼？」玄奘驚呆了。

一旁的李澶也張口結舌：「謀……謀反？大唐的雙科魁首去謀反？在敦煌這麼一個偏僻邊州？」

李澶問的也正是玄奘的疑問，他沒有說話，目光盯著翟昌。

翟昌臉色有些難看，嘆了口氣：「武德八年三月，呂晟遷任西沙州錄事參軍，武德九年六月，東突厥的欲谷設從伊吾出兵，沿著矟竿道南侵，破鹹泉戍，距離敦煌三百里。接到烽火急報後，時任西沙州刺史的杜予出兵，紫金鎮鎮將黃緒章為前鋒，呂晟為監軍，率領五百士兵連夜疾行，抵達兩百里外的青墩峽口，屯兵青墩戍。」

翟昌慢慢地講述著，三年前的敦煌風雲，大漠烽煙，彷彿這禪房中仍然能聞到硝煙和血腥的味道，眾人鴉雀無聲。

「那天夜裡到底發生了什麼事，無人親眼看到，但是據逃回來的殘兵說，黃鎮將在青墩戍設下防禦，要把突厥人堵死在青墩峽中。可是當天晚上，呂晟卻獨自離開驛站，接進來一支商隊，結果那支商隊是突厥人假扮的，半夜時分突然發難，奪取了青墩戍。隨後突厥大軍內外夾擊，唐軍大亂，黃鎮將當場戰死。殘餘的唐軍憤怒之下，在陣前斬殺了呂晟，然後逃進大漠。」

玄奘沉默地聽著，好半晌才問道：「呂晟為什麼要私通突厥？」

「具體內情不知。」翟昌道，「呂晟死在陣前，也沒法再問。呂晟素來與刺史杜予有私怨，便有人推測，他是打算借此扳倒杜予，但是也沒法證實。杜予趕到後，雖然擊退了突厥，但兵敗是掩蓋不掉的。當時陛下雖然還未改年號，卻已經登基，聽說大唐的狀頭勾結突厥，痛徹心扉之餘也深以為恥，下詔怒斥杜予，免了他的官。敦煌大小官吏也很有默契地不再提及此人此事，希望時間能將這樁醜聞掩蓋過去。」

玄奘雙手捣住面孔，悲情難抑。當年與他相約一生去探尋大道的絕代奇男子，竟然早在三年前便已死去！而且是以如此恥辱、不堪的方式！

他忽然想起了法雅和崔珏，一樣是驚才絕豔，雄心勃勃，卻入了歧途，身敗名裂。為什麼自古而今這些追求大道之人往往都走不到終點，倒在半途呢？而那些前往天竺求佛的僧人，不可計數，至今世人卻只知道法顯。

自己會是什麼命運？

三人沒有驚擾他，默默地等待著。玄奘收拾心緒，問道：「呂氏老宅那些法陣呢，是誰布設的？」

「是索氏和陰氏的幾名陰陽師。」翟法讓答道，「呂晟身敗名裂之後，敦煌百姓無比憤恨，當即闖入他家打砸，辱罵他老父。呂父不堪受辱，活生生氣死。結果那些闖呂宅的人，有幾個突然暴斃，便有傳言說是呂父鬼煞作祟，敦煌陰氏、索氏向來以陰陽術數著稱，便請了幾名陰陽師來布下法陣，從此便沒人再闖那老宅，也沒了什麼鬼煞作祟。」

「當年，呂晟的老父也在敦煌？」玄奘吃驚道。

翟昌道：「他是偕老父上任的。」

玄奘愣怔地看著眼前虛無的空間，彷彿那年睡意朦朧中聽到呂晟念著：遙看是君家，松柏塚纍纍。兔從狗竇入，雉從梁上飛。

那是隋末戰亂後，他隨著老父回到山東博州老宅看到的景象，而多年以後，這彷彿是一句讖語，在敦煌呂宅中又重現了當年之景。只是滿門皆死，再無人來憑弔哀嘆了。

翟昌和翟法讓對視一眼，不約而同地岔開了話題。

翟法讓道：「不說這些陳年舊事了。弘業，你不是想要供養法師嗎？」

「對對對，險些把正事給忘了。」翟昌笑道，「法師，我翟氏歷來有齋僧的習俗，凡是來敦煌的高僧都會延請到家中供奉。聽說法師精通《成實論》，不知道能否到翟家開壇講經？」

「既然是弘法，貧僧豈有不去之理？」玄奘合十感謝，「只是貧僧剛到敦煌，還有些私事未了，請家主再緩幾日如何？」

「應當！應當！」翟昌一口答應，「法師在敦煌如果有什麼不便，只管開口，在這西沙州還沒有什麼翟氏做不到的事情。」

翟法讓喚了知客僧過來為玄奘辦了掛單手續，在觀音院安排了兩間幽靜的禪房供他歇息，兩人又親自送他到觀音院，這才急匆匆離開。

李澶急忙問道：「師父，呂晟謀反的事情，翟昌說的可是真的？」

「他說的話不盡不實，」玄奘慢慢搖頭，「貧僧一個字都不信！不過，呂晟被殺恐怕是真的，貧僧這個摯友，未必還在人世了！」

第三章　敦煌城講古，莫高窟夜宴

七月食瓜，八月斷壺，九月授衣。

敦煌的八月初，行走在樹蔭下已有一些寒意，不過烈日當頭之時，仍然走得人汗流浹背。玄奘帶著李澶在西市的店鋪間繞來繞去，已經找尋了半個時辰。

西市在敦煌城西北角，是被子城斜斜割出的那一塊。西側和北側都是城牆，裡面店鋪林立，乃是中原和西域商貨販殖的交易之地，以胡商居多，因此房舍更偏西域風格。沿街兩側都是一層或兩層的土坯房，窗戶極小，離地極高，門前的庭院或大或小，用旗杆挑著各家的商號旗幟。

西市極為繁榮，人群如織，騾馬和駱駝馱著貨物來來往往，滿載貨物的大車骨碌碌駛過，便會引起短暫的交通擁塞。

玄奘二人從牲口群裡擠出來，拐到一條偏僻些的巷子，便在巷口看見一家窄小的鋪面，連院子都沒有，門口挑著一杆旗，上面繡著「索家占鋪」。

「就是這裡了。」李澶鬆了口氣。

玄奘推開斑駁古舊的棗木門，厚厚的土坯房內昏暗陰森，從牆頂小窗照進來的日光凝成了光柱，照亮一隅之地，映在室內正中間的地氈上。

地氈上坐著一名老者，低著頭擺弄幾根蓍草[27]。老者頭也不抬：「可是要占卜？」

玄奘沒有說話，打量室內。適應了昏暗之後，他才看清室內到處堆放著法器，牆上用草繩掛著一串串的符籙。玄奘走過去，拿起一張符籙，赫然是一道六丁六甲符。

「果然是你。」玄奘輕輕嘆了口氣。

老者愕然抬頭，仔細打量著玄奘二人，沉默片刻：「今日一早醒來，我便感覺心神不寧。占了一卦，卻天機蒙蔽，卦象不明，原來是一位法師。」

「老丈便是占卜師索易？」玄奘問。

索易苦澀地擺了擺手：「正是。老夫做了三十年占卜師，窺測天機過多，自知命中有一劫，看來是要應在法師身上。」

「不敢。」玄奘在他對面盤膝坐下，「貧僧只是來請教一些事情。」

「飛鳥失機落籠中，縱然奮飛不能騰。目下只宜守本分，妄想扒高萬不能。」索易看著掌中的蓍草，感慨道，「這便是老夫今日所得的卦象，無妄卦。老夫既然逃不出這命定，法師有什麼便問吧。」

李澶握著肋下橫刀，守在門口。

玄奘微笑道：「昨日貧僧去了成化坊呂氏舊宅，在舊宅中發現了三重法陣，乃是巫、道、機關術之融合。其中那道術法陣，頗有些像是龍虎山天師道的正一法門。貧僧聽說那些法陣乃是請陰氏和索氏的術士所布設，陰氏修的是樓觀派道術，索氏修的則是從西晉索忱傳下來的陰陽占卜，所用符籙法陣兼收並蓄道家各派，頗為龐雜，因此便到老丈這裡看一眼，果然與那呂氏舊宅中的手筆如出一轍。」

索易早已驚呆，喃喃道：「竟然是此事！妄之往，何之矣？天命不佑，行矣哉？怪不得占一個無妄卦！」

玄奘沒說話，默默地等待著。小窗篩進來的日光照耀在兩人身上，周遭一片黑暗。

「法師推斷得沒錯，呂氏舊宅那層道術法陣，是我布設的。」索易苦笑著承認，「只不過此中內情卻不便告訴法師，老夫如今雖然落魄，卻不能給索氏帶來禍端。」

「給索氏帶來禍端？」玄奘吃驚，「索氏乃是敦煌士族，誰能給索氏帶來禍端？」

索易搖頭不已：「索氏雖然是士族，曾經有過輝煌，但時移世易，早已江河日下。在平民百姓眼裡自然還是龐然大物，可是在敦煌士族眼中，卻已經排名末流。」

玄奘皺眉想了片刻：「貧僧自然不會逼迫老丈，內情暫且不問，老丈能否告知，當年請你布置法陣的人，是誰？」

索易擺弄著手裡的蓍草，似乎正在天人交戰：「令狐德茂！」

「令狐氏的家主？」玄奘大吃一驚，「令狐氏為何會做這種事情？」

「因為敦煌呂氏和令狐氏乃是百年世仇！」索易一字一句道。

玄奘愣了：「敦煌呂氏？呂晟不是山東博州人嗎？」

「那呂參軍說是山東博州人也不假，但他祖籍乃是敦煌，西魏初年才逃到博州。」索易解釋道，「而敦煌呂氏之所以被滅族，便是和令狐氏爭鬥落敗。」

玄奘還要再問，索易卻起身：「法師，老夫今日受邀去一趟莫高窟，若是法師有閒暇，不妨一起去，我們路上慢慢談。」

「可是貧僧尚有事要做，莫高窟距離州城有五十多里路，今夜怕是趕不回來。」玄奘想了想，「不如貧僧明日再來拜訪。」

索易笑道：「老夫此去怕是要埋骨莫高窟了，法師明日未必等得到我。」

玄奘臉上變色。

索易卻淡然處之：「今晚在莫高窟的聖教寺中有一場競賣。這競賣是從西域傳過來的，需要競賣的物品當眾展示，眾人競相出價，價高者得。來競賣的可都是大唐、西域，甚至天竺、波斯、拜占庭各國的奇珍異寶，等閒難得一見。」

「貧僧身上可沒有什麼錢財。」玄奘苦笑。

李澶插嘴：「師父若看上什麼東西，我出錢。」

玄奘搖頭：「出家修道之人，有身上衣衫、手中缽盂，足矣。」

「法師，」索易沉聲道，「今晚的競賣上，據說會有一截佛祖舍利！」

「什麼？」玄奘悚然動容。

佛祖舍利，便是釋迦牟尼入滅火化後，從烈火灰燼中所得的佛舍利。有頂骨舍利、牙齒舍利和指骨舍利，以及八萬多顆舍利子。所謂舍利所在，即法身所在；佛舍利對佛徒而言是無上聖物。

「這種聖物怎麼會拿來競賣？」玄奘吃驚。

索易搖頭不已：「是一名西域的粟特胡商從犍陀羅帶來的。犍陀羅在天竺之西，本是佛家聖地，有上千座佛寺，只是兩百年前被嚈噠人滅掉之後，嚈噠人毀寺滅佛，到如今已經無人信佛了。那些佛寺和信徒供奉的舍利大都流落民間，粟特胡商信祆教，佛家聖物對他們而言只是牟利之物罷了，不少胡商便在犍陀羅找尋舍利，販運到我大唐牟取暴利。今夜寺中高官巨賈，大富雲集，不少人都衝著這件佛舍利而來。」

李澶突然一拍手：「師父，翟法讓變賣寺產，原來是要競買佛舍利！」

玄奘默默地點頭，怪不得翟法讓幾乎把寺裡的產業全都變賣了，連糧食、羊、酒都不要了，這意味著全寺僧眾要勒緊褲腰帶過日子。不過對於佛寺而言，如果能迎到佛祖舍利來起塔供奉，乃是千百年的基業。

「不止翟法讓，據說令狐德茂也要去。」索易道，「今夜法師定然得見一些真相。」

玄奘和李澶陪著索易關了占鋪的門，騎上馬從北門出城，直奔莫高窟。

莫高窟在距離敦煌城東南五十里的三危山下，三人從敦煌城北門出去，走上玄奘來時的路，先跨過甘泉河上的木橋，路過州城驛後，再順著沙磧中的一條道路折向南行。

沿途全是荒涼的沙磧，沙磧中遍布著封土的墓葬。

敦煌人生與黃沙為伴，死後歸葬黃沙。

一路上，索易講起了呂氏和令狐氏的百年世仇。

「西晉時呂氏以畜牧起家，兩百年後家族日盛，成為敦煌大族。不過敦煌這個地方有些特殊，它遠離中原戰亂，歷代王朝走馬燈一般興起覆滅，時常管不到敦煌，因此便讓士族坐大。尤其是漢魏之際，中原喪亂，隔絕隴右，敦煌郡二十年無太守，豪門大族趁機兼併土地，小民無立錐之地。西晉滅亡之後，隴右這邊小國林立，什麼前涼、後涼、西涼、北涼也都是在大族支持下立的國，前涼張氏，西涼李氏，更是敦煌士族所擁立。無非就是喪亂之際，諸位大族推舉出一家出頭建國，來保護各大士族共同的利益罷了。這些士族控制了敦煌的政事、軍隊、農田、畜牧、錢帛、貿易、各業行會，經過七百年繁衍生息，族人子弟遍布敦煌，各方勢力交錯劃分，雖然互有爭鬥，卻不約而同地打壓寒門崛起，以保持門閥士族千年不敗。」

索易語氣平淡地講述著，李澶卻聽得好奇：「你們索氏也是士族，為何聽你說起來，頗有些怨憤之意？」

「索氏當然是士族，卻不見得我索易是士族。」索易自嘲道，「近千年的世家，子孫遍布敦煌，只要不是嫡系各房，幾百年下來什麼血緣也淡了。你看我如今開個占鋪，除了靠祖上傳下來的占卜術謀生，可還有世家大族的模樣？」

李澶啞然。

「那呂氏便是寒族崛起？」玄奘問。

「沒錯。呂氏靠著畜牧起家之後，想再進一步就千難萬難，必須三代以上都在朝廷裡做過五品以上的高官，起碼要做到郡守，才能算是達到士族的門檻。呂氏又沒出過官宦，僅僅靠著些資財，哪可能與士族平起平坐？在士族們的打壓下，呂氏日漸窘迫。直到北魏末年，呂氏的家主呂興，抓住了一個千載難逢的機會。當時，北魏的權臣宇文泰毒殺了孝武帝元修，擁立元寶炬為帝，立國西魏，河西大亂。涼州刺史宇文仲和不承認宇文泰，要割據建國。呂興覺得時機到來，若是能輔佐宇文仲和建國，呂氏便一舉跨入士族。呂興和結義兄弟張保密謀舉事，回應宇文仲和。張保殺死瓜州刺史成慶，占據瓜州，而呂興也殺死敦煌郡守郭肆，占據敦煌，想要做那從龍之臣的美夢。」

玄奘有些感慨：「世家大族，難道必須用這種方式才能攫取嗎？」

李澶卻笑道：「師父，哪個門閥士族不是在改朝換代中選對了主公才立下門閥的？便是我隴西李氏的先祖太祖景皇帝，當年也是追隨宇文泰建立西魏，才受封八柱國，立下李氏門閥的。」

索易這才知道面前這位青年男子竟然是帝室之後，不敢搭茬，當即道：「呂興想借著擁立宇文仲和一舉崛起，卻不料成了他人眼中的起家之階。」

「說的可是令狐氏？」玄奘問。

「沒錯。便是當時令狐氏的家主，令狐整。」索易道。

玄奘恍然。令狐整便是令狐德茂的祖父，在《魏書》上有傳，記載得頗為清楚。令狐整的曾祖、祖父、父親都做過郡守，可謂世代冠冕，其為人性格深沉，騎射精通，隴右聞名，曾經被北魏東陽王、瓜州刺史元榮徵辟為瓜州主簿、蕩寇將軍。

「令狐整絕不會允許呂興得逞，甚至欲平定呂興、張保之亂，以此作為晉升之階，於是他便假裝親附張保，密謀圖之。他暗中派人勸說張保，說他與宇文仲和唇亡齒寒，如今朝廷大軍逼近涼州，恐怕宇文仲和抵擋不住。最好派遣精銳軍隊星夜救援涼州，兩軍合力擊敗朝廷軍隊。張保深以為然，卻不知該派誰去。令狐整又派另外一個人勸張保，說令狐整文武兼備，統軍出征最為合適，他父母家人都在城中，必定不會背叛。張保果然上當，派令狐整率軍救援涼州。令狐整軍權在手，到了玉門郡便悄然折返，以張保軍的名義回師敦煌，突襲城池。呂興沒想到張保的軍隊竟然落入令狐整手中，措手不及，被令狐整攻破城池，當場斬殺。令狐整在敦煌士族的支持下，兵力大盛，隨後又兵進瓜州，打得張保逃亡吐谷渾。」

玄奘深吸一口氣：「這令狐整當真是梟雄！這一連串詭詐手段真是無懈可擊！」

「令狐整以『呂興謀逆，毒害無辜，闔州之人，俱陷不義』為由，將呂氏三族滿門誅滅，同時將呂興的頭顱掛在城頭示眾。」索易說道。

玄奘合十，長長地嘆息著：「幾百年來，寒族崛起便如同險道行車，有的沖天而起，有的滿門俱滅。幾百年後翻開史書，無非是夢幻泡影，如露如電。」

索易也嘆了口氣：「是啊！呂氏的滿門鮮血，便是令狐氏崛起之階。當時士族們要推舉令狐整為刺史，令狐整卻不願私下受讓，便將瓜州和敦煌獻給了朝廷。宇文泰授其為撫軍將軍，大都督。令狐整確實是梟雄人物，竟然率領兩千名宗族子弟入朝，隨宇文泰征討。宇文泰感念其忠正，說：『卿遠祖立忠而去，卿今立忠而來。』不但賜姓宇文氏，還將其家族二百多戶列入西魏宗室籍。此前，令狐氏雖然是士族，卻也無非是隴右偏僻小郡的郡望，自令狐整起，令狐氏進入朝廷中樞，才稱為天下郡望。」

玄奘沉默了很久，眾人策馬行走在黃沙之中，遠處的鳴沙山滿目蒼黃，墓葬群封土連綿聳立。玄奘怔怔地看著馬蹄下，封土雖然寂寞，埋葬的卻是榮耀，而腳下每一捧黃沙，怕都浸透過失敗者的鮮血。

「呂晟家族便是僥倖逃脫的呂氏族人吧？」玄奘有些不解，「既然與令狐氏結下血海深仇，為何呂晟還要調任敦煌？」

索易想了想：「這個老夫只略知一二。據說是因為他老父年邁，呂父擔心時日無多，想死於桑梓之地，呂晟便陪伴老父返回敦煌。」

「如此來說，敦煌對於呂晟而言，簡直是絕地。他一入敦煌，怕就要與令狐氏兵戎相見了。」李澶皺眉，「那呂晟是雙科狀頭，怎地如此莽撞？」

索易苦笑道：「這些老夫就不知道了，令狐氏如今在敦煌士族中勢力之大首屈一指，令狐德茂的三子令狐瞻乃是西關鎮將，就駐紮在縣城西關，族人子弟遍布州縣各衙門。朝中有親弟弟令狐德棻，乃是禮部侍郎，文史大家。老夫若是呂晟，是萬萬不敢進入敦煌的。」

玄奘知道，索易顧忌令狐氏的勢力不想說太多，便也不再逼問。

他抬頭一望，忽然滿目輝煌。

寬闊的大河對岸，一道長達數里的崖壁聳立眼前，貼著河岸而去。崖壁上便是沙丘，落日照耀，金黃璀璨，映襯在無窮無盡的藍天之下，彷彿蒼天上橫流了一道青金石顏料。崖壁上，一層又一層的棧道蜿蜒，洞窟星列其間，密密麻麻，宛如無數蜂巢。隱約中，不少洞窟似乎正在開鑿，有匠人以繩索吊在崖壁上施工，棧道上也有無數工匠扛著木頭和泥料攀緣而上。

遠遠望去，整座崖壁猶如在蠕動。

莫高窟到了。

子城歸德坊，刺史府後宅。

日入時分，天色欲昏未昏，已有彎月升起，掛在長街盡頭。此時已經宵禁，子城內都是官署，街上空空蕩蕩。急促的馬蹄聲敲碎了寂靜和月光，都督府兵曹參軍王利涉帶著兩名部曲在橫街上策馬疾馳，到了刺史府後宅外，一勒韁繩，馬匹長嘶一聲，戛然停步。

刺史府仍是漢地前衙後宅的格局，前面是州衙門，後面中間一戶是刺史宅，左側是長史宅，右側是司馬宅，三大高官比鄰而居。

刺史府的總管，王君可的族弟王君盛帶著校尉趙鼎和四名親兵在大門口相迎。兩人互相拱手，也不說話，迎進了大門，前往正堂。

兩人急匆匆走著，庭院中樹影昏黑，有風吹起，窸窣作響，氣氛似乎有些詭異。

王君可降階相迎，王利涉急忙躬身行禮：「下官見過王公！」

「王參軍不必拘禮，你是大王的近人，我身為都督府下屬，還要請王參軍多多關照才是。」王君可親自陪著王利涉進了正堂，在席上分賓主坐下。

席上有食床，擺了酒食和精緻的瓜果，王君盛親自給二人斟了酒，在一旁伺候。

「王參軍夤夜前來——」

王君可剛說了一句，王君盛一咧嘴，湊到他耳邊低聲道：「夤夜是寅時時分。」

王君可臉色不變，神情自若：「……連夜前來，是不是大王那邊有什麼指示？」

王利涉只作不知，笑道：「大王與王公是舊日軍中袍澤，也沒什麼話不方便說的，今日是一樁私事，原應該請敦煌耆老上門，只是怕會唐突，才命下官先來拜訪一下。」

王君可和王君盛對視一眼，都有些詫異。

王君可遲疑：「我和大王之間相識多年，又是上官與下官，哪怕大王不便當面說，直接發公文便是。下官沒有不遵之理，要什麼耆老出面？」

「這事兒可發不得公文。」王利涉苦笑，想了半天，一時不知如何開口，「王公可見過我家世子？」

「今日在州城驛見了。」王君可道，「世子英挺秀拔，這三年在瓜州苦寒之地侍奉大王，據說晨昏……」

王君可瞟了一眼王君盛，王君盛做出口形：定省。

王君可與他配合默契：「……定省，真是大王之福。」

「是啊！世子性格和順，聰慧過人，熟讀三經，兼通佛道。如果不是出身皇家，便是去考那秀才科也是足夠的。」王利涉呷了一口酒，「聽說王公家的十二娘也是溫柔賢淑，侍親至孝？」

王君可和王君盛恍然大悟，這王利涉竟然是上門提親來了！兩人面色頓時都有些凝重，饒是王君可平生智計百出，一時竟也不知該如何回答。

王君盛想了想：「我家十二娘今年就滿十九了，原本早該許人家，只是這些年一直在敦煌，才給耽擱了。王參軍，您和我家阿郎[28]也是相識多年，不怕您笑話，十二娘孝順是孝順，可跟溫柔賢淑卻是搭不上邊的。」

「哦……」王利涉愕然，「此話怎講？」

王君盛搖頭：「我家阿郎久在軍中征戰，家風尚武，十二娘受了薰染，雖然讀過幾年詩書，卻自幼便喜歡舞槍弄棒，拉硬弓，騎烈馬，使長槊，甚至二十斤重的陌刀也能使得潑水不入，便是軍中一些悍卒都是她的手下敗將。」

王利涉呆滯了半晌，看著王君可，張口結舌。

「讓王參軍見笑了。」王君可苦笑，「你也知道，我自幼家貧，直到入了瓦崗，年近三旬才娶妻，生的一子一女也自幼在瓦崗長大。犬子永安還好，頗有些文才，可十二娘卻不然，身邊都是叔寶、咬金這等英雄豪傑，耳濡目染，只喜歡弓馬槍棒。入了長安後，我雖然找了大儒給她啟蒙讀些詩書，卻也改不過來。」

王利涉苦笑著聽完，一咬牙，猛然拍手：「好！這才是將門虎女！」

王君可和王君盛面面相覷。

「下官就實話說了吧，」王利涉哈哈一笑，「王公，世子到今年臘月就滿二十一了，和十二娘一樣，也是久在瓜州，至今並未婚配。上個月，王妃從京城寫信來談及世子的婚事，列了幾位國公和宰相家的嫡女，請大王定個主意。大王性子散淡，這些年遠離朝廷紛爭，很是適意，不願再與朝廷各方的國公、宰輔有什麼牽扯。大王與王公相識多年，相知甚深，雙方子女又恰在身邊，大王便動了心思，願永結秦晉之好。不知王公意下如何？」

王君盛不停地給他使眼色，王君可只做沒看見，抱拳拱手：「蒙大王厚愛，乃是小女之福，只是小女這性子……大王閥閱高貴，家風嚴謹，不知道與世子是否般配？」

王利涉此來就是要成事的，哪怕王魚藻是母老虎般的人物，也要把這門親事定了，當即哈哈大笑：「王公有所不知，大王最喜愛這種英烈女子，李氏起自隴西，馬上打天下，若是自家子孫長於柔弱婦人之手，豈不是丟了皇考太祖景皇帝的武烈之風？般配！般配！萬分般配！」

王君可笑著：「既然如此，那就請大王請了媒人來納采、問名。只要二人八字相合，下官斷無不應之理。」

王利涉見王君可一口答應，不由大喜：「下官這就去莫高窟稟告大王，擇個吉日，便上門納采！」

「大王在莫高窟？」王君可臉上變色。

「王公難道不知？」王利涉解釋，「今夜聖教寺有個競賣會。因城內宵禁，州裡的巨賈顯貴為了便利，就乾脆在聖教寺徹夜歡飲。據說西域各國珍寶雲集，甚至還有一截佛祖舍利，大王便臨時起意起駕前往。」

王君可霍然跳了起來，慌亂道：「大王如今到哪裡了？」

「應該到半路了。」王利涉想了想，「下官來時，大王正準備趕在宵禁前離開州城。」

王君可咬著牙，一字一句道：「王參軍，你馬上去截住大王，保護他返回長樂寺。趙鼎！」

門外甲冑聲響，親兵校尉趙鼎應聲跨步進來：「參見將軍！」

王君可道：「調派一旅甲兵，保護大王返回長樂寺。今夜你們不必回來，就守在長樂寺中。大王若有個差錯，軍法從事！」

「喏！」趙鼎大聲吼道。

「王……王公，出什麼事了？」王利涉驚得手足痠軟，一旅便是一百人，還是精銳甲士，這要防範什麼可怕的敵人？

王君可深吸一口氣，臉色凝重：「王參軍，告訴大王千萬不可涉險，今夜那莫高窟是龍潭虎穴，殺機四伏，恐怕要血流成河了！」

王利涉驚叫一聲，顧不得細問，跳起身便衝了出去。趙鼎緊隨其後。隨即院子裡響起綿密雜沓的腳步聲，甲葉碰撞聲如同暴風驟雨，迅疾遠去。

王君可盯著遠去的背影，臉色陰晴不定。

「四郎，」王君盛低聲，「您要不要親自去？」

王君可搖頭：「莫高窟的形勢極為複雜，我們作壁上觀即可。」

「是。」王君盛遲疑片刻，「四郎，您真要把魚藻嫁到李家？那李琰深受陛下猜忌，萬一陛下對他動手，咱們王家豈不是會受連累？您也說過，陛下調整隴右官場，明顯是對李琰行四面合圍之勢。這……　且拿下李琰，魚藻可怎麼辦？」

王君可背負雙手，在正堂內走來走去，顯然也有些難以抉擇。

「君盛，你也知道我要做的事。我們并州王氏門戶低賤，我自幼孤貧，以販馬為生，可這大唐朝廷重門閥，輕庶族，到處都是傳承百年、甚至千年的門閥士族官員，我哪怕以軍功封了縣公、上柱國，仍然毫無根基，被人輕慢。你知道他們稱我這種人叫什麼嗎？新官之輩！」王君可握緊雙拳，咬牙切齒，「我們要想成為士族，就必須累世為官，仕宦不斷，且三代之內世世有人做官到五品以上，才能立下王氏閥閱。太慢了，君盛，太慢了！」

王君盛也是滿臉激憤：「這幫狗鼠輩，若不是四郎你們浴血殺出這座江山，早就被那群反王滿門族滅了！」

「是啊！當初翟大當家帶著我們嘯聚瓦崗，無非是活不下去才來打天下。當年袍澤死傷枕藉，十之八九，可打出來的江山卻仍然是士族門閥的江山。這些人文不能安邦，武不能定國，塚中枯骨一般，卻仍然自矜血脈，隔離士庶。」王君可苦澀，「所以我們并州王氏要想不被人輕慢，為後世子孫創下基業，就必須自己成為士族。可這些士族之間互相通婚，保持血脈高貴，誰若與庶族平民通婚，甚至會被群起而攻之，門閥降級。哪怕我現在是縣公，上柱國，想要娶崔、盧、鄭、王這些山東五姓女，也是不可能之事。但今日隴西李氏卻來與我們結親，若是魚藻嫁到臨江王府，便是世子妃，他日更是臨江王妃，誰還敢說我們王氏閥閱低賤？」

「這道理固然沒錯，我并州王氏等不得三代成為士族。」王君盛遲疑，「可臨江王如今自身難保，萬一陛下對他動手，重則賜死，輕則廢為庶人。魚藻嫁過去，將來豈非竹籃打水一場空？」

王君可大笑，拍著王君盛的肩膀：「放心！有我的謀劃，豈會讓這種情況出現？魚藻只要嫁過去，便是我并州王氏崛起之時了！好了，你去把魚藻找來！」

王君盛離開正堂，疾步跑向內宅，不料片刻之後便跑了回來，臉色驚慌。

「四郎！魚藻不見了！還有您那把兩石強弓、三十斤陌刀，都不見了！」

莫高窟中，玄奘舉著火把，痴迷地觀看著窟裡的佛像與壁畫，直到李澶在洞窟口喊，才回過神來。饒是玄奘這些年行走萬里，見過無數的佛寺、壁畫，仍被震撼得無以復加。

莫高窟開鑿於前秦，當時有僧人樂僔，西來敦煌，到了這座斷崖邊，正值夕陽西下，落日映照三危山，金光萬道，祥瑞無邊，千萬座山峰有如千萬尊佛像。樂僔當場頓悟，便在崖壁上開鑿石窟修行。

自此不僅當朝陸續有僧人前來開鑿洞窟，之後的北涼、北魏、西魏、北周、隋、唐，歷代的僧人、世家大族、達官顯貴，甚至平民百姓皆紛紛來到莫高窟開窟、造像、建寺，莫高窟成為敦煌佛教的聖地。這些佛窟大都是家窟，凡是規模宏大的洞窟多是大族所建，或者一家一窟，或者一族數窟，也有些平民幾家聯合造窟。翟氏、李氏、令狐氏、張氏、曹

氏、陰氏都建有自家的石窟

石窟形制恢宏，壁畫精美，窟內造像細膩傳神，石窟的前室建造有窟簷，形成一座座聳立在崖壁上的殿堂。每一座都有棧道相連，層層疊疊橫臥於崖壁之上，從棧道上望去，眼前宕泉河波光環繞，更遠處黃沙擁堆，氣象萬千。

此時天色已暗，佛窟裡亮起了燈，從遠處看，崖壁上佛燈朵朵，彷彿天上佛國。玄奘舉著火把從翟家窟裡出來，李澶道：「師父，聖教寺的競賣會已經開始了。」

玄奘點點頭，兩人小心翼翼地順著棧道、貼著崖壁走下去。旁邊蓋著一些簡陋的土坯房舍，裡面開鑿佛窟的打窟人也已收工，正在吃飯。其中有些人議論著聖教寺裡的競賣會，打算吃完飯便去看看熱鬧。

聖教寺就在崖壁下，乃是敦煌三大寺之一，雖然規模並非最大，卻最為古老。山門匾額為西晉大書法家索靖所題。

競賣會在聖教寺無量院中舉行。

這無量院的格局和世俗宅院倒有些相似，一座正方形的回字形院落，正中間是高大的正堂，不過這正堂四面無牆，四根巨大的柱子撐起屋頂，周圍掛著紗幔，彷彿露天的戲臺。事實上，無量院的正堂恰好就是表演百戲、俗講的所在。

正堂四周擺著三十幾張繩床[29]，翟法讓坐在主位，右側是一名神情肅穆、身穿正五品官服的老者，左側是身穿圓領袍服的長鬚老者。翟昌坐在翟法讓的下首。依次而下都是一群富商巨賈、高官顯貴，眾人的食床上擺滿酒食，互相寒暄談笑，一起勝飲。

正堂中間則搭著一座雙層木臺，第一層離地一尺，第二層離地三尺，頂上垂下八條絲絹。在第一層木臺上，八名年輕貌美的樂伎分坐兩側，著飛天的妝容與服飾，正在演奏，有琵琶、箜篌、腰鼓、笙，每人手中的樂器都不同；而她們身前則是一組飛天舞伎，穿著輕紗長帶，提著花籃繞著木臺追逐，迴圈流轉，一路上鮮花漫撒，飄逸如仙。

第二層的木臺上鋪著藻井圖案的羊毛地毯，其上一群飛天舞伎妖嬈而舞，頭頂寶冠，項戴瓔珞，腰間繫綠色長裙，下穿長褲，兩兩競相飛舞，翩若驚鴻，婉若游龍。髣髴兮若輕雲之蔽月，飄飖兮若流風之迴雪。一場樂舞高低錯落，上下層疊，四周鮮花飛舞，長帶盈空，宛如壁畫復活，佛國降世。

正堂下的庭院裡擺著上百只胡床[30]，已經坐滿了人，有些是各行會的工匠，有些是來競賣會看熱鬧的敦煌百姓。此時已經宵禁，不可能回家了，可眾人早有準備，各自帶了酒食和坐具，打算看完熱鬧，直接在大乘寺投宿。

玄奘和李澶從人群中擠進來，居然看見在魚泉驛結識的俗講師——劉師老。女徒弟煙娘抱著琵琶沉靜地站在他身後。劉師老看見玄奘，急忙合十：「法師，您也來了！」

「貧僧來長長見識。」玄奘問，「劉公這是要在此講唱？」

「不敢稱劉公！」劉師老受寵若驚，「已經講唱完了，也是等在這裡看一番熱鬧。」

兩人正寒暄，翟昌坐在高處，一眼便看到玄奘，他急忙起身，把玄奘二人迎上正堂，並吩咐停了樂舞，舞伎和樂伎們魚貫而散。

「法師，老夫為您介紹一下。」翟昌拉著玄奘來到那名五品官員身邊，「這位便是西沙州的孫長史，諱查烈。」

在場的人都知道玄奘的身分，孫查烈不敢怠慢，起身鞠躬施禮。玄奘在州城驛也見過此人，乃是貶謫過來的京官，以孤耿著稱，是王君可極為頭痛卻奈何不了的人物。

翟昌又介紹翟法讓左側那名圓領袍服的老者：「法師，這位是敦煌令狐氏的家主，德茂公。」

玄奘就是衝著此人來的，他仔細打量令狐德茂。此人年有六旬，身材高大，一張臉生硬如同木板，難以見得表情，卻不乏世家大族的雍容。

令狐德茂深深地看了玄奘一眼：「聽說法師想西遊天竺，卻受人所阻？」

玄奘笑了笑：「只是有這樣的宏願而已。」

令狐德茂語氣乾脆：「我令狐氏雖然以詩書傳家，卻也一心敬佛。若法師願走，三日之內，我令狐氏願意助法師越過關隘，一路護送至伊吾。涼州李都督處，由老夫來說項。」

玄奘沉默片刻，笑了笑：「等貧僧處理完敦煌的私事，再來拜求令狐公。」

「三日之內。」令狐德茂盯著玄奘也沉默片刻，然後豎起手指，「超過時日，只怕沙磧難行，關塞險阻，法師永遠無法到達西域。」

瞬息間火星四射，兩人語藏刀鋒，連翟昌都感覺到氣氛緊繃，一時有些不知所措。

玄奘仍然含笑：「前些日貧僧剛剛跟弟子說過一句話，自古以來西遊的僧侶不知凡幾，可到頭來世人只知道法顯，為何？因為其他人都死在了路途中。貧僧願意做那求法路上的一具枯骨。」

令狐德茂索性閉嘴，一言不發。

翟昌急忙拉著玄奘去引見其他幾位，都是敦煌的巨賈貴胄。

翟法讓命人在自己旁邊擺了兩張繩床，請玄奘和李澶坐下。這時四名侍女上前撤掉了第二層木臺，擺上一張五尺高的胡几，在上面細心地鋪上羊毛氈子。一名滿臉帶笑的滾圓胖子登上木臺，抬起雙臂虛虛一按，四周安靜了下來。

「在下丁守中，乃是聖教寺的寺卿，為寺中管理些俗家雜事。」丁守中笑呵呵地道，「蒙各位賢達高看，推舉在下做這場競賣會的主持者，在下是誠惶誠恐，兩百來斤分量壓得腿都顫了。眼見得稀世珍寶在前，各位耐不住坐太久，在下也耐不得站太久，咱們這便開始競賣吧！」

庭院中的人群發出歡呼聲。

丁守中大聲喊道：「各位要競賣的商行東家和主事，你們事先都領到了一張竹籤，籤上的編號便是諸位登臺展示財貨寶貝的次序。請諸位按次序登臺，當場展示，由在場之人競價。別無規矩，價高者得！」

玄奘還是第一次見識競賣，看得饒有興味。

第一個登臺的是一名西域胡商，瞧模樣打扮像是粟特人。兩名金髮碧眼的西域胡娘各自托著一只木盒，木盒一打開，在燈光的照耀下，光華璀璨，耀眼生輝。

「諸位，這便是赤玻璃和綠金晶！」胡商帶著兩名胡娘至正堂的高官顯貴面前一一展示。

玄奘也拿在手中感受了一下，這赤玻璃周身赤紅，透明如水，透過玻璃能看清手上的掌紋，手感圓滑，光華四溢；綠金晶卻非綠色，而是半透明的淡白色，其中透出淡綠色的暈團，淡淡如同裹著一輪清冷的明月。[31]

「貞觀元年，大唐天子當今陛下登基，拜占庭皇帝送來的貢物中便有這兩樣寶物。」

胡商很懂得售賣貨物，先說了一番故事和情懷，「這兩樣寶貝極為難得，赤玻璃生於土中，乃是千年之冰化成；而綠金晶則是高山之巔的玉晶，千萬年受日月光照，吸收日月元氣凝結其中，才形成這淡綠色暈團。真正是上帝……哦不，是仙人賜予凡間的神物！」

玄奘啞然失笑，旁邊的翟法讓低聲問：「法師難道認得這寶貝？」

「赤玻璃的確生於土中，卻不是什麼千年寒冰所化，只是一種透明的琉璃罷了。」玄奘低聲解釋，「葛洪的《抱朴子》中有記載，原料取自沙土，由五種材料燒製而成，具體貧僧也不清楚。不過據史籍記載，這種原料來自罽賓國，另外還有碧玻璃，來自拔汗那，紅玻璃來自吐火羅，赤玻璃倒的確是拜占庭所產。」

翟昌也好奇起來：「法師好博學，那綠金晶呢？果真是凝結了日月元氣嗎？」

「絕對不是。」玄奘遲疑片刻，「看那模樣，與佛經中記載的『頗胝迦』倒有些像。此物應該是出自天竺南邊的一個名叫師子國[32]的島國，跟玉一樣，是從礦石中採得。」

「哼，這幫粟特人，利之所在，無所不至。」翟昌冷哼一聲，「為了錢利，什麼鬼話都敢編。」

「都是李氏壞了門風！」令狐德茂冷笑，「堂堂武昭王之後，偏學那粟特人組建商隊，貨殖牟利！」

旁邊翟法讓、翟昌、孫査烈等人互相對視一眼，翟昌面露尷尬之色，只作沒聽見。

周圍人聲嘈雜，且不說赤玻璃和綠金晶的仙家氣韻，單說是拜占庭皇帝送給大唐皇帝的貢物，就讓無數豪門子弟趨之若鶩。經過一番叫價，一名陰氏嫡系以七百四十貫的高價競得。

第二件寶貝也是胡商帶來，但不甚稀奇，十只橡木桶，裝有整整十卡皮赤[33]的葡萄酒，是直接從撒馬爾罕不遠萬里販運過來，據說在地窖儲藏了十年。那胡商打開一桶倒出些許給眾人品鑑，遠好於敦煌本地所釀，色如琥珀，香氣醉人。有豪商以一桶五百貫的價格競得。

第三件寶貝還沒登上正堂，就已引得堂上堂下全場譁然。一名李氏商行的主事竟然牽上來一匹肩高八尺的汗血寶馬！這匹馬通體淡金，頭細頸高，四肢修長，體態勻稱，背部下方還長著暗色條紋，便是虎紋[34]。

孫查烈愛馬如痴，顧不得矜持，衝上去摸著那馬的背部，只見那馬的脊椎兩側長著兩條肉脊。

「龍翼骨！果然是汗血寶馬！」孫查烈顫聲叫道，「老夫……老夫一生與馬為伴，卻從未見過真正的虎紋龍翼，汗血寶馬！這……這是怎生弄來的？」

「回稟孫長史，」李主事恭恭敬敬地抱拳，朝著四下朗聲道，「這匹馬乃是與我李氏相善的胡人商隊，去年西出大雪山，不遠萬里到撒馬爾罕城，拜見了康國之王代失畢，以千匹紫熟綿綾換來了這匹天馬！」

眾人倒抽一口冷氣。汗血寶馬對中原人意味著什麼，史書上記載得很明確，漢武帝兩次鑿穿西域，勞師遠征，不就是為了這汗血寶馬？汗血寶馬對敦煌尤其具有特殊的意義，正是漢武帝派遣貳師將軍李廣利率兵攻打大宛、奪取汗血寶馬，才移民實邊，建立了這敦煌郡！

「一千匹紫熟綿綾，那豈不是說這馬得花兩千六百多貫？」孫查烈沉吟道，「雖然價格不菲，倒是值得！」

李主事恭敬地道：「是康國的一千匹紫綾。您說的一匹兩貫六百文，是敦煌的價格，通過萬里沙漠雪山販運到康國之後，價格翻了十倍。」

「兩萬貫！」孫查烈瞪大了眼睛。

「為了把馬匹運回敦煌，翻越雪山時死了兩名奴婢，過大漠沙磧時以十輛大車拉飲水和草料。」李主事仍然畢恭畢敬。

孫查烈再糊塗也知道，這匹馬兩萬貫絕拿不下來。

「也是，」孫查烈戀戀不捨地撫摸著馬背，「漢武帝為了汗血寶馬，兩次遠征大宛，前後數年，勞師幾十萬，才得了三十匹。這種神物，又豈是錢能買到的？老夫與此無緣啊。」

孫查烈黯然回到繩床上坐下。

李主事笑道：「諸位，天馬雖貴，卻也是有價之物，這匹寶馬就以兩萬貫起競，每次加價不低於千貫！」

正堂上一名中年男子立刻吼道：「我出——」

「且慢！」令狐德茂忽然跳下繩床，大踏步來到正堂中間，「這匹馬不宜競賣！」

「令狐公，這……這是為何？」李主事有些發愣，周圍的眾人也不解。

令狐德茂冷笑，臉上肌肉卻不動：「烈公說得沒錯，汗血寶馬乃是神物。據說西海天馬乃是龍與牡馬交合所生，是為龍種。東漢初，西域向光武帝獻汗血寶馬；西晉時，大宛獻天馬給晉武帝。自從漢武鑿穿西域，汗血寶馬歷朝歷代都是進貢給皇帝的貢物，歷代以來大宛和康居獻天馬於前涼世祖、後涼太祖，前秦苻堅，東晉孝武帝，南朝明帝，北魏太武帝、文成帝、孝文帝、宣武帝，前隋文帝。煬帝為了得到汗血寶馬，還專程派遣司朝謁者崔毅出使西突厥向可汗求馬。」

令狐德茂慷慨激昂地講著，引經據典，梳理歷代，眾人聽得如墜霧中。

「德茂公，您究竟想說什麼？」翟昌忍不住問道。

「弘業公，且仔細聽老夫說。」令狐德茂耐心地道，「到了我朝武德年間，康國國王也曾派人進獻天馬給太上皇，唯獨在貞觀朝，還未有粟特使節來進貢汗血寶馬。敦煌李氏乃是武昭王之後，說起來與皇室系出一脈，萬里迢迢運回了天馬，竟不獻給陛下，反而拿來競賣，這等舉動老夫實在不解！」

此言一出，整座無量院鴉雀無聲，沒有一個人敢說話。令狐德茂不但把矛頭直指八大士族之一的李氏，甚至還扣了李氏不敬皇室的大罪名。

「令狐，你血口噴人！」寂靜裡，猛然一聲怒吼。

一名老者從無量院的一座禪房裡衝了出來，穿過人群，疾步跨上正堂，指著令狐德茂，滿臉激憤，鬚髮皆張。

「承玉兄，怎麼你也在？」翟昌嚇了一跳，下了繩床，來到那老者跟前，想要隔開二人，卻被那老者推開。

「這位便是敦煌李氏的家主，李植，字承玉。」翟法讓低聲告訴玄奘。

玄奘點點頭，默不作聲。他知道敦煌士族之間有矛盾，卻沒想到針鋒相對到了這種地步，令狐氏當著所有人的面以一劍封喉之勢向李氏開戰。

「承玉兄，原來你偷偷躲著呢。」令狐德茂哂笑，「卻不知道要用這匹天馬來暗算誰？」

「你——」李植氣得臉漲成了豬肝色，卻沒法辯解。他身分高貴，今日有自家商隊的貨物競賣，也不方便親自露面，但又對這天馬的競賣倍為關切，這才躲在無量院中等消息，偏生這話又沒法挑明說，只能硬生生受了這一刀。

「令狐老三！」李植大吼，「你到底是何居心？」

令狐德茂冷笑：「是何居心？老夫是為了救那個被你拖累的人，也是為了救你們李氏！」

「胡說八道，你借題發揮，想要坑害我李氏，好歹毒的心腸！」李植咬牙切齒。

「坑害你？」令狐德茂大笑，眼神卻冰冷無比，「我且問你，自古而今，哪個人臣敢受這汗血寶馬？」

「這——」李植愕然半晌。方才令狐德茂列舉十幾朝，都是有史可循的，從禮法上來講自然沒問題，可是史籍只曾記載汗血馬送給了皇帝，並不能說沒有哪個高官擁有……

李植遲疑片刻，大聲反駁：「歷朝歷代，康居和大宛獻的天馬自然都是給皇帝的，可是也沒有說人臣就騎不得！皇帝賜給臣民，也是常事。」

「天子賜，不可辭，自然是常事。」令狐德茂「笑咪咪」地道，「可是除非皇帝所賜，哪個人臣敢受他人進獻的天馬？章帝時，李恂為西域副校尉，西域諸國獻天馬給李恂，李恂不敢受，為何？謹守人臣之禮也！季漢時，大宛獻天馬於曹操，曹操受之，為何？權臣也！曹丕登基後，曹植獲天馬一匹，不敢受，獻給曹丕。東漢質帝時，大將軍梁冀向西域索要汗血名馬，以充園囿，終遭滅族！老夫問一問在場的諸位，誰敢受這天馬！」

李植頓時額頭冒汗，卻張口結舌，反駁不得。

「我朝陛下酷愛名馬，曾有六駿，卻始終得不到一匹真正的汗血寶馬。武德末，康國獻天馬於太上皇，而陛下登基以來，還沒有受過天馬之貢。你李氏號稱太祖武昭王之後，與皇室同出一脈，幸而得到天馬，卻不把牠獻給陛下，反而拿來賣錢。莫非在你李氏眼裡，幾貫銅錢比尊奉皇室還要重要嗎？」

這一番話說得李植汗流浹背，卻不知該如何反駁。

「所以，老夫阻止此物競賣，也是憐惜那競買之人。」令狐德茂大聲道，「天子擁有四海尚不得此物，你們騎在馬上，心裡便踏實嗎？」

那些有心競買之人聽得毛骨悚然，後怕不已。有些事細究不得，一旦細查，說到底就是個僭越之罪。事實上，大唐皇室頗為開明，很少有人因為構陷而入罪，可是令狐德茂說的這番官場之道卻非同小可，很難推翻，再加上李氏自詡為皇族支脈，這麼深究下來，遍布殺機，令人不寒而慄。

玄奘也苦笑不已，得，令狐德茂這麼一說，除了獻給皇帝，這馬算是廢了。李氏不敢賣，他人不敢買，萬金不換的名馬成了擺設。

「好好好！好你個令狐老三！」李植氣得渾身哆嗦，轉頭大吼，「把馬牽了，回府！」

當即有僕役過來牽了馬，李主事低聲道：「家主，此時城門已經關了。」

「回鄉裡老宅！」李植怒吼一聲，轉身就走。

令狐氏和李氏這一番衝突，競賣會頓時有些冷場。丁守中急忙安排後續的商家上場，卻只是薰陸、鬱金、蘇合等香料，以及越諾布、赤麖皮等物品，雖然貴重，卻不算奇異。

直到有西域巨賈運來兩只鐵籠，籠裡有兩頭獅子，競賣會才又熱鬧起來。獅子也是歷來西域諸國獻給朝廷的貢物，不過此物並不像汗血寶馬那樣具有象徵意義。自前隋起，豪商貴胄就喜歡豢養些獵豹、犀牛等稀罕動物，並不算違禁，有一名來自涼州的豪商一擲萬金將之買走。

接著一名胡商登上正堂，身後跟著兩名姿容俏麗的胡人少女，其中一人手中托著一只托盤，上面放著一只巴掌大的玉盒。

那胡商朝四周撫胸鞠躬：「敝人米康利，今日帶來一件寶物。此物請恕敝人不說來歷，諸位且看一眼是否識得。」

米康利一揮手，兩名胡人少女走到主位的翟法讓面前，一人托起托盤，另一人緩緩打開玉盒，眾人翹首看著，都有些愕然。玉盒裡也沒什麼古怪出現，更沒什麼光芒放出，但看那米康利鄭重的模樣，都知道非同小可。

翟法讓瞇著兩眼打量半晌，一臉茫然：「玄奘法師，不如你來看看？」

玄奘起身走過去，李澶、翟昌也好奇地湊了過來，眾人一起圍著玉盒查看。只見那玉盒中竟是一沓極細極薄的半透明物，像是一沓絲綢，卻又比絲綢細薄了幾十倍；像是蛛網，卻更加細密，上面織著紋理；像是一種膠狀物，卻層次分明。此物只有薄薄一沓，邊緣處似乎是被撕裂的，參差不齊。

「貧僧不認識此物。」玄奘搖頭。

那兩名少女繞著正堂，請眾人一一觀看，眾人都茫然地搖頭，只有其中一名漢人商賈遲疑地看了半晌。

丁守中問道：「趙行首，你認識此物？」

此人正是彩帛行的行首。

趙行首搖搖頭：「我不認識此物，只是想起了一件事情。米郎君，你可是缽息德城 35
人？」

米康利面無表情地點了點頭：「不愧是敦煌行會會首，竟然知道缽息德城。沒錯，敝人正是來自那裡。」

「粟特九姓中最常見康國和石國人，米國行商敦煌少見一些。」趙行首搖頭道，「三年前，有個米國行商，名叫米來亨，你可認識？」

米康利臉色有些猙獰，咬牙笑道：「正是家父。」

「你竟然是米來亨的兒子？」趙行首一拍繩床的靠臂，跳了起來，「我知道此物是什麼了！天衣！這是一件天衣！」

「天衣？」眾人面面相覷，顯然都沒聽說過此物。玄奘也是一頭霧水。

「趙行首，」孫查烈道，「你好生說明白了！」

「是，烈公。」趙行首道，「三年前，有一支粟特行商來到敦煌，商隊首領便是這位米郎君的父親，米來亨。他們在西市販賣完攜來的寶石和香料後，又到我那裡進了一些絲綢。米來亨當時拿出一只玉盒，說自己有一件真正的寶物，乃是來自忉利天的天衣。展開之後，長四十里，重僅六銖。他說，穿上天衣，百劫不生，邪祟自辟，不入沉淪，不墮地獄，不遭惡毒之難，不遇虎狼之災。」

眾人面面相覷。這實在有些匪夷所思了，一件衣服長達四十里，只有六銖重？須知二十四銖一兩，這件衣服只有二錢五釐重？

「法師，」翟法讓皺眉，「他所說的忉利天天衣，是不是《佛說無量壽經》上講的天衣？」

「想來應該是此物。」玄奘想了想，「佛經上說，忉利天天衣長四十里，重六銖。不過天人所穿的衣物，凡人自然是誰也沒有見過。」

孫查烈等人也好奇起來：「法師，不如細細給我等講解一番？」

玄奘道：「天衣便是欲界六天之上那些天人所穿的衣物。按照經上所說，欲界四天王的天衣長二十里，重半兩；忉利天天衣長四十里，重六銖；夜摩天天衣長八十里，重三銖；兜率天天衣長一百六十里，重一銖半；化樂天天衣長三百二十里，重一銖；他化自在天天衣長六百四十里，重半銖。」

「那佛經可有講忉利天的天衣是什麼模樣嗎？」李澶問道。

玄奘搖頭不已：「阿彌陀佛四十八願，第三十八願說：『設我得佛，國中天人，欲得衣服，隨念即至，如佛所贊應法妙服，自然在身。有求裁縫搗染浣濯者，不取正覺。』就是說忉利天的天人們，只要冒出衣服的念頭，衣服自然會披到身上。輕軟，細緻，美妙，勝過其他世界的天衣。任憑各位天人的喜好，天衣自然隨身，大小、質料、色彩、款式隨心如意，不需裁剪。若是不想穿了，便自動化掉，沒有洗濯的麻煩。所以這天衣是什麼模樣，真是無法言說。」

眾人嘖嘖讚嘆，不約而同地望著莫高窟上的點點佛燈，嚮往那天界勝景。

「法師真是好學問。」趙行首合十稱讚，「當時那米來亨也是這麼說的。」

「那米來亨有沒有說，這件欲界天衣他是如何得到的？」玄奘問，「按道理，天衣是一件妙服自然的東西，隨心而至，隨心而去，又怎麼能夠裝在這盒子裡，出現在人間呢？」

「我也如此問他，他卻不肯說。」趙行首搖頭，「米來亨想把它賣掉，託我找了幾個富商。但是眾人提出想試一試這天衣，看能否穿在身上，米來亨又不肯。他和你說的一樣，妙服自然，穿上便汙了天衣，萬一不要，他也無法再售賣。因此從敦煌到瓜州，無人願意買。」

「米郎君，你是要售賣此物嗎？」玄奘問。

「自然。」米康利生硬地道。

「你又如何證明這是一件真正的天衣？」玄奘問。

「不需證明。」米康利冷笑，「那個殺了我父親，劫奪天衣之人，自然知道此物的真假！」

眾人頓時譁然，孫查烈吃驚：「你父親竟然死了？誰殺的？可曾報官？」

趙行首躬身道：「烈公，米來亨三年前便死了，那時您還未上任。」

「怎麼回事？」孫查烈鬆了口氣，問道。

「當時米來亨沒有賣掉天衣，他置辦完貨物後便帶著商隊返回米國。一個月後，有行商從西域歸來，說在白龍堆沙磧中發現一支被截殺的商隊，是米國人，商隊首領正是米來亨。」趙行首道，「因為白龍堆沙漠在舊玉門關以西，已經離開大唐國境，便無人問及。」

米康利咬牙切齒：「父親商隊裡的一個奴隸逃了回來，他帶著這只玉盒返回缽息德城，說在白龍堆遭遇截殺，那支劫匪的目的就是劫奪天衣。我父親與之搏鬥，身中數刀，只奪回了半截，讓人帶回缽息德城。我以聖火為誓，必報此仇。經過兩年籌備，我組了一支商隊來到敦煌，在此亮出這半件天衣，便是要昭告敦煌，請那劫奪天衣之人，儘管來取！」

眾人倒抽一口冷氣，面面相覷。

令狐德茂忽然問道：「你大庭廣眾之下明白告訴凶手是為了復仇，他還敢來劫奪天衣？」

「他不得不來！」米康利冷笑道，「天衣乃是神物，百劫不生，邪祟自辟，可若是穿上殘缺不全的半件，必遭天譴，苦不堪言！若我所料不差，此人已被折磨三年，生不如死了！」

猛然間，聽得遠處一聲巨響，彷彿重物砸在寺門上，轟然一聲。隨即又是幾聲巨響，轟隆隆的倒塌聲響起。然後是一聲淒厲的慘叫，緊接著更多的慘叫聲此起彼伏，撕心裂肺，充滿驚懼與惶恐。

一名差役渾身鮮血，跑進無量院大吼：「妖魔……妖魔！他來了——」

第四章　二十八宿：奎木狼

深夜亥時，彎月當頭，莫高窟下光暗交織，暝迷不定。聖教寺外卻傳來一陣整齊的腳步聲和鎧甲葉片的撞擊聲，一乘肩輿從黑暗中緩緩而來，行走在清冷的月光下。

那肩輿四角撐杆，帳頂是圓形華蓋，四周垂著黑色的帷幔，遮得嚴嚴實實，而四名轎夫赫然是身材魁偉、渾身披著明光鎧的甲士！頭上戴著兜鍪，面罩放了下來，只看見猙獰的獸面，看不見容貌。他們上身扣著胸甲和背甲，下身著甲裙，腿部裹著脛甲，連腳上都套著鐵靴，胸前兩塊圓形板狀護胸磨得錚亮，在月光下耀眼生輝，彷彿石窟裡的力士金剛復活一般。

詭異的是，那肩輿四周冒著濃稠的黑色煙霧，絲絲縷縷往外溢出，連帶著四名甲士也半裹在其中，忽隱忽現，猶如踩著黑霧行走，但鐵靴踩地，傳來咵咵聲響，又明白無誤是踩踏著地面。

到了無量院門口，一隊街卒策馬巡行過來，迎面遇上這詭異的肩輿。

縣裡有街使騎卒，夜禁後巡視街道，糾舉不法。名義上從屬於金吾衛，實際上在地方州縣是由縣尉管轄。今夜莫高窟競賣會人數眾多，尤其是來了一些高官和世家大族，縣尉為了治安，特意調了一隊街使騎卒。

帶隊街吏舉起手臂，喝道：「兀那行人，且停下來，出示文牒！」

四名甲士恍若未聞，默不作聲地抬著肩輿緩步行走，步伐整齊劃一，不疾不徐。街卒們頓時有些毛骨悚然，紛紛抽出橫刀，呼喝道：「再不停下，當場緝捕！」

四名甲士抬著肩輿仍然踏步而行，彷彿行屍走肉，徑直走到寺門外才停了下來。四人放下肩輿，木頭般站在肩輿四周，似乎在等候指令。

街吏忍不住打了個寒顫，一揮手，一名街卒揮舞著橫刀，策馬衝了過去。到了一名甲士側邊，那街卒大吼一聲，人借馬勢，揮刀劈下。那名甲士猛然轉身，一拳砸在馬頭上。戰馬嘶鳴一聲，竟然被打得當場側翻，四蹄撲倒，把那街卒壓在身下。

甲士木然走上前，一手抓住街卒，竟把那街卒給提了起來，擲向寺門！

轟隆一聲響，五寸厚的寺門搖晃幾下，險些坍塌。街卒骨斷筋折，跌翻在地。周圍的街卒們一時呆了，如見神魔。恍惚之際，只見四名甲士從肩輿的轎杆上各抽出一把陌刀，大踏步走上前。

街吏登時清醒，大吼一聲：「殺賊！」

剩下的五名街卒知道難以倖免，但胸中的血勇卻不願退縮，吶喊一聲，策馬揮刀衝了上來。四名甲士一字排開，二十斤的陌刀上下翻滾，彷彿神魔下凡，人擋殺人，馬擋殺馬，片刻之間五名街卒人馬俱碎，倒在血泊之中。

甲士們提起街卒的屍體，朝著寺門擲了過去，轟隆一聲又一聲響起，人體砸在坊門之上，破損的皮囊鮮血迸射。最終寺門不堪重擊，倒塌下來。

殘牆，煙塵，明月，鮮血，四名甲士在煙塵中沉默地站著，似乎在等待什麼。這時肩輿裡響起低沉的咆哮聲，四名甲士默默返回，抬起肩輿，穿過坍塌的寺門，踩過滿地的屍體，走進了無量院。

競賣會在二進院中，眾人還不知道外面的一番殺戮，也不怎麼驚惶，見那四名甲士抬著肩輿走來，反而像看熱鬧一般讓開一條通道。四名甲士徑直走到庭院正中間，在正堂的臺階下停住，一動不動。

玄奘、李澶、翟昌、翟法讓、令狐德茂、孫查烈等人紛紛起身，來到正堂前面，望著這乘詭異的肩輿。

孫查烈大聲道：「你們是什麼人？膽敢擅闖聖教寺！」

肩輿裡傳來平淡的聲音：「我來競買那件天衣！」

人群頓時譁然，米康利衝到了正堂邊，盯著翻捲的黑霧：「你要競買天衣，為什麼不從肩輿裡走出來，堂堂正正地競買？」

「你是想知道我的身分嗎？」肩輿裡傳來聲音，「不必了，白龍堆沙漠中截殺你父親的人，便是我。」

「我殺了你！」米康利大吼著，拔出一把彎刀衝下臺階。

那四名甲士呆呆站著，並不阻攔。肩輿有些高，米康利踩在一張繩床上，凌空躍起，朝著肩輿撲了過去，一刀劈下。

濃稠的霧氣仍然在肩輿四周翻滾，有風吹來，吹動肩輿帷幕上的玉環和銅飾，叮噹作響。米康利的身影撲進肩輿之中，隨即被霧氣吞沒，無聲無息，整個人消失不見。

眾人詫異地看著，等了半晌也沒聽見任何響動，彷彿米康利化作煙霧消失了一樣。周圍死一般的寂靜中，傳來齧咬的聲音，好似有動物窸窸窣窣地在啃著什麼堅硬的東西。

「血——」院子裡有旁觀的人眼尖，驚慌地喊叫起來。

眾人這才發現，肩輿下竟然有一汩汩的鮮血流淌下來。

肩輿上的帷幔忽然一收，眾人瞪大兩眼看著，只見黑霧慢慢變淡，露出肩輿中的情景——竟是一頭巨狼蹲坐著，大口大口地啃食米康利的屍體！

無量院裡頓時大亂，所有人都驚慌失措地後退，便是正堂上的高官顯貴們也嚇呆了，當即有人大叫：「是那妖狼！占據玉門關的妖狼！」

玄奘猛然想起州城驛中，王君可講述的那個自稱奎木狼的妖狼，卻不想今夜竟然親眼見到此物！玄奘看了一眼周圍的人，愣了一下，跟其他人驚懼失措的模樣不同，翟昌與令狐德茂互相對視了一眼，神情中帶著冷笑，欣慰，還有憎恨，絕無絲毫恐懼。

「哈哈哈——」奎木狼發出轟隆隆的大笑聲，丟掉手中的屍體，口吐人言，「本尊竟讓汝等這般懼怕嗎？」

「你這妖物，來人！拿下他！」孫查烈大叫。

然而在場的只有敦煌縣衙裡的白直差役，不過是來維持秩序的，哪敢跟震懾敦煌的妖狼放對，因此不管孫查烈怎麼呼喝，眾差役都畏縮不敢上前。

奎木狼從肩輿上輕飄飄地一躍而下，四足著地，姿勢悠閒地朝正堂走來。玄奘仔細觀察著，這奎木狼身形極為巨大，遍體銀白色狼毫，而頭面部卻光禿禿的，皮毛全被剝淨，骨頭外露，有如骷髏，眼眶裡閃耀著幽幽鬼火。

那奎木狼邊走邊笑，前爪和後爪著地時啰啰作響，與鋪地的青石碰撞發出金石之聲：「汝等凡夫俗子，本尊乃是天神下凡，為何稱我為妖物？今夜本尊來到此處，只是為了取那件天衣。好好把天衣獻上，本尊自然便走。」

令狐德茂大笑道：「妖狼，可還認得老夫嗎？」

奎木狼猛然一僵，「臉」上顯出濃烈的恨意：「令狐老賊，莫非要逼本尊大開殺戒？」

「大開殺戒？憑你也配！」令狐德茂取出一根篳篥，放在嘴邊一吹，蒼涼高亢之音遠遠傳了出去。

緊接著密集雜沓的腳步聲轟隆隆響起，聖教寺的禪房裡奔出一隊隊鐵甲兵卒，順著備好的梯子紛紛跨上牆頭和房頂，張弓搭箭。無量院外的圍牆兩側，也各有一隊兵卒開赴過來，成群結隊地湧入庭院，隔開圍觀的眾人，強弓硬弩，槍矛堅甲，將奎木狼四面圍困。

西關鎮鎮將令狐瞻在四名老者的簇擁下大踏步走進庭院，吼道：「西關鎮將令狐瞻，率領大軍圍獵妖狼，閒雜人等速速退開！」

前來競買的民眾不敢逗留，順著兵卒空出來的通道紛紛退出庭院。玄奘赫然發現跟隨在令狐瞻身後的一名老者，竟是占卜師索易！

索易也看見了玄奘，微微一笑，臉上不勝悽涼。

孫查烈低聲道：「德茂公，今夜調集軍隊，難道是早有安排？」

令狐德茂笑了笑：「沒錯。競賣天衣只是為了吸引這妖狼上鉤。今夜之後，騷擾敦煌三年的妖狼之禍，將從此平息。」

那奎木狼面帶「冷笑」，反身躍上肩輿，大剌剌地蹲踞在肩輿上，睥睨眾人；而四名甲士也是一動不動，靜默無聲。

令狐德茂等待了片刻，詫異道：「弘業兄，翟述的守捉兵呢？為何至今未到？」

翟昌也有些不解：「難道是什麼事耽擱了？來人，去看看述兒的軍兵到哪裡了！」

翟家的一名部曲答應一聲，飛奔而出。

「妖狼！」令狐瞻大叫，「最後給你一次機會，翟紋到底在哪裡？是生是死？」

奎木狼大笑：「你那新婦早已淪為枯骨，靈魂被囚禁於十八層泥犁獄中，日夜受苦，待到受苦劫滿，便讓她再入輪迴，做豬做狗！」

「我要把你挫骨揚灰！」令狐瞻目眥欲裂。

奎木狼不屑：「令狐瞻，你我鬥了三年，七次交手，哪一次你贏了？嘎嘎嘎，你那新婦的肉可真好吃，白白嫩嫩，香美可口。可惜，這麼多年來，本尊再沒吃過如此香甜的人肉。看來你的眼光還是很不錯的，不如你再娶一個，我再奪來吃了。」

玄奘有些吃驚，詢問翟法讓：「這其中似乎還有些恩怨？」

翟法讓嘆息一聲：「冤孽！武德九年，我翟氏和令狐氏聯姻，弘業的嫡女翟紋嫁給德茂公的嫡子，也就是這位西關鎮將令狐瞻。可好好一樁姻緣，新娘卻在迎親那晚，被這妖狼擄走，至今生死不明。」

「竟有此事！」玄奘震驚不已。

「此事已成為我翟氏和令狐氏共同的恥辱。」翟法讓撚著佛珠悲憫不已，「這些年兩家苦心孤詣獵殺妖狼，只是一直未能如願。」

這時，令狐瞻瘋狂大吼道：「妖孽！今夜我要你死無葬身之地！射——」

牆上和房頂上的士卒弓弩齊發，幾百枝箭鏃如同狂風暴雨擊打過去。奎木狼冷笑一聲，肩輿上那黏稠的黑霧忽然翻捲起來，帷幔放下，將奎木狼籠罩其中。無數的箭鏃射進黑霧，肩輿上扎滿了箭矢，帷幔也被射得到處是窟窿，然而大部分箭矢卻從另一邊穿了出來，彷彿肩輿上空空如也。

另有一些箭鏃射向四名甲士。邊軍步卒用的大部分是角弓弩，力道強勁，射程達二百步，甲士距離不過五十步，便是明光鎧也能射穿，只聽叮叮噹噹一陣聲響，甲士們的甲冑上瞬間插滿了箭矢。

然而那四名甲士竟然毫無反應，甚至身上連血液也沒有流出來。士卒們驚得目瞪口呆，紛紛垂下弓弩，庭院裡一片寂靜。

令狐瞻咬牙：「這是十五星將，並非殺不死，妖狼麾下只有十五人，殺一個少一個。再射！」

弓弩手正要再射，黑霧裡響起一聲淒厲的狼嚎，四名甲士霍然而動，也不管身上的箭矢，舉起陌刀就朝正堂衝殺過去。

令狐瞻冷笑：「陌刀隊列陣！進擊！」

兵卒們十人一火，隊列森嚴，揮舞著陌刀從四面八方如牆推進。四名甲士分成四個方向迎了上去，甫交鋒便慘烈無比。雙方都是制式陌刀，重達二十斤，以腰部力量旋斬，勢大力沉，撞擊聲震耳欲聾。

那些甲士的力量匪夷所思，不似人類，噹噹幾聲撞擊，士卒便手臂發麻，陌刀拿捏不住，掉落在地。甲士一個旋斬，瞬間將士卒劈為兩半。不過令狐瞻這次孤注一擲，整個西闕鎮傾巢而出。三個旅的鎮兵足有三百人，在旅帥的指揮下，兵卒們滾滾向前，不斷倒斃刀下，卻也不停地劈在甲士身上，把甲士劈得鎧甲破損，身體踉蹌。一時間，廝殺聲、慘叫聲、呻吟聲響徹庭院。

大唐軍律森嚴，兵卒們浴血廝殺，將甲士們殺得步步後退，一步步靠向肩輿。猛然間一名兵卒的陌刀一閃，長刀狠狠劈在一名甲士的護頸上，沉重的刀鋒劈碎護頸，斬斷頭顱，那名甲士無頭的屍身栽倒在地。

兵卒們見這怪物到底還是能殺死，紛紛歡呼。按照這種形勢，不管那甲士是不是人類，只要再過片刻就能將其統統斬殺於刀下。

令狐瞻冷冷地盯著戰局，見奎木狼和甲士已被隔開，一聲令下：「陣法！」

索易等四名術士緩緩走了出來，分三面圍住奎木狼。

奎木狼睥睨四人，臉朝著索易：「又是你們這些術士！倒有三個生面孔，一年前圍攻本尊的人，怕只剩下你了吧？」

索易面無表情，喝道：「承差：符官、土地、使者，聽吾號令！我奉帝命，掌握雷霆生殺之權，判斷鬼神侵害之事。令下疾如星火，法師迅若風雷。不許稽遲，明彰報應。如有妖魔鬼祟在壇、在途，擲接公文。假傳神信，吾即送斬五行。我奉太上老君急急如律令！開壇——」

接著手指一抹桃木劍，劍尖迸出一團火焰。劍尖朝下一指，只聽轟然一聲，地面上猛地冒出一條火焰，火焰如同遊蛇，四下遊走，互相穿插，瞬息間奎木狼四周的地面燃燒起一幅巨大的符籙！整個地面竟然成了一座法壇！

「捂住口鼻。」玄奘一邊說，一邊用袖子沾了些酒水捂住口鼻。

李澶沒聽明白：「什麼？」

玄奘低聲道：「這座法壇雖是尋常，但你看那火焰的顏色，燃料中必然添加了許多古怪的藥物，惑人心智，攝人神魄。若貧僧沒猜錯，這四人各有所長，會把此法陣威力層層疊加。咱們就算離得遠，怕也防不勝防，千萬小心了。」

李澶仔細一看，法陣的火焰色澤果然微微有些發綠，他急忙用袖子沾了酒水捂住口鼻。

奎木狼蹲踞在肩輿上，鄙視地看著燃燒的法陣：「雕蟲小技！」

一名術士雙手一搓，大喝：「雷來！」

忽然間庭院中霹靂大作，轟隆隆幾聲巨響，幾道橘紅色光芒閃耀，周圍的兵卒頓時東倒西歪，震恐不已。

然而奎木狼只是厭惡地用狼爪塞住耳朵，揮了揮爪：「回去！」

那術士的頭頂猛地響起幾聲霹靂，轟隆隆的橘紅色悶雷在他腦門上炸開。那術士兩眼一翻，頓時栽倒，鄰近他的術士也受池魚之殃，還沒出手便也翻身倒地。

「師父，」李澶低聲問，「這天雷怎麼會把自己給殛死？」

「那兩人沒死。」玄奘兩眼盯著戰場，「那術士搓手之際，拋出一些球狀物，應該便是孫思邈〈丹經內伏硫磺法〉中所說的伏火，用硫磺、硝石之類混合研成粉末，能夠爆燃。若是用竹筒或石罐密封之後引燃，便爆響如雷，奎木狼只是把他扔出去的東西擋回來而已。」

李澶張口結舌。

此時，奎木狼淡淡地道：「給你們二人一次出手的機會。」

索易和另一名術士對視一眼，那術士忽然仰天長嘯，噴出一道黑色的煙霧。煙霧如同細細的龍捲，繞過燃燒的符陣，直撲奎木狼。

奎木狼若有所思地想了想，忽然一吸，將法壇中的一縷火焰吸入口中，接著再張口一噴，那縷火焰如同一道箭矢，射在黑色龍捲上。龍捲猛然間呲呲燃燒，化作無數粉塵，紛紛揚揚落在地上。

火焰之箭去勢不減，直射在那術士臉上。術士大叫一聲，抱著臉倒地翻滾。

「師父，這又是怎麼回事？」李澶興致勃勃地問。

玄奘遲疑片刻：「這術士好像是巫蠱師——」

話音未落，奎木狼開口讚道：「這蠱蟲當真了得，若沒有這火焰助我一臂之力，還得費一番手腳。兀那姓索的，該你了！」

索易臉色凝重，忽然一甩袍袖，大喝一聲：「給我鎮——」

一束光芒閃耀，夜空中突然顯現出一道巨大的符籙。那符籙似乎以火焰構成，卻沒有溫度，閃耀著冷幽之意。符籙籠罩在奎木狼的頭頂上空，隨風飄落之際，散碎成無數朵瑩瑩蝶影，彷彿一隻隻蝴蝶飛舞。

「嘶——」奎木狼的「臉色」第一次凝重起來，身子一閃，便脫離了蝴蝶籠罩的範圍。

一名甲士似乎聽到召喚，迅疾殺出兵卒的包圍，衝進法壇，揮舞陌刀劈打空中的蝴蝶。一朵蝴蝶落在他的甲冑上，竟然呲呲作響，瞬間將鎧甲燒出一個細小的孔洞。無數蝴蝶墜落在他身上，甲冑四處冒出腐蝕的煙霧。

「啊——」甲士慘烈嘶吼，丟掉陌刀，痛苦地在身上抓撓，卻阻止不了冷火蝴蝶的燒灼，片刻之後，頭盔也被燒穿，徑直燒入腦中，那甲士立時倒斃。

在場的眾人看呆了，連廝殺聲都減弱了許多。

「師父——」李澶心癢難耐。

玄奘卻搖搖頭：「這冷焰極為厲害，到底如何而來貧僧也不曉得，只知道是一種顏料，用來寫在符籙上。」

奎木狼沉默地走進法壇，失神地看著漫天飄落的冷焰蝴蝶，忽然吹了口氣，一團黑霧捲入蝴蝶叢中，蝴蝶立時沉重了許多，快速墜地，連青石地面都被燒灼出坑坑窪窪的孔洞。

奎木狼身子一閃，瞬息間來到索易面前，冰冷的利爪扣住他的脖頸，森然道：「寫符的顏料你是從何處得來？」

索易黯然長嘆，卻不敢動作：「託人從長安咒禁科得了二錢，寫這道符已經全用光了。」

奎木狼身子一震：「咒禁科？人間果然能製出這種東西，竟還能長途販運？」說完手臂一抖，將索易拋了出去，「本尊饒你不死，幫我弄來二錢！」

索易從地上爬起身，苦笑不已。

令狐德茂和翟昌在正堂上看著，眼見四大術士慘敗，仍然面無表情。這時，早前那名部曲急匆匆跑上正堂，低聲道：「家主，遇到來報信的人了，大郎君的守捉兵沒有出動！」

「什麼？」翟昌愣住了，「為何？述兒怎麼說的？」

「大郎君關閉了營門，不肯見人。」部曲苦笑。

「好！好！」令狐德茂臉上肌肉扭曲，盯著翟昌獰笑，「約定兩家出兵，你翟氏竟然按兵不動！很好！世人言翟池有大將之風，穩健沉凝，弘業兄真是教導有方！」

「令狐兄，你冤枉我了——」翟昌急赤白臉，正要解釋，忽然異變發生。

「嗷——」黑霧中接連不斷響起狼嚎之聲。

聖教寺外也響起紛亂的尖叫和哭喊聲，只見無數的人驚慌失措地從四面八方狂奔而來。剛才離開的數百人，竟然渾身是血、狼狽不堪地逃了回來。

「怎麼回事？」令狐德茂大喊。

「德茂公，」趙行首滿身鮮血地跑在最前面，哭喊著，「狼！到處都是狼！寺裡，河邊，到處都是狼！」

話音未落，就見無數的灰狼縱躍如飛，追著人群撲咬過來。這些狼訓練有素，專咬人脖頸，一旦咬上便將其撕裂，頸血迸飛，隨後絲毫不停留，轉向下一個目標。

幾百人和幾百條狼一擁而入，庭院裡混亂起來，兵卒們的陣列轉瞬間被衝散。狼群借著普通百姓掩護，衝進軍陣中撕咬，士卒們措手不及，頃刻便死傷十幾人；更有狼群跳上圍牆和房頂獵殺。一時間，整個庭院慘叫連連，屍橫遍野。

「父親！」令狐瞻扯著令狐德茂的胳膊，「我先護送你們離開！」

令狐德茂並不慌亂：「九郎，你調集一旅士卒，把翟寺主、孫長史護送出去。」

令狐瞻急忙命令麾下校尉調集人馬，這時庭院裡響起一聲冷笑，火焰法壇突然熄滅，陣法法線冒出一團團的煙霧。一道巨大的狼影從黑霧中躥出，淩空飛撲正堂。幾名兵卒大吼一聲，橫刀攔截，奎木狼身影幾下閃爍，利爪揮舞之間，便有三名士卒摀著喉嚨當場倒斃。

「妖孽！」令狐瞻怒不可遏，帶著幾名校尉將奎木狼團團包圍，雙方激烈厮殺。同時幾匹狼已衝上正堂，堂上亂成一團。李澶從地上撿起一把橫刀護著玄奘且戰且退，兩人下了正堂，貼著牆角而行，忽然地上伸出一隻手抓住了玄奘的腳踝。

李澶大吃一驚，正要一刀斬去，卻聽地上那人呻吟道：「法師——」

玄奘仔細一看，竟然是寺卿丁守中。丁守中渾身是血，遍體鱗傷，爬不起來，旁邊還倒著一具胡人少女的屍體。

「丁寺卿，你怎麼樣？貧僧背你走！」玄奘蹲下身，將丁守中扶了起來。

丁守中吐出一口鮮血：「法師，我是不成啦！給您——」

丁守中顫抖著舉起胳膊，將一只玉盒放在玄奘面前，竟然是藏有天衣的玉盒。

「丁寺卿，貧僧定能救你出去，」玄奘道，「這個東西你收好便是。」

「法師，伸出胳膊。」丁守中道。

玄奘不解，伸出了胳膊。丁守中將他左臂的袖子擼了上去，露出皮膚，然後打開玉盒。玉盒中果然是那件天衣殘品。

丁守中忽然翻轉玉盒，扣在玄奘的胳膊上。玄奘愕然，只覺胳膊上一陣冰涼，有一種不可言喻的顫慄瞬間蔓延整個左臂。丁守中拿開玉盒，玄奘赫然發現，玉盒中已空空如也。他驚愕地望著自己的胳膊，玉盒扣過的部位一片通紅，片刻之後紅腫消退，肌膚又恢復如常。

「法師且摸摸看。」丁守中勉強笑著。

玄奘伸出右手去摸自己的左臂，猛然間右手如同被燒紅的細針給扎了一下，刺骨的疼痛。再一看，手指上居然被扎出幾粒細如針孔的小紅點。

「這……這是怎麼回事？」玄奘大吃一驚。

「穿上天衣，百劫不生，邪祟自辟。」丁守中喃喃道，「這半件天衣雖然無法讓您不入沉淪，不墮地獄，卻能讓您不遇虎狼之災，順利逃出去。法師，您是佛門千里駒，千萬要活著——」

丁守中嘴裡淌出一縷鮮血，身子慢慢軟了下去。

「丁寺卿——」玄奘眼眶通紅，輕輕把他的屍身平放在地上，正要合十念經，右手卻是一痛，這才醒悟。

「師父，都這會兒了您還念什麼經啊！快走！啊——」李澶拽著玄奘左臂把他扯起來，剛一觸及玄奘左臂，頓時刺手生疼，忙不迭地縮了回去，「這……」

玄奘茫然地看著四周，庭院已經成為修羅場，人屍、狼屍競相枕藉，血流滿地。正堂上，奎木狼已經打敗了令狐瞻。令狐瞻披頭散髮，盔甲破裂，和幾名兵卒保護著翟昌、令狐德茂倉皇而逃。

孫查烈、翟法讓則不見蹤影，也不知是死是活。

玄奘心中忽然湧起一股大悲涼，霍然起身朝著高臺跑去，李澶拽住他後背的衣服，驚道：「師父，您要幹什麼？」

玄奘猛地甩開他，眼眶變得通紅，臉上竟然是金剛之怒，瞋目大吼：「百姓無辜慘死，難道我就只能對著他們的屍體念經嗎？」

李澶呆了一呆，玄奘已奔上高臺，一扯袖子，高高舉起左臂，大叫道：「奎木狼，莫要殘害無辜，天衣在此！」

院子裡立時一靜，奎木狼蹲踞在屍體間，目光轉向玄奘，骷髏鼻吸了幾下，猛然彈跳起來，向玄奘撲去。

「和尚！」奎木狼卻沒有立即攻擊，陰沉沉地道，「本尊乃是天上正神，不想殺僧，放下天衣速速離開！」

玄奘正要合十，忽然想起又急忙收手。

玄奘與他對視：「天衣是無法獻給你了。」

「你想死嗎？」奎木狼大怒，骷髏脣張開，一股血腥味飄了出來，利齒間還掛著一絲人肉。

「貧僧雖然追求涅槃極樂，卻不想死得太早。」玄奘老老實實道，「只是那天衣已經融入我的左臂，取不出來了。」

奎木狼頓時「呆了」，那骷髏面孔雖然沒有表情，卻很能表達出此刻的心情，簡直是氣急敗壞。他一個縱躍，順手把李澶拍飛，來到玄奘面前。奎木狼伸出前爪觸碰玄奘的左臂，頓時痛得慘嚎一聲，連連後退。

「可惡！可惡！」奎木狼氣得簡直要發瘋，繞著尾巴不停地轉圈，嘴裡嘟嘟囔囔，「完了！我的天衣……我在人間的夢想……」他霍然回過頭，怒吼，「玄奘，你毀了我！」

玄奘愕然：「你知道貧僧叫玄奘？」

「這重要嗎？」奎木狼簡直要氣瘋掉，「玄奘，本尊拚著那五逆罪，哪怕被天雷殛殺，也要吃了你，消我心頭之恨！」

奎木狼嚎叫一聲，惡狠狠地撲了過來。李澶手握橫刀，直砍向奎木狼。

奎木狼在半空中抬起前爪拍在橫刀上，叮噹一聲巨響，火星四射，兩條身影撞在一起，分別摔了出去。

「師父，快走！」李澶從地上爬起身，拽著玄奘撒腿就跑。

兩人跑出無量院，寺外也到處是人群與狼群，到處是哭喊慘叫。玄奘立刻調轉方向，朝著偏僻處跑去，奎木狼一聲嚎叫，那些野狼捨棄人群，朝著二人追了過來，片刻間二人身後便匯聚了潮水般的狼群。

「苦也。」李澶叫苦不已。

玄奘邊跑邊回頭，見大部分百姓都躲進一座廟門中，才鬆了口氣，喃喃道：「這才是貧僧要念的經文！」

李澶沒好氣道：「您要念經也得活下來再說，跑吧！」

兩人奮力奔跑，眼見狼群越追越近，耳邊忽然傳來低低的聲音：「去莫高窟！」

兩人對視一眼，顯然都聽到了，可看看四周卻沒見人說話。奎木狼仍在後面緊追不捨，沿著坊牆奔躍如飛。兩人來不及細想，撒腿朝著莫高窟奔過去。

奎木狼率領數十隻野狼嚎叫著追了上來。兩人拚命狂奔，衝上石窟間的棧道，野狼如洪流一般湧進棧道，瞬間便追上二人，幾條野狼跳起來凌空撲咬。

猛然間，嘣嘣兩聲弓弦震響，兩枝箭矢射穿了兩條野狼的軀體，各帶出一抹鮮血。兩條野狼摔出棧道，倒斃在地。

玄奘抬頭望去，只見更高一層的棧道上，黯淡的月影之中，一道纖細的人影踩在欄杆上，手中持著一把長弓，身後背著箭袋，左臂穩定不動，右手如同穿花一般抽箭、搭箭、彎弓，弓弦震響，箭矢連綿不絕，一箭未到，一箭已發，區區一人射箭，竟然漫空箭矢。追來的野狼紛紛中箭，狹窄的棧道上遍布狼屍，形成一條死亡界線！

「師父，竟是位女子！」李澶震驚道。

那人身影纖細，很容易看出來是名女子。她蹲在棧道上，那長弓看起來似乎比她整個人還要高大，可那女子拉起來毫不費力，姿態從容，有如刺繡穿花。手指一個震響，便是一條野狼倒斃，箭無虛發！

李澶痴痴地看著那條人影，喃喃道：「遠而望之，皎若太陽升朝霞。迫而察之，灼若芙蕖出淥波……」

「快走！」玄奘猛拉他一把，李澶回頭一看，嚇得魂飛魄散。

只見奎木狼從上層洞窟的窟簷上飛奔而來，一個彈跳便越過一座窟簷。那女子朝著他接連幾箭，長弓極硬，聽那弓弦響動之聲便知道足有兩石之強，箭鏃疾如星火，無堅不摧，然而箭鏃臨身，奎木狼的身影便模糊扭曲，利箭一穿而過，絲毫無法減緩他奔行的速度。轉眼間他已到那女子面前，倏地撲下。

那女子見勢不妙，毫不遲疑，起身就跑。

奎木狼卻不追趕那女子，轟隆一聲撞破欄杆，躥到玄奘二人所在的這層棧道。

「哎哎——」李澶沒想到那女子竟然跑得如此果斷，當即慌了神。

「上來！」只聽那女子叫道。

玄奘和李澶撒腿狂奔，順著臺階來到上層棧道，從那女子身側跑了過去。那女子手持弓箭站在棧道上靜靜等待；奎木狼沿著棧道嘶吼著追來。

突然間，那女子一腳踹掉棧道欄杆上的一截木頭。砰的一聲響，一道機栝被觸發，棧道上倏地彈出一團繩網。那繩網上端掛在石窟窟簷上，下端牽著重物，貼著棧道地板朝奎木狼兜了過去。

奎木狼猝不及防，被繩網兜住。繩索一盪，迅速拉高，竟把奎木狼給掛在了半空。那女子將長弓插入弓袋，伸手從欄杆上撈起一把巨大的陌刀，急速飛奔過去，在欄杆上一踩，身子凌空躍起，舉著巨大的陌刀直劈奎木狼。

一連串動作乾淨俐落，極具美感，李澶看得合不攏嘴，喃喃道：「穠纖得衷，修短合度。肩若削成，腰如約素。延頸秀項，皓質呈露……」

李澶還在絮絮叨叨，就見那繩網中冒出一股濃稠的黑霧，籠罩在奎木狼周身。那女子一刀斬在黑霧上，卻撲了個空，半截繩網被刀鋒切斷，飄墜在地上。繩網中竟然空空如也。

那女子大吃一驚，身子將要墜落之際伸手一抓，抓住繩子縋在半空，朝四下打量。

「小心頂上！」玄奘和李澶同時大喊。

那女子抬頭一看，只見奎木狼竟然蹲踞在窟簷上方，雙目中的鬼火冷幽幽地盯著自己。那女子驚駭不已，還沒來得及反應，奎木狼便徑直落下，一雙後肢重重砸在女子身上。女子慘叫一聲，從空中跌落下來。

李澶大叫一聲，飛奔著跑過去打算接住她，卻見刀光一閃，巨大的陌刀從他眼前劃過，噗的一聲插進棧道。李澶嚇了一跳，還沒反應過來，頭頂一片陰影墜落，李澶飛身撲過去，砰的一聲，那女子砸在他身上，接著又轟隆一聲，被陌刀劈裂的棧道地板承受不住二人的重量而坍塌，二人摟抱著穿透棧道，跌在莫高窟最下層的砂土地上，一時爬不起身。

玄奘大吃一驚，急忙從棧道破洞裡跳下去，撲通摔在二人身側。抬頭一望，透過上層棧道的破洞，奎木狼正從窟簷頂上冷冷地盯著他們。

玄奘一手拉著一條胳膊，拚命把他們往後拖。

「哎呀——」李澶慘叫，「師父，別拽我，疼死啦——」

原來玄奘的左手恰恰拽著李澶，融入肌膚的天衣頓時把他扎得痛苦難當。

玄奘急忙縮手：「抱歉，抱歉。」

奎木狼從窟簷上躍下來，悄無聲息地落在地上，慢悠悠地逼近，兩眼中鬼火幽幽：「真是好笑，區區一介凡人，三番五次跟本尊作對。這一年來妳獵殺了本尊三名手下，本尊一直懶得找妳麻煩，妳居然一而再，再而三。」

女子掙扎著站起身，擦擦嘴角的鮮血：「還有再而四呢！只要我不死，便跟你沒完沒了！」

「本尊與妳素不相識，為何與我作對？」奎木狼逼近到三人身前，尖牙利齒上掛著血絲，只需輕輕一口就能咬斷三人的喉嚨。那群野狼也從四面八方悄然圍了上來，嗜血的目光在夜色中熠熠發光。

「你說出一個人的下落，我便收手！」女子毫不畏懼地盯著他。

「誰？」奎木狼問道。

「呂晟！」女子一字一句道。

玄奘愕然地盯著那女子，那女子卻目不轉睛地盯著奎木狼。

奎木狼的骷髏表情也頗為似人，彷彿吃了一驚：「呂晟？妳為何問本尊要此人的下落？」

「敦煌東市有一家私人書肆，專做雕版，印製各類佛經。去年春天，有一人委託他們雕刻《三敘書》的印版。」女子竟然講起看似絲毫不相干的事情。

「《三敘書》是什麼？」李澶好奇地問。

「你閉嘴！」那女子沒好氣地喝道。

玄奘低聲向李澶解釋：「呂晟當年寫過三篇文章，為〈敘祿命〉、〈敘宅經〉、〈敘葬書〉，合成《三敘書》。」[36]

那女子驚異地看了他一眼：「你這和尚，懂得倒是不少。《三敘書》正是呂晟所作，那人拿到書肆的，便是呂晟的手稿。」

奎木狼惱怒起來：「原來如此，本尊那名手下竟然是被妳所殺？手稿也是被妳所奪？」

「當然！」那女子傲然道，「我拿下他逼問，才知道是你的手下。他專程從玉門關潛入敦煌，便是為了印製《三敘書》。妖狼，你手中為何有呂晟的三經？呂晟如今到底是死是活？你只要告訴我真相，我便放你離去！」

「放我離去？真是大言不慚！」奎木狼卻不回答，冷笑道，「妳殺我手下，今日不能讓妳離開！」

「我倒要看看，今日誰能活著離開！」眾人眼前突然燈火通明，一道高大的人影走到莫高窟下，伸手拔出地上的陌刀，輕聲笑著。

玄奘三人轉頭望去，竟然是王君可。在王君可身後，則是一隊隊甲士森然林立，槍矛如山。令狐瞻帶著自己的鎮兵尾隨其後，渾身浴血，臉色頗有些難看。

「父親！」那女子叫了一聲，「您怎麼來了？」

李澶恍然，這女子竟然是王君可的女兒，王魚藻！

「我若不來，妳今夜還回得了家嗎？」王君可滿臉惱怒，眼神在玄奘和李澶二人身上掃了一下，微微點頭。王君可也是無奈，令狐氏和翟氏的計畫他早就知道，並不想涉入，偏生王魚藻偷偷拿了自己的硬弓和陌刀去獵殺奎木狼，他哪裡坐得住，當即調集兵馬趕了過來。

路上又遇上李琰，李琰得知今晚莫高窟有凶險，擔憂李澶和玄奘，想去保護二人。王君可乾脆好人做到底，勸說李琰返回敦煌城，自己保證李澶安然無恙，這才把王爺勸了回去。眼見李澶毫髮未傷，他也鬆了口氣。

「這把陌刀，不是妳這麼用的。」王君可拖著陌刀走過去，讓三人退到他身後，自己站在奎木狼面前，冷笑道，「肆虐敦煌三載，今日是你我第一次見面，也是最後一面。竟然來了，就留下吧！」

奎木狼的「臉」上露出凝重的神情：「久聞王刺史武力冠絕敦煌，不過你也是區區凡人，想要留下本尊，痴人說夢罷了。」

王君可大笑：「妖孽，且讓你看看凡人如何屠神！」

奎木狼一聲嚎叫，身後的野狼紛紛撲咬過來。王君可右臂一抖，借勢甩起陌刀，兩手握柄，腰力一旋，大吼一聲，劈在一匹野狼身上，燦爛的刀光，黏稠的血光勃然爆發，竟將那野狼劈為兩半。

順著刀勢，腰力又是一擰，三十斤重的巨大陌刀輕飄飄地迴旋，掠過另一匹餓狼的頸部，碩大的狼首撲通落地。二、三十匹餓狼嚎叫著撲過來，上下撲咬，把王君可淹沒其中。王君可的身影在狼群中忽隱忽現，步履從容，刀光奔掣，野狼觸之即斃，剎那間二十多條野狼死得乾乾淨淨。

王君可滿身滿臉都是狼血，拄著陌刀站在群狼屍體之中，宛如殺神。

奎木狼面無表情：「奎三、奎十！」

巷子裡傳來鐵靴啰啰的聲響，走過來兩名甲士，手中持著陌刀。兩名甲士默不作聲地來到王君可面前，揮動陌刀當頭斬下。王君可側身避過奎十，甩刀一撩擋住奎三的一刀，噹的一聲巨響，莫高窟下火星四射。王君可和奎三都後退一步，兩人竟然勢均力敵。

「力氣倒是滿大，不過這刀法就差了些。」王君可淡淡一笑，「三合之內，我斬你頭顱！」

奎三的喉嚨裡發出沉悶的聲音，似乎是在嘲諷，他提起陌刀大踏步向前，與奎十一左一右雙戰王君可。三人以巨大的陌刀近身搏殺，更見凶險，刀鋒不斷劃在旁邊的崖壁上，砂土飛濺，偶爾刀身碰撞，發出震耳欲聾的聲響。不過三人廝殺，竟殺出千軍萬馬的慘烈。

「王刺史真不愧當年瓦崗寨的大刀之名。」李澶嘖嘖讚嘆。

魚藻瞥了他一眼，冷笑：「你這傢伙懂什麼？瓦崗寨的叔寶伯父、雄信伯父和知節叔父都是用槊，用刀的以我父親為第一。這世上論起陌刀，沒人比我父親更厲害。」

李澶笑咪咪地瞅著她的側臉，越看越歡喜：「妳是在瓦崗寨長大的？」

魚藻翻了個白眼，沒搭理他，繼續關注場上的激鬥。

王君可步步進攻，刀光如同匹練，奎三和奎十步步抵擋，噹噹噹噹響個不絕，突然一聲悶哼，刀光一閃，奎三的手臂被一刀斬斷。詭異的是，斷臂處竟沒有流出鮮血。奎三極為凶悍，以一條獨臂揮舞陌刀，毫不退縮。王君可冷笑一聲，對他這種高手來說，悍勇毫無意義，缺了一條手臂，便渾身上下處處都是破綻。

「若不是被控制了神智，倒也是一條壯士，這便去吧！」王君可大吼一聲，陌刀旋斬，刀光從奎三脖頸間一劃而過，沉重的刀鋒撕裂了護頸，斬掉頭顱。

奎三無頭的屍身栽倒在地。從第一招交手，直至奎三被殺，恰好三合。剩下奎十一人更是難以抵擋，幾招之間，也被斬殺。

莫高窟下一片沉默。

奎木狼盯著王君可，碩大的狼首點了點：「確實不愧大刀王君可之名。我的星將乃是昔日天上追隨我的將佐靈體下凡，雖然借用了凡人的身軀，卻也不是隨便就能抵擋的。」

王君可笑了笑，陌刀一指：「輪到你了。」

「你雖然了得，不過本尊有十五星將，今夜折損四人，還有十一人，如今都在敦煌城中。」奎木狼道，「若是他們一起上，你抵擋得住嗎？」

王君可皺了皺眉，這些星將確實很棘手，據說連箭鏃都射殺不了，除非自己這樣的高手才能一擊斬首，換了其他人只怕會死傷慘重。若是十一星將一起上，自己定然應付不來。

「今夜本尊只是來取天衣，既然天衣已毀，與你分出勝負又有什麼意義？」奎木狼道，「王刺史，日後本尊自當再來拜訪。」

「想走？你走得了嗎？」王君可獰笑。

奎木狼大笑：「十五星將我只帶來四人，其他十一人一個在你的刺史府，一個在長樂寺，一個在大中正的宅邸，剩下八名分別去了八大士族的府上，你當真要留我在這裡？」

王君可臉上變色，這些星將破壞力驚人，若是暴起發難，整個西沙州不知會有多少高官士族慘死，那就是一場席捲朝野的大事件了。

奎木狼「臉」上露出譏笑，輕輕一躍，跳上了棧道，在崖壁的窟簷之間縱躍如飛，到了莫高窟的山頂，猛地身子一彈，發出一聲蒼涼的狼嚎，竟然直躍虛空！

眾人仰頭看著，一個個目瞪口呆。只見奎木狼踩著虛空，就在那明月之下、蒼茫山巔，凌空而去！

玄奘心中一動，急忙從地上撿起奎三的胳膊，細細查看。火把照耀下，胳膊呈枯木般的色澤，皮膚和肌肉彷彿脫水了一般，乾枯、堅韌，屈指一叩，發出叩擊硬木的聲音。從刀鋒截斷的創面來看，血管和肌肉也彷彿風乾，仍有一些血液，只是極為黏稠，色澤發黑。

「法師，莫要看了。」王君可搖頭道，「此前也曾獵殺過星將，仵作解剖過，這些星將已不似人類。」

玄奘起身放下胳膊：「這奎木狼竟然能御空而行！」

「他自稱神靈下凡，會些天神手段也不稀奇。」王君可道。

玄奘深深地看著他：「刺史果然膽大如斗，竟敢與神靈對抗。」

王君可大笑：「我雖然是凡人，卻也是從那屍山血海中殺出來的。哪怕他真是天上神靈，既然墮入凡間，便是一介妖物，怕他何來？」

「父親，就讓他這樣走了不成？」魚藻憤恨不平。

王君可瞥了她一眼：「走了也未嘗不可。這件事原本就不該我參與，若不是妳偷偷取了弓箭和陌刀趕過來湊熱鬧，我何苦摻和這一腳？」

王君可冷著臉，把陌刀扔給魚藻。

令狐瞻急忙躬身見禮：「末將參見刺史！」

刺史儘管是文職官，卻主管一州的軍事。令狐瞻士族背景雖強，卻也不得不聽令於上官。

王君可的職官是西沙州刺史，差遣是「使持節西沙州諸軍事」，統管一州的常備兵力。西沙州的府兵隸屬於左領軍衛，因此他的武職是左領軍衛將軍，在徵召府兵之後便能管轄三個軍府的府兵。

而李琰督瓜、沙、肅三州諸軍事，因此在軍中事務上便能管轄到王君可，但無法在民政事務上管轄他。這也正是李琰的尷尬之處，沒有民政治權，根基一直不穩。

王君可冷冷地盯著令狐瞻，看得他忐忑不安，躬身不敢抬頭。

「拿下！」王君可冷冷地吩咐了一聲，立刻有親兵過來，將令狐瞻拿下。

令狐瞻苦苦一笑，不敢反抗，連同隨他一起來的三名西關鎮旅帥也被扣押。

玄奘抬頭望去，莫高窟之上青天月影，早已空淨無痕。

第五章　王家有女初長成

這一夜，莫高窟狼劫，千百年禪林聖地變成了修羅場。

這一夜，敦煌城徹夜大索，人心惶惶，鐵騎如同悶雷響徹全城。

王君可和孫查烈徹夜處理後續，到了巳時時分，消息傳來，死傷總計一百多人，震驚西沙州。

第二日，州衙門調派了大批醫師來到聖教寺給傷者診治，聖教寺又給死難者做法事，超渡亡魂。翟法讓趕回敦煌操持事務，留下一些僧眾幫聖教寺做法事，玄奘也留在寺中幫忙，超渡亡者，寬慰生者，又隨著醫師們診治受傷之人，一連數日，不眠不休。

莫高窟下盡是誦經之聲和哀哭之聲，闔寺縞素。

然而到了第三日，忽然有噩耗傳來——翟法讓圓寂了！

玄奘大吃一驚，帶著李澶趕回敦煌。行了十五六里，趕上一群綿延數里的送葬隊伍，踩著漫漫黃沙，走向沙磧中的墓葬之所。那裡是敦煌人最終的歸宿。

送葬隊伍中，一名年有四旬的婦人身穿孝服，在婢女的攙扶下走到玄奘身邊，屈身施禮：「玄奘法師今日便要回州城嗎？」

「趙娘子安好。」玄奘急忙回禮。

這位趙七娘，乃是敦煌城最大的醫館，沈家醫館東主的夫人，陪著沈醫師來到聖教寺給傷者治療，才發現自家一位長輩也在那一夜死於狼災。

「您要的東西我會命人送過去，卻不知送到哪裡？」趙七娘問。

「多謝趙娘子。」玄奘喜出望外，「貧僧暫時掛單大乘寺，便送到寺中吧。」

趙七娘默默點頭，隨著送葬的隊伍遠去。

玄奘騎上馬，站在沙磧路旁，眺望著沙磧中一日之間多出來的幾十座墳塋，一拽韁繩：「走吧！」

李澶頗有些疲憊，默默地扯過韁繩，翻身上馬。兩人順著蒼茫的沙磧返回敦煌城。

「師父，您問她要了什麼東西？」李澶問。

「是呂晟父親的藥方和就診紀錄。」玄奘說道，「呂晟的父親既然是因年老生病才回到敦煌，自然會找醫師診治、抓藥。我前幾日向沈醫師打聽，他果然是在沈家醫館看的病。」

「您要這些東西做什麼？」李澶驚訝。

「敦煌城沒法打聽呂晟的消息，只好另闢蹊徑，從側面了解呂家發生的事情。雖然沈醫師嚴詞拒絕，不過他的妻子趙七娘是佛徒，貧僧找她來大雄寶殿談禪，一番……嗯嗯，苦口婆心後，她看在佛祖的面子上，便答應給貧僧了。」

李澶啞然，這分明是借著佛祖的面子恐嚇，他忽然想到自己的父親，一時有些意興闌珊。

「世子似乎有些憂慮？」玄奘望著他，「擔憂你阿爺嗎？」

李澶嘆了口氣：「是啊，我阿爺雖然是軍事主官，不涉民事，可奎木狼占據玉門關，算是匪盜之流，朝廷追究下來也難辭其咎。以阿爺如今的處境，任何風吹草動，只怕都是朝廷拿下他的藉口，這場無妄之災，也不知如何才能躲過。」

「不如世子就陪在大王身邊吧，」玄奘道，「貧僧要找的人、查的事與你並無關係，反倒是大王更需要你陪著他。」

「正因為他需要我陪在身邊，我才感覺自己無用。」李澶苦澀，「反倒在師父這裡，我覺得自己是有用之人。佛法，渡的不正是我這種塵世迷航之人嗎？」

玄奘張張嘴，卻不知該說什麼。

兩匹馬踩在堅硬的沙磧路上，四野蒼茫無人，兩人便似那天地孤旅。

「師父接下來要查什麼？」李澶問道。

「我們先來分析一下這個天衣。」玄奘伸出胳膊，「若是不怕疼痛，不妨再摸一下貧僧的胳膊。」

「我……我當然怕疼！」李澶大叫。

李澶策馬要跑，卻被玄奘拽住轡繩。

玄奘伸出自己右手，上面赫然是七八個紅點：「世子，貧僧並非戲耍你，只是想看看我自己摸，和別人摸，扎出來的血點是否一般無二。」

李澶頓時有些慌亂：「師父，您研究這個做什麼？」

玄奘神情很認真：「不把這天衣拿出來，貧僧這胳膊不就廢了嗎？」

「也是。」李澶想了想，「要不我給您找一條狗來吧！」

「在聖教寺裡已經試過了！」玄奘搖頭，「貧僧還試了馬匹，看了看在不同物類之間，這天衣產生的效力。」

李澶問：「那……效力如何？」

玄奘搖頭：「與人類並無二致，無論是黑狗還是馬匹，都疼得嘶叫不已，毛皮下也被扎出了紅點。貧僧又找了一棵光潔的楊樹，在樹皮上撫摸，楊樹倒是沒什麼變化。」

李澶呆呆地看著玄奘，腦子裡忽然出現一個僧人痴迷地撫摸楊樹的畫面……

「貧僧還去了齋堂，從灶膛內取了一根燒柴，在胳膊上燒灼了一下，皮膚被燒得起泡。」玄奘道，「世子，拿你的刀，在貧僧胳膊上割一刀。」

李澶嚇了一跳：「師父，不行哪！您是佛子，我割您一刀即便不算出佛身血，罪孽可也不輕。不行，萬萬不行。」

玄奘也不跟他多說，抽出他腋下的橫刀，在自己的胳膊上一劃，鮮血流淌而出。

「哎喲，師父啊，您何苦作踐自己！」李澶急忙跳下馬，拿出金瘡藥和絲帶，包紮他的胳膊。

玄奘盯著傷口喃喃道：「那一件天衣長四十里，半件也有二十里，怎地只覆蓋在我左臂上？」

李澶一邊包紮一邊隨口道：「可能是穿法不對，譬如一匹的絲綢，我只拿來裹腿，也不是不行吧？」

玄奘愕然看著他，居然無力反駁。

玄奘道：「那麼這就很奇怪了，這半截天衣融入體內，除了扎刺生疼，竟然沒有任何作用！」

「那米康利不是說了，完整的天衣才能百劫不生，邪祟自辟，若是穿上殘缺不全的半件，便會苦不堪言，生不如死。」李澶道。

玄奘嘆了口氣：「問題就在這裡，貧僧穿了這半件天衣，也無非胳膊碰觸不得罷了，哪裡生不如死了？」

「師父，您在糾結什麼？把自己弄得到處是傷，只是想驗證這天衣的功效？」李澶問。

「不是，貧僧只是覺得其間好似有陰謀。」玄奘搖頭，「聖教寺競賣背後的那場布局很明顯。令狐氏、翟氏與奎木狼有深仇大恨，便借著這場競賣會，把奎木狼誘入彀中，展開獵殺。米康利這件天衣，要麼是令狐氏事先安排好的誘餌，要麼就是恰好知道他帶天衣來競賣，因勢利導。不過貧僧更傾向於米康利是令狐氏的棋子。」

「這很明顯啊！」李澶道，「米康利要復仇，令狐氏要獵狼，雙方自然一拍即合。」

「可這與貧僧有什麼干係？」玄奘淡淡地道，「丁寺卿臨死前，把天衣穿到貧僧的身上，目的自然是要把奎木狼引向貧僧。」李澶剛要說話，玄奘阻止了他，繼續推導下去，「所謂保護貧僧不受虎狼之災，不過是託詞。你也看到了，這天衣根本沒法防範虎狼之災，反而令貧僧遭受無妄之災，直接成為奎木狼的追殺目標。」

李澶臉上變色：「難道那丁寺卿想要殺您？可他與您素不相識……難道是受人指使？」

玄奘點點頭：「丁寺卿自然是受人指使，可那指使者未必是想殺我。」

「為何？」李澶不解。

「因為想讓貧僧死太容易了。」玄奘回想著，「在昨夜那種亂局下，若有人想殺貧僧，只需要隨便一個僕役過來輕輕一刀，便能要了貧僧的命，而且還能借奎木狼的名義。」

李澶點點頭：「這倒是。給您披上天衣，讓奎木狼來殺您，這也太兜圈子了。」

「所以，給我天衣的幕後指使者，不是要我死。」玄奘一字一句道，「他的目的，是想把貧僧捲入奎木狼一事！」

「他為何要這樣做？」李澶吃驚。

「是啊，他為何要這樣做？」玄奘也自問。

帶著滿腔的疑問，玄奘和李澶回到了大乘寺，只見寺中滿是縞素，僧人們面帶悲戚，正在布置各種法事用具。翟氏的人幾乎全部出動，跑前跑後，紛亂不堪。

玄奘深知，翟法讓一死，對翟氏而言是多大的打擊，從利益上來講，幾乎斷了翟氏領導西沙州佛門的資格。

翟法讓的遺體還停在禪房，玄奘前來拜祭，只見翟昌雙目紅腫地守在門外，所有來拜祭的信徒、士族和官員都被攔在禪房外，竟無一人能進去拜祭。

「法師來了。」翟昌苦澀地道。

「法師怎麼突然就圓寂了？」玄奘低聲問道。

翟昌遲疑了很久，把玄奘拉到一邊，低聲道：「他被騙了，佛祖舍利，是個騙局！」

「什麼？」玄奘愕然。當日在莫高窟競賣會上，因為奎木狼攪亂，佛祖舍利並未拍賣，第二日翟法讓急匆匆趕回敦煌，據說便是與此有關。想來他是要找擁有佛祖舍利的人，私下交易。

翟昌咬牙切齒：「當日那名西域胡商宣稱他有佛祖舍利要競賣，而且是一截佛指舍利，還拿給敦煌的各位高僧看過，確實是無上聖物。叔父便動了心，幾乎將大乘寺的產業變賣得乾乾淨淨，誓要將舍利迎入大乘寺供養。」

這件事玄奘知道，他剛進大乘寺的時候，就見到翟法讓變賣產業籌了一萬六千貫。

「莫高窟競賣被那奎木狼攪了之後，眾人四下奔逃，叔父著人打聽，聽說那胡商回了敦煌，不日就要離開。叔父便著急了，趕回敦煌找到那胡商。那胡商開價兩萬五千貫，叔父只籌得了一萬六千貫，遠遠不夠，便又以寺中產業作保，向我和李氏借貸九千貫。」翟昌長嘆一聲，想來頗有些後悔，「叔父帶著兩萬五千貫的銅錢、金銀錢和絲綢去和胡商交易，迎回了佛舍利，然而到了寺中，卻發現……卻發現竟然是假的！」

「假的？」玄奘大吃一驚，「當時沒有驗看嗎？」

「當然有驗看。」翟昌道，「當時是絲毫不假，舍利以五重寶函盛放，叔父驗看之後親手放進最內層的玉棺，然後一層一層鎖了起來。可是……可是到了大乘寺要取出供養，竟然發現裡面是一截狼爪！」

「狼爪？」玄奘驚得目瞪口呆，「怎麼是狼爪？」

「誰也不知道是怎麼回事。」翟昌喃喃道，「後來我們推想，這整件事就是一樁騙局，是為了騙得大乘寺傾家蕩產，讓我叔父成為佛門的罪人！」

玄奘心中悲傷：「翟法師就是因此……」

「是的，我叔父是自殺的。」翟昌流著淚朝禪房看了一眼，「大乘寺幾百年累積的財富，被人一朝騙光，而且欠下巨額借貸。不說官府那邊會怎麼想，便是寺中僧眾他也無顏面對，畢竟……寺中上百僧侶以後衣食無著……此人實在歹毒，竟是要我叔父身敗名裂！」

「這到底是誰幹的？」李澶也心中驚悚。

「寶函之中既然有狼爪，想必是奎木狼。」翟昌心中大恨。

「奎木狼？」玄奘和李澶都怔住了，奎木狼殺了翟法讓倒不稀奇，可是以這種手段逼死他，讓他身敗名裂，就有些難以理解了。

「這個……」翟昌似乎覺得自己說溜了嘴，有些尷尬。

忽然，令狐德茂急匆匆地跑了進來：「翟公，快隨我去一趟。」

「去哪兒？」翟昌愣道，「我這會兒——」

令狐德茂臉色難看，一字一句地道：「王君可擂鼓聚將了！」

翟昌猛吃一驚：「好，咱們這就過去！」

他轉頭抱歉地望著玄奘：「法師，弟子身有要事，就不能陪您了。叔父這邊，您門外祭拜即可，他說死後不想見到任何人。」

翟昌陪著令狐德茂急匆匆地去了。

玄奘明白翟法讓臨死前的痛苦，不再耽擱，與李澶祭拜完，便回到自己的禪房。

「師父，眼下疑團越來越多了。」李澶苦笑，「連奎木狼這等妖物都開始用詐人錢財的手段來殺人了，可奎木狼和翟法讓之間有什麼深仇大恨？非要讓他身敗名裂而死？」

「這其中恐怕有更深的內幕。」玄奘慢慢道，「除了你說的之外，貧僧總結了一下，心中還有四點疑問：第一，那寺卿丁守中為何給我天衣？第二，奎木狼為何會雕印呂晟的文章？第三，魚藻為何不計代價要查呂晟的生死？第四，呂晟與令狐氏之間到底發生了什麼事？」

「這……」李澶想了想，「這幾點怕都不好查。無論涉及奎木狼還是令狐氏，都是凶險莫測，索易身為索氏族人，卻連一個字都不敢透露。」

「是啊，所以貧僧想從容易的入手，咱們先去找那十二娘子魚藻。魚藻已經追蹤奎木狼數年，定然知道不少，先摸清楚她與呂晟是什麼關係。」

李澶怔怔地望著他：「師父，早膳我吃蒸餅時您看到了？」

「看到什麼？」玄奘詫異。

李澶笑道：「今日用餐時，我想著十二娘的英姿，發現蒸餅上飄來幾個字：華容婀娜，令我忘餐。您這師父當真沒白認，果然是想弟子所想，急弟子所急！」

玄奘目瞪口呆，好半晌才說：「你若娶了她，只怕以後會日日忘餐。」

「為何？」李澶奇怪。

「飽以老拳。」玄奘道。

李澶張口結舌，仔細想了想，便有些垂頭喪氣。

刺史衙門忽然三通鼓響，沉悶激昂的鼓聲震動州城。

王君可坐堂集將，三通鼓響之後，西沙州除了當值的戍兵之外，凡是軍府、鎮戍、守捉各軍將，紛紛從駐地趕到刺史衙門。

大唐沿用武德年間的軍制，像敦煌這種邊州的軍力大體分為兩類，府兵和州裡常備的鎮戍兵、守捉兵。

府兵便是大唐的國家兵力，百姓列入兵籍之後，國家授田，農忙耕種，戰時從軍。朝廷在各地則設有軍府，來管轄兵籍。西沙州設置壽昌、效穀、懸泉三座軍府。地方上並無調動府兵的權力，必須有朝廷敕書和銅魚，經都督、刺史、軍府的統軍三方勘合之後才能徵召府兵。

鎮戍兵和守捉兵則是州裡的常備兵力：鎮兵是駐紮州縣的兵力，戍兵則是駐紮烽戍的兵力，守捉兵則是守警要道的兵力。西沙州有紫金、西關、龍勒三鎮，懸泉、常樂、鹽池、子亭四大守捉。

王君可臉色陰沉地坐在正堂上，錄事參軍曹誠坐在他側後方提筆記錄。王君可治軍甚嚴，誰也不敢耽誤應卯，三通鼓響，各府的統軍、別將，鎮戍的鎮將、鎮副，守捉的守捉使、副使便紛紛到齊，眾將統一著裝，身穿橐鞬服[37]，左掛橫刀，右配弓箭。

子亭守捉使翟述也站在堂上，面無表情。

「莫高窟奎木狼殺人，軍民死五十二人，傷八十七人！」王君可重重一拍几案，怒喝道，「我等身負保境安民之責，卻被那奎木狼流竄敦煌，殺我子民軍將，此乃我西沙州奇恥大辱！」

龍勒鎮將馬宏達跨前一步，抱拳道：「刺史，我等願剿滅玉門關，殺絕狼患！」

「好！」王君可點點頭，「雖然玉門關已遷址到了瓜州，舊關隘早已荒廢，但舊玉門關正當大磧路要衝，必須要平定。本官任職敦煌以來，時常接到投狀，說奎木狼占據舊關，有些走私的商賈便從玉門關偷渡國境，此事斷不能容。不過奎木狼匪眾據說有三百餘人，我等跨一百八十里沙磧去征伐，僅靠鎮兵和守捉兵怕是不夠。」

紫金鎮將宋楷出列：「刺史說得是。武德九年，便是末將受命集結了紫金鎮、西關鎮和鹽池守捉的六百兵力圍剿玉門關。在沙磧行軍時，奎木狼派人一路騷擾，導致行軍速度緩慢，抵達玉門關時，那關隘早已經空空如也，奎木狼率領部屬退進了魔鬼城。魔鬼城地勢複雜，有數百里廣闊，到處都是風沙侵蝕出來的牆垣、城闕、土墩，宛如迷宮，極易設伏，而且周邊有流沙、沼澤，末將不敢深入，只好撤軍。」

王君可點點頭，宋楷入列。

「目前我西沙州常備兵力確實不足。」王君可沉吟片刻，「各鎮戍、守捉，除掉必備的兵力，能夠調動的也無非千人。以千人擊三百人，自然穩操勝券，可奎木狼一旦退入魔鬼城，兵力便不夠了。」

鹽池守捉使趙平道：「所以必須分出一部分，從沙磧穿插到玉門關以西的牛頭墩一帶，切斷奎木狼西退之路。末將估計，要想一舉殲滅奎木狼匪幫，至少需要兵力三千人！」

「那就必須要動用府兵了。」王君可點點頭，「本官身為左領軍衛將軍，雖然有緊急徵用府兵的職權，卻必須是外敵入侵、烽火急警的情況。這奎木狼雖然殺戮百姓，卻不算軍國急警，本官也不得擅自徵發府兵。本官和臨江王已經分別寫了奏疏，加急發往長安，一則是向朝廷請罪，二則也是懇求兵部勘合，允許徵召府兵深入大漠剿滅奎木狼。」

「我等軍府願為將軍出戰！」三位軍府的統軍一起抱拳請命。

王君可擺擺手，臉色變得嚴厲：「本官說這些，也是為了給諸位講一講我軍中的規矩！西關鎮將令狐瞻擅自調發三百兵卒，已被本官拿下。來人，帶上來！」

當即有親兵把令狐瞻帶上大堂，兩名親兵往他膝窩一踹，令狐瞻垂頭喪氣地跪在堂上。眾將來之前已經猜到今日要處置令狐瞻，一個個心中凜然。翟述看了令狐瞻一眼，卻發現令狐瞻正怒視著他。

王君可冷冷道：「根據唐律，擅自發兵，十人以上徒一年，百人徒一年半，百人加一等，千人絞。令狐瞻，你擅自徵發三百兵，可知罪？」

令狐瞻抱拳：「刺史，奎木狼潛入莫高窟，實在是事有警急，末將來不及上報，這才緊急發兵。」

王君可冷笑：「事有警急？據本官所知，奎木狼抵達之前，你便已經在寺中安排了伏兵。也就是說，你事先便已知道奎木狼要去聖教寺。既然有警，為何不上報？」

令狐瞻一時不知如何應對。

「退一步說，根據唐律，若是急需發兵，來不及奏聞，可以緊急發兵，但必須緊急上報。你上報的文書呢？」王君可問。

令狐瞻並不慌亂：「啟稟刺史，西關鎮上報的文書在事發當日便派了兵曹佐使上報刺史府。」

王君可回頭詢問錄事參軍曹誠：「你可收到他的上報文書？」

「並未收到。」曹誠遲疑片刻，低聲道，「不過，敦煌縣衙那邊移交過來一件公文，莫高窟凶案次日，在下林坊的坊角發現了一具屍體，正是西關鎮的兵曹佐使，疑似為奎木狼黨羽所殺。」

王君可雙目一縮，頓時咬牙切齒，怒吼道：「大膽！令狐瞻，你為了逃避罪責，竟然不惜殺死書吏，難道真當本官是泥捏的不成？」

「刺史，」令狐瞻大聲道，「末將絕非如此喪心病狂之人，請刺史明察！」

「汝以為蒼天可欺還是本官可欺？」王君可盯著他，正要說話，王君盛急匆匆地從屏風後轉了出來，湊到王君可耳邊低聲說了兩句。

王君可冷笑著起身：「本官倒忘了你是士族子弟！」

王君可不再多說，徑直離開正堂。他沒有發話，眾將也不敢散去，只是交頭接耳，議論紛紛。宋楷冷笑：「這堂上有近半都是敦煌士族子弟，王刺史這一竿子可打在大夥兒身上了！」

眾將頓時鴉雀無聲。翟述走過去攙扶令狐瞻：「賢弟，刺史不在，且起身歇歇吧！」

「呸！」令狐瞻猛地一拳打在翟述臉上，把翟述打得翻了過去。令狐瞻跳起來騎在翟述身上揮拳就打，宋楷、馬宏達等人急忙跑過去把兩人拉開。

「住手！這是刺史府大堂，成何體統！」錄事參軍曹誠氣得臉色發白，大聲吼道。

令狐瞻根本不理曹誠，怒視著翟述：「翟大，你這個懦夫！若不是你臨陣退縮，那奎木狼早已被砍殺做成肉羹了！」

「賢弟，並非是我臨陣退縮。」翟述忍著疼痛，解開袍服，脊背上赫然血跡斑斑，「父親震怒，對我用了家法。可是對我而言，我不單單是敦煌士族的子弟，也是大唐邊將。你們做得過了！」

「我們做得過了？」令狐瞻厲聲道，「奎木狼擄走的是誰的妹妹？是誰家的人！」

翟述神情痛苦：「是我妹妹不假。我只有這一個嫡親妹妹，一母同胞，我自然難過。

可是賢弟，我妹妹已經死了，死於奎木狼之口，哪怕把奎木狼碎屍萬段，我妹妹也救不回來了。為了報仇，冒著得罪朝廷、毀家滅族的風險，值得嗎？賢弟，這三年來你殫精竭慮要找尋翟紋，我翟家感念至深，可是我妹妹已經死了三年了，再有耿耿於懷的塊壘，也該放下了。」

堂上眾將默默地聽著，誰也不說話，神情間頗有些不自在。這是世家大族的隱私，若非在大堂軍議，眾人早就捣著耳朵走掉了。

「你是這樣想的嗎？」令狐瞻喃喃道，「你們翟家也是這樣想的嗎？」

「我不能代表我父親的意思，可是愚兄我確實是這樣想的。」翟述憐憫地望著他，「這三年來，翟家和令狐家猶如一體，同進同退，可是新人已死，婚姻已亡。為了維持兩家一體，強行以婚約牽絆著你，著實不公！賢弟，放下吧！翟紋已經死了，你尚未迎娶到家，也算不得夫婦情深，早些放下再娶，便不會活得那麼痛苦。」

令狐瞻呆滯地站在堂上，牙齒咬得咯咯作響，脣角竟然有鮮血流下。

玄奘帶著李澶來到刺史府後宅，請奴婢通報後，王君盛急忙迎了出來。玄奘虛扣雙掌合十：「王郎君！」

王君盛急忙道：「不敢。我排行在九，法師叫我王九便是。法師可是要見刺史？」

「不不不，」玄奘笑道，「貧僧此次來有些失禮，乃是想拜會一下你家小娘子。貧僧有些事想請教一二。」

「法師客氣了。我家十二娘並不拘謹，您又是法師，自然無妨。我這便去請十二娘過來。」王君盛一口答應，請玄奘和李澶到廳堂中坐下，自己去內宅請魚藻。

李澶渾身躁動、滿臉期待地等待著，過了不久，一陣環佩叮咚之聲，魚藻從屏風後轉了出來。李澶的眼睛立刻直了。當日夜裡魚藻穿的是胡服男裝，窄襟箭袖，英姿颯爽，而今日正式見客，恢復了女裝，一身長裙窄袖，圓領的上襦露出修長白皙的頸部，裙形瘦窄，束帶輕垂，更顯得體態修長纖細。

「魚藻見過法師。」魚藻屈膝行禮，垂目低眉，一副大家閨秀的端莊，絲毫沒有那日揮刀夜引弓、彈弦射天狼的勇悍之氣，彷彿換了一個人。

廳堂上沒有擺放繩床，仍舊是中原常見的席子——敦煌缺少竹林，所以是蘆葦編織的——正中間鋪著羊毛細毯。魚藻雙腿併攏，端正跪坐在玄奘下首。李澶痴迷地打量著她，卻見魚藻似乎有些憔悴，兩眼紅紅的。

「十二娘，難道昨夜沒有睡好嗎？」李澶關切地問道。

魚藻瞪了他一眼，冷冷道：「睡不睡得好，關你何事？」

李澶訕訕地笑著，縮了回去。

「法師找我來，有何見教？」魚藻淡淡地問道。

玄奘鄭重地鞠躬，虛扣雙掌合十：「莫高窟蒙十二娘出手相救，還沒有致謝，貧僧師徒感念十二娘的援手之恩。」

「不必。」魚藻神情平靜，側身避開，「只是機緣巧合罷了，便是你們不來，我的箭也會離弦。」

玄奘笑了笑：「當時聽妳和奎木狼對答，似乎妳認得呂晟？」

魚藻眸子一閃，瞇起眼睛盯著玄奘，整個人氣質一變，彷彿一頭欲將彈跳而起、擇人而噬的獵豹。玄奘從容地望著她，臉上帶著平和的笑容。

「你認識呂晟？」魚藻慢慢放鬆下來，略有些吃驚。

「貧僧在長安住過些時日，長安無雙士，武德第一人，呂郎君名滿長安，自然是認識的。」玄奘道，「聽十二娘的意思，這幾年妳似乎一直在找尋他的下落，可是貧僧聽坊里傳言，說是呂晟在武德九年便已死了，難道十二娘不知道嗎？」

魚藻面對貴客，一直強忍著情緒，玄奘這一問，頓時引得她淚水流淌，失聲哽咽。玄奘和李澶都愣住了，兩人面面相覷。

李澶急忙道：「十二娘，有話好好說。我師父神通廣大，更曾救過當今陛下，沒什麼是他老人家解決不了的。妳莫要哭，好好跟我師父說，他必定能幫妳。」

魚藻一怔：「此話當真？」

「當然！」李澶完全做了主，壓根不理會自己師父就在一旁，大包大攬。

魚藻默默思忖片刻：「法師，您可是想知道些關於呂晟的真相？」

玄奘默默點頭，神情有些傷感：「故人蒙難，貧僧自然想了解一番。」

「好，我告訴你，」魚藻斷然道，「不過法師需要幫我一個忙。」

「儘管說！」李澶拍著胸脯，豪氣干雲，「我替師父答應了！」

玄奘哭笑不得，卻也不便阻止他。

魚藻深吸一口氣：「從莫高窟回來後，父親與我談及一件事。那臨江王差人來提親，想讓我嫁給他的兒子，世子李澶。我堅決不允，與父親大吵一場，可是父親平日雖然對我多般寵溺，婚姻大事上卻絕不肯鬆口。法師，我不想嫁給那什麼世子，懇請你勸勸我父親，讓他拒了這門親事。」

師徒兩個澈底呆住了。玄奘同情地看了一眼李澶，自己這個徒弟整個人都已懵掉了。

「師父——」李澶幾乎要哭了。

「徒弟，你儘管替師父做主！」玄奘鼓勵他，「為師絕無二話！」

李澶哭喪著臉，結結巴巴地道：「十、十……十二娘，這是好事啊！大好事啊！」

「為何是好事？」魚藻冷冷地道。

李澶著急道：「那……世子李澶……年少英俊，志向高潔，通讀三經，兼修儒道。所謂積石如玉，列松如翠。郎豔獨絕，世無其二。這是……這是良配啊！」

「胡說八道！」魚藻惱怒起來，「我讓你師父來拒婚，你說的什麼亂七八糟！且說你們師徒答不答應！」

「這……」李澶真是又羞又窘，尷尬難堪，求助地望著玄奘，玄奘只作沒看見。

李澶也有些急了：「我師父身為高僧，怎麼能拆人姻緣？玉成他人姻緣，無異於起塔造像，這……唉……妳又為何非要拒婚呢？」

「因為，我愛上了別人。」魚藻道。

李澶如遭雷擊，頓時臉色慘白，怔怔地看著她。魚藻神色平靜，似乎在說一件與己無關之事，又似乎在說一件理所當然、早在心裡說了千百遍的事。

玄奘默默地嘆息著，怨憎會、愛別離、求不得，世上之苦翻來覆去便是那八種，卻千變萬化，凌遲一切眾生。

「便是法師要找的長安無雙士，武德第一人。」

「誰……妳愛的是誰？」李澶問道。

王君可來到二堂，只見令狐德茂和翟昌急忙迎了上來，抱拳施禮：「見過王公！」

「不敢當。」王君可鐵青著臉進了廳堂，在主位坐下，「府中正在軍議，二位這般急切地來找本官，不知道有何見教？」

「正是為了今日軍議之事。」令狐德茂道，「令狐瞻冒犯了王公虎威，我身為人父，誠惶誠恐，特來向將軍請罪。」

王君可冷笑：「他冒犯的不是我，而是唐律，二位為何不向唐律請罪？」

「他若違反唐律，自然需要請罪。」翟昌微微笑著，「至於是否違背唐律，是您王公說了算。且先不說這些，王公，我們二人今日前來，帶了件禮物。」

令狐德茂一擺手，堂外隨從託上來一只木盒。

王君可失笑：「二位家主，令狐瞻犯的是擅興的大罪，擅自發兵，十人以上徒一年，百人徒一年半，百人加一等，七百人以上，流三千里，千人，絞。他調兵三百人，這是區區禮物就能解決的問題嗎？」

令狐德茂笑著：「唐律森嚴，我等怎麼敢以禮物來收買刺史，況且這件禮物也不是我二人所贈送，王公看看便知。」

王君可沉吟片刻，打開木盒，裡面是一封信函，看了上面的抬頭，王君可的臉色有些凝重。

弟禮部侍郎、監修國史、太子右庶子德棻敬上。

這竟然是令狐德茂的親弟弟，令狐德棻的親筆信。

王君可細細看著，手指竟然有些顫抖。

「這……這能行嗎？」王君可滿臉不可思議。

原來今年六月，皇帝鑑於這些年朝代更迭，戰亂頻仍，士族源流混亂，想重新修訂北魏孝文帝的《氏族志》，於是召了禮部尚書高士廉、中書侍郎岑文本、禮部侍郎令狐德棻等人一起商議。

令狐德棻來信簡單提及了此事，然後便說起自己考證太原王氏世系一事。王氏自永嘉之亂後，衣冠南渡，便分為太原王氏和琅琊王氏兩支，其中太原王氏的兩大主要房支又為晉陽王氏和祁縣王氏。

令狐德棻繼續寫道，晉陽王氏的始祖為北魏文史大家王遵業，王遵業有三子，長明、松年、安喜。後兩子族譜有載，史籍有傳，世系脈絡清楚，可是長子長明這一支族譜中卻沒有記載。令狐德棻認為王長明曾任北魏石艾令，很可能已經分了房，卻在北魏末年的河陰之變中逃散。令狐德棻詢問兄長：「州刺史王氏君可，少雖家貧，世居并州石艾，其太原王氏旁支乎？不妨請王刺史修訂族譜，重訂世系，以考辨源流。」

王君可看得心旌搖盪，這分明是暗示他冒充王氏郡望！

太原王氏乃是頂級大士族。太原即為并州、或稱晉陽，只是歷代的稱呼不同，他和王氏其實是同鄉，不過王君可自己很清楚，他的祖上跟太原王氏壓根沒有丁點關係。

王君可做官之後，生平最大的願望便是立下士族門閥，但士庶分野如同涇渭，不但祖上的世系脈絡要有族譜和史書互相印證，還必須有三代以上的顯赫官宦。每一次改朝換代，都能造就大批豪門，但大部分是幾代之後便風流雲散，無法成為士族。王君可如今是正四品，堪堪跨過了正五品士族敘階的門檻，想要三代之後成為士族，幾乎是全無可能。

令狐德棻掌握的，可是修訂《氏族志》的權力！若是令狐德棻願意相助，冒充了太原王氏郡望，他王君可這一代便能直接跨入士族之列了！哪怕是王氏支房，也是頂級士族！

一念及此，王君可整顆心霍霍顫動。

「季馨先生果真要襄助君可……」王君可一咬牙，「重歸王氏郡望嗎？」

令狐德棻，字季馨。

令狐德茂笑道：「石艾乃太原郡的小縣，雖然北魏以來飽受戰亂之苦，譜牒流散，不過吾弟若是仔細找，也未必找不到。或許能找一些你們王家的耄耋耆老，口述家譜，只要州裡的大中正認可，便能重歸王氏郡望。」

王君可明白了，這個計畫理論上確實行得通。大中正便是自漢魏以來考察州郡人才的官員，負責將本州郡的士人按照才能、品德、門第分為九品，再上報朝廷核實，以此來選官任賢。九品中正制，便來自於此。

到了本朝，大中正已不算官員，只負責州內郡望士族的考察、核實。而令狐德棻是禮部侍郎，恰好掌握大中正的遴選任命。只要有王家的耄耋耆老能「背誦」族譜，大中正和太原王氏各方的族譜、歷代史書的記載能相印證，便可申報禮部。

令狐德茂笑道：「這件事處理起來倒不難，只有兩點麻煩，第一，王公找耄耋耆老背誦族譜時，一定要找個精通文史的大儒負責拾遺補闕，畢竟耄耋老人記憶或有缺漏。」

王君可心領神會：「這個自然。」

「第二點，」令狐德茂道，「王公的族譜必須與太原王氏的族譜相互印證，不能有抵觸，所以必須借來太原王氏的族譜作為參照。」

「這卻是為難。」王君可苦笑，「誰家的族譜肯拿給外人看？」

「不巧，舍弟手中正好有太原王氏族譜的謄抄本。」令狐德茂笑道。

「哦，對對對。」王君可恍然。朝廷打算重修《氏族志》，令狐德棻可是修訂者，恐怕山東五大士族各家的族譜都要抄了送到他那裡。

話既然已經說明白，三人也就不再遮掩。

王君可感慨：「這真是厚重大禮，不知道令狐公需要下官做些什麼？」

「方才也說了，」令狐德茂為難地道，「犬子冒犯刺史虎威……」

王君可深深看了他一眼：「方才我看信函的落款，是季馨先生在六月初三寫的，為何此時才拿給我看？」

令狐德茂道：「不瞞王公，莫高窟獵殺奎木狼一事，已策劃半年之久。此事必然要調動軍隊，但又不能把王公牽扯進來，所以只能由令狐家的小兒擅自興兵了。此舉必然冒犯王公的虎威，這封信便是令狐氏的賠罪之物。」

王君可兩眼一瞇，他實在沒想到敦煌士族的膽子竟然大到了這種地步，利用族中子弟，擅自調動軍隊，歷朝歷代這都是抄家滅門的大忌。令狐氏當然清楚後果，要是無法擺平自己這個刺史，就是一樁捅破天的大案，所以才從兩個月前就開始謀劃，讓令狐德棻送了一樁自己無法拒絕的大人情。

王君可慢慢沉吟道：「奎木狼凶殘狡詐，竟然截殺兵曹佐使，使得西關鎮無法及時上報。西關鎮將且免了擅自興兵之罪，杖責二十，戴罪家中。」

「這……」翟昌不大滿意，「王公，為何不能直接免罪？」

王君可淡淡道：「堵悠悠之口，朝廷之口。」

令狐德茂思索片刻：「他何時能復職？」

王君可一笑：「來來來，二位家主，我正有一事相求。二位可知道，前日臨江郡王差人來提親，要求娶小女魚藻為世子妃？」

兩人愕然片刻，齊齊拱手：「祝賀王公！」

令狐德茂問道：「王公，可是想讓我二人作媒？」

「當然是作媒，卻不是做小女與世子的媒。」王君可大笑，「二位家主也知道，我有一子一女，犬子永安，如今以門蔭做了千牛備身，明年開始簡選，到吏部選授職官。」

兩人一起恭喜，卻也有些納悶。

王永安走的是官宦子弟入仕的正常途徑，門蔭就是皇親國戚和正五品以上的當朝權貴，子弟憑藉父祖的官爵享受入仕做官的特權。文官子弟，進入國子監、太學，學成後考試，考試及第，由吏部簡選授予官職。武官子弟，則進入三衛、千牛和進馬，充當皇帝和太子的侍衛，期滿後由吏部簡選，分發任職。

「永安明年年滿二十二，任了職事官之後，我便想把他的婚事給定了。」王君可微笑著，「我聞敦煌張氏有嫡女，名叫窕娘，樣貌出眾，性情溫婉，便想請二位作媒，去張氏府上提親，不知道二位意下如何？」

令狐德茂和翟昌面面相覷，都呆住了。

「我父親自幼家貧，以販馬為生。我知道如今朝野清議對我父親頗有微詞，有人說他品性不端，偷盜鄉里。他製作魚簍，內有倒刺，路上有客商經過，便以魚簍扣其頭，趁機掠奪財物。客商摘掉魚簍，竟不知被誰所盜。」

「十二娘，王刺史是妳的父親，妳可以不用講這些。」玄奘道。

「不，我要講。」魚藻深吸口氣，「我父親從隋末亂世中掙扎出來，一步一步走到現今，我是想讓法師知道，他為何非要把我嫁給李氏。」

關於王君可，玄奘自進入瓜州便聽到一些傳聞。說隋末群雄並起之時，王君可欲聚兵為盜，他叔叔不肯，王君可便誣陷鄰人與叔母私通，逼迫叔叔共同殺死鄰人，從此亡命江湖，聚眾為盜。

王君可用兵以詭詐聞名。他起兵之後，僅有千餘人，河東郡丞丁榮率兵圍剿，王君可表示願意歸降。丁榮率軍登山受降，王君可卻伏兵於山谷中，一舉擊破丁榮。隨後遭遇名將宋老生，王君可初戰不利，被宋老生困在山上。王君可再次向宋老生詐降，隔著溪澗與宋老生相談，言語懇切，痛悔不已。宋老生頗為感動，兩人約定次日凌晨受降。不料當天夜裡，王君可趁著宋老生不備，殺出重圍逃之夭夭。

李淵起兵反隋，派人招降王君可，王君可的副將韋寶、鄧豹打算歸附。王君可假意贊成，卻趁著二人不備，突襲二人，奪取他們的輜重，投奔瓦崗。後來不得李密重用，又和秦瓊、程知節等人投了王世充。他們這些瓦崗軍將在王世充軍中受到猜忌，眾人萌生去意，然而王世充正與李世民對峙，對逃卒防範甚嚴，於是王君可提出一個膽大包天的計畫——在兩軍陣前公開叛逃！

這才有了秦瓊兩軍陣前話別王世充的慷慨佳話。

「父親跟我說過一句話，他說，隋末亂世，人人相食，所有不願屈從於命運之人，都要拚盡全力才能活下去。」魚藻慢慢地說著，「戰亂中父親親族死絕，家園破毀，我至今仍記得他受封左領軍衛將軍、彭澤縣公之後回鄉祭祖，跪在破敗的鄉閭之間號啕痛哭。他說他發誓要讓王氏成為百世不易的門閥士族，要讓子子孫孫不用再掙扎求生。他在石艾縣到處尋找王氏族人，只要姓王，便聚攏起來視為親族。他還造了族譜，論輩排行。我排行十二，人稱十二娘也是這個緣由，其實排在前面的十一個娘子是誰，連我也不知道。這其中還有個笑柄，父親起兵時有一名至交好友，叫王君愕，與他一起造反，一起投瓦崗，又一起投唐，如今在朝廷封了新興縣公。貞觀元年，我父親曾寫信給他，說道你我同姓，同輩，雖然不同籍貫，卻也可能是流離失散之兄弟，不如你也加入并州王氏。王君愕回信說，自己乃是邯鄲人氏，祖上五代家譜世系清晰，不敢改宗他門。但我父親卻執念不消，認為王氏中定然有君字輩，便在族譜中造了君字輩，大肆命名，那王君盛便是石艾王姓，其實與我毫無關係，收進宗族之後被父親重新改名，列為君字輩，引為兄弟。他說，三百年後，自己便是并州王氏的始祖。」

魚藻喃喃說著，忍不住自嘲起來。

「十二娘，不要笑妳父親。」玄奘溫和地道，「貧僧痴長妳幾歲，隋末亂世中貧寒之人活得有多艱難，貧僧親身經歷。上溯四百年來，莫說亂世，便是清平盛世，寒門子弟也是生存多艱，襟抱難開。妳父親既然掙扎了出來，便想讓後代子孫活得容易些。」

「可是他不應該拿我的婚姻來換取！」魚藻神情激動，「他與臨江王聯姻，無非是看中了李氏的皇室閥閱而已！他一生親族凋零，只有我和兄長一子一女，平日寵愛有加，呵護備至，可如今卻為了這虛無縹緲的家族閥閱，將我拋出去與那廢物世子成親，我在他心中到底重有幾何？」

李澶喃喃道：「那世子……並非廢物……」

魚藻怒視著他：「若是與呂晟相比呢？」

李澶張口結舌，他再自負也不敢說自己能拿下雙科狀頭。

「十二娘，」玄奘悲憫地望著她，「貧僧知道妳心有怨憤，可是對父母而言，臨江王世子的確算是良配。」

魚藻啞然，半晌才悽然道：「可是我的心，早已歸了那長安無雙士。」

玄奘和李澶對視一眼，李澶苦笑著搖頭，頗有些心灰意冷。

「那是武德六年的春天，大唐科考第一次放榜。首開的是秀才科，自前隋以來，秀才科便是最難的，舉子們最怕秀才科，因為秀才科考的是方略策，考的是天下胸襟，大唐氣象。那一年，天下舉子二百一十七人，秀才科只有六人敢考。最終，空蕩蕩的禮部考功司門牆之上，輝煌大字，只寫了一個人的名字——呂晟！」

魚藻擦了擦眼淚，臉上浮現出笑容，透過窗外的日光，彷彿回到了武德六年的春天。那一天，陽光正好，長安的桃花開了。

「那是我第一次見到他的名字。數日之後，進士科放榜，我又在吏部考功司的牆上看到了他的名字，金字寫就，高居榜首。那一天，他也在人群中看榜，他輕輕笑著搖頭，似乎有些遺憾。這時，皇帝差人宣召他入宮，他走在皇城的天街上，宮牆巍峨，卻掩不住他的身影，輝煌宮禁，也不過是他肩上的一抔土石。我看著他的背影，覺得連承天門都高不過他肩膀。後來問他，他說，妳個子矮，快快長高吧！」魚藻嘴角含笑，那彎彎脣角，彷彿種下千百世的宛轉情緣。

李澶看得絕望，嗓子都抽搐堵塞，說不出話來。

「我第一次和他說話，是武德七年在曲江文會上，程家的處亮兄長帶我去的。他問我叫什麼名字，我說魚藻。他笑著說：『魚在在藻，有頒其首。有女頒頰，豈樂飲酒。』」魚藻含笑摸著自己的臉頰，「那時候我十三歲，臉頰確實有些肥。然後他端起酒杯說：『大頭魚，我們喝酒吧！』從此我便知道，我有了一個名字，專屬於他的名字。」

李澶喃喃道：「你們私定終身了嗎？」

「沒有。」魚藻惱怒，「呂郎君是何等人，怎肯做這樣的事！」

「阿彌陀佛！」李澶鬆了口氣。

「其實……」魚藻有些難堪，「那時我還小，全然不知如何讓他知道我的心意。呂郎君他……他名滿長安，舞榭歌臺，詩賦酬唱，又怎會去喜歡一個沒長大的小女孩。況且，我們相識未久，他便帶著老父調任敦煌。關塞路遠，長安望斷，本以為今生再無相逢的一天，卻不想貞觀元年，我父親也調任敦煌……」魚藻摀著臉嗚咽失聲，「可是等我來了，他卻魂喪大漠！果然還是再無相逢之日！」

玄奘微微嘆氣，去屋外用銅盆盛了半盆水，拿了絹帕遞給魚藻。李澶羨慕地望著，卻不知道該怎麼伺候，有些不知所措。

「那夜貧僧聽妳所言，似乎認為呂晟還活著？」玄奘問。

「那只是我心中微渺的心願罷了。」魚藻用絹帕搗著臉，喃喃道，「這些年我一直在打聽呂郎的消息。去年春天，我在東市閒逛，路過一家書肆，偶然發現有匠人在製作《三敘書》的雕版，便逼他們拿出了手稿。書肆東主說是有客人拿給他們，委託他們雕版印製。」

魚藻眸子瞇起，露出危險的神情：「我命他們將那客人引來，當場緝拿。不料那人身手了得，力大無窮，不懼箭矢。我費了好一番手腳才收拾了他，卻沒能留下活口，後來逼問他投宿的客棧掌櫃，才知道此人是奎木狼手下的星將，奎十三。」

玄奘聽得這少女一年前便獵殺過星將，不禁吃驚。

魚藻道：「此後我便開始四處找尋那奎木狼的手下，也獵殺過幾個普通狼匪，他們卻都沒有聽過呂晟這個名字。奎木狼是武德九年降臨凡界的，呂郎也是武德九年死的。儘管我知道他們之間或許並無關係，可我只有這般不停地找下去，才能感受到他的存在，感受到我在一點一點地接近他，感受到他的影子仍然在大漠中徘徊不散。我希望有一日，歲月如同醇釀，將我灌醉，然後呂郎在大漠孤煙中回頭，說：『大頭魚，妳找到我啦！』」

魚藻默默地流淚，三人不再說話，周圍寂靜無比。庭院中有風吹過，好似吹響了門廊下甲士身上的甲葉之聲。

「法師，請帶我一起去尋找他吧！」魚藻鄭重施禮，「我相信愛情，正如法師相信友情。」

玄奘點點頭：「貧僧雖然不能答應幫妳拒掉婚事，卻會不計生死，查出故人真相！十二娘，《三敘書》的手稿如今還在妳這裡嗎？可否拿給貧僧看看？」

魚藻當即返回內宅，拿出一卷錦緞包裹的書稿交給玄奘。

玄奘展開書稿，熟悉的字跡躍然紙上。呂晟平日寫書稿用的是鍾繇楷體，卻在鍾繇遒勁厚重的基礎上用筆稍瘦，添了些冷峻峭拔之意；玄奘一眼就能認出來。

書稿挺厚，玄奘先捲起來收好：「十二娘，這幾年對呂晟可還查到了些什麼？」

「看來法師也發覺了，在敦煌城中呂郎是個禁忌，無人敢亂說。」魚藻深深地盯著他，肅然道，「法師可知道，呂郎初到敦煌時，曾經向翟氏提親？」

「什麼？」玄奘臉色變了。

便是李澶也頗感意外，他們從索易口中得知呂氏和令狐氏的百年世仇，而呂晟卻向翟氏提親？

「當然，這親事並不是呂郎提的，而是他父親做主，雇了媒人。」魚藻臉色也有些不好看，「只是被翟氏拒絕了。」

玄奘好半晌才回過神，喃喃道：「提親的對象呢？」

「自然便是翟昌的嫡女，翟紋。」魚藻道。

玄奘渾身顫抖，一躍而起：「走，我們去敦煌縣衙！」

第六章　寒門勛貴，士族婚姻

敦煌縣衙也在子城中，與刺史府並不遠。因為玄奘要查武德九年的舊案卷宗，魚藻特意找了錄事參軍曹誠陪同前往。

曹誠擔任的錄事參軍便是呂晟曾經任過的職位，在州裡地位特殊，雖然只是正八品上，職權卻極大，不但州府各判司受其糾舉，屬縣官員也受其制約，朝廷官制明確規定：一州之能否，六曹之榮悴，必繫乎其人也。

曹誠乃是王君可的心腹，當即帶著魚藻去了縣衙，把負責鞫獄定刑、督捕盜賊的縣司法參軍叫來，讓他去取卷宗。司法參軍不敢怠慢，當即去存放卷宗的庫房內翻找出來，讓兩名白直小吏抬了過來。

曹誠揮手讓他們退下，就在這六曹司裡幫玄奘展開卷宗，一一講解。

凶案發生在武德九年八月十九日，戌時日暮，正好是閉門鼓響，開始宵禁之時。大唐實行夜禁，閉門鼓之後，各坊門關閉，可以在坊內自由行動，卻不得在坊外街上行走。從長安到各州縣都安排了街使巡街，一旦捉到，笞二十。

若有公務、婚嫁以及喪病之事，只需在坊角的武侯鋪開具文牒便能打開坊門。唐人婚嫁多在日暮時分，至於具體時辰，則是根據雙方生辰八字測算的結果。

「當時街上無人，令狐瞻到翟氏所在的儒風坊迎親之後，迎送親隊伍順著甘泉大街向北而行。到了修仁坊與大賢坊的十字街，那奎木狼突然從坊牆上躍下，衝入迎送親隊伍，殺戮十餘人，撞入花轎。」曹誠抽出一頁卷宗，「這是當時目擊者的筆錄，說奎木狼撞破花轎頂的華蓋，抱著新娘沖天而起，在十餘丈高處踩著虛空奔跑，最終消失在天上。」

玄奘和李澶、魚藻對視了一眼，回想起莫高窟的一幕，忍不住心神悸動。

「當時令狐瞻和翟述在何處？」玄奘問。

曹誠拿起另一份筆錄：「縣衙門不敢找二人做筆錄，便詢問了兩家的奴婢，都說令狐瞻被奎木狼撞下馬，一時昏厥；翟述則受人群所擾，到達花轎邊時，翟紋已經被擄走。」

玄奘拿起一份仵作出具的勘驗屍格，仔細看著：「男屍安四郎，年卅五，身長五尺四寸，仆於街，仰臥，左額角瘀青，手肘擦傷，頸右上三寸有裂傷，長三寸，深寸半，創口直長細滑，斷頸脈。」

「裂傷？」玄奘詫異，「頸部血管被切斷，如何稱為裂傷？曹參軍，請你幫貧僧找來具結這份屍格的仵作。」

屍格上都有仵作的姓名，曹誠當即命司法參軍叫來仵作。那仵作姓張，年有五旬，看起來更似在農田耕作了半輩子的老農，畏縮地站在屋裡。

「老丈，」玄奘指著屍格笑道，「何為裂傷？」

仵作垂著頭：「便是遭硬物撕裂之傷。」

「撕裂傷和利器傷的創口有何不同？」玄奘問。

「利器傷創口邊緣齊整，撕裂傷……」仵作張張嘴，不知該如何回答。

「創口直長細滑，邊緣齊整，既然是利器傷，為何具結的屍格裡寫著裂傷？」玄奘平淡地問道。

仵作滿頭大汗，渾身顫抖。

「還有這個，」玄奘又拿起一份屍格，「這具女屍是腹部貫穿傷，創口寬兩寸三分……」

仵作忽然跪倒在地上，拚命磕頭，砰砰作響，腦門很快就鮮血淋漓。他整個人崩潰，卻不敢說話，只是磕頭。

「老丈，你這是何苦！」玄奘大吃一驚，急忙和李澶把他拽了起來。

仵作不敢看他，口中嗚咽失聲，涕淚橫流。

玄奘默默地嘆息：「老丈這便回去吧，貧僧會跟曹參軍交代好，定不會讓此事牽連你。」

「謝聖僧！」仵作跪在地上哭道，隨即忙不迭地爬起身，倉皇離去。

「法師——」魚藻正要說話，玄奘擺了擺手。

「不用再看了。死了十七人，只有六人是被獸類撕咬，其他人都是被利刃所殺。」玄奘意興闌珊。

「利刃所殺！」李澶吃驚，「為什麼有人要殺他們？」

「奎木狼離開後，不到一刻街使便趕到，這樣看來，殺人的只怕便是令狐瞻與翟述。」玄奘思索半天，「可他們為什麼要殺自家人，還嫁禍給奎木狼？難道是滅口？令狐瞻、翟沚難道和奎木狼還有過對答之類的？或者說新娘翟紋也牽涉其中？總之，這些筆錄不盡不實，倖存者所言，根本不是當年發生的真相！」

「什麼是真相？」魚藻急切地問。

玄奘看了她一眼：「百年以後，這些文書怎樣記載，怎樣便是真相。」

玄奘接著翻看另一沓屍格。

曹誠講解，這是四月初十發生的凶案，也就是在甘泉大街截殺迎送親隊伍的第二天。當時州縣兩級衙門出動，調動了鎮兵，搜捕奎木狼。眾人都以為他已逃出城去，不料傍晚時分，在成化坊又發生了一樁凶案，死的是該坊的坊正和五名武侯。也就是說，奎木狼殺盡了武侯鋪中所有人等！

玄奘仔細看著屍格，這次卻明白無誤，坊正和武侯們顯然是被凶獸所殺，身軀幾乎撕裂，殘缺不全。

「當時的縣尉推斷，應該是搜捕奎木狼時，成化坊武侯發現了他的蹤跡，故此遭到殺戮。」曹誠道。

玄奘也認可這個結論，於是放下屍格起身。

曹誠以為他要走，剛要相送，卻聽玄奘道：「曹參軍，不知能否調一些衙門裡的舊檔案，讓貧僧看一看？」

「哦？法師要看什麼舊檔？」曹誠問。

「上一任參軍呂晟的考課簿。」玄奘道。

李澶一聽就明白了玄奘的用意。

朝廷官吏，不分大小，每年一小考，三年一大考，是為考課。考功分九等，四考之後得中中以上才能升遷調動。一名官吏的所有公務，都會記錄在考課簿上，包括政績和過錯，日後提交吏部覆核，作為升遷、貶謫的依據。

曹誠猶豫了一下，魚藻瞪了他一眼，曹誠無奈地一笑：「法師稍等，這些東西封存在功曹庫房，下官讓人去找。」

西市，索家占鋪。

玄奘帶著李澶和魚藻從狹窄的街巷間穿過，到了占鋪門口。此時已近黃昏，占鋪裡昏暗無光，玄奘等人推開門。

「法師來了？」索易跪坐在氈毯上等候，神情比幾日前更加憔悴，頭髮蓬亂。

魚藻猛然抽箭在手，搭箭上弦，箭尖緩緩掃過四周。

「怎麼了？」李澶也嚇得拔刀護在玄奘身前。

「沒什麼。」魚藻仔細搜索片刻，沒有發現異常，便收起弓箭。

玄奘走到索易對面，在氈毯上坐下：「身上的傷可好些了？」

「不算多重的傷，只是給奎木狼撞了一下，摔了一下而已。」索易自嘲，「年紀大了，筋骨不行了。」

「當時若非你為貧僧擋那麼一下，貧僧早已死在奎木狼之手。」玄奘誠懇地道，「若有什麼難為之處，請一定要告訴貧僧。救命之恩，自當報答。」

索易忽然念道：

謹按《史記》：宋忠、賈誼誚司馬季主云：「夫卜筮者，高談祿命，以悅人心；矯言禍福，以盡人財。」又按王充論衡云：「見骨體而知命祿，睹命祿而知骨體。」此即命祿之書，行之久矣。多言或中，人乃信之……

玄奘沉聲道：「你果然讀過呂晟的《三敘書》！」

原來索易所念的，竟是呂晟〈敘祿命〉的開篇。

「這敦煌城誰又沒讀過呢？」索易神情悲苦，「呂參軍才華橫溢，我從未見過如此天縱才子，他精通樂律，在長安時譜曲編撰〈功成慶善舞〉和〈七德舞〉。李郎君，你聽過〈七德舞〉嗎？」

李澶茫然搖頭。

「便是如今的〈秦王破陣樂〉！」魚藻鄙視道，「武德年間呂郎以軍中舊曲填入新詞，編成宮廷樂舞。當時的秦王為之迷醉，登基後改名〈秦王破陣樂〉，稱之為大唐國樂。」

「除此之外，他整理歷代地理圖籍，製作《方域圖》；他精通象戲[38]，作圖註解了北周武帝的《象經》；他還精通陣戰，將古來陣法融會貫通，製出《教飛騎戰陣圖》。其他諸如儒家六經、佛道經藏、醫藥、天文、曆算、龜蓍、陰陽占卜無不涉獵，無不精通。他二十一歲出仕，二十九歲而亡，天下怎麼會有如此生而知之之人？天下又怎麼會有如此窮徹萬般學問之人？這天下又為什麼容不下一個尚未走到輝煌大成之日的聖賢？」

索易鬚髮皆張，大聲怒吼，淚水橫流。

魚藻也紅了眼眶，卻倔強地擦掉眼淚。李澶看在眼裡，他原本以為呂晟只是考了雙科狀頭，自己憑地位、家世彌補不足，未必不能與一個死人相爭，如今卻滿懷絕望。這樣的呂晟，哪怕死了，活著的人也無法望其項背。

「你與呂晟相熟？」玄奘低聲問。

「談不上相熟，只是他的手下敗將而已。」索易追憶著當年事，「呂參軍寫出〈敘祿命〉，不少相師術士找他辯詰，可三言兩語便紛紛潰敗；老夫也是那潰敗者之一。」

「他到底為何而死？」玄奘問，「誰容不下他？可是那令狐氏？」

索易驚異地盯著玄奘：「看來法師倒打聽出了不少東西。他如何死的，法師就不要再追查了，令狐氏當然想殺他，但區區令狐又豈能殺得了呂晟？呂晟走入敦煌，便是走入一條浩瀚洪流，他是在逆流而上。這洪流沒有源頭，沒有終點，席捲大唐天下，億萬臣民，哪怕大唐天子也裹挾在其中，泥沙俱下。呂晟注定要粉身碎骨，身敗名裂。無論何人統治這敦煌、統治這隴右、統治這大唐，刊削青史，千百年以後呂晟都必須是叛臣、逆臣、賊子；哪怕這大唐衰亡，換了下一個朝代，呂晟仍然會被釘死於青史之上，永世不得翻身！」

玄奘、李澶和魚藻聽得渾身顫抖，如墮寒窟，渾身上下都是冰涼。

「明明可以做一年以後的大唐宰執、人間聖人，他為什麼要走這條路啊！」索易號啕大哭。

魚藻忽然暴怒，錚的一聲，修長的橫刀插在索易眼前，刀鋒如霜，映出了他的雙眼。魚藻揪住索易的衣襟，吼道：「告訴我，呂晟到底做了什麼？」

「妳便是王家的十二娘子吧？」索易卻不驚慌，「老夫卦象已成，不久當死，但不會是應在妳身上。妳也是痴苦女子，前些年居然能查到呂氏向翟氏提親，老夫便再送妳一個消息。」

「說！」魚藻冷冷地道，鬆開了手。

「妳只知道呂氏向翟氏提親，被翟氏拒了，但妳可知道，後來翟氏又答應了！」索易說道。

魚藻當即呆住。

「什麼？」玄奘皺眉，「翟氏竟然答應了？是翟氏的嫡女嗎？」

「當然，便是翟昌的親生女兒，翟述的親妹妹，後來被奎木狼擄走的翟紋。」索易道，「此事極為隱密，敦煌城中恐怕無人知曉，不過呂晟的父親呂滕要問名納采，來老夫這裡核對過八字。」

「後來呢？」魚藻失魂落魄。

「後來呂晟死於大漠，婚事自然是了了。」索易說完站起身，佝僂著身子走到門口，「閉門鼓已響，老夫要回家陪兒孫了，諸位慢走。」

玄奘朝他致謝，帶著李澶和魚藻離開占鋪。

索易關閉鋪門，房內頓時一片黑暗。忽然間，幽暗的燈光亮起，牆角處一張布幔被人挑開，此人一手提刀一手掌燈，從布幔中走了出來。

「看來你真是一心求死，竟然說這些話。如此，我倒不便處置你了，且隨我去吧。」

敦煌城修文坊，嘉納堂。

嘉納堂是西涼時李暠所立的泮宮[39]。李暠重視文教，曾徵召士族學生五百人入泮宮，一時文才鼎盛。如今嘉納堂仍然留存，成為州學所在，三面環水，一條河渠繞堂而過，極為幽靜。

閉門鼓聲之中，一頂沒有任何標記的二人抬小轎進入嘉納堂，在中庭臺階下停轎。一道魁梧的人影從轎裡下來，卻是敦煌張氏的家主，張敝。

張敝進入正堂，堂內中央是一張巨大的羊毛氈毯，上面擺了七副書案。正中間一張書案後，一名鬚髮皆白的老者笑咪咪地跪坐著，兩側各有三副書案，有五名老者席地跪坐，令狐德茂、翟昌赫然在列；事實上，在座全是敦煌七大士族的當代家主，令狐氏、翟氏、陰氏、氾氏、索氏、宋氏，只差李氏。

「抱歉，老夫來遲了。」張敝拱手，坐在自己的位置上，「索兄，今日要議的是什麼事？」

坐在正中間的乃是索氏當代家主索雍，以索氏如今的地位自然不可能凌駕於所有士族之上，不過七大士族的泮宮密會乃是輪值制，每隔一年便換一名家主主持，今年恰好輪到索氏。

索雍笑道：「今日的聚會是令狐賢弟和翟賢弟提議召集的，自然由他們來說。」

令狐德茂和翟昌對視一眼，翟昌笑道：「今日的議題恰好與張兄有關，我也不繞圈子了。張兄，今日我和令狐兄去見了王君可。」

「我知道。」張敝點點頭，「那馬販子召開軍議，要處置令狐賢姪。如何了？」

「呃——」翟昌苦笑一聲，「令狐賢姪當然不會有什麼事，已經談妥了。不過王君可提了一件事，須得與張兄商量。他有一子，名叫王永安，如今在長安做千牛備身，明年釋褐，估計會外放出去做縣尉。王君可想請我與令狐兄作媒，求娶你家的窕娘——」

啪！翟昌話還沒說完，張敞怒火中燒，猛然一拍書案：「這馬販辱人太甚！」

堂上眾人沉默不語，翟昌也尷尬地閉嘴。

「朝代革易，王君可如今已不是馬販。」令狐德茂淡淡道，「他是朝廷的西沙州刺史、彭澤縣公、上柱國。」

「三郎這是什麼意思？」張敞瞥著他，「你做這媒人還甘之如飴了？」

令狐德茂也閉嘴了。

「別說王君可只是彭澤縣公，他便是國公，也無非是沐猴而冠的新官之輩。」張敞冷笑，「朝代革易，總有一些跳梁小丑在軍前廝殺幾年，得了高官厚祿，便以為能躋身士族。他王君可什麼東西，并州馬販，也敢求娶我張某嫡女？」

翟昌賠笑道：「張兄息怒，我和令狐兄也不會隨隨便便作媒，哪能隨便一個刺史、武夫就來求娶窕娘呢？只是前些日子臨江郡王遣了媒人，想求娶王君可的女兒十二娘為世子妃。已經問完了名，即將納采，此後王氏也算得上皇室外戚。」

堂上眾位家主都有些意外。

「什麼時候的事？」索雍問道。

「七八日前吧。」翟昌道，「張兄，這王君可出身雖然微賤，可子女這一代卻未嘗不能出些人才，到了孫子輩——」

「此話休提。」張敞毫不客氣地打斷，「哪怕他子輩、孫輩都是五品以上官員，三代才能評士族，百年才能列郡望。王君可風評甚差，又與臨江郡王結親，身處凶險之地，想要百年之後躋身士族，千難萬難。我張氏絕不會把寃娘嫁給這馬販之子！」

「可……可王君可乃是西沙州刺史，這般拒絕他，恐怕日後極為棘手。」翟昌苦笑。

「那又如何？」張敞傲然道，「所謂破家縣令，滅門刺史。如今雖然不是前涼，我張氏卻也不會怕區區一介刺史！」

翟昌唉聲嘆氣，求助地望著令狐德茂。

「張兄，」令狐德茂沉聲道，「今日是泮宮密會，在座的都是士族家主，我便說幾句肺腑之言。」

張敞顯然對令狐德茂頗為忌憚，神態和緩了一些：「請講。」

「算上李氏，我等八大士族傳承七八百年，短的也有六百多年。可歷代王朝呢，從西漢到大唐，長的三兩百年，短的只有十幾二十年，王朝更迭如走馬，我八大士族的傳承為何能超越皇朝，恆久不敗？」令狐德茂望著眾人，顯然這個問題不單單在問張敞。

張敞思忖片刻：「自然是我等家族勢大，穩據一方。」

「南朝王謝呢？」令狐德茂冷笑。

張敞啞然，江左王謝自東晉以來，便號稱王與馬，共天下，勢力之強勝過敦煌張氏不止一籌，可如今只剩下堂前燕。

翟昌沉吟道：「可是因為我敦煌士族同心一致，共禦外辱？」

「這雖然不錯，卻不是真正的原因。」令狐德茂道，「真正的原因是，看不清大勢的家族早已被淘汰，如今在座的都是順應大勢的家族！」

眾人一時面面相覷，卻誰也反駁不了。

「漢武帝開了敦煌郡以來，王氏、侯氏、曹氏、段氏如今何在？北魏占了隴右之後，把李氏等大族遷徙到魏都平城，結果多少大族從此凋落？如今的李氏雖然重回敦煌，卻不得列席這泮宮密會。」令狐德茂看著宋氏的家主宋承肅，「今日宋兄也在，若不是前涼時期宋氏出了一位宋繇中興家族，宋氏能維持這兩百年的鼎盛嗎？」

宋承肅苦笑著沒有說話。令狐德茂說得沒錯，事實上，每一次改朝換代都會造成士族動盪，就以在座的索氏而言，當年索氏名人輩出，大書法家索靖、術士索忱、大學者索敞，然而自北朝以來，索氏日漸沒落，只不過瘦死的駱駝比馬大，仍能維持士族風光罷了。

氾氏家主氾人傑和陰氏家主陰世雄臉色難看，因為這兩家也是如此。氾氏跟索氏淪為墊底就不說了，陰氏若不是遷到長安的家族分支出了位吏部侍郎與皇妃，只怕也拿不出能撐起閥閱的人物。

「令狐，你究竟想說什麼？」張敝有些難堪。

「我門閥士族千百年不敗，是用婚姻來維繫、人才來支撐、時勢來攀附的。為何說江左士族無功臣？因為高門大族攀附朝廷，只為了讓家族存在更久。我們自保家世，雖朝代革易，而我之門第如故。」令狐德茂咬牙冷笑，「有寒門抨擊我士族最講禮法而不講忠誠，雖然不對，卻也沒錯。因為士族傳承千年，哪個王朝值得我們與之殉葬？所以張兄，士族家的兒女，無論嫡也罷，庶也罷，都是拿來聯姻、穩固家族的。王君可此人心智深沉，絕非小可，瓜沙二州，我對此人最是忌憚，張兄貿然得罪此人，殊為不智！」

張敝悶悶地道：「這話雖然沒錯，可是王君可馬販出身，我張氏與他聯姻，實在是士族之恥。我張氏堂堂太祖武王之後，為了避禍，被一介刺史威脅，獻上女兒聯姻，實在是羞煞先人！令狐兄，我張氏旁系有女，乃是我堂兄希堂的次女，可以許給他。你便跟他這般回吧！」

令狐德茂想了想：「這樣也好，不算辱沒他。」

「此事已定，咱們繼續說下一個議題。」索雍看了看手裡的卷冊，說道，「便是關於那玄奘。今日他去了縣衙，調閱武德九年奎木狼殺人案的卷宗，問詰仵作，似乎從當年死者屍身的創口看出了一些問題。」

令狐德茂和翟昌臉色頓時變了。

「然後，那玄奘去了——」索雍看著卷冊，忽然一怔，「去找索易？」

令狐德茂皺眉：「你不是答應我派人殺了索易嗎？他還沒死？」

索雍臉色不快，卻一閃而逝。「這是方才索氏部曲送來的消息。他正要動手的時候，玄奘帶著李澶和工家十二娘子忽然抵達，他不便動手……」索雍一邊看卷冊一邊說著，臉色忽然變了，抬頭望著翟昌，「那索易說出了你答應呂氏提親的事！」

翟昌愕然片刻，隨即暴怒，抓起桌上一把酒壺狠狠摔在地上，怒吼：「那索易竟然如此大膽！諸位家主，當年我們可是共同盟過誓的！」

索雍額頭上滿是冷汗，賠笑道：「弘業息怒，息怒。這只是一個旁系族人口無遮攔罷了，與我索氏無關。我那部曲見他說了此事，不敢當場殺他，特意關押起來，任憑弘業處置。」

「我處置他有什麼用？」翟昌怒不可遏，「玄奘法師乃是佛子，遍察幽微，一旦讓他知道，還有什麼能瞞得過他？玄奘與皇帝的關係你們又不是不知，這分明是要滅我翟氏！」

令狐德茂急忙道：「弘業兄，弘業兄，此事還有補救的法子。玄奘志在西遊，早早送他出關，不說能不能回來，便是回來也是數十年後了，咱們的手腳早收拾乾淨了。」

「在莫高窟時你曾經威脅過他，可他聽了嗎？」翟昌氣急敗壞，「令狐，我重申一遍，我翟氏世代信佛，絕不同意你動手解決玄奘法師！」

令狐德茂板著臉轉向索雍：「索兄，玄奘如今去何處了？」

索雍擦擦額頭的冷汗，認真看著卷冊，忽然愣住了：「他……他去了刺史府。」

「去刺史府找王君可？」令狐德茂奇怪，「他要做什麼？」

「他是去要王君可的手令。」索雍深吸一口氣，「他要去青墩戍！」

在場眾人鴉雀無聲，一個個全驚住了。

刺史府後宅正堂，王君可和玄奘、李澶坐在氈毯上，魚藻跪坐在一旁伺候。

王君可沉吟道：「法師要去青墩戍……這已是三年前的舊案了，物是人非，現在去，又能看出什麼？」

「不是去看驛站，而是看一個人。」玄奘笑道，「聽說當年親手斬殺呂晟的士卒名叫林四馬，已經升為正八品下的宣節副尉，如今在青墩戍做戍主。貧僧想去跟他談談佛法，只是那青墩戍是軍事重地，須得有刺史的公文才行。」

「談談佛法……」王君可啞然，狠狠瞪了一眼魚藻。

魚藻垂著頭，只作沒看見。

王君可沉吟半晌：「魚藻，妳和世……李郎君且先退下。嗯，妳好生招待一下李郎君，將我從長安帶來的郎官清刨出來一罈，請李郎君嘗嘗。」

「甚好！甚好！」李澶眉開眼笑。

魚藻一言不發地起身，從屏風後離開，李澶忙不迭地追了出去。

王君可目送二人離去，傾身低語道：「法師，世子究竟做何打算？為何隱瞞姓名纏著魚藻？」

玄奘苦笑：「刺史也知道，你許了李家的婚事，十二娘是不大贊成的。」

「何止不大贊成！」王君可苦惱地揉著額頭，「這個女兒我平日真是驕縱慣了，無法無天，連婚姻大事都敢與我作對。」

「可是世子對這門親事卻中意至極。」玄奘道。

王君可當即瞪大了眼睛，驚喜交加。

玄奘想了想：「世子也知道魚藻不同意，卻沒有放棄，他便隱瞞姓名陪在十二娘身邊，以期能博得十二娘的好感。他用情頗深，貧僧也樂意玉成此事，所以就隨著他了。」

「法師做得好！」王君可大讚，「為人父母都想替女兒找個好人家，可父母能安排門當戶對的家世，卻無法安排他們的夫婦之情。他二人能情投意合，才是真正的天作之合。」

「且看二人的緣分罷了。」玄奘道，「貧僧其實做不了什麼，只是在二人之間觀三苦聚集，觀因緣生滅。」

「哦，就是說他們的姻緣是天注定的？」王君可其實沒聽懂，卻深感欣慰，拱了拱手，「法師多成全他們就好，我會安排下去，所有人不得透露世子身分。不過……」王君可有些為難，「青墩戍之事牽涉實在太廣，法師還是慎行。這些年我也知道魚藻一直在調查呂晟舊案，她性子粗笨，也調查不出什麼，鬧著玩而已，我便未阻止。可她請了你幫忙，這恐怕就要捅破天了。青墩戍，法師去不得！」

玄奘嚴肅起來：「呂晟一案，刺史了解內情？」

「內情？」王君可裝聾作啞，「這是上一任西沙州刺史審的案子，我來時此案已結，又了解什麼內情，法師說笑了。我的意思是……從州城去青墩戍一百八十餘里，而且此路西邊就是舊玉門關，奎木狼隨時可能襲擊你們，實在太危險了。為了法師的安全，這份文書我是萬萬不敢出具的。」

王君可神情堅決，玄奘正要再說，王君盛卻從門外進來，湊到王君可耳邊，低聲道：「令狐德茂、翟昌在門外求見阿郎。」

王君可便請玄奘去後堂歇息，自己接見令狐德茂和翟昌。

玄奘剛到後堂，就見魚藻百無聊賴地在門廊下等待，李澶則鼻青臉腫地站在一旁，委屈地看著玄奘：「師父，沒喝到郎官清，挨了頓打……」

玄奘張了張嘴，也有些無奈。

「法師，我阿爺呢？」魚藻詫異。

「令狐德茂和翟昌來了，」玄奘解釋，「刺史要見客。」

「令狐德茂？這老匹夫竟然敢上門！」魚藻勃然大怒，抽出橫刀，大踏步就要往正堂衝去。

玄奘和李澶都嚇了一跳，急忙攔住，好說歹說，奪下她手中的刀。

魚藻卻抑鬱難平：「法師放心，我不會莽撞行事，我們且到屏風後聽聽這老匹夫要說些什麼。」

魚藻拉著二人走到正堂的屏風後，玄奘雖然覺得不妥，卻拗不過她。李澶更是滿臉堆笑，那諂媚之色令玄奘都不忍直視。

卻聽正堂裡，王君可正說道：「二位簷……連夜來見我，所為何事？」

「受王公重託之後，我二人挑了吉日去張氏府上作媒。」翟昌笑道，「今日特來回覆王公。」

「哦？」王君可很高興，「張公如何說？」

翟昌道：「張氏聽得刺史願兩家結秦晉之好，非常高興，只是窕娘的婚事已有了安排，張公有些為難。」

王君可不動聲色：「有了安排？不曾聽說張氏嫡女與人婚配吧？」

「是這樣的。」翟昌道，「張公說，今年三月間，代州都督張公謹來了書信，撮合張氏與博陵崔氏聯姻，許的便是窕娘。」

王君可臉色陰沉：「張公謹是敦煌人？」

「張公謹是敦煌張氏郡望，曾祖時遷到魏州繁水。」翟昌答道。

王君可冷笑：「我和張公謹曾經一起在王世充帳下效力，又與他在大唐同殿為臣，怎麼不知道他居然有這癖好，喜歡給人作媒？」

翟昌不知該如何回答，苦笑不已。二人和張敝商量很久，特意抬出張公謹，也是存了告誡王君可之意。因為張公謹和王君可頗為熟稔，而且更得皇帝信重。

張公謹早年在李世民的天策府，李世民發動玄武門之變前，猶豫難決，命人占卜預測吉凶。張公謹闖進來將占卜的龜殼摔在地上，說道：「大勢所逼，如箭在弦上。若是占卜的結果不吉，難道我們便停止兵諫嗎？」

李世民深以為然。兵變之時，張公謹守衛玄武門，將營救李建成的人馬阻擊於玄武門之外，立下汗馬功勞，從此一躍而上，受封左武侯將軍、定遠郡公、代州都督，無論爵位還是官職都在王君可之上。

「然後呢？」王君可盯著二人冷笑。

翟昌正要回答，令狐德茂忽然道：「張氏另有一女，品性才貌不下於窕娘，願意許給令公子。」

「嫡出？庶出？」王君可道。

「嫡女……只有窕娘一個。」令狐德茂道。

砰！

王君可猛地一拍几案，堅硬的棗木几案竟然喀嚓一聲裂開。令狐德茂和翟昌二人嚇了一跳，臉色大變。

「老匹夫辱人太甚！」王君可怒不可遏。

便是屏風後的玄奘等人也嚇了一跳，魚藻滿臉羞怒，想要衝出去，卻被李澶死死抱住，拚命衝她搖頭。

玄奘搖頭不已，也無怪乎王君可和魚藻被激怒，庶女，非正妻所生，而是妾婢所生。在唐律中，妾婢乃是賤民，可以隨意買賣：妾通賣買，等數相懸，婢乃賤流，本非儔類。

甚至打殺了，刑律也是杖一百：奴婢有罪，不請官司而殺者，杖一百。無罪而殺者，徒一年。

妾婢所生的庶生子女，地位也是不高。大唐的婚姻禮法極為嚴格，等級森嚴，嫡庶之別，比起士庶之別，猶有過之，因為涉及家族乃至王朝的繼承權問題。魏晉以前還好，但從西晉永嘉之亂一直到北朝，對庶出的輕視更是到達極點。大唐皇室起家於關隴，對嫡庶之分是歷代中最為寬容的，然而一旦涉及家族繼承和婚姻，嫡庶之分便極為分明，上自皇室，下到官宦百姓，都恪守禮法律令，譬如高官子弟的門蔭，便有規定：庶孽與酗酒、疾病等同，不得入選蔭官。

庶孽，便是庶出。妃妾所生之子，猶樹有孽生。連魏徵都認為：「自周以降，立嫡必長，所以絕庶孽之覬覦，塞禍亂之源本。」

王君可堂堂一州刺史、彭澤縣公，張敞居然要把庶女許配給他兒子，此舉實際上就是對王君可的羞辱。

王君可獰笑：「看來張敞是瞧不上我這個新官之輩了！」

翟昌見王君可誤會，急忙道：「非也，非也。張公——」

令狐德茂卻暗中扯了他一下，翟昌愕然。令狐德茂微微搖頭，翟昌納悶地閉嘴。

「天下可有恆久不變的士族？」王君可冷笑，「久聞翟弘業精通詩書，可會誦讀〈哀江南賦〉？」

「我——」眼見得王君可震怒，翟昌也是惴惴不安，求助地望著令狐德茂。令狐德茂面無表情。

「念！」王君可厲聲道。

翟昌深感屈辱，卻只能念道：

粵以戊辰之年，建亥之日，大盜移國，金陵瓦解。余乃竄身荒谷，公私塗炭。華陽奔命，有去無歸。中興道銷，窮於甲戌。三日哭於都亭，三年囚於別館……

令狐德茂臉色鐵青。〈哀江南賦〉乃是南梁大家庾信所作，梁武帝時，侯景叛亂，餓死梁武帝，肆虐江左，當年南渡江左的衣冠士族遭到空前浩劫，險些被血洗一空。史載侯景「縱兵殺掠，交屍塞路，富室豪家，恣意裒剝，子女妻妾，悉入軍營。不限貴賤，晝夜不息，亂加毆棰，疲羸者因殺之以填山，號哭之聲，響動天地……」

待到侯景被誅滅後，富庶天下的三吳一帶千里絕煙，人跡罕見，白骨堆聚如丘隴，〈哀江南賦〉寫的便是這一慘狀。

而事情的起源，僅僅是東魏叛將侯景逃到南梁之後，想向王謝名門求娶嫡女，請梁武帝作媒，梁武帝嫌棄其門第，加以拒絕，侯景於是心懷怨念。

「念得好！王某粗鄙無文，乃是販馬出身，不知道你念得對不對，也不懂這詞章之美。所以想請教二位家主，侯景亂後，江左王謝何在？」王君可陰森森地獰笑，「侯景被平滅之後，南朝衣冠士族，被西魏擄為奴隸。北魏爾朱榮發起河陰之變，一日之間殺盡士族百官兩千餘人，世家大族屠滅殆盡。每一次王朝更迭，總會有庶族列入郡望，也總會有士族衰微滅亡。」

令狐德茂淡淡地道：「刺史公想做侯景嗎？」

「令狐公欲將當今陛下比作梁武帝嗎？」王君可讀書不多，卻絲毫不傻，當即把令狐德茂給堵了回去，「我只是想請二位家主回去告訴張敞，士族雖然能傳承千年，卻也不易維持。它頭上懸了一把劍，便是『累葉凌遲』！三代沒有五品以上者，便會被削減士等。如今大勢不在老朽士族，而在新朝新官，若是看不清這個，張氏的士族閥閱無非是水波泡影而已。」

令狐德茂沉默很久，抱了抱拳：「老夫一定轉告張公！」

「送客！」王君可沉聲道。

王君盛進來，引了令狐德茂和翟昌出門。

兩人一出刺史府，翟昌便急道：「三郎，方才為何不讓我解釋？張敞堂兄之女可不是庶女，這誤會可大了！」

令狐德茂淡淡地道：「王君可自己誤會了，干你我何事？」

翟昌怔怔地看著他，渾身突然一陣陰寒：「令狐兄——」

「再說了，王君可要的是張敞之女，可不是他堂兄之女，」令狐德茂面無表情，「除了窕娘，在王君可眼裡，其他女兒與庶女並無區別，一樣是羞辱。」

「還是不一樣啊！」夜間寒涼的空氣中，翟昌額頭滲滿了冷汗，「如此一來，王君可定然深恨張敞，還不定使出什麼手段來報復……令狐兄，你難道……」

翟昌忽然想到一種可能，忍不住一哆嗦。

幽暗的街巷中，令狐德茂沉默地盯著他，兩眼深幽，宛如鬼火。

「弘業，你我令狐氏和翟氏相交莫逆，乃是數十代的交情，可這敦煌城中——」令狐德茂森然道，「你不覺得士族太多了嗎？」

翟昌呆滯當場。

刺史府正堂中，王君可臉色鐵青，沉默地坐著。

魚藻大步衝了進來：「父親，為何要替兄長做這門親事，受那老匹夫羞辱？」

玄奘和李澶也只好跟了進來，王君可朝二人點點頭，望著女兒：「這並不是羞辱，而是我王家在這些士族眼裡原本的樣子。妳認為是羞辱，是因為妳高估了家族的地位。」

魚藻一時語塞。

玄奘低聲道：「王公，令狐德茂將你比作侯景，這話萬一傳到朝堂，只怕對你名聲有礙。」

「多謝法師。」王君可輕輕笑道，「便是敦煌八大士族聯手將我告上朝廷，也是無妨。單單『新朝新官』四個字，便能牢牢壓死『老朽士族』這四個字！」

「這是為何？」李澶不解。

王君可溫和地望著他：「郎君姓李，隴西李氏當年便是士族，如今成了皇室，自然還是士族。但郎君可知道，如今在我大唐論起士族，首推的卻是山東諸姓，趙郡李、清河崔、范陽盧、滎陽鄭、太原王、河東裴，連皇室之尊都被他們壓為二等。」

「確實如此。」李澶身為皇室，自然更加了解。

王君可大聲道：「陛下當年帶著我們推翻暴隋，平滅反王，便是要推崇他們嗎？若是當年追隨陛下浴血廝殺，建立大唐的功臣良將反被這些人騎在頭上欺辱，天子尊嚴何在？我大唐朝廷的威儀何在？所以，敦煌士族在本官眼裡無非是一群跳梁小丑而已。他們羞辱的不是我王君可，而是陛下一手帶出來的功臣勛貴，驕兵悍將！」

玄奘點點頭：「原來刺史公自有底氣。」

「自然有底氣，」王君可笑道，「魚藻，這也是為何為父將妳許給世子的理由，我王氏乃是陛下一手帶出來的勛貴之家，自然要輔翼李氏，共用尊榮。」

李澶心中高興，悄悄向王君可抱拳，王君可笑了笑。兩人倒是很有默契，一切盡在不言中。

魚藻臉又板了起來：「不說這個了。父親，您到底給不給文書？便是您不給，這青墩戍我們也去定了！將來與那群戍卒鬧出什麼紛爭，您可別怪我！」

王君可張張嘴，顯然拿她無可奈何，想了想，一拍几案：「法師，我這便給你出具軍中文書！哼，門閥士族的膿瘡，他們以為披上錦袍就看不到了嗎？那就把那錦袍剝下來！」

「多謝王公！」玄奘深深地看著他，「看來王公對呂晟一案並非一無所知。」

王君可乾笑：「法師自行調查便是，與我無干，與我無干。」

第七章　武德九年的烽火、狼煙與隱密

從敦煌城向正北而行，便是通往伊吾國、高昌國的矟竿道，全程七百里，一路上卻只有土窯子戍、青墩戍、鹹泉戍三座驛戍，鹹泉戍也是大唐的邊境，再往北便是伊吾國地界。

武德九年，突厥正是攻破了鹹泉戍，時任西沙州刺史的杜予才倉促派遣紫金鎮將黃緒章和呂晟為前鋒，試圖把突厥人阻擊在青墩戍以北。因為青墩戍扼守著青墩峽的南口，一旦突厥突破青墩峽，再往南便是一路平坦的戈壁沙漠，無險可守，只需一百里，便能進入敦煌腹地。

玄奘和李澶、魚藻三人出敦煌三十里，便進入矟竿道的大沙磧中。王君可深知矟竿道的艱難，給三人配了四名部曲，牽了六匹馱馬，滿載著乾糧、飲水、氈毯之物。

這片沙磧是綿延七百里的死亡地帶，河流乾枯蜿蜒的屍體風乾在沙漠上，甚至能分辨出其上淺重不一的細流痕跡，但已全無生命，上無飛鳥，下無走獸，更無水草。

敦煌人稱之為鬼魅磧，全稱大患鬼魅[40]！

「玄奘已入鬼魅磧！」

鄉。

就在玄奘等人進入鬼魅磧的一個時辰之後，一名騎士快馬馳入敦煌城北十五里的令狐

八大士族在敦煌城中都有宅邸，不過族人大多分散在各縣和鄉里，像令狐鄉便是令狐姓占多數。因為地處邊疆，各鄉里大多建有塢堡，夯土版築的堡牆又高又厚，儼然是小型城池。百姓日常便居住於塢堡之中，耕種塢堡外千百頃的良田。

此時在令狐鄉塢堡門外，有一支商隊整裝待發，七十名僕役都是二十以上、三旬以下的精壯漢子，正往高車和馱馬、駱駝上裝運貨物、糧食和飲水等物資。商隊的主事收到騎士帶來的消息，立刻進入塢堡，來到北面敦煌令狐氏的祖宅。祖宅旁邊是宗祠，供奉著令狐氏歷代祖先的靈位。

祖宅正堂上坐著八位老者，卻是泮宮密會的七大士族家主，翟昌、張敝、索雍、氾人傑、陰世雄、宋承熹，而坐在主位的令狐德茂的上首，卻是令狐德茂的長兄，令狐德蒙。

令狐氏這一代兄弟四人，老二令狐德英在外州任官，老四令狐德棻在朝廷任官，留在族中的便是長兄令狐德蒙和老三令狐德茂。令狐德茂如今雖然擔任家主，卻是擺在檯面上的人物，令狐氏真正的靈魂，便是這位令狐德蒙。其人歷來隱居不出，卻遙遙掌控著整個令狐門閥。其他家主也都清楚令狐氏的權力所歸，對令狐德蒙極為恭敬。

令狐德蒙這些年來從不見外人，誰也不知道他隱居何處，這次是為了主持這樁大事，才回到令狐鄉的祖宅。

令狐德蒙含笑說：「敝公的意思我明白了。不願意把兗娘嫁給王家，這都是小事、張家的私事，其他人就不用再多說什麼了。區區王君可，得罪便得罪了，沒什麼大不了的。」

「多謝德蒙公體諒。」張敞抱拳致謝。

「如今我敦煌士族最大的敵人，不是什麼王君可之流，而是盤踞玉門關的奎木狼。」令狐德蒙道，「王君可只是一個為人作嫁的跳梁小丑，可奎木狼卻是真正能斷我士族根基的人。這個對手，甚至比當年的呂晟還要可怕。」

眾人沒想到令狐德蒙居然提及這個名字，愕然片刻才敢回想這個令人痛入骨髓的人，禁不住打了個寒顫。

「若是德蒙公不提，老夫一輩子都不願回想此人。」張敞苦笑。

陰氏家主陰世雄大聲道：「這七百年來，哪一代沒有敢於挑戰士族的人？便是呂晟如此可怕之人，仍然身敗名裂，奎木狼又算什麼東西？我們齊心一致，還怕誅滅不了他？」

令狐德蒙贊同道：「陰公說得是，大家只要齊心一致誅滅奎木狼，老夫就沒什麼二話，其他事都是小節，便是略損幾分各家利益，擔待一下也就過去了。」

「兄長，」令狐德茂道，「玄奘要去青墩戍的事，昨日我已透過商隊往玉門關那邊傳了風聲，料想那奎木狼聽到消息，必然會去青墩戍找玄奘的麻煩。我和六位家主已經準備好了人手，每家十人，都是最精銳的部曲，裝扮成商隊潛入青墩戍埋伏，定能讓奎木狼有去無回。」

「只有一樣，」翟昌沉吟，「我們這批部曲攜帶的武器都是私兵器，橫刀、弓箭之類，殺傷力更大的甲冑、弩箭、矛槊都是禁兵器，按律不得持有。可是沒這些武器，要對付奎木狼恐怕不容易。」

令狐德蒙搖搖頭：「翟公，律令便是律令，我敦煌士族家大業大，行事尤其要小心謹慎。奎木狼可以慢慢剿殺，朝廷須得時時刻刻尊重。」

「是我孟浪了。」翟昌抱拳。

「你心切，我們都心切啊！」令狐德蒙嘆息著，「我年過七旬，身子都聞得出腐朽衰敗的味道了，可是奎木狼不滅，我一日不敢言死。」

令狐德茂紅著眼睛，低聲道：「兄長，是我無用，讓您操勞了。」

張敞道：「可是德蒙公，翟兄擔心的也有道理。哪怕奎木狼當真去青墩戍找玄奘麻煩，咱們七十個人也拿不下他啊！畢竟前些日子在莫高窟，小郎君的三百鎮兵都留不住他。」

陰世雄笑道：「那奎木狼乃是妖神降世，凡人手段自然拿不下他。真要靠人力，莫說咱們的七十人，便是四百人恐怕也難以匹敵。」

「哦？」張敞詫異，「那為何還要各家湊起這些部曲？」

令狐德蒙笑道：「只是為了表示各家共進退的決心罷了。真正誅殺奎木狼的，另有其人！這次託了世雄公的福，咱們從長安請來了高人，德茂，去請李博士吧！」

其他人顯然都不知道此事，一起看向陰世雄。陰世雄矜持地捋著鬍鬚，神祕地笑著。

令狐德茂去不多久，便帶著十名披著黑色斗篷的男子悄然來到大堂。當先的是一位二十五六歲的儒雅男子，其他九人顯然都是隨從，一言不發地站在他身後，沉默得如同雕塑。

「李博士……」翟昌詫異道，「這位是哪個行會的博士？」

陰世雄猶豫片刻：「這位並不是行會的博士，他的身分另有隱密，不便說明。翟兄只需知道李博士神通廣大，能誅殺那奎木狼。」

李博士笑了笑：「既然來了，我的身分便無須隱瞞，在場的諸位家主不要外傳即可。」

各家主的臉色一時都凝重起來，陰世雄仍然有些遲疑。

李博士笑道：「在下姓李，名淳風，乃是長安太醫署咒禁科的咒禁博士。這些都是我咒禁科的同僚，一名咒禁師，四名咒禁工，四名咒禁生。」

翟昌等人倒抽一口冷氣：「太醫署咒禁科？陰兄，難道你動用了皇妃的關係？」

「正是。」陰世雄點點頭，「奎木狼乃是天上神靈下凡而成的妖孽，如今我大唐能夠降妖的高人，首屈一指便是袁天罡大師。可是大師年事已高，平時又周遊天下，很難請來。而太醫署的咒禁科是袁天罡大師一手創建，這位李淳風博士更是其得意門徒。」

眾人一時皺眉，也不知道是喜是憂。

咒禁科從隋朝起設置，隸屬太醫署，專為皇家服務，透過咒禁術拔除邪魅鬼祟以治疾病。設置有咒禁博士一人，咒禁師二人，咒禁工八人，咒禁生十人。

不過，設置咒禁科其實是出自名醫孫思邈的倡議。孫思邈認為，湯藥、針灸、禁咒、符印和導引是醫療五法。他專門編寫了《禁經》二十二篇作為教本，教授學生咒禁術，來拔除邪魅鬼祟。這二十二篇博採眾長，有道禁，用的是道術法門；有咒禁，用的是佛家法門。

武德年間皇帝重建咒禁科，孫思邈短暫執掌幾年，傳授完《禁經》二十二篇，教授出幾名門徒後便飄然離去。這位李淳風博士原本在終南山樓觀臺做道士，乃是袁天罡的親傳弟子。今年六月，李世民特意從終南山把李淳風請來，執掌咒禁科。咒禁博士品爵為將仕郎，是從九品下的最末流小官，李淳風卻毫不介意。

咒禁科只為皇家服務，並不為外人所知，只不過在座的都是士族家主，自然知曉這個機構。能以一科鎮壓皇宮邪祟，這李淳風官職雖小，卻是大能之輩，剿滅奎木狼倒是不用懷疑。可是……咒禁科涉及皇室，難道敦煌士族與奎木狼的恩怨，竟然為皇家所知？

一念及此，眾家主不寒而慄。

陰世雄看出了諸位家主的不安，低聲解釋：「兩個月前我寫信給弘智，入宮說動了皇妃。皇妃私下傳了懿旨，請李博士來敦煌。」

眾家主這才略略鬆了口氣。

李淳風笑道：「在下是奉了皇妃懿旨，來敦煌為陰老夫人拔除邪祟的。這奎木狼嘛，只是正事之餘附帶的一些私活罷了。我帶的這些咒禁工和咒禁生是今年科舉剛剛考入，修習未久，神靈下凡乃是百年難遇之事，便帶他們來見識見識這天上的神靈。」

令狐德蒙笑道：「這奎木狼確實難得一見，這些年肆虐敦煌，神通詭異，陰氏和索氏向來以術法聞名，卻在他面前屢屢吃虧。李博士這次定然會大開眼界。」

正在這時，那名商隊主事垂著手輕輕走進正堂：「啟稟家主，剛得到消息，玄奘已經進入鬼魅磧。」

眾人精神一振，卻都靜默不語。

令狐德蒙拍拍手：「進來吧！」

令狐瞻和索易沉默無聲地從堂後走了進來，鞠躬施禮。索易雙手銬著枷鎖，神情頹喪。

「索易，」索雍厭惡地盯著他，「你背叛家族，本該以家規處死，不過念你還有些功勞，就隨著李博士去獵殺奎木狼吧。這次就不必回來了，也不用歸葬祖墳。若能立下功勞，你的子孫便仍在族譜上。」

索易沒有說話，平靜地舉起了胳膊。令狐瞻掏出鑰匙打開枷鎖。

令狐德蒙溫和地道：「瞻兒，你既然賦閒在家，這次便帶隊過去吧。諸般恩怨，仍由你來了結！」

「多謝伯父。」令狐瞻轉頭望著令狐德茂，「父親，若我功敗身死，也不需收我骸骨，不必歸葬祖墳！」

鬼魅磧中，玄奘、李澶和魚藻等人一路疾行，第一日還好，天黑之際趕到土窯子驛。李澶出示了刺史府的文書，當夜便投宿在驛站。

驛站中也有一些來往於矟竿道的胡人商隊，大都是從伊吾國方向來的，眼見敦煌在望，商賈們都非常高興，徹夜歡飲。

玄奘等人趕了八十里路，人睏馬乏，昏沉沉睡到天亮，第二日繼續北上。再往北走便深入鬼魅磧了，這條路的可怕之處在於中途沒有水源補給，事實上，有水源的地方只有這三座戍驛，這也是朝廷建立烽戍的意義所在。沙漠之中，控制了水源地，便控制了方圓百里的咽喉。

鬼魅磧中極為難行，有時候看起來是堅硬的沙磧路，可馬蹄一踩上去便踩裂上面薄薄的一層土殼，直接陷入沙裡，馬速若快，還極有可能扭傷馬蹄。玄奘等人不敢像昨日那樣疾行，只是驅著馬匹緩慢而進。

這一夜便在沙磧中露天而宿。部曲們從沙磧中撿了些乾枯的駱駝草和紅柳枝，再挖開沙磧、支起鐵鍋煮了羊湯，把乾硬的油胡餅泡得軟爛，便是一餐。玄奘不吃羊湯，只取了熱水泡透胡餅。然後眾人圍著篝火，用氈毯裹著，在沙磧地上席地而臥。

沙磧裡的星光亮得刺眼，青黑的蒼穹籠罩大地，無風的時節，死一般寂靜，只有亙古凝視的星辰映照己身，漠然輕嘆生命的卑微與短促。

這一夜，魚藻在睡夢中喃喃細語，誰也聽不清她說了什麼。

這一夜，李澶斜臥在魚藻身邊，看著篝火映照美人容顏，幻想著宇宙洪荒，亙古如此，終於帶著微笑睡去。

第二日睡醒，夜半的風沙已將眾人掩蓋了一半。幾人從沙塵裡爬出來，抖掉身上的沙粒，牽著馬繼續前行。

第三日再行五十里，終於在黃昏時分趕到了青墩戍。

青墩戍扼守青墩峽的南口，也就是庫魯克塔格山和馬鬃山交會形成的峽谷。到了此處，山勢漸緩，憑高遠望，周圍十餘里盡收眼底。

馬鬃山有一條溪水從坡嶺流淌而下，消失在遠處的沙磧中。青墩戍便建在溪水旁，是一座用夯土和紅柳、蘆葦疊壓而成的四方塢堡，背靠險山，門朝峽口。城牆高兩丈，極為厚實，四角有角樓，城門前有兩座凸出的馬面，並修築了甕城[41]，行人想進入塢堡，必須從馬面之下進入甕城，然後才得以入城。在戍驛後面的高處，還修了一座烽燧，監控周圍十餘里的範圍，一旦有警，晝則點煙，夜則生火，這裡完全就是一座防禦堡壘。

玄奘等人來到青墩戍前，旁邊的泉水邊停了兩支胡人商隊，用高車圍攏在一起，露天而宿，僕役們正從馱馬和駱駝上卸下貨物，搭建帳篷，埋鍋造飯，一片忙碌。

戍驛的城牆上有戍卒往來巡邏，這些商旅都是查驗了過所的，戍驛雖然不讓他們入內，卻會提供必要的物資和保護；這才是商隊真正看重的。沙漠地帶時常有賊匪出沒，依託戍驛，便不用提心吊膽。

李澶向那名姓孫的驛長出示了刺史府的文書。孫驛長吃了一驚，這是王君可親自下達的文書，驛長急忙請他們到驛站內沐浴歇息，又命驛卒牽了他們的馬匹刷洗照料，自己則去請戍主林四馬。

戍驛占地頗廣，分布著戍卒的營房、馬廄、倉儲房、武庫等一應設施。朝廷的烽戍分為三等，五十人為上戍，三十人為中戍，三十人以下為下戍。青墩戍扼守國境，乃是上戍，有戍卒五十人。戍主林四馬是正八品下的宣節副尉，雖然偏處國境，但在西沙州也是官職顯赫，州衙排名第四的錄事參軍也不過才正八品下。

林四馬年有四旬，相貌粗獷，身材魁梧雄壯。昏暗的室內牆上掛著一幅彌勒像，佛像前供著香爐，林四馬正撚著三炷香，恭敬地跪在蒲團上誦經。

「戍主，」孫驛長在門外喊道，「州裡有文書到了。」

林四馬並不理睬，念完經，恭恭敬敬地將香插入香爐，又拜了三拜，方才打開房門。

林四馬看了看孫驛長手中的文書，卻沒接過來：「我如今識的字雖快到一百了，但還是你念給我聽吧。」

「好，」孫驛長笑道，「其實也沒什麼大事，只不過是刺史公親自下的文書，蓋著刺史大印。文書裡說道：『念戍驛將士久居邊關苦寒之地，家鄉路遠，親人遙思。今日有玄奘法師，精通佛法，特請玄奘法師到戍驛之中宣講佛法，為邊關將士及其父母妻兒祈福。

並，法師有一應所請，皆不得推託。』」

林四馬臉色僵硬，呆滯了很久才顫抖著接過文書，喃喃道：「這些大人物，讀書讀多了真是腸有九曲，明明來殺人，卻說講什麼佛法。」

「什麼？」孫驛長愣了，「殺人？殺誰？」

林四馬意興闌珊：「靠佛法能殺的，自然是那些苟且於夾縫之中，連螻蟻也算不上的人。」

孫驛長陪著林四馬來到驛舍院內。

院內有一棵古老的胡楊，也許是怕樹冠太高遮蔽視野，頂上的樹幹已被鋸斷，樹冠四下生長，龐大無比，遮蔽了半個院子。樹下有一口水井，一名僧人剛打上來一桶水，正撩著水洗臉，僧袍半溼，光頭上沾滿了水珠。那僧人身材高大，筋骨結實，顯然不是那種只懂得敲鐘念經的人。

孫驛長向玄奘引見了林四馬，玄奘笑道：「林戍主，你這裡的井水味道甘甜，完全沒有其他地方的苦鹵之味，真是難得。」

林四馬笑道：「這口井並非沙磧中的地下水，而是旁邊山上甘泉滲入地下，打出來的甘泉水。末將在此處四年，最喜的便是這口水井。」

玄奘坐在井臺的臺階上，拿起瓢舀水喝著：「邊疆苦寒，據說青墩戍到了九月便會下雪，峽谷難行，商旅斷絕。」

「有時候八月也會下雪，」林四馬道，「角弓冷硬難開，鐵甲如同寒冰，這井水上的冰凍也鑿不開。」

玄奘含笑望著他：「按照朝廷的番役，每年一番，戍主駐守了三年，為何不遷調到別處？」

林四馬苦笑：「青墩戍這地方誰願意來？若是能到州城，末將早就走了——」

「這可不見得！」忽然有一人朗聲道。

玄奘回頭，卻見李澶梳洗完畢，陪著魚藻走了過來。

「師父恐怕還不知道，這青墩戍可是油水豐厚之地，三年戍主做下來，林戍主怕不得有上萬貫的錢帛吧？」李澶打量著林四馬，哂笑道。

林四馬臉色沉了下來：「你是何人？居然敢這樣汙衊我！」

「我是何人文書上寫得清楚，」李澶冷笑，「至於是不是汙衊你，要不要我細細說說？」

林四馬沒有說話，陰沉地盯著李澶，一隻手慢慢握上刀柄。

魚藻瞥一眼，卻不放在眼裡，皺眉問李澶：「你莫不是瞎說吧？這破地方怎麼能賺上萬貫？」

「上萬貫還是低估了呢，」李澶盯著林四馬，「師父，十二娘，你們有所不知。從敦煌、瓜州到西域的這條商路，胡人稱之為絲綢之路，可事實上，絲綢是不得販運出關的。唐律有規定：『錦、綾、羅、綿、絹、絲、布、氂牛尾、真珠、金、銀、鐵，不得渡西邊、北邊諸關及至緣邊諸州興易。』」

玄奘愣了：「絲綢不得販運出關？這是為何？」

李澶深知自己這個師父雖然見微知著，卻對錢貨之事一竅不通，答道：「金銀鐵就不說了，大唐境內金銀短缺，不許外流。鐵器乃是軍資，販運出關便是資敵。至於綾羅絲絹……師父，這是錢啊！百姓納租得繳納絲帛，買馬得用大練，雇工的工錢得用絹帛，這是等同於錢的。」

「哦，明白了，朝廷其實是怕錢帛大量外流。」玄奘恍然，「據說一匹熟錦在撒馬爾罕能翻十倍之利。可是絲路上常見那些胡商趕著一車一車的絲帛販運至高昌、焉耆、撒馬爾罕，甚至突厥和吐谷渾，這又是為何？」

「因為他們是國使，代表各國與大唐進行絹馬互市。」李澶笑道，「若是私人行商，便只能販運瓷器、漆器、茶葉之類。所以，問題便在於此。」李澶盯著林四馬，「所有胡商都知道絲絹之暴利，誰不想藏幾車絲絹偷渡出關？而青墩戍扼守國境，凡是走矟竿道的胡商，都要在青墩戍勘驗過所，查驗貨物。這位林戍主守著一條黃金之路，一年賺個幾千貫豈不是輕鬆無比？」

「你胡說八道！」林四馬驚懼交加，抽出橫刀怒吼，「我身為大唐邊將，怎能做這等事情！若是沒有證據，我便拿你送官！」

李澶翻著眼睛：「我說你私縱禁物了嗎？」

「你剛才說的——」林四馬咬著牙。

「我剛才沒說完。」李澶冷笑，「唐律規定，有敢藏匿物貨偷越關隘者，被人糾獲，三分其物，二分賞捉人，一分入官。你一年裡查糾走私的胡商，分到的賞賜難道沒有幾千貫？」

林四馬張口結舌，心中緊繃的弦突然一鬆，慢慢放開了手中的刀，但突然間他又警醒起來，只見玄奘和魚藻玩味地盯著他。

竟然是自己剛才過激的舉動暴露了心中的憂懼！

「所以，」魚藻慢慢地道，「三年青墩戍戍主，不是被貶苦寒之地，而是當年殺死呂晟的獎賞！」

「妳血口噴人！」林四馬嘶聲吼叫，魁梧的身形竟然忍不住顫抖。

「十二娘何時血口噴人？」李澶微笑著，「當年你斬殺呂晟，朝廷敘功，把你從一介火長升到從八品下，擔任青墩戍戍副，難道不是獎賞嗎？」

林四馬愣怔地看著他們，簡直不知道該說什麼了。跟這兩人鬥嘴，心境忽上忽下，在沙場上殺出來的如鐵心腸竟然澈底被擊潰。

「法師，你來青墩戍竟然是為了消遣我嗎？」林四馬衝著玄奘抱怨，「刺史府文書上說，你是來宣講佛法的。」

「貧僧自然是來宣講佛法的，所以才要看看誰才是需要貧僧祈福之人。」玄奘笑道，「林戍主，不如陪貧僧走走看看？」

林四馬無奈，陪著玄奘在戍驛裡走了一圈，然後兩人登上城牆，在寬闊的夯土城牆上走著。

魚藻低聲問李澶：「你這傢伙，今日倒讓人刮目相看。這林四馬的貪腐你是如何得知的？」

「刺史公告訴我的。」李澶坦然道。

魚藻瞪大了眼睛，滿腹狐疑，李澶卻只是笑咪咪的，不解釋。魚藻哼了一聲，跟隨在玄奘二人身後上了城牆。

大漠落日，如同一團滾燙的火焰，燃燒著整片大漠。遠遠地，南面又來了一旅商隊，逶迤如線，高車、旅人、馱馬與駱駝如同剪影，在黃沙中踽踽而行，蒸騰的空氣在地表抖動，那一隊剪影忽而被拉長，忽而又縮短。

往北看，兩座山峰層巒疊嶂，已經染成了青黛色。

玄奘眼睛看著大漠，雙手按著城牆，彷彿能觸摸到當年呂晟留在這裡的一縷氣息，似乎他的魂魄未遠，仍舊在大漠中徘徊。一個家國難容、天地不收的叛逆罪臣，除了這裡，他還能去往何方？

玄奘的雙眼有些溼潤：「林戍主，不如給貧僧講一講你誅殺呂晟的舊事？」

林四馬面無表情。「那是武德九年六月，當時我在這青墩戍做火長。初九凌晨時分，忽然戍驛內喧譁聲響，峽谷北的烽燧竟然燃起了四炬烽火！」林四馬眺望著青墩峽方向，身子忽然有些顫抖，「法師可能不了解，根據兵部烽式章程，凡賊寇入境，騎兵五十人以上，不滿五百人，放烽一炬；五百人以上，不滿三千人，放烽兩炬；三千騎以上，放三炬；若是萬人以上，或者是千人以上，但不知具體數目，放四炬。四炬烽火一起，便是整個河西甚至京師都要擾動的大戰。戍主一邊命令我們青墩戍也點燃烽火，一邊親自帶人往青墩峽中打探軍情。大家認為最北面的鹹泉戍怕是已經失陷，可青墩戍和鹹泉戍間隔有一百三十五里，中間還有四座烽燧，這些烽燧裡的兄弟能接應幾個便是幾個吧。果然，等我們趕到了第二座烽燧，便接應到了鹹泉戍那邊潰散回來的袍澤，說是突厥人順著稍竿道大舉南侵，更北面烽戍的兄弟盡皆死難。我們把人救了回來，又遣人向敦煌城送出消息後，便守在這青墩戍，等待死亡。」

「既然賊寇大舉入侵，為何不逃？」玄奘問，「畢竟數千賊寇，你們只有五十人，留在這裡並無意義。」

「戍卒要做的事，就是點燃烽火。」林四馬道，「不管賊兵多少，來一百也好，一萬也罷，我們必須死守烽燧，戰死為止。若是賊兵撤退，我們便放一炬烽火，以報平安。這就是烽燧戍卒的命運。所以豪門大戶子弟服兵募，一聽要上烽做烽卒，便會雇貧家上烽。上烽十五日，十文錢。」林四馬苦澀，「我十四歲那年代人上烽，四個月，賺了八十文，給重病的兄長抓了兩副藥。兄長最終沒有熬過那個冬天，我們也都知道希望渺茫，可是我願意把上烽賺的錢給他買藥。我是想告訴他，我長大了，能掙錢了，父母、嫂子和姪兒，交給我吧！兄長應該是懂了，他最後死得很安詳。」

林四馬喃喃地說著貧家百姓的悲歡離合，手裡撫摸著城牆，彷彿撫摸著自己的一生。

玄奘雙掌虛扣合十，沉默了很久：「之後呢？」

「那次我們運氣不錯，熬了一日一夜，紫金鎮將黃緒章率領的前鋒到了。」林四馬望著玄奘，「那是我第一次見到呂晟，他是前鋒的監軍，當年我這個小小火長需要仰望才敢瞧上一眼的大人物。我從未想過，僅僅一日之後，他會死於我的手中。」

錚的一聲嗚響，刀光耀眼，魚藻猛然抽刀狠狠地劈在城牆上，灰土四濺。林四馬霍然拔刀，卻見魚藻並未轉身，只是呆呆地看著城下，雙肩抽動。

玄奘嘆了口氣。

林四馬慢慢放鬆，還刀入鞘。「紫金鎮布防之後，召開軍議，當時最大的難題便是不知突厥人的位置，也不知數目和目標。黃鎮將只好採取最笨的法子，扼守青墩戍，等待與對手戰一場摸摸虛實。當天夜裡，我便在這城牆上值守，站的大約就是這個位置——」林四馬指了指玄奘前方幾尺，「我猛然回頭，發現烽燧上掛起了三只燈籠！」

林四馬轉身望著驛站後面高聳的烽燧，玄奘等人也望著那烽燧，頂上有旗杆，掛著一面紅旗，上面繡著蒼鷹圖案，迎風招展。

「掛著燈籠？這是何意？」玄奘問。

「不知道。」林四馬似乎沉浸在那一夜的詭異凶險氣氛中，臉色驚懼，「那旗杆上從未掛過燈籠。當時已經入夜，戌亥之交，初九，有月，有風，有沙塵吹起，大漠上晦暗不明。我便多留了心，在城牆的馬面處守著。」

林四馬來到城門北側的馬面上。

馬面便是城牆往外凸出的狹長墩臺，可以配合城牆上的守軍，三面夾擊城下之敵。眾人隨著林四馬來到馬面上，林四馬指著甕城：「過了片刻，城門打開，我看見呂晟帶著兩名軍卒從甕城裡走了出來，提著一盞燈籠，走進大漠之中。」

眾人臉色嚴峻，似乎都受到那夜氣氛的感染，連魚藻都沒說什麼，眺望著遠處的大漠，靜靜地聽林四馬講述。

當年還是火長的林四馬，手下有九名戍卒，發現呂晟外出，他不敢聲張，叫來火裡的袍澤商議，但呂晟乃是監軍，便是主將黃緒章都受他節制，小小火長又敢說什麼？

林四馬便在城牆上守著，盯緊了沙磧方向。一個時辰後，沙磧深處隱約有一盞燈籠飄浮而來。走得近了，林四馬才看見，持著燈籠的人果然便是呂晟，而他身後跟著十幾名胡商，個個都狼狽不堪，貨物早就丟了，只牽著驢馬之類。

林四馬不敢開城，回報給黃緒章，黃緒章親自出了驛站把呂晟等人迎接進來，隨即進入大堂軍議。這時林四馬才知道，原來這支胡商本是順著矟竿道前往敦煌的，突厥大軍南侵，把他們堵在了青墩峽中。

商隊被突厥人搶掠了貨物，死了不少人，剩下的三十多人逃入馬鬃山，翻山越嶺，好容易才來到峽口。他們派人到青墩戍找呂晟，呂晟才深夜進入大漠，將他們接了過來。

胡商們一來，情勢便明朗了。原來是東突厥的欲谷設與他的兄長頡利可汗起了衝突，不知為何便突然占據了伊吾國，率領三千鐵騎順著矟竿道南侵。如今屯兵在青墩峽中，按兵不發。

聽林四馬講述的時候，魚藻一直提著心，到這裡才鬆了口氣：「呂郎果然沒有叛國！」

林四馬冷笑：「小娘子，如果他未叛國，我如今還能站在這裡嗎？」

「繼續講！」魚藻怒不可遏，「給我一個不殺你的理由！」

林四馬嘲諷地看了她一眼，卻沒有爭辯，繼續講述。

那一夜，黃緒章和呂晟等人調整了部署，計畫第二日凌晨時分進入峽谷對欲谷設的營地發動突襲，想盡量延緩他南下的步伐。軍議結束後，眾人疲憊不堪地睡去。林四馬就在城頭和衣而臥，枕戈待旦。

不料到了寅時，戍驛裡突然響起一聲又一聲的慘叫。林四馬驚坐而起，這才發現那群胡人商賈竟然奪了兵器斬殺守衛，殺向城門。林四馬帶著同火的九人想要下去支援，卻在馬道[42]處遭到阻擊。

最終那群胡人斬開城門，而掛在旗杆上的三盞燈籠同時熄滅！燈籠一滅，沙磧深處突然傳來號角之聲，隨即沉重的馬蹄敲響了沙漠，無數的突厥騎兵從峽谷中衝出。突厥人和內應配合得恰到好處，這邊剛奪了城門，那邊的騎兵便洶湧而至。

等到黃緒章和呂晟集結好軍隊，事態已無可挽回。潮水般的突厥騎兵衝入戍驛，雙方兩千人馬在這狹窄的戍驛內展開血腥廝殺。大唐的鎮兵和戍卒悍勇無比，區區五百餘人，以血肉之軀抗衡一千五百多名突厥騎兵的殺戮，他們在庭院，在城牆，在大堂，在驛舍，在馬廄，在糧倉，在任何一個地方殊死抵抗，每一處戰場都無人投降，戰至一兵一卒。

「黃鎮將帶著我們廝殺了整整一夜，他試圖奪回城門，庭院中的屍體壘起半人高，我提著橫刀，和突厥人隔著屍體互相捅刺。第二日黎明時，突厥人奪取了城牆，我們澈底潰敗。」林四馬拔出刀，刀鋒映照雙眼，也映照出那一夜的慘烈與血腥，「突厥人占據城牆，居高臨下以弓箭射殺，我親眼看見黃鎮將身上中了十幾箭，背靠著一堆屍體，屹立不倒。我的戍副死守烽燧，點燃了烽火，突厥人試圖攻上去熄滅烽火，他守在階梯處，最終被砍斷雙腿，栽進火臺。」

玄奘是僧人，這些年一道禪心修得古井無波、法觀自在，可是隨著林四馬的講述，思緒沉入武德九年的那一場血腥之夜，仍然頭皮發麻，心神震動。

「胡說八道！」魚藻流著淚怒吼，「做內應的胡商不可能是呂晟帶進來的！目擊的人在那一夜都死絕了，自然是你說什麼便是什麼！」

林四馬冷笑：「抱歉了，小娘子，那一夜的目擊者沒有死絕。戍主見事不可為，便帶著我們二三十個人縋城而下，呂晟當時在城牆上指揮，便也跟著我們下去，我們殺了城外的突厥人，奪了馬匹逃出沙磧。突厥人分兵來追，戍主斷後，射殺他們十幾人，慷慨赴死，我們才逃進了鬼魅磧。活著回到州城的足有十七人，個個都是人證！妳若要替他翻案，好得很，看看妳的眼前，還有妳的腳下，三年前倒著五百三十六具大唐英烈的屍體，妳把他們一一翻過來！」

林四馬怒視著魚藻嘶聲怒吼，他粗糙的臉龐上淚水奔流，沙啞著嗓音道：「我知道妳是誰，妳便是王刺史的女兒，今日是來給呂晟找公道的！我是王刺史麾下小卒，你們碾死我便如碾死一隻螞蟻。可這分公道，妳討不了！因為壓在呂晟墓碑上的屍體太多，太沉！」

魚藻錚然拔出橫刀，抵住了林四馬的喉頭，林四馬卻哈哈大笑：「老子出身貧困鍋子匠之家，父親給我取名林四馬，生平之願便是家裡有四匹馬，可老子生來力大，橫推四馬倒，這名字倒也名副其實。可老子生平最驕傲之事，便是斬了呂晟這個畜生！那一日我們逃到鬼魅磧中，殘兵敗卒圍住呂晟，向他討要說法。老子便是這樣把刀指向他的喉頭，最終逼問出他勾結突厥、奪占青墩戍的叛國之舉，然後老子一刀斬掉了他的頭顱！想為呂晟報仇，那便來吧！」

「我殺了你——」魚藻手臂顫抖，怒吼一聲揚起橫刀便劈了下去。

「使不得！」玄奘手急眼快，從李澶腰肋下抽出橫刀，擋下魚藻一刀。

噹的一聲，火星四射，玄奘的刀脫手而出，墜落城下。但魚藻這一刀也劈空了，斬在城牆上，碎土飛濺。李澶這才反應過來，死死地抱住魚藻的胳膊。

城內的戍卒也受到驚動，抬頭望著，不少人已悄然拔刀，滿臉憤怒。連那隊方才抵達的商旅也來到了戍驛外，一起抬頭呆呆地看著這一幕。

林四馬一言不發，冷冷地盯著三人，眼中漸漸有了一股瘋狂之意。

就在這沉默對峙中，遮著面巾、隱藏在商隊中的令狐瞻輕輕擺手，商隊主事來到甕城外，抬頭喊道：「高昌國張記商號，特來勘驗通關過所。」

第八章　天罡三十六變

夜色已深，林四馬的房內點著燈燭，佛龕前燃著線香，房間內煙氣裊裊，朦朧不明。

林四馬跪在佛龕前的蒲團上，用一張絹布擦拭著手中的橫刀。刀刃反射著燭光，耀眼生寒，林四馬也遍體寒意。這時，響起了輕輕的敲門聲，孫驛長閃身進來。

孫驛長低聲：「四馬，人已經到了，就在三里之外的沙磧中，隨時能動手。」

林四馬艱難地道：「再等等……再等等……」

「等不得了，四馬兄！」孫驛長急道，「這群馬匪替咱們殺人之餘，是要劫掠城外那幾支商隊的財貨的！他們人已經到了，您哪怕想收手，他們也不肯空手而歸啊！」

林四馬喃喃道：「我身為大唐邊將，以殺戮為業，卻從未有今日之艱難。林家世代信佛，我今日卻要殺僧，不單要殺僧，還要殺刺史家的小娘子。背棄信仰，背棄朝廷，你說，今夜之後，我們還如何立身於天地之間？」

「四馬，」孫驛長冷笑，「你我原本貧寒出身，可如今你做了正八品下的宣節副尉，我也入了從九品上，到縣裡任官便是上縣的縣尉，比敦煌縣的縣尉還高！你我兩家世世代代誰能做到？如今我們守著戍驛，每年錢帛巨萬，不但在敦煌城中起了大宅，子弟還進了州學，孫林兩家從此便擺脫賤業，成了讀書之家，這等事誰能不付出代價？我們的代價若只是殺僧、殺刺史之女，已經是極為划算的買賣了！」

林四馬沉默很久，收刀入鞘：「走，我們去殺人吧！」

「玄奘在城牆上發愣。」孫驛長說道，「那兩人不在，正是好時機。」

林四馬點點頭，二人離開房間，穿過庭院，登上了城牆。

玄奘果然在城牆上發愣，他似乎碰上什麼疑難之事，手指還時不時在空中勾畫著什麼。頭頂之上新月如鉤，遠處的峽谷峰巒之上白雪皚皚，似乎一夜白頭。

林四馬來到玄奘身前，低聲道：「法師！」

玄奘回過神，上下打量他一眼，笑了：「戍主是來殺貧僧的嗎？」

林四馬愕然，與孫驛長面面相覷。

「法師——」林四馬尷尬道，「這話從何說起？」

玄奘嘆了口氣：「貧僧乃清淨之人，對殺氣頗有些敏感……算了，不說這些大話了，其實是貧僧經歷的凶險多了，自己又頗有些膽小，因此便有些敏感罷了。」

林四馬張口結舌，有些不知所措：「不不不，末將……末將絕無此意！」

玄奘看出他心中的猶豫，搖頭道：「既然如此，戍主能否回答貧僧幾個疑問？下午你講述的經過，貧僧思考了很久，其中有些關竅頗讓人疑惑。」

林四馬誠懇地道：「法師請問，末將知無不言。」

玄奘點點頭：「第一個問題，呂晟既是內奸，為何光明正大在旗杆上點燃燈籠？」

林四馬沉吟：「這燈籠應該是給那群胡商指引方向的吧！他引胡商入戍驛，定然是徵得黃鎮將同意的，只不過黃鎮將以為那是普通胡商，能藉此得到突厥人的軍情。」

「倒也有理。」玄奘問，「按照你的講述，戍驛亂戰之時，呂晟也險些死掉，縋下城牆才逃生。第二個問題就是，如果是他帶進來突厥內奸，為何把自己置於險地？」

「這——」林四馬想了好半天，「應該是企圖跟著我們回到州城，給突厥人做內應吧。」

「有道理。」玄奘道，「第三個問題，當年呂晟帶去迎接胡商的兩名軍卒，直到貞觀元年才因病死去。呂晟既然叛國，他們二人為何沒有連坐？」

林四馬愣住了，一時間額頭滲出冷汗，半晌無言以對。

「第四個問題，」玄奘道，「你誅殺呂晟，因功賞了官爵，其他十六人為何個個都無封賞？且在貞觀元年之內因不同緣由一一死去？」玄奘目光幽深地盯著他，「林戍主，如今你是唯一活著的人。」

林四馬臉色慘變，右手握住刀柄，似乎想給自己壯膽，手臂卻不停顫抖。

「第五個問題，」玄奘視而未見，繼續道，「司戶參軍掌籍州裡的戶口、籍帳、婚姻、田宅、雜傜等事，貧僧臨來之前，在敦煌縣司戶參軍那裡查了些文書，發現貞觀元年你在敦煌城中起了大宅，當時你上任這青墩戍主不過三個月，雖然這青墩戍是黃金關隘，可三個月怕是萬萬不能買一座大宅的吧？另外貧僧還發現，武德九年十月秋收之後，你林家的籍帳上忽然多了五百畝良田，分在瓜沙二州。那年你剛剛敘了官職，如何買下這些良田的？」

林四馬汗雨如下，雙眼死死地盯著玄奘，充滿了恐懼和憤怒，一旁的孫驛長更是臉色灰白。

「你還查出了什麼？」林四馬嗓音沙啞，聽起來像是在哭號。

「還查出來，這些良田在此之前是屬於氾氏的，大宅的宅基是屬於張氏的。」玄奘憐憫地看著他，「兩大士族，一人贈你大宅，一人贈你良田，林戍主，你這一場豪賭贏了整個人生啊！」

錚錚兩聲，林四馬和孫驛長同時抽刀。

林四馬獰笑：「法師，你這是非要逼我殺你啊！」

「當然。」玄奘笑道，「你原本想殺我，只不過難以抉擇，貧僧這幾個問題一問，你不殺我也不行了。」

「為什麼？」林四馬咬牙問道。

「因為，」玄奘慢慢道，「你要殺我，說明我猜得對。我來是為了給呂晟洗脫冤屈，可事情已過去三年，所有的痕跡都被掩埋了。若不把你逼到窮途末路，不把自己置於生死險境，根本挖不出任何線索。」

「你這個瘋子！」林四馬大吼，「你自己死了，得到線索又有什麼用？」

「無用。」玄奘坦然道，「青史如刀，斬的是英雄豪傑，即使貧僧查出真相，這世界依然故我。可是貧僧與呂晟相交，貴在知心，我知曉了他的冤屈，對於他，對於我，都夠了。」

林四馬和孫驛長面面相覷，都無法理解。林四馬朝孫驛長點了點頭，孫驛長從袖中掏出一副火摺子，快速甩動，火焰燃燒起來。孫驛長舉著火摺子朝城外揮舞，火光在半空中劃出一圈一圈的光影。

猛然間只聽遠處嗤的一聲弓弦震響，隨即一枝箭鏃閃電般射來，噗的一聲穿透孫驛長的脖頸，一蓬鮮血灑在了林四馬的臉上。

孫驛長的屍身一頭栽下了城牆！

林四馬反應快捷，身子閃電般移到了玄奘背後，與他貼身而立，橫刀搭在他的脖頸上。整個過程兔起鶻落，接著才聽見城牆下撲通一聲響，是孫驛長的屍體落地的聲音。

林四馬挾著玄奘面朝烽燧的方向，果然看見高聳的烽燧上站著兩人，其中一人彎弓搭箭，瞄準著他；正是魚藻和李澶。

兩人見玄奘被挾持，便從烽燧的階梯上走下來，順著城牆的南側繞了過來。

林四馬冷笑：「怪不得不怕死，原來埋了伏兵！」

「放下法師！」李澶怒喝。

「放下又如何？反正今夜你們都要死！」林四馬大笑。

說話間，遠處城牆和庭院中的戍卒聽到動靜，紛紛登上了城牆，彎弓舉刀，前後兩側將眾人包圍。林四馬挾著玄奘慢慢退進戍卒之中，一把將玄奘推了出去，大叫道：「這三人殺了孫驛長！」

戍卒們大譁，這時有人發現了城牆下孫驛長的屍體，更是憤怒，怒吼著衝殺上來。李澶和魚藻將玄奘護在中間，雙方迅速接近，正要廝殺，突然間沙磧中傳來悶雷之聲。

眾人吃驚地朝沙磧中望去，只見彎月下的沙磧中捲起一股長長的沙塵龍捲，那龍捲朝著戍驛襲擊而來。距離近了，才發現龍捲之中竟然是一支騎兵，那些騎兵身穿白色長袍，臉上蓋著面罩，在沙塵中忽隱忽現。

「是馬鬃山馬匪！」

戍卒中有人大叫，城牆上頓時慌亂起來，眾人紛紛據守城池要地，布置防禦。城外紮營休息的商旅也慌亂起來，紛紛跑過來拍打城門，一片哭喊哀求之聲。

「林戍主！」玄奘盯著林四馬，「原來這便是你對付貧僧的手段！勾結馬匪，公然殺人，貧僧對你真真好生失望！」

林四馬低聲獰笑：「法師，你要逼我走投無路，我也不能尋樹枝吊死。這是你自找的！」

「城外的胡商呢？」玄奘沉聲道，「貧僧今夜死便死了，你打開城門把他們放進來，讓他們避過一劫。」

「他們進來，那些馬匪又要去劫掠何人？難道劫掠我戍驛嗎？」林四馬獰笑，「你這個不通世故的僧人，想要捅破這天，漏下來的必定是瓢潑血雨！到了泰山府君處，你要明白，這些人是因你而死！」

兩人正在爭辯，城頭猛然一靜，戍卒們和魚藻、李澶等人都張口結舌地望著沙磧。玄奘一回頭，也愣住了。只見席捲著沙塵而來的馬鬃山匪徒中忽然有騎士墜馬消失，只剩下無人的空馬隨著馬隊馳騁！馬隊中已經有四五匹空馬，而前面的匪徒仍渾然不知，呼喝著揮舞長刀，策馬疾馳。

沙塵漫捲中，隊伍末尾一名騎士猛地又墜馬消失！如此這般，整個隊伍裡不時有騎士無緣無故在沙塵中失去蹤影，眾人用力揉著眼睛，瞪大雙眼，但沙塵有些大，那些騎士們到底如何消失，根本看不清。眨眼之間，馬上騎士一個接一個地消失不見，似乎沙塵中隱藏著一頭無形的怪獸。整個隊伍的聲勢越來越小，前面的騎士也發覺不對，一回頭，頓時嚇得魂飛魄散，馬背上的騎士已寥寥無幾。

騎士們急忙勒住馬匹，仔細查看。城牆上的人也看不清楚，只見騎士們兜著馬匹在沙塵中時隱時現，口中不知道呼喝著什麼。忽然有人驚叫起來，聲音卻戛然而止，隨即沙塵中響起一聲聲慘叫，片刻之後無聲無息。

城牆上的戍卒和城牆下的商賈們心驚膽顫地看著，一匹匹戰馬輕輕邁著步伐走出沙塵，來到戍驛之外，然而馬背上已空無一人。

「有妖怪！妖怪——」商賈中有人恐懼地喊著。

玄奘輕輕一嘆：「他來了！」

李澶握緊了刀，魚藻拉開了弓，兩人神情凝重，隱約露出驚懼。

「誰？」林四馬大聲問道，「是誰來了？這些賊匪呢？去哪兒了？」

玄奘沒有說話，緊緊盯著沙磧，沙塵仍在漫捲，卻無聲無息。嗖——有戍卒止不住心中的恐懼，手一顫，一枝箭矢脫弦而出，射入沙塵，消失不見。周圍的袍澤驚駭地瞪著那人，那人渾身顫抖，不知所措，但沙塵卻沒有絲毫反應，只是在原地漫捲著，彷彿一條長蛇翻滾。

忽然間，眾人頭頂一亮，回頭看去，頓時都愣住了，只見一條人影沿著烽燧的階梯一步步走上去，那人提著三盞燈籠，距離眾人有二三十丈遠，燈光打在他側臉上，相貌看不清楚，只看見他穿著一身圓領袍服，戴著襆頭，似乎年歲不大。

那人走上烽燧，將燈籠掛在旗杆上，三只燈籠隨風擺盪，極為詭異。然後那人側轉過身，站在烽燧的牆邊詭異一笑，燈籠的光芒映照在他臉上，玄奘心神巨震。

「呂參軍——」林四馬驚駭大叫。

「呂郎——」魚藻也失聲驚叫。

李澶目瞪口呆，整個人都傻了。呂晟？這個人怎麼會是呂晟？他不是早就死了嗎？今夜怎麼會憑空出現在烽燧之上？他呆呆地轉頭看著玄奘，他從未見過玄奘有如此凝重的神情，這個慣看天地如磨、眾生淩遲的僧人，第一次露出了迷茫和驚悚之意。

「師父……」李澶喃喃道。

玄奘拽了他一下，凝神關注。呂晟掛上燈籠之後，又提了一盞，順著臺階下了城牆，走進庭院中，他身影飄忽，寬袖飄舞，似乎是真實的人體，又似乎是一團虛幻之物。庭院中有戍卒擎著火把，燈火照耀，地上有影。

呂晟咧嘴一笑，朝著兩名戍卒勾了勾手，那兩名戍卒手中的刀噹啷落地，整個人痴呆麻木，如同中邪，就這樣垂著手木然地跟在呂晟身後，朝戍驛的城門走去。庭院中的戍卒嚇得紛紛後退，立時有人奔上城牆稟告，可林四馬已經嚇得如木雕泥塑一般，哪裡還能回答。

眾戍卒只好眼睜睜看著兩名傀儡木然打開城門，呂晟提著燈籠帶他們一步步走進沙磧之中。

城門外的三支商隊並不清楚城內發生的事，沒怎麼害怕，只是有些詫異。而隱藏在高昌商隊中的令狐瞻卻一樣呆若木雞，看著呂晟漸漸走遠，他咬牙切齒，慢慢抽出橫刀。他身邊的索易紅了眼眶，神情傷感。

李淳風卻是神情凝重，雙眸中爆出璀璨的光彩。

「鬼！鬼！鬼——」林四馬突然大叫，撲通一聲跪倒，「他來索我性命了！法師救我！」

玄奘嘆息一聲，走過去把林四馬扯了起來，拍拍他膝蓋上的灰土：「他不是來索你性命的，他是來重現當日的情景。」

「呂郎！」魚藻不知不覺中已淚流滿面，這時才回過心神，朝著城下奔去。

「拉住她！」玄奘急忙吩咐。

李澶一把拽住魚藻的胳膊，惶恐不安：「師父，這到底怎麼回事？」

「放開我！放開我！」魚藻急切道，「法師，呂郎沒死！他沒死！」

「十二娘，」玄奘溫和地道，「我們且看看如何？若貧僧所料不差，他還會回來的。」

魚藻愣住了，眾人一起朝著沙磧方向看去，只見呂晟已走進那沙塵之中，燈籠漸漸隱沒。片刻之後，昏黃的燈光又漸漸亮起，呂晟提著燈籠從沙塵中走出，在他身後，卻跟隨著一條濃濃的煙塵。那煙塵在月色下翻滾鼓蕩，時而顯示出騾馬的輪廓，時而像是一道道人影，虛幻縹緲，卻又真實顯現，就那麼跟隨在呂晟身後，朝著戍驛而來！

霧氣、燈籠、大漠、沙塵、人影、馬駝，詭異無比。

呂晟提著燈籠走進城門，魚藻、玄奘等人急忙到城樓上向下觀看，那些煙塵人影在城門口一收而沒。呂晟雙目中毫無神采，看著面前的虛空，似乎那些人影仍在。

「你可知欲谷設的人馬確切有多少？」

呂晟開口說話，虛空中卻沒有人回答，但呂晟似乎聽見了，點了點頭，隨即問道：「他主力藏在何處？有多少附離兵，有多少控弦士？他此番到底為何入寇？目標是哪裡……」

呂晟一一詢問，似乎虛空中有人一一回答，呂晟全神貫注地傾聽著，且微微點頭。

「師父，」李澶喃喃道，「他果然在重現當日的情景。」

魚藻雖然思念心切，卻也察覺出詭異可怖之處，不敢隨便說話，默默地看著。忽然間庭院裡一暗，燈籠滅了，呂晟消失不見。

玄奘等人詫異地四處搜索，忽然耳中隱約聽到人喊馬嘶，地面震顫，弓箭響動之聲密如雨打芭蕉。大堂簷下掛的七八枝火把無故自燃，庭院裡一片通明。呂晟手持橫刀出現在大堂之外，火光之下嘶聲怒吼：「為什麼？為什麼？」

這時從城門口湧進來一團黑色的霧氣，那霧氣極為黏稠，肆意漫捲，漸漸將呂晟吞沒。呂晟怒目圓睜，嘶吼著揮舞橫刀，卻一點點被吞沒。

「呂郎——」魚藻哭著衝下城牆。

李澶大吃一驚，急忙追了過去要拽住她，卻沒能拽住。魚藻衝進黑霧，去抓呂晟的手，卻抓了個空，徑直從黑霧的另一側穿了出來。

魚藻愕然轉身，眼前彷彿是一場鏡花水月，上演著人間悲劇，世事滄桑，卻不可碰觸。黑霧從地面漸漸消散，呂晟的身體也一點點隨著霧氣消散，魚藻流著淚，慢慢伸出手想去觸摸呂晟，指尖上有黑霧環繞，瞬息消弭，而呂晟的身影也徹底潰散而去。

「大膽妖孽，還不伏誅！給我鎮——」

庭院上空突然一閃，出現了八幅巨大的符籙！那符籙乃是以細細的火焰畫成繁複玄奧的圖案，按照奇門遁甲的八門方位布置在半空，符籙上垂下一條條幽深的白色冷焰，彷彿一道天羅地網，將那黑霧消散的地方澈底籠罩！

李淳風步履從容地走進城門，令狐瞻率領著索易和數十名部曲緊跟其後。

「你們是什麼人？」一名戍卒叫道。

「本官西關鎮將令狐瞻，前來降妖擒魔，無關人等給我速速散開！」令狐瞻拿出魚符喝道。

李淳風神情緊張地關注著符籙法陣。光焰照耀的法陣中，呂晟原本消失的身形又漸漸出現，在法陣中幻化、扭曲，似乎在無聲地咆哮。掙扎中他的手指偶爾碰觸了一下冷焰，頓時呲呲作響。

「你做什麼？」魚藻大怒，舉刀衝了過去。

「別過去！此人有異，不是呂晟！」玄奘急忙大叫，「世……李琛，去拉她回來！」

李澶還沒回過神，魚藻已經衝了過去，令狐瞻冷笑一聲，上前迎向魚藻，雙刀碰撞，噹的一聲巨響。魚藻也不說話，橫刀翻滾而下，快如疾風暴雨。令狐瞻從容不迫地揮刀抵擋，竟一步不退，把魚藻死死擋住，不得寸進。

李淳風只是專注地盯著法陣，忽然手中憑空多了一把桃木劍，拿著一道符在劍身上一拍，冷冷道：「此間土地，神之最靈。通天達地，出幽入冥。為我關召，不得留停。有功之日，名書上清！收——」

李淳風法劍一揮，空中的法陣慢慢開始收縮，陣內的空間越來越小，呂晟慘烈地嘶吼掙扎，連頭髮都在燒灼。

魚藻目眥欲裂，發瘋一般猛攻令狐瞻，但令狐瞻刀法嫻熟、久經沙場，竟一時拾掇不下。李澶見狀，一咬牙，抽刀衝上去，與魚藻雙戰令狐瞻。令狐瞻抵擋了兩刀，便撐不住了，部曲們正要一擁而上，卻被令狐瞻阻止：「退下！這兩人不能傷在我手中！」

令狐瞻在城牆和牆垣間奔走跳躍，引誘魚藻和李澶越戰越遠。

「法師不必擔憂，令狐校尉不會傷他們的。」索易來到玄奘身邊，「法師可認識這法陣？」

玄奘點點頭：「便是你在莫高窟用來畫符的那種顏料？」

「是啊！貞觀元年，家族從長安咒禁科得了三錢給我，如今都用完了。」索易講解道，「這東西並無溫度，平時形狀如同白蠟，卻極容易自燃。無物不燒，黏上便無法撲滅，入骨蝕骨，入鐵蝕鐵，其燃燒的煙霧還有劇毒，極為厲害，咒禁科的人稱之為白磷火。據說是袁天罡和藥王孫思邈用人尿和沙子之類提煉的，袁天罡用來寫符，寫符之時也得小心翼翼，否則符紙立刻便會燃燒，釋放劇毒。」

玄奘詫異：「為何告訴貧僧這些？」

「求法師施以援手，救一救呂晟。」索易低聲道。

玄奘霍然一驚，盯著索易看了半天：「他不是呂晟。」

索易苦笑：「正因為法師看出來了，我才大膽懇求。不管他是誰，都不能死。」

玄奘沉默片刻：「且看著吧，此人沒這麼容易被降服。」

說話間，李淳風開始腳踩七星，急促地念動咒語：「七星咒念，魁魁魓魋魒魖。五行咒念，金木水火土。天干咒念……」

李淳風以桃木劍作七星象，五行象，天干象，十二宮象，卻依然壓制不住呂晟，眼看桃木劍慢慢冒煙，法陣鼓脹欲裂。

李淳風打散頭髮，咬破手指，將鮮血往桃木劍上一甩，怒吼道：「……二十八宿咒念，角、亢、氐、房、心、尾、箕、奎、婁、胃、昴、畢、觜、參——」

呂晟突然發出慘烈的嘶吼，仰天嚎叫，身上的衣袍猛地崩裂，手臂上竟然冒出狼毫！眾人目瞪口呆，就見呂晟的身體慢慢變形，手指長出尖利鋒銳的利爪，脊背隆起，長出銀色白毛，甚至頭臉也開始變化，脣吻凸出，獠牙漸長，一雙毛茸茸的耳朵也豎了起來，整個人竟然化作一匹銀色巨狼！

那巨狼怒嚎一聲，噴出一道黑色煙霧，雙爪一揮，符籙法陣轟然破碎，散作漫天火花，四處墜落。每一朵火花落在地上，堅硬的砂土地面就被燒灼得呲呲作響，變得焦黑！而李淳風手中的桃木劍更是碎成粉末！

「狼！他是奎木狼——」

戍驛裡無論戍卒還是部曲，盡皆譁然，一個個驚懼後退，整個庭院裡一片寂靜，所有人都呆了，只聽見油松火把燃燒的劈啪之聲。

奎木狼深沉地朝四周看了一眼，用前爪在地上勾畫出一幅腰細頭尖的符號，形狀像一只破鞋，線條上有十六顆星辰環繞。符號一成，立刻從線條中湧出濃烈的黑霧。

與此同時，一條人影從大堂的房頂一躍而下，手中刀光一閃，直插奎木狼的頭顱，卻是令狐瞻！

奎木狼似乎早有防備，霍然轉身，狼爪重重地拍在令狐瞻的胸口。喀嚓一聲，令狐瞻的胸甲被撕掉，整個人倒飛出去，在半空中噴出一口鮮血，重重摔在地上。

奎木狼陰森森一笑，轉身跳入地上的符號中。風一吹，黑霧散去，奎木狼也消失不見。

「天罡三十六般變化，五行大遁！」李淳風盯著空蕩蕩的地面，悚然動容。

魚藻愣愣地握著橫刀，站在一處牆垣上，滿臉迷茫，感覺整個世界陷入破碎凌亂之中，彷彿夢魘於黎明時分，又彷彿陷於莊周的蝶夢。到底是呂晟化作了奎木狼，還是奎木狼化作了呂晟？或者今夜未醒，魘於噩夢中？

魚藻身子一個趔趄，李澶拉著她跑到玄奘身邊：「師父！這到底怎麼回事？這東西到底是奎木狼還是呂晟？」

玄奘悲傷地望著庭院：「凡有所相，皆是虛妄。何必執著於他到底是誰？你看到的只是我相、人相、眾生相、壽者相在眼前的投影罷了。」

李淳風拿出一副羅盤，盯著上面跳動的指標，忽然道：「乾位，六尺三寸！」

令狐瞻爬起身，拿過一張長弓，看也不看就朝西北方向射去。西北角亥位是一堵牆，就在箭鏃射至的瞬間，牆上一道虛影一閃即逝，咄的一聲，長箭釘進土牆。

「巽位，八尺五寸。」李淳風道。

令狐瞻霍然擰身，閃電般又射出一箭，東南的胡楊樹上葉子無風自盪，隨即長箭穿了過去，只射下幾片落葉。

「坤位，七尺一寸！」

李淳風盯著羅盤，一一說出方位，令狐瞻箭如撥弦，錚錚錚弓弦響動個不停。那奎木狼施展天罡三十六變中飛身托跡和正立無影的大神通，隱去身形，遁身世外，竟然沒有一枝箭能追蹤到他的身影。

「艮位，五尺！」

五尺已經是平射，令狐瞻看也不看，一箭射去。此時院子裡都是人，噗的一聲，一名部曲被穿喉而過。令狐瞻又補一箭。奎木狼似乎也發現了妙處，隱身混跡於人群中，此後李淳風報出的方位大都是四五尺上下，而令狐瞻根本不在意傷亡，幾乎是閉著眼睛按照方位射擊。

剎那間庭院裡便遍布死傷，不少部曲、戍卒中箭，眾人嚇得紛紛躲避。

「阿彌陀佛，莫要濫傷無辜！」玄奘急忙叫道。

李淳風這才注意到庭院中的狀況，嘆息一聲，收起了羅盤。

「計止於此了嗎？看本尊出手了！」人群中忽然響起一聲冷笑，眾人尋聲一看，竟是發自一名戍卒！

那名戍卒陰森森地獰笑著，忽然一刀劈中旁邊一名部曲的脖頸，那人慘叫一聲翻身摔倒。

「這是天罡三十六變的身外化身！」李淳風大叫，「能控制他人為己所用！」

眾人譁然，令狐瞻一箭射去，正中那名戍卒的額頭，利箭貫顱而過，戍卒倒斃在地。眾人剛鬆了口氣，令狐瞻身邊一人卻笑道：「本尊在這裡呢。」

令狐瞻大駭，還沒回頭，眼角就瞥見刀光一閃，他急忙揮起長弓抵擋。哢嚓一聲，長弓被劈斷。令狐瞻大腿中刀，摔倒在地。

部曲們一擁而上，將那名戍卒亂刀分屍。

忽然間，正在砍殺戍卒的一名部曲身子一僵，轉頭陰森森笑道：「本尊在此！」

那部曲猛地揮刀大肆砍殺，瞬間就有七八名部曲中刀，慘叫著摔倒。這名部曲還沒死掉，另有幾人也被奎木狼控制，發出陰沉沉的冷笑，大肆砍殺身邊的同伴。

這下子庭院裡澈底大亂，幾名部曲保護著令狐瞻和李淳風，李澶和魚藻也將玄奘護在中間，不准任何人靠近。而其他人更是不敢讓任何人近身，每個人都持刀引弓，戒備地關注著別人。

即便如此，也阻擋不了奎木狼的身外化身，庭院太小，眾人相距太近，往往一人受控，就會引發大規模廝殺。一時間戍驛變成了血腥的殺戮場，無數部曲和戍卒揮刀瘋狂砍殺，更有甚者在極度的恐懼下，彎弓四射，只要有人影晃動，便一箭射去。慘叫聲，呻吟聲，哭喊聲，刀矛碰撞砍殺聲不絕於耳，屍骸枕藉。

「走，進大堂。」令狐瞻掙扎著站起身。

幾名貼身部曲攙扶著令狐瞻，和李淳風以及那些咒禁工、咒禁生貼著牆角走到戍驛的大堂裡。李淳風伸手在門上畫了一副道符，眾人正要關上門，魚藻一腳踹開一名部曲，帶著李澶、玄奘和索易闖了進去。

部曲們看了一眼令狐瞻，令狐瞻點點頭：「放他們進來。」

這時林四馬也衝過庭院，揮刀砍翻幾名攔路之人，大喊：「救救我！」

令狐瞻渾身是血地坐在地上，卻抓過一把長弓，張弓搭箭對準了林四馬。

「這人不能死。」玄奘沉聲道。

魚藻和李澶雙雙用橫刀止住令狐瞻，令狐瞻只好無奈地放下弓箭。林四馬呼地衝了進來，一名咒禁生急忙關閉房門。林四馬渾身鮮血，一跤跌倒在地，喘息著道：「多謝，多謝法師……」

隨即朝令狐瞻怒目而視，令狐瞻傲然撇開臉，不理他。

林四馬也顧不及跟他計較，大堂內的眾人也是緊張萬分，刀弓在手對準房門，一個個驚懼交加，渾身大汗。

只聽庭院中慘叫聲和廝殺聲響個不停，不時有人摔倒的聲音，偶爾還有人撞上大堂的牆壁，咚的一聲響，隨即便有一蓬鮮血濺上窗櫺。

「李博士，怎麼辦？」令狐瞻問道。

李淳風苦笑：「且稍等等，這妖孽的神通超出我預估，這法術很難破。」

「再等等人都死絕了！」魚藻怒道。

玄奘忽然一言不發地走到了大堂門口，隔著大門喊道：「呂晟兄，你要的可是天衣？貧僧就在這裡，可否放過無辜之人？」

庭院外的廝殺聲戛然而止。片刻之後，響起一片驚慌失措的喊叫聲和腳步聲，顯然庭院中的戍卒和部曲都四散奔逃了，只剩一片寂靜。

好半晌，大堂裡的眾人仍是一動都不敢動。

「法師，」魚藻有些哽咽，「他真的是呂晟嗎？」

玄奘眼眶也有些發紅，努力抑制著情緒：「十二娘，是與不是，妳和我想念的那個人都再也找不回來了！」

「為什麼？為什麼？」魚藻大哭，「呂郎為什麼變成這個樣子？他到底是生是死？」

「生和死，我們凡俗之人哪能輕易分辨？」玄奘淚水也慢慢流淌，溫和地望著她，「外道計有神我，死此生彼，經遊六道。就是呂晟如今的樣子，也是起於我見，墜墮邊邪，輪迴生死……十二娘，不論生死，曾經的呂晟都不存在了，至於為什麼變成這個樣子……」

玄奘在人群中緩緩四顧，看見了林四馬、令狐瞻和索易：「你們三位既然恰好都在，這個謎底該揭曉了吧？」

令狐瞻擦了擦嘴角的鮮血，傲然道：「我不知道什麼謎底。我來殺奎木狼，是因為他擄走了我的妻子，那呂晟是什麼東西，與我何干？」

玄奘淡淡道：「呂晟不但與你有干，而且干係很大，你的新婚妻子翟紋，最初便是許給了呂晟。」

「你──」令狐瞻忽然臉色蒼白，他霍然轉頭，怒視著索易，「老匹夫，我定要殺了你！」

索易面無表情：「來之前，家主已經命令我死在青墩戍，誰殺都無所謂。」

「不用遷怒索老丈，」玄奘道，「其實即便他不說，貧僧也早懷疑呂晟未死。」

眾人都盯著他，玄奘想了想：「這要從貧僧第一日進入敦煌說起，那日貧僧去了成化坊呂宅，見到院子裡的巫、道、機關三重法陣，當年也是索易老丈參與布置的，翟法讓和翟昌說是為了對付呂父死後的鬼煞作祟。今日咒禁科的李博士也在，試問對付鬼煞可用得著機關術？」

李淳風搖搖頭：「符咒足矣。」

「是的，那庭院中為何要用那麼複雜的機關術來配合巫蠱和道法呢？」玄奘冷冷道，「原因無他，是為了獵殺大型凶獸！」

令狐瞻張口結舌，卻無話可說。

索易苦笑：「確實如法師所言。」

玄奘凝望著他：「可是那座法陣最終卻沒有發動，貧僧去的時候已經廢朽得不成樣子。若是我沒猜錯，你這些年之所以受到家族厭棄，應該是因為你向奎木狼或者呂晟透露了消息吧？」

索易愕然半晌，長長一揖：「法師知我心意，死而無憾！」

「見過那法陣之後，貧僧就有了一個疑問，獵殺大型凶獸的法陣為何要布設在呂晟家的院子裡？這個問題當時不得其解，於是貧僧就想，有什麼樣的凶獸必須以法陣來獵殺？敦煌乃是沙磧地帶，並無大型凶獸。何況既然以法陣獵殺，這凶獸自然具備一些妖異之術，整個敦煌乃至西沙州，只有奎木狼才符合。」玄奘眼中閃耀著璀璨的光芒，一步步推導，「因此事情又回到了原點：為什麼會在呂晟家中獵殺奎木狼？布設法陣之人為什麼篤定奎木狼一定會到呂家舊宅？當時貧僧初來乍到，很多情勢都不明朗，但有一點毫無疑問，奎木狼和呂晟之間必定有密切的關聯。」

「原來師父那時候便猜到了！」李澶讚道，「那您為何不說？」

「貧僧想活得久一些。」玄奘道。

「你莫打岔。」魚藻踢了他一腳，李澶急忙閉嘴。

「可是之後的事情就讓貧僧有所猜測。首先是在莫高窟，奎木狼追殺我和李琛，當下其實是有機會殺死我們的，可是奎木狼卻沒有動手。」玄奘道。

李澶回想那驚心動魄的一夜，忍不住打了個寒顫：「確實如此，在棧道上時，以奎木狼的速度和跳躍能力，殺死咱們其實不難。」

魚藻也默默回想著。

「當時貧僧還以為奎木狼怕損傷天衣，可是後來從十二娘那裡得到了呂晟《三敘書》的書稿。」玄奘從懷中取出一卷絲帛袋子，打開，裡面是三卷書稿，「這便是《三敘書》書稿，〈敘祿命〉、〈敘宅經〉、〈敘葬書〉，都是呂晟在長安所寫。貧僧仔細讀過，但是這兩版書稿有十幾處不同，〈敘宅經〉甚至增加了幾段文字。」

這三篇文章是呂晟武德六年在長安所寫，玄奘與他相交後仔細拜讀過，與如今敦煌這版大有不同。

「敦煌版的文章經過潤色與修訂，文氣脈絡一脈相承，當是原作者所為，所以貧僧從那時起便懷疑呂晟還活著。而奎木狼拿來雕印，就說明了奎木狼與呂晟之間的關係。那麼奎木狼與呂晟之間到底是什麼關係呢？」玄奘看著魚藻，「直到貧僧從魚藻口中得知呂晟曾向翟氏提親，接著到敦煌縣衙查看奎木狼劫掠翟紋的舊案卷宗，發現奎木狼當時的目標是劫持翟紋，而他只殺了寥寥幾人，更多的人是死於利刃之下。這一刻，真相便明朗了。」

令狐瞻冷笑：「這又有什麼明朗？我的迎親隊伍慘遭殺戮，很多人受傷太重，無法救治，我不忍他們受盡痛苦，只好幫他們了斷。」

「不，」玄奘神情悲傷地搖頭，「你之所以殺人，是為了滅口。」

「莫要胡說八道！」令狐瞻臉色猙獰，握緊手中的刀。

魚藻迅疾張弓搭箭對準了他。

玄奘毫不在意，冷冷地盯著他：「因為當日劫走翟紋的，是呂晟！或者就像今日一般，是以呂晟之形！你們宣稱呂晟叛國被殺，可他卻好端端地出現在敦煌長街上，你們無法掩蓋謊言，只好動手殺人！」

令狐瞻渾身顫抖，手中橫刀落在地上。他眼前忽然閃過武德九年的血色長夜，披頭散髮的呂晟抱著翟紋登天而去，自己提劍在人群中逡巡，臉色一定很是猙獰可怖吧？

「你說，這東西是人是狼？」

「你來說，看見的是人是狼？」

劍光一閃，再一閃，他提著劍走過人群，無數人紛紛栽倒，他身上沾滿了血，臉上沾滿了血，可是胸中那股暴戾之氣仍然堆壘積鬱如同壓抑的火山。

他扔掉長劍，仰天嘶吼，彷彿自己也化作了一頭狼。

「從那時起，貧僧心中便已經明瞭，奎木狼與呂晟應該是同一人。從索老丈口中得知翟家答應過這場婚事，只不過是驗證貧僧的猜測罷了。」玄奘喃喃道，「貧僧不知道一個人如何會變成一頭狼，也不知道呂晟如今與奎木狼到底是怎樣的共存方式，甚至不知道從凡俗意義上而言呂晟到底算死了還是活著，可貧僧知道，我那摯交好友如今已是非人。當初在莫高窟他之所以未殺我，是因為他認出了我，他仍然記得當年的友誼，仍顧念當年之情。」

玄奘熱淚滂沱。

第九章　邊將貪嗔痴，校尉煩惱障

明月從窗櫺照耀進來，燈燭晃動，月光也跟著晃動，所有人的影子都跟著變形，搖曳。庭院清晰傳來巨狼的四足踩在地面上的啰啰之聲。

大堂內一片寂靜，眾人神色各異。

「原來，你來青墩戍是要設一個局，」令狐瞻苦澀，「是以奎木狼為餌，引誘我們前來。」

玄奘無言地望了他半晌：「也不算設局。貧僧知道你們會來，也知道奎木狼會來，只是以自身為餌，四方碰撞，逼出真相罷了。」

「四方？還有一方是誰？」令狐瞻問。

玄奘轉頭望著林四馬：「自然便是這位林戍主。」

「我……」林四馬倒退了幾步，目露驚恐。

「如今你還要說，自己在鬼魅磧中斬殺了呂晟嗎？」玄奘問。

林四馬身子一軟，澈底崩潰在地。他魁梧粗豪，身負橫推四馬之力，勇冠三軍，可如今刀就在手邊，卻拿不動了。

魚藻憤恨地冷笑：「你既然知道我是誰，便很清楚此事不可能擅了，除非你能把我們所有人殺得乾乾淨淨，否則你身為大唐邊將，私縱胡商走私，與人勾結謀害監軍呂晟，受人良田大宅，一樁樁一件件，足夠你抄家滅門！」

「我沒有錯！」林四馬雙眼血紅，坐在地上慘笑，「八大士族統治敦煌近千年，農家為其耕作園囿，打窟人為他們鑿山造窟，牧人為他們放牧牛馬羊，其他百工各業各有行會，石匠打石頭，畫匠、塑匠作壁畫，鐵匠、木匠、泥匠各有所司，這千年來我貧家百姓就是這樣過的，每一家每一戶每一人都在為士族效力，誰都不能脫離這張巨網。少年時我在子亭鎮的山上放牧，也曾仰望過天空，也曾站在山頂，朝著山腳下看過一眼，可是我又能如何呢？我家是最卑賤的鍋子匠，祖祖輩輩以修補鍋釜為生，敦煌從來沒有一個寒素之人能穿上絲綢做的袍子，能進入泮宮摸一摸書卷。」

「那是你們自己不努力！」令狐瞻冷冷地道，「少壯不努力，老大徒傷悲。書卷人人可讀，我們士族又不曾禁絕詩書。」

「我不努力？」林四馬一躍而起，怒不可遏地扯開衣袍，露出疤痕交錯的胸口，「老子在大唐邊疆廝殺多年，多少次險死還生，這叫不努力？你們的確不曾禁絕詩書，可我們一家三個男丁，中原地多，每個男丁授田百畝，敦煌這裡每一戶只能均田六十畝。農田畝產兩石，每一戶收成一百二十石，脫殼後收成七十二石，我們六口之家每年自用四十五石，要繳納租六石，一年下來只能存儲二十一石粟麥，除了換鹽巴、酒醋、農具鐵器等日常所需，還要備用災荒、疾病、人事等應急，還要繳納絹二丈、綿三兩，承擔雜傜和色役，官府和士族還要徵丁修渠。一家人終日勞作尚且忙碌不堪，誰家敢讓子孫不工作去讀書？」

令狐瞻張口結舌，半晌才道：「這並非是我敦煌士族壓榨，整個大唐天下都是如此。」

「是啊，」林四馬黯然，「所以人啊，一旦仰望過天空，就沒法再容忍卑賤了。這個牢籠覆蓋了敦煌，覆蓋了大唐，既然誰都掙不脫，我只好另闢蹊徑。當年你們令狐氏來找我，要我出賣呂晟換取大宅、良田、正八品下的宣節副尉，我想也沒想便同意了。哈——」林四馬慘笑，「為何不同意？這是我期待一生的機遇啊！」

林四馬瘋狂地大笑著，魁梧的漢子像個娃娃般樂不可支。

「林戍主，」玄奘嘆息，「你在陷害呂晟的局中，做了些什麼事？」

林四馬擦擦眼淚，笑道：「其實我也沒做什麼。之前與法師講的句句屬實，只是最後有所欺瞞。那一日我們逃進鬼魅磧中，我把呂晟打暈了，捆綁起來交給令狐德茂，另外燒焦一具袍澤的屍體，斬掉腦袋冒充呂晟，交給了官府。」

「交給了令狐德茂？」玄奘盯著令狐瞻，「你們真是膽大包天，竟然敢私下囚禁一位大唐狀頭，西沙州錄事參軍！」

「法師猜錯了。」令狐瞻冷冷地道，「事已至此，我也不隱瞞，呂晟並非我們私下囚禁，而是經過刺史杜予和州長史商議，將他關押在敦煌縣衙的地牢中，並且還行文祕奏朝廷。」

「胡說！」魚藻喊道，「你們明明陷害呂晟，又用焦屍假冒他被殺，怎麼還敢把他交給官府？」

令狐瞻冷笑：「十二娘子，這是兩件事。有沒有人陷害呂晟是一件事，呂晟通敵叛國又是另一件事。如果區區一個西沙州錄事參軍叛國倒也罷了，可是大唐雙科狀頭叛國，便是連皇帝陛下都承受不起。我們令狐氏做的，便是掩蓋朝廷的顏面，拿一只頭顱來宣稱呂晟已誅。至於真正的呂晟，則交由官府祕密處置。」

玄奘恍然：「原來竟是皇帝陛下親自蓋棺論定。令狐德茂真是謀算縝密，如此一來，他不但讓令狐氏脫身事外，還讓呂晟徹底身敗名裂。」

「倒也不算皇帝陛下蓋棺論定，」令狐瞻道，「奏疏報上去之後，陛下並無隻言片語回覆，留中不發。這其實也在我父親預料之中，皇帝承受不起這種屈辱，故作不知。後來陛下褫奪了杜予等人的官職，對牢獄中的呂晟卻不聞不問，顯然是希望他自己瘐斃於獄中，不要再張揚此事。」

魚藻淚水婆娑。

玄奘問道：「後來呂晟如何從獄中出來，變成了奎木狼？」

「不知。」令狐瞻坦然道，「我迎親那日，他突然出現，在長街上擄掠殺人。後來我們去獄中查看，鐵枷脫落，兩名獄吏死於狼爪之下。到底是呂晟化作了狼，還是狼化作呂晟，我實在不知，但無論他們是誰，都是我要獵殺的仇敵！」

「當年本尊在天庭時，無數次透過億萬里塵埃遙望下凡，眾生如蟻，朝來夕死。天人一閉眼，一打盹，便是你們的一生。你們的恩仇在本尊看來極為可笑，本尊酒後睡一夜，那恩仇便隨著你們的生命消散掉了，所以毫無意義。」庭院中忽然響起唠唠聲，似乎是奎木狼來到大堂門口，口吐人言，「法師，你要本尊等到何時？」

李澶喊道：「你要怎麼樣？」

「本尊此來是為了奪取天衣，」奎木狼淡淡地道，「這些天本尊想了個法子，天衣乃是不散不滅之物，若是把玄奘焚燒成灰燼，天衣自然便會重現。所以，法師就跟隨本尊去一趟玉門關吧，我已準備好了三昧真火臺，保準你剎那成灰。」

「休想！」李澶大怒。

玄奘阻止他，淡淡道：「貧僧只問一個問題，便隨你去玉門關——呂晟在何處？」

「到了玉門關，本尊讓你見他。」奎木狼道，「方才有一件事你猜錯了，在莫高窟我之所以沒殺你，是因為呂晟交代過，不得害你性命，可是我並沒有答應他放過你兩次。玄奘，你走是不走？」

「好，我跟你走。」玄奘道。

魚藻和李澶大吃一驚，一起道：「不可——」

連李淳風也勸道：「法師，在長安我就聽說過你的名頭，你是佛門千里駒，承載著佛門振興的希望。你出關西遊，路上雖然艱險，卻是為求證大道，何必把有為之軀拋在此處呢？」

玄奘笑道：「多謝李博士。不過對於貧僧而言，出了長安便是西遊路，路上的一災一劫，一飲一啄都是大道坎坷，貧僧不敢逃避。何況，」玄奘望著門外，神情憂傷，「當年我與呂晟有過約定，要攜手求證心中大道，我們道不同，路也不同，可是我們要共創的那個未來世界卻相同。如果他倒在中途，我想知道他為何而敗，那條路為何走不通，這樣我才知道，我的路該如何走。

「無論是敵是友，是善是惡，貧僧感念各位裝點這大千世界，璀璨人間。」玄奘坦然地望著眾人，深深鞠躬，雙手合十，右手頓時被扎得鮮血淋漓，他臉上卻含著溫和的笑容。

玄奘轉身走到大堂門口，正要拉開門，手臂卻被人拽住，回頭一看，是索易。

「法師稍等，且讓我為法師開道。」索易笑了笑，拉開門走出去，然後把門輕輕闔上。門並沒有關嚴，微微露出縫隙。從大堂裡望出去，白色的狼身占據了視野，索易似乎和奎木狼面對面站著。

索易不知說了什麼話，奎木狼口吐人言，聲音沉悶：「你這是何苦？」

「也沒什麼苦不苦的。」索易道，「老朽這輩子沉溺術數，雖然窺視天道，卻拿這些東西來替人占卜、堪輿——相痣、稱骨、解夢、占婚嫁。直到呂晟把我駁得一敗塗地，我才發現自己這輩子窺探天機竟然只為賺人錢財。從那時起，曾經的敦煌大術士索易便已死了，今夜再死，也無非死一個軀殼而已。當初我為了救你，哪怕自絕於家族，也從未想過回報，今日卻想要你回報我。我不管你是奎木狼還是呂晟，你都要答應我一件事，讓玄奘法師西遊天竺，求證大道。」

「你做什麼？」奎木狼怒吼。

眾人一驚，一起從門縫裡往外看，也不知索易做了什麼動作，門縫裡只見奎木狼身軀一點點後退，最終索易的身軀定格在門縫間，而奎木狼的一隻利爪插在索易胸口，索易一步一步向前走，那利爪往他體內越陷越深，最終抓穿了心臟。

「我不會答應你的！」奎木狼怒道。

索易口角流血，朝門縫看了一眼，身子一軟，胸口從狼爪脫出，帶出一蓬鮮血，摔倒在地。他臉上仍然含著笑容，喃喃道：「《象》曰：澤滅木，大過。君子以獨立不懼，遁世無悶。」

「索老丈！」玄奘驚叫一聲，正要衝出去，林四馬攔在他身前。

林四馬從旁邊抄起一把七尺長的陌刀，嘆道：「法師，索易是必死之人，求死得死。今夜還有一個必死之人，便是末將。」

「林戍主，不可輕生！」玄奘急了。

林四馬彈擊著陌刀，慨然道：「末將為了一己之私，做過很多錯事，縱容走私，收取賄賂，陷害呂晟，勾結馬匪，一樁樁一件件說也說不完，論唐律也是斬首之刑。可老子當年既然仰望過天空，又如何甘心像條狗一般，死在那臭烘烘的刑獄之中？」林四馬霍然拽開門，大吼，「老子是大唐邊將，且讓我為法師開闢那西遊大道！」

奎木狼蹲踞在庭院中，巨大的身軀傲然屹立，旁邊是索易的屍體。

林四馬揮著七尺陌刀，衝向奎木狼，一聲怒吼，凜冽的刀光疾如奔雷閃電。奎木狼冷冷一笑，身子一閃，已到了林四馬身後，利爪抓向他脖頸。林四馬身子一擰，陌刀反轉，斬向奎木狼。噹的一聲巨響，陌刀和利爪碰撞，火星四射，一人一獸都踉蹌一步。

「好大的蠻力。」奎木狼冷笑。

玄奘、李澶、魚藻、令狐瞻和李淳風等人紛紛來到庭院，緊張地盯著庭院中的纏鬥。奎木狼身形飄忽，快如閃電，時隱時現，而林四馬刀長臂長，刀光縱橫，周圍一丈二尺的虛空彷彿充斥著刀光，將一切都剿得粉碎。陌刀不時劈砍在四周的胡楊、牆垣和車輛上，當者無不披靡，殺得煙塵滾滾，木屑紛飛。

林四馬口中大呼酣戰，這貪腐成性的邊將彷彿將積年的勇悍之氣澈底激發，一人一刀竟然殺出千軍辟易的慘烈，但仍然抵不住奎木狼的神通祕術，烏沉沉的狼爪似乎隨時會在虛空中出現、隱沒，每一次都在林四馬身上撕裂一條血口，片刻之間，林四馬血肉橫飛，遍體鱗傷，有些地方甚至連白骨都露了出來。

林四馬卻毫不在意，甚至哈哈大笑，唱起大唐的軍中歌謠：「受律辭元首，相將討叛臣。咸歌〈破陣樂〉，共賞太平人——」

一個「人」字出口，血光之中利爪一閃，林四馬的脖頸被撕裂，人頭落地，頸血沖天而起。只有無頭的屍體仍然握著陌刀，屹立半晌，最終轟然倒地。

玄奘淚流滿面，他仍然記得，林四馬口中所唱的歌謠乃是當年秦王掃平王世充之後，呂晟以舊曲填入新詞，在長安城外萬人齊唱，迎接凱旋的將士，遂成大唐軍中之樂。

卯時日始。一輪紅日起於大漠之上，邊城如血。昨夜死傷的屍體仍未收殮，到處可見殘肢斷臂，屍體枕藉。

令狐瞻、李淳風等人站在城牆上沉默地送別。

玄奘走出青墩戍，騎上一匹馬，背著朝陽向西而行，魚藻和李澶騎著馬跟隨在他身後，馬背上載著乾糧、飲水和氈毯。遠處沙磧中，一頭巨狼蹲踞在馬背上，等待著玄奘。

玄奘轉過馬頭：「十二娘，李琛，你們還是回去吧，貧僧此去注定會死，沒辦法保證你們的安全。」

魚藻淡淡道：「法師，我從來不需要任何人保護。哪怕死了，我也要得見真相。」

「何苦如此，」玄奘明白她的心意，「那玉門關如今已是妖窟魔巢，妳便得見真相又如何？」

「心總是不甘吧。」魚藻道，「我準備好接受最殘酷的真相了，可是不親眼看到，我想我永遠會在這大漠上兜兜轉轉。生和死，跟有些事情比起來，不算最大。」

玄奘沒再說什麼，轉向李澶：「你呢？」

「我——」李澶看了看魚藻，「師父，其實這些天我一直不明白，您冒著九死一生的危險去西遊，到底要找些什麼東西？這些東西哪怕找到了，萬里流沙，您若回不來又有何意義？可現在我有一些明白了。」

「哦？」玄奘倒感興趣了。

「師父，」李澶笑道，「我不是一個合格的兒子，也不是合格的……少東家，眼見家裡生意不好，父親日夜憂愁，卻沒有絲毫熱血去分擔這分職責，也不知道該如何做。可是如今我愛上一人，我願意追隨她到地老天荒，我不知道最終是成功還是失敗，可是我願意千難萬險地走下去，不計生死。因為這讓我感受到自己還活著，還有血能燃燒。」

魚藻冷笑：「第一次聽到有人把追花逐蝶的紈褲之行說得如此豪邁……嗯？」她猛然領悟，眉毛豎了起來，「你說的是我？」

「是啊，」李澶微笑地望著她，「妳大可以拿刀斬了我。」

魚藻怒氣勃發，卻無可奈何，恨恨地不搭理他。

三人正要策馬疾馳，忽然兩名部曲攙扶著令狐瞻從青墩戍追了出來：「法師。」

玄奘勒住馬匹：「令狐校尉。」

令狐瞻推開部曲，掙扎著走到玄奘旁邊道：「法師可否借一步說話？」

玄奘下馬，隨著令狐瞻走到一旁。

令狐瞻低聲道：「法師，我想拜求您一件事。」

「請說。」玄奘道。

令狐瞻凝望著遠處的奎木狼，咬牙切齒：「法師，在這之前我想讓您知道，我令狐瞻不是懦弱之人。原本我也應該像林四馬一樣，縱然不敵而死，也無怨無悔。可是……可是……」

令狐瞻露出難言的痛苦，臉上肌肉扭曲。

「貧僧知道。」玄奘溫和地道，「貧僧此去便是為了解除奎木狼之禍，不希望再死人了。」

「可是我真的想抽出這把刀……」令狐瞻喃喃道，「昨夜原本還有一個必死之人，那便是我。我來時發過誓，不殺奎木狼，不收骸骨，不葬祖墳。可我如今這模樣，不敢輕易言死。」

「我知道。」玄奘道，「令狐校尉，死者已矣，活著的人若不能破那貪嗔痴，煩惱障，你便也如同這奎木狼一般，起於我見，墜墮邊邪，輪迴生死。」

「煩惱障，貪嗔痴……」令狐瞻念著，「痴為何也稱為一障？」

「痴又稱作無明，痴者，便是痴愚，眾生心性迷暗，迷於事理。所以佛家說，諸煩惱生，必由痴故。」玄奘解釋道。

「迷於事理……迷於事理……」令狐瞻喃喃道，「從武德九年翟紋被擄到現在，我一直執著於獵殺奎木狼，三年中與他交手八次。世人都認為我與翟紋相愛太深，要為她復仇。可是法師知道嗎，其實我與翟紋見面不過兩次，如今我連她的模樣都記不清了。」

「哦？」玄奘倒有些吃驚了，「她不是你的妻子嗎？」

「是啊，」令狐瞻苦澀，「雖然說令狐氏和翟氏世代交好，五服之內有多人通婚，可是不論令狐氏還是翟氏，都是千年漢家士族，講究禮法門風，尤其是五胡亂華以來，胡風侵襲，我們士族更加恪守禮法。我和翟紋婚前根本沒有見過。唯一見過的兩次，一次是在她十三歲那年上巳日，在水渠邊舉行祓禊之祭；一次是她十六歲那年在我族中一位翟氏夫人去世的葬禮上。我們的婚事也是族中長輩安排的，他們說，令狐氏和翟氏這一代必須聯姻，於是我們就成親了。」

玄奘憐憫地看著他，聯姻其實是士族子女必須盡到的義務。自古以來，士族門閥最講究的有兩條：一是婚姻，二是仕宦。也就是靠官位來維持高門大族的政治地位，靠聯姻來保持士族和寒族的界線。

一個士族門閥往往是歷經幾百上千年形成的，哪怕改朝換代之後在朝中並未得勢，依靠強大的社會認同感，幾十上百年也不會掉品。真正對士族的打擊，反而是來自婚姻——士族絕不能與雜姓寒族聯姻。北魏《氏族志》便規定：或從賤入良，營門雜戶，慕容商賈之類，雖有譜，亦不通婚。如有犯者，剔除士籍。

而士族真正的禮崩樂壞，則是北朝時的濫觴：為了索取高額聘金，嫁女給寒庶雜姓，如同商賈一般討價還價，甚至明碼標價。因而導致士族標榜幾百年的禮法門風日漸崩塌。

敦煌士族面臨的問題更為嚴重，地處邊疆，胡風盛行，那些胡人莫說門第，便連漢人的日常禮法也不遵循。在敦煌城外一些胡人歸化的鄉里，婚姻上仍盛行收繼婚制，夫喪之後嫁給其弟或其子。

敦煌士族要維持赫赫門閥，就必須更古板地遵循禮法門風。

另有一點便是敦煌處於商貿中樞之地，自北朝到隋唐，大量寒族雜姓借著商貿攫取巨額財富，或者由於改朝換代驟然得到高官顯職，而這些家族一旦在財富或官位上立足，必然會挑戰士族的社會地位。前者如百年前的呂氏，後者如今日的刺史王君可。因此在敦煌這種遠離中原，相對孤立和半封閉的地域，士族們的聯姻更加迫切。

「雖然我和翟紋並不相熟，也還沒洞房，可她是我明媒正娶的妻子。那一夜，奎木狼在敦煌長街擄走翟紋，不但是我令狐氏的奇恥大辱，更是我令狐瞻的奇恥大辱。」令狐瞻道，「若她當場被殺倒也罷了，於貞潔無礙，可她是被擄……一個青春貌美的女子被人擄走，會遭遇什麼，法師想必很清楚。昨夜法師推測我當時殺人是為了掩蓋呂晟出現的消息，這當然重要，但就我而言，我殺人是因為他們一口咬定翟紋是被人擄走，而不是被狼擄走！」

這「人」和「狼」兩字令狐瞻咬得很重，玄奘頓時明白了。對士族的家風名譽而言，兩者確實有本質上的區別。被狼擄走，無非是做了肉食；被人擄走，於貞潔有失。無論令狐氏還是翟氏，都承受不起這種侮辱。

「我當時真的慌了，第一個念頭不是新婚妻子的生死，而是別人會如何看待我。我並非嫡長子，因從小聰慧，家族調動最好的資源來栽培我，二十一歲便做了正八品上的宣節校尉，二十三歲做了從七品上的翊麾校尉，品秩一年一敘，如今更是正七品上的致果校尉、西關鎮將，敦煌州城的兵力都掌握在手。按照家族的安排，我將來不會去外地任官，而是要替令狐家在瓜沙鎮守住根基。我從小順風順水，有無數人嫉妒我，我卻從不與他們爭，總是做出清冷散淡的樣子。可是我內心極為介意，我無法容忍別人超越我，更無法容忍自己有瑕疵，成為那些人竊笑暗嘲的對象。」

令狐瞻滔滔不絕地說著，似乎要把一生的積鬱都傾倒出來。

「可是那一夜，我澈底毀了，我殺掉了所有敢說出『人』字的僕役和部曲。事後平民百姓我能掩蓋，八大士族卻皆知真相。法師，兩家共同的羞辱聚集在我一人身上。這三年來，我苦心孤詣獵殺奎木狼，把自己裝得窮凶極惡，滿臉殺戮之氣，只是想讓人懼怕，不敢提及翟紋二字。而我裝作對翟紋情深義重，為新婚妻子誓死復仇，只是要讓人知道我是因為夫妻情誼，而不是為了自身羞辱。」

令狐瞻忽然淚流滿面，雙手摀著臉。他臉上仍有鮮血，掌中一片殷紅。玄奘默默地聽著，一句話也沒說。佛家說，諸煩惱生，必由痴故。

「敦煌每個人都知道，我對翟紋情愛深重，有時候連我夜半醒來都不禁苦澀，彷彿盲人瞎馬，行走在深淵之上。」令狐瞻喃喃道，「翟紋未過門而死，令狐氏與翟氏的婚約其實已經結束，可是因為我這般行徑，兩家至今仍得維持這場虛假的聯姻，而我自己也被困於其中，不能有心愛之人，不能再訂婚約，娶妻生子。三年來我獵殺奎木狼八次，每次都無功而返，我早已經疲憊不堪，卻不得不在人前裝模作樣，一聽到奎木狼三字就做出怒髮衝冠、魯莽衝動的模樣。」令狐瞻苦笑地望著他，「法師，我為自己打造了一座囚籠。」

玄奘不知道該說什麼才好，令狐瞻人才智慧皆是上上之選，對自身情勢也看得透澈分明，卻自造牢獄，困鎖其中。佛法渡人，更需自渡。

「聽說佛家有懺悔一詞，在佛與師長面前告白追悔過去之罪，以期滅罪？」令狐瞻問道。

玄奘點點頭：「我昔所造諸惡業，皆由無始貪嗔痴。從身語意之所生，一切我今皆懺悔。」

「一切我今皆懺悔……」令狐瞻默默地念著，神情寥落，「這些話法師且當作我的懺悔之言吧。至於拜求法師的事……這次去玉門關，法師能否幫我問一問奎木狼，翟紋屍骨葬在何處？若我能找到她的屍骨收斂，歸葬祖墳，也算了結了這三年的痛苦。」

「此事貧僧一定辦好。」玄奘點點頭，「只是此去玉門關，貧僧十有八九要被燒死在那裡，消息如何能報給你知？」

「若法師得到消息，便在玉門關的城門口土牆上用白石灰畫圈，自然有人找尋法師。」令狐瞻道。

玄奘恍然，令狐氏和奎木狼鬥了這麼多年，自然會安插一些耳目。玄奘沒再說什麼，雙手虛合，轉身上馬離去。

令狐瞻沉默地站著，神情蕭瑟滄桑，回頭吩咐部曲：「我們回敦煌吧。」

處理完青墩戍的善後事宜，令狐瞻和李淳風帶著咒禁科眾人以及倖存的部曲返回敦煌。令狐瞻歸心似箭，第一日便疾行百里，戌時日落，土窯子驛便遙遙在望。去時七十名部曲，返回時只有四十多人，加上咒禁科眾人，在沙磧道上拉出長長一列馬隊。李淳風原本在隊伍中間，此時催促馬匹疾行，追上了令狐瞻，兩匹馬並轡而行。

「令狐兄，」李淳風道，「這次下官沒能降服奎木狼，致使死傷慘重，深感抱愧。」

「李博士不必過謙。」令狐瞻不以為意，「我和奎木狼鬥了三年，深知其厲害之處。你是這些年唯一能在他面前全身而退，且不落下風之人。若是摸熟了他的法門，未必不能降服他。」

李淳風臉上帶著散淡的笑：「你對這樣的結果似乎並不意外。」

令狐瞻兩眼一縮，警惕地打量著他。

「從令狐鄉臨出發前，令狐兄慷慨陳詞，死不歸葬，頗有易水蕭蕭，一去不回之悲壯。而事敗之後卻倉促返回，歸心似箭，這實在讓我不解。」李淳風言詞鋒銳。

令狐瞻臉色沉了下來：「李博士是在譏笑我嗎？」

李淳風笑著擺手：「哪裡，哪裡。令狐兄是做大事的人，我只有敬佩。」

「此話怎講？」令狐瞻冷冷地盯著他。

「因為這青墩戍一戰，就是個局。」李淳風淡淡地道，「如今人死夠了，局已成了，令狐兄自然要返回敦煌主持大局。」

令狐瞻猛一勒馬匹，戰馬長嘶一聲，驟然停了下來。李淳風的馬匹跑出去幾丈遠才勒住，轉回馬匹，和令狐瞻馬頭相對。兩人就這麼默默對視著，彼此之間似乎有風雷湧動。

隨行的眾騎也察覺到異狀，紛紛減速，在遠處觀望。

「這些年敦煌八大士族圍剿奎木狼屢屢失敗，前些天你甚至調動了鎮兵在莫高窟大戰一場，仍然沒能誅殺奎木狼，反而受到軍法處置，丟掉了西關鎮將一職。」李淳風神情冷靜從容，一字一句道，「對你們而言，拿下奎木狼的唯一辦法就是出動大軍，可是出動大軍卻不是你們說了算，是刺史王君可說了算。王刺史看來並不想出兵，所以你們必須逼得他不得不出。」

令狐瞻靜靜地望著他，一言不發。

李淳風也不介意，繼續說著：「此前莫高窟狼禍，雖然軍民死傷不少，卻達不到逼迫王君可出兵的程度，所以你們便謀劃了這場青墩戍之戰。哼，奎木狼攻入青墩戍，屠殺戍卒十餘人，就連戍主林四馬都死了，這可是對軍方實打實的挑釁！王君可再不出兵，莫說西沙州軍方眾將不答應，恐怕朝廷也不答應。令狐兄，你這般急匆匆地返回州城，就是想接手軍隊吧？」

「李博士，你的確天資聰穎，可是你說的這些我不會承認。」令狐瞻心中暗暗吃驚，沉著臉道，「你把話說到這個地步，究竟想做什麼？」

「令狐兄爽快。」李淳風大笑，「我來敦煌，是受陰妃和陰侍郎所託，要降服奎木狼，與你們敦煌八大士族目標一致。我李淳風初入官場，官職雖然低微，卻並非沒有上進之心，若能降服奎木狼，讓朝野矚目，便是豁出性命又有何不可？可是令狐兄，我卻不願做他人手中的玩偶，白白送了性命！」

令狐瞻神色不動：「此話怎講？」

李淳風冷笑：「你們跟我講述的奎木狼，只是區區山精野怪，可沒有這等深不可測的神通！前日一番較量，才知他精通金丹大道，天罡三十六般變化，這等妖孽哪裡是我這般倉促上陣便能降服得了的？沒有把命丟在青墩戍，已是邀天之幸。所以令狐兄，若你們真心想請我降妖伏魔，就推心置腹，不要有所欺瞞；若你們只是想利用我，如今青墩戍一戰已經結束，你們也達成了目的，我便抽身走人，返回長安。再要設局坑害，便是欺我李淳風背後師門軟弱了！」

令狐瞻雙手抱拳，誠懇道：「淳風兄，我令狐瞻以及令狐氏，絕無設局坑害你的心思！這中間或許有些誤會，想來也是對你我、對敵手的實力估測有誤。前日夜間你力抗奎木狼，實在是神通了得，法術精熟，這三年來我們請來的術士高人不知凡幾，淳風兄的實力首屈一指！等回到敦煌，我自會向父親和各位家主分說，竭誠以待，共克奎木狼，還請淳風兄助我一臂之力！」

李淳風深深地看著他，似乎在判斷他的誠意。

「我們八大士族只想要他死，鎮殺奎木狼的聲譽，全歸淳風兄！」令狐瞻道。

「好！」李淳風伸出手，兩人雙手相握，一泯所有的不快。

令狐瞻心情大好，此時已經到了土窯子驛前，眾人放慢馬速，朝著戍驛門口而行。正要入驛休息，忽然間一匹快馬從南而來，馬上之人身穿胡服，頭上戴著冪籬，黑色羅紗覆蓋了半身，身上到處是灰土和沙塵。馬快風疾，有風吹起，身材極為纖細，似乎是個女子。

令狐瞻看了一眼，神色一怔。那騎士看見令狐瞻，身子微微顫抖了一下，疾馳而來，喊道：「九郎！」

聲音清脆，果然是個女子。

令狐瞻看向李淳風：「李兄，你請先到驛站內休息，我去看看發生什麼事了。」

「好。」李淳風含笑點頭，和咒禁科眾人以及部曲們進入土窯子驛。

令狐瞻急忙策馬迎過去，兩匹馬在荒涼的驛道上交會，那女子挑起冪籬的羅紗，露出一張清麗無雙卻頗為憔悴的面孔，含情脈脈地望著令狐瞻。

「窕娘，果然是妳！」令狐瞻吃驚。

原來這女子是張敞的嫡女，窕娘。

令狐瞻急忙扶她下馬，發現窕娘整個身子都僵硬了，顯然經歷了長時間的奔波之苦。

「發生什麼事了？妳怎麼會來這裡？」令狐瞻一迭聲地問。

窕娘淚眼盈盈地望著他：「九郎，昨日青墩戍烽火急警，有軍中羽檄把發生的事情傳到了敦煌，奎木狼殺了那麼多人，我擔心死了，便想到青墩戍找你，萬幸在這裡遇到你。」

「妳——」令狐瞻心中一陣揪痛，卻萬般無奈。

自從武德九年翟紋被奎木狼擄掠之後，令狐氏和翟氏對外便宣稱翟紋已死，兩家的婚姻事實上就已經結束。令狐瞻是令狐氏新一代的翹楚，自然不可能不成親，連翟昌也默認這個事實。張氏和令狐氏這幾十年來頗有些疏遠，可眼見令狐氏勢大，張敞也有心聯姻，窕娘對令狐瞻更是芳心暗許，只是令狐瞻因為翟紋被擄之辱，仍視翟紋為妻子，窕娘只好將一腔深情藏於心中。

令狐瞻並非不知，卻也只能辜負美人之恩。

「九郎，你……你受傷了？」窕娘忽然發現令狐瞻一條腿微瘸，纏著的綳帶上隱隱滲出鮮血，當即花容失色。

「挨了一刀而已，不重。」令狐瞻道，「妳是私自到這裡的嗎？妳的身分不能讓人知道，且放下冪籬，跟我到驛站裡歇息。」

「無妨，我是從城外的別業來的。」窕娘道，「張氏出了大事，父親眼下也顧不得我。」

令狐瞻一怔：「張氏出了什麼大事？」

「你還不知……」窕娘這才醒悟，露出憤怒之色，「九郎，刺史王君可，對我張氏動手了！」

令狐瞻吃了一驚，詳細詢問，臉色頓時陰沉下來。

原來奎木狼殺人那天晚上，青墩戍的戍卒便點燃了烽火，戍副連夜趕往敦煌發出急警。戍主林四馬被殺，戍卒死傷慘重，這可是大事，王君可自然詳細盤問戍副。戍副雖然不敢提呂晟和各士族的恩怨，可林四馬勾結馬鬃山馬匪，縱容走私聚斂錢帛的事卻不敢隱瞞。八大士族的謀劃成功了，王君可怒不可遏，一方面派出鎮兵趕往青墩戍支援，另一方面調動西沙州兵力集結，擺出剿滅奎木狼的姿態。

然而就在八大士族彈冠相慶，等著王君可出兵的當口，王君可卻突然下令嚴厲澈查涉嫌走私的商隊！

自大唐開國以來，便實行禁邊令，非但普通國人禁止出關，連唐人的商隊也不能出關貿易，唐律規定：越渡緣邊關塞者，徒二年。

這實質上是將絲路的貿易權拱手交給了胡人，雖然對胡人商貿限制也頗為嚴厲。可商貿之暴利，仍然吸引了大批豪族參與其中，只是一則有唐律限制，二則商賈地位低賤，士族官員乃是清流，不得兼職經商，商賈之家也不得入仕，所以不少為暴利所動的士族就以旁系的名義組建商行，暗中與胡人合股，讓胡人出入關隘行走絲路去行商，商行則作為坐商，承銷貨物。

這些大士族盤踞敦煌數百年，勢力分布西沙州的各行各業，各個關卡，比如執掌市場交易的敦煌縣市令，就是張氏族人。敦煌乃是邊境絲路重地，歷來商貿之風就重，朝廷也睜隻眼閉隻眼，譬如莫高窟競賣會上，李氏商隊手中的汗血寶馬，就是這樣來的，眾人也不以為奇。可是有些士族過於貪婪，暗中買通林四馬之類的邊將走私，這就是朝廷要嚴厲打擊的行為。

如今王君可就是借著林四馬一案掀起了打擊走私的風暴。

首當其衝的就是張氏。因為張氏有兩點過於矚目，一則敦煌縣市令是張氏族人，二則敦煌張氏與高昌國張氏同出一脈。高昌國乃是西域中唯一的漢人之國，王室姓麴，張氏與麴氏歷來休戚與共，十幾年前高昌國發生義和政變，麴氏失國出奔，正是張氏力挽狂瀾，三年後協助麴氏復國，如今大將軍張雄更是執掌高昌國的兵權。因此敦煌張氏與高昌張氏之間的商貿極為密切，順著稍竿道北上雖然是伊吾國，但伊吾國小，絲毫不敢得罪高昌。也就是說，只要敦煌張氏的貨物出了大唐國境，便暢通無阻直達高昌、焉耆。

敦煌八大士族中，於商貿獲利最巨的，便是張氏和李氏。

「青墩戍林四馬縱容走私的消息傳來，給了王君可一個藉口，他一出手便拿下了市令張克之，隨即查抄幾家胡人和高昌張氏的商行，透過帳簿和錢帛流向，直接抓獲了我敦煌張氏商行的六名主事。」窕娘說道，「如今王君可正在拷問那些主事，一心要把我張氏牽連進走私大案。」

窕娘滿臉疲憊和憤恨，卻又露出惶恐。令狐瞻默默地望著她，不知該如何安慰。

「九郎，」窕娘慢慢流下眼淚，「我知道，那王君可如此瘋狂，是因為我父親拒絕了他提的婚事，是我連累了父親，連累了家族。父親不讓我憂心，送我到城外別業暫住，可是……可是我心裡真的好怕。」

窕娘慢慢抱住令狐瞻，淚盈盈的兩眼望著他，似乎想得到一分慰藉，一分承諾。令狐瞻卻不知道該說些什麼，他透過朦朧的冪籬羅紗，看著漫漫黃沙，第一次覺得無力和徬徨。

第十章　神靈高聲語，來驚天上人

進入鬼魅磧之後，玄奘和李澶、魚藻便向西偏南而行。奎木狼沒有與他們一起，而是蹲踞在馬背上，在前方不疾不徐地保持二里的距離。每過幾個時辰，奎木狼便會丟下一囊水，再自顧自地前行；玄奘三人則撿過水囊，也自顧自地喝著，兩撥人頗有些默契。

哪怕入夜之後，奎木狼也不與他們一起，玄奘三人解下馬背上的氈毯，裹在身上在沙磧上躺下便睡。沙磧中深夜無人，奎木狼也不知在哪裡，只有睡夢中隱約傳來悠遠的狼嚎，悲涼滄桑。

第二日到了疏勒河邊，路好走了許多。一行人沿著疏勒河北岸向西行，眼前是洶湧的河水，河岸邊長滿茂密的蘆葦、紅柳和甘草，各種說不出名字的水鳥在空中和水面掠飛，一些狐兔黃羊之類在深草中蹦躍。

河的南岸是西漢時敦煌通往樓蘭、鄯善和焉耆的大磧路，西漢修建了長城，有無數的烽燧。如今大磧路並未開通，除了胡商走私，很少有人經過，長城毀塌，烽燧殘敗，大唐僅翻修了一些，駐紮戍卒。

暮歸時分，玄奘偶然能看到對岸烽燧上隱約的人影和蒸騰的炊煙。

魚藻忽然發出一聲驚呼，玄奘急忙轉頭，只見魚藻滿臉駭異地看著前方的奎木狼。玄奘定睛看去，奎木狼距離他們一里多遠，正坐在馬上行於一片紅柳叢中，時隱時現。而就在這一隱一現間，奎木狼竟慢慢變身，狼形一點一點消失，變成一個白衣長袍的男子！他坐在馬上的姿勢也由蹲踞變成了騎坐！

玄奘、魚藻和李澶策馬追了上去，那變了形的「奎木狼」策馬站在疏勒河邊的沙丘上，眺望著對岸，白衣如雪，身形偉岸。

三人到了馬後，「奎木狼」冷冷地回頭瞥了他們一眼，魚藻頓時摀住了嘴，臉上驚喜交加——如今出現在他們眼前的，赫然便是呂晟！

「呂郎——」魚藻喊了出來。

奎木狼此時雖是呂晟的形象，盯著他們的眼神卻冰冷空洞，並無絲毫情緒，彷彿在眼前的是冰雪雕塑的偶像。眾人頓時明白了，這仍然是奎木狼！

玄奘雖然與呂晟數年未見，卻知道眼前之人絕非呂晟，呂晟是風華雍容、崖岸高潔之人，哪怕視天下如棋盤，百世為畫卷，也永遠謙恭有禮。可眼前之人在氣質上便是另外一人，陰冷，詭譎，表情和眼神顯然就不是同一人，彷彿同一副軀殼裡塞進了不同的靈魂。

玄奘沒有說話，只是傷感地望著他。

奎木狼並不說話，折了一片紅柳葉捲成哨子一吹，一股尖銳的哨音響起，對岸的蘆葦叢忽然翻倒了一大片，一張巨大的木筏緩緩從蘆葦蕩的水中抬升起來。四名胡人奮力划著木筏到了北岸，一起在沙灘上跪拜：「尊神，您回來了！」

奎木狼騎著馬匹徑直上了木筏，胡人請玄奘三人下馬，登上木筏，又把他們的馬匹牽到木筏上，划到對岸。

跨過灘塗上的蘆葦和紅柳，眼前便是漢長城，順著疏勒河綿延到無窮的天外。長城上是一座接一座的烽臺和望樓，雖然年久失修已經破敗，甚至有些地方出現了豁口，但那磅礡雄偉的氣勢，仍然讓人震懾於當年大漢的赫赫武功。

長城之內，便是熠耀青史上千年的邊塞雄關——玉門關！

西漢元狩二年，漢武帝命驃騎將軍霍去病出兵河西，西入居延海，南下祁連山，圍殲匈奴，殺折蘭王，斬盧侯王，逼得渾邪王殺死休屠王，率部投降。漢武帝在其故地設置武威、張掖、酒泉、敦煌四郡，先後遷徙中原人口六十多萬，充實四郡，自此大漢牢牢控制了河西。

為了屏障西北，漢武帝耗費三十年時間修築長城一千八百里，從蘭州永登修到玉門關，又從玉門關修到羅布泊，這便是大漢的西塞長城。

西塞長城的關鍵節點便是玉門關。

自西漢到魏晉將近五百年間，中原王朝對西域各國無論用兵還是商貿，大都經行玉門關，鼎盛之時，玉門關屯兵數萬，震懾萬里西域。漢武帝認為玉門關是大漢西極之地，便以《山海經》中的「日月所入，豐沮玉門」命名為玉門關，且玉門也是帝王宮苑中玉飾之門，玉門關便有天子國門之意。

到了北朝，羅布泊逐漸萎縮，樓蘭城廢棄，從玉門關到鄯善、高昌的大磧路日漸難行，因而開通了從瓜州到高昌的莫賀延磧路，到了隋朝，又將玉門關東遷到瓜州，以新玉門關扼守新的絲綢之路，而舊玉門關則徹底廢棄，從此只在唐人和後世詩詞的餘音中迴響。

武德九年，奎木狼下凡，占據了舊玉門關，從此玉門關成為一座化外之城。長城建在河岸的高地上，玄奘等人跟隨奎木狼從豁口進入長城，整個玉門關赫然出現在眼前。

玉門關並非單獨的關隘，而是一整座防禦堡壘。分為長城和關城兩部分，長城是由牆體、敵臺、烽火臺構成。玉門關的長城主要防備的是北方的匈奴和如今的突厥，基本上是沿著疏勒河南岸延伸，靠著疏勒河和城牆牢牢堵死北方的敵人。而關城則是關隘、城堡、亭、障等建築，與長城共同構成一套防禦體系。

玉門關有一座主體的關城堵在磧路中央，北面是長城和疏勒河，南面是荒蕪的戈壁灘和溝壑。關城內靠南是一座兵城，為兵卒日常駐地，也可居住一些軍屬和平民。而在關城內靠北，還有一座四四方方的障城。障便是屏障之意，駐守士兵，為關城之屏障。四四方方的障城高達三丈，牆體厚達一丈，極為堅固。在漢代，乃是玉門都尉府的治所[43]。

如今玉門關已破敗不堪，到處是殘垣斷壁，蒼涼得如同一把鏽蝕千年的寶劍，然而卻彌漫著濃烈的生活氣息。城垣內搭建了不少房舍，住著一戶戶的居民，有人驅趕牛羊馬匹到疏勒河邊放牧，有人打理粟麥農田，甚至還有連綿的葡萄園，彷彿遺落在大漠沙磧中的桃源鄉，哪裡有魔窟狼穴的陰森恐怖模樣？

奎木狼剛出現在長城豁口，關城內就有不少居民神情激動地跑來迎接，從眾人的相貌服飾來看，有漢人，有粟特人，有突厥人，有吐谷渾人，有男有女，有老有少，甚至有一隊全副甲冑的甲士開赴過來，這支軍隊足有一旅，手持槍矛，腋下佩刀，掛著箭袋，看上去極為精銳。

其中有四名甲士抬著一張巨大的猊床來到奎木狼馬前。這猊床乃是胡楊木雕成，極為精緻，三面鉚著欄杆，上面雕刻著日月星辰和各種繁複的天象。

甲士們在奎木狼馬前跪倒，猊床正好與馬鐙齊平，奎木狼踩著馬鐙，踏上猊床，正襟危坐。四名胡人婢女捧著一套赭黃袍服和通天冠，跪在一旁輕手輕腳地替奎木狼穿戴上。那赭黃袍的兩肩繡著日月，後背紋著星辰。

「這是僭越……」李澶喃喃地說。

魚藻低聲：「什麼意思？」

「庶人和流外官可以穿黃，但赭黃乃是皇帝常服專用之色。」李澶解釋道。

奎木狼穿上黃袍，四名甲士高高抬起猊床，在人群中行走。

所有人紛紛跪伏在地，大聲呼喊著狼神，一個個神情狂熱，虔誠膜拜，看得玄奘驚心不已。而奎木狼卻面無表情，似乎對這種景象習以為常。無數的人跪伏在路邊，形成一條通道，通道的盡頭指向關城中央的一座高臺。

高臺乃是夯土築成，高有一丈，方圓兩丈，雖然不大，卻極為方正，旁邊有一道斜坡，砌著臺階。而臺下的空地上散亂地分布著十一個大石塊和四個圓坑，坑深兩尺，不知做什麼用的。

甲士們抬著猊床拾級而上，將猊床放置在高臺中央。高臺兩側坐著十幾名衣飾華貴的胡人，一個個急忙起身，各自舉著禮盒，行五體投地的跪拜大禮，口中高喊：

「西突厥統葉護可汗遣使者拜見狼神，觀摩降神盛典，獻上玉璧一雙！」

「東突厥欲谷設遣使者拜見狼神，觀摩降神盛典，獻天馬兩匹！」

「鐵勒夷男可汗遣使者拜見狼神，觀摩降神盛典，獻夜明珠一斛！」

「回紇菩薩俟斤遣使者拜見狼神，觀摩降神盛典，獻大馬士革寶刀六把！」

「吐谷渾王慕容伏允遣使者拜見狼神，觀摩降神盛典，獻黃金一百斤！」

玄奘三人被甲士攔住，不得登上高臺，只能在臺下和玉門關的百姓站在一起仰望。聽到這些胡人竟然是各地可汗和諸王派遣來朝拜的，玄奘等人也忍不住吃驚。

「師父，」李澶低聲，「為何這麼多大國的可汗和國王都來拜見他？」

「因為我家主上是狼神。」旁邊一人低聲笑道。

三人轉頭一看，卻見旁邊站著一位富態的中年男子。

那中年男子朝著玄奘作揖：「玉門關長史趙富，見過玄奘法師。」

「你認識貧僧？」玄奘詫異道。

趙富笑道：「並不認識，不過奎神去青墩戍之前交代過在下，要好生招待您。今日您隨著奎神一起來，我便知道是您了。」

「玉門關有哪門子長史？」魚藻冷笑，「莫不是自封的？」

趙富並不生氣，笑呵呵道：「皇帝所謂天子，只不過是自稱，奎神卻是天上正神下凡，誰更高貴還很難說。難道奎神封的長史，比不得天子封的長史嗎？玉門關不但有長史，還有別駕、司馬、參軍。」

魚藻一時啞然。

玄奘問道：「敢問趙長史，這玉門關為何這麼多百姓？好像胡漢都有。」

「回稟法師，」趙富恭敬地道，「奎神下凡之後，選了玉門關作為神隱之地，西域各國的百姓聞而歸附，如今已有二百一十五戶，六百七十餘口，大都是來自大唐和高昌、鄯善、焉耆、吐谷渾、東突厥等地的逃亡罪犯、牧奴、失去田地的農戶、逃避番役的兵戶等，也有一些是吐谷渾和突厥擄掠的漢人，作為服侍奎神的禮物贈送了來。」

李澶問道：「西域的這些可汗和國王為何對你們奎神如此恭敬？」

「法師定然知道。」趙富笑咪咪地說道。

玄奘點點頭：「突厥諸部、鐵勒諸部和吐谷渾等國素來崇拜狼神，據說突厥人的先祖便是母狼所生。」

魚藻吃驚：「母狼所生？生了人類？」

「突厥人的傳說如此，」玄奘道，「突厥姓阿史那，當年曾被鄰國所滅，有一小兒，僅有十歲，士兵見其幼小，不忍殺之，便斬其足，棄草澤中。有母狼以肉飼之。小兒及長，與狼結合，狼遂有孕。鄰國之王聞此兒尚在，便遣使者殺了他。狼逃於高昌國之西北山，藏匿其中，遂生十男。其後各得一姓，其中之一便姓阿史那。」

「竟然有如此荒唐之事……」魚藻喃喃道。

玄奘看了她一眼：「這是正史所載。《魏書》中還記載了一件事，匈奴單于生二女，姿容甚美，國人都認為她們是神。單于說，吾有此二女，怎可許配與人，將許配與天。單于便在國北無人之地築高臺，安置二女於臺上，說，請上天來迎之。三年之後，兩女的母親想把女兒接回家中，單于說不可，必須耐心等待。又一年，有一老狼晝夜守在臺下嚎叫，牠掏穿了臺下作為狼穴，長久不離。小女兒說，吾父將我安置於此，欲許配給上天。而今狼來，或是神物，天使之然。小女兒想嫁給這匹老狼。大女兒大驚，說此是畜生，妳這樣做是侮父母！小女兒不聽，走下高臺成為狼妻並且產子，後代滋衍繁生，最後成為一國。其國中之人好引聲長歌，那歌聲好似狼嗥。」

魚藻和李澶聽得目瞪口呆。

「所以對於突厥等西域各族而言，他們都是狼族之後。」玄奘道，「如今突厥大汗的牙帳之外，還建有狼頭纛，以示不忘其本，旗纛上的圖案便是金狼頭。奎木狼從天上下凡，對於這些以狼為祖先的各族來說，當然是神聖之事。」

「法師好生博學。」趙富讚道。

「師父，您怎麼就能無書不讀呢？」李澶問，「不但儒家經史，連那些茅山術、樓觀經也讀了那麼多，您追求的不是佛法大道嗎？」

玄奘看了一眼高臺上的奎木狼，喃喃道：「我和呂晟當年的想法一樣，既然要找那條萬世不易的正法，就恨不能六科全中！」

「可是——」魚藻仍然一臉茫然，「為什麼那麼多人都認為自己是狼產下的後代呢？」

「因為——」玄奘頓了頓，「我們誰都不知道人是從哪裡來的。」

大漠落日西沉，漸漸入夜，四周點上無數的火把和燈燭，悠長的號角聲忽然響起，玄奘等人停止說話，一起望去。只見奎木狼仍然端坐在猊床上，而空地外卻整齊地走來十五名雄壯巨漢。當前十一人身穿明光鎧，頭上戴著兜鍪，面罩放下，冷硬的甲板上鍛造著猙獰的狼首，正是莫高窟那夜玄奘見過的星將。而後面的四人卻是普通常服，頭上也沒戴什麼東西，頭髮披散著，臉上惶恐和興奮交織。

十一名星將站在大石塊上，默然肅立，而那四個普通人卻躺在圓坑裡，周圍的人往坑裡填土將他們埋起。土坑澈底填平之後坑裡似乎有掙扎，地面不時聳動，眾人用鐵鍬將土拍平整，又推過來石碾子將地面澈底壓實。

「要活埋他們嗎？」李澶和魚藻叫道。

「這是做什麼？」玄奘大吃一驚，就要衝過去，趙富急忙拉住他。

「法師不要慌張，他們不會死的，這是接引星將下凡。」趙富答道，「奎星總數有十六，主星便是奎神，有十五星將環伺。三年前奎神下凡後，便將十五星將接引了下來，靈體附身在凡人身上。十五星將的凡人之軀雖然會死亡，但靈體不滅。數日前在敦煌折了四名星將，奎神今日便要將他們再接引下來，重新附在那四個凡人身上。」

三人頓時張大了嘴，尤其是魚藻，她數次與這些星將交手，一年前甚至還斬殺過一個，沒想到這些星將居然還能屢屢復活！

「如今敦煌城對我玉門關敵意日重，說不得會大舉進犯，只要十五星將在，便是三五百人也能殺他個落花流水。」趙富信心滿滿地道。

這話魚藻也不得不承認。這些星將武技頗為粗糙，對上真正的高手如王君可，即使三兩人齊上也拿不下，可是憑著星將不懼刀槍箭矢的身軀和一身神力，一旦對上普通士卒，當真是當者披靡。十五人集結衝陣，三五百人也只能堆人頭打消耗戰。

高臺上點燃了熊熊的火炬，映照著奎木狼的面孔。奎木狼抬頭望天，蒼黑色的夜空星辰璀璨，有如銀釘般一顆顆地嵌在蒼穹上，無窮無盡，恆河沙數。

天上有星空輝煌，地上有點點火光。在這一刻，所有人都仰望星空，內心油然而生敬畏與膜拜。面對亙古永恆的長夜星辰，所有人都會顫慄，天上到底是何許世界？為何天人能夠亙古永存，而人的一生卻如此渺小與短促？

奎木狼慢慢起身，轉頭望向西天的方向，第一次露出複雜難言的表情，他似乎在默念著天上的歲月，他身為奎宿，鎮守著西方白虎第一宿，圍繞著紫微旋轉。千萬劫永恆如斯，他可是寂寞了嗎？哪怕是釘在天上，也只是一顆釘子。

「人之為何多狹路，只因要將天地渡。陰陽必定皆設伏，天地必藏大殺戮。」這一日，奎木狼第一次開口，嗓音宏大蒼涼，帶著古老的嘆息，「我在天上時，曾經無數次遙望宇宙洪荒，上徹三十六重天，下徹人間界，都是一般的寂寞荒涼。我鎮守在紫微的西邊，我的東邊有一顆星叫軍南門，從那裡通過，再經過附路，就進入閣道。王良駕著車從閣道邊經過，他每甩一鞭，就會閃耀起一顆璀璨的星光，長久不熄。我曾經走在閣道上，從那裡遙望，看到滿天的星辰死亡，墜落進漆黑的深海。從人間看來，它們的死亡就像開了滿天的花，下了滿天的雨。我走到閣道盡頭，就是紫微垣的北天門。那裡是漫天星斗圍繞旋轉的核心之地，天帝所居。天帝在那裡建造了天上城垣，左垣有八顆星，右垣有七顆星，就像兩條臂膀，將天庭牢牢地守護在中央。我曾經試著朝裡面望了一眼，空虛茫茫，什麼都沒有，只有帝星和后星冰冷相對，閃耀著寂寞的光。」

四周一片寂靜，所有人都不知不覺跪在了地上，抬頭仰望星空。天地幽祕，大道無聲，只有火炬燃燒發出輕微的劈啪之聲。

「所以我反向而行，經過了婁宿，這條老狗只有三顆主星，勤勤懇懇為天帝放牧，以供祭祀。我問他，要不要隨我一起到星海深處，他卻不敢。於是我繼續走，走過外屏七星。他們是我的屬下，不敢攔我。我走過太陽運行的軌道，又走過月亮運行的軌道，我看見太陰星主永恆守護著他那爐不死藥，我看見羲和揮舞鞭子，驅趕著太陽遠去。在人間，這又是一次日落。我走過天倉，那裡囤積著天上之黍，每一顆黍米都被星光浸透，閃耀著光澤。我繞過天倉，來到土司空。此時你們抬頭看，便能看到它。」

眾人抬著頭，看到在紫微西邊、遙遠的地方，有一顆燦爛而孤獨的星辰。

「土司空管理廣袤的天上良田，每年收穫黍米，歸糧入倉。我行走在收割後的田間，也不知道走了多遠，回頭一望，已是另一個世界。我走到天之盡頭。」奎木狼大聲吼道，「而天之盡頭，便是人間！」

奎木狼手臂一抖，手上多了個黃色的符籙，符籙無風自燃，他喝道：

奎星造作得禎祥，家下榮和大吉昌。若是埋葬陰卒死，當年定主兩三喪。
看看軍令刑傷到，重重官司主瘟皇。開門放水招災禍，三年兩次損兒郎。
三魂七魄盡成空，乃是天地大刑場。
兒郎們，下凡追隨於我！就讓我等將這天、這地掀他個天翻地覆，鬼神俱服！

符籙上一道白光沖天而起，眾人彷彿看見那無窮遠的星空一震一顫一閃，好似有數道光芒在眼前一閃而過，隨後空地上轟然一響。那四座土坑彷彿被什麼擊中，整個爆開。

眾人譁然後退，只見坑裡黃土翻滾，啰啰啰啰各自伸出一條手臂，那手臂以肉眼可見的速度膨脹，肌肉賁張，然後四條巨大的人影從土坑裡緩緩站起，泥土撲簌簌從他們身上落下。

那十幾名胡人使者瞪大眼睛看著，先前黃土坑中埋葬的四人身上雖然都是砂土，卻仍能看清原來的模樣，只是整個身軀膨脹了一圈，身上肌肉隆起，筋骨凝實，猶如一尊來自洪荒宇宙的巨人！

四人還有些呆滯，扭動著脖頸四處觀望，脖頸發出嘎巴嘎巴的聲音。

「奎三，奎十，奎五，奎十二！」一名星將喝道，「還不來拜見星主！」

四人這才看見了奎木狼，神情陣陣激動，邁著僵直的步伐來到高臺下，鞠躬抱拳，口中呵呵有聲，卻說不出話來。

奎木狼淡淡地道：「來了就好。你們剛附於凡人身上，尚未適應，過幾天就好了。等能講話時，給大夥聊聊天上事。三年了，或許有人會思念那個地方。」

四人連連點頭，周圍戰鼓與號角齊鳴，眾人目睹了這場神蹟，亢奮至極。趙富立刻命人搬出酒來，給在場之人賜酒。

玉門關內歡歌四起，所有人都縱情狂飲。

玄奘低聲問趙富：「這四人是從哪裡找來的？」

趙富道：「是歸附玉門關的各族百姓自願獻身。」

「他們讓星將附體，豈非就是死了嗎？他們的家人會很悲傷吧？」玄奘問。

趙富奇怪地望著他：「能讓星將附體，作為凡人那是何等榮耀？他們的家人怎麼會悲傷呢？法師請看，在那邊篝火旁跳舞的，便是其中一人的妻子和兒子。這玉門關中有一大半的人，都是為了追隨神明而來，是奎神的狂熱信徒。」

玄奘看著圍繞篝火跳舞歡唱的人群，一時不知該說什麼好。

敦煌城，忠武坊。

此時是戌時三刻，早已經宵禁，坊外的街上悄寂無聲。

令狐瞻陪著窕娘來到忠武坊，坊門緊閉，不過令狐瞻乃是西關鎮將，負責整個敦煌城的緊急之事，自然有隨時在街上行走的權力。見是令狐瞻，看守坊門的武侯急忙打開坊門，迎他們進去。

令狐瞻把窕娘送到張府的後門，卻聽管家說，張敝居然還沒有回府。窕娘詢問，才知道是去了翟氏府上。管家也是滿懷鬱憤，這幾日張敝四處奔走，希望其他士族援手，共同對抗王君可，但效果並不大好。前日去了令狐府，居然吃了閉門羹，令狐德茂藉故不在，見也沒見。

令狐瞻臉上有些掛不住了。

窕娘二話不說，兜轉馬頭，直奔儒風坊。

令狐瞻急忙策馬追了過去，兩人在夜晚無人的甘泉大街上疾馳。

「窕娘，」令狐瞻急道，「妳一介女子，去翟府又有什麼用？」

「總不能讓我父親平白受辱！」窕娘冷冷道，「我要親眼看看，這些士族到底是如何羞辱我張氏的！」

令狐瞻無奈，自己若走了，只怕片刻之間就有街使趕來將她拿下，連儒風坊的坊門她都進不去，於是只好硬著頭皮陪窕娘來到儒風坊翟府。

到了翟府正門街道的拐角，令狐瞻勒住了窕娘的韁繩，哀求道：「窕娘，這翟府……我確實不能就這麼陪妳闖進去啊！」

窕娘悲傷地望著他：「我倒忘了，你是翟氏的女婿。」

令狐瞻尷尬無比：「窕娘，妳想想，若是妳我二人這麼闖進翟府，不管張氏、令狐氏還是翟氏的清譽都要受損。」

「你便這般畏避我如蛇蠍嗎？」窕娘問。

「我並非畏避妳。」令狐瞻道，「窕娘，妳待我之心我並非不知，但妳也知道，不殺奎木狼，我令狐瞻無法洗脫當年的恥辱，如何有顏面談及婚嫁之事？」

「那等到殺死奎木狼呢？」窕娘目光灼灼地盯著他，「你願意娶我嗎？」

「我——」令狐瞻神情慌亂，不知該如何回答。

窕娘悽然一笑，也不說話，兜轉馬頭就要走。便在這時，只見翟府的大門開啟，七八名僕役打著燈籠走出來，翟昌親自送張敞出了府門。令狐瞻手急眼快，一把攥住窕娘的胳膊。窕娘身子一顫，並沒有掙扎。

「莫送了。」張敞意興闌珊地道。

「張公，」翟昌嘆了口氣，拱手道，「並非我翟氏不願出手幫你，你也知道，我翟氏在邊關商隊貿易中也有巨大的利益，王君可此舉實在是天怒人怨。可那王君可已經完全瘋了，把這種隱晦之事擺在檯面上，便是要一不做二不休、徹底撕破臉了。他是流官，做幾年就會調任到別處，可我敦煌士族卻世世代代扎根在瓜沙二州，此事一旦朝野皆知，我敦煌士族將來如何立足？」

「若是集合我八大士族之力，區區一個王君可有何膽量掀起這場風波？他便是想撕破臉，又有什麼能力？」張敝憤懣地道，「正是某些士族置身事外，作壁上觀，才讓王君可如此肆無忌憚！」

「張公，你這人啊，就是性子太過執拗了。」翟昌苦笑，「原本是一樁極小之事，男婚女嫁，天經地義，你那般拒絕了他，卻讓其他士族與你一起承受後果，各家有所不滿也是正常的。」

「讓一個馬販子欺辱上門，我堂堂士族輸女投誠，這才是其他士族想看到的？」張敝大聲道。

翟昌嘆了口氣：「張公，州獄之中有我翟氏的獄吏，偷偷報了給我。如今那幾名胡人商隊的主事、高昌商隊的主事，正遭嚴刑拷掠，撐不了多久的。雖然王君可還未拷掠張市令和張氏商隊的主事，只是訊問，但高昌主事和胡人主事的口供一旦出來，這場大案就翻不了了。張公請盡快決斷！」

張敝鐵青著臉拱手，起身上馬，帶著僕役轉身離去。

翟昌搖頭嘆息，返回宅中。

張敝帶著僕役轉過街角，剛走幾步，頓時愕然，只見自家女兒窕娘和令狐瞻站在他面前。窕娘淚眼盈盈，正嗚咽哭泣。

「窕娘！令狐……九郎……」張敝意外無比，「你們怎麼在這裡？」

「父親！」窕娘翻身下馬，跑到張敝的馬前，抱著父親的一條腿失聲痛哭。

令狐瞻尷尬地道：「回稟張公，窕娘擔憂你，想來找你，卻因為宵禁而無法出行，小姪……小姪只好陪她來一趟。」

張敞臉色變換，最終嘆了口氣：「你剛從青墩戍回來？那邊事了了？」

「大事已定。」令狐瞻道。

「九郎，你是個好後生，我和你父親之間雖然有些齟齬，卻與你無關。」張敞道，「事實上，如今你父親不肯援手，也正是青墩戍那邊大事已定，敦煌士族指望王君可出手對付奎木狼，才不願得罪他。」

「小姪知道。」令狐瞻苦澀，「不能以一己之力斬殺此妖，小姪實在抱愧。」

張敞搖搖頭，下馬攙扶女兒，神色感慨：「窕娘，方才的話妳定然是聽到了，不要有什麼憂慮。我張氏立足敦煌七百年，朝代更迭，風風雨雨，什麼事情沒經歷過？妳是我的女兒，我自然會保護妳，不會讓任何人欺辱妳，也不會讓妳嫁入販夫走卒之家，去承受那無盡的苦楚。」

「父親，」窕娘抹抹眼淚，瞥了一眼令狐瞻，決然道，「女兒願意嫁到王家！」

「張氏必將屈服。」王君可淡淡地道。

長樂寺，臨江王李琰的書房中，李琰與王君可對坐晤談。室內掌著燈燭，通明透亮。

李琰憂心忡忡：「日間張敞雖然找過本王，可本王與他素無深交，犯不上為他說話，本王擔憂的是你。君可，你這般得罪敦煌士族，一旦引起反彈，可不是小事。那些士族在朝中勢力深厚，萬一告到陛下那裡，恐怕不好收拾。」

「他們敢告到陛下那裡嗎？」王君可笑呵呵道。

李琰想了想，啞然失笑：「還當真不敢。不得不說，你這一招拿捏的時機真是妙到毫巔，打在了他們的痛處。林四馬青墩戍走私案發，你以查禁走私為由展開澈查，誰也不能說什麼。不過……為了一樁親事，當真值得嗎？」

「為了一樁親事並不值得，可是為了我王氏的尊嚴，那便值得。」王君可道，「大王，我遣人上門提親，張敞拒就拒了，婚事嘛，是求而不是逼，一家女百家求，這沒什麼，可他居然要許給我庶女！」

「什麼？」這事李琰還是第一次聽說，頓時變了臉色，勃然怒道，「張敞這老匹夫，當真辱人太甚！」

也由不得李琰不怒，李琰如今與王君可結了親家，那便是榮辱與共之事。自己世子娶了王君可的女兒，若王君可的兒子娶個庶女，自家顏面也是大大無光。

「君可，你打算怎麼做？」李琰沉聲道，「本王在背後鼎力支持！」

「多謝大王。」王君可道，「不過目前還不需要大王出手，我手中最鋒銳的武器是唐律，便按照唐律一步步來，誰也挑不出毛病，慢慢收緊張氏脖子上的絞索，看他疼不疼。」

「其他士族那邊呢？」李琰道，「他們一直催促你出兵玉門關，你出兵嗎？」

「當然要出兵，」王君可笑道，「卻不用著急，反正朝廷下令調動府兵的勘合還沒到。」

「正想問你，」李琰低聲道，「西沙州的鎮戍兵能夠動用的有一千五百到一千七百人，奎木狼麾下據說只有三百。雖然有玉門關，不過那關隘殘破，憑你用兵的本事，擊破玉門關也不算難事，為何非要等勘合來調動府兵？」

王君可笑咪咪道：「大王可知道我的文書裡請求徵調的府兵是多少人嗎？」

李琰想了想：「你報上去的公文……五千人！」李琰臉色有些難看，「你請求徵調五千府兵！這完全是殺雞用牛刀！」

「也不算，大王請看，我在公文中的帳是這麼算的，」王君可用手指蘸著葡萄酒，在食床上寫畫，「首先我沿著驛道進攻玉門關的主力需要一千五百人，其次，為了防備奎木狼逃進魔鬼城，需要一千五百人穿過沙磧，斷掉他的後路。然後需要兩千人開赴青墩戍，堵住青墩峽口，以防備突厥人可能派援兵，一千人則開赴陽關，防備吐谷渾人可能派援兵，最後五百人坐鎮州城。大王請看，五千府兵和一千五百鎮兵便是這樣用的。」

「這……」李琰喃喃道，「突厥和吐谷渾真會支援奎木狼？」

「對這些以狼為先祖的各族來說，很難估測，不過我這個理由是能說服陛下的。」王君可笑道，「而且陛下正準備對東突厥用兵，他也要防備東突厥從敦煌破局。」

「可你為何要徵調這麼多的府兵？難道真要幫士族澈底剿滅奎木狼？」李琰不解。

「我王君可剿滅奎木狼乃是為國而謀，不是為士族而謀。」王君可肅然道，「我徵調府兵，為的是大王您！」

「什麼？」李琰愕然，「為我？我要府兵做什麼？」

王君可目光幽深地望著他，燈光照耀下，他眼神中似乎有火焰在燃燒：「大王需要府兵來造反！」

第十一章　西出玉門有故人

玉門關內，漫天星斗的照耀下，眾人正徹夜狂歡。精通樂舞的胡人彈奏著各種樂器，其他人載歌載舞，喧囂長飲。玄奘三人沉默地站在一旁，顯得格格不入。

高臺上，那群胡人使者早就去玩樂了，只有奎木狼孤獨地端坐在猊床上，似乎看著這喧鬧的人間，又似乎看著遠處的諸天星斗。奎木狼揮了揮手，有人吹動了號角，蒼涼的號角頓時壓下所有的喧鬧，人群漸漸安靜下來，篝火劈里啪啦地燃燒。

「玄奘法師，為何不喝些酒？」奎木狼問。

「貧僧是僧人，不飲酒。」玄奘答道。

「甚是可惜，你來玉門關本尊卻連一口酒水都未能招待。」奎木狼道，「諸事已了，法師可以安心地去了。等本尊煉化出天衣，自然會跟掌管輪迴的泰山府君說一說，讓你重新轉世為人，再度修行。」

魚藻錚的一聲拔出橫刀：「呂……呂郎，我決不允許你殺死法師！」

奎木狼看了她一眼，淡淡地道：「何謂殺害？只不過耽誤他二十年修行罷了。你們凡人生命太過短促，區區六七十年，不過是天上六七十日的光景。在你們看來所謂殺害，是因為人死之後便是永別，可是對於天人而言，你今生後世不管變成何種模樣，那道靈體我仍能看見，何來殺害之說？」

魚藻愣愣的，一時不知道該如何跟他分辯。

「玄奘法師，大道修行豈是一世之功，或許十世百世也未能成功。我掐斷你今世修行，也不過耽誤你二十年而已。」奎木狼道，「今夜你便去吧，下世再來。」

奎木狼命人在一塊青石周圍架起火堆，都是胡楊和紅柳等硬木，然後就要將玄奘綁在青石上。李澶抽出橫刀，魚藻拉起硬弓，擋在玄奘身前。十五星將面無表情地圍攏過來，人手一把巨大的陌刀，雙方一觸即發。

奎木狼站在高臺上，輕輕地噴了口氣，夜空中一絲冷幽幽的火色絲線一閃而至，魚藻手中的硬弓當即劇烈燃燒。魚藻驚叫著在地上捽打，卻撲不滅那火焰，只一瞬間，硬弓便燒成了粉末。

「這便是三昧真火，無物不焚，玄奘法師絕不會感到痛苦。」奎木狼淡淡地道，「你們保護不了他的，我只消把真火射在他身上，他瞬間就會燒成灰燼，你們根本擋不住。」

魚藻和李澶對視一眼，都有些絕望。

魚藻大喊：「呂郎，你不可以殺法師，他是你的好友啊！你忘了當年你們在長安的友誼嗎？」

奎木狼哂笑：「說多少遍妳才肯相信，呂晟已死，妳面前的不過是他的軀殼。方才星將降世妳也看見了，妳覺得還有可能喚回原來的人嗎？」

魚藻渾身顫抖：「那就是說……是你殺了呂郎？」

「殺……本尊不大能理解……」奎木狼搖頭道。

「我殺了你——」魚藻瘋狂地大叫，衝向高臺，卻被星將們擋住，不得寸進。

「十二娘！」玄奘急忙喝止了魚藻，走過去低聲道，「不要莽撞，忘了貧僧說過的話嗎？呂晟未必活著，可也未必死了。我們來不就是為了探究真相嗎？你們兩個少安毋躁，不管發生任何事都不要衝動。」

「可是師父，您要被燒死了呀！」李澶急道。

「若是貧僧真被燒死，呂晟自然是死了；若我沒有被燒死，呂晟便還活著。貧僧只能賭一把了。」玄奘道。

「法師能否說清楚？我不大懂。」魚藻一臉迷茫。

「聽不懂就在一旁看著。」玄奘說完，徑直走上大青石，「來吧，把貧僧捆好，綁結實些。」

兩名星將過去，用鐵鏈將玄奘鎖在青石旁的木柱上。魚藻要過去，卻被李澶拉住，拚命搖頭，兩人只好眼睜睜看著玄奘四周堆放起木柴。

高臺上，奎木狼一伸手指，指尖冒出一團極淡的幽藍色火焰，一甩，幾乎是無形的火焰在空中劃出一道細絲，射向玄奘。這次細絲的速度並不快，甚至有些緩慢，眾人能看到火焰在空中運行的軌跡，火焰所過之處，彷彿皆被燒灼成虛空，發出顫抖。玄奘睜大眼睛看著，兩眼充滿了求知的欲望，有時皺眉思考，有時又露出了然的微笑。旁邊的李澶看得搖頭不已。

細絲慢慢接近玄奘，就在這時，從障城內突然奔出一名姿容絕色的女子，她提著長裙急匆匆地奔跑出來，滿臉驚惶。玉門關眾人見到，紛紛鞠躬施禮，甚至有人跪倒在地。

「奎郎，不可！」那女子奔跑到玄奘身前，張開雙臂擋在火線之前。

奎木狼大吃一驚，從猊床上霍然起身，縱身飛躍下去，在半空中劃出一道道殘影，那殘影中似乎有人狼變幻，霹靂閃電般就來到了那女子面前，伸手在半空中一抓，將火線抓在掌中。手掌頓時呲呲作響，發出一股燒焦的皮肉味道，隨即火線就熄滅了。

「妳……娘子，妳出來做什麼？」奎木狼惱怒，「方才實在太凶險了！」

無論玄奘還是魚藻、李澶都愕然張大了嘴巴。娘子？奎木狼居然還有娘子？

那女子要去攥奎木狼的手掌，奎木狼卻觸電般躲開。那女子黯然片刻，溫柔地道：「下次不會了，疼嗎？」

「不疼。」奎木狼被那女子柔柔地安撫，頓時消了氣，「下次絕不要再做這等危險之事，三昧真火有時便是我也控制不住。」

「好的。」那女子柔和地點頭，「奎郎，我是想請你不要殺這個僧人，但事情緊急，來不及跟你詳說，情急之下才不顧安危。」

「不要殺他？為何？」奎木狼的眉毛擰了起來。

「你知道我是信佛的。方才在府內將養，不知不覺睡著了，睡夢中，忽然出現個金甲神人。」那女子道。

奎木狼詫異：「金甲神？哪個金甲神敢闖我的門戶，入妳夢中？他跟妳說了什麼？」

那女子道：「奎郎且不要著惱，那金甲神也無惡意，他說我起塔造像，功德頗多，可我家郎君如今卻要殺僧，犯那五逆罪。若犯此罪，我們夫妻日後定會遭逢大劫，不得圓滿。我便驚醒，急匆匆趕來，發現你果然要處死僧人。」

奎木狼兩眼凶光四射，朝著天空細細察看，冷笑道：「天上哪個毛神，居然長了本事，敢管我的家事！待我日後查出來，定然饒不得他！娘子莫怕，這僧人殺便殺了，所謂大劫……我倒要看看天上哪個神靈敢讓我應劫！」

「話是這麼說，可是夫君你是天神，而我只是凡人，這不祥之災不敢應在你身上，或許便會應在我身上。」那女子嘆息道，「而且我信佛，眼見你殺死僧人而無動於衷，只怕也承受不起負罪之心。」

奎木狼踟躕片刻：「可是若不殺他，煉不出天衣，妳的身體始終不會——」

「哪怕煉出天衣，解開我身上的詛咒，可我的心卻被詛咒了，而且永世無法抹掉。」那女子神態溫柔，言詞間卻寸步不讓。

奎木狼煩躁地看看這女子，又看看玄奘：「夜間風大，妳還是先回去吧。來人，把玄奘帶進我的洞府。」

星將們過去挑開木柴，將玄奘解開。

奎木狼陪著那女子返回障城，兩名星將則推搡著玄奘跟了過去。

「師父，我們怎麼辦？」李澶喊。

「等著。」玄奘頭也不回。

「你……你說什麼？」

敦煌長樂寺中，李琰驚得一跳而起，險些從繩床上跌下來。燭光映照著李琰的臉龐，他滿臉驚駭地瞪著王君可：「本王……本王何時要造反？你……你這是汙衊！」

王君可卻極為從容，淡淡一笑：「大王眼下自然沒有要造反。」

「眼下沒有造反？」李琰怒不可遏，「你是說本王日後要造反嗎？」

「大王，陛下已經命通事舍人崔敦禮攜了詔命來瓜州，要召您入朝，如今崔敦禮已經過了涼州。」王君可道。

李琰頓時怔住了，身上不知為何冒出一股寒意。

崔敦禮此人李琰自然是知道的，是博陵崔氏的直系，身居從六品上的通事舍人，掌管四方館，專門負責四夷事務，包含詔命、宣勞、出使。

「你怎麼知道陛下派崔敦禮來召我入朝？」李琰喃喃道。

王君可笑道：「在您提親之前，我已有意為犬子求娶張氏之女，因此家書往來頗為頻繁。我要求每次寄來的家書中都要寫一寫朝廷大事，尤其是與河西有關之事。我昔日袍澤如今在兵部的頗多，因此就託了駕部司，用了朝廷的驛遞。」

朝廷驛遞其實是嚴禁替私人傳遞書信的，不過西沙州距離長安三千里之遙，外任流官與家人數年難得一見，通信也極為不便，因此對王君可這種一方刺史，朝廷也就睜隻眼閉隻眼。

「陛下召我入朝也是尋常之事，畢竟本王在瓜州已經三年了。」李琰道。

「要說崔敦禮來宣召您，的確是正常，可也不正常，」王君可道，「通事舍人負責承旨宣勞之事，讓崔敦禮來傳旨是陛下對您的看重。可不正常的是，崔敦禮負責四方館，有安撫四夷之職，瓜州可不是四夷，陛下派他來到底有何深意？」

「你覺得陛下有何深意？」李琰冷冷地問道。

「無他，既然是安撫四夷，自然是怕四夷亂了，」王君可露出意味深長的笑容，「為何陛下怕四夷亂了呢？」

「或許……或許……」李琰六神無主，「或許是陛下正籌劃進攻東突厥，讓崔敦禮來瓜州走訪一番吧。」

「那我便再說一條消息，」王君可盯著李琰，一字一句道，「崔敦禮離開涼州後，李大亮立刻調集五千軍隊趕往甘州。」

李琰皺眉：「甘州是涼州都督府的治下，李大亮派兵到甘州，關我——」李琰忽然瞪大了眼睛，「你是說……你是說……」

李琰渾身顫抖，最後那句話竟然不敢說出口！

「沒錯，」王君可沉聲道，「當日在州城驛時我跟您說過甘州刺史張弼和李大亮的隱密關係，他二人當年在瓦崗寨上乃是生死之交。陛下讓李大亮坐鎮涼州後，便把他最信重的張弼安排到甘州，目標是針對誰，已不言而喻。等崔敦禮到了瓜州宣召後，如果事情順遂當然皆大歡喜，若是事有不順，張弼的甘州軍立刻便能直撲肅州。而肅州刺史牛進達也是瓦崗出身，與張弼有舊，如果牛進達投了張弼，兩家合兵，一萬五千大軍頃刻間就抵達瓜州城下！」

「我……我……」李琰手足冰涼，驚懼交加，「何至於此！何至於此啊！我從未有過背叛陛下的念頭，蒼天可鑑啊！」

「大王或許的確未曾有過背叛陛下的念頭，但陛下可不願把整個河西的安危放在您的一念之間。」王君可冷冷地道，「大王您和裴寂交好，兩個月前裴寂已被抄家流放，進攻東突厥之前，自然要先拿下您，使河西安定。萬一您不願像長樂王李幼良那樣束手待斃，非要放手一搏，陛下在北面以傾國之兵攻打東突厥，您這裡一動，豈不是整個河西都要糜爛嗎？」

李琰如遭雷擊，臉上似哭似笑，癱坐在繩床上，王君可倒了一杯葡萄酒遞給他，李琰木然地接過，手臂顫抖，卻送不到嘴邊。

「陛下……召我回朝……會如何處置我？」李琰喃喃地道，似乎是自問。

「可以參考長樂王舊事。」王君可道，「當年有人告發長樂郡王、涼州都督李幼良暗中養士，交結境外，可能謀反。陛下命宇文士及接任涼州都督，審理此案。當時李幼良想趕到長安自辯，卻沒來得及，宇文士及已經趕到涼州。於是李幼良企圖北奔突厥，卻被宇文士及攔截了下來。陛下遣侍御史孫伏伽鞫視之後，隨即賜死。」

李琰額頭汗如雨下，怔怔地發愣。

「此案有個疑點我一直沒有想明白，李幼良當初既然打算去長安自辯，為何宇文士及一到，便企圖逃奔突厥？如今想來，恐怕是他早已明白宇文士及是帶著殺意而來！」王君可冷笑道，「所謂暗中養士，交結境外，這個罪名放在哪個邊將身上都可以找到證據。如果陛下想要您活命，您乖乖跟著崔敦禮回長安，或許能削為庶人，保全性命；如果陛下想要您死，您往瓜州城北門出去，離開十幾里也算是北奔突厥。所以，陛下會如何處置您，下官著實難以揣測。不過陛下既然將五千大軍調到了甘州，對您的重視只怕遠超過李幼良。」

李琰顫抖著手，終於將杯中酒喝到了嘴裡，甘美的葡萄酒此時苦澀難嚥：「我知道陛下會拿下我，卻不想如此之快。我曾經翻來覆去地想，這一天來到之時，我該如何選擇，事到臨頭，卻發現根本無法選擇。」

「怎麼會無法選擇？」王君可問。

「如何能有選擇？」李琰慘笑道，「貞觀元年我來瓜州上任，陛下便派了李大亮到涼州，派了你來西沙州，就像你當日說的，瓦崗舊將已將我團團包圍，明顯布局已久，只待何時拿下而已。我如何有選擇？我能選擇的，就是坐在家中，等待使者上門，一根白綾賜死，或是一根鐵鏈鎖拿。」

「下官今夜來見大王，便是要給大王多一種選擇。」王君可盯著李琰，慢慢道。

李琰愣怔片刻：「你如何給本王選擇？」

「謀反！」王君可輕輕地道。

聲音很輕，可聽在李琰耳朵裡，無異於霹靂驚雷，震得他寒毛直豎，臉上變色。

「大膽！」李琰氣急敗壞，摔掉酒杯，衝到兵器架上抽出一把利劍，抵住了王君可的喉頭，「你竟然心存此念，著實該殺！」

王君可仰起臉，迎著劍鋒慢慢起身；李琰驚懼地後退。

「下官今夜來到長樂寺，而不是請大王去刺史府，便是要讓大王自己抉擇。」王君可道，「大王可以拿了我交給陛下，或許能逃得一命。」

「你以為我不敢拿你？」李琰咬牙切齒道。

「大王要拿我，我束手就擒。大王當場斬了我也可以，只需寶劍輕輕一遞，便能插進我的喉嚨。」王君可淡淡地道，「我之所以不顧生死來說這番話，是因為您我兩家乃是姻親。魚藻和世子的婚事已經納完徵，錢帛聘禮送到了我府上，只差請期、親迎，您我兩家已是姻親之家。」

李琰愣了，頹然收回寶劍：「是本王連累了你。可是……」李琰臉上露出迷茫，「你是早知本王處境的，為何願意與我結親？」

王君可苦澀：「事已至此，下官也不避諱大王，您是知道我的，我最大的心願便是立下王氏閥閱，躋身士族。與大王結親，當然是我王氏之幸。但也有一些私心，覺得陛下即使要拿下您，也會以比較溫和的手腕，您之所以不被陛下所容，只是您個人與建成交好而已，哪怕廢掉您，王爵也會交給世子繼承。」

李琰苦笑：「你的想法，本王其實也猜得到。能如此，已是本王邀天之幸了。」

「是啊，」王君可嘆氣，「下官也沒想到陛下防備您竟然如此之深，還調動涼州軍壓境。這樣一來，您本人能為庶民已是萬幸，臨江郡王怕是要削封了。唉，與罪民結親，我王君可今生的仕途算是到頭了。」

李琰默默點頭，誠懇地道：「君可，你知道本王極欣賞你，你是大唐悍將，從瓦崗寨廝殺到一州刺史著實不易，不能因為本王失去沙場立功的機會。你退掉這門親事吧！退婚書裡甚至可以指斥本王一番，這樣也能讓陛下看到你的忠心。」

王君可神情感動，拱手道：「多謝大王，可是……已經晚了。如今不但瓜沙肅三州，便是長安也知道您我結親之事。若是我在您臨難之時退掉婚事，這滿朝的清議如何看我？我王君可素來風評不好，大家都說我用兵作戰為人詭詐，可那是行軍打仗，為了求勝不擇手段。論做人，我從未毀諾。既然命運如此，我便陪著大王一起扛吧。」

李琰閉上雙眼，努力抑制眼中的淚水：「君可，你既然以此待我，我豈能不報？本王自問這一身還是值些分量的，與其交給那崔敦禮，不如交給你來立功。你把我拿下交給崔敦禮，就說覺察到我有意反叛，大義滅親，朝廷必會重賞。你也能早早脫離這西域黃沙之苦，回到長安了。」

王君可怔住了，呆呆地看著李琰好半晌，眼眶一紅，長揖到地：「大王仁厚之心，讓君可實在……實在無地自容！」

「本王是說真的。」李琰認真地道，「這西沙州是你的地盤，本王就不走了，在這裡等崔敦禮。等他到了城外，你派人來拿我便是。」

「大王厚義，君可實在是……」王君可有些失神，似乎在猶豫，片刻之後決然搖頭，「這種事恕我做不出來！大王，今夜我來勸您謀反，並不是要試探您。事實上，之前數日我已經替大王做了謀劃，大王不如聽我詳細解說一番再做決斷。」

李琰黯然：「好，你說。」

「大王也知道，陛下聽了代州都督張公謹的奏疏，一直在籌謀對東突厥發動滅國之戰，若是我所料不錯，再過一個月，入秋之際便是最好的出兵時機。」王君可目光炯炯，「攻滅東突厥乃是國戰，規模龐大。下官仔細推演過，這一戰起碼要兵分三路，一路是從定襄方向，主攻雲中；一路是從代州出兵，攻略東突厥腹地；而另一路極可能從靈州出兵，截斷東突厥向西轉移之路。涼州乃靈州的西側門戶，一旦靈州出兵，則涼州必得囤積重兵，捍衛西路軍側翼。」

一說起兵事，王君可侃侃而談，伸手在空中虛畫著，彷彿眼前便是一幅天下輿圖，正值金戈鐵馬，沙場爭雄。李琰對兵事當然也不陌生，兩眼微閉，眼前便出現王君可勾畫的進兵路線，甚至軍力規模、統軍將領，大體都心中有數。

「若是您趁此時起兵，我們且來看一下手中的兵力。」王君可道，「我西沙州能動用的鎮戍兵有一千五百人，等兵部勘合一到，我便能徵召五千府兵，這就六千五百人——」

李琰吃驚：「君可，你……徵召府兵的真正目的……不是要剿滅奎木狼，而是助我造反？」

「當然。」王君可笑道，「奎木狼乃是士族的敵人，關我何事？再說了，他只有區區三百騎，我當真要破他，一千鎮戍兵足矣。我在給陛下的奏疏中，說要防備東突厥和吐谷渾，不過是說服陛下的理由罷了，真正的目的，是為大王謀劃！」

李琰苦笑不已，更為王君可的決斷和謀劃心驚不已。自己還沒看清危機的時候，他便預見到了自己今日的窘迫情勢；自己還沒想好是坐以待斃還是赴京自辯的時候，他就斷定自己只能謀反，甚至已在籌備兵力。這等眼界，這等決斷，這等謀劃，當真讓人思之悚然。

也許，非常時刻，只有這樣的人物才能挽救自己的危亡吧！李琰暗暗地想道。

王君可繼續說道：「瓜州能動用的鎮戍兵有兩千五百人，刺史獨孤達是您的人，一旦起兵，便可偽造兵部勘合徵召府兵，加起來也有六千人。如此，我們兩家的總兵力便是一萬兩千五百人。」

「獨孤達自然聽本王的，可即便如此，區區一萬兩千多人也無法割據瓜沙啊！」李琰苦惱道，「涼州是軍事重鎮，屯兵足有五萬人，我們根本不堪一擊。」

「下官既然要為大王謀劃，豈能如此粗糙，」王君可笑道，「大王莫非忘了，肅州牛進達那裡還有五千兵馬。」

「可是牛進達不會跟著本王造反。」李琰苦笑。

王君可搖頭：「牛進達當然不肯造反，但他手下的兵馬卻可以拿來一用。您我兩家這兩日便訂下親迎之期，請世子來敦煌迎親，到瓜州成親。牛進達身為您的下屬，無論如何都會來參加喜宴，到時候祕密將他拿下，奪了魚符，然後我們率領大軍接管肅州。」

李琰點點頭：「只要能拿下牛進達和魚符，接管肅州當然不是問題。」

「對，這樣我們手中便有一萬八千大軍，可立刻東擊甘州，擊潰張弼！」王君可道，「屆時崔敦禮肯定已被拿下了。為了避免攻打堅城，我們可以用崔敦禮押送您回京，需要派大軍保護的名義——」

「等等，等等……」李琰忽然想起一個問題，「君可，從兵法上而言，你說的自然沒有問題，哪怕李大亮給張弼增調五千人，我們有一萬八千人在手，依然可以擊破甘州城。可是……可是士卒們為何會跟著本王造反，去攻打甘州？」

「士卒當然不肯跟我們造反啊！」王君可愕然道，見李琰愣怔地看著他，才知道他是真的不明白，只好耐心解釋，「想要士卒跟著咱們造反，想都別想。所以咱們起兵不可能是以造反的名義，而是奉朝廷之命徵召軍隊，攻打突厥。等整合完瓜沙肅三州的軍隊，到了甘州城外，再對外宣布張弼勾結突厥，進入甘州平叛不就行了。」

「然後呢？」李琰愣愣地問，他實在不了解，「拿下甘州，士卒不就知道自己才是真正的叛賊了嗎？」

王君可大笑：「自然是如此。可是士卒們手上沾了大唐將士的鮮血之後，誰還能回頭？拿下甘州之後我只要不執行軍紀，這些士卒剛殺過人，就會像開了閘的惡魔一般劫掠甘州，殺人劫財。哼，我三日不封刀，誰的手中不會沾染上平民百姓的血？這樣一來，誰還敢心存二意？而且河西幾百年獨立於中原政權之外，素來有割據之風——」

「等等，等等……」李琰目瞪口呆地看著王君可，渾身顫抖，「你……你是要屠城？」

玉門關障城如今便是奎木狼的洞府，內中並不大，方圓一畝，北面和西面開有兩座城門，城門狹窄，頂上呈三角狀，三尺多厚的牆體形成幽深的甬道。玄奘隨著奎木狼和那女子進入障城，南側貼牆建了一棟房舍，足有兩丈多高，形制宏偉，東南角有馬道，可以登上房頂，平整厚實的房頂建有女牆垛口，實則是一座小型的戰備平臺，中間有馬道登上城牆。城內的西北角另有一棟稍微矮小的房舍，乃是伺候那女子的婢女們所住。兩座房舍中間是一條折角的寬闊通道，連通兩座城門。

玄奘隨著奎木狼二人進入這座洞府，頂上高達兩丈，內部極為開闊，空間以帳幔和珠簾分隔，正中央砌著一座高臺，有臺階七層，每一層都鑲嵌著玉石雕成的蓮花。高臺上是一座巨大的猊床，雕刻精美，欄杆和床腿上圖案繁複，鑲嵌著黃金、美玉和明珠，在燈燭的照耀下熠熠生輝。猊床下，一張雪白的羊毛地毯從高臺沿著臺階鋪下，直達地面。

地面上擺著十幾張蘆葦編織的蒲團，玄奘一言不發地在蒲團上趺坐。

奎木狼帶著那女子走上高臺，臺階兩側站著四名婢女。奎木狼吩咐婢女攙扶著那女子，兩名婢女戰戰兢兢地走過來，伸出手去，卻又有些猶豫。奎木狼冷冷地掃了她們一眼，婢女們一咬牙，伸手扶住那女子，頓時臉上露出痛苦的神色，渾身顫抖，額頭出汗。

「不必了。」那女子甩開婢女，自行在猊床上坐下。

奎木狼溫言道：「如今身子可好些了嗎？」

「你走這些天又一次心口絞痛，氣息不暢，胸中憋悶，」那女子道，「幾次都呼吸不上來。」

奎木狼遲疑片刻，道：「娘子，還是用我這內丹治療一番吧。不過妳卻要仔細，休使大指兒彈著，若使大指兒彈著，就看出我本相來了。」

「不可，奎郎，會傷著你的！」那女子拒絕。

奎木狼卻不答，趺坐在猊床上，張開口來仰天一噴，頓時光華閃動，從口中噴出一件寶貝。玄奘仔細看著這內丹，有雞蛋大小，一口噴出一尺多遠，懸浮在半空，奎木狼一把攥住。

玄奘聽說過道家有修煉內丹的祕術，卻是第一次見到有人煉出內丹。道家煉丹分為外丹和內丹，早期多以煉製外丹為主，便是以爐鼎燒煉金石，配製藥餌，煉製成不死金丹。以東漢魏伯陽的《周易參同契》和東晉葛洪的《抱朴子》為煉丹術的巔峰大成之作。

內丹相對而言則更加玄異，乃是以人體為爐鼎，精氣神為藥餌，以周天之火燒煉，逐一煉精化氣，煉氣化神，煉神合道，最終在體內結成金丹，長生不死，立地飛升。修煉內丹極為玄奧，需要餐霞食氣，所謂煉五芽之氣，服七耀之光，完全是一種玄之又玄的眾妙之門。所以自秦漢以來，道家術士以外丹為主，哪怕到了大唐，內丹術據說也是少有流傳。

不過想想，這奎木狼乃是天上正神下凡，有內丹自然不算意外。可是按照道家流傳，哪怕是天上正神，想要修煉出這樣一枚內丹，也不知要打了多少坐工，煉了幾年磨難，配了幾轉雌雄；那實在是天上神仙性命攸關之物。

玄奘眼睛不眨地盯著，只見奎木狼攝著內丹，緩緩按向那女子的額頭，手掌一貼著額頭，奎木狼頓時顯出痛苦的神色，面色猙獰，竟像是承受巨大的痛苦，直到手掌離開才放鬆下來，而內丹竟然整個沒進女子額頭之中。

玄奘霍然起身，吃驚地盯著奎木狼的手掌。他手掌上竟然布滿針尖般的紅點，鮮血淋漓，與自己觸碰左臂天衣的狀況一模一樣！

奎木狼強忍疼痛，手掌又貼向那女子的左耳，臉上痛苦的神情更甚，竟然發出一聲嘶吼，手掌慢慢移開，那顆內丹又從女子左耳冒了出來。奎木狼又將內丹從右耳送進去，這次從女子口中攝了出來。

就這樣，內丹在女子體內體外迴圈不息，而奎木狼已是大汗淋漓，似乎只要一觸及女子的肌膚就痛苦萬狀。這種疼痛玄奘真是切身體會，猶如針扎的疼痛深入骨髓，非人力所能忍受，可奎木狼硬生生讓內丹在女子體內遊走了一個周天，這才一張嘴將內丹吞入口中，大汗淋漓地坐在猊床上。

再看那女子，她的精氣神好了很多，面色紅潤，精神飽滿。

「奎郎，你沒事吧？」女子驚慌地問道，手幾乎要撫摸上奎木狼的肩膀，卻不敢碰觸。

「無妨，我損耗過甚，需要休息片刻。」奎木狼憐愛地看了那女子一眼，閉上雙眼，似乎陷入禪定。

那女子嘆了口氣，不敢驚動他，蓮步款款地走下高臺，站在玄奘面前：「法師。」

「妳身上可有半件天衣？」玄奘問。

女子黯然點頭：「正是，已經穿三年了，身體不能碰觸便罷了，每隔一段時日就會心口絞痛，呼吸斷絕，像是死了一般。」

「貧僧為何沒有這個症狀？」玄奘疑惑道。

「這我便不知了。除了我們都是不可碰觸之人，或許天衣的其他效用因人而異吧。」女子道，「我已經聽說了，那半件天衣便是在法師身上。奎郎乃是為了治好我，才去劫奪天衣，把你擄了來。」

玄奘思忖片刻，算是認可了這種解釋。

玄奘問道：「請問女施主怎麼稱呼？」

「法師真不知道我是誰嗎？」女子悽涼地望著他。

玄奘心念一轉，吃驚道：「翟家小娘子，翟紋！妳真是翟紋？」

「是我……」翟紋默然嘆息，「這個名字已經許久沒人叫了。」

玄奘雖然隱隱有預感翟紋還活著，卻沒想到在玉門關的第一夜便親眼見到了她。想起呂晟——或者說奎木狼和翟氏、令狐氏的恩怨糾纏，令狐瞻自我囚禁於痛苦羞辱，八大士族和奎木狼的三年廝殺，種種諸事皆因為眼前這女子一人而起，玄奘便忍不住苦澀嘆息。

「奎郎心神損耗太大，需要休息。」翟紋道，「法師可願陪我走走？不用擔心你的弟子和那個女孩，趙長史已經安排他們休息去了。」

玄奘默默點頭，翟紋推門走了出去。玄奘跟著她，兩人從西門離開障城，城門口有兩名星將值守，見到翟紋只是微微鞠躬，並不阻攔。

兩人行走在玉門關內，此刻已是戌時，卻仍有不少百姓圍坐在篝火邊狂歡勝飲。篝火叢叢，有人喝醉了，拍打著羯鼓，奏出古老的歌謠。

翟紋引著玄奘信步而行，一路上痴痴地看著眼前的篝火和星空，沉默無言。

玄奘忍不住問道：「翟娘子，妳被擄走之後，為何會做了奎木狼的娘子？」

翟紋淡淡地道：「我一介女子，被人擄走能做什麼，可會由著我的意思嗎？」

玄奘無言以對。

「法師從敦煌來，可見過我的父親和兄長？」翟紋問道，「他們現在還好嗎？」

「令尊甚好，令兄如今做了子亭守捉使，也是安好。」玄奘遲疑片刻，「只是令狐瞻——」

「令狐瞻？」翟紋回想片刻才想起此人是誰，忍不住幽然嘆息，「這個名字法師不提，我幾乎都忘了。才三年，卻彷彿輪迴了好幾世。那令狐郎君如何了？」

「他仍然在為妳復仇，日前和奎木狼血拚了一場，受了些傷。」玄奘道，「他以為妳死了，貧僧臨來之時，他囑託道，一定要尋得妳的墳墓，好讓妳歸葬祖墳。」

「令狐郎君是個很好的人，我們這場婚姻真是害了他。」翟紋微微有些傷感，「法師離開後請告訴他，我屍骨無存，讓他給我立個衣冠塚就行。」

玄奘愕然：「妳不願回去嗎？瞧來奎木狼對妳甚為寵愛，似乎……」

「我這個樣子，如今還能回去嗎？」翟紋苦笑，「我翟氏是敦煌士族，門風禮法嚴謹，我被擄之後已委身為他人之婦，羞臊滿門，死了還好，如果活著回去，恐怕連我父兄都不敢想像是何等後果。至於奎郎，他雖然寵愛我，卻絕不容我離開玉門關半步。我每日寂寞的時候，就在這關上關下繞城而走，每一處缺口，每一塊沙丘我都熟悉，早已把它視為自己的家了。除了思念父兄，我的人生並無缺憾。」

「可是，」玄奘踟躕，「如此下去，敦煌士族和奎木狼的血腥仇殺將永無休止。」

翟紋沉默著走了很久，才答道：「我回去，仇殺就會結束嗎？」

玄奘張口結舌，無法回答。

「或者我死了，仇殺就會結束嗎？」翟紋問，「所以我活著，死去，是否回去，這個世界都不會有任何變化，依然故我。」

玄奘苦笑不已，這場仇殺雖是因翟紋而起，翟紋卻是其中最無辜的人。主導這場三年血戰的，無非還是眾生心中五欲執著而成的貪愛之心，憎恚為性而起的惡業之心，痴愚無明而生的我執之心。

眾生在這天地中如同乾燥的蛛網，任何一根線被火苗點燃，便蔓延天下，焚燒眾生，無人能逃脫，無論有罪，無罪，有關，無關。

兩人走進兵城，兩漢時的兵卒便是駐紮在這裡，地方頗大，到處都是低矮的房舍。如今早已荒涼殘破，殘垣斷壁，倒是有不少新修補起的民房，到處堆放著家戶的日常用具，如同坊間的尋常街巷。

又走過了兩條街巷，便來到兵城邊上靠近城牆的一處荒僻之地，這裡聳立著一座坍塌了半截的烽燧，烽燧下是烽卒日常駐守的塢院。

翟紋推開塢院的門，帶著玄奘走進院子，院子殘破簡陋，但乾淨整潔，看得出來時常有人打掃。院子裡還養著一群雞，左右兩側曾經是藏軍械和糧食的庫房，如今一側改造成庖廚，一側改造成雞舍，雞群已在雞舍的架子上休息，偶爾傳來幾聲撲翅和騷動，滿是生活的氣息。

迎頭是兩間大的房舍。房門居然鎖著，翟紋從身上拿出鑰匙，打開鎖：「法師，請。」

「這是什麼地方？」玄奘問。

「我家。」翟紋微微笑著。

玄奘愕然，詫異地看著翟紋拿出悶燒許久的火摺子，點亮油燈，房舍裡的場景映入眼簾。房間很小，只有兩間大，屋頂和牆壁已經殘破，用蘆葦混合著泥漿修補過。右側一間布置成廳堂，地上鋪著蘆葦席，席上有氈毯，中間擺著一副食床，上面還有碗筷和瓦罐。兩隻老鼠聽見人聲，吱吱叫著飛快跑進黑暗中。

其他擺設與尋常百姓人家無異，都是日常用具，只是靠牆一側有一座書架，上面層層疊疊擺著大約百十卷書卷。書架上還擱著雞毛撣子，用來撣灰。

廳堂的另一側似乎是主人的臥房，用屏風隔開。房內雖然不大，卻極為溫馨，充滿居家之氣息。

翟紋請玄奘在蘆席上坐下，從屋角的罈子裡舀出一碗葡萄汁端到玄奘面前。

「知道法師不飲酒，我也是不飲酒的，這是我自釀的葡萄汁，法師自從進了玉門關便滴水未沾，且解解渴吧。」翟紋道。

玄奘致謝，端起葡萄汁喝了一碗：「味道很好。」

翟紋露出欣然之色，「這幾年我在玉門關，各種家事都學會了，釀酒、織錦、裁衣、做胡餅麵食、種植蔬菜瓜果。」她攤開自己的手掌，果然掌心長了不少硬繭，「我還會烤羊、烹魚，只是沒有親手殺過，到底還是怕見血。法師不食葷腥，一會兒我下廚給您做些餺飥。我的麵片擀得極薄，淋上香油，撒上蔥花，味道很香呢。」

「呃……」玄奘想要客氣一下，奈何肚子確實餓了，「那就多謝翟娘子。」

翟紋起身去準備餐食，玄奘四處望著，看著那屏風覺得似乎有些眼熟。屏風有八折，生絹屏面，用工筆繪著一幅宏大的山水景物，仔細一看，竟然是長安城。以朱雀大街為中軸，從明德門一直畫到玄武門。玄奘沒有進過宮城，但看皇城的街巷衙門與自己所見的分毫不差。

這幅畫若是在長安絕對是違禁之物，因為朝廷嚴禁私人繪製城郭和輿圖。也不知是何人所繪，玄奘看了看，並沒有落款。

屏風上還搭著一截三尺長的綾絹，上面繡著鴛鴦，也不知做什麼用。

就在這時，忽然聽院子裡翟紋笑道：「四郎回來了？玄奘法師正在屋裡等著呢。」

玄奘詫異，這麼晚還會有誰來？聽起來竟像是住在這裡的人。

玄奘急忙起身，剛走到門口，就驚呆了。只見一名白衣男子正從院門處走了進來，和翟紋並肩站在一起，兩人言笑晏晏，赫然便是奎木狼！

「奎木狼——」玄奘吃驚道。

「法師，」翟紋笑道，「他不是奎木狼，是呂晟。」

奎木狼——或者說呂晟，神情溫和地望著玄奘，輕聲道：「法師，多年未見！」

第十二章　長樂寺中論謀反，玉門關裡話當年

「大王，非常之時只能行非常之事，所謂一將功成萬骨枯，何況裂地為王呢？只要屠了甘州城，我們手中便擁有了一支誓死效忠的大軍！」

敦煌長樂寺中，王君可知道李琰仁厚，正耐著性子說服這位郡王。

「不不不，本王不能做這樣的事……」李琰像是被蠍子螫了似的，一跳而起，「甘州城有數萬名無辜百姓啊！」

「既然大王仁慈，那就不必全死，死上七八千也足夠了。」王君可道。

「不不，本王這樣做……要下泥犁獄的！」李琰汗出如漿，臉色慘然，「本王是李唐宗室，不能保護百姓，反而要屠城殺戮，愧對歷代皇考！」

「屠城的事李唐宗室又不是沒幹過，」王君可冷冷地道，「武德三年，陛下屠了夏縣，死的可不止七八千人。」

李琰頓時默然。武德二年，劉武周攻占晉陽，橫掃河東，夏縣人呂崇茂占據縣城，回應劉武周，當時李世民屯兵柏壁，和劉武周激戰。皇帝李淵親自部署，派遣李孝基、獨孤懷恩、唐儉和劉世讓等人進攻夏縣，結果李孝基等人全被呂崇茂和尉遲敬德二人擊敗並俘

虜。

李淵面子掛不住，也捨不得折損如此多的重將，於是封官許願，招降呂崇茂，並讓他暗中除掉尉遲敬德，結果呂崇茂反被尉遲敬德所殺。後來尉遲敬德離開夏縣，北上支援劉武周，雙方在柏壁大戰，最後劉武周戰敗逃亡。李世民率領大軍回師，攻破夏縣，大肆屠城。

此事在朝廷裡也是一樁懸案。懸案的核心並非夏縣有沒有被屠，而是命令究竟是誰下的，李淵還是李世民？武德年間，朝廷裡的統一說法是李世民下令屠城，李世民也默認，畢竟當時他是主帥。不過到了貞觀年間，朝廷裡又有另一種說法流傳，說屠城令是太上皇李淵下的。總之，父子倆誰也不肯背負這名聲。

「還有……洺州決堤之戰！」王君可幾乎是咬牙切齒地說出這幾個字。

李琰愕然地看著他，王君可痛苦猙獰的表情，瞬間也勾起了他對那場慘烈戰事不堪回首的記憶，他的聲音微微顫抖：「莫要說了……」

「不，我要說！」王君可哪怕說起造反也是神情從容，可是一提起洺州決堤之戰，卻再也控制不住情緒，淚水流淌，「大王，洺州是我一生的汙點，也是您一生的汙點，數萬無辜將士白白葬送，只成全了我們英明偉大的陛下！」

李琰黯然長嘆，拍著王君可的肩膀，心有戚戚。

武德五年春正月，劉黑闥自稱漢東王，定都洺州，朝廷派李世民率兵討伐，兩大軍事奇才以洺州為中心展開一連串交手，雙方各有勝負。偏在這時，發生了一樁意想不到的偶然事件——趁著劉黑闥在軍前對峙之際，他的部下李去惑把洺州城獻給了李世民！

李世民如獲至寶，立刻派王君可率領一千騎兵緊急進駐洺州。

這下子劉黑闥紅了眼，數萬大軍將洺州城團團包圍，日夜猛攻。所幸洺州城易守難攻，四面臨水，水寬五十餘步，深達三四丈，王君可才能以千餘人死守住城池。

後來李世民大軍也抵達了劉黑闥的周邊，同樣是晝夜進攻，務必要打開缺口，增援王君可。劉黑闥則是一面抵擋李世民，一面猛烈攻城。雙方在洺州城展開殊死搏殺，決勝點便是王君可能否守住洺州城！

王君可也殺紅了眼，硬生生抵擋劉黑闥五六個晝夜，不眠不休地廝殺，形銷骨立，一千餘人戰死八九百，最後只剩下三百多人。王君可實在是扛不住了，只好用旗語向李世民告急，表示自己守不住了，請求棄城。

其實仗打到這個分兒上，也盡數展現了王君可的名將之風，畢竟大唐幾乎所有的名將在劉黑闥手下都不堪一擊，連李勣也連敗兩場，甫一交鋒就棄城而逃。這一仗任誰也挑不出王君可的不是。

李世民也明白，但實在不甘心，便詢問眾將：「誰能替王君可守洺州城？」

猛將羅士信慨然出列，願意守城。

於是李世民就用旗語告知王君可從北門撤退。

王君可率領殘兵從北門衝出，李世民則派遣精銳猛烈進攻北門，雙方內外夾攻，終於將圍城部隊衝破一條缺口，王君可順利逃出，但羅士信只帶了兩百人進城，缺口就被劉黑闥堵上了。

羅士信入城後，劉黑闥親自指揮軍隊向洺州城發動更加猛烈的進攻，晝夜不停，箭矢如雨，更在城池東北修建了兩座浮橋，數萬大軍源源不斷，永無休止。而羅士信就靠著兩百人，頂住了上萬人的進攻，一直打到木石俱盡，刀矛盡折，整整八晝夜！

在這八晝夜裡，李世民想方設法進攻劉黑闥，卻硬是被劉黑闥死死擋住，不得寸進！

武德五年正月丁丑日，洺州城最終被劉黑闥攻陷，羅士信戰至最後一人，受傷被俘。劉黑闥對羅士信的悍勇也深感欽佩，意欲招降，可羅士信詞色不屈，遂被殺，年二十歲。

李世民痛惜不已，重金購其屍首厚葬。

羅士信這一戰，打出了大唐定鼎最慘烈、最輝煌的一戰，哪怕二十歲身死，也奠定了大唐絕世猛將的不滅之名。而在羅士信的映襯下，之前王君可可圈可點、極盡慘烈的守城戰瞬間黯淡失色，剩下三百人便要棄城而走的舉動，成了他一生的汙點。

從此王君可在大唐軍中鬱鬱不得志，雖然積功受封了縣公，但當初敗得更慘的軍中同僚很多卻都封到了國公。三年前為了「看管」李琰，甚至被皇帝「發配」到了偏僻沙漠之地，眼見即將對東突厥展開滅國之戰，卻無緣參與。可以料想，這場滅國之戰定然是將星如雲，積功似海，一場仗下來不知道會有多少資歷比他低的將軍們封到國公。

每每想到此戰，王君可總是扼腕嘆息，羞憤難平。

洺州城也是李琰的傷心地。李世民擊敗劉黑闥之後，班師回朝，留下李琰當洺州總管。結果沒過幾個月，劉黑闥捲土重來。羅士信和王君可幾百上千人就敢守城八晝夜，可李琰早就被劉黑闥打怕了，連一場仗都沒打就直接棄城而逃。要不是太子李建成替他求情，李淵早就褫奪了他的王爵。

一時間，房間裡寂靜無聲，兩人怔怔相對，都是說不盡的嘆惋和悲涼。

「我不怨自己命運不濟，當時的狀況也是我未能下定決心與城同殉，缺了羅士信的必死氣概，並不歸咎於他人。可是——」王君可激憤起來，「隨後那場洺水決堤之戰，卻讓我不服！這一仗您沒有參與，當時陛下和劉黑闥隔著洺水對陣，劉黑闥糧盡，陛下知道他急於求戰，便派人堵塞洺水上游，令洺水乾涸。陛下向劉黑闥挑戰，劉黑闥率兵跨過洺水，雙方在洺水的河道內激戰。陛下命令道：我擊賊之日，候賊半渡而決堰。」

李琰不解：「陛下讓人決堤？可那時候陛下和劉黑闥都在河道裡決戰啊！」

「是啊！雙方幾萬人都在河道裡廝殺，但陛下還是命人決堤！」王君可冷笑，「只不過陛下帶著我們這些將軍事先脫離了戰場，離開了河道，撇下兩萬唐軍在那裡死死糾纏住劉黑闥，他們根本不知道自己早已經被統帥放棄，作為必死的棋子，只為了拖著劉黑闥的兩三萬人陪葬！」

李琰倒抽了一口氣：「此事我居然不知？」

「誰敢說？」王君可冷笑，「當時陛下和太子正在奪位，誰敢送一把刀給太子？」

「劉黑闥不是也沒淹死嗎？」李琰道，「他怎麼跑的？」

「劉黑闥是廝殺途中發現不妙，命心腹偵查，察覺了潰堤之舉。可劉黑闥也別無選擇，兩軍糾纏在一起，他敢下令撤退，必定全軍崩潰。於是他也壯士斷腕，率領著幾百名心腹悄悄脫離戰場，離開了河道。」王君可嘆息著，「可憐那河道中滿腔熱血為主將廝殺的士卒們，不知道他們愛戴的主帥已經拋棄了他們。不過最可憐的還是我大唐男兒，他們毫無價值，只是一群用來殉葬的棋子。當時我站在岸上，看到洺水滔滔，巨浪翻滾，無數大好男兒驚呼號叫，淪為魚鱉餌食。」王君可哽咽著流淚，「那兩萬人中有我一手帶出來的袍澤，他們跟著我經歷了亂世，躲過無數次戰場刀箭，他們在長安成家，有些生下了兒子，有些生下了女兒，有些還回老家找到了父母，接到長安打算讓他們安享晚年……」

李琰默默地垂淚：「我當時也詢問過，諸將語焉不詳，只說被劉黑闥軍糾纏，無法脫離戰場。」

王君可壓抑地號哭著：「陛下下令，要求我放棄軍隊跟他離開。我心中痛苦悲絕，卻不敢違抗，我騎在馬上偷偷地走了，就像個小偷，就像個叛徒，就像……就像出賣了他們的凶手！十幾年亂世，我殺了無數人，從不曾後悔，可是時常夜半醒來，他們就在我夢中，就那麼看著我，臉色腫脹、蒼白，衝著我冷笑，說我出賣了他們……」

李琰嘆息著，他打仗雖然不行，卻是性子誠厚之人，愛護士卒，看到必敗之仗，哪怕背負朝廷處罰也不願讓士卒無意義地送命。當然，這也跟他性子畏怯有關。

「所以，大王啊，」王君可擦乾眼淚，「帝王的龍椅都是用累累屍首堆起來的，這與仁慈無關，與道義無關。沙場爭雄，角逐天下，輸了就一切休提，您的屍首就成為撐起人家龍椅的那塊磚瓦。只要您不願死，甘州屠城就不得不為。」

李琰一言不發，狠狠抓起酒杯一飲而盡，兩眼通紅地道：「那麼之後呢？我們能抵擋李大亮的五萬大軍反撲嗎？」

王君可冷笑：「五萬大軍？他一兵一卒都不敢動！我們出兵前當然要跟東突厥和吐谷渾談妥，屆時頡利可汗知道我們拿下甘州，威逼涼州，他如果頂不住陛下的北伐大軍，必定會沿著黃河南下靈州，試圖與我們夾擊涼州。而吐谷渾更是與涼州近在咫尺，慕容伏允只要做出北上的態勢，李大亮根本不可能向甘州派兵，因為涼州到甘州行軍路線太長，伏允隨時能切斷他軍隊的後路。所以，只要我們占據甘州，進可配合慕容伏允、頡利可汗攻打涼州，退可割據河西自保！」

李琰沉默很久，長樂寺中起了風沙，細沙吹打在屋簷的銅鈴上，叮噹的搖動聲中帶有沙沙聲響，彷彿蟲子齧著死人的白骨。

「你要什麼？」李琰望著王君可，「不惜身敗名裂助我割據稱王，本王能給你什麼？」

「您我一旦割據，朝廷大軍來平叛時我勢必會與李靖、李勣等人決戰沙場，或許還有秦瓊與程知節吧。我要讓整個天下看看，我王君可才是真正的天下名將！我會將陛下看重的名將逐一擊敗，澈底洗刷洺州之辱！而且我也等不及三四代之後才立下士族門閥，我要輔助大王立國，在我這一代便創建赫赫門閥。所以，我要的便是——」王君可一字一句道，「自身榮耀！王氏門閥！」

這一夜的星光照耀著長樂寺，也照耀著玉門關。

玄奘站在星光下，庭院中，怔怔地看著眼前的呂晟，呂晟也含笑望著他。兩人沉默地對視。自武德七年至今，兩人已有五年未見，可是只消一眼，玄奘便能確定，眼前之人不是奎木狼，是呂晟！

眼前的呂晟在庭院中一站，眼中的笑容，雍容的氣質，便與武德七年大興善寺的男子一一重疊，歲月如同陳釀，醺醉了歲月，卻沒有改變這個男子分毫。他沒有說話，但玄奘似乎聽見他說——隋朝大業五年，天下戶有多少？口有多少？

「呂兄，你果然還活著！」玄奘心神激盪，「這到底是怎麼回事？」

呂晟眼眶微微溼潤：「法師，這段時日你辛苦求索，為我洗冤鳴屈，小弟感恩至深。其中的緣由，自當一一向法師說明。」

「四郎，要不你陪法師喝一杯，妾身去做兩碗餺飥湯，法師早就餓了。」翟紋低聲道。

「辛苦娘子了。」呂晟含笑點頭，翟紋屈身朝玄奘施禮，進了庖廚。

呂晟引著玄奘回到廳堂中，在蘆席上坐下，自己去屋角搬了一口罈子，打開封口，卻是一罈酒。

「法師，你我多年未見，不如喝兩碗！」呂晟笑道，「這可是我家娘子親手釀的麥酒。麥是細糧，不輕易拿來釀酒，這也是娘子攢了好久的麥子才給我釀了一罈。」

玄奘搖頭不已：「貧僧是僧人，不得飲酒。」

呂晟大笑：「漢地僧人不飲酒，可這裡是敦煌。敦煌自有僧眾以來便飲酒成俗，不但可以飲酒，還可以開設酒坊，釀酒賣酒，並不違背本地的釋門清規。」

玄奘苦笑，他在敦煌已經半月，住在寺裡多日，當然知道敦煌僧人飲酒風氣，入敦煌第一日翟法讓就賣了寺中酒坊的存酒。

這主要是因為敦煌苦寒，過了八月即寒冷無比，冬季雪大如席，冰封千里。而寺院僧侶大都要參與粗重的體力勞作，修葺寺廟，碾米磨麵，還要去千佛洞的山崖峭壁上開窟、塑像、繪畫。若不飲酒，只怕一時三刻就會凍成冰凌，所以自古以來，敦煌僧侶飲酒已是一種習俗，和漢地截然不同。

「所以法師，」呂晟笑道，「你從長安到天竺，萬里之路，上百國度，風俗氣候各有不同。若是抱定漢地佛家的規矩，只怕寸步難行，就連佛陀傳法的天竺佛門，也與漢地戒律差別頗大。所謂入鄉隨俗，不如從今夜開始。」

玄奘也笑了：「原來呂兄是想重演大興善寺論戰。」

呂晟大笑：「被法師窺破了，正是想找一找當年初見法師的感覺。這一次我又輸了，便罰我陪法師喝葡萄汁吧！」

兩人一起大笑。呂晟把酒罈蓋上，給自己也倒了一碗葡萄汁。兩人舉起碗一碰，一飲而盡。

「呂兄，這到底是怎麼回事？」玄奘凝視著他，「我猜出你或許未死，卻從未想過會以這種方式見面。」

呂晟半晌無言，盯著面前的葡萄汁，似乎陷入悠遠的記憶：「事實上，這些年很多事情我都記不大清了，所幸法師來到敦煌之後替我四下奔走，幾乎是將我的過往一一還原，我這才得以重新看到那些往事。」

「這是為何？」玄奘吃驚，「難道是因為奎木狼？你和奎木狼究竟是怎樣的關係？」

「同一軀殼內的兩個靈魂。」呂晟道，「武德九年我在青墩戍遭人陷害，被投入地牢。典獄想要縊殺我，就在白綾勒上我脖子、正欲絞殺之際，奎木狼的靈體恰好經過，與我做了一番交易。

「他說，他從天庭下凡而來，在人間無所憑依，想借用我的軀殼寄居三年，三年後他回歸天庭，還我自由。我當時便答應了，」呂晟淡淡地道，「他的靈體灌入我的軀殼，而我的意識仍在，卻發現自己居然渾身長出狼毫，變成了一頭巨狼！」

「竟然有此事！」玄奘目瞪口呆，沒想到這種神鬼之事被自己親眼見到，「也就是說，我所見到的奎木狼，不管是狼的形態還是人的形態，都是奎木狼在主導你的身軀？」

「正是。」呂晟點頭。

「那你呢？」玄奘忍不住問道，「他占據你的身軀時你在哪裡？」

「魂魄分離。」呂晟道，「法師一定知道道家的魂魄之說，人有三魂七魄，三魂，一名胎光，一名爽靈，一名幽精，承載著人的精氣神。七魄分別為屍狗、伏矢、雀陰、吞賊、非毒、除穢、臭肺，主宰著人的肉體。我魂魄分離之後，意識被壓縮成極為細微的一個點，藏在一處完全黑暗的空間。而七魄便被奎木狼驅使，供他馭使肉身。我之所以記憶殘破，便是因為魂魄分離，遠一些的往事記得頗清楚，被占據身體前後的就模糊不清。」

玄奘神情嚴肅，細細地盯著呂晟打量，好半晌才問：「那麼他掌控身軀時你能感知外界嗎？」

「一般不能，」呂晟搖頭道，「除非他心神損耗過劇，陷入禪定之時。還有一種情況是他時常需要修煉，元神出竅遊於天外，我便能重新掌控身軀。今夜便是如此，他正在禪定，我才能掌控身軀，來見法師。」

玄奘望著他，心中忽然有些難過：「他占你軀殼至今已有三年了吧？」

「是啊，他說過三年後回歸天庭，還我自由，」呂晟苦澀不已，「如今已三年了，他卻貪戀人間的繁華，不願離去，我這副軀殼只好永無休止地供他驅使。」

說話間，翟紋端著餐食進來。兩大碗餺飥湯，麵皮果然擀得極薄，淋著香油，撒上蔥花，香氣撲鼻。一籠油胡餅，是用油揉的麵，又香又脆，蒸餅鬆軟可口。還煮了葫蘆、生菜、蔓菁三樣菜蔬，淋著香油和醬料，香脆可口。

玄奘真是餓了，和呂晟人吃起來，吃得極為暢快。翟紋跪坐在呂晟身側伺候，十足乖巧的小媳婦。

看著呂晟像個農家漢子一樣大口吃飯，翟紋不知為何眼睛有些溼潤，喃喃道：「我和四郎想要見一面並不容易，他一般難得來一次。他不在的時候，我便養雞、舂麥、漿洗衣服，像在等待遠征的良人。有時候思念得狠了，我便說自己心中絞痛，讓奎木狼以內丹為我治療，消耗他的心神，這樣四郎才有機會出來與我相會。」

「妳其實沒有心絞痛嗎？」玄奘喝乾了最後一口湯，放下碗筷。

「沒有。」翟紋道。

「我有一個問題，」這時呂晟也吃完了，玄奘便開口問道，「武德九年，奎木狼附在你身上，他與翟娘子並無絲毫關係，為何會擄走翟娘子？」

呂晟和翟紋對視一眼，苦笑道：「法師，被占據軀體之後，我很多記憶都模糊不清了，久遠的還能記住，可是以被占據的那一刻為中心，前後的記憶彷彿被擦掉了一樣。這件事我曾告訴過紋兒，讓她講給你聽吧。」

玄奘自然能理解，事實上，六魄被奪，呂晟仍能保持正常人的思維已經算很難得了。按照道家的解釋，失了魄，人便成遊魂，失了魂，人便成僵屍。

翟紋定定神，慢慢沉入回憶：「四郎告訴我，那天，令狐德蒙到牢中告訴他，今夜是令狐瞻迎娶我的日子……哦，令狐德蒙便是令狐德茂的長兄。」

玄奘點頭，表示知道。

「他是故意來羞辱四郎的，他們陷害四郎成為叛國逆賊，逼死了四郎的父親，又要奪了四郎的妻子。四郎說，他當時滿腦子只有一個念頭——報復！令狐德蒙離開之後，便讓典獄來殺他。這時候奎木狼降臨，要借用他的身軀，於是他告訴奎木狼，讓他擄走我，對令狐氏是最大的羞辱……」

翟紋說著，聲音哽咽起來，歸根究柢她是雙方仇恨下最大的犧牲品，無論現在幸福不幸福，至少她知道那時候自己是幸福的，而一切都在那一夜戛然而止。

呂晟心痛，安慰了她幾句，說道：「之後州縣派人來追捕，我就帶著紋兒一路逃，逃進了沙漠。奎木狼剛剛附體，和我肉身的結合並不穩定，我的身軀時而化作狼，時而化作人，我有時候意識喪失胡言亂語，有時候渾身劇痛彷彿被撕裂成兩半。當時紋兒是我的俘虜，她雖然害怕，卻甚是可憐我，整夜整夜地照顧我，我那時才後悔不已，紋兒是如此善良的姑娘，而我卻毀掉了她的一生。」

翟紋臉上卻溫柔地笑著，她伸出手想握住呂晟的手，剛伸出一半，卻又忙不迭地縮回手。

「我們到了玉門關，此處原本被一幫馬匪占據，奎木狼便顯示神通，收服了那幫馬匪，在玉門關安居下來。」呂晟深情地望著翟紋，「那時候我已經漸漸不行了，即將被奎木狼徹底控制。我想到，紋兒其實是我的妻子，我們有父母之命，媒妁之言，我中途被人陷害，牽累她被迫嫁給令狐瞻，我憑什麼把怨恨出在她的身上，將她擄走，帶給她更悲慘的命運？」

「不，四郎，」翟紋溫柔地道，「無論是明媒正娶也罷，將我擄來也罷，我今生總是你的妻子，和你在一起這三年是我最快樂的日子。哪怕你無法出現的日子裡，我陪在那奎木狼身邊，也如同陪在你身邊。」

翟紋從屏風上取下那一截繡著鴛鴦的白綾，將另一端交給呂晟。呂晟的手指在光滑的白綾上輕輕滑動，待要碰到翟紋的手指時才停下來。兩人握著白綾，彷彿互相握著對方的手，充滿著幸福之意。

玄奘不禁有些心酸。

「後來我撐不住了，意識慢慢虛無，身軀即將徹底被奎木狼奪取，我便懇求奎木狼照顧翟紋，把她送回敦煌。」呂晟說道，「可是很奇怪，不知是受了我的影響，還是確有其事。奎木狼說，他下凡是為了尋找一個女子。那女子是天庭披香殿的侍女，當年他們在披香殿一場舞宴中相遇，天庭寂寞，兩人偷偷相愛，卻不敢玷汙天庭聖地。兩人相約下凡廝守，在凡間做一世夫妻。披香侍女先行下凡之後，奎木狼下凡來找她，據他說，披香侍女下凡是以輪迴投胎之法，被六道輪迴遮蔽了天機，他極難感知那道靈體，所以在人間找了多年也未找到。」

翟紋不屑：「我根本不是什麼披香侍女，那奎木狼與你的肉身融合，想來是受了你的影響，才會對我產生這般錯覺，誤認為我是那侍女。」

「可他就是這樣認定了。」呂晟苦澀地道，「法師，我們三人之間的關係就是這般荒誕。」

玄奘聽得愣了半晌，這種錯綜複雜的情愛關係實在是匪夷所思。同一副軀殼內寄居了兩個靈魂，卻喜歡上同一個女子……

「當時我的魂魄已逐漸分離，慢慢影響不到奎木狼了，可是奎木狼既然起了歹心，我就必須想方設法保護紋兒不受他傷害。」呂晟道，「恰好有一名西域胡商經過玉門關，向奎木狼兜售寶物，其中有一件名叫天衣——」

「那胡商可是叫米來亨？」玄奘問。

「他叫什麼名字？」呂晟詢問翟紋，臉上有些歉意，「事實上這些事我已經沒印象了，都是紋兒親身經歷，後來講給我聽的。」

「他叫米來亨。」翟紋低聲道。

「哦，沒錯。」呂晟點頭道，「奎木狼本身就是天神，去過忉利天，所謂的天衣對他而言不算什麼珍貴的東西，他興趣不大。我聽那米來亨說，穿上天衣，百劫不生，邪祟自辟，不入沉淪，不墮地獄，不遭惡毒之難，不遇虎狼之災。我就動了心思，趁著奎木狼神遊天外之時，奪了軀體的控制權，冒充奎木狼，帶上他的星將去追蹤米來亨，直到白龍堆沙漠才追上他。我本是想向他購買天衣，奈何他獅子大開口，索要無度。結果我一怒之下殺人奪衣，卻被米來亨臨死前偷偷扯掉一截。我當時並不知道，帶回來後就給紋兒穿上，沒想到那天衣別的用處沒有，卻是碰觸不得，只要一碰便會被扎得疼痛難忍。奎木狼回歸之後暴跳如雷，他告訴我，天衣本是應法妙服，隨心所欲，破損之後心意便無法控制。我雖然遺憾，可是紋兒既然不能碰觸，恰好免受奎木狼玷汙，只是……穿上這天衣多有不便，有時更會損傷自身，這些年苦了紋兒了。」

「原來如此。」玄奘這才搞清楚天衣的來龍去脈。

「四郎，我是你的妻子。一個女子能為她心愛的郎君守節，你不知道這是多麼幸福的事。」翟紋微笑著，「雖然這些年我們也無法彼此碰觸，可是能陪在你身邊我便心滿意足。而且……」翟紋的手指輕輕撫摸著那截絲綢，「我們一起執著這鴛鴦絲綢，光滑，細膩，溫暖，便如同彼此執手一般。」

玄奘這才明白這條絲綢竟然是兩人肢體接觸的紐帶，他看了一眼那八扇屏風，上面的長安城工筆畫自然也是出自呂晟之手了。而這個溫馨的小家，也是兩人趁著呂晟奪回軀體之時悄悄布置的，只為了在這險惡的環境中廝守片刻，求得剎那溫存。

「所以，」玄奘道，「奎木狼是一定要殺我來煉出天衣的。」

玄奘想起奎木狼不惜忍著被天衣針刺的疼痛替翟紋療傷，神情中滿滿愛意，就知道奎木狼對翟紋也是愛戀至深。從莫高窟奪取天衣至今，奎木狼為了這件天衣血洗聖教寺，血戰青墩戍，看來是必定要殺了自己煉出天衣，以解除翟紋身上的天衣魔咒了。

呂晟和翟紋對視了一眼，都深感憂慮。

「法師，你一定要逃走！」翟紋道。

玄奘苦笑，身在玉門關，想要從奎木狼手中逃走可不是一件容易的事。

「我們來細細謀劃一番，定能讓法師逃離奎木狼的魔爪——」呂晟正說著，忽然臉色一變，霍然起身。

「怎麼了？」翟紋問。

「他……他要出來了！」呂晟擼起袖子，胳膊上突然冒出銀白色的狼毫，他臉色大變，「不能讓他發現這個地方！」

呂晟來不及細說，起身就往外奔去，剛跑了幾步，就有越來越多的銀色毛髮從他身上湧出。玄奘這才明白，奎木狼將要甦醒了。

兩人也一起跟著呂晟奔跑出去，此時夜深人靜，在關內喝酒的眾人早就回家休息去了，四周寂靜無人。

「法師，幫我！」呂晟在奔跑中回頭，「幫我奪回那些年的記憶！我想知道，當年在敦煌到底發生了什麼事！」

呂晟一邊說著，一邊急速奔跑而去，身子開始慢慢變形。

「法師，我們不能去。」翟紋讓玄奘停下來，「這個家我們已經保護了三年，是我和四郎之間僅有的念想，決不能讓奎木狼找到！」

玄奘停下腳步。忽然牆垣邊傳來窸窣聲響，玄奘走過去，扒著牆垣豁口看了看，裡面是一堆柴火垛，並無他人。

翟紋倒不擔心被人看到，她和呂晟在這裡建起愛巢自然瞞不過玉門關裡的百姓，只是呂晟和奎木狼的關係極為詭異複雜，別人哪裡能搞得清楚。因此誰也不會亂說，更不敢說。

翟紋跑回房內拿給他一個碗，裡面盛滿了羊奶，並用手指蘸了一些灑在他身上，整個過程速度極快，神情極為冷靜：「法師，你到那邊的水井處漱口，洗面，再洗乾淨雙手。我去換一身衣服，然後便去找你。」

玄奘不知何意，答應了一聲便快步離開。他沒有看見，就在柴火垛的另一側，魚藻正坐在地上，橫刀放在一旁，她妝容凌亂，拚命捣著臉壓抑著哭聲，滾滾淚水無休無止地流淌下來。

第十三章　一體雙魂魄，一女二郎君

呂晟急速奔跑著，身體已經變形，脣吻漸漸凸出，他拚命奔跑，中間還絆倒了一次，他急忙爬起身又跑，風一般衝進障城。守衛障城的兩名星將也不知是分不清呂晟與奎木狼，還是對兩人隔三差五地掌控身軀已經習慣，並沒有阻攔。呂晟連滾帶爬地撲進障城，剛到洞府的臺階上，便跌倒在地，仰天一聲嚎叫，化作一頭巨狼！

巨狼抖了抖身體，又化作呂晟的模樣，但是神情氣質已經變成了奎木狼！

奎木狼陰沉沉地看了看四周，發現自己在洞府的臺階處，又閃身進門，四處打量了一眼，頓時怒不可遏。

「呂晟，你又出來做什麼？」奎木狼惡狠狠地道。

一個與奎木狼完全不同的聲音從他口中響起：「這是我的身軀，我為何不能出來？」

「上次你我就此已經立下約定，」奎木狼怒道，「你不可再隨意馭使這具身軀，你這是違背約定！」

奎木狼說完之後嘴巴張合，呂晟的聲音響起：「你說過，借我身軀寄居三年。如今三年已滿，你遲遲不還我自由。你違諾在先，卻來指責我？」

古老的障城中，漫天星斗照耀，奎木狼——或者說呂晟，站在中庭，同一個人，兩種嗓音自言自語，激烈爭論，顯得極為詭異。

眼下是呂晟在說話：「你可知道三魂被困於黑暗之中的感受？那與敦煌縣衙的地牢有什麼分別？甚至更為孤單，更為恐怖，更為折磨。你可知道自由對於人的意義嗎？我就像一個囚徒，判期三年，煎熬著，期待著，終於等到第三年期滿。可就在即將出獄之際，典獄卻說刑期再加三年。奎木狼，當初立約，你如果說要我終生受你奴役，我沒了指望，或許就不會有期望。可你曾經給我期望，如今又要我絕望，那便再也無法阻止我奔向自由之心！」

呂晟說話時，這副身軀仍被奎木狼控制，臉上也仍是奎木狼的表情。奎木狼一邊「聽」著，或者「說」著，一邊迅疾在洞府和障城內遊走，查看各樣東西。

「方才我打坐足足有一個時辰，你掌控我的身軀去做什麼了？」奎木狼問。

「在外面走了走。」呂晟答道。

「僅僅如此嗎？」奎木狼狐疑。

「不然呢？」呂晟說。

「我不知道你還有這種喜好。」奎木狼冷笑。

「你若是被囚三年，也會愛上這滿天星斗，四季來風，以及滿地的黃沙和黃沙上的河流。」呂晟說。

奎木狼沒說話，眼睛裡閃著不屑的光芒，忽然他鼻翼張合，到處亂嗅。邊嗅，嘴巴還邊不由自主地張開，發出呂晟的聲音：「要嗅我的味道嗎？你何不化身成天狼的形象？人類的嗅覺可差得多了！」

「你給我閉嘴！」奎木狼緊緊抿住嘴巴，不讓發出聲音。

「哼哼。」呂晟的聲音卻又從鼻孔裡出來。

氣得奎木狼火冒三丈，手中掐訣，喝道：「鎮！」

過了片刻，奎木狼小心翼翼張開嘴，呂晟的聲音再沒有發出來，這才鬆了口氣。

奎木狼一路嗅著離開障城，迎面卻見翟紋和玄奘走了過來。

「奎郎，好些了嗎？」翟紋笑著問。

奎木狼盯著她：「妳方才去哪兒了？怎麼換了衣服？」

「陪法師出來走走。」翟紋道，「外間有些冷，便換了一身衣服。」

奎木狼面色緩和下來，湊近她不動聲色地嗅著，翟紋坦然無比，只作不知。

奎木狼又來到玄奘面前：「法師方才吃了什麼？」

「貧僧方才肚子餓了，便請翟娘子找人做了餺飥湯。」玄奘沒想到奎木狼的嗅覺如此敏銳，自己已經漱口、洗手，仍能聞出來。

「還有羊奶。」奎木狼淡淡道。他四處張望一番，在空氣中細細嗅著，忽然朝著兵城的方向走去。

翟紋和玄奘的臉色都變了。奎木狼走得很慢，半閉著眼睛，似乎在捕捉空氣中極淡的氣息，但方向卻極準。

玄奘沉思片刻，告訴翟紋自己要去休息了。奎木狼也不理會，玄奘便離開二人，轉過幾個彎後，急速奔跑，來到玉門關的關城之下。

玉門關上有城樓，上面駐守了奎木狼的兵眾，不過他人手少，城內無人巡邏。兩側的藏兵洞早已毀棄坍塌，也沒什麼人。

玄奘從旁邊撿起一塊石灰石，按照令狐瞻的叮囑，在城牆上畫了一個白圈，然後焦急地等待。按照令狐瞻的說法，那個潛入玉門關的間諜若還活著，必定對自己極為關注，說不定就在暗中盯著自己的一舉一動。

「法師果然是令狐氏派來的。」忽然旁邊響起一聲嘆息。

玄奘霍然回頭，只見從牆垣的陰暗處走來一人，竟是玉門關長史，趙富！

「竟然是你？」玄奘怎麼也沒想到，令狐氏派來的臥底竟然坐到了這麼高的位置。

趙富似乎看出玄奘的疑惑，胖胖的臉上現出感慨：「奎木狼的手下要麼是一些馬匪，要麼是各族逃難的百姓，像我這樣商賈出身，能寫會算，做到長史有什麼稀奇？」

玄奘想了想，也的確如此。

「法師畫出這個聯絡圖案，可是有事要找我？」趙富問。

「我希望你引開奎木狼。」玄奘沉聲道。

趙富露出譏諷的表情：「法師也看到了，奎木狼和呂晟一體難分，法師何必干涉他們？」

「我只是不希望奎木狼發現呂晟和翟紋的祕密家園罷了。」玄奘道。

趙富嘆了口氣，露出遲疑之色：「法師，此事恕我難以出手。奎木狼乃是天上正神，極為敏銳，萬一被他查出來，我難逃干係。」

「你在玉門關潛伏了一年，想來早就知道翟紋還活著吧？」玄奘盯著他，「可是令狐瞻卻絲毫消息也沒有得到，這是為何？」

趙富苦笑：「我當然知道翟紋還活著。可是站在令狐氏的立場，我把翟紋活著的消息傳回去又能如何？平白掀起 場軒然大波而已。法師，翟紋是令狐氏和翟氏的羞辱，她就悄無聲息地隱姓埋名在這裡生活，豈不是更好？」

「話雖如此，可是你作為間諜，豈不是應該把真實消息傳遞給主公？至於如何抉擇應該由主公來拿主意，而不是你來拿主意。」玄奘淡淡地道。

趙富霍然盯著玄奘，神情森然。

「在貧僧看來，你實際上已經背叛了令狐氏，對嗎？」玄奘道，「奎木狼知道了你的真實身分，所以你投靠了他？」

趙富像洩了氣的皮球，喃喃道：「不瞞法師，我是背叛了令狐氏，可是……奎木狼並不知道我的身分，我是自願為奎木狼效勞。」

「為何？」玄奘問。

趙富露出亢奮的神情：「為何？法師見到奎木狼難道毫無感觸嗎？這是天上的正神啊！人間何曾有過真神？甚至連天子也無非是自稱天子，真假難辨，而我的眼前卻活生生出現了真正的神祇！我區區一介凡人，不敢求像那淮南王，成仙之後，雞犬升天。可是能日日侍候真神，仍是我趙氏千年萬年也修不到的福分啊！」

玄奘愕然地看著他狂熱的神情，忽然有些理解了。

奎木狼陰沉地在空氣中嗅著，走進了兵城。翟紋跟隨在他身後，漸漸緊張起來。

「妳知道我嗅著誰的味道了嗎？」奎木狼道，「不是妳的，不是玄奘的，是我自己的。」

翟紋的臉色剎那間變得雪白：「奎郎，你認為呂晟來過這裡？」

「我只知道，他占據我的身體不是為了去城上看星空，」奎木狼道，「此人定然有祕密！」

奎木狼逐漸接近烽燧，小院已經在望。翟紋一顆心幾乎要跳了出來，滿臉絕望，奎木狼霍然回頭，翟紋急忙收拾表情，笑吟吟地看著他。

「妳的心跳得很快，」奎木狼道，「又絞痛了嗎？」

「可能……還沒完全恢復吧。」翟紋鎮定地道。

奎木狼沒有說話，正要朝小院方向走去，忽然遠處響起一聲慘叫。他猛然回頭，擋在了翟紋身前。片刻之後，趙富急匆匆跑了過來：「奎神，大事不好，城門口有人被射殺！」

趙富兩手都是鮮血，滿臉惶急。奎木狼厭惡地把臉別過去，帶著翟紋和趙富離開兵城，來到玉門關下。

城下已經圍了不少人，有四名星將正在左右逡巡。城門口的一條豁口旁倒著一名玉門關兵卒的屍體，後背插著一根利箭，旁邊的城牆上，畫著一個白色圓圈。

奎木狼仔細查看屍體，又把箭矢拔出來仔細看著，隨後走到城牆邊，摸了摸白圈上的石灰，皺眉不語。

翟紋低聲：「可是呂晟來過這裡？」

奎木狼張開雙手，嗅了嗅自己的手指，搖了搖頭：「這白圈不是他畫的。趙富，你認為此人是如何死的？」

趙富想了想：「屬下認為，定是有人潛入我玉門關，被這兵卒發覺，於是將他射殺了。」

「此人是背後中箭。」奎木狼搖頭。

趙富道：「或許是發現有人潛入後，他轉身欲逃？」

「他何必逃？城樓上有人，只需呼喊一聲便可。」奎木狼沉吟，「玄奘在何處？」

趙富表情一緊，道：「方才他回去休息了，和他的徒弟以及那名女子一起。我派人去看過，三人都在，無人離開。」

奎木狼無奈地搖頭：「我被這血腥味沖了鼻子，今夜不必再多事了，明日再說。」

「要派人保護您的洞府嗎？」趙富問道。

奎木狼冷笑：「不必，他敢來找本尊，那是最好。」

奎木狼緩緩望著四周眾人，明月隱入雲層，玉門關內一片黯淡，人們的臉也隱藏於黑暗中。縱使神明，也看不破凡人面孔下的真相。

日光照耀敦煌城。

長樂寺中，僧人的早課已經結束，鐘磬之聲響起。李琰就在這悠遠的鐘聲裡發呆，直到王利涉敲門而入，他才驚醒。

「利涉來了？」李琰揉了揉疲憊的面孔，「賜座。」

王利涉在軟席上跪坐：「大王，剛剛探清楚了，王君可凌晨時分離開敦煌城，帶著三十多騎，駕著幾輛大車，朝西北方向而去，目的地不明。」

「還有呢？」李琰問道。

「昨夜州獄中，開始對張氏商行的主事們動刑了。」王利涉低聲道，「王君可派兵卒守住州獄，任何人不得出入，外人只聽到裡面徹夜傳來刑訊的慘叫聲，是否招供了則不得而知。」

李琰倒抽了口冷氣：「對張氏主事動刑……王君可到底要做什麼？他難道不知道，引而不發便是對張氏最大的威懾嗎？萬一拿下口供，張氏動是不動？不動，唐律森嚴；動，豈不是徹底和八大士族撕破臉？」

「或許，王君可就是要和敦煌士族撕破臉吧？」王利涉猜測道。

「胡鬧！」李琰惱怒，「他昨夜跑來鼓動本王造反，今日便和八大士族撕破臉，這不是自損根基嗎？」李琰愁眉緊鎖，有些六神無主，「利涉，你對這件事怎麼看？本王一夜沒睡，翻來覆去地想，越想越害怕。」

王利涉自然知道他說的是哪件事，遲疑半晌，才低聲道：「大王，說起造反，下臣也害怕。但有一樣王君可說得沒錯，只要我們不想死，便是箭在弦上，不得不發。」

「你也這麼看？」李琰有些意外。

「是啊，」王利涉苦笑，「您說了之後，下臣也是一夜難眠。下臣和別人不一樣，乃是您的家生部曲出身，按唐律，主人有罪，部曲哪怕沒有參與，也只是罪減一等。嘿，謀反大罪，減一等也是個絞。」

「是本王連累你了。」李琰嘆道，「那麼，我們便不反？」

「不，反！」王利涉一字一句道。

李琰愕然地望著他，只見王利涉眼中露出困獸般的光芒。

「大王如今只能拚死一搏了，下臣哪怕冒著滅族大罪，也會陪大王謀反到底！」王利涉沉聲道，「昨夜我對著輿圖細細思考了王君可的方案，決計可行。尤其是陛下即將對東突厥出兵，這簡直是天賜良機。如果我們束手就擒，回到長安或死或貶為庶人，那還不如放手一搏，裂地割據！」

「可行？」李琰喃喃道。

「可行！」王利涉道。

「反了？」李琰道。

「反了！」王利涉道。

「那就反了吧。」李琰渾身無力，苦澀地說，「敦煌這邊有王君可在，料想他能處理好，瓜州那邊的關鍵便是獨孤達，不知道他會不會追隨我？」

「獨孤達當年在軍中便是您一手提拔的，從一介校尉做到一州刺史，料想會追隨您。我這便回瓜州探探他的口風。」王利涉道。

「不，你分量不夠。」李琰並不糊塗，「此事重大，須得本王親自去。既然決意要反，瓜州那邊就必須安排妥當。你去安排一下，我馬上返回瓜州。」

王利涉遲疑：「如今王君可不在，我們這樣走會不會顯得倉促了些？萬一引起他人猜疑……」

李琰想了想：「你就說本王和王刺史商量好了迎親之日，返回瓜州安排世子來敦煌迎親。嗯……對了，世子在哪兒？」

「世子……」王利涉張著嘴巴，「前些日子青墩戍的戍副回報說，奎木狼把玄奘法師擄去了玉門關，世子……不會跟著法師去了玉門關吧？」

李琰臉色鐵青：「這個逆子！他真以為自己跟著玄奘法師出家了嗎？那奎木狼凶殘無比，萬一有個損傷，我李氏豈非絕後？」

正在這時，一名親隨在門外求見，原來是王君盛，李琰急忙宣了進來。

王君盛恭恭敬敬地朝李琰施禮：「拜見大王。我家刺史說，他帶人去了玉門關，要把世子和十二娘接回來，交代小人請大王切勿擔憂。」

李琰二人面面相覷，都有種寒毛直豎的感覺。

「師父，莫要再念了。」李澶此刻正在勸說玄奘，「太陽越發烈了。」

玉門關南面的沙磧向來是玉門關戍卒的墓葬區域，自漢代以來，戰死或者歸葬玉門的將士不下十數萬眾，當初或許有墳塋得以封土，可千百年之後，再高的封土也被風沙抹去，了無痕跡。

而此時，沙磧中多了一座新墳，是昨夜被射殺的兵卒下葬在此。昨夜，玄奘萬萬沒有想到，自己逼迫趙富引開奎木狼，他的方法居然是射殺一名兵卒！這讓玄奘極為內疚，認為這兵卒是因自己而死。

兵卒安葬後，玄奘就一直跪在墳前念經超渡，已經有兩個時辰了。李澶和魚藻站在旁邊陪著，魚藻魂不守舍，李澶卻有些不耐了。

「救一人而殺一人，貧僧之錯也。」玄奘暫時停了下來，滿臉悲傷，「人心之詭譎殘暴，貧僧還是看得不夠透澈，才連累他人喪命。」

李澶實在拿這個師父無可奈何，玄奘本人睿智通透，想勸也無從勸起。

「玄奘法師——」趙富從玉門關內奔跑了出來，他體型肥胖，太陽又烈，跑了一段路便氣喘吁吁，「奎神召見！」

玄奘回過頭盯著他，卻沒說什麼，沉默地起身，朝著玉門關走去。

趙富賠笑：「我知道法師怨我，可是奎神是何等人，嗅覺驚人，若不是遠距離射殺，我根本無法逃過他的追蹤。」

「找些空處放把火不行嗎？非要殺人才能引開他？」玄奘冷冷道。

「事起倉促，哪裡去找火摺子？」趙富嘆息，「即便如此，只怕奎神也懷疑了。殺人的箭矢是玉門關內日常所用，奎神不讓調查，應該是懷疑內部有奸細了。我已經為背叛奎神深感不安，法師就莫要怪我了。」

玄奘沒再說什麼，眾人一起回到障城，卻見奎木狼和翟紋在障城門口等著，旁邊站著四名星將。

「法師來了？」奎木狼淡淡地道，「且陪本尊四處走走。」

「奎郎要去哪裡？」翟紋問道。

奎木狼溫和地望著她，忽然從袖子裡拿出一條白色的綾絹，翟紋頓時臉色大變，玄奘也不禁怔住了。這條綾絹上繡著兩隻戲水鴛鴦，正是翟紋平日掛在小屋屏風上的那條！

「這兩隻鴛鴦繡工甚好，我竟然不知玉門關內還有人有如此繡藝，」奎木狼笑道，

「這個繡娘到底在何處，我們不妨去找一找。」

翟紋和玄奘對視了一眼，兩人都有些不安。奎木狼也不看他們，徑直朝前走去。兩人只好跟隨過去，魚藻、李澶和趙富等人一頭霧水，跟隨在後。

奎木狼在綾絹上深深嗅了一口，閉上眼睛想了想，徑直走向兵城，翟紋忐忑不安，一路上沉默地跟著。兵城距離障城並不遠，五六十丈距離便進了兵城，繞過幾排破損不堪的房舍，便來到烽燧下的院落前。

「奎郎——」翟紋臉色蒼白。

奎木狼微笑著，一字一句道：「推開門！」

翟紋顫抖著手，慢慢推開柴門，奎木狼走進院子，四處打量一眼，讚道：「好一派農家田園之樂。嗯，我聞到了餺飥湯的味道，法師昨夜不是吃了一碗嗎？難道是在這裡吃的？」

玄奘沒有說話。

奎木狼走到房舍的門前，卻沒有推門，轉頭問道：「紋兒，妳說說看，女人喜歡什麼？」

「這……」翟紋勉強笑著，「因人而異吧。」

「會不會有女人不喜歡天庭，不喜歡大地，哪怕世上的一切拿到她面前都無動於衷，卻只喜歡一間破爛的房子？」奎木狼問道。

翟紋張張嘴，不知該如何回答。

奎木狼等了片刻，一把推開房門，簡單卻溫馨的廳堂出現在眾人眼前。除了玄奘，眾人都有些不解，好奇地打量者屋內的陳設。奎木狼慢慢在屋內走動著，臉色平靜，卻隱約帶著悲哀、憤怒和絕望。

「嗯，好一罈麥酒，我從未喝過如此香醇的麥酒。」奎木狼打開屋角的酒罈，細細地聞著，接著又聞了聞那一罈葡萄汁，「篩了多次吧？汁液清澈。嗯，這副蘆席編織得也很細。」

翟紋的臉上充滿絕望。

奎木狼走到那八扇屏風前：「居然是長安城！我從未見過長安，今日在畫上一瞧，便感覺整座長安如在眼前。啊，養雞，釀酒，繪畫，這才叫只羨鴛鴦不羨仙！只是，為何沒有琴？」

哢嚓一聲，奎木狼踢翻屏風，露出左間的臥房。

蘆葦織成的厚厚床榻上，整齊疊放著一床大紅色的鴛鴦錦被，旁邊的衣鉤上，還掛著幾件男女袍服。昨夜翟紋穿的衣服，赫然便在其中！

翟紋身子一晃，險些摔倒。奎木狼看也不看她，冷冷道：「呂晟，出來瞧一瞧吧。」

他單手掐訣，照著自己額頭一點，忽然口中傳來呂晟的聲音：「這裡……你怎地在此？」

在場之人，除了趙富知道這種場面，所以並不驚異外，就連玄奘都是第一次見到呂晟以這種方式發出聲音，頓時驚駭至極。魚藻更是摀住嘴，驚得渾身顫抖。

奎木狼並未說話，緩緩朝四周掃視了一眼，他口中冒出呂晟的聲音，顯然呂晟透過奎木狼的眼睛看見了翟紋等人，聲音惶恐不安：「紋兒……紋兒……」

翟紋悽苦地一笑：「四郎，對不起，我沒有保住咱們的家。」

這句話瞬間激怒了奎木狼，他不敢碰觸翟紋，便狠狠一腳將翟紋踹翻在地，怒吼：「你們的家？妳愛的到底是誰？」

「奎木狼，休要傷害紋兒！」呂晟透過他的口大叫道。

表情是奎木狼的，臉上充滿憤怒、憎惡，口中說出的話卻充滿惶恐、關切，讓眾人看得心中發寒。

翟紋從地上爬起身，淡淡地道：「我愛的人自然是四郎。我是四郎父母之命、媒妁之言的妻子，不愛他卻又愛誰？」

「那我呢？」奎木狼怒吼。

「你只是以妖術強行將我夫妻二人分開罷了。」翟紋道，「就像家中來了強盜，強行占據了我的家，綁架了我夫君。我只是不忍夫君受苦，才與你虛與委蛇。」

「妳這個賤人！」奎木狼嘶聲大叫，抓起旁邊的衣架狠狠地毆打翟紋，將她打翻在地，拚命砸著。

「奎木狼，住手！」呂晟大叫道，「有本事衝我來！」

「攔住他！」玄奘大叫著衝了上去，抓著衣架。

李澶和魚藻也衝上去，三人又拉又拽，奎木狼一抬手掌，掌心忽然裹上了一層黑霧，在三人額頭輕輕一拍。玄奘等人頓時感覺眼前一陣眩暈，摔倒在地，意識仍然清醒，但身子卻動彈不得。

奎木狼根本不理會三人，一腳一腳地踢著翟紋，咬牙切齒：「我本是天上正神，為了與妳相愛，我墮入凡間成為妖神。我尋找妳十幾年，妳我曾經相約在人間度過一世，可妳為何忘了我？為何愛上另一個人？」

「你認錯人了。」翟紋被踢得滿地翻滾，卻笑著，「我不是什麼披香侍女，我就是翟紋，四郎的妻子。」

「妳靈體未滅，當我眼瞎了嗎？」奎木狼說著，不知為何，眼中有了些淚水，「天庭寂寞，千年萬年我們孤獨相望，我們在閣道上執手相握，望著無窮無盡的星辰垂落深海。妳說，我們到人間去吧，妳寧願像墜落的星辰，貪那一晌之歡，也不願這樣相愛無望。我聽了妳的話，叛逃天庭，墮落人間，我在這人間沒有相熟的面孔，沒有知心的好友，人人都敬畏我，懼怕我，永遠都是有求於我，卻不知我之所求。我在這人間一樣孤獨寂寞。只因為找到了妳，哪怕妳穿上天衣，連抱一抱都做不到，可我仍然貪戀這人間，而妳卻為何變了？」

翟紋掙扎著跪坐在地上，嘴角掛著鮮血，悽然笑著：「這人間啊，與天庭並無二致。人的心就像一把鑰匙，只能配一把鎖。我的心許了四郎，便再也容不下他人。我不知道那披香侍女是如何想的，但我知道，她輪迴為人，便有了人的一生。曾經的神明往事，都是過眼雲煙，不會再想起。」

「不——」奎木狼絕望地大叫著，一腳踹在她肩上，又將她踹翻，舉止如同癲狂了一般，「是妳背叛了我！呂晟，你看啊！我讓你出來，就是要讓你看看我如何折磨她！你不是愛她嗎？那便來保護她啊！你看她多痛苦，她在慘叫，她嘴裡流血了，她馬上就要被踢死了，你救她啊！呂晟，你是天之驕子，大唐無雙士，武德第一人，矚目長安，名動大唐。

你志向遠大，要澤被天下，變革百世，為何卻連一個女人都保護不了？」

「奎木狼，你住手！」奎木狼的口中發出呂晟痛苦而憤怒的嘶吼，「你所謂天上神明，便只敢對女人動手嗎？若你不是懦夫，便朝我來！」

奎木狼霍然停手，獰笑著：「你覺得我不敢滅了你的三魂？呂晟，我要滅你三魂有的是法子，只不過我們當初立約，我不願毀諾而已。我今日喚你出來，便是要讓你看著我如何折磨你最愛之人，然後以天地靈磨，磨碎你的三魂，讓你永世不得超生！」

「哈哈哈——」他的口中，呂晟發出大笑，「愛之一字，你永遠不懂。既然愛過，剎那便是永恆，何必非要來人間廝守一生？」

奎木狼呆愣地想著，忽然咬牙念道：「好，我就讓你剎那永恆！臨兵鬥者，皆——」

猛然間，魚藻也不知哪裡來的力氣，大叫著跳起來，從趙富身上抽出橫刀，朝著奎木狼劈了過去。奎木狼一閃而過，隨即以肘部砸在她頭上，魚藻身子本就疲軟，頓時倒在地上。她卻掙扎著爬到翟紋身邊，手中橫刀護在翟紋身前。

「呂郎，我對不起你！我會保護好她的……」魚藻盯著奎木狼，喃喃道。

「你是——」奎木狼口中發出呂晟的聲音，似乎沒有認出魚藻。

「魚在在藻，有頒其首。有女頒頰，豈樂飲酒。」魚藻手臂握不穩刀，含笑說著。

「這是〈魚藻〉，《詩經》中的一篇。」呂晟的聲音有些疑惑，「不過那一句是『王在在鎬，豈樂飲酒』，為何會改了一句？」

「是你為我改的啊！」魚藻流著淚，「你說，我的臉頰圓圓的，像頒首之魚。你叫我大頭魚，說大頭魚，我們喝酒吧！」

呂晟聽起來恍然大悟：「哦，妳是十二娘，魚藻！四五年未見，妳長大了！」

「再小的女孩子也會長大的。」魚藻露出欣喜，「三年前我便來到敦煌，發誓窮盡大漠也要找到你，一直到如今才見到你。呂郎，我真的見到你了。」

呂晟的聲音充滿苦澀：「何苦。」

「我不覺得苦，」魚藻的淚水撲簌簌落下，「正如翟姐姐說的，人的心就像一把鑰匙，只能配一把鎖。我的心許了你，再苦也是喜悅。」

奎木狼的口中半晌沒有言語，或許呂晟怔住了，便連奎木狼都露出愣怔的表情。翟紋更是吃了一驚，深深看著這個小姑娘。只有在一旁的李澶，滿臉都是迷茫與苦澀，他望著魚藻的眼神，彷彿看著捧在手中的美麗泡沫一個個碎滅，最終空空如也。

奎木狼搖頭不已：「怪不得妳屢屢跟我作對，甚至截殺我的星將，原來是愛上了呂晟！」

「是！」魚藻盯著奎木狼，「你殺他，我必殺你。」

「憑妳？」奎木狼譏笑。

「還有我父親。」魚藻道。

奎木狼笑不出來了。王君可自身武力超卓，手握大軍，便是天上神明也有所忌憚。

「既然如此，妳為何要拿給我這截鴛鴦綾？」奎木狼道，「妳難道不知道這會激怒我，逼我殺了呂晟？」

此言一出，所有人都大吃一驚，一起望著魚藻。

魚藻一臉悽涼，原來昨夜她為了保護玄奘，偷偷跟著玄奘和翟紋來到院子外，從頭至尾目睹了整件事。尤其當她看到呂晟的那一刻，整個人都崩潰了。她早做好了呂晟已死的準備，然而事實真相卻更加殘酷——呂晟沒死，身軀卻被神明占據。非但如此，只剩下殘魂的呂晟，竟與翟紋相愛得如此之深，生死不渝。

那麼自己呢？魚藻忽然覺得，這麼多年的痴戀與求索像是一場玩笑。

那一夜，她蹲在柴火垛裡痛哭了很久，慢慢地，不甘和嫉妒湧上心頭。彷彿鬼使神差般，玄奘等人走後，魚藻進入屋中取了鴛鴦綾，第二日一早，暗中交給了奎木狼。

「妳為什麼要這麼做？」呂晟的聲音響起，帶著惱怒之意。

魚藻流著淚，痴痴望著呂晟的面孔，卻沒有回答他，反而望著翟紋，慢慢道：「妳既然退了婚，憑什麼還與呂郎做夫妻？妳既然做了奎木狼的娘子，憑什麼還要霸占呂郎？」

翟紋怔怔地看著她，忽然湧出一絲溫柔，慢慢撫平她額頭凌亂的頭髮：「十二娘，妳我今日第一次見面，可我一眼便看出來，妳是個好姑娘。我和四郎，無論他死了或是活著，都不會有未來。我多麼希望四郎能活著，像正常人一樣活著，那樣我便可以將他讓給妳。」

魚藻愣住了：「妳真這樣想？」

「嗯，」翟紋認真地點頭，「一切緣法，都是因為我們二人的姻緣而起，雖然我至今不曾後悔，可如果能夠重來，我寧願他找一個好人家的姑娘，成婚，生子，追求他的夢想度過一生。」

魚藻沒有說話，神情呆滯。

翟紋嘆了口氣：「可是如今，我卻要把這句話送給妳。我寧願妳找一個好人家的郎君，成婚，生子，自由歡樂地度過一生。忘掉呂晟，忘掉這分愛情，因為我和四郎之間的糾結繁複，生死情虐，便是我自己都痛苦不堪，我不願妳一個好好的姑娘摻和進來，貽誤終生。」

「貽誤終生……我十三歲那年初次見到他，便已誤了終生！」魚藻凝望著呂晟，雖然此時是奎木狼，卻仍眷眷深情，「不過翟娘子，我仍然感謝妳對我說出這番話。我相信妳是個好人，是我對不住妳。我害妳在先，必當以死相報！」

魚藻拄著刀、掙扎著起身，擋在翟紋身前，用刀指著奎木狼：「你若要傷害她，我們就一決生死吧！」

玄奘掙扎著起身，沉默地向前幾步，與魚藻並肩而立，他並不說話，態度卻很明確，與魚藻生死與共。李澶見狀，也盡力爬起來呆呆走上前。

魚藻低聲：「你湊什麼熱鬧？」

「不知道。」李澶迷茫地道，「我父親對我說，這世上任何人都不值得你為其付出生命。可是……我卻只想擋在妳身前。」

魚藻嘆了口氣，不說話，決然地望著奎木狼。

「魚藻，妳和法師趕緊離開吧！」奎木狼口中發出呂晟的聲音，「我不再怨妳了，這是我夫妻二人的情劫，不需要妳來犧牲——」

奎木狼表情森然，掐訣在額頭上一點，呂晟的聲音戛然而止。奎木狼垂下手，再次伸出來時，手指慢慢變形，鋒銳的狼爪冒了出來，閃耀著烏光。

「無論殺誰，只要讓你們心痛，本尊就會暢快。」奎木狼正要揮舞狼爪撲上去，突然翟紋從床榻上抓過一把剪刀，頂在自己的喉嚨上。

「與他們無關，」翟紋道，「放他們走！」

眾人一怔，奎木狼冷笑：「妳覺得妳能快過我？」

翟紋冷笑：「你覺得你能碰觸我？」

奎木狼愣住了，想起她身上的天衣，忍不住發出一聲咆哮。

翟紋也不說話，用剪刀對準自己的頸部，轉身離開廳堂。玄奘扯著魚藻和李澶，急忙跟了出去。奎木狼暴跳如雷，卻不敢輕舉妄動。

眾人就這麼一路走到玉門關的東門處，翟紋命趙富去牽三匹馬。趙富看了眼奎木狼，見他面無表情，只好跑去牽了馬來。

「法師，請你們上馬，速速離去吧！」翟紋道。

「那妳呢？」玄奘擔憂地問道。

翟紋悽然道：「這玉門關不是一座城，而是我一生之囚籠，如影隨形，生在其內，死葬其中。我走與不走，又有何區別？」

「翟姐姐，」魚藻急道，「可是妳不走，他還會折磨妳的！」

「我跟你們走了，回到敦煌，便能逃離折磨嗎？」翟紋微笑著。

魚藻語塞。

「走吧，上馬！」玄奘當機立斷，讓二人翻身上馬。

魚藻兜轉馬頭，看著奎木狼的面孔，雖然是不同的靈魂，可那卻是她日思夜想，窮盡大漠要找的人啊！

翟紋伸手在她馬臀上重重一拍，戰馬長嘶一聲，疾馳而去。玄奘單手施禮，低頭致意，隨即和李澶也策馬離去。

奎木狼毫不在意，只是盯著翟紋一言不發。翟紋也是一動不動，用剪刀頂著自己的喉嚨，玄奘等人的背影已經消失在大漠的地平線上，她仍然一動不動。

「妳還要鬧到何時？」奎木狼道。

「我沒有鬧。」翟紋淡淡道。

「其實，我知道妳不會自裁，」奎木狼道，「因為妳捨不得丟下呂晟。」

翟紋的手臂頓時僵硬了。

奎木狼一聲狼嚎，玉門關內鐵蹄震動，十五名星將帶著一支上百人的鐵騎席捲而出，最前面空著一匹馬，奎木狼縱身上馬，率領鐵騎浩蕩而去。

玉門關外，只剩下翟紋握著剪刀，怔怔地站在那裡。

第十四章　唐朝的走私案、公廨錢和兵變

玄奘等人並沒有奔出太遠，便聽到身後傳來悶雷般的蹄聲，回頭一看，大漠中捲起長長的沙塵。眾人都知道是奎木狼追上來了，急忙催馬狂奔，往前奔了約二十里，只見奎木狼越來越近，隱約能看到那支鐵騎的形貌，最前方的奎木狼更是清晰無比。

這時前面出現一座毀塌的城垣，乃是夯土版築而成，早已殘破得不成模樣，只剩下基址猶存。殘牆高近三丈，聳立在盆地之中，周圍都是茂密的蘆葦和湖泊，頗為隱密。

玄奘詢問，李澶茫然不知，魚藻答道：「法師，這應該是敦煌人說的河倉城。據說是漢武帝伐大宛時，李廣利修築的糧倉，專門為玉門關儲藏糧食。」

「走，去避一避。實在不行便跨過蘆葦蕩，阻一阻奎木狼的騎兵。」玄奘斷然道。

三人策馬疾馳到河倉城下，卻頓時愕然，只見河倉城的斷壁殘垣間站著一名中年男子，正是王君可！

「父親！」魚藻叫道。

「胡鬧！惹下大麻煩了吧？」王君可雖然惱怒，但見到女兒和李澶安然無恙，仍然鬆了口氣，「還不快進來避避。」

「王刺史，」李澶叫道，「奎木狼帶著大批鐵騎，足有上百人。您一人如何卻敵？」

王君可笑了笑，三人策馬從他身邊經過，進入河倉城，沒想到城內居然有三十名兵卒，旁邊還停著幾輛大車。兵卒們正從車上抬下一架架的伏遠弩，訓練有素地安裝輪子。安裝完畢，便將伏遠弩推到河倉城的斷壁間。

伏遠弩乃是兩人便能操作的重弩，威力僅次於床弩，下面有兩只包鐵木輪，可以推著前行，弩架上有絞盤，操作時一人為絞盤上弦，一人操作弩機。

這種弩箭射程達三百步，一箭往往能洞穿兩人。王君可用大車整整拉來了十五架！

王君可詢問魚藻，魚藻將玉門關發生之事簡單說了一番，卻把翟紋還活著的消息隱瞞下來。聽到呂晟未死，還被奎木狼占據了身體，王君可也是大感吃驚，禁不住眉頭緊皺，深深地思索著。

「法師，這等異事聞所未聞，你以為真是如此嗎？」王君可詢問玄奘。

玄奘想了想：「若我們看到的不是真相，那刺史認為什麼才是真相？」

王君可啞然失笑：「既然女兒和世……法師還活著，對我而言就並無差別。」

片刻間，三十名兵卒便將十五架伏遠弩架設在河倉城下。此時鐵騎龍捲已急速而來，悶雷陣陣，撼動著大漠。

王君可觀察著距離，待奎木狼抵達三百步外，忽然一揮手，一具伏遠弩砸下扳機，轟隆一聲震響，整架弩車劇烈震動，長長的弩箭破空而出，閃電般射出三百步，噗的一聲插在奎木狼的馬前，深入沙磧足足一尺！

奎木狼一勒戰馬，戰馬長嘶一聲，前蹄揚起，猛然停了下來。身後的騎兵散開，一字形圍攏在奎木狼兩側。

奎木狼端詳著地上的弩箭，不禁為這弩箭的威力感到驚心。他眺望不遠處的河倉城，十五架弩車並排而立，極具震懾力。奎木狼在原地兜轉著馬匹，臉色陰晴不定。

王君可跳上一匹馬，呼哨一聲，策馬衝下河倉城。奎木狼見他孤身一人，知道是有話要說，便也策馬前行。兩人在距離河倉城兩百五十步左右的地方馬頭相對。

「奎神，別來無恙。」王君可抱拳。

「你這是要阻攔本尊嗎？」奎木狼冷冷道。

王君可失笑：「你是要殺我女兒，我自然會阻攔你。」

「說得也是，」奎木狼冷笑，「就憑十幾架伏遠弩？」

「伏遠弩嘛，殺你雖然不夠，但殺光你這些星將卻是足夠了。我一次齊射十五矢，三百步的距離足夠我射三次，待你攻到我面前，他們已被統統射殺，剩餘的兵卒對我毫無威脅。」王君可笑道。

「但他們足夠將你和你女兒拿下。」奎木狼道。

「不夠吧？」王君可驚訝，「上百人便能攻破我三十人駐守的城池？」

奎木狼盯著眼前這座建在土臺上的城池，雖然殘破不堪，但地勢易守難攻，他不得不承認王君可的眼光。

「何況，我這次的目標是狙殺星將，十五星將一死，我西沙州大軍拿下玉門關易如反掌，屆時奎神又往何處去？」王君可笑道，「聽說星將能死而復生，不過想來也沒那麼容易，合適他們用的軀體並不好找吧？」

奎木狼凝望著他：「你是來跟本尊談判的？」

「嗯，我女兒活著，你我之間自然能談判了。」王君可道，「不知道奎神想要什麼？」

「什麼？」奎木狼詫異。

「你來到這人間，最想要的是什麼？」王君可問道。

這話問得奎木狼迷茫起來，他下凡三年，竟然從沒想過這個問題。在天庭寂寞慣了，占了玉門關便覺得挺好，日日與翟紋相守，雖然苦於無法碰觸，心中卻也滿足，只是如今……奎木狼忽然有種萬念俱灰的感覺。

「這人間有什麼是天庭沒有的……」奎木狼喃喃道。

「天庭我雖然沒去過，卻能想像得到，定然是九天萬物奇珍無所不有，世上金銀在天上只怕如同瓦礫一般。這些都不會是奎神想要的，」王君可道，「但有一樣，天上只怕缺得很。」

「什麼？」奎木狼好奇地問。

「人間香火。」王君可一字一句道。

「人間香火……」奎木狼重複了一次，頗有些不解。

「我不知道天庭和西天極樂的神通從何而來，但我知道，世上廣建佛寺，日日香火祭拜誦經，頌念佛陀之名。又有無數道觀，香火不斷，頌念上清玉帝之名。這人間的信仰之力，想必對神明也頗有好處吧？」王君可道。

奎木狼聽得愣住了，問道：「你如何給我人間香火？」

「我能夠讓你成為人間百萬眾生的信仰，廣建廟宇，供奉真身，日日香火祭拜，」王君可道，「我能夠讓你成為一國之國師，自帝王而下百官萬民日日跪拜。」

「你區區一州刺史，如何能夠？」奎木狼懷疑。

「我先不說如何能夠，只問一下奎神，你還想要什麼？」王君可道。

「你還能給我什麼？」奎木狼問。

王君可沉聲道：「只要是你要的，我都能給。」

奎木狼森然盯著王君可：「你可知道，當年我寄居這具軀體的時候，呂晟曾與我立約？」

王君可搖搖頭：「那時我還未到敦煌。不知道誓約的內容是什麼？」

「幫他殺一個人，」奎木狼道，「那時我以為只是殺個人而已，容易無比，便答應了他。可是這些年來竟然找不到此人的下落！這可就難辦了，所以這些年我便一直拖延。只是既然立了約，還是要完成的。」

王君可想了想：「那人是誰？」

奎木狼淡淡道：「先說說你想要什麼？」

「很簡單，」王君可鄭重道，「我需要東突厥和吐谷渾進攻涼州，最起碼要做出進攻的態勢。你身為天狼神，乃是草原各部的圖騰之神，我想這不難辦到。」

奎木狼深深地望著王君可，忽然大笑：「成交！」

說完兜轉馬匹，呼哨一聲，率領著鐵騎滾滾而去。

王君可站在沙磧上，眺望著奎木狼遠去的背影，這才感覺汗水溼透了後背。

玄奘、魚藻和李澶等人驅馬趕了過來。

「父親，您是如何說服他離開的？」魚藻問道。

「他只是見到我的伏遠弩，知道無法取勝，暫時退卻而已。」王君可搖了搖頭，「魚藻，我們須得盡快趕回敦煌，還有大事要辦。」

「什麼大事？」魚藻問道。

王君可在她和李澶臉上掃視了一眼，含笑道：「妳和臨江王世子的婚事。」

「我不嫁！」魚藻斷然道。

王君可沉下臉：「胡鬧！婚姻大事，父母之命媒妁之言，妳說不嫁便不嫁嗎？」

「便是有父母之命，可那世子李澶性情如何，相貌如何，我從未見過，我怎知日後與他能不能合得來？」魚藻惱怒，「您要和李家結親，為何不讓兄長娶了臨江王的女兒？」

李澶朝著玄奘齜牙咧嘴，苦笑不已。

王君可臉色不好看了，厲聲道：「胡說些什麼？這是我和臨江王早已議定好的婚事，婚期都定好了，豈容反悔？這些年我對妳縱容得還不夠嗎？妳到處找呂晟的下落，我從未反對。如今呂晟妳也見到了，是生是死都有個結果了，妳便該好好收心，成親嫁人，相夫教子！再敢胡說，我便沒有妳這個女兒！」

魚藻淚眼盈盈地望著父親，氣道：「沒有就沒有吧！」

魚藻翻身上馬，縱馬而去。眾人全被這變故驚呆了，李澶急忙道：「王公，王公，快攔著啊！」

王君可臉色鐵青，走到一架伏遠弩旁，在溝槽上搭箭、上弦，瞄準了魚藻。

玄奘和李澶大駭：「王公，不可！」

王君可猛然砸下扳機，轟隆一聲，巨大的弩箭有如閃電霹靂般射了出去。此時魚藻已跑到一里之外，弩箭破空而至，竟從戰馬馬腹一穿而過，飆出一蓬鮮血，釘在了沙磧中！戰馬頃刻間倒斃，魚藻也撲倒在地，被壓在馬下。

李澶嚇個半死，幾乎是連滾帶爬地跑過去，把魚藻從馬屍下拽了出來。再看那根箭鏃，直直地穿過馬身，只差一尺便要射中魚藻，這可以說是王君可給魚藻最嚴厲的警告！

魚藻滿身是血，坐在地上呆滯了半晌，感受到父親心中的殺意，面無表情地跟隨李澶走回來，沒有再和王君可說一句話。

王君可命人給魚藻牽來一匹馬，士卒們押著大車尾隨在後，四人一路沉默地返回敦煌。

李澶喃喃道：「師傅，這場婚姻好像沒有我想像中的那般美好。」

從河倉城沿著西塞長城往東，一路上都是密集的烽燧，皆是西漢年間修築的，如今早已殘破不堪，黃沙擁堆，夕陽漫捲，彷彿百戰之後蒼涼的武士，凝固為一座座豐碑。

西塞長城沿著疏勒河修建，這一帶湖泊密布，玄奘等人一路經過大大小小十幾座湖泊，最大的有大泉、玉女泉，蘆葦茂密，飛鳥成群；最東邊的大湖便是著名的鹽池。

這裡才是西沙州扼守玉門關大磧路的要塞，也是敦煌縣擁有的兩大牧場之一。朝廷在鹽池邊設置了鹽池守捉。

守捉使名為趙平，見得刺史駕臨，熱情迎接。

眾人休息了一晚，次日凌晨出發，沿著驛路依次經過三道泉、二道泉、頭道泉，便進入敦煌綠洲。

這一路上的氣氛極為凝重，除了玄奘和王君可偶爾聊幾句，便無人說話。李澶一直陪著魚藻，但她失魂落魄，李澶也不知該如何開口勸解，最終滿腔心事只能如這沙漠裡的風一樣，一嘆而過。

正午時分到了州城驛，卻見王利涉出來迎接。王利涉見到李澶平安歸來，才長出一口氣，正要說話，卻見李澶偷偷指了指魚藻。

王利涉會意。

王君可命驛長給魚藻和玄奘準備房間，休息洗漱，自己則陪同王利涉和李澶來到正堂，命人切了幾個瓜擺上。

王利涉急忙道：「世子，您可算回來了！阿彌陀佛！」

「王參軍，你怎麼在這裡？我阿爺呢？」李澶急忙問。

李琰昨日凌晨時分已經離開了敦煌，返回瓜州，他擔憂李澶的安危，雖然知道王君可去了玉門關接應，卻仍然放心不下，便把王利涉留下等候消息。

「世子，」王利涉笑道，「這次大王返回瓜州，乃是為了籌備您的迎親事宜，十日之後便要來敦煌迎親。咱們在瓜州準備好，您還要來敦煌昏迎，僅僅往返一趟便需五六日，時間頗為緊急。大王交代了，等您回來，便馬上和我前往瓜州。」

「這……」李澶遲疑半晌。對這門親事，他雖然期待，卻也有些惶恐，似乎要把山野之中自己最愛的那朵花折而殺之一般。哪怕最終得到，捧在手中，過得幾日難道不會枯萎凋零嗎？

「王公，」李澶誠懇地望著王君可，「我能否留在敦煌？等父親安排的迎親隊伍進入州城驛，我直接從州城驛入城昏迎？」

「這是為何？」王君可當場便有些不快，身為世子，走三百里瓜沙古道，親自來敦煌迎親，乃是對王氏嫁女的尊重，這廝怎麼連這點路都不想跑？

「王公誤會了。」李澶急忙解釋，為難地道，「魚藻正和您使氣，我實在擔心她在這段期間做出什麼舉動，惹您生氣。若我留在敦煌，好歹還能幫您勸勸她。」

王君可明白了，沉吟道：「她仍然沒有懷疑你的身分？」

「沒有。」李澶道。

「該告訴她了，」王君可道，「你們相處多日，想必也有些感情了，那你便留在敦煌吧，私下告訴她。」

「多謝王公！」李澶驚喜不已。

「王參軍，」王君可沉吟，「大王怎麼走得這般匆忙？我原本還想著回到敦煌後，和大王詳談。」

王利涉懂他的意思，苦笑道：「王公，州城出事了！這件事是您惹出來的，大王不知道您的態度，不便參與，只好先行避開。」

王君可和李澶都怔住了。

敦煌城的確出了大事。

數日前王君可下令查抄了張氏商行之後，抓了六名主事和市令張克之。王君可本意是要逼迫張敝就範，不料張敝極為硬氣，直到兩日前王君可前往玉門關，他仍不肯登門俯首。

於是王君可臨走前下令刑訊，並命錄事參軍曹誠主審此案。

曹誠乃是王君可的心腹，立刻對張氏商行的主事、胡商、高昌國行商進行嚴刑拷問，三木之下，誰能硬挺下來？不到一日，那些商賈和主事們便全部招供了。

朝廷對邊境貿易的禁令主要有三條：一是禁止唐人越境行商；二是禁止唐人和胡人私下貿易，所有貿易必須在西市進行，價格必須依照市令頒發的參考價執行；三是「錦、綾、羅、綿、絹、絲、布、氂牛尾、真珠、金、銀、鐵」，不得販運出關。

針對這三條禁令，張氏商行採取的手法是和高昌張氏共同組建商行，由高昌商行越境行商，而運進來的貨物，則按照市令定價「賣」給張氏商行，再由張氏商行販運至河西各州、甚至中原銷售。

而高昌商行「賣」給張氏商行的價格，在取了成本價之後，祕密把差價返還給張氏商行。反正朝廷定的商稅極低，也沒損失什麼，再加上市令張克之本就是張氏族人，根本不會出任何問題。

事實上，這也是敦煌各大商行普遍採取的手段，眼下王君可將這捅了出來，專門針對張氏商行。

根據主事們和胡商們的口供，僅是能確認的絲綢就高達五百多匹。根據唐律，足以流放數千里了。然後還有更嚴重的問題——違禁物！

瓷器、漆器、茶葉之類，販運至西域固然能掙錢，但真正能獲得暴利的還是絲綢，錦、綾、羅、綿、絹、絲，各式各樣的絲綢製品在西域都是搶手貨，高昌那邊轉手給粟特人，粟特人再販運至波斯、拜占庭等地，價格等同於黃金。不少胡人商隊離境時都帶著大車大車的絲綢偷運出關，這便是為什麼李澶說林四馬守著的是一條黃金之路。

張氏商行和高昌商行不但買通烽戍邊將，走私絲綢出境，還在沙磧中開闢小道，繞過烽戍，偷渡關隘。

按唐律，私渡關者，徒一年；越渡者，加一等。

經關隘走私，叫私渡；繞過烽戍，則叫越渡。這兩項是不容辯駁的鐵案，最關鍵的是，唐律規定：冒渡、私渡、越渡，事由家長處分，家長雖不行，亦獨坐家長。也就是家人共犯，止坐尊長。

張氏商行的家長是誰？張敝！

這矛頭就直指張敝，一旦主事們熬不住刑，招供出來，張敝就得連坐！

王利涉講述著，聽得李澶倒抽一口冷氣：「王參軍，此事真攀咬到張敝，他豈不就得流放千里？」

「豈止流放！」王利涉看著王君可，見他面容沉凝，忍不住道，「世子，您知道如今曹誠在審什麼嗎？越渡關隘，他們究竟走私的是什麼？」

李澶想了片刻，不禁一陣哆嗦。按理說在張氏商行買通了邊將的前提下，走私絲綢大可以直接通過關隘，可他們不惜在沙磧中開闢小道，繞過烽戍，偷渡關隘，這究竟走私的是什麼，連買通的邊將都不能知道，恐怕更為嚴重。

王利涉道：「根據唐律，若是私家之物，禁約不合渡關而私渡者，減三等。諸齎禁物私渡關者，坐贓論。十匹，徒一年；十匹加一等，罪止徒三年。也就是說，私家可以擁有之物私自偷運出關，在徒一年的基礎上減三等。普通禁物出關，最嚴重也只是徒三年。可是私予禁兵器與化外人者，絞。」

李澶駭然盯著王君可：「王公打算以此罪名連坐張敞？」

「並不是我打算連坐他，而是看他有沒有私自販運禁兵器出關。」王君可淡淡地道，「一切以事實為依據。」

李澶這下明白自己阿爺為什麼要急忙離開敦煌，王君可這是要翻了天啊！

「何必呢？王公，」李澶苦口婆心，「張敞雖然傲慢無禮，膽敢以庶女來辱您，可您這樣做，乃是自絕於敦煌士族啊！」

「世子以為我僅僅是要報復張敞？」王君可冷冷地道，正要說下去，只見王利涉拚命朝他搖頭，頓時醒悟，岔開話題，「王參軍，如今敦煌城局勢如何了？」

「昨日審案之後，州縣兩級衙門陸陸續續有十幾名官員病倒，如今敦煌城州縣兩級衙門已癱瘓。」王利涉苦笑道。

王君可不以為意：「意料之中的事。」

「還有……昨日下午傳來消息，」王利涉艱難地道，「公廨錢破產了！」

「啊？」王君可愣住了。

大唐立國後，太上皇李淵改革了各衙門的辦公經費制度，朝廷不再給各衙門劃撥辦公經費和俸祿，而是設置了「公廨田」和「公廨錢」制度。也就是朝廷給每個衙門劃撥了土地和錢幣，讓官員去出租、放貸，自己經營，賺的錢拿來充作辦公費用和俸祿。

譬如州衙門，最初只給五萬開元通寶，刺史自己去放貸收利息。李淵還考慮到每個刺史理財水準不一，收的利息不一的問題，於是直接規定，放貸的年利息為百分之一百。他考慮得很美好，這樣一來州衙門每年的利息就有五萬錢，足夠開銷了。

問題是，誰肯借這麼高的利息？

況且，武德年間的商業貿易並不繁榮，絕大多數人都以務農為生，借錢的人少之又少，有時候貸款根本放不出去。就算放出去，利率這麼高，商人們也是短期借貸。因此各級衙門的公廨錢簡直成了燙手山芋，刺史和縣令每個月都要愁白了頭髮，可哪怕撓掉了頭髮，也得把公廨錢借貸出去，否則手下各級官吏就拿不到俸祿。

尤其是武德和貞觀年間的刺史，像王君可這種，大都是戰場上戎馬廝殺出來的，條文律令、治理州郡還沒問題，一涉及財政就是兩眼一抹黑。不少衙門據說都收不回貸款，直接破產。

西沙州還好，畢竟商貿繁榮，州衙門雇有令史，專門掌管放貸和收取利息。在士家大族的幫襯下，收支勉強能平衡，一直沒出問題。可如今一動張氏，公廨錢立刻破產。

王君可也有些頭皮發麻，硬著頭皮問：「破產的意思是……利息收不回來了？本錢還有幾何？」

「沒了，」王利涉滿臉同情，「不但利息沒了，本錢也賠光了。」

王君可霎時如木雕泥塑一般，意思是，自己的州衙門破產了？沒錢了？

「這怎麼講？」李澶納悶，「怎麼突然間就連本錢都沒了？」

王利涉嘆了口氣：「借貸的商賈一日之間紛紛出事，有的在路上遭了劫匪，人貨全損，有的是遭人詐騙，血本無歸。至於借貸的大戶，恰好是王公抓的幾家商行，商行都被封了，錢還有嗎？」

「那——對對對，商行查封的錢還有啊！」王君可急忙道，「把公廨錢從裡面扣出來不就可以了？」

王利涉像在看白痴一樣看著他：「王公，大商行和小商販不同，走一趟貨需要的貨款累千巨萬，整個商行的錢都在貨款上，有時還互相借貸，張氏商行一出事，其他商行立刻追債、毀約、查扣貨物。這中間當然少不了士族們故意做的手腳，直接把張氏商行吃乾抹淨，一個銅錢都沒有。」

王君可皺眉思索著，他知道，這是士族們的反擊。

「走！」王君可咬牙道，「回州城！本官就不信，他們能翻了天！」

玄奘沒想到，自己一回到敦煌就趕上了王君可和八大士族的大博奕，敦煌城、壽昌縣乃至整個西沙州都劍拔弩張，人心惶惶。

玄奘並不想參與其中，可是他也擔憂魚藻。他與李澶一起，將魚藻送到刺史府。一進刺史府後宅，王君可就命王君盛將魚藻看管起來，禁足在內宅，不准出府門一步。王君盛不知道發生了什麼事，只好滿臉賠笑地請魚藻回房。魚藻看也不看父親，冷漠地離開。

王君可隨她走到內宅院門口，一把拽住她胳膊，冷冷道：「如果妳以死相逼，我告訴妳，哪怕妳死了，我也會把妳的屍體扔上花轎。」

魚藻嘴角動了動，呆滯地走向後宅。

玄奘雖然沒聽見王君可的話，可魚藻那種哀莫大於心死的神情，看得他頗為難過。不過這是家事，王君可一心要攀附高門，佛法對此可無能為力。

李澶更是憂心忡忡，玄奘扯了他一下，想帶他離開刺史府，回大乘寺暫住。

李澶卻道：「師父，我想……我的修行可以到此結束了。」

玄奘愕然地望著他：「為何？」

「因為我找到了自己要擔當的東西。」李澶神情蕭瑟，「我之所以隨您修行，是因為我這個世子啊，就是個廢物。不能為國效勞，不能為阿爺分憂，在皇帝和阿爺的夾縫中只會逃避，無用透頂。可是今日見到魚藻這副模樣，我覺得我需要做一些事情，這是屬於我的情感，我要擔當起來。可能我無法讓她開心，但起碼我得守著她，不讓她出事。」

玄奘贊同地點點頭：「你要留在刺史府中嗎？」

「那哪能啊！」李澶苦笑，「我住在刺史府對魚藻名聲有損，我……」

他左右看了一眼，刺史府後宅這條街上，有長寧坊的坊門，進入坊門便有一座酒肆，除了賣酒，也供些吃食。

李澶當即走進去，酒博士迎了上來：「郎君要用酒食嗎？」

「我是來幫工的。」李澶道。

酒博士頓時愣住了，上下打量他，只見李澶丰神俊朗，衣飾華貴，禁不住咧嘴：「郎君莫不是開玩笑吧？」

李澶當即脫掉絲綢袍服，把身上的玉佩、玉帶一股腦兒地用衣服裹起來，扔到一旁：「把你們穿的粗麻布衫給我一套。今日就開始幹活，不要工錢。」

酒肆的店東也趕了過來，看著眼前這古怪的一幕，也怔住了。

玄奘微微一笑，沒有說話，雙手合十輕輕誦念了一句，默默退了出去。掌心傳來針扎般的疼痛，心中卻有些歡快。

從進入敦煌城到現在，玄奘又恢復孤單一人。

其實西遊之路本就如此，從他離開長安便是這麼一路孤獨地走著。形形色色的人來了，形形色色的人又走了，最終他仍如同剛出生的嬰兒，孤獨地面對這個世界。因為別人要的東西很近，他要的東西很遠，必須一直走著，走到天地盡頭，走到人生斷處。

可是他仍然很感激這些人的陪伴，人多了，才成眾，有了眾，才是眾生。他想看到的，是眾生世界，璀璨人生。那不在佛經上，只在兩眼中。

玄奘到了白馬塔下，正要出子城，就見南門口傳來一陣喧譁躁動之聲，城門口大批的百姓和商隊紛紛衝向城內，一個個滿臉驚惶，狼狽不堪。

玄奘急忙拉住一名中年商賈詢問，那商賈見是一名法師，不敢怠慢，合十施禮道：「稟告法師，兵變了！」

「什麼？」玄奘大吃一驚，「怎麼回事？哪裡兵變了？」

「咱們西沙州！西關鎮五百多名兵卒譁變，正向州城而來！馬上——」那商賈朝城門外看了一眼，大叫一聲撒腿就跑。

玄奘迎著潮水般的人群來到城門外，只見南門外曠野上，無數的兵卒正從四面八方朝著城門湧來。城外的百姓、商賈、牧人哭喊著朝城內奔逃，但這些兵卒並沒有殺人，只是打著旗幟，沉默如山地走著。兵卒們按照隊列行軍，全副武裝，一火火，一隊隊，一旅旅，隊列整齊。然而隊伍之中都是兵卒，並沒有任何一名校尉，甚至連旅帥都沒有。整個隊伍肅殺無比，宛如沉默的火山。

敦煌城的城牆外是六尺高的羊馬城，羊馬城外則圍繞著城壕，城壕寬有四十五尺，水深九尺，都是從西南方一座大泉引來的活水。其上有九尺寬的木橋，雖說挺寬，可人群這麼一擁擠，頓時車輛、行人、牲口擠作一團，誰也動彈不得，不少人甚至被擠翻出去，掉落水中。

眼見兵變的士兵臨近，人群更加驚慌，哭喊聲四起。但兵卒們到了城壕外，卻停住腳步，也不知道是不是有人號令，竟齊刷刷地在地上坐了下來。一個個盯著州城，一言不發。木橋上的人群也發現了異樣，有些詫異，倏地安靜了下來，你看看我我看看你，都有些不知所措。

玄奘順著兵卒們的目光抬頭往城樓上瞧，一眼便看見了王君可、王君盛和曹誠站在女牆後。城垛口後面有三三兩兩的兵卒彎弓搭箭，對準城下。

「廢物！」曹誠怒斥西關鎮的鎮副，「刺史奪了令狐瞻的職務，讓你執掌西關鎮，便是把州城的安危交給了你，你約束不住兵卒，還做什麼鎮將？」

「這不是免掉令狐瞻這麼簡單的事啊！」鎮副哭喪著臉，「鎮裡的人事盤根錯節，兩大校尉，四個旅帥，十個隊正，都是令狐瞻一手提拔起來的，早就被令狐氏給滲透了。可我又不能免了他們，把他們免了，還怎麼打仗？」

王君盛和曹誠都有些傻眼，盯著王君可。

王君可冷笑：「不急。瞧，令狐瞻不是來了嗎，看看他是效忠家族還是效忠朝廷。」

令狐瞻騎著快馬從城門裡衝了出來，隨從們揮舞馬鞭抽打，將城門到木橋的百姓驅趕開來，空出一條通道。令狐瞻疾馳而過，在靜坐的兵卒前繞了一圈，來到鎮兵們面前。

他滿臉鐵青，持著馬鞭劈頭蓋臉便是一頓抽，兵卒們也不躲閃，即使被抽翻在地，也很快爬起身，繼續靜坐。

「你們的校尉呢？朱成和劉定威在哪兒？給老子滾出來！」令狐瞻持著馬鞭在兵卒的行伍中逡巡，「你們的旅帥呢？都死了嗎？」

「回稟鎮將，」一名隊正冷冷道，「鎮副在城樓上呢，校尉被家裡婆娘抓花了臉，躲在家裡不肯出來。旅帥們的父親都生了病，沒錢抓藥，正在家裡哭呢。」

「嗯？」令狐瞻愕然，「什麼意思？」

「沒什麼意思，公廨錢破產了，俸祿都發不出來，上官們的日子過不下去，我們這些人拿不到行賜和錢糧，也沒法過日子。這才來州城向刺史公討個公道！」隊正道。

大唐的軍隊分為兩類，一類是府兵，一類是募兵，兩者合稱為兵募。

兩者最大的區別在於，府兵登記在兵冊，由朝廷分田地，平日為農，戰時為兵，並沒有軍餉。募兵則不同，募兵不是固定的兵制，沒有固定的兵員和編制，有事徵募，事罷即歸，或到期輪換。兵卒回鄉就恢復平民的身分。

而緣邊各州因為時常面臨邊患，徵召府兵又需要很長時間，且手續繁瑣，因此便維持固定的募兵兵員，長年駐紮鎮戍。

所以相應的，募兵是有軍餉的。

募兵的軍餉分為兩類，一是行賜，就是出兵前朝廷賜予絹帛，可以製成軍服或者換成錢養家，每人每年賜絹五匹；這筆錢由所在州縣支出。還有一類是食糧，也是由州縣供給，每人「日二升、月六斗、年七石二斗」。

至於各鎮戍的官將，和官吏們一樣，日常俸祿從公廨田和公廨錢中支出。如今公廨錢破產，官將們自然拿不到錢。可兵卒——

城樓上，王君可也遣人打探清楚了這場兵變的緣由，忍不住問道：「官將們沒了公廨錢，可兵卒們的行賜照舊發給絹帛不就可以了嗎？正庫之中堆放的絹帛想必足夠，為何不賜發下去？」

曹誠有些尷尬：「王公有所不知，公廨錢破產之後，各衙門官員群情洶湧，紛紛上門圍堵哭訴。當時就有人勸我穩定官心，把州庫之中的絹帛拿出來折算錢款分發下去，下官便……便將庫中的絹帛給……」

「發完了？」王君可臉色難看，問道。

「那倒沒有，」曹誠低聲道，「還剩十之二三。兵卒們正是聽說自己的行賜讓官府發給官吏們了，擔心拿不到這個月的行賜，這才鼓譟譁變。」

「一招接一招！」王君盛憤恨，「顯然都是那幫士族在背後動手腳！」

「用得著你說嗎？」王君可冷冷地道。他臉上不動聲色，卻也知道有麻煩了。

城外，令狐瞻也意識到了這場兵變的緣由。

難道是自己父親和其他士族出手了？可為什麼不知會自己？況且……西關鎮發生譁變，自己豈不是會被朝廷追究？即使不考慮自身安危，令狐氏耗費偌大人力物力，加上自己十年軍旅出生入死才做了鎮將，好容易讓令狐氏在軍中有了一席之地，父親怎麼說放棄就放棄了呢？

一時間令狐瞻心亂如麻，更有些頹敗。

他一直以為自己是憑藉軍功才坐上這個位置的，雖然其間家族出力不少，可自己在軍中的人望卻是一刀一槍打拚出來的，沒想到一旦爆發譁變，自己竟然控制不住軍隊。無論副使還是校尉、旅帥，都是服從於背後的家族，而不是自己這個大唐鎮將！

可自己是個大唐邊將，不是家族犬馬！如今身處兩者的夾縫該如何是好？令狐瞻神情蕭索，回頭望著城頭上的王君可，忽然一怔，只見父親令狐德茂和張敞二人連袂登上了城樓，就站在女牆垛口。

令狐德茂和張敞朝城外瞥了一眼，兩人面無表情，來到王君可身邊。曹誠和王君盛面對這二人到底還是有些忌憚，默默地後退了幾步，站在王君可身後。

「底下的熱鬧很值得看，二位家主來得正是時候。」王君可淡淡道。

「譁變，」張敞嘖嘖兩聲，「身為刺史，卻引起部下譁變，不知朝廷會怎麼定你的罪？」

「定我的罪？」王君可大笑，「那也是我定完你的罪以後的事了吧？」

張敞眼中噴火，死死瞪著他，怒不可遏。

「刺史公，」令狐德茂淡淡道，「這時候還是想想如何安撫兵卒吧，敦煌城內並無兵力，一旦這些兵卒衝進來，可就控制不住了。亂兵之下，若有人渾水摸魚燒殺搶掠，怕是整個西沙州都要亂了。」

王君可笑笑道：「燒殺搶掠……刺史府應該沒什麼好搶的吧？要搶也是搶城內的豪門大戶，我擔什麼心。」

「你——」張敞被他堵得說不出話來，大怒道，「你是父母官！一州之牧！」

「你們拿我當父母官了嗎？」王君可臉色勃然一變，吼道，「毀掉公廨錢，鼓動兵變，哪一樁哪一件不是叛國大罪？二位，兵卒好騙不好欺，小心玩過了頭引火焚身！他們一旦進城，遏制不住貪欲，首先遭殃的就是你們這些豪門大族！」

「刺史公這是意有所指啊！」令狐德茂淡淡道，「公廨錢乃是經營不善導致破產，天下州府，破產的公廨錢多了，這個哪怕說到朝廷你也追究不到我們。」

「西關鎮譁變呢？」王君可冷冷道，「你兒子令狐瞻乃是西關鎮將，他的兵卒譁變，即使牽連不到你令狐氏，令狐瞻仍罪責難逃！」

「瞻兒還是鎮將嗎？」令狐德茂驚訝，「我怎麼記得你早就免了他的鎮將一職呢？哦，楊鎮副在啊，刺史公不是早命你權知鎮將了嗎？你約束不住兵卒，導致譁變，該當何罪？」

楊鎮副傻了眼，求救地看著王君可，訥訥不敢開口。

王君可被堵了這一記，頗有些難受，不過事實也確實如此，若是普通背景的鎮將，管你有沒有被免職，照樣能把罪責扣在你身上，可對令狐氏，王君可卻是辦不到。

王君可冷笑：「好算計！若是我免了紫金鎮的宋楷，還有子亭守捉的翟述，是不是連紫金鎮和子亭守捉也要譁變？」

「這個你要問宋承熹和翟昌了。」令狐德茂淡淡道，「我來便是代表敦煌百姓，懇求刺史公早早平息譁變。同時，縣衙門上書給朝廷，懇求朝廷嚴厲追查，急遞已經以五百里加急送出去了。文書上附了我們敦煌耆老的聯名簽署。」

「動作倒是很快，連縣衙都成了你們的爪牙，居然敢動用五百里加急，」王君可怒視著他，「要不然你們試試點燃烽火？那速度更快！」

「說不定會這麼做。」令狐德茂也盯著他，一眨不眨。兩人之間風雷激盪。

「刺史公，」張敝嘲諷，「你還是趕緊想想怎麼收場吧！」

「不勞提醒。」王君可瞥了他一眼，指了指西南處，「二位且靜觀便是。」

令狐德茂和張敝對視一眼，朝著遠處望去，頓時愣住了。只見西南方的沙磧上，不知何時捲起一條龍捲，正緩慢地延伸。

西南方的龍捲越來越近，龍捲中鐵蹄震動，如同滾滾悶雷，一支騎兵席捲而至，後面跟隨著大批步卒，竟然是龍勒鎮的兵馬到了！

龍勒鎮就在州城西南不遠的龍勒鄉駐紮，拱衛西沙州治下的另一座縣城，壽昌縣。鎮將馬宏達是行伍出身，身經百戰，一看見譁變兵卒只是靜坐，就知道並無開戰之心，當即率領騎兵一圈一圈繞著譁變兵卒疾馳。

譁變兵卒們久經戰陣，一見騎兵來襲，立刻跳起身擺出防守陣形，外層是一層層的槍矛，內層則是弓箭手，嚴陣以待。隨著騎兵接近，雙方進入對峙狀態，一個閃失就會失控，演變成一場血腥搏殺。

驅馳間，馬宏達大聲道：「本官是龍勒鎮將馬宏達！」

周圍的親兵們立刻大聲複述，在震耳欲聾的鐵騎聲中將馬宏達的話傳到了每一個譁變兵卒的耳中：「本官是龍勒鎮將馬宏達！」

「奉刺史之命前來勸返爾等！」

「奉刺史之命前來勸返爾等！」

「刺史有言，爾等只是受他人蠱惑，若是速速返回，定不追究！」

「刺史有言，爾等只是受他人蠱惑，若是速速返回，定不追究！」

「爾等的行賜，三日內必將分發！」

「爾等的行賜，三日內必將分發！」

「若不聽號令，視為譁變！連坐父母！」

「若不聽號令，視為譁變！連坐父母！」

「坐下！不可動手——」令狐瞻迎著槍矛，揮舞著馬鞭憤怒地叱罵，「身為大唐兵卒，你們當真要造反不成？誰敢往前一步，便踩過我令狐瞻的屍體！」

隊伍中一名隊正大喊道：「今日不給行賜，我們絕不回營！馬宏達只有三百騎兵，奈何不了我們！」

另有人大喊：「同袍們，城池中並無一兵一卒阻攔我們。刺史不答應，我們就衝進城中，討個公道！」

「對，衝進城中！討個公道！」一有人鼓譟，兵卒們瞬間如同聞見血腥味的狼群般，一個個亢奮起來。

局勢眼見就要失控，突然間，敦煌城中號角聲大作，悶雷般的鐵蹄聲響徹城中。隨即有一支人馬上了城牆，占據垛口，彎弓搭箭對準城下。

一名全副甲冑的校尉來到王君可面前，大聲道：「鹽池守捉使趙平，奉命率領五百守捉兵平叛！」

正打算看笑話的令狐德茂和張敝頓時傻了眼，連曹誠和王君盛都有些意外。馬宏達倒也罷了，畢竟龍勒鎮只有十幾里路，眨眼就到了。可鹽池守捉足有八十多里，趙平怎麼會突然趕到？

「好手段！好謀劃！」令狐德茂咬牙切齒地道。

「德茂公也不差。」王君可笑呵呵地道。

令狐德茂和張敝二人鐵青著臉，一言不發地轉身就走。

曹誠和王君盛二人長長鬆了口氣，知道這一仗是穩了。

曹誠低聲道：「刺史，您何時把趙守捉使給叫來了？」

「昨夜從玉門關回來，路過鹽池，便讓趙平帶著守捉兵在我身後十幾里跟隨。」王君可淡淡道，「自從讓你審訊張氏，我便知道士族們會有動作，可原本以為陣仗會更大，沒想到只有西關鎮出動，宋氏和翟氏龜縮不出。」

王君盛大讚：「刺史神機妙算！」

「趙平，」王君可問道，「控制住城內了嗎？」

「不單五座城門都派了人，八大士族的宅邸也都派了兵卒，只要刺史下令，立刻抓人。」趙平道。

「不忙抓人。」王君可看著城外，淡淡道，「我們且箭在弦上，按兵不動，看那些士族如何收場吧。」

城下譁變的兵卒們也有些不知所措，城上有鹽池守捉，背後有龍勒鎮兵，眾人都是打慣了仗的，知道再激化局勢，必定是屍橫就地的下場，一時間氣勢都弱了下來。

玄奘在城門口看到這情形，知道這場譁變是動不起刀兵的，歸根究柢，是士族們向王君可的示威和警告，同時也是擺出籌碼，雙方的博奕至少還得幾個回合，就看誰先妥協了。

玄奘深深一嘆，轉身走進城門。

第十五章　大唐咒禁科

敦煌城北門外是羊馬市。敦煌城的羊馬交易量巨大，城內東西二市頗為狹小，於是商賈們便在西門和東門外進行羊馬交易，久而久之便成集市。市令雖然照舊徵稅，卻沒有建什麼裡坊，各種建築亂糟糟一團，汙穢遍地，羊馬成群，人潮熙攘，到處是騾馬的嘶叫聲和商賈喧譁聲。

玄奘深一腳淺一腳，在鬧哄哄的集市中東張西望，尋找了半天，才在一匹匹的駱駝裡看見了李淳風。李淳風正扳開一隻駱駝的嘴，在牙人的介紹下觀察駱駝的口齒。

「李博士真是好興致。」玄奘笑著打招呼。

李淳風一回頭，驚訝道：「這不是玄奘法師嗎？且稍等……」

李淳風急忙到旁邊的水桶裡洗了洗手，這才跟玄奘見禮。

「法師來這裡是專程為了找在下的？」李淳風問道。

「是啊！」玄奘笑道，「貧僧去陰氏的府上打聽，才知道你每日都要到羊馬市上閒逛。」

李淳風有些尷尬：「不瞞法師，在下一直有個小癖好，便是牲畜，什麼馬匹、駱駝、羊狗之類的，在長安時便常去市上瞎逛。」

「畜生道也是六道之一，其中自有天地間的大道。」玄奘笑道。

「我信的是道術。」李淳風道。

「大道如一。」玄奘道。

李淳風大笑，抱起自己買的小羊羔，兩人談笑著走出羊馬市，信步而行。

「法師來找我，不知有何事？」李淳風撫摸著小羊羔，問道。

「貧僧是想請教李博士，」玄奘道，「在青墩戍時，你也曾親眼見到奎木狼人形狼形互換，時而是奎木狼，時而是呂晟，可猜到其中緣由？」

李淳風盯了他片刻，忽然一笑：「法師既然從玉門關平安歸來，想必早就得見真相了，我如果欺騙，自然瞞不過法師慧眼。不錯，當日從青墩戍回來，我就和令狐德茂、陰世雄等人深談過，他們原原本本把真相告訴了我，那呂晟如今被奎木狼占據了身體。」

「原來他們早就知道了。」玄奘恍然地點頭。不過想想也不奇怪，令狐氏既然派了趙富潛入玉門關，哪怕趙富暗中背叛，又怎麼可能一點消息都不知道？

「那麼，李博士認為，呂晟如今是生，是死？」玄奘問。

李淳風為難：「這……我從未見過這種怪異的事情，如何判斷？」

「那麼，按照道術而言，一個人被神靈或者妖孽占據身體，是生是死？」玄奘並不打算放棄，繼續追問。

李淳風思忖了好半晌，仍然沒有回答：「法師辛苦找到這裡，定然可以教我。」

玄奘嘆了口氣，將呂晟和奎木狼雙魂一體之事，原原本本地講述了一番，最終的結論是：「他還活著！」

李淳風聳然動容：「此事當真聞所未聞！」

「是啊，貧僧也是第一次聽說，」玄奘苦笑，「或許，神靈下凡之事本來就罕見吧。」

李淳風問道：「法師來找我，可是有什麼需要在下去做的？」

玄奘雙手合十，這次手掌沒有貼到一起：「貧僧來請李博士出手，破解呂晟的魂魄分離，讓他魂魄歸一！」

李淳風呆了：「這……這便是說，要把神靈的靈體給驅趕出來？」

「是啊，」玄奘道，「這手段更近似道術。貧僧修行多年，只是讀些佛經，對於術法一類並不精通，只好求教李博士了。」

「這是要跟神靈開戰啊，」李淳風喃喃道，「在下只是奉了陰妃的懿旨，來給陰老夫人拔除邪祟的，可從沒想過滅殺神靈……」

「真沒想過嗎？」玄奘含笑道，「當日你可是應了陰世雄的邀請，到青墩戍降服奎木狼的。」

「那只是好奇！」李淳風叫屈道，「我根本不知道奎木狼有多厲害，不過是聽說這等奇異之事，想見識見識罷了。結果……法師也瞧見了，灰頭土臉的，險些死在那兒。」

「李博士還是不盡不實啊，」玄奘搖頭不已，「你真的只是來拔除邪祟嗎？陰世雄和令狐德茂從未去過長安，不懂咒禁科的規矩，貧僧當年可是跟太史令傅奕正面辯詰過的，貧僧師從的道岳法師也跟你的師父袁天罡淵源頗深，咒禁科的博士要鎮的可不只是邪祟，何曾會離開皇城，來偏僻邊州？」

李淳風定定地看著他，忽然嘆道：「怪不得太史令對法師又是忌憚，又是推崇，想欺瞞法師果然不容易。」

「李博士奉的不是皇妃懿旨，而是皇命吧？」玄奘問道。

「是，」李淳風老老實實道，「是陛下欽命我來敦煌。」

「具體何事，不知道能否讓貧僧知曉？」玄奘問道。

李淳風看著玄奘的眼神頗有些幽怨：「都到這地步了，我不說你就不知道了嗎？不瞞法師，武德九年，我師父和太史令占算天象，發現西方白虎黯淡，天象紊亂，歲星逆行紫微，只是當時玄武門之變剛結束，新皇即位，他們怕應在這件事上，因此不敢聲張。」

玄奘吃了一驚，太史令傅奕是佛門的老對手了，玄奘對他自然極為熟悉。傅奕是前隋和大唐首屈一指的占星大家，自武德年間就官居太史令，掌管太史局，「觀察天文，稽定曆數，凡日月星辰之變，風雲氣色之異，率其屬占而候之」。

歲星便是木星，在天象和曆數中乃是極為重要的一顆星，上古直到戰國時期便是以歲星紀年。古人認為歲星繞太陽一周為十二年，根據歲星經行軌跡，將周天劃為十二分次，十二地支，十二時辰也是由此而來。

在周天上，歲星是由西方向東方運行，這個運行軌跡稱為黃道。周天劃為十二分次，其中的各個星辰即十二星座，歲星運行浩浩湯湯，亙古不變，每隔一段時間便會行經一個星座。

占星術認為，歲星每經過一個星座，就會因為天人交感而引發人間動盪，或細微，或重大，或主皇帝死，或主大國破，或主諸侯動亂，或主天下水旱。

至於逆行入紫微，那更是大凶之象，因為紫微乃是天帝所居！

「到底怎麼回事？」玄奘低聲問。

「法師懂天象吧？」李淳風問。

「略懂。」玄奘道。

李淳風搖頭不已，這僧人他早就聽說過，沒有不懂的，所謂略懂恐怕只是比佛學略差而已。

「西方白虎七宿，奎、婁、胃、昴、畢、觜、參，鎮守在紫微的西方，七宿各有職司，圍繞紫微運轉，可是從武德九年起，奎宿黯淡，星域一片昏黃。」李淳風指了指天空。

玄奘不由自主地抬頭看去，此時是白天，晴空萬里，大日當空，自然瞧不出什麼。

玄奘皺眉：「你的意思……可是跟奎木狼下凡有關？」

「奎木狼之事並未傳到長安，是我師父和傅奕占星時發現的。」李淳風道，「敢問法師，什麼叫奎？」

「奎……」玄奘想了想，「許慎的《說文》中說道：『奎，兩髀之間。』便是兩條大腿之間，比喻其狹小。《莊子》中言道：『西方十六星，象兩髀，故曰奎。』」

「法師果然了得！」李淳風由衷地讚道，「我師父自前隋得到一部祕傳的天象占星詩集，名為《步天歌》，上面以詩句記載了周天諸星，其中說到奎宿的詩篇有十二句。」

李淳風接著誦念：

腰細頭尖似破鞋，一十六星繞鞋生。外屏七烏奎下橫，屏下七星天溷明。

司空右畔土之精，奎上一宿軍南門。河中六個閣道行，附路一星道傍明。五個吐花王良星，良星近上一策名。天策天溷與外屏，一十五星皆不明。

玄奘猛然一驚，回想起在玉門關奎木狼講述的天上故事，忍不住問道：「外屏、天溷、司空、土之精、軍南門、閣道、附路、王良、天策，都是星辰的名字？」

「正是，」李淳風驚訝地看著他，「法師果然精通占星。」

「只是聽奎木狼講述過而已。」玄奘苦笑。

玄奘便將那一夜玉門關中，奎木狼講述的天庭說了一番。

「果然如此！」李淳風神情嚴肅，「法師知道我師父和太史令在占星時發現了什麼嗎？這三年來，歲星進入奎宿之後，因為奎星黯淡，便引發了諸多大凶之兆！歲星先後入犯土司空、天倉、天囷、天屏，犯王良、閣道、附路。」

李淳風補充道：

《石氏星經》曰，歲星入天囷，天下兵起，囷倉儲積之物皆發用。

《甘氏星經》曰：歲星入守天屏星，諸侯有謀，若大臣有戮死者。

《荊州占》曰：歲星守入土司空，有土徭之事。

《海中占》曰：歲星守土司空，其國以土起兵；若有土功之事，天下旱。

《黃帝占》曰：歲星入天倉中，主財寶出，主憂，亂臣在內，天下有兵，而倉庫之戶俱開，主人勝客，客事不成，期二十日中而發。

《石氏星經》曰：歲星守附路，大僕乃罪，若有誅；一曰馬多死，道無乘馬者。

《石氏星經》曰：歲星犯閣道絕漢者，為九州異政，各主其王，天下有兵，期二年。

《齊伯五星占》曰：歲星犯守王良，天下有兵，諸侯放強臣謀主，期不出年。

「更嚴重的是，歲星甚至沿著附路入犯紫微垣，《海中占》曰：『歲星入長垣，天子以兵自衛，強臣凌主；一曰叛臣被誅，若戮死；期不出百八十日。』《玄冥占》曰：『歲星入紫微宮，奸臣有謀，兵起宮中，天下亂，人主憂，期二年』。巫咸曰：『歲星守紫微宮，民莫處其室宅，流移去其鄉。』」李淳風的面色越發凝重。

玄奘聽得目瞪口呆，沒想到奎宿下凡，竟然引得如此動盪不安。不過想想也是，奎星鎮守西方天界，震懾邪祟，一旦缺位，引起歲星侵入黃道之內，自然會引發一連串反應。而根據天人交感的理論，便也在人間引起軒然大波。

比如說最著名的天象：熒惑守心。

熒惑便是後世所說的火星，因火星熒熒似火，行蹤捉摸不定，而稱為「熒惑」。心，便是二十八宿的心宿。熒惑守心意指熒惑侵入心宿的天象，歷來是大凶之兆，史籍記載有二十三次，每一次幾乎都引起朝野動盪。

最著名的一次，便是秦始皇三十六年，「有墜星下東郡，至地為石，黔首或刻其石曰『始皇帝死而地分』」。

敦煌翟氏的先祖，漢成帝的丞相翟方進，就是因這種天象而死。

西漢綏和二年，占星者李尋與翟方進有仇怨，借著熒惑守心一事上奏漢成帝，說熒惑守心，國有厄運，皇帝可以免責，宰輔大臣怎麼可以惜身？於是漢成帝為了脫罪，賜書問責翟方進，賜酒十石，牛一頭。

在漢代，皇帝賜予牛酒具有政治意圖，需要大臣揣摩。而漢成帝的意思很明白，翟方進於是自殺。

「太史局上奏皇帝之後，陛下也憂心忡忡，命我師父和太史令調查因由，可惜一直找不到，三年來歲星的軌跡運行異常，卻不知何故。直到後來河西的商旅來京，說敦煌出了一個神靈，名號奎木狼。雖然奎星和木、狼之間有什麼關聯至今不明，不過既然有了線索，陛下便命我來暗中調查一番。」李淳風道，「聽法師剛才所言，我終於確認，這位奎木狼，便是天上缺位的奎星！」

「那麼，回到剛才的問題，」玄奘笑道，「即使貧僧不請求你，你也會想方設法把奎木狼趕回天庭吧？」

李淳風愣了：「呃……法師，你繞了一大圈，總算是把我套進去了。」

玄奘大笑，李淳風抱著小羊羔有些累了，把小羊羔放到地上，那小羊羔當即咩咩叫著朝河邊跑去。

李淳風想追過去，玄奘一把拽住他：「李博士，我們算立約了吧？」

「哎喲！」李淳風痛叫一聲，玄奘這才醒悟，自己是用左手拽他，急忙放手。

「你這左手……便是天衣？」李淳風揉著胳膊，臉色發白地道。

「相信我，天衣和奎木狼，牽扯到一樁絕大的祕密，定能讓你給皇帝有個滿意的交代。」玄奘笑道。

「法師，」李淳風有些不解，「你為何確定在下能祛除奎木狼的靈體，讓呂晟魂魄歸一呢？」

玄奘沉吟片刻：「李博士既然是咒禁科博士，修的是孫思邈的《禁經》二十二篇，必定懂〈針十三鬼穴歌〉吧？」

「這你都知道？」李淳風對這個僧人簡直是無話可說。

這〈針十三鬼穴歌〉又叫鬼穴十三針，是古時醫家的不傳之祕，專治鬼魂附體，中邪癲狂，乃是針灸人體十三鬼穴，祛除惡煞的醫家法門。後來孫思邈認為頗有錯訛，於是進行修正，作〈針十三鬼穴歌〉傳諸後世。

李淳風身為咒禁科博士，承繼的就是孫思邈的衣缽，玄奘一提他自然明白了。

想了片刻，李淳風舉起手：「擊掌為誓……哎，用右手！」

玄奘笑著用右手和他擊掌，李淳風這才跑到河邊把小羊羔抱了回來。

這時他轉目四顧，有些愕然，原來玄奘帶著他，兩人一邊聊一邊走，不知不覺便往北走，進入敦煌最富庶的農田地帶。

敦煌水源豐富，甘泉河從鳴沙山的南側繞山而來，帶來祁連山上清澈的河水，流量龐大。敦煌人在甘泉河上開鑿了四條大型引水渠，分流河水之後又在大型引水渠上開鑿了無數的水渠，密密麻麻的水渠從田間穿插而過，白楊參天，林木茂盛。

而這田間渠邊，則是一座座的村莊。一座村莊便是一座塢堡，夯土版築的堡牆又高又厚，與城池並無分別。

「這……這是哪裡？」李淳風詫異道。

的一座塢堡。

「平康鄉，皆和村。眼前這條渠名叫皆和渠。」玄奘簡短地道，眼睛卻盯著水渠對岸

正值黃昏時分，農人從田中歸來，雞犬相聞，炊煙裊裊。

李淳風神情戒備：「法師，你帶我來這裡是什麼意思？」

「李博士不用介懷，我們既然要破解奎木狼和呂晟的一體雙魂，自然得掌握他的行蹤。貧僧帶你來這裡，是要等一個人，讓他做內應。」玄奘道，「他一直跟隨在奎木狼身邊，奎木狼此次必定會來敦煌殺我，此人也會跟來。貧僧已經打聽過了，皆和村是他的老家，家中仍有父母妻兒。他離家三年，至今未回來過，所以他只要回到敦煌，就一定會回家看看。」

「誰？」李淳風問。

「他來了。」玄奘指了指遠處。

李淳風詫異地望去，只見一座葡萄園的園囿邊，一個人影騎著馬躲藏在陰影中緩慢而行，那人身形富態，肥頭大耳，馬背上還馱著大包小包的禮品。他神情鬼鬼祟祟，偏生還眉開眼笑，貪戀地四處張望。

玄奘道：「此人便是奎木狼的玉門關長史，趙富。」

玄奘帶著李淳風從樹蔭裡走出來，站在水渠邊，含笑等待。

趙富正策馬行走，忽然看見玄奘和一名年輕男子站在水渠對岸，猛然一驚：「你……玄奘法師？你……你來此做什麼？」

玄奘合十：「貧僧來感謝趙長史當日在玉門關相助之恩。」

「我……我沒助你！」趙富氣急敗壞，膽怯地四下打量，眼見無人，方才鬆了口氣，壓低聲音道，「法師，一別兩相歡，咱們就不能互不打攪嗎？」

「再幫貧僧一次！」玄奘豎起一根手指，「此次之後，你我一別兩相歡。」

趙富咬牙切齒：「你……莫要得寸進尺！」

玄奘盯著趙富和他身後的包袱，忽然道：「趙長史看來是剛從敦煌城回來吧？」

「你管我！」趙富色厲內荏。

李淳風懵然不解，靜靜地看著。

「這包袱裡的錦緞，像是東市方家綢緞莊的上等貨。」玄奘隔著水渠打量著，「哦，還有張老福的乳酪，孫博士的飴糖……看來趙長史在東市逛了挺久啊！不過貧僧就奇了，你貼身跟隨奎木狼，為何能外出呢？」

趙富臉色發白：「他……奎神他不知道……」

李淳風這下也明白了玄奘的意思，笑道：「哦，原來你是私自外出！」

「那麼，他為何能私自外出呢？」玄奘問。

「恐怕是奎木狼交付他使命，他完成之後私下逛了逛東市，買了些貨物，回家來探望父母妻兒吧？嗯，三年沒有回家，也是情有可原。」李淳風道。

「原來如此。」玄奘點點頭，「那麼，他既然能得空回家，說明奎木狼不在州城，且距離州城有一段距離，所以他才能開個小差。」

趙富呆呆地看著二人唱雙簧，額頭上汗如雨下。

李淳風笑道：「奎木狼交代他去州城辦事，如今州城之中西關鎮的譁變剛剛鎮壓完畢，五門封鎖，嚴查出入。他身為奎木狼的幫凶，憑什麼能出入自由，還敢大搖大擺地在東市購物？」

這個問題就有些深入了，玄奘仔細思考了片刻，猛然想起當日河倉城外，奎木狼和王君可寥寥談過幾句，脫口而出道：「他來見王君可！」

撲通一聲，趙富從馬背上掉了下來，渾身顫抖，呆滯地看著玄奘，彷彿見鬼了一般。

「果然如此，你是來見王君可的？」連玄奘自己也吃了一驚，「奎木狼為什麼派你來見王君可？當日河倉城外，兩人到底談了什麼？」

「我什麼都沒說！是你自己猜出來的！」趙富聲嘶力竭地喊道。

李淳風冷冷道：「這話你說給奎木狼聽，他信嗎？」

趙富呆若木雞，確實，隔著河看了一眼，便藉由蛛絲馬跡捉摸出自己的使命，說給誰聽都不會相信。

李淳風淡淡地道：「趙長史，背叛奎木狼的事做過一次，就會做第二次，因為對奎木狼而言都一樣。說吧，他命你來見王君可，有什麼目的？」

趙富從地上爬起身，汗如雨下。玄奘靜靜地盯著他，等待著。

「奎神……奎神命我來找王君可……」趙富咬著牙，喃喃道，「要一個人的下落。奎神和王君可立過契約，奎神要殺一個人，讓王君可找出那人藏身之所。」

「誰？」玄奘追問。

「令狐德蒙。」趙富道。

玄奘一臉納悶：「此人是誰？難道和令狐氏的家主令狐德茂有什麼關係不成？」

趙富苦笑著搖頭：「我是敦煌人，竟從未聽過此人！」

李淳風卻倒抽一口氣：「此人我倒見過一次。令狐氏這一代兄弟四人，如今家主雖然是老三令狐德茂，可令狐氏真正的中樞，其實是這位令狐德蒙。他歷來隱居不出，名聲也不為外人所知，只有士族的上層才知道。此人是令狐氏真正的主事之人，令狐氏籌劃的大事，都是出自他的手筆，其他七大士族的家主對令狐氏的忌憚與尊重，有一半是因為令狐德蒙。」

「奎木狼為何要殺令狐德蒙？」玄奘問。

李淳風和趙富都搖頭不知。

「那麼，」玄奘憂心忡忡，王君可竟然會與奎木狼私下勾結，這讓他極為不安，「既然是立約，奎木狼讓王君可找出令狐德蒙的藏身處，那王君可又要奎木狼做什麼呢？」

趙富坦然搖頭：「這我實在不知。不過那日奎神從河倉城返回玉門關後，召見了東突厥和吐谷渾的使者，隨後他們便動身趕回王庭去了。」

「可以確定跟王君可有關嗎？」玄奘問。

「不確定，」趙富搖頭，「他們在障城的洞府內密談，我無緣參與。不過，前兩年也有過降神儀式，西域各族也曾派人觀禮，可奎神不曾單獨接見誰，想來是要做到對各族不偏不倚吧。」

「法師，這很重要嗎？」李淳風問道。

玄奘慢慢在河岸上走著：「王君可此人一直讓我感到不安，但也說不上是從何而來。我只能說，自我當日在州城驛見到此人以來，他的每一步似乎都有深意。首先，他將魚藻嫁給李澶，這是李琰先提的親，倒沒什麼可說的，但他為了求娶張敝的嫡女，大肆打壓敦煌士族，這一點讓我百思不解。」

李淳風笑道：「王君可嚮往士族，在朝廷裡也是出了名的，他攀附張氏並不奇怪。」

「張氏有什麼值得他攀附的？」玄奘淡淡道，「王君可是流官，總要調任的，以整個大唐而言，相比於崔、盧、鄭、王、李這山東五姓士族，敦煌士族不過是二流士族罷了。你看他一連串的手段，先是透過莫高窟慘案，褫奪了令狐氏在西關鎮的兵權，隨後又因為張敝拒婚，掀起走私大案。」

「這只是要報復張氏而已。」李淳風笑道，「我聽說張敝宣稱，王君可的兒子只配娶他家的庶女，這才激怒了王君可。」

「不不不，李博士，你不要這樣看問題。」玄奘搖頭，「走私大案固然是直指張氏，可罪名卻是與化外人私相交易。這其實是敦煌商貨貿易中的不成文規則，各大士族明裡暗裡都有參與。王君可今日能以這個罪名辦了張敝，他日就能以這個罪名辦了任何一家士族。他是劍指八大士族啊！」

李淳風初來乍到，其中關竅還不大明白，可趙富是商賈出身，頓時頻頻點頭：「敦煌士族中，除了令狐氏、陰氏基本上不從事貿易，其他士族都暗中從事商貿，只是張氏、李氏做得最多，其次便是翟氏。」

「所以，」玄奘整理著思路，「我懷疑今日的西關鎮譁變是王君可故意逼出來的！」

敦煌城，刺史府。

此時已經是黃昏，閉門鼓即將敲響，而刺史府後宅的街上，卻有一行人騎著馬慢慢走了過來。夕陽照過旁側的坊牆，將巷子染作一片蒼黃，馬上騎士的臉色也是蒼黃凝重。

前面兩騎正是令狐德茂和翟昌，令狐瞻帶著兩名部曲護衛在後。

「今日真是辱沒先人！」翟昌憤憤地道，「一場好局，竟被王君可給翻盤了，不單你們令狐氏丟了整個西關鎮，州縣兩級衙門的十幾名士族官員也被拿下。你看到他提拔的名單了沒有？都是自己的心腹！」

原來，今日鎮壓西關鎮譁變之後，王君可雖然沒有殺人，卻對整個西關鎮大清洗，除了自己提拔的鎮副之外，兩名校尉、四個旅帥、十個隊正全部鎖拿下獄，其他兵卒則被打散到各個鎮戍和守捉之中，再挑出可靠的兵卒編入西關鎮。王君可是軍中起家，自然不乏忠誠的將官，當即從各處抽調校尉、旅帥和隊正進入西關鎮。

可以說，除了令狐瞻這個架空的鎮將沒有動之外，如今的西關鎮已被王君可牢牢掌控。非但如此，公廨錢事發之後，那些同時「病倒」的十幾名官員也盡數被拿下，不過王君可沒那麼多文官替補，大多數命副手接任，只在關鍵位置讓曹誠安插了自己人。

這一仗八大士族可說是大敗虧輸，不但丟了一個鎮的兵權，還丟了州縣衙門的緊要差使，今晚，還得親自上門找王君可和解，怪不得翟昌鬱悶。

「弘業公以為我們輸了嗎？」令狐德茂淡淡道，「今日之事是我大兄策劃的，目的便是要將西關鎮拱手交給王君可。」

翟昌詫異地望著他：「德蒙公不是……哦，不知德蒙公有什麼深意？」

「我長兄憂慮的，是摸不清王君可的路數。當日他借著莫高窟一案拿下瞻兒的鎮將，我長兄便認為此人有大野心，但他無法判斷此人對我敦煌士族是敵是友，是福是禍。那天你我來見他，送上舍弟德棻的書信，其實便是試探他。」

「試探他？」翟昌一頭霧水。

令狐德茂解釋道：「那封書信是大兄早在半年前便讓德棻準備好的。這些年我們試過多次，此人不愛財貨，不喜美女，不貪占土地，他如今是四品大員，更高的官爵我們難以給他，那就看看家族榮耀他要不要。」

「可那次也沒試出什麼啊，」翟昌思忖道，「他宣稱想立下王氏門閥，可後來卻仍然跟我們作對。」

「所以我們才知道他想要的更多，」令狐德茂難得地笑了笑，「他到底為什麼非要掌控西沙州？官職？權力？可西沙州是邊州，做到頭也就是一介刺史，正四品下，他何苦開罪我士族，樹下強敵？」

翟昌恍然，嘆道：「確實如此。此人的心思如山之厚，如海之深。那德蒙公為何還要把西關鎮送給他？」

「大兄是要看看他手中的牌。敦煌地處邊州，王君可在朝廷的人脈是用不上的，真正要看的是這三年來他暗中在敦煌培植了多少勢力。所以，不用西關鎮這麼大一個餌，他怎麼肯把藏在水中的魚亮出來？」令狐德茂道，「如今我們已經看到，鹽池守捉趙平、龍勒鎮將馬宏達都是他的人，之前我們可知道？」

翟昌悚然，之前任何人都不知道王君可在三鎮四守捉中藏著這麼兩副好牌。如此一來，僅僅在敦煌軍中，就有龍勒鎮、西關鎮、鹽池守捉牢牢掌控在他手中；而士族手中只剩下紫金鎮的宋楷、子亭守捉的翟述。懸泉、常樂兩位守捉使並非士族，恐怕危急之時會聽從王君可的命令。

八大士族在軍中已經完全被壓制。

「不過，藉由清洗西關鎮的一連串變動，人員調撥、劃派、拆分、重組，我們已經摸清楚王君可的底牌，這樣一來反倒安心了，送他一個西關鎮也無妨。」令狐德茂道，「所以請弘業公放心，也請各位家主放心，我大兄自然備有後手。」

翟昌這才鬆了口氣，此時兩人已經到了刺史府門口，便不再交談。

王君盛就候在門前，四名兵卒靜默地站在兩側。見到眾人過來，王君盛也不說話，微微一拱手，命人打開側門，眾人下馬，刺史府的兵卒把馬牽到旁側的馬廄。

王君可站在中庭內等著：「德茂公，弘業公！」

翟昌忍不住諷刺道：「上次造訪，可沒見王公降階相迎。」

「上次你們是替張氏來拒婚的，這次是來交易的，自然不同。」王君可一抬手，「請。」

翟昌臉色有些難看，令狐德茂卻平靜如初，二人隨著王君可進入正堂。令狐瞻按著腰間橫刀，與兩名部曲守在廊下。

「令狐鎮將不一起嗎？」王君可問。

令狐瞻冷冷道：「我如今已被免職，不是鎮將，只是令狐家中一小兒。」

王君可啞然一笑，也不說什麼，陪同令狐德茂二人在席上分賓主落坐，食床上早已備好了瓜果和酒水，王君盛在一旁伺候，給令狐德茂二人斟酒。

「刺史公真是好手段，一舉拿下我令狐氏經營十幾年的西關鎮。」令狐德茂道，「佩服！」

「本官出身軍中，平定譁變只是舉手之勞。」王君可笑吟吟道，「二位家主今日是來興師問罪的？」

「當然不是。」翟昌冷笑，「對於你這樣的封疆大吏，我們只能去朝廷喊冤，豈敢在你的治下亂來，不怕抄家滅門嗎？」

令狐德茂擺擺手，阻止翟昌發牢騷，徑直道：「刺史公，你要什麼？我士族能給你什麼？」

「何出此言？」王君可故作驚訝。

「這半年來，刺史公屢屢針對我士族出手，必有所圖。」令狐德茂道，「上次舍弟寫信，願意助你王氏歸宗太原，看來這禮是有些輕了，刺史公看不上。」

「也不是看不上。」王君可沉吟道，「雖然為此心動，但本官深知這只是鏡花水月，如今敦煌在我治下，令狐侍郎自然願意相助，可我是流官，他日調任，恐怕就是一場空了。」

「原來你擔心的是這點。」令狐德茂點了點頭，但一時也沒有好辦法讓王君可信服。事實的確如此，這只是令狐氏給王君可畫的餅，他日王君可一調走，哪怕他調回朝廷任職，又如何跟一個禮部侍郎討債？

「那麼，你想要什麼？」翟昌追問了一句，「難道與我士族開戰，只是為了張氏的嫡女？」

王君可目光一閃，慢慢道：「如果是呢？」

翟昌咬牙道：「如果是，我們已經說服了張敝，他同意這門婚事。」

王君可大笑：「弘業公，你們真的說服張敝了嗎？我卻不信！在這種局勢下妥協，可不是張敝願意的。」

翟昌啞然。王君可猜得一點沒錯，今日下午，他和令狐德茂已跟張敝談過，卻再次遭到拒絕。哪怕是刀架在脖子上，張敝也不肯同意。士族何以立足？禮法門風和士族體面！在逼壓之下被迫嫁女屈服，張氏還如何在敦煌立足？

「我們自然有辦法說服張敝。」令狐德茂緩緩道。

「遲了！」王君可大聲道，「說實話，本官挑起這些事端，的確是受張氏所逼，可如今，張敝已是砧板上的肉，任我揉搓，他憑什麼認為嫁了女兒就能平息我心頭之怒？」

兩人對視一眼，神情都凝重起來。

令狐德茂緩緩道：「刺史公就直說吧。」

「第一，張氏嫁女是必須的。第二，我要你翟氏和宋氏交卸子亭守捉使、紫金鎮將之職！」王君可冷冷道。

翟昌猛然坐起，怒道：「豈有此理，這關我翟氏什麼事？還有宋氏，根本與此事無關！」

令狐德茂卻冷靜得多，扯了扯翟昌，讓他坐下：「原來刺史公是想要盡數奪走我士族的兵權，可以說說理由嗎？」

「很簡單。」王君可坦然道，「本官是軍中出身，兵權一日不握在手中，便一日難以安寢，更不想重演第二次西關鎮譁變。」

令狐德茂緩緩點頭：「原來如此，倒也能理解。可還有其他要求，刺史公一併說了吧。」

「第三就是，」王君可豎起手指，「朝廷徵召府兵的敕書一到，本官便會按照約定，出兵玉門關。我的要求是，你們士族提供軍糧兩萬石，絹兩萬匹！」

令狐德茂和翟昌都驚住了，忍不住面面相覷。

「打一座玉門關哪需要如此多的錢糧？」翟昌怒道，「西沙州每年和糴軍糧兩萬石，百姓上繳的丁租兩萬石，州倉的糴糧兩萬四千石，還有屯田和營田的收入，而全州兵馬耗糧每年才五萬八千石，錢糧遠遠足夠。難道一座玉門關你還要打一年嗎？」

「如果突厥入侵呢？」王君可冷冷道，「如果吐谷渾入侵呢？」

「怎麼可能？」翟昌喃喃道。

王君可冷笑：「你別忘了，奎木狼號稱狼神，而狼神對於突厥各部和吐谷渾人意味著什麼？據本官所知，如今玉門關中多數人便是從西域各部投奔過來的，為他效力。本官為何懇求朝廷徵召府兵？便是為了防止突厥和吐谷渾南北夾擊！二位也知道，仗一打，錢糧便是海一樣花出去。我要這點錢糧，多嗎？」

翟昌半晌不語，令狐德茂則目光幽深地盯著王君可，長久不言。

這時，忽然聽到中庭外一陣喧嚷，令狐瞻低聲說著：「妳……妳莫要魯莽！」

一個柔柔的女聲溫婉地道：「我並未魯莽。這是我的事，不勞令狐郎君費心。」

「胡鬧！」令狐瞻氣急敗壞，「趕緊回去！若是讓妳父親知道，怕是要重重責罰！」

三人聽了片刻，都有些愕然。王君盛急忙開門走了出去，正堂的門打開的瞬間，三人瞥見中庭裡俏生生地站著一名少女，王君可和令狐德茂並不認識，翟昌卻張大了嘴，喃喃道：「怎麼是她？窕娘？」

第十六章　十九窈窕女，十三鬼穴歌

閉門鼓敲響，各坊各市都開始驅趕行人，街市上到處是步履匆匆的歸人。

玄奘詢問完趙富，便讓他回家探望父母，自己和李淳風則返回城中，在這暮鼓聲中急匆匆而行。兩人順著甘泉大街進入子城，沿著令狐德茂和翟昌剛才經過的那條街巷，來到長寧坊。

坊門正街的街角開著一家酒肆，世子李澶粗布麻衣，正俐落地抹著桌子。看起來李澶幹得是相當愉快，掌櫃和酒博士們也不拿他當外人，此時顧客並不多，李澶一邊和眾人說笑著，一邊俐落地幹活。他忽然一瞥眼，看見玄奘，驚喜交加。

「師父！」李澶丟下抹布，跑了出來，「哎喲，這不是李博士嗎？來吃酒？」

李澶熱情地拉著李淳風，就要往酒肆中拽，頗有些攬客的味道。

李淳風連忙拽開他的胳膊：「就算吃酒也不敢勞煩世子伺候，是玄奘法師有要事跟你說。」

李澶愣了一下，見玄奘面目嚴肅，急忙把他們請進酒肆，找了靠窗的僻靜處坐下，低聲道：「師父，發生什麼事了？」

「世子，你能否以最快的速度聯絡上臨江王？」玄奘問。

「阿爺如今在瓜州呢。」李澶想了想，「不過王利涉一直在敦煌，我來酒肆做幫工之後，他便派了侍衛在不遠處守著。師父若是需要，我立刻命人把他叫來。」

李澶指了指幾十步之外的一家皮匠鋪，果然有兩名精壯男子似乎在幫皮匠打下手，目光卻不住往這邊瞟。

玄奘點了點頭：「我需要你立刻給大王傳訊，告訴他，王君可可能謀反！」

李澶大駭，怔怔地看著玄奘，整個人都僵了。

好半晌，李澶看著玄奘和李淳風的神情，終於確認二人並不是開玩笑，立刻朝著窗外一揮手，兩名精壯漢子飛奔過來，叉手施禮：「世子殿下！」

「你們立刻去長樂寺，把王參軍叫過來。」李澶咬著牙，低聲道，「不要驚動任何人。」

兩人應諾一聲，如飛而去。

「師父，」李澶臉色慘白，「這到底怎麼回事？」

在皆和村水渠邊，玄奘怕嚇著趙富，所以並沒有說穿，此時他把自己的推論講述了一番，然後道：「王君可一連串的手段，最終就是為了澈底掌控西沙州的軍權！他不但要掌控軍權，同時還要捏住敦煌士族的把柄，迫使他們就範。如果貧僧所料不差，士族手中還有子亭守捉和紫金鎮兩處兵權，王君可必定會以各種手段謀奪過來！」

「我會安排王利涉打聽。」李澶見玄奘沒有確鑿的證據，暗中鬆了口氣，穩了穩心神，「可是師父，王君可本就是刺史，敦煌軍政大權盡在他手中，他把權力從士族手中奪走，也不意味著要造反啊！我想，任何一個外來的流官，權力被當地士族牢牢把控，都會想奪回來的。」

「世子想想在河倉城，王君可說是來救你和魚藻，可是他並沒有帶大隊兵馬，只帶了三十名兵卒和十五架伏遠弩，這像是去玉門關救人嗎？」玄奘問道。

「可是他確實救了我們。」李澶想了想。

「那或許是意外的收穫。」玄奘道，「世子想一想，你如果是將軍，明知玉門關有三百悍匪，卻只帶著十五架伏遠弩，你是去做什麼才會這樣？」

李澶脫口而出：「談判！」

「對！」玄奘點點頭，「王君可是去談判的。帶了伏遠弩，只是為了威懾奎木狼，而不是要與他開戰。如果談判破裂，僅僅十五架伏遠弩是不足以保障王君可安全的，但王君可仍然這麼做，便是因為他認定這樁談判必能談成。世子，請問什麼樣的談判必能談成？」

李澶想了半晌，也沒想明白。

李淳風嘆道：「給予甚多，要求甚少。這樣的談判自然能談成。」

「兩人談判之後，奎木狼立刻召見東突厥和吐谷渾的使者，命他們返回王庭。所負擔的使命貧僧雖然不知，但如果這就是兩人談判的內容，那麼奎木狼付出的代價微乎其微，他只需要傳一句話即可。」玄奘道，「世子請想，東突厥和吐谷渾恰在西沙州的南北，這些年屢屢犯我大唐邊境，需要這兩個國家同時做的事，還難猜嗎？」

李澶的腦子一片混亂，想起自己和魚藻的婚事，禁不住渾身顫抖。

「我聽說刺史府早些日子向朝廷行文，要徵召府兵剿滅奎木狼。」玄奘道，「既然王君可已經與奎木狼勾結，徵召府兵是要打誰？府兵一集結，加上鎮戍兵，王君可手中便有七千五百兵力，他要做什麼？」

李澶頹然坐在繩床上，半晌說不出話。

這時王利涉急匆匆趕到，見世子這般模樣，嚇了一跳，還以為他病了。

「我身體無恙。」李澶喃喃道，「王參軍，你速速向我阿爺報訊，王君可意欲謀反，早做防範。」

王利涉一哆嗦，險些坐在地上：「世子，這話……這話從何而來？」

李澶有氣無力地將玄奘方才的推論講述了一番，王利涉臉色發白，額頭冷汗涔涔：「法師，這話您沒跟別人講吧？」

「除了在座幾位，並無別人知道。」玄奘道。

王利涉扶著額頭，慶幸道：「佛祖保佑。這話一旦傳出去，咱們就沒法活著走出敦煌了。事不宜遲，不管您的推斷是真是假，下官這就以最快的速度將消息傳給大王！」

李澶癱坐著，喃喃道：「速去，速去。叮囑阿爺，此事未經證實，不可外傳，只是防範。」

王利涉答應一聲，急匆匆奔出長寧坊。

到了坊外，王利涉麻木地呆立片刻，身子一軟，險些摔在地上。他扶著坊牆凝神思索一會兒，接著朝刺史府狂奔而去。

王利涉走後，玄奘和李淳風也起身，李澶急忙問：「師父，您要去哪裡？」

「奎木狼就在州城之外，貧僧帶了醫者去給他診治診治。」玄奘笑道。

李澶神情複雜地望著玄奘，沒有再說什麼。他與玄奘只分開一日，但自從他找到自己要負擔的責任、留在這酒肆後，便感覺與師父漸行漸遠。因為自己會停留，而師父永不停歇，將一直在路上。

最後幾點暮鼓聲中，玄奘和李淳風朝著城池西門而去。

刺史府中來的女子果然是窕娘。

原本令狐瞻正在廊下站著，忽然見府門處有門閽和一名女子在對話。那女子聲音聽著耳熟，他便走到前庭，卻見來人竟是窕娘！

令狐瞻吃了一驚，跟門閽說了幾句，急匆匆將窕娘扯到一邊，問道：「妳……妳來做什麼？」

「自然是來求見刺史公。」窕娘側著臉不肯看他，眼中似乎有淚水盈盈。

「妳阿爺知道嗎？」令狐瞻一時頭痛不已。

「我是偷偷出來的，在武侯鋪討了文書，不會干犯夜禁的。」窕娘道，「你且讓開。」

「窕娘，」令狐瞻左右看了看，低聲哀求道，「妳如此舉動可知會給張氏帶來多大的麻煩？如今我阿爺和翟家的弘業公都在，讓他們瞧見了，妳還如何做人？快回去吧！」

「回去便能做人了嗎？」窕娘悽然望著他，「九郎，如今我張氏的麻煩你又不是不知。商行被封，族人被抓，更遭受刑訊，甚至還引發兵變，我父親日日憂苦，眼見禍事就要牽扯到他的頭上，而這皆是我一人引起，你讓我如何在家安坐？」

「我父親和弘業公來，便是為了解決此事。」令狐瞻耐心勸說，「妳來又有什麼用？」

「自然有用。」窕娘望著他，「只消我答應這場婚事，一切不就收場了嗎？」

令狐瞻驚呆了：「妳……妳是來……」

窕娘痴痴地望著他：「我曾經有所愛之人，他才華橫溢，武功出眾，我曾經無數次向月老祈求，可是卻不得那人之心。既然不能和心愛之人在一起，嫁給誰不都一樣？我父親常說王氏是馬販，怕我受苦，可其實……四品官宦之家，我哪會受什麼苦？父親只是拉不下這個面子而已。可是我做女兒的，不能不替他分憂。不管他是要打、要罵，我夜間來到刺史府，大家都瞧見了，名聲自然也壞了，父親想必……想必不會再愛惜我了吧！」

窕娘說著，淚水滾滾而落，輕聲抽泣起來。

令狐瞻怔怔地看著她柔弱的身子，一股熱血沖上頭頂，可是卻偏偏無能為力，連攙扶她的勇氣都沒有。因為他深知，自己只要一伸手，觸著她的肩膀，便要擔起這樁責任。他牙齒咬得咯咯作響，一股氣流在喉頭盤旋，只想衝破喉嚨，嘶吼長嘯，可是卻不敢驚動他人。

窕娘深情地凝望著他，最終只得落寞、失望，她轉身繞過前庭的影壁[44]，進入中庭。令狐瞻下意識地追過去，想把她勸回來，窕娘卻堅決地走上臺階，進入正堂。

「張窕娘見過刺史公，」窕娘蹲身施禮，「見過德茂公、弘業公。」

三人看著眼前的女子，都有些發愣。好半晌，王君可才道：「妳便是張公的嫡女？」

「正是，」窕娘道，「排行十九，閨名窕娘。」

王君可仔細打量著，眼前的窕娘恰如一朵碧水中的蓮花，盈盈婷婷，氣質溫婉沉凝，越看越是喜愛，只一眼，就認定此女的確是兒子的良配。

「君盛，賜座。」王君可道。

王君盛急忙抱過來一卷蘆席，鋪上羊毛氈毯，窕娘俏生生地跪坐，身姿筆直。

「妳來找我，是為何啊？」王君可溫和地道。

「聽說刺史公託了媒人上門，想求娶小女。可是我父親對刺史公的公子並不了解，便沒有答應，這才造成種種誤會，導致敦煌城劍拔弩張，兩家如同對頭。這並非我父親的本意，也不是窕娘的本意。因此窕娘不惜清白，連夜上門，便是希望刺史公能和家父握手言和。窕娘願意嫁入王家，成為王氏良媳。」窕娘面容沉著地道。

令狐德茂和翟昌面面相覷，都沒想到居然會有這番插曲。

王君可聽得她言談有條有理，不卑不亢，更是把張敝拒婚避重就輕地歸結為對王永安的不了解，格局之高，處事之得體，讓王君可大讚不已，當即眉開眼笑。

「好！」王君可大笑道，「本官日前還對妳父親多有怨氣，今日見到妳，什麼怨氣都沒了。為什麼？因為張敝居然能調教出妳這樣的女兒，在這方面，我不如他！二位家主，」王君可望著令狐德茂和翟昌，「如今你知道我為何一定要張氏嫡女了吧？我沒選錯人，就是這樣的女子，才能把我王氏的孫輩培養得青出於藍！」

窕娘微微欠身致謝：「那麼，刺史公的意思，可是答應與我父親和解了？」

「答應！為何不答應？」王君可笑道，「只要今日妳說的話妳父親認帳，本官高興還來不及，馬上就下聘禮！」

窕娘臉色微微一紅，望著令狐德茂和翟昌：「此間之事，還請二位伯父與我父親分說一番。」

「這個自然。」翟昌此時也不禁暗暗嫉妒張敝有個好女兒。

令狐德茂卻皺眉，望著王君可道：「既然張氏的事已經定下，那麼其他兩條……」

「其他兩條斷不能少，」王君可從旁邊抽出一卷文書，遞給他，「德茂公且看看這是什麼？」

令狐德茂打開來，只看了一眼便愣住了，裡面還捲著一枚銅符：「皇帝敕書！這是徵召府兵的朝廷敕書和兵部勘合！這……何時到的？」

翟昌也急忙拿過去細細看著，果然是徵召西沙州府兵的敕書。

「今日酉時到的，就在你們來之前一刻鐘。」王君可道，「另兩條答應，明日我便發文給壽昌、效穀、懸泉三座軍府，全州徵召府兵。七日後，便可出兵玉門關！」

翟昌還在猶豫：「可是紫金鎮和子亭守捉——」

「好！」令狐德茂毫不猶豫，斷然道，「此事我們會逐一說服各位家主。兩萬石軍糧，兩萬匹絹，我們出了！」

王君可大笑：「如此，我必斬了奎木狼的頭顱，送給二位掛壁收藏！」

王君可伸出手和令狐德茂擊掌，令狐德茂伸出手，側頭看著翟昌，等著他。翟昌苦笑，只好伸出手，三人啪地擊在了一起。

琬娘默默地看著，她知道，在這三人的決定中，自己的人生改變了。

王君可把三人送到中庭，還沒返回正堂，就見王君盛急匆匆走來，附在他耳邊低聲說了幾句。

王君可愣了片刻：「去請他過來。」

不一會兒，王君盛帶著王利涉來到正堂。

「王參軍，什麼事這般緊要？」王君可問道。

王利涉定定神，低聲道：「王公，我們謀的大事被玄奘發現了！」

王君可神色一緊，急忙道：「不要急，慢慢說。」

王利涉把玄奘的推論講述了一番，王君可倒抽一口氣，喃喃道：「這個僧人，莫不是有天眼通吧？」

「現在怎麼辦？」王利涉有些慌張。

王君可沉吟片刻，森然道：「這兩人，斷不能容他們活著離開敦煌！君盛，那群胡人馬匪養了這麼些時日，也該養出凶性了吧？去傳令，殺！」

昔時與聖帝，遺廟在敦煌。叱吒雄千古，英威靜一方。
牧童歌昉上，狐兔穴墳旁。晉史傳韜略，留名播五涼。

月光之下，李廟遠遠在望，奎木狼變回呂晟的形態，騎在馬上吟著一首詩。在他身邊，翟紋也騎在馬上，與他並轡而行。身後是六名星將和三十名玉門關兵卒，有胡有漢，一個個剽悍無比，還有兩名婢女。

「奎郎還會作詩？」翟紋嫣然一笑，柔和順從。

奎木狼瞥了她一眼：「這是我從呂晟的記憶中調出來的，詩也不是呂晟所作，而是敦煌一介不知名的詩人。」

這首詩說的是西涼太祖李暠。北涼天璽二年，李暠在敦煌建立西涼國，為了祭祀其父，在敦煌城西八里外建了一座廟，名為「先王廟」，廟院周長有三百五十步，牆高一丈五尺。先王廟牆東有一廟，祭祀的是李暠諸子，同樣有三百五十步，牆高一丈五尺，名為「李廟」。

「不過，在呂晟的記憶中，歷經了兩百二十八年，人間王朝更替如走馬，兩座廟早已荒廢，狐兔縱橫，牧童哀歌，如今怎地修葺一新？」

說話間，眾人來到了李廟門前，奎木狼有些詫異，只見李廟的廟門雖然封著，可白牆灰瓦，雕梁畫棟，竟然美輪美奐，全然不是呂晟記憶中的模樣。

「回稟奎神，」隨行的玉門關別駕姓鄭，乃是敦煌籍，驅馬馳了上來，笑道，「早在一年前，敦煌李氏便著手翻修祖廟，半月前才完工。據說李氏想邀請長安皇室來參與立廟之禮，而皇帝也答應派宗室前來，但路途遙遠，尚未抵達，便封了廟門。」

奎木狼大笑：「原來是想攀附皇室！重新修了也好，正好讓娘子住得舒適，踹開！」當即有星將上前，合身一撞，粗大的門閂應聲而斷，廟門被撞開。奎木狼直接策馬進了廟門，眾人也跟了進去。

這座廟甚大，中庭便有兩畝方圓，牆東側開了另一扇門，和先王廟連通。

奎木狼自己占了李廟，鄭別駕指揮著眾人在正殿旁側架起了猊床，又用屏風和正殿隔開，算是奎木狼和翟紋休息的臥房。奎木狼命奎一和奎五分別住在兩側的廂房，其他人則住到隔牆的先王廟。

也虧得這兩座廟大，四十餘人住下來毫不擁擠，連馬匹都有馬廄安置，算是很合適的棲居地。

婢女們在偏殿伺候翟紋沐浴更衣，奎木狼在正殿逡巡著，大殿內兩側是李暠諸子的彩塑，正中間則是李氏自認的祖先——老子的雕塑，手持拂塵，三柳長髯，仙風道骨。

奎一、奎五扛著蘆席走了進來，把蘆席鋪在大殿正中央的地上，又擺上蒲團。

這時鄭別駕帶著趙富急匆匆走了進來：「奎神，趙富回來了！」

趙富看見正中央的神像，有些不忿：「奎神，您坐在大殿中，這勞什子的神像恰好在您頭頂，要不要把這玩意兒拆了？」

奎木狼愕然，看了看老子的神像，惱怒道：「胡說！那是太上道德天尊！便是在天庭，也是本尊頭頂上的人物，怎麼能拆掉？」

趙富碰了一鼻子灰，訕訕地不敢言語。

奎木狼鞠躬施禮，認真禱念，然後才在蒲團上跪坐下來。

趙富急忙道：「回稟尊神，屬下見過王君可了。」

奎木狼盯著他：「怎麼如此快？」

趙富笑道：「回稟尊神，屬下原本還想冒充商賈入城，結果到了敦煌才知道，白日裡西關鎮兵卒譁變，被王君可調集龍勒鎮兵和鹽池守捉兵給鎮壓了，非但如此，王君可還拿下了州縣衙門的十幾名官員，扣押了西關鎮的校尉和旅帥，現在都安插了自己人。龍勒兵和鹽池兵也駐紮城內，整個敦煌城都被王君可控制了。」

「哦？」奎木狼意外，「怪不得我們來時經過鹽池，並無兵卒騷擾，原來早被調來敦煌了，這王君可真是好手段。王君可親自見你的？他怎麼說？」

「他親自接見的。」趙富答道，「報上玉門關的名號，他立刻接見了屬下，他已經打聽出令狐德蒙的藏身之所。」

「在哪裡？」奎木狼追問。

「西窟，」趙富道，「便是西千佛洞。這些年，他一直隱居在西窟。」

「西窟？」奎木狼臉上突然變色，沉吟不語，「這老匹夫，怪不得這些年找不到他。西窟洞窟千百，他隨便挑一個藏在其中，還真不好找。而且旁邊不遠便是子亭守捉，守捉使是翟述，想要不驚動翟述進入西窟，只怕是極難。」

「難道奎郎想要對付我兄長嗎？」這時翟紋換好了衣衫，在婢女的服侍下走了出來。她走到大殿中，姿勢優雅地坐在奎木狼身側，提起旁邊的酒壺給他倒了一杯酒。

奎木狼接過酒杯，神情複雜地看了她一眼，眼中有傷感，有迷戀，更有嫉妒。

「並無此意。」奎木狼看了她幾眼，不再說什麼。

「尊神，」趙富到底心中忐忑，先不打自招，「屬下自作主張，見過王君可後又回家探望了老母，老母聽說我如今追隨天上神靈，連夜燒香叩謝祖先，並在家裡供了您的牌位，要每逢初一十五燒香祭拜。」

奎木狼倒不介意，神情頗有些自矜：「嗯，你母親虔誠，本尊自然會多賜她幾年壽命。」

「謝尊神！」趙富鬆了口氣，跪趴在地上叩謝，然後殷勤地爬過去，倒了杯酒，畢恭畢敬地端到了奎木狼面前。

奎木狼一飲而盡，卻沒有留意到，趙富倒酒時悄悄將一片紙塞進了翟紋的衣袖。

翟紋不露聲色地舉起衣袖掩了掩唇，將上面的字跡看得清楚：

吞掉此物，耗其丹力。奘。

翟紋猶豫片刻，微微一低頭，便將紙條含在嘴裡，不露痕跡地咀嚼幾下，拿起一杯酒彷彿陪同奎木狼飲酒，微笑著喝了下去。

這紙條上所用之墨乃是李淳風以藥物調製，最大的功效就是內熱、發汗。紙條一吞入腹中，翟紋就覺得一口熱氣灌了上來，禁不住啊了一聲，面色火燙，額頭上熱汗涔涔。

奎木狼大吃一驚：「娘子——」

他下意識地伸手，卻又縮了回來，不敢觸碰翟紋，只是焦慮地望著她。趙富、鄭別駕和周圍的婢女也慌了神，卻都不敢碰她。

「我……沒事……」翟紋掙扎著坐起，「身子好像……好像一下子虛了，渾身無力，體內有如烘爐一般。」

奎木狼急得團團轉，咬牙道：「這可惡的天衣！娘子不必擔憂，想來是多年沒有離開玉門關，突然出來一趟，受風寒了吧。我來給妳治療一番，片刻就能痊癒。」

翟紋喘息著，看了一眼眾人：「你們……都出去。」

趙富、鄭別駕和婢女們退出大殿，關上了殿門。

翟紋凝望著奎木狼：「你不恨我嗎？」

奎木狼失神地望著她，眼前的這張面孔與當年在天庭已完全不同，他仍然記得在寂寞的天界，兩人一起看著繁星寂寞，如煙花般墜落入星淵的情景。那時候，她說，自己不知能否這般燦爛地燃燒一瞬。

此刻他在這張臉上感覺到一點陌生，雖然對於天神而言，容顏是最不重要的東西，神靈千變萬化，彈指萬相，可是奎木狼感覺得到，陌生的面孔似乎帶來了一種隔閡。

「我想了很久，這件事不能怪妳。」奎木狼的眼神柔和下來，「妳下凡在先，入了這紅塵，就要經受八苦凌遲，情也無非是其中一種。我只怪自己，若是當初我早些下來，早些找到妳就好了，這樣妳就不會愛上他。」

「其實……我認識你，和認識他幾乎是同時。」翟紋低聲道。

奎木狼一愣，頓時明白了她的意思。當年翟紋與呂晟雖然有婚約，但兩人其實沒有怎麼見過，也就是說並無感情。直到奎木狼和呂晟合體之後，把她擄走，才在三人這怪異的關係中，慢慢愛上了呂晟。

奎木狼沉默著，慢慢噴出金丹，金丹一出，大殿內光輝四溢。他虛托在掌心，慢慢按進翟紋的神庭之中，手掌和翟紋的皮膚接觸，頃刻間便被扎出密密麻麻的血點，奎木狼彷彿麻木了一般，不言不動，臉色哀傷，操控著金丹在她渾身各處出沒。

翟紋就這樣默默地望著他，奎木狼這次耗費的時間很久，丹力和精力飛快耗竭。翟紋的臉色已經緩和，身上滾燙的溫度也平復如初，可是奎木狼並沒有停歇，他傾盡全力，彷彿要把這生命和大道碾磨在天地間，碾成粉末。

忽然金丹一收，沒入奎木狼口中。他的臉色猛然一白，身子歪倒，竟然昏迷不醒。

「奎郎！」翟紋吃了一驚，沒想到竟會是這樣的結果，也禁不住有些慌亂。

在她的呼喚下，奎木狼慢慢睜開眼睛，然而眼神卻變了，整個人的氣質也截然不同，儒雅、睿智，帶著一股滄桑而又飛揚的激情。

「你——」翟紋驚喜交加。

「紋兒，我是呂晟。」呂晟露出笑容，「我回來了！」

翟紋下意識要擁抱他，呂晟愣了一下，卻沒有閃避，只是伸開雙臂。翟紋猛然會意到，扯起鋪蘆席的一張羊皮，墊在呂晟身上，緊緊地擁抱住他。

呂晟陶醉地嗅著她髮間的芳香，喃喃道：「我們永遠都是這樣觸不可及，有時候我寧願讓奎木狼解開妳這天衣魔咒。」

翟紋傷感：「然後呢？你我仍是觸不可及。其實這些年來，奎木狼知道我不喜歡他狼的形象，在我面前都是以你的相貌出現，可有時候我寧願自己陪的是一頭狼。這樣，我就能清楚區分自己的愛情，我愛的是誰，我是被誰囚禁。這樣我才不會迷茫，不會看著眼前的面孔陷入恍惚，這一瞬間是誰，我得以怎樣的情緒面對他，下一個瞬間又是誰，我需要如何假裝。」

呂晟長久無言，慢慢道：「他對妳好嗎？」

翟紋點點頭：「好。」

呂晟問道：「他會帶妳回天庭嗎？」

「他說……」翟紋想了想，「我的肉身他無法帶回，他想在人間陪我終老，帶我的靈體回去。他說天上一日，地上一年，人間一甲子很快，不過是他在天上打坐的瞬間。所以……四郎，你們的三年之約，他是不會履行的。」

呂晟嘆了口氣：「我知道。這些日子我的意識逐漸消散，久遠的往事越來越記不清了。我沒有時間了，必須盡快把他驅逐出我的軀殼。紋兒，再給我一些時間，我會解決這一切。」

這時翟紋才想起來，急忙把最近發生的事情告訴呂晟，尤其是奎木狼要殺令狐德蒙之事。

呂晟自然知道令狐德蒙，一聽便愣住了，「王君可同意奎木狼殺令狐德蒙？這是要誅令狐氏中樞啊！他為何要與令狐氏開戰？」呂晟端坐在蒲團上，喝道，「趙富！」

趙富遠遠在中庭裡候著，聽見叫聲急忙跑進來：「參見奎……哦，原來是呂郎君。」

奎木狼和呂晟形態互換之事，在玉門關上層人士眼中並非祕密，只是大家一則難以分辨，二則也不確定奎木狼這樣縱容呂晟到底為了什麼。反正二人面目一樣，大家平日裡裝聾作啞，誰掌控這具軀體，誰便是自家的主人，甚至對非人非神的星將們來說，也是無可無不可。

「玄奘法師在何處？」呂晟問道。

趙富急忙道：「就在三里之外。他已等候多時了，命屬下傳訊，便是想見您一面。」

從李廟往東，八里便到州城。一條土路夾在兩側的白楊之間，此時月光明亮，有樹影篩下，細碎斑斑。大漠方向有風吹來，似乎還帶著些沙塵，吹打在樹葉上，窸窣作響，彷彿遊魂齧齒。

呂晟帶著翟紋騎馬走在土路上，向東行了三里，路邊有一株巨大的胡楊，胡楊下蓋著一座五里亭。玄奘和李淳風就站在五里亭的臺階上，靜靜恭候。

「法師！」呂晟急忙下馬，深深地抱拳躬身。翟紋也屈身行禮。

「呂兄！」玄奘介紹道，「這位乃是長安咒禁科博士，李淳風。」

李淳風是第一次正式見到呂晟，禁不住好奇地打量他，神情中隱約有些黯然，想來是感慨當年名滿長安的「長安無雙士，武德第一人」，如今卻落得這般下場。

「李博士！」呂晟含笑致禮，「當年我在長安，曾經在太醫署任職，那時咒禁科剛組建，仍然是袁天罡大師主持，想不到今日竟然交到了你的手上！」

「天罡先生正是家師，」李淳風皺了皺眉，笑道，「家師年齒已高，所以才讓我這後輩來做些俗事。」

「伺候宮廷可算不得俗事！」呂晟大笑，轉向玄奘，「法師，聽紋兒說是你緊急傳訊想見我，不知有什麼要緊之事？」

「當然是要緊之事。」玄奘含笑道，「我今日請了李博士來，便是想試試祛除你身上的奎木狼靈體。李博士通曉〈針十三鬼穴歌〉，雖然是人間法門，貧僧卻想試一試是否有效。」

「〈針十三鬼穴歌〉？」呂晟愕然道，「是針灸嗎？」

翟紋則神色凝重。

「〈針十三鬼穴歌〉是孫思邈真人傳下來的歌訣，又叫鬼門十三針法，專治邪靈附體，祛除惡煞，正是對症的法門。」玄奘解釋道。

呂晟和翟紋對視一眼，長長嘆息一聲，心中對玄奘充滿了感激之情，這個天下聞名的僧人，只因五年前和自己的一場辯難，一次約定，不遠數千里來到敦煌探究自己的生死真相，闖莫高窟，探青墩戍，歷劫玉門關，無不是九死一生，險阻重重。

「呂郎君，你如今應該是六魄被奪，三魂仍在，所以身軀才被奎木狼支配。眼下你精氣神感覺如何？」李淳風從懷中拿出一只獸皮針套，在五里亭的一只爛木墩上打開，上面是長短大小不一的十三根針，似乎是黑曜石製成，閃耀著純黑的光芒。

呂晟盯著那黑曜石針，慢慢道：「現在我的記憶潰散得越來越厲害，彷彿池塘中砸進了一塊石頭，以奎木狼奪舍[45]那刻為圓心，漣漪般往外擴散，擴散一圈，便抹滅一圈的記憶，甚至久遠的記憶也越來越模糊了。」

「這便是三魂逐漸被侵蝕的跡象，胎光乃是人的生命之光，爽靈便是人的智力、智慧與記憶，幽精則是人的愛欲。」李淳風道，「若僅僅是記憶模糊，說明奎木狼是要抹除你的人格，想徹底與你的身軀融合。」

呂晟沉重地點頭。

玄奘問道：「呂兄，我臨來之際聽趙富說，你當年和奎木狼立下契約，要奎木狼幫你殺令狐德蒙，可否告訴貧僧，你為何要殺他？」

呂晟慢慢道：「令狐德蒙便是陷害我的人！當初我將身軀借給奎木狼後，只提出一個要求，讓他幫我殺了令狐德蒙。可如今更詳細的記憶卻如同霧裡觀花，模糊不清了。」

玄奘神情沉重，看了李淳風一眼：「看來最壞的情況應驗了。」

李淳風霎時間額頭滲出冷汗。

呂晟奇怪：「發生什麼事了？」

玄奘搖搖頭：「沒什麼，咱們先診治一下吧。」

玄奘和李淳風把周圍的木墩都搬過來，和中間的木墩併成一張床。

李淳風道：「呂郎君，脫掉衣服躺在上面。另外需要針灸會陰，還請翟娘子避一避。」

李淳風拿出針套，從皮套中抽出十三根黑曜石針，夾在指間，口中一噴，忽然一道符籙噴了出來，見風即燃。李淳風用針尖挑著火焰，瞬間針尖上火焰燃燒。

呂晟神情凝重地盯著黑曜石針，忽然搖頭，斷然道：「多謝法師和李博士美意，在下還是決定不針灸了——」

「動手！」玄奘忽然大喝。

李淳風陡然出手，身子繞著呂晟旋轉一圈，手上的黑曜石針已經少了六根，漆黑的石針分別插在呂晟的鬼床、鬼市、鬼堂、鬼枕，以及兩臂的鬼臣，六道鬼穴，對應的正是頰車穴、承漿穴、上星穴、風府穴和左右兩臂的曲池穴，將整個上半身澈底鎖死。

說也奇怪，黑曜石針原本燃燒著，可有些穴位入針後便熄滅了；有些入針後反而燒得更旺，彷彿插著一根火線；而有些入針後黑曜石上布滿冰霜，寒氣逼人；更有些片刻後，針便粉碎成了細末。

呂晟發出沉悶的吼叫，整個身子如同遭到雷擊，隨即僵硬不動。頭臉上插著的針燃燒如火線，極為詭異。

「法師……你們這是做什麼？」翟紋大叫一聲，便要撲上去。

玄奘一把拽住她，手掌頓時被扎得鮮血淋漓。

玄奘忍住痛，沉聲道：「翟娘子，此人不是呂晟，是奎木狼！」

註釋

1 崇玄署，唐初統理僧尼及道士的官府。

2 駕部司，兵部（隋唐六部之一）下設的四司之一。主管軍用馬車、戰馬、後勤運輸以及維持驛站等事務。

3 唐代疆土遼闊，驛站制度相對發達，三十里設一驛，全國共置驛一千六百四十三所。驛站主要用於傳遞公文或是官吏出差、出任使用，皆需有憑證，即由門下省發放。門下省為隋唐三省之一，主要負責審查詔敕內容，若有不當，則退回中書省，若審查通過，則交由尚書省執行。

4 田舍兒，指農家人，有貶低之意。

5 白直小吏，在官府當值卻無俸祿的差役。

6 橫刀是以皮襻帶之，夾在腋間。

7 瘐斃，飢寒而死之意。

8 鉤吻花，即斷腸草。

9 部曲，在唐朝是指介於奴婢與良人之間的賤民階層，除了為主人耕地，也是家兵。

10 魚泉驛遺址並未發掘，書中參照五十五里外的漢唐懸泉堡遺址設定，兩座驛站規制大致相同。

11 公驗，官府開具的證件。

12 俗講師，或稱化俗法師，即負責教化民眾的僧人。

13 衙門，在唐朝，亦指皇宮前殿的殿門。

14 李昌撕毀公文一事是自行做主還是獨孤達授意，《大慈恩寺三藏法師傳》中並沒有明確記錄，書中因情節需要，改為獨孤達授意。

15 大科，繡有大形團花的袍衫，在唐朝，需三品以上官員才能穿。

16 玉帶鉤，貴族才有的配飾。

17 行縣，郡守郡尉到各屬縣巡視。

18 詳見《西遊八十一案（一）：大唐泥犁獄》。

19 涼州、甘州、肅州、瓜州、西沙州，分別為今日之甘肅武威、張掖、酒泉、瓜州、敦煌。
20 尺，唐代一小尺約為三十公分，五十三尺約為十六公尺。
21 步，唐代一步約為一．五一四公尺，四〇〇步約為六〇六公尺，六二九步約為九五二公尺。
22 羊馬城，建立於城外壕溝內的小隔城。
23 手實，在唐朝是指戶籍資料。
24 馬面，城牆短牆上每隔一段距離就會設置的凸出夯土墩臺，防禦敵人進攻，其上有敵樓，可屯兵、儲藏兵器。
25 博士，古時對具有專業技能人士的尊稱。
26 蔡烈王，即李蔚。
27 蓍草，即鋸齒草，古時用蓍草的莖來占卜。
28 阿郎，即主人。
29 繩床，即椅子，莫高窟壁畫有其具體形制。《資治通鑑》卷二四二：繩床以板為之，人坐其上，其廣前可容膝，後有靠背，左右有托手，可以擱臂，其下四足著地。
30 胡床，即馬扎，一種折疊凳。
31 據薛愛華《撒馬爾罕的金桃》中考證，拜占庭進貢的綠金晶應該是月光石。
32 師子國，即今日斯里蘭卡，以出產寶石聞名，月光石的品質以斯里蘭卡出產的最佳。
33 粟特的計量單位，一卡皮赤大約十升。
34 後世李白〈天馬歌〉云：天馬來出月支窟，背為虎文龍翼骨。
35 缽息德城，粟特九國中米國的都城。今塔吉克斯坦片治肯特城東南，有粟特古城遺址。
36 呂晟的原型人物為唐初思想家呂才，〈敘祿命〉、〈敘宅經〉、〈敘葬書〉皆為他的作品。
37 櫜鞬服，唐代軍中下級晉見上級的軍服，頭戴紅抹額，下身穿袴奴，左手握刀，右配櫜鞬（箭袋和弓袋）。
38 象戲，即象棋。
39 泮宮，即大學。《禮記．王制》：大學在郊，天子曰辟雍，諸侯曰泮宮。
40 大患鬼魅磧，即現今的庫木塔格沙漠。
41 甕城，在城門外圍多築一層半圓形或方形城牆，用以加強防守。
42 馬道，城牆上馳馬的道路。

43 現代玉門關遺址小方盤城，是玉門都尉府的治所。其他建築皆已損毀無存。

44 影壁，又稱照壁、或蕭牆。位於人門與廳堂之間，具有遮蔽視線、裝飾及風水等用途。

45 奪舍，舍指身體，奪舍即是將自己的靈魂遷移到另一個身體上。

高寶書版集團
gobooks.com.tw

DN 236
西遊八十一案（四）：大唐敦煌變（上）

作　　者　陳漸
特約編輯　余純菁
助理編輯　陳柔含
封面設計　張閔涵
內頁排版　賴姵均
企　　劃　何嘉雯

發 行 人　朱凱蕾
出　　版　英屬維京群島商高寶國際有限公司台灣分公司
　　　　　Global Group Holdings, Ltd.
地　　址　台北市內湖區洲子街88號3樓
網　　址　gobooks.com.tw
電　　話　(02) 27992788
電　　郵　readers@gobooks.com.tw（讀者服務部）
　　　　　pr@gobooks.com.tw（公關諮詢部）
傳　　真　出版部　(02) 27990909　行銷部 (02) 27993088
郵政劃撥　19394552
戶　　名　英屬維京群島商高寶國際有限公司台灣分公司
發　　行　英屬維京群島商高寶國際有限公司台灣分公司
初版日期　2020年 8 月

本書繁體中文版通過重慶出版社&上海紫焰文化傳媒有限公司授權出版

國家圖書館出版品預行編目(CIP)資料

西遊八十一案. 四, 大唐敦煌變（上）／陳漸作 -- 初版. -- 臺北市：
高寶國際出版：高寶國際發行, 2020.08
　面；　公分. --（戲非戲；DN236）

ISBN 978-986-361-885-0（上冊：平裝）

857.7　　109009288

戲非戲15

步步生蓮

卷二十五

心如世上青蓮色

月關作品

高寶書版集團

戲非戲 DN154

步步生蓮

卷二十五：心如世上青蓮色

作　　者：月　關
責任編輯：李國祥
出 版 者：英屬維京群島商高寶國際有限公司臺灣分公司
　　　　　Global Group Holdings, Ltd.
地　　址：臺北市內湖區洲子街88號3樓
網　　址：gobooks.com.tw
電　　話：（02）27992788
E-mail：readers@gobooks.com.tw（讀者服務部）
　　　　　pr@gobooks.com.tw（公關諮詢部）
電　　傳：出版部（02）27990909　行銷部（02）27993088
郵政劃撥：19394552
戶　　名：英屬維京群島商高寶國際有限公司臺灣分公司
發　　行：希代多媒體書版股份有限公司發行/Printed in Taiwan
初版日期：2011 年 6 月

國家圖書館出版品預行編目資料

步步生蓮. 卷二十五, 心如世上青蓮色 / 月關著.
--初版. -- 臺北市 : 高寶國際出版 : 希代多媒體發行, 2011.06
面 ;　公分. -- (戲非戲 ; DN154)

ISBN 978-986-185-605-6(平裝)

857.7　　　　100010386

目次

五百七三　歧路

車子不疾不徐，輾在青石路上硌出碌碌的聲音，車廂有規律地顛動著，正如永慶三人的心。丁玉落看看他們三人蒼白的臉色，安慰道：「娘娘、殿下，你們不用擔心，為了營救你們，我們早就開始籌備，迄今已做了近一年的準備，就算這東京城是龍潭虎穴，我們也能把你們安全帶出去。」

「宋皇后」和「趙德芳」對視了一眼，默默不語，永慶公主接口道：「丁姑娘，辛苦妳了，母后和皇弟從未經歷過這樣的事情，受了些驚嚇。」

丁玉落見皇后和岐王一臉緊張恐懼的神色，心道：「到底是皇室貴胄，嬌生慣養，經不起什麼風浪，倒是永慶公主雖是年少女子，但是出家修行幾年，身為一庵之主，經歷多多，遇事還算沉得住氣。」

丁玉落微笑道：「玉落明白，玉落聽說官家也來了崇孝庵，本來還在擔心，擔心娘娘和殿下無法脫身，幸好你們如約趕到，要不然這樁大事不知又要拖到幾時。你們來了就好，只要把你們救出去，便了了我二哥的一樁心事。」

她一返身自車座上捧起兩套衣服，說道：「用不了多久，追兵就會趕到，事態緊急，先請娘娘和殿下換了衣裳，一會兒我們還要換車子，艾帆海，服侍殿下更衣！」

旁邊那個面相平凡、身材精壯的大漢聽她一喚，立即站起身來，伸手一拉，一道簾子便擋在了車廂中間，將他和「趙德芳」遮在裡面。丁玉落花向「宋皇后」淺淺一笑，鎮靜地說道：「事急從權，請娘娘和公主先換上這兩套衣服吧，玉落在外面候著。」說罷便輕輕退了出去。

玉落一出去，「宋皇后」馬上湊到永慶身邊，囁嚅地道：「公主……」

永慶杏眼中微露嗔意，「宋皇后」頓時驚懼地低頭，悄悄退了半步，不敢再言。

永慶壓低嗓音道：「一切有我，妳擔心什麼，快換衣服！」

「宋皇后」點點頭，慌忙拿起一套衣裙，永慶公主也拿起一套，輕輕抖開衣裳，欲解自己僧袍，卻覺渾身酥軟，一直以來強作的鎮定到此時才全然崩潰，雙腿一軟，不由得坐在了凳上……

「是我救了你，否則你早已死在宮中，你欠我一分情。」

「是！」

「你縱然武功在世，可你根本接近不了他，憑你一人之力想要報仇難如登天。我可以給你製造機會，做為代價，你要幫我殺一個人，如何？」

「很公平！」

「好，我會製造一個讓你出現在他身邊的機會，到時候，他的長子、也就是當今的太子，也會一起出現，你要做的，就是幫我殺了他！」

「我答應！」

想起當初與壁宿的這段對話，永慶心中充滿了失望和挫敗感，許久許久，她才黯然嘆息，在心底悄悄地道：「功虧一簣！現在……我只希望第二計畫能夠順利……」

＊　＊　＊

崇孝庵住持款客的佛堂內，屍橫血濺，一片狼藉。

庵中的老少尼姑們都被看管在大殿內，戰戰兢兢，不知道到底發生了什麼事。

佛堂內，趙光義怒髮衝冠，在他身邊，躺著四具屍體，四個武功卓絕的大內侍衛，慘死在壁宿一雙鐵掌之下，趙光義知道這些貼身侍衛的功夫如何，慘死的四人中至少兩個有一身橫練功夫，號稱刀槍不入的，可就是這兩個練了一身橫練功夫的侍衛，一個額頭被拍中一掌，頭顱裂開，腦漿飛濺，另一個被打中胸口，胸骨斷裂，胸口坍陷。

「如果這刺客雙掌真的拍中我的胸口……」趙光義心頭升起一陣陣寒意。

此時，壁宿滿身浴血，已被兩個鐵指如鉤的四旬侍衛扣住了雙臂，反扭於身後。他身上的傷雖然多，其實並不要緊，他曾經從習的是最高明的殺手，最高明的殺氣不一定有最高明的武功，但是他們身經百戰，是最懂得如何在以寡敵眾的場面下保護自己的人，他們不能避免受傷，卻最清楚人體的要害所在，盡量在刀槍及身的剎那迅速移動、扭曲肢體，避免致命的傷害。

眼見趙光義已被團團護住的時候，壁宿本想逃離，保此有用之身，再尋機會，可他沒有機會逃走了，他被一劍削中了左腿的足踝，腳筋受創，那飛簷走壁的功夫折損了八成，已無法逃離，終因寡不敵眾，力竭被擒。

仔細看過昏迷的太子元佐，發現他只是受了重傷並不致死，趙光義心中一寬，連忙喊道：「來人，快送太子回宮，叫御醫診治！」

這邊七手八腳抬走了太子元佐，兩個太監和一對宮女才慌慌張張地湊上前來，戰戰兢兢地道：「官家，刺客行刺，宋娘娘、岐王殿下和公主退入旁邊房間，竟然……竟然啟動了一個祕洞，鑽……鑽進去了……」

趙光義目光一厲，喝道：「爾等親眼所見？」

那小太監不知大禍臨頭，連連點頭道：「是，是奴婢親眼所見。」

趙光義霍然站起，劈手奪過侍衛手中一柄長劍，當胸刺去，那小太監慘叫一聲，緊接著被趙光義一腳踹開了去。

「明明是刺客同夥裹挾宋娘娘和皇子皇女離去，你敢胡言亂語！」

趙光義提起血淋淋的長劍，又向另一個小太監砍去，那小太監躲閃不及，也被砍倒在地，嚇得兩個宮女跪倒在地，磕頭如搗蒜：「官家饒命，官家饒……啊！」

趙光義不由分說，將他們四人盡皆砍死，把血劍往地上一插，這才虎目一嗔，厲聲大喝道：「刺客還有同夥，劫走了宋娘娘和岐王、公主，還不去追！」

噤若寒蟬的一眾心腹侍衛答應一聲，立即跑出十幾號人，向那封死的洞口衝去。

「你來！」趙光義戟指喊過一個大內侍衛，自腰間取下一塊玉牌，喝道：「去，立即調開封府左右軍巡院、三班六巡所有差役，封鎖整個開封府，緝捕兇手，解救宋娘娘和岐王、永慶，號令各路巡檢司，全面出動，封鎖水陸一切交通要道，傳令禁軍，四出緝拿，重點搜索西、南方向！」

「遵旨！」那侍衛接過玉牌返身便走。趙光義又喚過一人，森然道：「你們皇城司簡直就是一群廢物，一群毫無用處的廢物，你去告訴甄楚戈，此案朕全權交給他負責，如果不能抓住刺客同犯，救回娘娘和皇子、皇女，叫他提頭來見！」

這皇城司的人才是趙光義心腹中的心腹，也是最明白他所想的人，雖知聖上話中真意，卻也明白聖上這一次是動了真怒，雖說皇城司都指揮使甄楚戈是聖上在潛邸時就在身邊辦事的親信，可是這一回皇城司如果還是毫無建樹，甄老大的項上人頭可就真的難保了，所以急急答應一聲，忙不迭地走了出去。

趙光義返身走到壁宿面前，目中泛起赤紅色，厲聲喝問：「你受何人指使？同犯還有何人？」

壁宿看著仇人就在眼前，目欲噴火，可是他雙臂被大內侍衛扣得死死的，哪裡動彈得了，聽了趙光義的話，他嘴角噙著輕蔑的冷笑，說道：「你作惡多端，罪無可赦，何止我想殺你，想殺你的人千千萬萬！你問我受何人指使？哈哈哈，指使我的人就在這庵堂之內！」

「什麼？」趙光義臉色攸變，四下裡武士立即一擁而上，背身向外，緊緊護住趙光義。

壁宿目眥欲裂，繼續道：「她心懷至善，慈如江海，可她……卻被你這奸賊害死，她已成佛，她已成了菩薩，她在天上看著你，我……就是她的護法金剛，不殺你這奸賊，我誓不為人！」

心懷至善，慈如江海，卻被我害死？就在庵中，已然成佛？這……這說的不就是皇兄嗎？俗話說天家無親，可是皇兄身為天子，對兄弟手足實無話說，這心懷至善，慈如江海說的可不就是他？他的靈位就設在崇孝庵中，這座庵堂本就是專為皇兄所設，他就在庵中一語說的可不就是他嗎？

趙光義聽得心膽欲裂，哪敢再容他多說下去，趙光義劈手奪過一柄鋼刀，揮刀便砍，慌不擇言地道：「胡說，胡說，你分明……分明是受齊王差遣，欲謀不軌，還敢胡言亂語！」

這一刀劈下，直奔壁宿手臂而去，那反手擒住壁宿手臂的侍衛只覺手上一輕，定睛再看，壁宿一條手臂已齊肩離體，手中只抓著一條血淋淋的手臂，創口鮮血濺了他一頭一臉。

壁宿悶哼一聲，幾乎昏厥過去，可他咬著牙，不肯在趙光義面前痛聲慘叫，待聽見趙光義所言，他心中卻是一動，齊王是誰他自然知道，他對趙光義恨如海深，巴不得他兄弟相殘，宋國大亂，方消心頭之恨，當即大呼道：「不錯，就是你三弟派我殺你！你惡貫滿盈，人盡誅之，就連你三弟都想殺你，哈哈哈哈！」

壁宿斷臂處血流如注，他本已失血過多，手臂一斷，流血更快，強撐著說完這句話，已是臉白如紙，若不是另一條手臂還被人死死扣住，早已軟倒在地。

趙光義被他擊斷手臂，兒子也昏迷不醒，本來恨極了他，想要斬斷他手腳四肢，活活折磨死他，一聽這話，如獲至寶，本已斬至他頸上的鋼刀硬生生地止住，喝道：「替他包紮止血，投入天牢，著皇城司專門看管！」

「三弟啊三弟，如今有了藉口殺你，就算斷上一臂，能永絕後患，那也值了。」趙光義目泛兇光，得意地想著，轉念又想到了逃走的宋皇后、趙德芳和永慶：「就憑你們三個，跑得出朕的手掌心？你們孤兒寡母，除了德芳朕還委決不下，妳們兩個女子，朕本想放過，如今卻是妳們自蹈死路，須怪不得朕心狠手辣！」

* * *

自離開崇孝庵外的孤雁林後，永慶三人就被藏於車內，一路經過了多少凶險，他們並不知道，他們離開的十分迅速，丁玉落這邊準備非常充分，折子渝在原來擬定的計畫下再三完善，已臻完美境界，整個搶救過程異常順利，他們搶在朝廷封鎖九城之前出了汴梁城，繼而先東再北，再往西，時而舟船，時而馬，時而車，每換一個行動方式都換了衣衫，再由飛羽隨風的人改變了他們的容顏，而且自有人穿起與他們原來相仿的衣服，馬上反向而行。

汴梁城中，疑兵四處，飛奔四面八方，折子渝這邊的疑兵之多已足夠讓朝廷暈頭轉向，而繼嗣堂鄭家也是疑兵四出，以致朝廷收到的情報竟是處處可疑，縱以朝廷之強大實力，想要追索盤查也是困難重重。

丁玉落所在的這一路真正帶了永慶等人逃脫的人馬，一路疾奔，有時他們剛剛闖過一處關卡，不到半炷香的時間，後面的關卡就被朝廷設人開始嚴密盤查，他們逃脫的關鍵，就在快速，雖然不可能以最快的速度直接逃回河西，但是離得汴梁越遠，逃脫的希望也就越大，如果太早憑仗武力強行闖關，若是一個武士騎快馬而逃倒也不妨，可是一個皇后、一個公主，外加一個岐王，頂多騎過太平馬，想要他們乘快馬而逃卻是不能，難免要被人截下。

這一路奔波，永慶雖早知必然艱辛，但是其艱辛程度還是遠超她的意料之外，她的意志雖然堅強，卻是不曾受過這麼多苦的，到了第三天，已是渾身如同散了架，痠軟無力，連車子都乘不得了。

這時她才知道丁玉落一方所做的準備是如何充分，他們似乎連自己三人一路逃亡時身體所能承受的最大強度也考慮在內了，當「宋皇后」和「岐王」臉色蠟黃如紙，她也渾身痠痛，再難承受這種強度的奔波時，丁玉落忽然停了下來，帶著他們再次更換了衣服，改變了形貌，然後步行到了一處山坳。

一到地方，這「皇后」和「岐王」再也顧不得天家體面，癱在草地上動彈不得了，永慶儘管也是疲乏無力，卻仍保持著幾分矜持。丁玉落取出乾糧、飲水分發給他們，三人也只喝了些水，卻連吃飯的胃口也沒有了。

永慶也累得不想說話，可是她很快發現，這一次似乎與前幾次歇息時有所不同，前幾次歇息時，丁玉落總是以最快的速度囑咐他們吃東西，恢復體力，然後張羅換衣服，換車馬，而這一次，丁玉落把他們帶入山谷之後，一直站在高處向遠處張望，幾乎沒有到他們身邊來過，也沒有張羅更換車馬衣飾，永慶心中暗暗生疑：「奇怪，莫非前路已絕？又或者，已經被朝廷的人盯上了？」

想起自己在路途上打尖休息時悄悄留下的蛛絲馬跡，這個論斷似乎沒有錯，可是永慶不但沒有害怕，反而血脈賁張，油然升起一種期待。

從一開始，她就沒想逃，她逃，就是為了被抓，這本就是她精心策劃的最後一步，也是她為了保全兄弟，保全父親血脈所做出的最後犧牲。現在唯一讓她牽掛的事，只是不知道在自己殫精竭慮、費盡心思之後，兄弟能否安然逃脫。

手中的肉乾、饅頭忽然吃不下去了，她站起身，向丁玉落身邊走去，丁玉落專注地看著遠方，沒有注意到她的到來，永慶剛要說話，忽見前方山谷外，有四五騎快馬正絕塵而來。

永慶的心忽地跳了起來：最後一刻，已經到了嗎？

五百七四　天之驕女

那一行人馬馳到近處，丁玉落便從隱蔽處閃出來，快步迎了上去。

「原來是她的人，奇怪，前幾次打尖歇息，有茶館、有酒肆、有農舍，盡多鬧市繁華之處，不管哪一處，她都早早地安排了人在那裡開店、經營，沒有一處是倉卒安排的接應人員，何以這一次先藏到荒涼的山谷，再等候人來，看來真的出了變故。」

永慶只在那時揣測，好像自己是個事外之人，完全沒有自己就是整個天下在搜索尋找的那個人的覺悟。只見丁玉落和那一行人匆匆低語一番，便迅速向谷中走來。

與丁玉落並肩而行的黑衣人一進山谷，便在丁玉落的指點下向她走來，自始至終不曾看過「宋皇后」和「岐王」一眼。永慶這才發現，這是一個女人，一身玄衫，卻肌白如玉，說起容貌，她和丁玉落各有千秋，不過丁玉落英氣重些，五官線條更剛一些，相比起來，這個玄衣女子的眉眼更加嫵媚，女人味十足。

她的年齡比丁玉落還要小一些，可是兩人一打照面，永慶就有一點不自在的感覺，她的眼睛，那雙慧黠的眼睛，眼神十分銳利，有一種自己的一切都被對方洞悉掌握的感覺，這種感覺並不是十分明顯，不易被人發覺，可永慶公主是久居上位的人，對這種感覺比任何人都敏感，以公主的尊榮身分，有人令她產生這樣的感覺，哪怕只是一絲一毫，也能馬上感覺到。

「這是什麼人？竟然在氣勢上壓得倒我？」永慶公主暗覺奇怪，不由自主地挺了挺胸膛，只是精疲力盡之餘，這動作難以振奮。

「公主殿下！」

玄衫女子抱了抱拳，伸手一指旁邊一方大石，說道：「請坐。」

說罷先在一邊輕輕坐了，面對一國公主，舉止雍容，毫無局促。她目視著永慶坐下，方輕輕搖頭，說道：「可惜了西夏王一片孤心，殿下似乎根本不相信他。我們苦心籌措良久，只為救殿下一家安全，沒想到最後卻被想救的人擺了一道。」

「子渝，這是什麼意思？」丁玉落似也完全不知內情，一聽這話不由驚跳起來。

永慶臉上慢慢露出一絲與眼下處境絕不相稱的安閒笑意：「姑娘這是什麼意思？我怎麼不明白呢？」

折子渝輕輕嘆了口氣：「殿下，崇孝庵中，皇帝和太子遇刺，盡皆受了重傷，想必……都是殿下的手筆吧？」

丁玉落聽得驚怔不已，她提前趕到崇孝庵外孤雁林等候，並不知道庵中發生的具體情形，後來也只知道官家同時去了崇孝庵。等她帶了永慶一家人按預定路線迅速西撤時，不管哪一處遇到阻攔，都會立即按照預定的第二路線繼續趕路，因為行動迅速，不但趕到了朝廷前面，就是自己人也是前不久才剛剛聯繫上，所以對這些情形並不了解。如今聽子渝這話，這位手無縛雞之力的公主殿下逃離前，竟然對皇帝和太子行刺，而且讓他們受了重傷？

子渝繼續道：「我一直很奇怪，公主如果想帶娘娘一起走，雖然要找個合適的理由讓娘娘出宮不太容易，卻也不必非得用給皇子加封王爵的藉口，這無疑會讓事情變得更加困難。初時還想，殿下這麼做，該是心有不甘，不想兄弟以皇子之尊，最後連一個王爵都沒有，想不到，殿下所謀，竟然如此之深，在下想明白後，也是欽佩萬分。」

永慶公主沉默有頃，靜靜地點了點頭道：「不錯，這一切，都是出於我的安排。德芳一旦封王，整個皇室之中，除了皇帝和太子，就只有遠在長安的三叔和他並享親王爵位。如果皇帝和太子同日遇刺，那德芳就是唯一的皇帝之選，滿朝文武不管出於公心私心，都得保我幼帝登基，這皇位本該屬於我家，我要……把它拿回來！」

壁宿一心報仇，但是他的仇家身分之尊貴天下無雙，入則深居大內，九重宮闕，出則扈從如雲，戒衛森嚴，他空有一手武功，卻根本沒有機會接近趙光義。而永慶公主有的是機會見到皇帝，卻沒有出手報仇的能力，所以兩人一拍即合，各取所需。

她先與壁宿達成協議，然後再以兄弟稱王做為合作的唯一條件，要求高員外動用繼嗣堂的力量推動此事，鄭家在朝廷的能量有限，但是對先皇子嗣頗有關愛之心的耿忠老臣還是有的，只要有人鼓動，他們自會站出來，於是以宗太傅為首的一眾清流開始請封德芳王爵。鄭家也在朝野大造輿論，對朝廷施加壓力。

只要皇帝和太子同日遇刺身亡，那麼刺客是喬扮女尼的身分，與她這位崇孝庵主是否有關聯就不重要了，一個穩定的天下，是所有人的利益，滿朝文武、勳卿權貴自會明白那時他們該選擇怎樣的立場，一如她父皇暴卒時所做的反應。

可是，雖然天子的性命也和平常人一樣脆弱，千百年來，很有些帝王死於婦孺老弱之手，只要你抓得住機會，匹夫也可取天子性命，壁宿卻不是那個幸運的人，計畫最終還是失敗了。

丁玉落聽了這話，對永慶公主刮目相看，折子渝卻又嘆了口氣，說道：「自汴梁出來，九城四門，水陸要道，我們都安排了疑兵，所有的路線從一年多以前就開始安排，每條逃跑路線都是真的，也是假的，隨時根據朝廷緝捕的速度進行調整。我們動用了大量的人力物力，已經模擬過五次脫逃的演練，已是做到了天衣無縫的地步，可是，三日前我們忽然發現，在很多交通要道上，另有一股勢力，他們也在處處布署人馬，所作所為，與我們同出一轍。」

永慶公主只是笑了笑，笑容中微帶得意，是啊，她只是一個養在深宮的小公主，不諳世事，不通世情，可是忽然間，她就從一個無憂無慮的小公主，變成了一個身負血海深仇的女人，爹爹死了，皇兄死了，娘娘幽禁深宮，體弱多病，弟弟年幼，保全家人、報仇雪恨的重任都落在她稚嫩的肩頭，她能有什麼力量？

可是她孤兒寡母到了這一步田地，仍然有人想利用她們，她唯一能做的，就是反過來利用想利用她的人，對壁宿如是、對高員外如是、對丁玉落還是如是，不過是互相利用罷了，現在，她總算成功了。如果眼前這個玄衣女子說她們有十足把握救自己一家人脫困，那麼現在再加上繼嗣堂那一支力量，真真假假，疑兵多了一倍，成功的希望豈不也是倍增？

這兩股勢力，都被她一個養於深宮的小女子玩弄於股掌之上，她豈能不得意？

折子渝繼續道：「於是，我發現情況有些不對後，經過一番追查，終於斷定，殿下並不相信我們，妳另外找了一股勢力，使了移花接木之計，將我們做了替死之身。可是，如果妳交給我們一個假皇后、假岐王，那倒容易，畢竟見過他們真面目的人少之又少，妳自己卻是無法隱瞞的，我很佩服妳，為了家人，竟不惜以自己為餌。」

折子渝並不是在揶揄她，子渝的臉上真的露出了尊敬的神色，她和永慶其實是一樣的人，她也曾遭逢過與永慶相似的磨難，那是她的手足同胞，是她的骨肉親人，為了親人，她也捨得犧牲自己，雖然她只是一個女子，但她也是這個家庭的一分子，她從不覺得女人就該是一個絕對的弱者，在自己的骨肉同胞生死兩難時，她還要扮出一副弱不禁風的模樣，聽天由命！

只要能爭，哪怕是犧牲自己，她也要為了自己的家人去努力爭取。巾幗，一如鬚眉。

「我只是很奇怪……」子渝凝視著眼前這位稚弱的公主：「當初，為楊浩爭取機會，求他相助的是妳，為什麼現在妳又不肯相信他？我很奇怪，妳到底是怎麼做到的？一個深居大內的小公主，一個日日青燈古佛的比丘尼，妳從哪兒找來一個武功卓絕，能夠在大內侍衛面前重傷身懷絕技的皇帝，打得太子重傷昏迷的死士？妳又是如何使得這魚目混珠的手段？」

永慶公主沒有想到連移花接木這一步計畫也被眼前這黑衣女子這麼快識破，眸中不禁微露訝異，不過她並沒有否認，已經三天了，現在把她的計畫說出來，說給上當的這些人聽，已經無礙大局。

她輕輕吁了口氣，坦然道：「我相信楊浩？我為什麼要相信楊浩？不錯，我為他爭取過脫身的機會，還助他名正言順地掌握了西北兵權，可是我從來沒有要他做皇帝。當他掌握了兵權之後，他不是利用血詔起兵誅逆，而是自立一國，做了天子，妳要我怎麼相信他？

「當今聖上親征漢國，楊浩也去了，他幫助聖上滅了漢國，受了聖上二十萬枝箭的賞賜，回師滅了李光睿，而我皇兄卻不明不白地死在前方，自始至終，他可曾有過一絲一毫耿忠之臣的作為？他自立稱帝，背叛了宋國，卻不遺餘力地想要救我們出去，妳見過這樣的忠臣？他只不過是想利用我們罷了，就像當今聖上用折家請援的名義去打折家，楊浩！想把我孤兒寡母當作傀儡、人質，利用我們號召天下，是不是？他不會想要救我們，也不會想要替我們報仇，他想利用我們圖謀大宋江山，是不是？」

丁玉落氣得渾身發抖：「我們……我們一年多來付出多少心血，妳知道嗎？我二哥派出了他最親近的人、最心腹的人，只想救得你們出去，不負公主昔日關照之恩，讓令尊這樣雄才大略的一代英主不致絕嗣，他一番苦心，妳……妳……」

折子渝舉手制止了丁玉落，她對永慶公主的話也是極度不悅，她相信楊浩的用心，楊浩付出這麼多心血，卻換來別人滿腔的懷疑，她也為楊浩不值。但是她並未因此而遷怒於永慶，她是個極聰明的女子，所以非常理解永慶公主之所想，只要有些頭腦的人，都不得不承認永慶懷疑楊浩用心的理由十分充分。如果換了她在永慶的位置、或是玉落在永慶的地置，想法都會和她一般無二。

她是楊浩的紅顏知己，玉落是楊浩的胞妹，她不能要求天下人都用楊浩的胞妹和知己的看法去看楊浩。永慶公主和楊浩只見過區區幾次面，說過的話全加在一起都不會超過三十句，要她在楊浩稱帝的情況下仍然毫無保留地信任楊浩？當她是白痴嗎？

她只是在以為楊浩不懷好意的情況下將計就計擺了楊浩一道罷了，如果換作自己，絕不會簡簡單單地利用他一番了事，她一定會用更加巧妙的辦法，把楊浩徹底拖下水，讓他吃不了兜著走，付出十倍的代價！

折二姑娘……對得罪她的人可不是那麼好說話的，這小妮子心眼小著呢。

「而想要利用我的另外一股勢力則不然，他們有很大的力量，但是他們想獲得更多的財富、獲得更多的權力，卻離不了我們孤兒寡母這看似最弱的人，『趙家正統』的號召力，就是我們的力量，他們想得到他們想要的權力和富貴，就離不開我趙家皇室子嗣的正統名分。我不借助他們的力量，難道去借助楊浩，與虎謀皮嗎？

「我本不想理會楊浩，可是如果刺殺皇帝不成，又無法走脫，那就要陷入萬劫不復之地，所以……我決定接受楊浩的『好意』，以便使我母后和小弟能順利逃脫。我讓你們在孤雁林外挖了一條直通我禪房的密道，密道口封死之後，又讓那支想與我合作的力量另挖了一條密道與此相通。

「妳沒猜錯，那邊的『娘娘』和『岐王』都是假的，只是兩個替身，雖說我母子三人勢單力孤，可是多少還指揮得動幾個舊日的宮人和小太監。他們預藏在洞中，換了娘娘和岐王的服飾，只等我母子三人趕到，不管是你們的人還是那支力量的人，都不認得娘娘和岐王，所以自然任由我的擺布。現在，他們恐已遠在千里之外，你們知道了，又能怎樣呢？」

折子渝輕輕地道：「公主知不知道，皇帝一聲號令，可以動用多麼龐大的力量？」

「你們還不是從容逃出來了？雖說一路慌忙，走得甚急，可也未見碰到多少阻撓。」

折子渝輕輕一笑：「我們經過了一年多的準備，這才換來一路平安，妳以為任何人、任何勢力，在沒有充分詳盡的準備下，都能從容脫逃？天子一聲號令，就是天羅地網，所有的道路都會封得風雨不透，讓妳插翅也難飛；所有的州城，無數的力量都會動用起來；所有的大宋百姓，人人都是他們的耳目，個個都是他們的線報；任何一點蛛絲馬跡，都休想逃脫他們無孔不入的監視。」

「那很好，」永慶公主絲毫不見慌張，輕輕地道：「我在一路上，打尖歇息時，已盡可能地留下了一些印記，希望天子震怒所發動的力量，真的可以無孔不入，那樣的話，他們就會注意到，並且追上來，這樣，我的母后和二弟就安全了。」

折子渝並不動氣，靜靜地凝視著她，說道：「朝廷傳訊的方式，不只是快馬，何況我們一路下來，不能盡擇捷徑，再往前去，一切水陸道路，盡皆封鎖，自此已不能這麼容易了。」

永慶道：「沒有關係，逃得出去固然好，逃不出去也無所謂，我想做的、我能做的，已經全都做了，盡人力而聽天命吧。」

「但我不想聽天由命！」折子渝折腰而起，輕輕拍了拍臀後並不存在的塵土，淺笑道：「如果公主肯安分地把娘娘和岐王引到崇孝庵，我們一定能從容逃脫。即便是公主擅作主張刺殺皇帝，發作後，我們逃脫的機會仍然有八成之多，可惜呀，公主妳不該為求穩妥，自作主張地在逃跑的安排上也做了兩手準備。

「不管是我們還是妳所合作的那些人，都不會逕直把人帶向自己的目的，東西南北所有可行的要道，都在計畫之中。要道只有那麼幾條，兩夥互不知情的人都在打這些要道的主意，其結果就是，不但不能悄無聲息地掌握這些要道，而且一定會打草驚蛇。」

永慶公主攸然變色：「妳這話，是什麼意思？」

折子渝對玉落道：「玉落姐姐，妳帶人繼續西行，這假娘娘和岐王，就近安置下去，公主交給我，三個人變成了沒有人，妳才能從容西返。」

丁玉落變色道：「那妳怎麼辦？」

折子渝笑道：「毋須擔心，我還有最後一條路，本來不想走的路，現在，只好走這條路了。娘娘、公主和岐王，如今只剩下一個，被發現的可能會大大縮小，妳放心，如果沒有把握，我會和妳一起走，又豈會為了這個不知天高地厚的小公主而去冒險。」

永慶公主氣得俏臉漲紅，喝道：「你們安排來安排去，似乎完全沒有徵求我的意見！」

丁玉落道：「子渝，妳也聽到了，她一路留下印記，分明就是不惜葬送自己，也要掩護娘娘和岐王脫身，妳帶著她……」

「放心吧，我發覺有異之後，就馬上取消了各條要道預做的準備，以免我們所有的潛伏力量全部暴露，只讓竹韻和小燚去打探真正的娘娘和岐王下落，我們的目的，只是要把他們從汴梁救出來，如果他們能自尋生路，我又何必多此一舉？」

折子渝淡淡地瞟了永慶公主一眼，那冷冷一瞥，似比天之驕女還要驕傲，她只說了一句話：「現在，我在等她們的消息。公主殿下禍水東引的目的已經達到，我想……她也不願在知曉娘娘、岐王是否安全之前蠢到尋死。」

永慶聽了，果然乖乖地閉上了嘴巴。

五百七五　黃雀

黃河邊上，一支維修隊伍正沿著河岸向東而行，他們的最終目標是汴梁。

這是維修黃河大堤的隊伍，維修人員分為三部分，一部分是朝廷河道衙門的官員、差役，一部分是按日付薪的河工，還有一部分是每行經一個河段，由當地官府派來的勞壯，這些勞壯維修河道，便抵了徭役和稅賦，說起來雖然辛苦一些，也還算值得。

按日付薪的河工，又分為兩部分，一部分是靠河吃河，常年在河道上營生的勞壯，另一部分則是臨時僱傭的閒漢、無業遊民。在這支隊伍裡有一家三口，隨著這河道維修人員一路東行。這一家三口是從孟州河段上招募來的短工，兩夫妻帶著一個妹妹。丈夫姓張，叫張老實，在河道隊上負責清理淤泥。媳婦和妹子則和兩個中年婦女一塊負責大家的伙食。這一家三口貌相平凡，話語不多，幹活還算勤快，在這樣的河道隊伍中並不引人注目。

皇帝遇刺，太子重傷，宋娘娘、永慶公主、岐王殿下三人盡被擄走，一時轟動天下，到處可見官兵往來，巡檢沿道設卡，即便是遠到了洛陽府地境也是戒備森嚴，實際上離汴梁越遠，沿途越是嚴密，哪怕你城門外排成了長城，渡口壅塞萬人，在官兵巡檢衙役弓壯的嚴密監視下，也得老老實實一個一個接受嚴格的盤查，但凡形貌與宋娘娘母子三人稍有形似，或者有類似的行旅組合，盡皆被帶走，接受進一步的盤查。

不過，卻也不是所有人都覺得行動不便，至少對這河道維修隊伍來說便是如此。河道維修，年年進行，不管是哪個朝廷，只要他的轄境之內有黃河這一段，就不敢對河道維修稍有大意。雖然河道工來源複雜，不過身世背景卻絕對清白，每一個人都有家有業，有鄉官里正開的條子，才得以入內。

自汴梁往外而行的所有行旅商賈，不管什麼身分、什麼背景，此時都不敢濫用特權，而是和那些下里巴人一起規規矩矩地接受盤查，但是這支朝著汴梁行進的河道維修隊伍卻幾乎沒有受到任何的盤查，更遑論刁難了。

天子一怒，天下震動，所有的官兵巡檢衙役弓壯都跑斷了腿，忙得不可開交，光是監控所有相外的水陸通道，搜索城鎮鄉村所有住戶家庭、客棧店鋪，就是一件繁重得幾乎不可完成的任務，哪裡還有餘力顧及朝著汴梁行進的，又是屬於朝廷的河道維修隊呢？

滎陽渡口，一天忙碌下來，夕陽披灑，彩霞滿天，炊煙裊裊升起，勞累了一天的河工們捧著大海碗開始吃晚飯。張老實捧著一大碗粥，另一隻手拿著饅頭，小指和無名指之間夾著一根大蔥，粥面上鋪著十幾根蘿蔔條，蹲在黃河大堤上，面對著滔滔河水。

單手轉著大海碗，喝一口晾涼的稀粥，啃一口饅頭，再咬一口潔白的蔥白，吃得那叫一個香。他的婆娘蹲在他的旁邊，也端著大碗，拿著饅頭、大蔥，一邊吃飯，一邊和丈夫在輕輕地說著什麼，只有張老實的妹妹，坐在一棵大樹下的石塊上，捧著一小碗粥，輕輕咬一口饅頭，喝一小口粥，吃得斯斯文文。

閨女就是閨女，未出閣的丫頭就是不一樣，雖說窮苦人家出身，臉蛋也平凡無華，可這舉止動作就透著斯文秀氣。

「五公子，咱們往汴梁走並不輕鬆啊，眼下是安全了，可這一重回虎口，再想出來就難了。這一次是皇帝、太子雙雙遇刺，皇室一下子丟了三個重要人物，朝廷不找回娘娘和殿下，不抓住兇手，就算再過半年，也不會放鬆戒備，咱們這一回去，可是不易脫身了。這一次比不得以往，就是使相公侯的人家，恐怕容留親眷也得到開封府報備，接受一番調查，咱們在開封的居處，沒有一處是安全的。」

張老實面對黃河，一面吃著飯，一面「悠閒」地和媳婦聊著天，可這聊天的內容若是被任何人聽到都會嚇得魂飛魄散，誰會想到欽犯中的欽犯，大宋立國以來，舉國通緝的第一要犯，居然就在他們的身邊。

「我知道，當然沒有那麼輕鬆。」折子渝張開一口小白牙，喀嚓咬了一口大蔥，像一個普通村婦一樣大口地嚼著：「可是，不這麼說，玉落怎麼肯點頭？」

張十三不語了，楊浩把折家滿門用傳國玉璽換了回去，對折家可謂恩重如山。就憑這一條，恩仇必報的五公子豁出這條命去，也會極力保他家人安全。何況，五公子一顆芳心都繫在楊浩的身上，眼下這位玉落姐，等她一過門就會成了她的小姑子，她既然自告奮勇，一力承擔了偷天計畫，又哪能讓丁玉落身陷險境。只是……

「這是沒有辦法的辦法。那位永慶公主行刺皇帝，已然打草驚蛇，使得我們原來擬定的在朝廷發覺之前便遠遁百里之外的計畫失敗，西行前路已然是危機重重。而且她勾結他人另覓逃跑路徑，驚動了地方官府，無形中堵塞了咱們逃逸的道路，不行出人意料之舉朝汴梁走，咱們根本沒辦法帶著她安然脫身。」

折子渝喝了口粥，說道：「我們在汴梁的暗樁，這一次幾乎已全部動用了，就算剩下幾個人，如今東京城草木皆兵，風聲鶴唳，他們也動彈不得。不過有些人卻是有辦法的，漫說皇帝只是遇刺，就算皇帝遇刺身亡，數十萬禁軍把東京城困成鐵桶一般，有些人還是有辦法出入自如的。」

張十三驚詫地道：「五公子，妳是說？」

折子渝微微一笑：「這些人，就是汴梁城的地頭蛇，隨便一個衙差都能把他們像螞蟻一般捏死，可就是他們，才是汴梁城地下的主人，城狐社鼠，雞鳴狗盜之輩，有時能產生很大很大的作用。我從河西回來的時候，楊……他……交給我一件信物，囑咐我說，如非萬不得已，不要動用它去找那個人，現在，就是萬不得已的時候了……」

折子渝探手入懷，摸出了短短的一截木棍，那木棍是黃楊木料，紋理細潤，好像是經常把玩，所以十分光滑……

＊　＊　＊

「找到他們的下落了？真的找到他們的下落了？」

趙光義快步走進文德殿，一開始用走的，後來幾乎是邁開大步向前奔跑，闖到殿中，一眼瞧見殿中央三架擔架，上邊覆蓋著一層白布，才陡地止步，瞪大雙眼道：「這……這是……」

皇城司都指揮使甄楚戈連忙顛著腳尖湊到跟前，微拱雙手，小聲稟道：「官家，這是宋娘娘和岐王的屍身。」

趙光義命皇城司全權負責追緝搜索之事，本就存了將計就計、殺人滅口的心思，可是甄楚戈真的完成了差使，他聽在耳中仍是一陣心驚肉跳，不由自主地倒退三步。

趙光義艱澀地道：「他……他們……怎麼死的？」

甄楚戈眼珠一轉，小心地稟道：「回稟官家，那些反賊故布疑陣，時而東時而西，疑兵處處，本來不易追察，不過他們在閔河渡口出了岔子，他們本想控制渡口，確保藏了宋娘娘和岐王殿下的船隻南下，不知怎麼地，卻和另外一夥人大打出手，這一來便露了行跡，巡檢司還以為是河道幫會爭權奪利，持械鬥毆，以致傷了人命，因此派出大批巡檢控制了河道，正欲嚴查此案，恰好聖上旨意到了。

「這也是天祐官家，裹挾了宋娘娘和岐王殿下的船隻便被堵在了後面，他們見勢不妙，棄船登岸，試圖繞過渡口，結果露了行跡，一番打鬥，傷了十幾個巡檢這才逃去。微臣聞訊，立即率人急追，終於在北汝河追上了他們的船隻。屬下們亂箭齊發……」

甄楚戈說到這兒故意頓了一頓，趙光義心領神會，問道：「怎樣，可射中了賊人？」

甄楚戈忙躬身道：「是，確實射中了賊人，賊人狗急跳牆，殺死岐王殿下，縱火焚燒船隻，然後趁亂跳河，四處逃生，臣等一面派人緝捕凶頑，一面上船救火，可惜……終是遲了一步，娘娘她……已葬身火海了……」

趙光義咬著牙道：「就不曾抓到一個活口？」

甄楚戈忙跪地道：「微臣無能，當時……」

甄楚戈說的話半真半假，趙光義知道他言語之中盡多不實，但是有些事彼此心知肚明就好，卻也不肯與他說破。實際上，皇城司的確是因為閔河渡口一場莫名其妙的混戰堵塞了河道，使得載走宋皇后和岐王趙德芳的座船不能駛過，無奈之下只得登岸繞行，以致暴露了行藏。

甄楚戈帶皇城司人馬追去之後，一直追到北汝河，下馬登船，這才追上前方行舟，但是接下來便盡是虛言了，他們亂箭齊發不假，射的卻不是賊人，而是岐王趙德芳和宋娘娘。趙光義的命令，做為他的心腹，甄楚戈一清二楚，娘娘和岐王絕不能活著逃走，也不能活著回來，必須讓他們死掉，倒是那些協助他們逃走的賊黨，卻須抓回幾個活口來。

儘管趙光義在崇孝庵不由分說，已把這弒君謀反的大帽子硬生生扣在了自己三弟的頭上，但是他也不能確定這些人是不是趙光美派來的，他也想找出真兇，永除大患。

結果亂箭齊發，如同暴雨，剛剛拜得王爵的趙德芳閃避不及，竟爾被一枝亂箭穿胸，射個正著。帶了趙德芳母子逃離的鄭家屬下眼見王主兒死了，趙德芳這正宗的皇子一死，宋皇后一個外姓女人，號召力遠不及趙光美，實際作用已是不大，不過這時也不能棄之不顧，只得帶著她逃命。

這些人都是鄭家死士，否則也不會被差遣來執行這樣重要的任務，他們深知這是弒君的大罪，一旦被抓到，就算知無不言，言無不盡，也是誅九族的大罪，萬無逃脫之理，如果被人認出本來面目，更連家人也要跟著遭殃，所以這突圍之舉十分慘烈，皇城司死了不少人，卻連一個活口也抓不到，他們只要傷重力不可支的，馬上舉刀自盡，臨死之前，還將五官面目劃個稀爛，教人再也辨認不出，有此死志，拚起命來足可以一敵十。

但是皇城司畢竟人多勢眾，船上死士漸漸不支，眼見四下裡官兵船隻越圍越近，宋娘娘並不知趙光義本就想要她死，她不甘心活著回到汴梁受罪，毅然舉火點燃船艙，然後拾劍自刎。甄楚戈帶人上船及時，總算搶出了他們的屍身，卻也燒焦了半邊身子。

趙光義聽完之後，眼珠微一錯動，說道：「永慶呢？這個……是不是？」

甄楚戈低頭道：「公主下落不明，臣正派人繼續緝索搜尋。這一具屍體……是公主身邊的侍婢林兒。」

「哦？」趙光義走過去，掀開白布一看，那本來清秀的容顏被火烤炙得有些變形，瞧來極是嚇人，要把臉扳正了，從那未曾燒灼的一小半面孔才隱約看得出昔日模樣，趙光義手指一顫，幾乎沒有勇氣再去看看宋皇后和趙德芳的屍體，可是不親眼看見，他是萬萬不肯放心的，終於咬著牙，鼓足了勇氣，親自辨認了宋皇后和趙德芳的屍身，這才放下心頭一塊大石。

「永慶……難道逃了？」趙光義蹲在宋皇后屍身前面，想起永慶可能還活著，心中也不知是輕鬆還是沉重，遲疑半晌，他才沉聲道：「永慶……已經死了，這個……明明就是永慶姪女的屍體，甄楚戈，你可看清楚了？」

甄楚戈正要稟報，自己從逃上岸去的一個死士身上搜到了一封重要信函，還未開口，突聽趙光義如此說話，先是一怔，隨即恍然大悟，連聲道：「是，這……就是永慶公主的屍體，臣……臣親眼所見，公主不甘受賊人所辱，舉火自焚。」

這時，殿外忽然傳來一聲怒吼：「顧若離，你給我滾開，讓我進去，讓我進去，父皇，娘娘和永慶妹妹、德芳兄弟可救回來了？」

趙光義神色一動，忽地撲到宋皇后屍身前放聲大哭：「皇嫂，妳死的好慘吶……朕枉為人君，竟然護不得皇嫂一家周全，此仇不報，趙光義誓不為人！皇嫂、德芳、永慶啊……」

* * *

汴梁西水門外，唐府。

剛剛一場豪雨，掃淨了夏日的燥熱，水漫池塘，青蛙在池中荷葉上呱呱歡啼。肥大的荷葉綠油油的，上邊還綴著晶瑩的水珠，青蛙縱躍跳起，也只讓那荷葉輕輕搖曳，水滴如珠般流動，卻不掉落池中。

垂楊柳下，朱紅小亭。唐英、唐勇、唐威三兄弟並肩而立，站在亭中。

唐英面沉似水地道：「論學識、論才幹，我不及二哥、三哥多矣，所以平素唐家的事，我也盡由著你們決斷，但是這樣關乎我唐家生死攸關的大事，你們是否也該事先和我商議一下？幾十年前，盧氏野心勃勃，結果如何，你們難道不知道嗎？」

唐英一發怒，唐勇便有些惴惴不安，唐威卻微笑道：「大哥，我們所做的，和盧氏當年所為，怎麼能相提並論呢？」

唐英怒道：「你還狡辯，你使人在閔河渡口劫殺鄭家的人馬，以致鄭家功敗垂成，數十死士，連著宋娘娘一家三口盡皆身殞，你又在北汝河暗布埋伏，殺死鄭家從皇城司手中逃出來的死士，留下事涉鄭家的書柬栽贓陷害，這與盧氏當年自相殘殺有何不同？消息一旦洩露……」

唐英想及其中可怕後果，不由為之色變。

唐勇道：「大哥，消息絕不會洩露的，現在知道真相的，只有你我三人，只有我們三個唐家人，此外再無人知！」

唐英怒不可遏，一指唐威，唐威氣定神閒，唰地一展扇子，說道：「二哥沒有說錯，只有你我三兄弟才知道真相。我派去的那些人，一個不少，現在全都長眠地下，永遠也不會洩露這個祕密了。」

唐英聽得心頭一寒，手指顫抖了一下，竟爾說不下去了。

唐威輕搖摺扇，轉向池塘，微笑道：「大哥，其實不必把事態想得那般嚴重，為什麼不想想好的一面呢？我們唐家，移國號為姓氏，本是李家旁支，可這主支旁支也不是一成不變的，李家已經沒落了，現在根本就是依附在崔氏這一邊，合該我唐氏興起了。

「再說，我留下那封書柬，也毀不了鄭家，鄭家是隱宗，暴露在表面的力量非常有限，一旦引起朝廷的注意，滿天下地清剿，大不了鄭老頭子避世不出，明面上的力量全部毀於一旦嘛，根本傷不到他們的根本。」

他邪邪地笑了笑：「當然，大傷元氣，那是難免的。鄭家大傷元氣，這股邪火無論如何也發不到咱們頭上來，冤有頭債有主，他們這債主一定算到崔大郎頭上。」

唐三少摺扇唰地一收，在掌心一拍，挑挑眉頭道：「成了，潛宗顯宗，崔鄭兩家鬥個不可開交，而我唐家又已立足天下中樞，前途無量，我們這李氏旁支，假以時日，能不能成為掌握整個繼嗣堂的主人呢？」

他慢慢轉過頭，目光灼熱如火，望著他兩個兄弟，微笑道：「大哥，二哥，你們說我這個險，冒得值是不值呢？」

五百七六　餘浪生波

唐家三少指點江山，躊躇滿志的時候，汴河幫總舵把子薛良的書房之中卻是一片靜謐。

昔日霸州丁家的一個小小下人臊豬兒，如今已是汴河上四萬多靠水吃飯的英雄豪傑的總舵把子，凌駕於其他三大幫派之上，位高權重，神形氣質較諸當年已是大有不同。

他從小一塊長大的好兄弟楊浩這些年的所作所為、所有經歷，他都一清二楚。浩子去了河西，官拜河西隴右大元帥；浩子打敗了李光睿，接收了定難五州；浩子西征玉門，淪喪兩百多年的漢人江山重新拿了回來……所有的一切他都知道。

浩子飛黃騰達之後，從來沒有找過他，不管是還掛著名義上的宋國臣子身分的時候，抑或是自立稱帝之後，也沒有讓人給他捎過一封書信，但他心底從無怨尤。一塊長大的兄弟，相依為命的兄弟，同生共死的兄弟，他了解楊浩，正如了解他自己。

他知道自己的兄弟不來找他，唯一的原因就是因為他有自己的生活，他已經有了家，他的家在汴梁，在這條供給東京百萬生靈吃穿用度的汴河上。他有了岳父岳母，有了一位嬌妻，現在還當了爹爹，做了汴河幫的總舵把子。他的家在這裡，他的事業在這裡！

而他的兄弟卻已成了官家的敵人，所以他才不和自己取得任何聯繫，他怕暴露了兩人之間的身分，給自己帶來什麼不利。所以，除非萬不得已，除非迫不得已，他絕不會尚在與朝廷敵對期間來找自己。

把玩著手中那截黃楊木，摩挲著溫潤的木料，他感覺得出來，當年自己做的這柄小刀，浩子一直揣在身上，而且經常把玩，所以現在撫摸上去才有這樣的觸感，薛良的眼神不禁變得溫暖起來。

當初那個憨厚老實的小伙子，經過幾年的磨礪，一舉一動甚至一個眼神都已頗具威嚴了，能鎮得住汴河幫大多數兄弟，交遊官府權貴，與其他幫派老奸巨猾的頭領們勾心鬥角，又豈能沒有幾分城府，有城府的人自然就會有一種凝重如山的氣質。只有在他兄弟面前，他才能完全卸下偽裝，還原成當年那個臊豬兒。

「這柄刀，是他交給我的。他說，不到最後一步，不要來打擾你。現在，前路已絕，我雖然順利回到了開封，可是一日兩日還可以，時日稍久，行跡必然暴露，我只能求助於薛大哥，把我們藏起來，或者運出去。不過，有句話我要說在前頭，這個女孩，是永慶公主……」

「為什麼要告訴我她的身分？你們另找一個理由，不是更妥當？」

「這是他交代我的。薛大哥有家有業，一旦出手相助，所冒的就是抄家滅族之險，所以他告訴我，對薛大哥不得有絲毫隱瞞，如果薛大哥無能為力，我也能完全理解，我們馬上就走。」

薛良長長地吁了一口氣，靠在椅背上，輕輕閉上了眼睛。鼻端飄來一陣幽幽的香氣，一隻柔荑輕輕搭在了他的肩上。薛良握住了那隻溫潤的手，輕輕摩挲著。

「大良。」

「袖兒，對不起。」

「兩夫妻，有什麼好對不起的？」

薛良輕輕轉身，一攬張懷袖的纖腰，袖兒溫順地坐到了他的腿上。

「我現在不是孤家寡人，我有妳，還有孩子。我幫了兄弟，便把妳和孩子拖入了險地……」

袖兒輕聲笑了，雙臂溫柔地環住了他的脖子：「可是你不幫他，就不是一條頂天立地的好漢，你是我的丈夫，誰不希望自己的丈夫是個人前人後都能直起腰來做人的好漢？」

「袖兒……」

「再說，你不幫他，心中一定不安，一輩子都不會快活，我不喜歡看見你臉上失去笑容。」

「袖兒！」薛良感動地抱緊了她。

張懷袖輕輕撫摸著他的頭髮，就像抱著自己的孩子，柔聲道：「船，我已經吩咐人備好了，是運送最隱密貨物的那條船——天海號，瞞天過海，討個吉利。河道衙門，也已派了人去打點……」

「這一回偷運挾帶的可不是貨物，而是堂堂公主，事情太過重要，我應該親自去衙門打點……」

「傻瓜，就因如此，你才去不得。現如今，整個東京城草木皆兵，沒有哪個官員敢循私枉法，一旦你親自出面，反而會惹人更加注意。就當成一次尋常出船，反而更易過關。」

「嗯，是我莽撞了，還是娘子想得周到。」

「一同出發的共計一百六十條船，天海號上挾帶私貨的底艙下面我特意放了些貴重貨物，這樣一旦被人查緝出來有挾帶，就更加安全了。公主和折姑娘藏在上面，我會親自帶她們上船，萬無一失的。」

在貨船底艙下面，另外建造一層暗艙挾帶私貨，這一點開封府和河道衙門許多經驗豐富的巡檢差役都知道，只不過能不能找出來就要各顯神通了，而天海號上的暗艙中卻另有機關，在暗艙和上層甲板之間，利用船體內部形成的視覺差，建造有可以藏人的一層夾壁，一旦有人發現了暗艙，只會注意到暗艙中的貨物，等他下到艙裡去檢查或者搬運貨物時，就絕不會想到就在他的頭頂，窄窄一層夾壁中，居然另有天地了。

這樣的設計，是汴河幫與官府長期鬥智鬥力研究出來的挾帶方法，是一個祕密，只有在運送價值連城的寶器或者與汴河幫有極大交情，卻在汴梁犯了命案的三山五岳的好漢時才偶爾啟用，因此最是安全。

「好娘子，大良得妻如妳，真是……真是……」

「真是個屁！」袖兒嬌嗔地瞪他一眼，玉指在他眉心一捺：「你們男人吶，這時候就感動得死都樂意了。哼，回過頭來就不是你了，你說，平時跟老賈的妹子鳳寶眉來眼去的，是不是早就算計著納她為妾來著？」

「我哪有，我有了妳這樣的好娘子還不知足嗎？哪會三心二意……」

「少來啦。你快準備一下，越早上路越好，我去收拾收拾，帶著孩子跟你一塊上路。」

「啊？妳也去？」

「豬腦子！你要幫兄弟，我支持你，可也不能真的把自己的老婆、孩子置之險地吧？虧得爹娘現在不在汴梁，我和你一起走，再帶上二當家，一百六十條船全出去，讓二當家帶著漕運船南下，咱們吶，一塊漂洋過海，要是一切穩穩當當，再回來不遲，真有個什麼意外，就直接遠走高飛啦。」

「娘子妙計呀，有賢妻若此，為夫真是……」

「少拍馬屁！再讓我看見你和鳳寶勾勾搭搭，老娘就手起刀落，閹掉你的臊根子！」

* * *

趙元佐表面上看來傷勢並沒有父親重，但是父親是外傷，可他卻傷了肺腑，這傷只能慢慢調理。可他聽說有了宋娘娘和皇弟德芳的消息，立即迫不及待地從病床上跳了起來，等到看見皇弟德芳燒得幾乎辨認不出模樣的屍體，更是心中大慟，再也沒有去看宋娘娘和永慶公主的屍身了。德芳好歹是個男人，那母女倆都是國色天香的美人，如果也是燒成德芳那副模樣，這噩夢真是永遠也揮之不去了。

緊接著，他聽到了皇城司都指揮使甄楚戈添油加醋的一番介紹，趙元佐一時如五雷轟頂。這是怎麼了？這一切，真的是皇叔趙光美幹的？骨肉至親，為什麼要這般自相殘殺，為什麼？

這一次，他沒有懷疑自己的父親，因為當時父親險險被殺，他是親眼看到的，就連他自己，也差一點沒命，換了誰也不會用這樣的苦肉計。既然不是父親，那麼還是能誰？殺皇帝、太子，事敗又擄走宋娘娘和公主、王爺？除了皇叔，誰有這麼充分的理由？

他真的不願意相信這是與他最交好的皇叔的主意，可是除了皇叔，實在沒有第二個人有這個充分的理由。趙元佐心中從小堅持的正義觀念和家庭倫理澈底崩潰了。為什麼？德昭暗示過，害死先帝的是我爹爹，我的爹爹殺了伯父，現在我的叔父又要殺我爹爹，這個皇位就這麼重要？為了它，骨肉至親就如此相殘？

這一天，天牢大門，一乘小轎忽爾轉來，轎側隨著四個小黃門，手執拂塵，神態傲然。把守天牢的楚雲岫楚押司見這氣派，曉得是宮裡來的人物，趕緊上前參見，他還以為是宮裡哪位大太監來傳旨意的，不想轎簾一掀，出來的竟是當朝太子趙元佐。

太子穿著一襲明黃色繡金邊的交領長袍，頭繫烏絲籠巾，臉頰卻是異樣地蒼白。

楚雲岫趕緊施禮道：「微臣不知太子殿下大駕光臨，有失遠迎，恕罪，恕罪。不知太子今日來到天牢，可有什麼事情吩咐微臣？」

太子眼神有些飄，擺手道：「孤要看看那個刺客。我要問問他，到底是受了誰指使！我一定要親口聽他說，你閃開。」

楚雲岫一聽，大吃一驚，堵在門口動也不敢動，只躬身道：「太子，請恕微臣無禮。國有國法，太子地位雖尊，卻是國之儲君，現在既非天子，在朝中又無職司，無權過問朝中之事。」

太子大怒，叱道：「你敢攔孤？」

「臣不敢，此臣職責所在，正因敬畏國法，敬重太子，所以，絕不敢循私枉法以逢迎太子，請太子明察。」

太子執意要進天牢，楚雲岫堅決不允，兩下裡爭執良久，及至皇城司甄楚戈、大內都知顧若離等人聞訊紛紛趕到，這才把太子強行請回了宮去。

趙光義聞訊，對楚雲岫嘉勉一番，但是卻未再次責備太子，只令他身邊的人對太子好好看顧，元佐不再吵著去天牢了，可他的傷勢卻更重了。心病不去，藥石難醫，肺腑之傷就此成了難治的沉痾。整日喝著苦若黃連的藥湯，他的心比黃連更苦，他現在再也不去找爹爹吵鬧叫罵了，卻讓趙光義比以前更擔心，這孩子整日精神恍惚，那副樣子任誰看了都揪心。

此刻揪心的還有一人，那就是平章事盧多遜。趙普也罷了，本來就是廢相，只不過官職一下子又被降了十七、八級，趕到四川修身養性去了。相比起盧多遜，這起落他已經習慣了。可盧多遜不成，昨日他還是一人之下、萬人之上，高高在上的當朝宰相，現如今卻是落翅的鳳凰，一下子被趕到了天南，做了崖州司馬。

到了崖州，簡直就是天涯海角。那時的海南島一片荒蕪，就連當地土著也沒有多少，堂堂宰相，從呼風喚雨，一呼百諾，到如今凋零一片，窘困天涯，巨大的心理落差，教人難以承受。盧多遜自己也知道，皇帝這麼做，就是在清洗朝廷，在皇帝忌憚的人中，他絕對排不上號，可他是宰相，只有拿他開刀，才能順理成章地拿下他人，減少清洗的阻力，也許過上幾年，他還有機會回朝。

可是人生能有幾個幾年？他年事已高，如果等得太久，恐怕就真要老死天涯了。再說，天下不是只有他一個能人，只不過他機運好，登上了相位，所以才名聞天下。草莽間盡多英才，皇帝想用人，人才隨時找得到一把，來日就算回京，是否還能有今日尊榮，都在兩可之間，他只希望能盡快結束這種局面，所以一到崖州，他就窮盡心思，咬文嚼字地上了一封〈謝恩表〉。

雷霆雲露，俱是君恩。不管是賞你還是罰你，都得向皇帝道一聲謝，上一封〈謝恩表〉，乃是為臣的道理。再說，寫封〈謝恩表〉，萬一聖上心中一軟，給他調個近一些的、環境好一些的地方也未可知，就算一時半晌不會調他離開，也能加點印象分數，聖上心裡還有他這個人，就有早一天重見天日的機會。

他的〈謝恩表〉中有一句「流星已遠，拱北極已不由；海日懸空，望長安而不見。」白居易的〈長恨歌〉中就有「回頭下望人寰處，不見長安見塵霧。」唐詩中帶有長安的詩詞比比皆是，盧多遜自覺此處用長安二字，既與上句對仗工整，押韻合轍，古人在詩詞中本有以夫喻君，以婦喻臣的比擬手法，所以這裡也合乎〈長恨歌〉的意境，我就像身在黃泉的楊玉環思念唐玄宗一樣想念陛下您吶。

不料這「長安」二字又引起了趙光義的忌憚。現在趙光美正在長安呢，也不知道接了密旨的羅克敵得手沒有，你老小子還望長安而不見，你想誰呢？結果這封〈謝恩表〉如石沉大海，再也沒了下文。盧多遜連封撫慰的回旨也沒接到，一時摸不清官家的心意，只得死心踏地地在海南島上安頓下來。

＊　＊　＊

朝廷宣告了宋娘娘、岐王和永慶公主的死訊，也直接宣告了對齊王的控罪升級，現在已經足夠處以死刑了，誰都知道，他一旦回了汴梁，必死無疑。

但是崔大郎不知道，他不是不知道，而是知道的太晚，因為他早在透露趙光美有不軌之心的舉動給朝廷時，就已經安排了殺手，一旦朝廷索拿趙光美，殺！

這筆爛仗，自然要趙光義來背。

趙光義也未嘗沒有在押解趙光美回京的路上把他幹掉的想法，一頭死老虎可比一頭被圈禁起來的老虎安全得多，圈禁起來，一旦掌握機會，照樣能坐上龍庭，為自己子孫世襲皇位掃除障礙的最穩妥的辦法，當然是把一切威脅早早地除去。

不過這時偏偏鬧了一齣行刺謀反案，被他當機立斷，編派到了趙光美的頭上，這一來，趙光美已是有口難言，他完全可以把趙光美押解回京，明正典刑，自然就不肯再不教而誅。

誰料，早已得了崔大郎囑咐的殺手這時已經動手了，朝廷的旨意還沒到長安，被羅克敵軟禁起來的趙光美就在睡夢之中被幹掉了，把趙光義噁心得夠嗆。

明明有機會堂而皇之地處決他，結果卻變成了離奇被刺，有心人自然可以拿來大作手腳，編派他的不是，本來可以「理直氣壯」的事，這一下反而疑點重重了，趙光義焉能不恨？

此時，甄楚戈已經把鄭家暗中出錢出人支持趙光美的情報稟報了趙光義，所以趙光義雖然公布了宋娘娘母子三人的死訊，也獲悉了齊王光美的死訊，整個天下緝索搜查的力度不但沒有放鬆，反而越來越大，他豈能容忍這樣一股勢力存在？

明裡如此，暗裡也是如此。他並沒有見到永慶的屍體，雖然當時船在河上，未必沒有中箭落水，沉溺難尋的可能，但是既然死未見屍，就得繼續找！因此，明裡各地官府風風火火地搜查鄭氏叛黨，暗地裡皇城司密諜四出，繼續查訪永慶公主的消息，整個大宋天下，波湧浪翻。

鄭家暴露在外的勢力被朝廷一夜之間連根拔除，但是這樣隱密的遁世潛勢力，除非抓到了他們的核心成員，而且肯招供實情，否則休想把它連根拔除，就算他鄭家的人就在你的眼皮子底下，就在你的朝堂之上，你也看不見，你總不能把全天下姓鄭的人都幹掉吧？

所以鄭家雖元氣大傷，卻未傷根本，在鄭家看來，已經接到的崔大郎的警告，明擺著就是威脅了。這分明就是崔大郎看潛宗的人不聽調遣，要借宋廷之力削其羽翼，滿腔仇恨都集中到了冤枉之極的崔家頭上，兩大勢力開始明爭暗鬥，本來就動盪不安的大宋本來只是政壇動盪不安，四處偵騎縱橫，由於崔鄭兩家的勢力遍布各個行業，在他們推波助瀾之下，整個大宋變成了一鍋沸水，波瀾壯闊……

* * *

六月天，西南風起。正宜乘風遠航，東渡日本。

波瀾壯闊的大海上，白帆如雲，二十多條大船正鼓足了風帆朝著日本島前進。

滄海橫流，亂雲飛渡！

一身玄衣的折子渝立在船頭，迎著微帶腥味的海風，聽著海鷗一聲聲鳴叫，回眸笑道：「聽說，當年馬嵬兵變，楊貴妃並未死去，而是東渡日本，也不知是不是真的，而今殿下，才是貨真價實的中原皇室了。」

永慶迄今不知母后和皇弟下落，興致著實不高，只是勉強笑道：「怎麼可能，萬馬軍前，如何假的了？」

折子渝道：「楊玉環身分尊貴，迫死之後誰敢驗看屍體以辱皇帝？史載，三軍將士聞貴妃已死，即歡呼雀躍，叛將陳玄禮免甲冑望宮帳而拜，自始至終，也沒驗看遺體。安祿山造反時，玄宗逃得倉卒，有幾個遣唐使也隨著他逃離了長安，據說，楊貴妃是被高力士、陳玄禮、謝阿蠻所救，委託遣唐使藤原刷雄、阿倍仲麿東渡日本。此事雖未傳揚天下，不過還是被一些人知道了底細，白居易〈長恨歌〉中說『馬嵬坡下泥土中，不見玉顏空死出。』還有『忽問海上有仙山，山在虛無縹緲間。』就是暗指此事。」

永慶小嘴微撇：「終是穿鑿附會，虛無縹緲。」

折子渝道：「或許是吧，不過楊玉環平素待人寬厚，與高力士、陳玄禮等交情深厚，若是被救，倒也可能。馬嵬兵變之後，到了巴蜀壽王的地盤，那些和馬嵬事變有關的人凡是落到李瑁手裡的都給他殺了個精光，包括肅宗皇帝的兒子建寧王，那可是皇室宗親，可是獨獨陳玄禮活蹦亂跳，平安無恙。若非有援救楊玉環之功，很難想像仍然深愛著楊玉環的壽王李瑁，會把自己的堂兄弟都殺了，卻偏把他留下來……」

她沉默了一會兒，輕輕一笑：「誰知道呢？國家社稷興衰，強要一女人為之擔負，實在不公。如果她真的死裡逃生，很好！」

永慶公主咀嚼著她這句話，總覺得她話中別有深意，側身看了看她，她正眺首遠望，又似無心之語。

在汴梁的時候，折子渝就接到了狗兒送回的消息，她和竹韻分頭往西南追尋，狗兒找到北汝河的時候已經遲了一步，眼見船隻半沉，大火熊熊，皇城司的人將幾具屍體從半沉的船上拖下來，她也只能望河興嘆，悄然返回。

因為自己帶著永慶公主，而朝廷畫影圖形已遍布天下，折子渝帶著永慶公主寸步難行，留在汴梁更是危機重重，又不能棄之不顧，所以折子渝得到回信後，便讓狗兒再去找回竹韻，兩人馬上返回河西，把這裡的情況稟報楊浩，免得讓他掛念，而自己則帶著永慶公產，在薛良的安排下暫到海外避避風頭。因為擔心永慶公主路途中情緒激動，生出什麼意外，所以直至今日，她還沒有把宋娘娘和趙德芳的死訊告訴永慶。

像這種追捕威脅皇權的案件，不要說一個月兩個月，就算是十年八年、三五十年也是不會停止的，明朝的建文皇帝、清初的朱三太子，就是如此，哪怕這事情只是捕風捉影，朝廷也是寧可信其有，而不惜耗費大量人力物力去追查此事，務求穩妥。不過，朝廷不可能把精力永遠放在這上面，時間越久，追查力度也就越鬆，子渝估計頂多半年時間再回中原，只要低調一些，謹慎一些，就能安全回到河西。

當然，她還有第二個選擇，就是抵達日本後再取道遼國，自遼國回河西，不過眼下西夏國和遼國的關係比較緊張，而遼國在宋國的探子很多，永慶公主的畫像很可能已經傳到了遼國，如果取道遼國，他們人生地不熟，幾個遠道而來的漢人是很容易引起別人注意的，身邊又沒有人擁有竹韻那樣足可魚目混珠的易容絕技，還是留在日本好一些。

大船在隅田川港口停下了，這裡是後世的東京附近，此刻還是一片荒蕪，所謂的城堡，較之中原的小城還差了一些，稍微像點樣子的幾幢房子，不是領主、高階武士的住處，就是中國商人在此的落腳之處。

一見中原大船來了，碼頭上一些光著腳丫、頭纏白布的日本人湊了上來，嘩啦一下圍住了管事，點頭哈腰地和他講妥了價錢，便興沖沖地去卸運貨物了。

薛良、張懷袖兩夫妻帶著折子渝、永慶公主和張十三另搭了一條踏板，走上了碼頭，碼頭上，張夫人站在前面，張興龍的小妾福田小百合雙手按膝，規規矩矩地站在她的後面。幾人一上碼頭，張夫人就興沖沖地迎上來：「快快快，快讓我看看我的乖外孫，唉喲喲，幾個月不見，又長胖了，可疼死姥姥了。」

張懷袖左右一看，不見老爹張興龍，便詫異地道：「娘，我爹呢？」

張夫人愛不釋手地抱著外孫，一邊逗弄他，一邊頭也不抬地道：「妳爹幫著藤原領主去打仗了，讓我先接你們回家，等飯做好了，他差不多也就回來了。來來來，快走快走，這裡風大，別吹著孩子。」

張夫人可不知道後邊那幾位是什麼人物，都沒抬頭看上一眼，抱著寶貝孫子轉身就走，張懷袖一聽急了：「什麼，打仗？他打什麼仗啊？萬一有個好歹……」

張夫人逗著外孫，無所謂地道：「嘿，這地方一個領主手底下的武士有一百個都算多的，都沒有汴河幫打群架的場面大。你爹在這邊手底下足有一、二百號人呢，能出啥事？再說人家藤原領主對妳爹一直恭恭敬敬當爺爺供著，這回又是親自登門懇求，妳爹吃軟不吃硬的脾氣，好意思不幫忙嗎？而且人家藤原說了，這座金山要是爭過來，就分妳爹一成……」

「金山？」薛良和袖兒一頭霧水，可現在也不是話家常的時候，便向折子渝和永慶公主拱手示意，將二人護在中間，隨著老娘向城中走去。

五百七七　閒著也是閒著

大宋餘波未平，而且開始醞釀更大風波的時候，西夏卻是風平浪靜，一片祥和。

夏日炎炎，楊浩攜全家趕到青銅峽，在此避暑休閒，嬌妻美眷，愛兒好女，好不逍遙。女英第二胎生的還是一位小公主，這兩位小公主都承襲了母親的優點，粉妝玉琢，眉清目秀，打小就是美人胚子，一看長大了就是禍水級的美女。

都城興州仍在持續的興建當中，原來的興州雖然也是一座較大的城阜，不過做為一國都城就顯得有些寒酸了，如今的都城呈長方形，周長十八里，護城河闊十丈，引黃河水繞城而過，東西南北各設一座城門，城牆高有五丈，依據地勢，易守難攻。

楊浩在此大興木土，修建都城，營造城闕宮殿及宗社籍田，其聲勢十分浩大。正如趙匡胤欲遷都已日顯凋零的長安城時對群臣所言，一個地方只要不是先天上不具備興旺的條件，那麼定都於此，王侯將相盡集於此，足以使它興旺起來。對以前從未興旺過的興州來說是如此，對長安也是如此。

就以石頭城南京來說，也曾輝煌過。但是隨著南唐的覆滅，以及李煜的抵抗，江南短短數年時間就已趨於敗落，昔日繁華似錦的金陵城行商坐賈遠遜當初，文人墨客也大多北遷，正因為金陵的沒落，蘇杭才在之後短短數十年間鵲起於江南，成為南方代表，繁華富庶堪稱天上人間。然而朱元璋一旦定都金陵，沒用多久，金陵的繁榮和地位便重又超越了蘇杭。

此刻的興州雖只立國不足半年，但是高樓處處，商賈雲集，已經有了超越夏州的氣象。權貴達官在此起樓蓋房，行商坐賈在這裡開店經商，還有那財力比官紳更加雄厚的，就是宗教界了。羅馬東正教在這裡蓋了一幢大大的教堂，塔利卜馬上就在大教堂對面氣勢洶洶地起了一座高樓，以這兩座寺院為中心，他們還要蓋起住所、修建庭院，緊接著就是本國的商賈在附近買房置地，然後相應的有該國風格的酒館、商店便也如雨後春筍一般冒了起來，在規劃上形成了兩個大區。

外來的和尚念經念得這麼兇，本地的和尚豈能示弱？於是密宗、顯宗、大乘、小乘的高僧活佛們也不遺餘力，戒壇寺、高臺寺、承天寺、萬佛寺……一座座寺院平地而起，他們自然也帶動了興州經濟的崛起。

一國都城，一座巨大的城池，其修建對任何一個國家來說都是一筆不小的支出，對剛剛立國底蘊尚淺的西夏來說更是如此，因此楊浩下大力氣修建都城，在任何一方勢力看來，都可以確認為他的志向僅止於此，因為興州只是河西諸州的中心，哪怕疆域再擴大一半，這個地方也是不適宜做國都的。

趙光義眼下已經沒有心思把注意力放在河西了，這個情報令他對河西更加放心，在這種情形下，楊浩的生活越加安逸悠閒起來。

楊姍、楊雪在草叢裡撲著蚱蜢，小楊佳穿著開襠褲，時而跌跌撞撞地追著姐姐們，時而又哼哼唧唧地去纏正在釣魚的老子講故事，最小的女兒還在她娘親懷裡吃奶呢，暖洋洋的陽光照在臉上，她閉著眼睛，使勁地吮著。一幅溫馨的畫面，盡顯天倫之樂。

不過這天倫之樂看在焰焰、娃娃和妙妙眼中，卻有些不是滋味，真的很不是滋味。要說起來，她們的年紀並不算大，焰焰和妙妙才二十出頭，娃娃比她們大幾歲，可也未過最佳生育年齡，現在沒有孩子，楊浩是不著急的，有人生就好，再說，那個時代的孩子夭折率之所以高，除了當時的醫療條件、衛生條件影響之外，還有一個重要因素，就是當母親的年紀都不大，身體還沒有發育完全，骨盆還沒有擴張開，一旦生育，不但孩子危險，經常是母子雙雙遭難。

可皇帝不急娘娘急啊，對焰焰她們來說，二十出頭了還沒孩子，這可是天大的事情，人家冬兒和女英都一人生兩個了，現在別說挑三揀四的想要個男孩了，就算生個女娃兒也好啊，可是偏偏肚皮不爭氣。眼看著那幾個活潑的孩子，和目光滿足、溫柔地追逐著自己親生骨肉的母親，三個看起來正是青春妙齡、人比花嬌的少婦那眼波幽怨得像是一湖春水。

可是她們也怪不到楊浩的頭上去，冬兒和女英生了，就證明官人沒有問題，要說起來，郎君與她們恩愛纏綿、辛勤灌溉的次數一點也不比冬兒、女英少，自己不爭氣，能怪誰？所以她們不但不敢埋怨楊浩，自己倒是有些心虛內疚，女人嫁漢，不就是相夫教子嗎？不能給人家傳承香火，那就是個不合格的妻子，所以在楊浩面前她們內疚，在冬兒和女英面前她們自卑，這段時日以來，她們本來最是活潑的性子，卻比冬兒、女英這本來含蓄溫柔的性情更像女人了。

楊浩對她們的心思多少也了解一些，不過她們在楊浩面前不會太過暴露自己的情緒，楊浩倒不知道她們已經擔上了這麼重的心事，開導幾句也就了事了。

此刻，楊浩正與駐軍青銅峽的程世雄並肩坐在一塊，魚線從高高的崖石上垂落湍急的河流中，能不能釣到魚還在其次，只是要這麼個意境。

剛剛給兒子敷衍地講了個小貓釣魚的故事，在兒子滑溜溜的小屁屁上親暱地拍了兩巴掌，讓杏兒帶了他去找程寶兒哥哥玩，這才回頭對程世雄道：「程兄啊，新招募來的那些士兵，聽說操練很辛苦啊。」

程世雄笑道：「想必是有人向大王告御狀了吧？嘿嘿，這次募兵，許多豪門大戶、權貴公卿都把子姪派了來。他們倒精明，軍功本來就是晉陞最快的途徑嘛，要想保住家門聲勢不墮，家裡當然要有一個做官的人。而臣這一次巡練的又是未來的宮衛軍，他們親自上陣執行兇險任務的機會又不是很多，打的可是好主意。我老程可不管他們在家裡是個什麼樣的公子哥兒，既然到了我的手下，就得把他操成一個合格的兵，得盼著打仗，喜歡打仗，一聽打仗就嗷嗷叫地往前衝，要不然就趁早滾蛋，沒得壞了我老程的名聲。」

楊浩頷首道：「嗯，西北各部族粗獷豪猛，崇尚武力，只有比他們更強大的人，他們才心甘情願地臣服。我有今日，可不是那些大儒們為我宣揚的什麼仁德感召，而是用拳頭打下來的。咱們要站穩腳跟，當然就得保持武力的強橫。

「可要論起武力，西北各部族大多以游牧為主，自幼騎射，勇武過人，而宮衛軍的選擇又以漢人為主，咱們漢人長於農耕，做為一個戰士，起步就比游牧民族晚了一大步。經過嚴密組織，嚴格操練的士兵與那些生活在馬背上的漢子比起來，也就是堪堪能敵。要想成為超越他們的精銳之師，當然要付出更大的努力。

「當然，這一次訓練的是宮衛，不會輕易派他們去前線，我們漢人有漢人的優點，比如善於攻守城池，善於製造、掌握各種攻守的武器，善於構築城池堡壘，這是我們的長處，而且這天底下並不都是可以縱馬馳騁的平原草地，這些長處大有用武之地，也要發揮他們的長處。」

程世雄一聽，眉開眼笑：「有您這句話，我心裡就踏實了。大王請放心，就算交到我手上的是一群綿羊，我交到大王手上的也必是一群虎狼。」

楊浩這時微微一笑，扭頭問道：「什麼事？」

旁邊早有一個內侍躬身站在那兒，見大王與程將軍談興正濃，隔著五步遠不敢靠近，這時見楊浩詢問，方才踮著腳尖走近幾步，向他低語幾句，楊浩霍地一下站了起來，說道：「快，馬上帶他來見我。」

不一會兒，一個步履矯健的黑衣漢子趕過來，向楊浩躬身施禮，說了半晌，楊浩的臉色頓時陰霾起來。一年多的充分準備，調動了自己手下最得力的幾員大將，還有足智多謀的折子渝居中坐鎮，營救居然失敗了。

這且不算，折子渝、丁玉落、狗兒和竹韻幾人盡皆下落不明，如今重重關隘仍然封鎖嚴密，這個報信的飛羽密探也不知使了多少手段，才安然返回河西報訊，她們……她們現在可還安全嗎？

本來，楊浩是不想把妹妹派去汴梁的，在他心目中，竹韻和狗兒是最佳人選，這兩人武藝高強，就算事敗也能全身而退，可是當初聽說這個計畫後，玉落就堅決要求主持其事，楊浩知道妹妹是想找個機會與心上人見面，如今他稱霸一方，據地稱王，除非得到宋國的完全信任，又或者羅家拋棄在汴梁的基業，自己妹子和羅克敵的婚期可謂遙遙無期，兩人之間有一道填不平的溝壑啊。眼見她青春磋砣，楊浩不忍拒絕，這才讓她去了。

而折子渝因為楊浩正扮著猜忌折家的樣子，即便留在興州，一時半晌也不便與他雙宿雙棲，又因楊浩用玉璽換回了折家滿門，有心為他完成這樁心願，才趕去汴梁，誰知道……楊浩心中沉甸甸，一時又悔又恨，程世雄本是折氏一脈，與折子渝也是熟識的，聽了也非常擔心，但是窺見楊浩臉色，還是出言解勸道：「大王先不必著急，既然現在沒有她們的消息，說明她們沒有落入朝廷手中，想必是見大小道路封鎖得嚴密，她們暫時避避風頭罷了。」

楊浩勉強笑了一聲，一時再無閒情逸致。他只想趕快回去，安排飛羽密諜全力打探玉落、子渝她們的下落，走到女英身邊，楊浩從她懷中接過吃飽了奶正在沉睡中的小女兒，說道：「走吧，咱們回去。」

焰焰和妙妙剛剛從另一邊山坡上採了鮮花回來，一見要走，焰焰搶著一步去接小公主：「官人，我來吧。」

楊浩正心亂如麻，搖搖頭道：「我抱著就好，趕緊回去，我有事情要做。」

焰焰一把抱了個空，又見楊浩臉色陰鬱，本就敏感的心裡頓時一酸，默默地跟在他後面，再也不說話了。

匆匆往回走了一陣，冬兒湊近楊浩低聲道：「官人，焰焰怎麼著了？」

「嗯？怎麼了？」楊浩詫異地回頭，恰見焰焰正以袖悄然拭淚，娃娃和妙妙陪在旁邊，一副心有戚戚焉的樣子。楊浩回身走向焰焰，問道：「怎麼了？」

焰焰帶著鼻音搖頭道：「沒事。」

「到底怎麼了，妳說嘛。」

焰焰低下了頭，低聲道：「是不是……人家不能為官人生育子女，惹得官人厭棄？」

楊浩奇道：「怎麼又在胡思亂想？不生就不生，有什麼了不起的？我幾時因為這個厭棄妳了？」

焰焰幽幽地道：「本來就是，人家又不是感覺不出來，誰讓人家沒本事……」

楊浩哭笑不得，他此時滿腹心事，看見焰焰沒來由的委屈，只覺又好氣又好笑，他把孩子往焰焰懷裡一放，哼道：「給給給，妳抱著，妳這丫頭，一顆腦袋一天到晚也不知在想些什麼，幾天不給妳事做，就開始胡思亂想。等我騰出空來再好好管教管教妳，還有妳們兩個！」

楊浩瞪了娃娃和妙妙一眼：「不知解勸也罷了，還老跟著摻和，不知道這丫頭一條筋嗎？」

就在這時，只聽遠處有人大喝道：「什麼人？站住！哎喲……」

只見六個女子大袖飛舞，恍若天上仙人般飄飄掠來，散在外圍的禁衛士卒挺起兵刃上前阻攔，被她們大袖一拂便紛紛倒栽出去，她們幾乎是腳不沾塵，行掠如飛，其武功實是深不可測。

「保護大王！」

暗影侍衛紛紛閃現，這些鐵衛個個武功不俗，雖遠不及那六個女子，但是勝在人多勢眾，楊浩身前迅速站上了三排侍衛，人人利刃出鞘，擋得如銅牆鐵壁一般，兩翼侍衛盡皆架起了臂弩，張開了硬弓，這樣密集的箭雨，就算那六個女人有刀槍不入的罡氣護身，怕也擋不住這專攻一點的犀利勁矢。

「統統退下！」

楊浩陡然大喝一聲，那些暗影侍衛俱皆訓練有素，雖然不知就裡，卻知聽命從事，雖見那六人飛掠而來，還是馬上撤向左右，讓開了一條道路。

「師傅！」一女英驚叫一聲，飛身迎了上去。

楊浩也快步迎了上去，遠遠地他就看見了那當先一人，一襲青袍，髻橫玉簪，明眸皓齒，百媚千嬌，正是師父呂洞賓的雙修伴侶靜音道長。

「靜音道長，您……怎麼來了？」

那六人在楊浩身前止步，放眼望去，六個女子俱都是姝顏絕麗，不可方物，其餘幾個女子的美貌竟然俱不在靜音道姑之下。

靜音道姑看著他，輕輕嘆息一聲，稽首當胸，輕輕說道：「楊浩，你師父純陽子……已經坐化了！」

「什麼？」楊浩這一驚非同小可。

＊　＊　＊

「靜音道長，師尊已然過世，楊浩忝為師尊開山大弟子，有責任照料諸位仙長，就請諸位仙長留在興州吧，也讓楊浩可以一盡孝道。」

驚聞呂洞賓坐化，楊浩黯然神傷，這個師父雖然與他在一起的時間不是那麼久，可是仍然有了相當深厚的感情，不過靜音六人倒是比他看得開，這幾個女子都是呂洞賓的道侶，常年在關外紫薇山上修行，別看她們每一個看起來都正當青春年少，但那是因為她們所練的玄功能夠駐顏長生，其實真實年紀俱都不小了，每一個都修行一甲子以上，功參造化，更是戡破了生死之門。相伴一生的道侶坐化逝去，她們雖然懷念依戀，卻也並無悲慼傷感。尋常人家為逝者戴孝守靈的一應俗禮，她們也並不在乎，其衣著服飾一如平常。

靜音道長搖頭道：「我們久居山野，已經習慣了這樣的生活，這一次來，只是帶來你師父的消息……你師傅坐化前說，這一生他有三大得意，一是中舉而不就，逍遙山林，快活神仙；二是自古修道授徒，傳續薪火，未有一人如他，得一天機；三是他的開山大弟子奠基立國，稱帝一方。你師傅……很喜歡你，雖然他的道統，你繼承的最少……」

她看了眼畢恭畢敬地站在階下的五個小道士，又道：「他們已經繼承了你師父的衣缽，道法和法功雖未臻化境，但欠缺的只是火候罷了，我想把他們交給你，希望你能盡到大師兄的責任，為你師父照料他們，好嗎？」

楊浩恭恭敬敬地道：「道長放心，就算沒有恩師遺命，弟子也會妥善照料他們，盡到師兄的責任。道長，你們可是要回紫薇山去嗎？弟子問個清楚，來日有暇，也方便攜您的五位女弟子去拜見道長。」

在他身後，站著女英、冬兒、焰焰、娃娃和妙妙，雖然直接得到靜音傳授武功的是女英，可其他幾人也算是女英代師傳藝，自然算是她的弟子。

靜音道長看了她們幾人一眼，含笑道：「你師傅坐化以後，我們六姐妹已封閉了地下洞府，焚去了道觀，做為安置他遺蛻的所在，天山靈鷲峰上有一處洞府，是我早年與你師傅雲遊天下時尋到的一處所在，我們會去那裡避世潛修。」

對楊浩說完話，她又喚過焰焰和娃娃，說道：「當日受楊浩的師父所託，本要去銀州傳妳們二人武藝，一時莽撞，誤將女英當作了妳，雖然妳們從女英那裡學到了坤道鑄鼎，不過這卻是那老鬼的囑咐之中，我唯一沒有親自完成的。唉！如今他已去了，再想讓他要我為他做些什麼，我也沒有機會了。坤道鑄鼎，那是洞賓傳我的，我們六姐妹，各有一身自己的武學，適宜女孩子學習的。那個襁褓中的小丫頭是妳的女兒嗎？等她長大些，要是妳捨得，就和她的姐妹們一起送來天山靈鷲峰，我們可將一身武學傾囊相授。」

焰焰一聽，立時垂頭喪氣，快快地道：「師父，我……我嫁了相公快五年了，始終無所出，恐怕……要辜負師傅所望了。」

靜音仔仔細細地看她幾眼，奇道：「依我看來，妳身子並無不妥啊，怎麼可能不生？」想了一想，又展顏笑道：「這個也是講機緣的，想必是時候未到吧。」

焰焰抽了抽鼻子，忸怩地小聲道：「師傅，都五年啦，就算撞大運，也該撞上一回了呀，可是……一直都沒有……」

她聲音雖小，靜音道姑身後的幾個女子卻都聽得清楚，其中一個美貌的女子眼波一轉，忽然對靜音耳語了幾句，靜音一怔，搖頭道：「沒有啊，當然沒有啊。」

唐焰焰大驚道：「師傅，妳說我就應該沒有？」

靜音道：「不然，我是說……有一件事沒有說給妳們聽，不過這件事就算不說，想來也不是問題啊。」

焰焰追問道：「不知師傅說的是什麼事？」

靜音道：「陰陽雙修的時候，是不能生孕的，你們夫妻……咳咳，總不會五年來同床共枕，一直以雙修之法恩愛吧？」

焰焰怔住了，娃娃怔住了，妙妙也怔住了，三個人呆若木雞，一直就傻站在那兒，靜音看看這個，再看看那個，訝異地道：「不……會吧……」

那呂洞賓頭一回做師父，又碰上個比他還忙的徒弟，所以武功傳得渾渾噩噩，許多禁忌、規矩都沒告訴他，因此才有後來打發靜音傳予他的妻妾合修之術的補救之法。而靜音來時，也只傳了小周后武功，同樣沒有把這雙修時練精化虛，所以不能致孕的事情說給她聽。

因為她和呂洞賓這樣的修道人，本來就不能要孩子，要不然這一甲子歲月的修行，不就子孫過百之數了？這五、六十年下來，他們才開始收第一個徒弟，當年從他們師傅那兒聽來的，許多對別人來說是禁忌、對他們來說卻是理所當然的規矩，壓根兒就沒想起來，而且雙修雖然可以加長愉悅彼此的時間，精修自己的功夫，可是因為要時刻記著些運氣調息的法門，尋常夫妻就依常理來想，也沒有每次合歡都不厭其煩地使用雙修功法吧，因此……

此時看看焰焰三人的表情，竟然真的……還真是勤奮好學的好徒弟呀……

靜音帶來了呂祖坐化的消息，無意中卻為焰焰、娃娃和妙妙三女解決了困擾她們最深的問題。其實諸女之中，冬兒練這功夫最晚，而且對此也不大熱衷，她生性羞澀，許多動作、法門不想去做，對她來說，和郎君恩愛時，只要全身心地體會他的愛憐纏綿就滿足了，至於練那雙修功夫，主要原因還是出於女子天性愛美之意，想得駐顏長生。

而女英呢，則是因為她此番正式成為王妃之前身分特殊，楊浩每次去見她都得偷偷摸摸，很多時候只能盡興便去，為了防備府上許多丫鬟家僕的耳目，不能留宿在那裡，因此許多時候只能放開手段恩愛，沒時間動用這可以助性延時的雙修功法。可憐呂祖這駐顏長生、精修內力的無上玄功，一直就被楊浩和唐焰焰、娃兒、妙妙當成最高明的房中術使用來著。

楊浩和這三位愛妻在一起時無所顧忌，這三個人又是生性活潑、開朗大方，私心裡又因為地位不及冬兒，存了討好邀寵的念頭，是故每每同床，沒有一次不用陰陽合修功法，以圖讓郎君酣暢淋漓、盡興銷魂。於是乎……

「原來如此！竟是如此！」

一俟送走了靜音道長六人，安置了楊浩的幾個師弟，焰焰和娃娃、妙妙就用火辣辣的眼神盯著楊浩，那肆無忌憚的貪婪目光就像女妖精看見了唐僧肉，看得楊浩心驚肉跳，瞧那情形，要不是顧忌著仍在大庭廣眾之下，三女馬上就要把他拖進房去輪流正法，輪了再輪，總得雨露遍施，灌溉再三，務求做到一箭中靶才成。

就在這時，解圍的來了。狗兒從天而降，一下子把她楊大叔拯救出水深火熱之中。焰焰三女再迫不及待地求子，也不敢誤了楊浩的公事，而且狗兒又是一口一個大叔叫著的晚輩，可不能教壞了小孩子，於是三女用比飛羽密諜最高級別的暗語還高一級的「楊府超級暗語」，暗示三女今晚掃榻以待，靜候官人，這才避了出去。

狗兒找到了竹韻，聯袂趕回河西，路上又碰到了丁玉落，竹韻陪著玉落行在後頭，狗兒先回來，乃是竹韻擔心楊浩聽到一些消息，一時找不到她們下落心中著急，讓她先趕回來報信的。

狗兒把她從子渝那兒聽來的一切原委，原原本本地說與楊浩聽了一遍，楊浩聽了沉默許久，方才苦笑一聲道：「是我的錯，我一廂情願要救她孤兒寡母，卻忘了在她心目中，我楊浩的面目較諸趙光義，同樣不堪啊……立德、立功、立言，傳世三寶，永慶和德芳為人子女，豈肯輕棄，唉！這倒是我害了他們了，雖說我縱不出手，宋娘娘和皇子德芳也再沒有幾年好活，不過……」

他搖搖頭，有些擔心地抬起頭來：「豬兒把她們帶去日本避風頭？汴河幫在日本國還有一定勢力嗎？倭人兇殘野蠻，他又帶著兩個如花少女，這……唉，子渝真長了一顆天大的膽子，遠去異國，竟不帶上妳和竹韻兩大高手。」

得知幾女安全無事，楊浩大大地鬆了一口氣，可是馬上又為子渝和永慶擔起心來，那個島國的鄰居在他心裡的印象實在不怎麼好。他卻不知，那些鄰居這時候民智還未開呢。

折子渝本來只是想到那兒避避風頭的，可她到了那兒一看，忽然發現這些鄰居只要千八百人就能據地稱雄，守著一座金山卻當銀礦使（當地當時金銀兌換比為一比四左右，有的地方甚至一比一），當真是人傻錢多，「憨厚可愛」，要是不占他們一點便宜，簡直老天都看不過去，於是馬上就躍躍欲試，想為她未來老公賺鄰居一點便宜再回去。

反正，閒著也是閒著……

五百七八　亂象欲生

大被同眠，顛鸞倒鳳，一夜風流，第二天一早，楊大王破天荒頭一回沒有聞雞起舞，修練武功。沒辦法，楊家的「大公雞」因勞累過度而罷工了。

楊大王扶牆進了花廳，只見冬兒和女英正在桌前正襟危坐，等著他來用餐，瞧見他那副狼狽的樣子，女英眼波流動，忍不住「噗哧」一笑，掩口道：「官人今天怎麼這副樣子？丟盔棄甲、狼狽不堪，可是剛剛打了敗仗回來？」

楊浩哪肯在夫人們面前示弱，挺了挺腰桿道：「怎麼可能？本大官人出馬，自然是攻無不克，戰無不勝。」說完兩腿發飄地走到主位上坐了。

冬兒一面給他盛粥，一面暈著臉嗔道：「真是的，你都多大的人了，也不知道節制，虧得我沒叫孩子一起來用餐，要不你這當爹的，在兒女面前都要大大地丟一個臉。」

楊浩嘿嘿笑道：「還是我的乖乖冬兒好，知道心疼我，女英呀，哼！就知道看我笑話。」說完才小聲道：「沒事，我裝的，哪有這麼淒慘吶，不過話又說回來，三隻小白兔變身成母狼，著實恐怖得很，不用雙修功夫，為夫還真搞不定她們。」

冬兒又好氣又好笑地瞪他一眼，說道：「好啦，知道你楊大老爺辛苦，這不，一大早女英就給你拾掇出這麼一桌豐盛可口的飯菜。焰焰、娃娃、妙妙，其實都是溫柔賢淑的好女子，只是盼子心切。」說到這兒，她的臉蛋又紅了紅：「說到底還得怪你。要不是你平素荒唐，動不動就把她們三個叫到一塊胡天胡地一番，就算她們再巴望著要個孩子，也不會一齊上陣呀。行了行了，快吃飯吧，回頭我囑咐她們一聲。」

楊浩固然是彈盡糧絕，焰焰三女卻也是體酥如泥，楊浩好歹還能爬起來吃飯，她們三個乾脆玉體橫陳，甜睡不起了。反正三女賴床也不是一回兩回了，大家也不去喚她們，楊浩自與冬兒、女英一起吃飯談笑，其樂融融。吃罷了早餐，讓冬兒和女英帶著四個孩子自去玩耍，楊浩這才趕到中堂書屋處理公事。

他巡狩順州，重要的公文便由內閣批閱後轉呈順州由其決斷，一國初立，國事之重非同小可，而且事情涉及軍事、政治、經濟、文化、官體、民治、宗教各個方面，每天的奏章公文都有厚厚的兩大摞，尤其是時人風氣，絕不直截了當地向你陳述事情，文章寫得花團錦簇，你得認真閱覽，從中分析，不用心是不行的。

楊浩左右自有一班從旁協助的僚屬，研磨潤筆、朗誦參謀、斟酌文字，基本上就是祕書的角色。楊浩認真批閱奏章，這些人也都悶頭幹著自己手上的事，按照事情的輕重緩急，這些幕僚們把最重要的奏章單獨摞成一摞，放在他右手邊，這些奏章批閱完後，這一上午基本也差不多沒了。

楊浩見多少還有些時間，順手又從左邊一摞奏章上拿起了一份，批閱了大半奏章之後，楊浩說道：「呵呵，這份奏章……果不期然吶，我說他們怎麼就一直這麼沉得住氣。那素真吉大師想必就是他們推舉出來的代表了。」

分類檢閱奏章的一個近身幕吏對這封奏章還有點印象，聞言笑道：「大王說的是，不過他們所言倒也有理有據呢，佛門清淨地，跳出三界外，不在五行中，不拘世俗之禮，不納徭役稅賦，大王卻要求佛田一應納稅，與自古的規矩不同，他們自然振振有詞。」

楊浩淡淡一笑：「規矩？規矩都是人立的，出家人不事生產，卻因信徒的供奉而擁有大筆的財富，這些財富被他們用來購置了大批的良田，這些佛田由佃戶耕種，他們是要按定例收租的，既然他能收租，朝廷自然可以收他們的稅，若是他們把這田地無償給佃農們耕種，那孤便不收他們的稅賦也罷。」

他把奏章往前一扔，輕蔑地道：「這事种大學士就可以處理，何必拿來給孤？封回去！」

穆舍人小聲提醒道：「大王，我西域佛教盛行，信徒眾多，若是處置不善，恐怕……此事還該慎重些好。」

楊浩冷笑一聲道：「還要如何慎重？本王是佛家護教法王，又沒有三頭六臂，想要護法總得有兵有將吧？這兵將的軍餉從哪兒來？軍械武備從哪兒來？孤又沒有金山銀山，他們繳納稅賦有什麼不應該的？毋須理會，孤若親自回覆，反倒長了他們的志氣，封還內閣，著种大學士處置便是。」

「是！」

幕吏恭應一聲，楊浩便又再拿起了一封。當初制定稅賦法律的時候，佛田佛產是否收稅，朝廷中也是議論紛紛，官員中那些佛教信徒自然認為是不該向佛爺伸手的，就是些老成持重的臣子，也認為佛教界對政權的影響舉足輕重，當今大王起事立國又得到了佛教界的大力支持，應該按照慣例，不納佛田稅賦。不過卻被楊浩一口回絕了。

西域士農工商多信宗教，這個事是沒法堵的，堵不如疏。何況楊浩自己就曾大力借助佛教勢力，即便是現在，包括今後相當長的一段時間，他想鞏固統治，尤其是融合各個風俗習慣、民族文化大不相同的種族部落，宗教仍然是他相當有力的一件武器。

不過這並不代表他得縱容佛教勢力，正如對崔大郎和塔利卜兩個富可敵國的巨商，他越是要倚重他們，越得對他們加以制約，培植能夠制衡他們的力量，直接搭上塔利卜這條線，就是為了制約有繼嗣堂背景的崔大郎，搭上大秦帝國這條線，則是為了制約以大食帝國為後盾的塔利卜。

帝王之道，權衡之道，數千年的古國傳承至今，只要讀過幾天書的人做了帝王，誰還不明白這個道理？差別只是手段高低，做得是否巧妙罷了。

楊浩引入羅馬東正教、清真教派，又為幾個師弟建造道觀，就是想要改變佛教一家獨大的局面，只不過他做得很巧妙，引入東正教、清真教派，找了個因為與他們做生意，得給他們為自己的信仰祈禱創造有利條件為藉口。至於道觀，那是自己師弟，也是名正言順。

不過這個過程是很漫長的，成功與否取決於這幾個教派發展是否順利，如果現在給予佛教勢力太多的方便，從一開始讓他們的競爭就保持了太大的差距，那麼其他幾股勢力就培植不起來了。以前西域十八州諸侯林立，各自為戰，對佛教勢力的發展破壞很嚴重，活佛高僧們雖然掌握著大筆財富，由於政治動盪，政權更迭，自然不想置地。

而且那時西域農業太不發達，他們也不想購置佛田。如今楊浩一統河西，政治穩定，國泰民安，同時大力發展農耕，各大世家豪門紛紛響應，置地買房，高僧們也有點眼熱了，他們肯把死錢拿出來支援西夏建設，楊浩當然歡迎之至，卻不想開個不好的頭。

好在西域佛教勢力以前擁有佛田的本就極少，寺主們還沒有養成佛田不納稅的習慣，同時楊浩政權的穩定相較起以前，已經帶給了他們極大的好處，這個時候制定下一些規矩來，阻力是最小的，這些因素楊浩其實也是反覆考慮過的。

如今看來，代表佛教界提出反對的是名聲不甚顯赫的那素真吉，而不是達措活佛等位高權重的高僧，楊浩就知道，自己這個政策的制定，並沒有超出西域佛教界的底限，所以那些高僧們愛惜羽毛，生怕遭到拒絕，影響自己的令譽，才公推了那素真吉這麼一個地位不高不低的人物來做代表。

楊浩毫不遲疑地對這封奏章做了封還內閣的處置，又接著批閱了兩三份奏章，看看時間差不多了，便讓人收起了未批閱的公文，立即發付已批閱的奏章。一見大王要歇息了，眾僚屬官吏忙紛紛擱筆起身，向大王告辭。

候得眾人出去，楊浩又喝了口茶，腰桿一挺，只覺腰眼有些發痠，不禁搖頭失笑，昨夜實在太顛狂了些，雖說不以內修功夫支撐，荒唐一夜也支撐得住，可是那三個小妮子也許是習慣了，雖不用內功心法，可許多動作還是照舊用了雙修交合的姿勢。

什麼吊金蟬、偃蓋松、吟猿抱樹、昆雞臨場……這些高難度的動作應付一個人也就罷了，居然是三個，三個人也就罷了，居然還都是梅開三度，怎一個「銷魂」了得，不用玄功護體，鐵打的人也受不了啊……

輕輕地捶著腰，楊浩正想起身，狗兒的聲音甜甜響起：「大叔，忙完公事了？」

「嗯，忙完了。」

楊浩一邊說，一邊走到屏風後面，順勢趴到床上，平素批閱完當日的奏章，他都會到後面休息一下，閉上眼睛，把一上午批閱的東西從頭回味一遍，想想有無疏漏，錘鍊自己處斷大事的分析力和判斷力。沒有人生來就是一個合格的君主，後天的培養鍛鍊非常重要。

隨之進來的狗兒俏皮地一跳，小屁股坐到了炕沿上，扭轉了身子，一雙小粉拳便輕快而有頻率地敲打起他的腰桿來，以前楊浩臥床看書，閉目養神或者思考問題的時候，狗兒就在旁邊捏捏肩、敲敲背，把他伺候得飄飄欲仙，這大半年來，把她派去了汴梁，直到今日才重溫滋味，楊浩不禁舒服得閉上了眼睛。

「小燚啊，大叔昨日讓妳派人盡快與日本那邊取得聯繫，確定子渝和公主安全抵達，人已經派出去了嗎？」

狗兒兩條小腿活潑地悠蕩著，小拳頭敲得不輕不重，恰到好處，楊浩很舒服，看來她幹這活兒，竟是比楊浩還舒服，臉上掛著甜甜的快樂的笑容，雖然楊浩看不見，她還點了點頭：「嗯，派出去了，宋國那邊封鎖得緊，為了安全，我安排了幾個精通契丹語的人，取道遼國，再乘海船往東瀛去。」

「嗯，這樣是妥當些。不過我們與遼國如今的關係也比較疏遠，不宜洩露任何消息。永慶公主的身分，對遼國來說，未必無用呢。」

「知道啦，大叔放心好啦，狗兒跟著竹韻姐姐還有子渝姐姐可學了不少東西，哪有那麼笨吶。對了，玉落姐姐和竹韻姐姐很快就到了。我剛剛收到消息，最遲明天早上，她們就能趕到順州，要是快的話，今天晚上就到了。」

楊浩一聽欣然道：「好呀，我正打算今天趕回興州，那就再等一天，等她們明天到了再一塊回去。」

這時焰焰姍姍走入，美人春睡足，精神自然煥發，她已精心打扮過，本就是美人，這一打扮更是明眸皓齒，嬌豔不可方物，只是哪怕畫了眉黛、抹了胭脂，眉梢眼角處那一夜纏綿帶來的春意還是隱隱難消，只不過除了楊浩這樣的大行家，沒有幾個人看得出來罷了。

狗兒一見，馬上從榻上跳下來，脆生生地叫：「焰焰姐姐。」

狗兒叫楊浩大叔，但是玉落也罷，焰焰、妙妙等人也罷，她一概都叫姐姐，這輩分聽著有點亂，不過她以前就是這麼叫，小丫頭很受楊家上下的喜歡，因此也沒人去糾正她。再者說，她是扶搖子陳摶的徒弟，如果從睡仙那兒論起來，靜音仙姑的這幾個徒弟確實和她算是同輩。

「嗯，小燚也在呀。」

焰焰向她笑著打聲招呼，媚得能滴出水的一雙美眸向楊浩含羞一瞥，將湯盅輕輕送到他身前矮几上，柔聲道：「官人操勞半日，一定乏了。這盅蛇羹湯加了許多珍貴藥材精心調配，火候十足，滋補得很呢，你趁熱喝點，補補身子。」

那蓋子一掀開，楊浩眉頭直跳，誰說這是蛇羹湯，難道我連蛇肉和虎鞭都分不出來了嗎？喊，什麼時候我楊大官人淪落到得服用這些補腎之物的時候了？等我完成了播種大業，看老夫如何再展雄風，哼哼！

楊浩也知道這是因為狗兒在旁邊，焰焰不好意思直說，這才說成了蛇羹，要不然兩夫妻什麼恩愛的事都做過了，大可不必如此避忌。他「嗯」了聲道：「先放那兒吧，我正與小燚談事情，一會兒再喝。哦，對了，叫人在後院收拾兩間寢室出來，可能今晚玉落和竹韻就回來。大哥正在洛翰沖，讓人去通知他一聲，如果抽得出空就過來一趟，要是小妹她們回來了，一家人吃頓飯，大哥也牽掛著小妹呢。」

「嗯，我這就去。」

焰焰款款起身，瞟了狗兒一眼，伸手輕撩髮絲，微微有些忸怩地道：「那個……大姐剛才說過我們了。我們確實……不對，只要知道……知道問題出在哪兒，就能對症下藥，大可不必急於一時……官人國事繁重……所以……官人今晚到我院裡來吧，我正燉著一味湯呢，比這個還滋補得多……」

話一說完，她又趕緊補充道：「只是我一個人給官人燉湯啊，娃娃和妙妙，分別是……咳咳，明天和後天。」

「啊？」楊浩當然明白這喝湯的真正含意，燉湯給他喝確是不假，不過這是楊家後宅一個不成文的規矩，請官人喝湯，就是想要與官人恩愛纏綣，一夕纏綿了。這個暗語的起源來自於楊浩在榻上和嬌妻開的一句玩笑：「娘子請我喝湯，為夫當投桃報李，也請娘子喝湯。為夫這湯火候十足，不但益壽延年，而且駐顏美容……」

當日楊浩正與焰焰、娃兒和妙妙胡天胡地之中，她們喝了自家官人的湯，以後便也有了這麼一個暗語。楊浩一看，三女被冬兒說了一頓的結果，竟然就是這麼一個妥協法，只不過把三英戰呂布改成一日闖一關了。由此看來，這三個沒孩兒的娘子可真的早就急了，她們平時看著冬兒和女英抱兒親女，估計羡慕得眼睛都藍了吧？

楊浩向娘子遞了個會意的眼神，這才故作隨意地點頭道：「嗯，我知道啦……」焰焰欣然離去，狗兒不知就裡，不禁笑道：「我聽師傅說，懶人愛哼哼，饞人愛喝湯，大叔什麼時候變得這麼愛喝湯了呀？居然一日不可或缺。」

楊浩坐起身，端起湯盅，一邊就脣飲用，一邊含糊地笑道：「這個嘛，咳咳，喝湯利於調養滋補身體嘛，征伐在外時沒有機會，回到家裡方便多了，當然要多喝幾碗給補回來，呵呵……」

「喔，這樣啊，」狗兒天真地道：「我從師傅那兒也學過幾個補湯的方子呢，大叔既然愛喝，那狗兒也顯顯身手，嗯……明天是娃兒姐姐，後天是妙妙姐姐，那就大後天吧！大後天，我燉湯給大叔喝。」楊浩「噗哧」一聲，差點把那虎鞭湯從鼻子裡噴出來。

看著眼前這朵祖國的花朵那天真無邪的眼睛，楊浩忽然蠢蠢欲動，有種變身成邪惡怪蜀黍的衝動，他趕緊眼觀鼻、鼻觀心，滌清了自己偶然一現的邪惡欲望，狗兒一直叫自己大叔，自己平素也一直把她當成親近的晚輩，竟然生起不該有的欲望，真是該死。

楊浩狠狠地鄙視了自己一下，端正了態度，這才起身笑道：「哈哈，還不知道我家小燚竟也有一手好手藝，成，等有空的時候，大叔嘗嘗妳的手藝。」

狗兒蹦蹦跳跳地跟在他後面，歡喜地道：「好啊，在華山的時候，我常常幫師傅調理下酒菜，人家真的會做菜呢。」

師傅？睡仙陳摶嘛，那個邋邋遢遢的老道估計只要菜裡拌了鹽，他就吃得下去吧，還能是個美食家不成？楊浩正要打趣她一番，穆舍人帶著一個人急急走了進來，楊浩立即止步，眉頭微鎖，問道：「什麼事？」

穆舍人道：「啟稟大王，此人是嵬武部的武士，有十萬火急的軍機大事要稟報大王。」

「哦？」楊浩的目光頓時凌厲起來：「什麼事？」

那人搶步上前，單膝跪倒，以拳拄地，恭聲說道：「回稟大王，屬下嵬武部落楚風之，奉王世榮大人之命祕奏大王，拓跋寒蟬、拓跋禾少兩兄弟，祕密集結部落勇士，撤離駐地，意圖不軌！」

五百七九　多事之秋（上）

王世榮是拓跋寒蟬的幕僚，他本是世居敦煌的一個漢人，當初家族經商與曹氏子姪爭利，被曹家擠兌破產，流落他鄉，投靠了拓跋寒蟬，當初楊浩兵進夏州，剛剛坐上定難五州節度使的位置輕車簡從巡訪軍營，拓跋寒蟬兄弟曾想對他不利，就是受了王世榮的勸解，才打消不軌的念頭。

從那時起，王世榮就已暗中投靠了楊浩，仍然留在嵬武部落，只是因為這個部落人口眾多，實力強大，而其族長忠心又大成問題，留下王世榮這個暗樁，就是為了看住他們。現在這枚伏子果然起了作用，及時送來了這個消息。

楊浩聽楚風之講罷事情經過，眉頭一蹙道：「他們集中精銳先行離開了兜嶺，沒有言明去處？」

「是。」楚風之猶豫了一下，又道：「不過，當時他們兩兄弟正在集合族中長老議事，或許後來說清了他們的目的，只是他們行動鬼祟，舉止謹慎，王大人擔心他們會加強全寨戒備，那時消息就送不出來了，因此半途藉口方便退出大帳，匆匆囑咐小人幾句，便讓小人馬上趕來通報大王，因此後來情形如何，小人並不知道。」

「嗯……」楊浩點了點頭，沉吟不語。

穆舍人道：「大王，我西夏諸部頭人，對本部人馬都有絕對的調動指揮之權，其權柄實比一軍主帥還要為甚，未奉詔令，集結大軍，只這一條就是目無君上了，何況他們必然有不軌企圖。正所謂兵貴神速，依微臣之見，應即起夏州兵馬進行彈壓，再令靈州兵馬馳援，以盡快平息此事造成的影響。」

楊浩坐在案前，屈指輕彈，沉吟半晌，抬頭問道：「小燚，飛羽堂可收到了什麼消息？」

狗兒馬上乾脆地答道：「沒有，我明天回來，連夜交接了飛羽堂的事務，今兒上午又處理了一上午的情報，不管是事涉嵬武部的消息，還是其他部落徵調人馬的消息都沒有。」

楊浩輕輕點了點頭：「嗯，飛羽隨風雖無通天徹地之能，不能掌握所有的風吹草動，不過如果有人有所圖謀，大舉調動兵馬，也不可能一點消息都打聽不到。嵬武部未奉詔諭，擅離駐地，自然要按國法軍令嚴懲的，不過在事情原委沒有搞清楚之前，就妄動兵馬，以誅逆之罪討伐，那可不妥。」

他站起身，負著雙手在房中慢慢踱了一陣，吩咐道：「下旨，令夏州李繼談部，立即移防兜嶺，接替嵬武部的防務。令銀州柯鎮惡、靈州楊延朗加強戒備，密切注意自兜嶺至夏州一線消息。」

穆舍人連聲答應，匆匆草旨，楊浩又對馬燚道：「小燚，著令所部，立即查清嵬武部的去向，弄清他們擅離職守的原因。」

狗兒答應一聲，匆匆退了出去。

* * *

碧綠如海的草原上，簡陋的營寨外面，大隊人馬呈半月形護住了身後的一頂頂氈帳，刀出鞘，箭上弦，嚴陣以待。

對面，是呈錐字形屹立的一路人馬，看樣子剛剛疾馳而來，馬嘶人吼，殺氣騰騰。陣營最前面，是拓跋寒蟬和拓跋禾少兩兄弟，對面的首領卻是一個魁梧得幾乎把那駿馬都壓垮了的雄偉大漢，一柄碩大的彎刀挎在他的腰間，掌中還橫著一桿三股托天叉，他雖是懶洋洋地坐在馬上，但是睥睨之間，自有一股英雄傲意。

「拓跋昊地，你個狗娘養的，趁早滾出我嵬武部的駐牧之地，否則的話，別怪老子不客氣。」

「哦？」那大漢把鋼叉往馬鞍橋上一頓，漫不經心地抬起眼皮，一副怠懶相，懶洋洋地問道：「怎麼個不客氣？」

拓跋寒蟬馬鞭一指，厲聲大喝道：「替你老子教訓教訓你。」

大漢哧哧地笑了：「好威風，好煞氣，真他娘的好本事。嵬武部驍勇善戰，在我拓跋氏諸部落中那是赫赫有名啊，我拓跋昊地久仰威名了。這一次，大王調嵬武部鎮守兜嶺，我琢磨著哇，就憑嵬武部兩位好漢的威名，怎麼著還不殺得他呼延傲博丟盔卸甲？

「這可倒好，嵬武部在兩位英雄的率領下入駐兜嶺，叫呼延傲博殺得潰不成軍，呼延傲博還沒殺過來呢，兩位倒是拔營起寨，先來個溜之大吉了。要論起這逃命的功夫，兩位還真是無人能及。」

拓跋寒蟬一聽肺都快氣炸了，戟指大罵道：「你還有臉說？你蒼石部落兩寨人馬連戰連敗，毫無骨氣，竟然投靠了呼延傲博，他們投了也就投了，打呼延傲博沒本事，掉過頭來對付我們倒是威風凜凜，一馬當先，要不是因為他們為虎作倀，我們還不會退出兜嶺呢。我……我日你個姥姥，這片草原本是我嵬武部駐牧之地，你到底讓是不讓？」

拓跋昊地把臉一沉，喝道：「混帳東西！我姥姥可是你表姑，你個忤逆不孝的東西！讓出這片草原牧地？嗯？虧你想得出來，這塊地方哪兒寫著『嵬武』二字呢？大王已把這塊牧地賜給了我們蒼石部落，你說讓就讓？兜嶺一帶水草豐美，山上又盡是奇珍異寶、獵物無數，這樣一個好地方你都守不住，還腆著臉來向我作威作福？」

拓跋寒蟬氣得一佛出世，二佛生天，不錯，兜嶺一帶因為山勢遮蔽風雪，且有山泉滋潤的緣故，確實草地豐美肥沃，那莽莽群山之中，更有無數的天材地寶，和數不清的飛禽走獸，不管是放牧還是狩獵，都足以養活一個部落，而且可以生活的比大多數部落更好。

可是問題是那山巒是一分為二、河西隴右各據一半的，而河西隴右又處於敵對狀態，從蒼石部落調過去的兩寨人馬受嵬武部擠兌，生死兩難之際乾脆投了隴右的呼延傲博，反過來視嵬武部如寇仇，引著呼延傲博的人馬，你放牧我就搶劫，你打獵我就放冷箭，折騰得嵬武部不得安生，偏又沒有足夠的實力還以顏色。

他們屢屢上書朝廷，結果都被种放壓了下來。這本在意料之中，他們現在可是打著張浦的烙印，屬於張浦一派的勢力，而張浦和种放正鬥得水火不容，种放豈能不打壓他們。正是在這樣的情況下，他們聽人說自己原本的牧場被朝廷撥給了蒼石部，這才憤然離開兜嶺，趕回來搶奪牧場。

拓跋寒蟬把緣由一說，拓跋昊地竟也勃然大怒，森然道：「你也好意思說？若不是你們把我部落兩寨人馬頂上去蓄意陷害，讓他們走投無路的話，他們怎麼能棄了祖宗投奔他人？我蒼石部損失了整整兩寨人馬，這塊牧場就是朝廷給我們的補償！」

「大哥，和這小畜牲說這麼多廢話作啥，他不肯讓出來，那咱們就自己搶回來。給我殺！」

一旁久已不耐煩的拓跋禾少忍不住了，舉起大刀厲喝一聲，一撥馬頭便引眾撲去。

「放箭！」拓跋昊地毫不含糊，立即命令嚴陣以待的部落勇士還以顏色，他們以游牧為生，草原就是他們的土地，牛羊就是他們的莊稼，就像農耕民族把土地看得重過一切，草地對他們來說就是最寶貴的財富，豈肯相讓？

利矢如雨，飛射而來，瞬間便射倒了百十四人馬，這些衝鋒向前的嵬武部勇士都是從部族中抽調的精銳，大隊人馬還在後面，這些精銳個個騎射精湛，身手敏捷，一見箭來，或鐙裡藏身，或舉盾相迎，或兵器格架，被射中的人也並非個個中了要害，但是中箭落馬，暫時就失去戰力卻是一定的。

蒼石部落的人也並非一味地坐以待斃，一輪箭雨射罷，拔出兵刃便向上前來，雙方勇士縱轡急奔，揮刀如林，以一種洩堤洪水般的速度猛地撞擊在一起，在一片山呼海嘯般的吶喊聲中策騎衝突，拚死廝殺，同樣的正面破陣、側翼衝鋒，鑿穿而過，戰如山崩……

*　*　*

興州，李老爺子的府邸。

李老爺子白眉白鬚，赤紅的臉龐，年逾八旬，仍然精神矍鑠，身手靈活。他的輩分在拓跋李氏家族中如今是最高的，比李光睿、李光岑這一類領軍人物還高一輩，在李氏家族中擁有極高的聲望。李光睿、李光岑相繼去世後，掌握了李氏政權的李光岑義子楊浩對原夏州派系並未厚恩籠絡，大失所望進而心生怨恚的李氏族人便不約而同地向這位老爺子身邊靠攏，把他當成了自己的大靠山。

不過老爺子已經八十多歲了，早已勘破世情，還有什麼放不下的？家族晚輩上門拜見，可以。年紀大了，別無所求，不就希望兒孫滿堂，承歡膝下嗎？不過，要是跟他說點部落間的零零碎碎，朝廷上的恩怨糾葛，他可不愛聽，馬上就哈欠連天，昏昏欲睡。

沒多久，那些家族子姪便大失所望，再也不登門了。可老爺子不在乎，要不是胸懷豁達，平平安安活到這麼大歲數可不容易，老爺子樂天知命，根本不在乎。李老爺子常常掛在嘴邊的一句話就是：「兒孫自有兒孫福，莫為兒孫做馬牛哇……」

李老爺子喜歡玩鷹，打年輕的時候就喜歡，年輕的時候他是部落中最出色的武士，騎射雙絕，無人可比。只可惜，他不是李氏嫡系宗支子弟，而且同時代的宗支弟子當時也著實出了幾個傑出人物，李彝超、李彝殷、李彝敏幾兄弟個個文武雙全、足智多謀，也顯不出他李之意的本事。

一晃眼幾十年過去了，當年那些堪稱人傑的堂兄弟一個個都踏上了輪迴路，喜歡玩鷹的李老爺子倒是越活越有精神。

他挽著雪白的袖子，用一柄鋒利的小刀切著鮮肉，把肉切成細細的肉條，然後順手一拋，三隻雄鷹在空中盤旋，作勢欲擊，李老爺子手中的肉條一扔出去，三頭雄鷹便俯衝而下，搶到肉條的鷹立即展翅飛去，直衝雲霄，另兩頭鷹便重又回到了盤旋的狀態。

一個穿著金邊胡服、髮辮纏頭的党項老者站在一旁，垂手看著老人悠閒地餵著盤旋於空中的雄鷹。

「啪啪！」老爺子輕輕拍了拍手，髮辮纏頭的老者立即從袖筒中摸出一條潔白的手帕恭恭敬敬地遞過去，老爺子擦了擦手，舉步往廳中走，緩緩在椅上坐下，髮辮纏頭的老者忙為他斟上一杯茶。

老爺子舉杯在手，輕呷一口，淡笑道：「嵬武部拓跋寒蟬兩兄弟已經離開兜嶺了？」

「是。精銳盡出，老弱婦孺帶著帳幕牛羊也自後離開了。」

「呵呵，兜嶺那邊沒有給呼延傲博留下可趁之機吧？」

「哪能呢，有老爺子的吩咐，我自然會注意的。不管怎麼說，畢竟是咱們李家鬧家務，不能讓外人撿了便宜。嵬武部的那個王世榮吃裡扒外，早就是大王的耳目了。這一次，我特意利用他提前向大王通風報信了，大王那邊聞訊勢必馬上派人接過兜嶺防務，斷不至於教隴右的吐蕃人殺過來的。」

「嗯！」老爺子滿意地點了點頭：「成了，就到這兒吧。朝廷的飛羽隨風不是吃素的，動作再多些，說不定就叫大王看出了端倪。從現在起，你什麼都不要做啦，只管瞪大眼睛看著，看他拓跋兄弟能折騰出多大的動靜來，看大王如何處理此事。大王處治嵬武部，對咱們是好的；大王要是不處治嵬武部呢，對咱們一樣是好的。」

髮辮老者道：「那咱們……」

「咱們得等，等咱們李氏本宗越來越多的人站過來，等到力量大到法不責眾的時候，那時才能發難。」

說到這兒，老爺子的眼神忽然有些凌厲：「不過，你記住，我們的目的，只是逼大王讓步，予我們李氏一族更大的權力、富貴和方便，樹立我李氏一族凌駕於河西諸族之上的地位，而不可覬覦大位。」

髮辮老者陪笑道：「那是，那是……」

老爺子哂然淡笑，垂著眼皮道：「雖說楊浩本宗一族還沒樹立多大的根基，似乎只要倒了一個楊浩，他這一門也就都倒了，可問題是，就算你有千般本事，真的能推倒他，也沒有一個人夠資格代替他撐起這門戶來，到那時，咱們這西夏國馬上就得土崩瓦解，對任何人都沒有好處。懂嗎？」

「懂、懂，是、是，姪兒記住了。」

「你去吧，老夫乏了，一會兒得睡個午覺。」

「好好好，老爺子請好生休息，姪兒告退。」

髮辮老者一轉身，一抹不屑的冷笑便浮上唇梢：「自以為是的老東西，你不成，不代表別人就不成，你以為我只有你一個倚仗嗎？要不是現在還要借助你的聲望……哼！且容你再倚老賣老幾日……」

五百八十　多事之秋（下）

「大王，這是蒼石部彈劾嵬武部的奏章，奏表中說嵬武部未奉詔諭，擅離職守，輕啟戰端，屠殺該部平民，請求大王嚴懲。」

「大王，這是嵬武部狀告蒼石部的奏章，上面說蒼石部難敵隴右吐蕃人的猛烈進攻，暫退故地，蒼石部不顧同胞之誼，占其牧地，逐其牧民，不允許他們返回故地休整，甚爾大動干戈，殺傷該部牧民兩千餘人。」

种放和丁承宗一人手中拿著一份奏表，向剛剛返回興州的楊浩稟道。

楊浩步向案後，隨口問道：「嵬武部現在何處？」

「蒼石部已有準備，駐牧該地的部落百姓中有大量武士，嵬武部吃了個大虧，但是其婦孺老幼、牛羊車帳已經全部趕到，如今正在其原有牧地外駐營紮寨，與蒼石部處於對壘狀態，」

楊浩吁了口氣，緩緩坐下，目光一掃，問道：「兩位大學士對此有何看法？」

种放道：「大王，拓跋氏貴族一向驕橫，我西夏立國，他們認為自己有柱石之功，向來囂張蠻橫，自以為淩駕於其他諸族諸部之上，如今嵬武部未奉詔諭私自撤出兜嶺，如此行為，置大王於何地？他們移牧兜嶺之後，其原有牧地已經劃撥給蒼石部落，如今他們擅自返回搶奪牧場，以致雙方大打出手，這又是一條大罪，若不嚴懲，何以服眾？是故，臣以為，當嚴懲嵬武部落及其酋領，以正國法！」

楊浩的目光又移向丁承宗，丁承宗蹙眉道：「部落酋領的身分地位比較特殊，他們自領本族部曲，有官而無職，不上殿、不面君，我西夏雖已立國，不過在他們心目中，與以往草原上可汗、單于的政權制度差不多，以為朝廷為他們的約束力有限，各部落間為了草場發生衝突乃是家常便飯，倒未必是有心挑戰朝廷的權威。

「再者，拓跋氏乃大王立國之根基所在，而拓跋氏諸部貴族間的關係又是盤根錯節，不管是嵬武部也好、蒼石部也好，都有自己親近的部落結盟，如果處置不慎，很容易激怒諸部酋領，釀成更大的事端，以臣所見，還該恩撫並用，盡量大事化小、小事化了，免生無窮糾葛。」

种放器宇軒昂地道：「丁大人此言差矣，我朝剛剛立國，就發生這樣的事情，如果不予嵬武部嚴懲，必助長他們的氣焰，若是其他部落有樣學樣，不聽宣調、不服管教，戰時擅自退兵、平時擅奪草場，這亂子只怕會越鬧越大。到那時，朝廷的威信何在？大王的權柄何在？」

穆舍人瞄了他一眼，心道：「虧你一副大公無私的模樣，還不是公報私仇？如今張浦大都督巡閱肅州軍事去了，不在都城，你還不趁機剪除他的羽翼？」

這番話似乎打動了楊浩，楊浩陷入了沉思當中，眾人都望著他，過了許久，楊浩雙眉輕揚，說道：「本王令嵬武部駐防兜嶺，而其擅離職守，若非本王迅速調兵接管他們的防務，蕭關內外便都落入了吐蕃人的手中，不服詔令，擅離職守，險險失地辱國，此第一大罪！

「嵬武部縱然真的難敵吐蕃，也該上奏朝廷，請求朝廷增援或者移防換崗，而他們一言不發，棄駐地而走，此舉與逃兵何異？戰場上，臨陣脫逃、怯敵畏戰，該當何罪？此風不可長，此例不可開，此第二大罪！

「其原有牧場已由朝廷劃歸蒼石部落所有，他們就算是退出兜嶺，要駐牧何處，也該由朝廷作主，可是他們竟擅自與蒼石部落大動干戈，直到吃了大虧，才想起找本王作主，他們早幹什麼去了？如此目無君上、目無朝廷，豈可以一句不服教化、不識王法可以推諉的？還要恩撫並用，哼！丁大學士，這一點你可是不及种大人多矣。」

丁承宗聽了臉上不由一紅，楊浩道：「穆舍人，擬旨，著令嵬武部原地駐紮聽候處置，拓跋寒蟬、拓跋禾少兩兄弟鎖拿進京依法嚴處！」

穆舍人聽了身子不由一震，連忙道：「大王，須提防嵬武部狗急跳牆。」

楊浩不答，繼續道：「命蒼石部拓跋昊地、野亂氏部落小野可兒各出精騎五千，聽候靈州楊延朗調遣，命楊延朗負責兜嶺防務，並監視嵬武部動向，若其部不服管教，拓跋寒蟬兄弟不肯赴京聽候處置，可解除其部武裝，押解進京！」

种放搶前一步，鄭重拱揖道：「臣……遵旨！」

穆余嶠奮筆疾書，心中卻是一陣暗喜……

*　　　*　　　*

甘州，王庭。

昔日夜落紇可汗的王帳汗宮，如今已改作了甘州知府衙門，阿古麗王妃身為甘州知府兼甘州都指揮使，甘州軍政大權一手掌握，就住在這昔日的可汗王宮。

她剛剛自城中巡視歸來，炎炎夏日，洗一個澡，清清爽爽，著一身單衣，漫步在青青葡萄藤下，佳麗倩影，臨水自照，如行仙境。只是這人間仙子眉宇間總有一抹落落寡歡的意味，或許是昔日心靈所受的創傷迄今尚未痊癒的緣故。

甘州不適宜農耕，他們的牧場比起八百里瀚海以東地區也要貧瘠得多，放牧同樣難以養活這麼多人口，比起靈州、夏州和沙瓜二州來，他們的生存條件更加惡劣，不過自開春以來，朝廷在甘州大力發展手工業，朝廷包產包技術，崔大郎、塔利卜等豪紳巨商又早早地就下了定錢預定了許多貨物，甘州百姓可以以錢購糧，許多既無農場也無牧地的族人有了生路，甘州漸漸有了生氣。

同時，沿黃河大片區域正開荒墾田，許多難以依靠放牧維生的小部落被朝廷遷走，駐屯賀蘭山下，一方面解決了他們的生計問題，另一方面解決了甘州附近人口多草場少的局面，甘州現存二十多萬人口，可以預見，照這麼發展下去，今冬絕不致出現去年那麼艱難的窘境。

族人生存大計得以解決，阿古麗王妃的心中便放下了一塊大石，可是她依然有些忐忑，始終難以輕鬆高興起來。甘州回紇本是河西諸州最強大的一股力量，可是如今遷走了一些部落，直接受制於朝廷轄下，就分散了他們的力量。留在甘州附近的百姓又重點發展工商業，這固然有助於他們改善生存條件，可是對於其他各州的依賴卻也更重了，長此以往，甘州對朝廷的依賴將越來越重。

阿古麗只是一個女人，而且她還沒有孩子，草原上從來不曾有過女可汗、女單于，她也自始至終沒有過自立可汗的野心，她只想讓自己的部落生存下去，生存得更好，所以，如果朝廷能給他們安寧穩定的生活，她並不介意放棄手中的權利，然而……楊浩這個人是不是那麼可靠呢？

她擔心鳥盡弓藏，但也難怪她有這分擔憂，雖說楊浩找她密議的時候，曾對她詳細分析過拓跋氏部落內部不同勢力間的傾軋競爭、西夏立國後的自傲自滿，以及其中許多頭人酋領對他沒有許以拓跋氏太多的利益而心懷不滿，她對此也是一目瞭然。雖說楊浩說過，他只是想讓心懷不軌者自己跳出來，並無意對整個拓跋氏利益集團下手，以血腥手段鞏固自己的統治，可那畢竟是他賴以擴張立國的基礎，他是李光岑的義子，對拓跋氏都可以下手的話，那麼會不會有一天對自己下手呢？

阿古麗王妃在葡萄架下輕輕坐了下來，輕輕抬手，摘下一粒青葡萄，用袖子輕拭葡萄，放到了口中，輕輕一咬……好酸啊，一時滿口生津，阿古麗含了一會兒，把咬裂的葡萄粒嚥了下去。手托著下巴，心神悠悠地飄到了興州，飄回了她上次覲見大王，還回紫電寶劍的情形。

大王與她密議，製造垂涎她的美色而不得，因而與甘州失和的局面，誘引心懷不軌者出頭作亂，從而達到澄清宇內，鞏固基業的目的。期間，對她恭維親近，陪遊贈禮，用盡手段，雖說那都是做給旁人看的手段，可是至今思來，還是讓她芳心搖曳……

苗女也罷，羌女也好，住在深山大澤裡的女子和住在草原大漠裡的女子們一樣，其實都難以抗拒中原漢人男子的誘惑，原因無他，就只因為他們本族的男子性情粗獷，即便想哄女孩子開心，大抵也只是為她打一隻獵物、採一束野花、唱一首民歌，手段乏善可陳，哪及得漢人男子舌粲蓮花，手段出眾，哄得人心花怒放？

阿古麗沒有嘗過被人追求的滋味，她幼年時的玩伴都是年紀相仿的草原漢子，正是因為和他們在一起摸爬滾打，她才學到了一身較之許多男兒都還要出色的騎射功夫。等到娉婷少女初長成，便被一見驚為天人的夜落紇大汗親口定為王妃人選，直到已為人婦，她也不知道被人追求呵護的感覺到底是怎麼樣的。

她從未體驗過愛情滋味，那年紀比她父親還大得多的丈夫給她的又是心頭一刀，頭一次體會到那種難言滋味，竟是從楊浩身上來的，儘管戲是假的，但情是真的。初體驗的新奇滋味，對方又是年歲相當、才貌出眾的一個征服者，哪怕明知是假的，又豈能淡然視之？

何況，楊浩垂涎其美色，卻為之所拒，因而心生怨恚的消息，如今在甘州也是越傳越盛，總會有些風言風語時不時地傳進她耳朵裡，讓她就算想忘也忘不了，如今偶爾想起，竟是遐思翩躚，回味不已，就好像是中了毒……

阿古麗輕輕吁了口氣，向水中看去。她還年輕，她正貌美，一身唐風漢服，紗羅對襟窄袖衫襦，曳地的長裙，薄如蟬翼的紗羅衫襦內，繽紛豔麗緊身無帶的「訶子」束著她豐滿晶瑩的酥胸，乳溝深陷，乳球裂衣欲出，勾勒出驚心動魄的曲線。

舞袖低徊真蛺蝶，朱唇深淺假櫻桃。粉胸半掩疑晴雪，醉眼斜回小樣刀……

他說這首詩叫〈贈美人〉，他的王妃個個都是人間絕色，在他心裡，我真的是個美人嗎？還是……只是為了作戲？

一隻蜉蝣在水面上飛快地爬過，蕩起一層細微的漣漪，模糊了她水中的容顏，阿古麗突然有些心浮氣躁。

「我老蘇爾曼求見王妃，誰敢攔我？閃開些！」

院門外忽然傳來一個粗獷的大嗓門，阿古麗站起身道：「請蘇爾曼大人進來。」

估固渾部頭人蘇爾曼挎著一柄碩大的腰刀，手裡拎著馬鞭大步走了進來，老遠就叫道：「王妃。」

阿古麗不悅地道：「蘇爾曼大人，叫我阿古麗就好，又或者叫我知府大人、都指揮使大人，如今……還稱什麼王妃？」

蘇爾曼咧嘴笑道：「哈哈，這不是叫習慣了，叫別的還真不自在。」

阿古麗搖搖頭，無奈地問道：「有什麼事來找我？」

蘇爾曼的眉頭頓時就皺成了一個大疙瘩：「王妃，楊浩對咱們不懷好意呀。」

「楊浩？他怎麼了？」

剛剛的心生綺念，這邊馬上就有人提起了他，阿古麗不由生起些心虛的感覺，她轉過身，走回葡萄架下在石上坐了，又指指對面的石墩，示意蘇爾曼坐下。

蘇爾曼走過去，大馬金刀地坐了，粗聲粗氣地說道：「王妃，如今咱們奉楊浩為大王，那他就該保證咱們甘州二十多萬人的生計才是。去年，咱們剛剛歸順的時候，他倒是提供了一冬的糧食，保證了咱們的族人安然過冬，可這剛過了年，他的狐狸尾巴就露出來了，什麼甘州地界不適宜發展農耕、畜牧，所以要把咱們的族人部落遷往興州一部分。嘿！咱們在甘州生活了幾十年了，當初三十萬人口都挺過來了，剩下二十來萬反而不成了？」

當初的三十萬人中青壯勞力有多少？現在的二十萬人中有多少老弱婦孺和傷殘？當初三十萬人口是熬過來了，可那是東征涼州、西伐肅州，用人命奪來的口糧，現在……阿古麗張了張嘴，卻沒有說出來。

估固渾部落一直是與她結為同盟的，當初被阿里王子借刀殺人，蘇爾曼的兩個兒子都在突圍的時候被楊浩的陌刀陣斬為碎片，雖說戰場之上，生死不計，沒理由找楊浩算私仇，可是總不能讓他還得對楊浩感恩戴德、毫無芥蒂吧。

蘇爾曼越說越怒，氣沖沖地道：「我已經打聽過了，他把咱們的部落調過去之後，全部打散了分配到當地村落中去，原來的酋領頭人都不管事了，倒是歸了當地的鄉官里正管轄，咱們的族人都離開了馬背，丟下弓箭和馬鞭，拿起了鋤頭，扶起了耕犁，楊浩狼子野心，這是用軟刀子殺人啊！

「一旦咱們的力量削弱到無法反抗他的時候……王妃，我聽說王妃赴興州覲見的時候，那楊浩對王妃起了歹意，軟硬兼施，幾次三番欲迫王妃就範。如果真的讓楊浩奸計得售，恐怕……王妃和我甘州回紇二十萬部眾，便盡皆成了他囊中之物了啊。」

「老蘇爾曼，你今天來，就是為了向我發牢騷嗎？還是說，你覺得我甘州如今有能力抗衡於他？」

「若是只憑咱們，當然不能。」蘇爾曼詭譎的目光一閃，聲音陡地壓低了許多：「老蘇爾曼想給王妃引見一位貴客，若與此人聯手，王妃……也許以後就要稱女王啦！」

五百八一　連橫

蘇爾曼的府邸，迎到院中的是兩個男人，寬袍博袖，頭戴遮陽氈帽，一眼望去，只見一臉的絡腮鬍子，卻瞧不清他們的模樣。

蘇爾曼飛身下馬，說道：「王妃，就是他們。」

阿古麗勒住韁繩，美目向那二人一瞟，折腰下馬，將馬鞭拋給了隨從，款款向前行去。

那二人快步迎上前來，一邊走一邊打量著這位甘州之主。眼前這女子一襲白袍，頭戴一頂俏皮可愛的捲耳帽，帽頂斜插三枝孔雀羽毛，隨風搖曳，那肌膚好像朝霞映了白雪，美豔不可方物，目光靈活，眼波流動，朱脣皓齒，鼻若懸膽，簡直無一處不美。

二人不敢多看，連忙上前，撫胸施禮：「見過王妃，在下二人久慕阿古麗王妃的芳名，今日一見，才知果然人間仙子，姿容姝麗……」

阿古麗王妃不聽他們拍馬屁，截斷了他們的話，淡淡問道：「什麼叫在下？連名字都沒有嗎？」

其中一人微笑道：「王妃，尚未明瞭王妃心意，為安全計，我們……」

阿古麗再度打斷了他們的話：「你們代表何人而來？」

那人苦笑道：「王妃，茲事體大，在未能明確王妃心意之前，我們不便將名姓相告，至於我們幕後的人，當然就更……」

他還沒說完，阿古麗轉身便走，二人詫異地叫道：「王妃……」

阿古麗冷笑道：「欲與我共謀大計，卻連名姓身分也不敢奉告，如此鼠輩，能成什麼大事？虧得我屈尊相就。蘇爾曼，以後這樣的貨色，不要引見於我。」

阿古麗一縱身，已靈巧地扳鞍上馬，一提馬韁，便撥轉了馬頭，一個侍衛立即雙手奉上馬鞭，阿古麗執鞭在手，一鞭向馬股拍下，「噗」的一聲，卻打在一人的衣袖上，扭頭一看，卻是那兩人中的一個舉手相攔。

那人陪笑道：「王妃，我們遠來見您，還不能表明我們的誠意嗎？至於我們的身分、來意，還請王妃下馬，咱們稍作計議再說。若是王妃覺得此事太過凶險，怯於擔當，那時尚不知我等身分，想要抽身退出，豈不也大家方便？」

阿古麗柳眉一挑，冷笑道：「不必激我，阿古麗雖是一個女子，但是衝鋒陷陣，萬馬軍前，卻是從不曾遜色於哪個男兒，這世上只有我不願意做的事情，還沒有我不敢做的事情。你們兩個，想必早已把你們的來意和身分說與他知道了，要不然的話，要讓他來說服我卻也不容易，如今何必還遮遮掩掩？」

蘇爾曼聽得老臉一紅，阿古麗這話分明是責備他未與自己商量，就先與對方達成了某種程度的合作，只不過他確實已經知曉了對方的身分和通盤計畫。若是以前的話，他和阿古麗的部落都在甘州可汗的統治之下，雙方只是走得比較近，結盟互助的關係，彼此間並非上下從屬，當然不必事事向阿古麗王妃請示，而今阿古麗已是朝廷欽命的甘州回紇首領，他瞞著阿古麗先行私自接觸其他勢力，換了誰，都難免要有所不悅了。

他對還有些吞吞吐吐的兩人大聲道：「李凌霄，魏忠正，二位既然請了王妃來，就大可不必如此戒備。我們甘州回紇，乃是在楊浩手中吃了敗仗，這才不得不降，當日楊浩兩度兵困甘州，回紇諸部死傷慘重，我的兩個兒子盡皆慘死在楊浩的陌刀陣下，王妃幾次三番衝鋒陷陣，部落族人戰死沙場的也是不計其數，我們與楊浩有不共戴天之仇。

「這且不說，楊浩小賊立國稱帝之後，驕奢淫逸，為所欲為，王妃往興州覲見時，他竟心懷歹意，圖謀不軌，虧得王妃機警才得以脫身，那小賊未遂了心意，便找了百般藉口壓迫我甘州，又分離我甘州諸部遷往興州，若非憑我甘州一己之力不是楊浩的對手，王妃早已率我等反了他楊浩，你們還猶疑什麼？」

那李凌霄、魏忠正面面相覷，他們已是把自己的計畫和盤托與蘇爾曼了。因為蘇爾曼兩個兒子都死在楊浩大軍手裡，為了本部落的生存，他可以在強權下屈從於楊浩，但是絕對不可能對楊浩忠心耿耿，一旦有機會，他就能成為反對楊浩的急先鋒。草原部落講究的就是絕對的實力，並沒有中原那些君君臣臣的說法，即便彼此間沒有仇恨，當他的部落實力超越對方的時候，也會毫不猶豫地取代對方，這個法則是草原上亙古不變的原則。

所以，他們找到蘇爾曼，在初步接觸、略作試探之後，很快就把自己的身分來歷和目的向他和盤托出了，而對阿古麗王妃，他們並沒有這種信心，最主要的原因是：她是個女人，她也許仇視楊浩，但她沒有那麼大的野心，沒有野心也就沒有動力，她能否成為盟友，兩個人還想摸摸她的底。

沒想到這個女人就像一隻驕傲的孔雀，表現得如此強勢，而蘇爾曼又一口叫出了他們的名字，就算他們不說，阿古麗只要用心打聽，對他們的身分來歷必然也能掌握個七、八成，所以二人對視一眼，終於做了退步。

李凌霄嘆了口氣道：「阿古麗王妃，非是在下不肯直言，實在是因為此事關係重大，一旦有所閃失，便是漫天的腥風血雨。好吧，我們便把一切向王妃直言便是，不過……」

李凌霄嚴肅起來：「還請王妃向您所信奉的狼神立下重誓，絕對不可以把我們之間的談話，洩露予任何人知道！如此作為，實因事情太過重大，還請王妃體諒！」

甘州回紇王室信奉的是珊蠻，也就是薩滿教的一個分支，他們信奉天地神靈，視狼神為部落的主宰，狼神在他們的心目中就像羌人心目中的白石大神，至高無上。

阿古麗王妃聽了，手腕微微一縮，將皓腕間一串佛珠掩藏了起來。自從夜落紇陣前拋妻，陷她於死地，她就放棄了與夜落紇的同一信仰了，恰好此時佛教、天主教、伊斯蘭教都在西夏國內開始競爭信徒，她……已經於不久前皈依佛教了，她覺得，佛的信仰能給她心靈的安寧，不過知道這件事的人少之又少，除了幾個貼身侍女和她的座師，再無一人知道。現在，她不介意向她這一輩子最恨的那個人所信仰的神靈發一個毒誓。

阿古麗舉起左手，露出一副嫵媚得令人身心俱醉的甜美笑容：「好，我阿古麗在此向天地之間最偉大的狼神起誓……」

* * *

隴右，過六盤山，經九羊寨，便是尚波千如今所在的得勝堡。

一支五萬多人的隊伍浩浩蕩蕩，正趕往得勝堡的路上。

這支龐大的軍隊武器制式繁雜，服裝也是五花八門，有的穿著巴蜀一帶山民的衣服，有的穿著普通的漢服，有的穿著宋國禁軍、廂軍的盔甲制服，還有許多穿著隴右當地吐蕃人的長袍。

他們胯下的戰馬大多是高大健壯的番馬，比起耐力悠勁長遠的北方馬種，西域的番馬魁梧健壯，更具賣相，其短程衝刺能力要優於北方馬種，與北方馬可謂各有千秋。

行於隊伍中央的，是兩員身著宋軍將領甲冑的首領，一個身材瘦削，臉上滿是細密的麻點，但是他的相貌雖有些醜陋，可是舉止之間，沉蘊威嚴，自有一股久經戰陣的殺氣，反而很難讓人注意到他的相貌缺陷。在他身旁另一個將領，卻是身材壯碩，環眉豹眼，鬍鬚如刺，猛張飛一般，煞是威武。

陪同他們前行的，是兩個吐蕃頭人，臉膛黑紅髮亮，輪廓分明猶如刀削，身著皮袍，腰刀斜插腰間，髮辮上滿是金銀首飾，與他們談笑間，爽朗大方，豪邁萬分。

這支隊伍就是彎刀小六和鐵牛率領的巴蜀義軍，輾轉數地，連番作戰，當初離開巴蜀時的八萬大軍已減員至五萬，不過人數雖然少了，但是他們久經戰火淬練，整支軍隊無論是戰鬥意志還是戰鬥能力，比起以前都提升了不只一個層次。

齊王光美莫名遇刺死於長安之後，他們就失去了援助和情報方面的配合，處境開始艱苦起來。然而南返巴蜀的路已被羅克敵的大軍堵死，朝廷兵馬也料到他們一旦失敗，很可能會南竄回蜀，所以一路早做了種種部署，一旦真的南返，勢必要陷入朝廷兵馬的重重埋伏。

在這種情況下，胡喜從中牽線搭橋，讓他們和尚波千搭上了關係，於是小六率軍北上，進入隴右，突破秦州宋軍防線後，逃進了吐蕃人的地盤。尚波千派兵與他們似模似樣地打了一仗，「兵敗」的彎刀小六便就勢投降，歸順了尚波千，此刻，他們就是前去得勝堡拜見這位隴右霸主的。

得勝堡建在半山腰間，全部以巨石壘就，易守難攻。

此刻，得勝堡高處，正有兩個人眺目遠望，看著一條長龍般滾滾而來的隊伍。

頭前一人身材魁梧，額頭寬廣，鼻梁挺直，紫黑的臉膛上發著油光，整個面頰剛毅端正，眼神銳利，充滿強悍之氣。他的神情氣質於野性中帶著幾分威嚴沉穩，穩穩地立在堡頂時，就像一尊生鐵鑄就、堅不可摧的塑像。這個人就是隴右霸主尚波千。

在他身後半步遠的地方，站著一個貌相平凡、三旬左右的漢子，他身上雖也斜穿著與尚波千相仿的黑色袍子，一隻袖子隨意地垂於身側，不過一看就是漢人，眼神中透著幾分精明和油滑，這個人就是齊王府上的管事，繼嗣堂隱宗鄭家鄭喜，化名胡喜遊走世間的那個人。

「呵呵，好，好啊，足足五萬精兵，有這支精兵在手，放眼整個隴右，再無人是我的對手啦！」

尚波千看著那支隊伍越來越近，不禁露出幾分欣然。

胡喜微笑道：「本來，這支人馬是給趙光美準備的，西有大散關，東有函谷關，北有峭關，南有武關，堪稱四塞之國，穩如泰山；又有涇、渭、灃、滂、滻、灞、高、橘八水迴繞長安，沃野千里。只要趙光美把皇子德芳接到長安，樹起討伐趙炅的大旗，憑著他已經掌握的隴右廂軍勢力，再加上這支大軍，只須守住東、南兩處門戶，就可穩穩地立住腳跟，與趙炅一爭高下。

「那時還想讓尚波千大人自隴右配合，輔佐他稱帝立國，可惜天命不在彼身吶，這支大軍最後卻給尚波千大人做了嫁衣，如此看來，這天命所歸，當歸於尚波千大人才是，來日大人一統隴右，成就當不在河西楊浩之下。」

尚波千撫鬚大笑，不過忽爾想起那枚本已落於自己掌握之中的傳國玉璽，心頭忽又有些不悅。

他睨了胡喜一眼，說道：「聽說，你們和崔家鬧起了事端？你們鄭家對我助力甚大，可有什麼需要我幫忙的嗎？要我如今出兵中原，那是辦不到的，不過我親自訓練的八百刀客，卻不只是戰陣之上的好漢，如果需要人手，你們只管開口。」

胡喜臉上露出了淺淺的笑容，微微躬身道：「多謝尚波千大人，不過與崔氏之爭，尚還不需借助大人之力。」說到這兒，他的眸中露出幾分冷意：「我們只要向大宋朝廷稍稍洩露些消息，就可借助宋廷之手，予之重創了。現如今，崔家在青州的基業已毀於一旦，朝廷畫影圖形，到處在緝命崔氏族人，哼哼！雖然他們耳目靈通，逃得很快，可是再想堂而皇之地於人前露面，卻是再也不能了。與我們鄭家為敵，我們會讓他付出代價的。」

這時一陣腳步聲響，在二人身後不遠處停下了，尚波千回頭道：「什麼事？」

那人撫胸道：「大人，王泥豬大頭人大敗羅丹於會寧關，羅丹所部向西逃竄，王如風、狄海景、巴薩、張俊四位頭領，奉王泥豬大人之命追擊六谷藩部，進入了夜落紇的領地，受到夜落紇部將阻撓，四位頭領一舉衝垮夜落紇所部的陣營，不過因為耽擱了時間，沒有追及羅丹。夜落紇大怒，遣使問責於大人。如今來使正在廳上，禿通大人正在款待，著小人詢問大人的處置意見。」

尚波千冷冷一笑：「夜落紇的領地？整個隴右都是我的，什麼時候會寧關以西就成了他的領地？誰劃給他的領地？哼！我已經忍他許久了，他倒來得寸進尺。把他的使者給我割掉耳朵，轟出我的得勝堡！告訴王泥豬，重賞王如風、狄海景、巴薩等四人，我需要的，就是這樣敢打敢拚的人才！」

尚波千往堡下一指，得意洋洋地道：「去吧，叫他夜落紇的來使看一看，我如今驟增五萬精兵，憑他在青海湖招來的一群烏合之眾，是不是我的對手！如果他還不識相的話……」

尚波千目光一厲，臉上露出一片殺氣：「我尚波千何惜一戰，打到他服為止！」

＊　　＊　　＊

皋蘭山下，前去不遠就是蘭州城了。

暮色蒼茫，又大又圓的紅太陽緩緩落山，牛馬羊群在牧人們的驅趕下從四面八方彷彿一朵朵雲彩般聚向中央臨時紮成的營寨。炊煙裊裊升起，草原上燃起了一堆堆的篝火，一頂頂氈帳間飄起了悠揚的歌聲，伴著引人垂涎的肉香。

如果不是親眼看見，或許很難令人相信，這樣悠閒的場面竟是一敗千里，剛剛安營紮寨的一個部落，這裡是吐蕃六谷藩部。

羅丹吃了敗仗，面對尚波千越來越強大的力量，他已經有些招架不住了，赤邦松王子的部族不在隴右，對他的幫助有限，從武力上來說，他和尚波千還是有相當大的差距的。不過他並不後悔自己的選擇，原本在河西的時候，他的處境並不比現在更好，他沒有固定的地盤，始終沒有，小小一個涼州，容納不下那麼多人。東邊的靈州是党項羌人的天下，西邊的甘州是回紇人的天下，他打不過定難軍，也不是甘州夜落紇的對手，處於夾縫之中，生死兩難。

實際上，沒有楊浩的支援和幫助，他也有心到隴右來打一片天下，只是心有餘而力不足，這時他得到了楊浩的幫助，得以順利遷徙隴右，至於楊浩是什麼心思他不想考慮，他很明白，這就是一種互相利用，他得到他想要的，楊浩得到楊浩想要的，各取所需。

初到隴右時，他發展的還是很快的，但是隨著尚波千對王泥豬、禿通等部族的控制和融合，尚波千的力量越來越強大，在正面衝突中，他開始漸漸屈於下風，這一次更是一敗千里，逃到了蘭州附近。

一個好漢三個幫，尚波千有幫手，羅丹開始意識到，他不能再孤軍奮戰了，他也需要找一個盟友。

遠處一陣急驟的馬蹄聲起，正在陸續趕回營寨的牛羊就像被狂風吹開的雲彩，閃開了一條道路，百餘精騎疾馳而入，羅丹率領著一群部落頭人、首領站在中間那幢大帳前，遙望著遠處急急趕來的百餘騎戰馬。

在他們身側，氈帳兩旁架起了大鍋和火坑，整隻的牛羊烘得金黃油亮，肉香四溢，鮮翠水靈的野菜已清洗乾淨，一筐筐掛著水珠端了上來。那些人來得更近了，羅丹臉上露出了親切的笑容，帶領部族頭人們舉步向前，熱情地迎去。

迎面而來的那百餘騎戰馬，中間簇擁著一個身穿條紋長袍、頭戴王冠、身材頎長的老者，這個人是羅丹的老對手，曾經打得他落花流水，堪稱河西一十八州第一霸主，實力最為雄厚的甘州可汗夜落紇。龍困淺灘，虎落平陽，現在的夜落紇，處境似乎比他好不了多少。所以，曾經的一對生死大敵，現在都非常有誠意要締結兄弟之誼了。

草原上繁星滿天，夏日的晚風稍還帶些燥意。眾人沒有進帳，就在氈帳前幕天席地，舉杯暢飲。吐蕃六谷蕃部和青海湖回紇諸部，在隴右皋蘭山下成功會師，並成為了親密的戰友，他們相信，經過這次合盟，他們已經具備了與尚波千一爭高下的本錢。

大碗喝酒，短刀切肉，一雙雙布滿老繭的大手油漬漬的，夜落紇帶來了青稞酒，酒罈堆積如山，曾經的生死大敵如今勾肩搭背，彷彿多年未遇的骨肉同胞，親切得無以復加。

夜落紇咬一口熱氣騰騰猶自帶著血絲的羊腿肉，拿過一方汗巾擦了擦嘴角的汁水，又使勁擦了擦手，端起一大海碗酒漿來，朗聲說道：「六谷蕃部的勇士們，今天，我夜落紇與你們的羅丹頭人結為兄弟，從此以後，咱們有福同享，有難同當，就是一家人啦。來，大家滿飲此酒！」

眾人紛紛響應，舉碗站起，將一大碗酒一飲而盡，羅丹意猶未盡，一碗酒喝罷，他提起酒罈，先給夜落紇滿上，然後又給自己斟滿了酒，舉起巨靈神般的雙掌拍了拍，正歌舞翩躚的少女們立即彎腰致禮，姍姍退下。

「各位，從今天起，我們六谷蕃部和夜落紇大汗就是生死兄弟。有夜落紇全力大汗相助，區區尚波千不足為懼。來日之隴右，將再無尚波千立足之地，我們六谷蕃部願與青海回紇部精誠合作，待尚波千授首之日，平分天下，永結兄弟之邦！乾！」

*　　*　　*

「待楊浩授首之日，我主將與妳平分天下！」

阿古麗王妃背著雙手，在園中月下踽踽而行，心頭不時徘徊著李凌霄說過的這句話，她沒想到李凌霄竟是李繼筠派來的人，李繼筠如今在蕭關站穩了腳跟，的確可以隨時揮師北上，殺淮夏州，不過他的兵力，還能與楊浩相比嗎？阿古麗感覺得到，李繼筠必然還有後著，他既敢如此斷言，必然在楊浩內部安排了人手，那支力量，才是決定勝負的關鍵。

「楊浩與我作戲，本是要引出拓跋氏內部心懷不滿的人，清除異己，鞏固權位，想不到……卻連我的人也跳了出來。蘇爾曼已經與他們搭上了線，看來殺子之恨，他從來都沒有忘記！我能把他交出去嗎？這麼做的話，估固渾部必與我離心離德，動羅葛部的斛老溫必也對我心生芥蒂，甘州回紇三分天下，那時除了死心踏地投靠楊浩，便再無第二條出路了。可楊浩此人，靠得住嗎？會不會過河拆橋，卸磨殺驢？

「可是……既不能把他交出去，又不能故作不知、袖手任其所為，難道我真的要參與其間，反了楊浩？自己的命運掌握在自己手中固然是好，可是一旦失敗……楊浩絕不會容忍第二次背叛的，阿古麗一人死不足惜，我的萬千族人該何去何從？佛祖啊，我只想讓我的族人能安寧太平地生活下去，您大發慈悲，告訴弟子，我該怎麼辦？」

阿古麗雙手合十，默默望月禱告，忽然，一道人影悄悄閃現在不遠處，靜靜地站在那兒，阿古麗恍若未見，默默祈禱完畢，這才問道：「什麼事？」

那是她的貼身侍女，自幼一起長大的夥伴，侍女欠身說道：「王妃，楊浩大王祕密來了甘州。」

阿古麗訝然道：「妳說什麼？」

「楊浩大王祕密來了甘州，邀您明日在大月氏遺址相見。」

阿古麗驚得花容失色，失聲道：「楊……楊浩，他來了甘州？」

五百八二　老娘先做了你

大月氏遺址在甘州城西北，並不太遠，不過平時少有人跡。

阿古麗王妃帶了七、八名貼身侍衛，清一色戎裝荷箭的女子，離開可汗王宮，先在北面城郊馳騁了一陣，假作狩獵，未見有人追蹤，這才斜刺裡奔向大月氏遺址。

對楊浩的到來，阿古麗王妃心中忐忑不已。如今的甘州雖以她為主，主要原因倒還是因為當初她是夜落紇可汗的王妃，身分尊貴，否則三人中絕對不會是她成為甘州軍政第一把手。但是她雖成為甘州之主，甘州真正的政治架構卻是三頭馬車，斛老溫和蘇爾曼的實際權力並不比她小，也就是說，她對其他兩人的部落控制力有限，正如楊浩目前對甘州的控制力，名分意義大於實際意義。

這個時候，蘇爾曼與李繼筠的來使祕密達成協議，雖說她還沒有表態，但是這種接觸，和對蘇爾曼的掩護，實質上已跡同反叛。這個時候楊浩突然出現，阿古麗豈能不作他想。再說，楊浩如今是西夏一國之主，卻悄無聲息地出現在甘州城，而且鬼鬼祟祟不肯入城，偏要約她於城外相見，阿古麗王妃本就心虛，是以更加生疑。

不過越是起了疑心，她越是不敢抗命，她不知道楊浩是否知道了什麼、已經知道了多少，所以只能硬著頭皮趕來，暗中卻也有所戒備。

大月氏遺址，當地人又稱為甘州老城、黑水國古城，在這裡，你可以看到許許多多的歷史遺跡，在河西古道上，經常可以看到許多歷史小城遺跡，或者因為流沙的侵襲，迫使居民一夜遷徙，或者因為戰爭屠城，一夜之間成為鬼城，又或者因為地龍翻身、河流改道，失去生存條件而漸漸凋零。楊浩當初追擊李光睿時，於無定河畔中計被圍於陶谷城，那就是一座歷史廢墟。

不過黑水國古城遺址比陶谷廢墟要大得多，史前遺址、漢唐古城、古寺院遺址、古屯莊、古墓葬在這裡集為一體，許多坍塌毀陷的建築和殘垣斷壁搖搖不倒，滿目的瓷片漢磚，連同四周綿延起伏的沙丘，來到這裡，彷彿穿越了歷史的隧道，幽暗中依稀可以聽到刀劍的撞擊聲、市肆的叫賣聲、茶樓的調弦聲和逃離古城時慌不擇路的呼喊聲。

在很久很久以前，這裡沼澤湖泊眾多，地貌十分複雜，沙丘、湖泊、蘆蕩、溼地……站在高處，看著這歷史古蹟，彷彿看到了鑽木取火的古人、月氏古國的游牧、漢匈之間的戰爭、茶馬交易、兵防屯駐、沙毀古城，曾經的繁榮、如今的悲壯交織在一起，靜靜地送走一個個夕陽，迎來一個個黎明。

阿古麗王妃穿一身騎袍，背一張弓，負一壺箭，小蠻腰上掛一柄短刀，足下著一雙高腰皮靴，騎著一匹棗紅馬，在幾個親信和侍衛的陪同下，馳進了蘆葦蕩。

站在遠處半倒的土牆後面，楊浩已經看見了她，在他身後不遠處，靜靜地站著幾名行商打扮的侍衛。從這裡正好能看到策馬而來的阿古麗王妃，阿古麗雖是弓馬嫻熟，慣於跨鞍打浪的身子，但是腰枝仍如柳枝一般纖細，臀部仍如蜜桃一般挺翹，遠遠望去，筆直坐在馬上的她，那S形曲線即便是坐著，也是一目瞭然，當真是天生麗質，女子味道十足。

很快，她進了蘆葦蕩，馬行其中，激起葦花如雪，這時望去，唯見人身半馬，就好像一個美麗的半人馬行於雲端，身姿曼妙，若隱若現。

楊浩選擇在此與她相見，也是迫於無奈。在他原本的計畫中，只是發現曾經使他得以迅速擴張的定難軍班底，在他立國稱王之後漸漸成了他的負擔和阻力，他們以功臣自居，以皇室宗親自居，只知索取，不知付出，不管朝廷推行什麼軍政大略，首先的阻力、最大的阻力就是來自這一集團：拓跋氏集團。

而且隨著楊浩並未讓他們遂意如願，他們之中許多人開始公開發表反對意見，從各個方面進行掣肘，阻礙這個新興國家的發展，楊浩意識到如此下去，這群人起的反面作用將越來越大，西夏國小力微，可經不起宋遼一般的內亂折騰，可是他又不可能向這些人妥協，所以他決定揠苗助長。

既然內亂的裂隙本就存在，而且不可能犧牲國家利益予以彌合，從而把一個政權集中的封建王國退化到以前約束力有限的部落聯盟式政權，那麼不如讓其提前發作，利用建國之初，自己這個開國之君擁有莫大的權力，對全局力量的掌握得心應手的時候，盡快剷除這一毒瘤。所以他一面對拓跋氏集團進行分化，拉攏其中開明、忠誠的一派力量，一面對落後、反動的另一派力量進排擠、打壓，以促其提前爆發。

他事先就對种放、丁承宗等心腹說過，他這是在玩火。可他沒有想到，這火竟然燒得這麼快，真的快要超出他的掌握之中了。他並不知道拓跋李氏輩分最尊的李之意正在暗中推波助瀾，欲火中取栗。他也不知道李之意的姪兒正在祕密策劃的東西，飛羽密諜之所以給人一種無孔不入的印象，是因為它擁有一群極高明的斥候，在有所針對的方面打探消息時效率極高。可他做不到對內對外，對星羅棋布於河西各處、族群龐大的拓跋氏族人，都進行無孔不入全方位的監視，如果那樣，飛羽密諜至少得擴張十倍，光是這個諜報部門的投入就能拖垮西夏國的經濟，而且如此之龐大的一個組織，勢必變得臃腫起來，搜集的情報面雖然寬了，卻未必深入，其效率未必比現在更好。

但是他還是從搜集上來的情報中嗅到了一種不尋常的味道，他的情報人員目前除了重大搜集宋國和隴右的情報，就是對河西軍事、經濟、政治、民生各個方面進行情報搜集，如果有人想要有什麼舉動，而且不是突發事件的話，那麼他或者要招兵屯糧、或者要調兵遣將，事前的準備，總會引起一些無法掩飾，可以讓人注意到的現象，這樣的現象一處兩處並不稀奇，可是所有情報完全集中上來時，卻會引起他的警覺。

他感覺到，似乎正有人利用這種矛盾衝突，把事情向著連他也難以預測的方向發展，他想玩火是為了滅火，可不想讓它成為燎原大火，所以在他原本的設計中，僅僅只是發揮掩人耳目、毀其令譽，使得宋國方面放鬆警惕的甘州勢力，這時就要產生比較大的作用了。

所以，他假借生病停了朝會，祕密趕到甘州，想與阿古麗王妃再做一次密談，修正一下自己的計畫。在他已經收集到的情報中，並沒有對甘州估固渾部落產生疑心，因為估固渾部落的蘇爾曼與李凌霄等人的接觸也不過就是這兩天的事，估固渾部落還沒有什麼異動，而蘇爾曼做為一族之長，做為甘州的重要領袖，每天會見接觸的人成百上千，對方又刻意隱藏了身分，是沒有那麼快發現異常的。他也沒有想到，自己的到來，會讓阿古麗王妃芳心忐忑，生起戒備之意。

千年風雨，黑水城的樹都成了古樹，路都成了老路。路邊上幾多廢棄的古建築於滄桑中無語，殘垣斷壁間瀰漫著古老的寧靜，而這時姍姍走來一位胡裝的麗人，於是一切古老都變得生動起來。

楊浩也帶著不多的侍衛，祕密出行，本就不能帶著太多的人，只要行蹤足夠隱密，卻也不必擔心什麼危險，現在的河西古道上，馬賊游匪幾乎全然不見了，要知道艾義海本就是河西馬匪中第一條好漢，有他投在楊浩麾下，其他大大小小的馬賊要嘛也投了朝廷，要嘛在變成了官軍的馬匪清剿下澈底失去了蹤影。至於朝中可能心生叵測的勢力，楊浩對自己此番出行的隱密程度還是很有信心的，有竹韻這個匿蹤隱行的大行家親自策劃，想追蹤到他的去路實不容易。

不過竹韻此次並沒有跟來，她和狗兒主動請纓，去擒拿拓跋寒蟬兄弟了。拓跋寒蟬兄弟果然不肯奉詔，老老實實赴京請罪，他們撕了聖旨，斬了欽使，擺開架勢誓要奪回嵬武部百年來的牧場草原，與拓跋蒼木的蒼石部落越打越兇，其行其為，已被种大學士定為反叛。

其實這種行為放在中原任何一個王朝，都是證據確鑿、毫無疑問的反叛，但是拓跋寒蟬兄弟並不認為自己在造反，他們確實沒有推翻楊浩自己當皇帝的意思。他們不想守兜嶺了，他們想拿回世代游牧於其上的豐美草原，僅此而已。

擅離兜嶺，違抗軍令？

是啊，怎麼了？我又沒叛變投敵，我守不住，不想守了嘛。

搶奪草原，與蒼石部落大打出手？

是啊，怎麼了？那草原以前就是我們家的，我想要回來，不成嗎？

撕毀聖旨，斬殺欽使？

是啊，怎麼了？什麼狗屁聖旨，不就是一張紙嗎？說起來，那還是綢子做的，撕著還挺廢勁的呢。欽使？欽使是什麼玩意兒，不就是大王跟前的一條狗嗎？宰了就宰了，他再近有我們跟大王近嗎？要論起來，我們爺爺的爺爺和李光睿大人他爹的爺爺是堂兄弟，我們跟大王是兄弟關係，有啥大不了的？

雖說西夏已經立國，建立了王朝政權，但是在他們心裡，和以前那種鬆散的游牧政權聯盟沒啥區別，西夏王楊浩和可汗、單于也沒什麼區別，一家人鬧家務事，違反了幾回命令，殺了幾個下人，大不了大軍壓境時乞降賠罪，族人酋領再出面說和一下，也就完了。野亂、細風等党項七氏當初和李光睿大人殺得臉紅脖子粗的，只要一豎起降旗，還不是馬上息事寧人？那還是外人呢。

總之，這就是不習教化、不知王法的野蠻人表現。許多從眾跟著起鬨抵抗新政的拓跋族人，也正是出於這種心理，所以才成了拖朝廷後腿的一股勢力。對這些人，楊浩沒有幾十年的時間來慢慢教化，而且君臣上下的教化之功對從小就學習掌握這種理論的小孩子才見效，對這些已經成年、桀驁不馴的部落頭人，遠不如血淋淋的懲罰更加奏效。

所以拓跋寒蟬兄弟就在楊浩的有意為之下，在李之意那老狐狸的有意為之下，做了儆猴的那隻雞。

簡而述之，這是一對很傻很天真的夯貨！

出頭鳥，他們已經做了。嵬武部落與蒼石部落大打出手，分化拓跋氏的目的也已經達到了。楊浩不想讓他們繼續打下去了，那消耗的可都是他的人吶，楊浩現在最缺的就是人，從大食和羅馬運來的奴隸終究有限，從其他地方自然流動來的人口也進展緩慢，自己生吧……楊浩就算號召所有的西夏男女，全部以自己有限的生命投身到無限的種馬事業當中去，要見效也得十多年以後，所以既然目的已經達到，楊浩就想以最小的損耗解決嵬武部落的事情。

楊浩本想以李繼談、楊延朗的正規軍團，再加上拓跋昊地、小野可兒的部族軍四面合圍，以強大武力強迫拓跋寒蟬兄弟投降，不過調動一次大軍燒進去的就是無數錢糧，所以竹韻和狗兒主動請纓，決心以擒賊擒王的手段迅速撲滅嵬武部落的反叛。

楊浩曾經許諾過，一旦自汴梁回來，就再不讓竹韻離開都城執行危險的任務，一方面，是因為上一次自隴右回來，竹韻那一身血淋淋的傷勢嚇著了楊浩，他和竹韻既似上下尊屬又似朋友，曾經的技藝切磋和討教，還帶著幾分師兄妹的情分，他不想有一天接回來的是竹韻的一具屍體。

另一個原因是，竹韻做為一個殺手，這麼多年來一直孑然一身，獨來獨往，現在她已經不小了，如果沒記錯的話，她今年都二十四了，二十四了呀！誰見過這麼大還沒出閣的老姑娘？正在飛羽堂做首席武術教官的古老爹急得眼睛都藍了，女兒都這麼老了，沒嫁人、沒生子，這還像話嗎？

他現在都不指望女兒能被大王看上了，隨便哪個男人，只要讓他盡快抱上外孫子，他就知足了。何況，懷州都指揮使馬宗強對他女兒很有意思，女兒要能嫁他卻也著實不錯。為此，他不只一次吞吞吐吐地向楊浩表達了為人父的心中苦惱，楊浩想讓竹韻留在都城，穩定下來，也是希望她能考慮一下自己的終身大事。

可是竹韻是個閒不住的人，什麼也不讓她做，整日留守京城，她就覺得自己什麼價值都沒有了，這一次和狗兒去擒拿寒蟬兄弟，就是她攛掇出來的計畫。楊浩被一大一小兩個妮子拉著胳膊一陣央求，頭皮發麻中只好同意了，不過他當著古老爹和許多親信將領的面，以西夏王的身分給了她們父女一個鄭重的承諾：有功當賞，有過則罰。竹韻為他取回過傳國玉璽，立下不世之功，此番若再擒下拓跋寒蟬兄弟，免致西夏硝煙四起，那麼兩功並賞，古家父女可以向自己提一個請求，只要不違背王法、不傷天害理，他無有不允。

這句話，他還讓穆舍人隆而重之地記了下來，古老爹心領神會，這是大王要為女兒指婚吶。興高采烈的古老爹不等女兒表示意見，便連忙代她答應下來，於是竹韻和狗兒就啟程趕往夏州去了。

楊浩則命夏州李繼談、靈州楊延朗從旁協助，一旦擒首成功，立即控制整個嵬武部落。這一次，他打算從嵬武部開刀，改組部落建制。對西夏一十八州的城市工商業者、鄉村農耕業者的統治基礎改造已經塵埃落定，但是對以畜牧為主的游牧部落的組織統治秩序並沒有太多改變，部落頭人對該部落的掌控權仍然大於朝廷的影響力，楊浩想對其進行改組，在保持游牧部落因為生產方式和流動放牧的特點下，必須保持其部落首領對所部擁有靈活權力的基礎上，編戶分組，改世襲為流官，藉此剝奪和削弱原來部族酋領對部族百姓的直接控制，各領部的首領設為流官，對流官定期輪換，並根據考評成績升降任免，就能最大限度地將這些部落掌握在手中。

楊浩並不打算對所有部落一體施行新政，那樣的話，擁護者也會馬上變成反對者，但是對反叛部落征服之後如何安排，那就是他的權力了。嵬武部的敗亡不會是一個結束，那些桀驁不馴、心懷不恭的部落頭領一定會組織更大的反撲，那時大義所在，掌握了名分，他就能改組更多的部落，留下來的部落現在是忠誠於他的，而將來……就算他們的子孫後代失去了祖輩對自己的那種敬畏和忠心，朝廷直接掌握的力量已是絕對多數，也攪不起什麼風浪來了。

接下來的計畫中，他想讓阿古麗王妃發揮更大的作用，而表面上，由於他對阿古麗王妃的垂涎，阿古麗王妃是被羞辱之後憤而離開興州的，又不能把她召去相見，所以安排妥當這一切之後，楊浩就祕密趕到了甘州。現在，他的心情其實是很沉重的，他看到了一些未來的危機，想著在自己手中盡快把這些危機消除，可是事態的發展顯然比他的預計更加嚴重。

隱在暗處的敵人，哪怕實力比明處的敵人弱小十倍，其危害也可能比之強大十倍，甚至一舉顛覆也未可知，可是事已至此，無法回頭，他只能硬著頭皮走下去，而阿古麗，在他的計畫中作用本是微乎其微的，讓她擔此重任，她的能力夠不夠？她有沒有那樣的忠心？這些都是問題。

「阿古麗見過王上。王上怎麼突然來了甘州？」

楊浩正思緒萬千的時候，阿古麗一行人已來到近前，阿古麗翻身下馬，止住了侍衛的腳步，款款行至楊浩面前，盈盈下拜。

「啊，王妃請起。」楊浩收回心神，急忙上前攙扶。

阿古麗聽他一喚，臉上不禁露出幾分窘色，楊浩也察覺到稱呼有些曖昧，不禁訕然一笑，用一副深沉的表情掩飾了自己的窘意：「此來甘州，本王是不得不來啊，現在……有些事情，似乎已經超出了我的把握。」

他若有深意地看了阿古麗一眼，說道：「本來當初只是想讓王……阿古麗大人助本王一臂之力，作一齣戲給天下人看，現在看來，大人要做的事恐怕不止如此了。」

阿古麗被他盯了一眼，心中不由噗通一跳，強作鎮定地道：「王上此言何意？」

楊浩冷冷一笑，說道：「我本是有意製造事端，引蛇出洞，誰知道，不但引出了蛇，還引出了蟒，有人也想利用這個機會，從中作亂呢。」

阿古麗臉色微微一變：「竟有此事？」

楊浩當然不會告訴她自己對那隱藏在暗處動作的對手還全然無知，只是憑著手中有限的資料察覺到有人在利用拓跋氏的這場內亂，就算他有絕對的把握阿古麗會忠於自己，就是她那參與核心機密的身分，也應該給予她最大的信心，而不是讓她跟著自己疑神疑鬼。

何況楊浩沒有那麼大的把握，在任何情況下，這位甘州回紇人的女首領都會對自己忠心耿耿。曾經的對戰沙場，這位王妃可是給楊浩留下了很深的印象，這個女人兇猛如狼，狡猾如狐，為達目的，不擇手段，就像一匹野馬，駕馭不好的話，就會被她那雙漂亮長腿下的小蹄子踢個滿臉開花。

所以，楊浩一副智珠在握的樣子，又是冷冷一笑：「這個人位高權重，卻不知自愛，妄圖顛覆朝廷，哼，本王的『飛羽隨風』名滿天下，又豈是吃素的？他卻不知本王對他的一舉一動早已瞭如指掌，如果想要收拾他，不過是舉手之勞罷了，可笑他還自以為隱藏得夠深，大計可以得售。」

能利用時局翻雲覆雨，而且亂中取利的人，眼下自然是在西夏王朝中位高權重的人物，楊浩吹完了牛皮，就想把自己的打算告訴阿古麗，不料阿古麗心中有鬼，對號入座之下，只當這是楊浩說給她聽的，暗自心驚之下，她的手背在後面，向自己那幾名貼身女侍衛悄悄打個手勢，同時手掌輕輕滑到細若柳枝的腰間，狀似不經意地整了整腰帶，卻把短刀挪到了能以最快速度拔出來的位置，臉上露出一副顛倒眾生的迷人微笑，柔聲問道：「那麼王上打算如何對付她呢？」

楊浩微笑道：「本王本想派兩個刺客悄無聲息地幹掉他，不過思來想去，還是覺得引他把全部實力暴露出來，一舉殲之，一勞永逸的好。所以，本王親赴甘州，來見妳阿古麗大人了，呵呵呵……」

楊浩下一句「本王想與妳共謀此事，除此奸孽」的話還沒說出來，阿古麗王妃兩道黑亮嫵媚的眉毛倏地一擰，掌中一柄雪亮的小彎刀憑空一閃，已然架在了楊浩的頸上，杏眼兇睜地冷笑道：「想殺我？老娘先做了你！」

五百八三　驚聲尖叫

阿古麗這個舉動大出楊浩侍衛的意外，阿古麗對楊浩一直恭恭敬敬，在興州時，兩個人人前作戲、似有還無的那種曖昧，楊浩這些貼身侍衛更是一清二楚，所以一見二人談話，而阿古麗的侍衛們站得又比較遠，所以他們也自覺地站開了些，驚覺不妙時已來不及救援。

侍衛們眼見大王被阿古麗制住，立即掣出兵刃，猶如兇狠的狼群向前猛撲過來，阿古麗的女侍衛也滿臉驚訝，但是卻未忘記自己的職責，一見如此情形，護主之心立起，馬上也拔出利刃迎上前來。

兩下裡眼看就要發生短兵相接的肉搏戰，情勢一觸即發之際，楊浩和阿古麗同時喝道：「住手！」

侍衛們同時站住，兇狠地瞪著對方，楊浩看著阿古麗，臉上漸漸浮起古怪的神色：「妳？就是幕後主使？」

阿古麗眼中攸然閃過一絲困惑：「你說的……不是我？」

楊浩無語，他怎知道，本來故作胸有成竹，只是為了給阿古麗幾分信心，居然就這麼誆出一條大魚來，他盯著阿古麗道：「為什麼要背叛我？妳想要什麼，稱王稱帝？」

阿古麗此時已經明白過來，他剛才所說的人根本不是自己，而是另有其人，奈何自己心中有鬼，越聽越覺得他說的就是自己，此番引自己出來，不知想了怎樣惡毒的手段要擺布自己。她本就是暴雨雷霆、水火一般的性子，當下想也不想，憑著本能的反應要把危險扼殺在自己手中，不想卻是自投羅網，一時也是懊悔不已。

眼下已無從分辯，阿古麗咬牙道：「胡說！我只想要族人有個安定平穩的生活，有一條出路，心願足矣，稱王稱帝那是你們男人的事，我幾時有過這樣的野心？」

「那妳為什麼？」

「我……我什麼也不為，我根本沒想過要反你，根本就是……就是……」說到這兒，阿古麗也不知該怎麼解釋下去了。

楊浩看她既是懊悔又是焦急，一臉的左右為難，也不像個暗中謀略大事的人，便覺得其中大有隱情，可他實在想不出是什麼樣的隱情，令得阿古麗對號入座，把他口中的暗中謀反者當成了她自己，只得試探著問道：「妳無反意？本王現在已落到妳的手中，妳想怎麼樣？」

這一問，阿古麗更是沒了主意，殺了他？雖說他是祕密而來，可朝中絕不會無人知曉，而且就算能把他身邊這幾個侍衛都留下，可誰能保證他暗中沒有另布伏兵？只消逃走一個，那便大勢去矣。就算鐵了心與李繼筠建立同盟，眼下也不是造反的時候，甘州勢必玉石俱焚。

不殺他？眼下已對他鋼刀加頸，我還有退路嗎？此時放手，他肯放過我嗎？阿古麗進退失據，遲疑半晌，方才色厲內荏地道：「我想怎麼樣？我想怎麼擺布你，那便怎麼擺布你，既已落到老娘手中，還由得你作主張嗎？」

楊浩忽然笑了，笑得一臉燦爛地道：「在中原，女子三十以後，方可自稱老娘，如果我沒記錯的話，妳還沒到三十歲吧？」

阿古麗只是偶見中原女子兇悍撒潑時自稱老娘，極有氣勢，所以方才狠勁上來，便也有樣學樣了，哪知這其中還有許多規矩，眼下竟被自己的階下囚給嘲笑了，登時漲紅了俏臉，怒道：「笑什麼笑？信不信老……我現在就一刀宰了你？」

「不信！」楊浩微笑道：「妳記著，真的想殺一個人時，千萬別和他說太多的廢話，要不然，說不定要反受制於人了。」

阿古麗冷笑：「你已在我掌握之中……」

一句話還未說完，楊浩忽然一歪脖子，只聽「嚓」的一聲，好像脖子斷掉了，整個腦袋向左一歪，橫亙在肩頭上，把阿古麗嚇了一跳，緊接著楊浩的手動了，右手一抬，併指如劍，便向她的手腕敲去。

阿古麗大吃一驚，馬上橫刀欲劃，憑著那刀子的鋒利，她自信這一刀下去，即便不能削斷楊浩的脖子，至少也能切開半邊，神仙也救不得他性命，不想用力一劃，那刀子竟紋絲不動，楊浩整個頭顱好像失去了頸椎的支撐，完全側向左邊，竟然用頸部肌肉牢牢地鉗住了她手中的刀。

阿古麗大駭，臂上用力，使勁向外奪刀，這時楊浩的手指已經到了，在她腕部一敲，阿古麗只覺半邊胳膊都麻了，若非正好用力拔刀，這一下便要刀子脫手。

楊浩屈指一彈，卸了她手上勁道，隨即便纏上了她的手腕，想要制住她，方才她含糊的言詞令楊浩大起疑竇，若不問明其中真相，他實難安心。不料香滑玉腕在手，腦袋堪堪抬起，楊浩眸中忽地精光一閃，原本要反扭過去的大手忽然變了力道，向自己懷裡一帶，阿古麗哎呀一聲，一跤便跌向他的懷裡。

這時阿古麗兇悍的勁頭都顯了出來，好像一隻武裝到牙齒的野貓，雖不如楊浩力大，被他扯得向前跌出，猶自杏眼圓睜，咬牙切齒，藉著身子向前跌出的力道，左膝屈起，重重向他下陰頂去。任他楊浩有一身如何古怪的武功，也未必能練到這樣的地方。

楊浩沒想到她這時仍然伺機反撲，身形一扭，讓開了要害，阿古麗一膝重重撞在他的胯骨上，楊浩和阿古麗都覺痛楚難當，不由同時叫出了聲。這一聲叫喊還未落下，一枝羽箭「噗」的一聲，便重重摜進了楊浩的肩胛，楊浩悶哼一聲，仰面便倒。

原來，方才楊浩想要扭住阿古麗胳膊時，瞧見她背後一點寒芒自蘆葦蕩中激射而來，直取她的後心，楊浩只道有人要殺人滅口，他滿腹疑問都著落在阿古麗身上，豈肯讓她糊里糊塗死去，這才改扭為拖，把她拖過來，只消順勢側身一閃，便可避過這致命的一箭，不料他也小瞧了阿古麗的身手，沒料到阿古麗猱身撲來，竟以膝蓋撞他要害。

事關一生性福所在，楊浩無論如何都要避開的，可是避過了下面，便避不開上面，這一箭本來取得是阿古麗的後心，結果斜斜上穿，竟然刺中了楊浩的肩頭，虧得這裡地勢較高，箭從下面的角度來，斜穿肩頭，未曾傷了骨頭，饒是如此，楊浩還是一聲悶哼。

二人倒在地上，阿古麗揮起一拳便向他肋下搗去，這一拳擊到一半，便瞧見他肩頭插著一枝羽箭，心中不由一懍，手中力道急收，砰的一聲擊中了他的軟肋，卻未造成什麼傷害。

這時只聽四下裡慘呼悶哼聲起，抬頭一看，只見幾名貼身女侍刀劍落地，利矢破空而來，有的射穿了她們的胸膛，有的刺穿了她們的後頸，她們手抓著流血的箭簇，口中啊啊連聲，卻連一句話也說不出來，便搖晃著倒了下去。

而楊浩一邊的侍衛是面向蘆葦蕩站立，反應比她們快了一些，但是也只兩個逃脫了性命，沒有讓利箭射中要害而已。這些暗藏的刺客好快的箭、好準的箭。

「是誰暗下毒手？」一眼見情同姐妹的幾個貼身女侍斃命當場，阿古麗激憤欲狂，翻身就欲爬起，不料剛剛爬起一半，身下的楊浩忽然一摟她的纖腰，摟著她在沙土地上幾個打滾，便滾到了她一名仆倒在地的侍衛旁邊，伸足一挑，便將那死屍挑起，覆在了兩人身上，隨即就聽「噗噗」連響，兩人四周地面釘上了幾枝利箭，那幾聲響得沉悶，想必是射在死屍身上了。

這一切說來話長，卻只在電光火石之間，楊浩幾個侍衛在急如星火的利矢之下也大多喪了性命，剩下兩個負傷的侍衛拔刀舞動，撲上前去，口中大叫道：「大王快走！」

楊浩無暇多想，騰身跳起，一手提著那女屍腰帶，以肉盾遮掩，拖起阿古麗王妃就走，果不其然，對方的目標就是他們，這一起身，早有蓄矢待發的幾個神箭手利箭連珠般射來，二人以肉盾屈身疾退，閃到一堵風化蟻蛀已然半倒的泥牆下時，那死屍背上又中了幾箭。

這時那兩名亡命撲下去的侍衛也接連中了幾箭倒下，他們一身藝業也算不凡，可是身手再快，也快不過箭的速度，蘆葦蕩距他們立足處不過百步，正是箭矢力道發揮最強的距離，如何能避得開去？結果幾名忠心侍衛只片刻工夫，便盡皆身殞。

「是誰要殺妳？」楊浩探頭向外看了一眼便縮回了身子，可就只這一眼，一枝利箭便貼著他的耳朵颯然飛過，疾風颳得耳朵一陣辣熱。這是一群冷靜而可怕的箭術高手。

阿古麗怒不可遏地道：「誰想殺我？是有人要殺你才對！」

「哼，方才不是我拉妳一下，現在妳已經變成一具骷髏屍了，我肩頭一箭，本來可是射妳的後心！」

「你放屁！誰殺我作啥？你楊浩仇滿天下，不知多少人巴不得你死，可我……」

「嗖嗖嗖！」二十餘枝利箭自空落下，竟是改直射為仰射。楊浩拖起阿古麗就走，心中暗暗估算：「刺客人數當在二十人上下，若是他們肯上前肉搏，憑我手中一口劍，除非是技藝卓絕的高手，未必放在我的眼裡，可要是有人纏鬥，有人放箭，那可大大不妙。」

楊浩一面盤算著，一面拖起阿古麗，先沿著那半堵矮牆穿過一幢坍了房頂的房子，然後蛇伏鼠竄，匆匆疾走，這時那些人已自蘆葦蕩中閃身出來，前面十多個手執利刃，後面十多個利箭緊扣在弓弦上隨時待發，飛速逼近過來，他們穿著普通回紇人的衣服，有的似牧人，有的是商賈，如果走在甘州街頭，絕不會有一絲異樣，可就是這樣一群人，現在幾乎已掌握了西夏國主和甘州二十萬回紇人頭領的生死。

最後閃出一個身材頎長的年青人，穿著一身普通回紇牧人的衣袍，普通羊皮鞘的彎刀斜斜插在腰間，他的臉顯得稍長，皮膚黧黑，神情有些冷峻，微陷的眼窩中一雙冰冷的眸子帶著些陰鷙和得意的神色：「絕對不能讓她逃掉，今天……她一定要死在這兒！」

這個人竟是阿里王子，阿里王子竟然潛回了甘州，而且出現在這裡。

「王子，和她會面的那個男人能是什麼人？身手不錯，看起來好像還很有身分。」

在他身邊，一個年過半百、神情沉穩的男人，有力的大手緊緊握著刀柄，疑惑地說道。

由於他們站在蘆葦蕩中，並沒有看到面對面站立的楊浩和阿古麗動手，只知道阿里王子勢在必得的一箭被那個男人破壞了。

阿里王子的臉有點發黑，冷笑道：「能是什麼人？左右不過是那耐不住寂寞的賤人勾搭的姘頭。哼哼，也虧得她是在幹這見不得人的勾當，只帶了寥寥無幾的人到了這黑水廢墟，要不然，我還找不到機會下手。追緊點，管他是誰，一起幹掉，只有幹掉阿古麗，我們才有機會把甘州重新掌握在手中！」

＊　＊　＊

「裡面的人聽著，本王子只要阿古麗的項上人頭，只要你把她交出來，本王子可以放你離去，又或者，你願意投效於我的話，保你有一分大大的前程！」

外面傳來阿里王子的勸降聲，不過卻沒有人闖進來，陽光自破敗的房頂斜照進來的廊道中，躺著四具屍體，那是被楊浩撂倒的回紇武士，楊浩在那狹窄空間裡搏鬥時也險險中箭。

這幢房子十分破舊，不過房舍寬大，建築中多採用了巨木大石的原料，所以非常堅固，歷經數百年風吹雨打、蟲蝕蟻蛀、沙土侵襲，沒有任何的修繕，仍然能基本保持完整，可以想見當年這處建築應該是月氏古城中富有權貴、甚或重要官員的府邸。

楊浩和阿古麗避在一間還算完整的房間裡，從規格和位置看來，這裡大概是當初房主的書房所在，如今也是整個風化嚴重的建築中保存最為完好的一個房間。

兩人對外面的呼喊聲充耳不聞，阿古麗撕下自己的裙襬，正在幫楊浩包紮著肩頭的傷口。方才還劍拔弩張的兩個人暫時結成了同盟，哪怕這種同盟關係再脆弱，但是面對著如今力量最強大的、要取走他們性命的共同敵人，兩個人只能站在同一陣線。

威逼利誘沒有奏效，外邊沉默了一會兒，然後傳來「通通」的響聲，楊浩探頭看了一眼，臉上不由變了顏色，他們不知從哪兒截來一段樹幹，正在撞擊破壞牆壁。這裡的建築風化嚴整，風大一些都會有些強撐多年的建築轟然倒坍，何況是蓄意的破壞，只要他們擴展出足夠大的空間，那麼就可以充分發揮弓箭的威力，楊浩的武功也將失去憑恃。

楊浩嘆道：「阿里王子，想不到竟然是他……如此下去不是辦法，妳若久不回府的話，妳府裡的人會不會尋來？」

阿古麗沒好氣地道：「除了我身邊這些人，根本沒人知道我去了哪兒，更沒人知道我去見什麼人，就算他們出城尋找，一時半晌又怎會尋到這裡來？」

楊浩敏銳地捕捉到了話中更深層次的意味：「這麼說……妳來之前，對我並無多少戒意，如果妳真的有心謀反的話，當不致如此大意。可是，為什麼妳又誤以為我說的是妳而對我拔刀相向，其中到底是什麼緣故？」

楊浩的目光在黑暗中炯炯發光，透人肺腑，阿古麗卻馬上移開目光，閉上了嘴巴。什麼緣故？她當然知道，只是她現在是啞巴吃黃連，有苦說不出。她不能說給楊浩聽，哪怕因此引來楊浩的誤解。她是甘州回紇人的大頭人，蘇爾曼是她的部下，蘇爾曼找她商議謀反，她同意也就罷了，不同意也應該自己解決這件事情，比如聯合另一個大頭人斛老溫對蘇爾曼施加壓力，約束他的行為，而不能把他交出去。

把他交出去，是對族人的背叛和出賣，那樣的話，她還如何面對自己的族人？那時，不只是估固渾五萬部落民，恐怕所有的族人都會質疑她的立場。那樣的話，阿古麗就裡外不是人了，所以這苦，她只能自己嚥下，哪怕是受人誤會，也比受自己的族人鄙視好些。更何況，她對蘇爾曼兩個兒子的死，心中不無歉疚，所以對蘇爾曼總是存了些維護之意。所以，她什麼也不能說，什麼也不能透露，除非楊浩馬上就要死了，帶著這個祕密進棺材。

楊浩見她不答，便冷哼一聲道：「這筆帳，以後再算！大敵當前，先考慮怎麼脫身吧。我還有人，因為全帶出來的話容易招人耳目，所以留在了別處，他們知道我來了這裡，見我不回的話就會尋來。咱們只要多堅持一會兒，便脫身有望了。」

楊浩頓了頓，又道：「現在手上有幾壺箭？」

阿古麗道：「兩張弓，兩壺箭。」

楊浩道：「我現在開不得弓，只能靠妳了，我再去取幾壺箭來，妳持弓，我用劍，只要這間房子不是一碰就垮，咱們守住這唯一的出口，就能等到我的人來。」

楊浩說著，提劍在手，躡手躡腳地竄了出去。

方才闖進房中的刺客，已經被他殺死三人，取走了兩張弓、兩壺箭，第四具屍體就是阿古麗用箭射死的，因此那些刺客現在在外面也不敢輕易露出身形，而是站在外面破壞著建築，

楊浩提著小心悄悄潛去，將另外兩具屍體上的箭壺解下，又悄悄摸了回來，阿古麗貓一般縮在黑暗中，一雙眼睛如琥珀般熠熠放光，眼看著楊浩悄然往返，她的心頭忽然一跳，一個極為大膽而危險的念頭浮了上來。

「留在這裡必死無疑，可是離開這裡……離開這裡對她而言並不意味著噩夢的結束，而是噩夢的開始。不給楊浩一個滿意的答覆，楊浩絕不會對她施以婦人之仁。要給他一個滿意的答覆，她將永遠失去自我。出路在哪兒？」

看著楊浩越來越近的身影，阿古麗的心口越跳越快：「殺了他，殺了他，一切問題都解決了！」

彷彿一個長著犄角的小魔鬼在她的腦海裡不斷地誘惑著她，在她耳邊不停地說著：「阿里王子此來雖是要殺妳的，卻為妳解了大圍。殺了楊浩吧，就算妳也死在這裡，妳

的族人卻可以得到保全。妳的目的，不就是為了族人的安全嗎？弒君的罪責，阿里王子會為妳背起來。何況，妳未必會死，憑著四壺箭，妳可以牢牢守住這裡，一直挨到他的侍衛們趕來，殺了他，一切問題都解決了，殺了他！」

阿古麗的心裡殺機越來越重，可是另有一個模糊的聲音雖然微弱卻在不斷地把她自魔瘴中喚醒：「不可以這樣做，如果不是他，妳已經死了，妳不能恩將仇報。他對妳著實不錯，向他認罪，向他懇求，求他赦免妳的罪，赦免蘇爾曼的罪。」

「阿古麗！」

楊浩自明亮處返回，眼睛略有不適，搜索著她的所在喚道。楊浩這一叫，阿古麗心中彷彿炸起一道驚雷，攸而想起了楊浩剛才說過的那句話：「這筆帳，以後再算！」

聲音在她耳邊不停地迴響，阿古麗殺機陡盛，完全蓋過了心中另一個聲音，可此時兩人已然接近，已來不及開弓放箭，一見楊浩貓腰閃入，阿古麗忽然攥緊那柄彎刀，大叫一聲道：「對不起！」

聲停，刀落，昏暗中寒光一閃，便刺向楊浩的頸部。

楊浩的心頭攸然掠過一絲寒意，他下意識地一抬手，「砰」的一聲響，阿古麗的尖刀刺中了楊浩手中的箭壺，楊浩勃然大怒，阿古麗簡直就是一條美女蛇，這個時候，她竟然還想殺掉自己，殺掉我，她能得到什麼？這個瘋狂的、愚蠢的女人！

楊浩鬆開箭壺，抬手一拳，擊中了阿古麗的下巴。阿古麗呃的一聲叫，仰面便飛了出去，彎刀卡在箭壺上，也脫了手。楊浩緊跟著竄進一步，憑著印象飛起一腳狠狠踢去。

阿古麗的這一刀，真的惹火了楊浩，此時楊浩已是辣手摧花，絕不容情了！

阿古麗卻也不弱，幼時練就的摔跤術這時派上了用場，她修長的雙腿一伸，便纏住了楊浩立地的一條腿，使勁一絞，便將他絆倒在地，然後腰桿一彎一伸，整個身子尺蠖般一彈，八爪魚般纏住了他，兩個人開始了一場拳腳肉搏。

小腹、兩肋、胸口、大腿，毫不留情的打擊好像狂風暴雨一般，懷裡的身子香軟曼妙，可是那感覺卻絕不香豔，拳擊、肘頂、膝撞、掌臂，她的力道不如自己，但是像一隻瘋狂的野貓，那滋味也實不好受，而楊浩雖然只有一隻手，反擊卻更加沉重有力，只是混亂中也很難找到要害。

「轟！」一聲巨響，牆上忽然破了一個巨洞，陽光陡然射了進來，隨即四、五十枝利箭化為一縷縷流光疾射而入，篤篤篤地射在對面牆上，十多個人，一氣射入數十枝箭，用的全都是一弦三箭的高妙手法，整個過程一氣呵成！

原來，前方破壞廊壁的動作只是一個掩飾，他們真正主攻的是這間房屋的後面，後面的房舍早已垮塌成泥，他們使了巨木，一舉撞爛了牆壁，隨即十餘枝利箭疾射而入，這些利箭並非攢射一處，他們應該是早已做了分工，各射一個方向，如果楊浩和阿古麗此時不是纏鬥在地上，不管他們站在哪個位置，牆壁突破、強光突現的剎那，也要至少中上一箭。

可是打破阿里王子的頭，他也想不到屋裡邊本該同甘共苦的這對野鴛鴦居然起了內訌，這些箭大體都是射向人體站立時胸腹要害的位置，沒有一枝射向地面的，所以所有的箭都射空了。

楊浩和阿古麗也呆住了，兩個人停了動作，一齊向幾乎垮塌了一整面牆的破洞望來。阿里王子睜大雙眼，驚愕地望著裡面的情形，只見在他印象中一向嬌豔嫵媚的阿古麗王妃此時灰頭土臉，好像一頭兇狠的母豹，她雙腿分開，以一個很不雅的姿勢蹲坐在地上，一手據地，一拳高舉，好像正在用力砸下。

緊接著，土磚泥土一動，下邊冒出一個人來，呸呸地吐著泥土，阿里王子這才發現，阿古麗王妃並不是坐在地上，而是坐在楊浩的胸口，呃……準確地說，還得往上一點，再往上一點的話，那渾圓的臀部就完全壓在楊浩臉上了。

她據地的那隻手其實是揪著楊浩的腰帶，高握的拳頭正準備打下去，根據她所坐的位置和手臂的長度，這一拳下去的著力點應該在楊浩兩腿之間。也就是說，要不是阿里王子適時撞塌了牆壁，驚住了二人，那麼一片昏黑之中，兩人不辨東西，這一拳捶下去，某人就要「雞飛蛋打」了。

而楊浩卻也不是躺在那兒挨打，他一條手臂使不得大力，不過另一條手臂卻完好無損，此時阿古麗坐在他的身上，他的手臂從阿古麗的肋下穿過去，臂彎箍住了飽滿的酥胸，大手扼住了纖細的脖子，只要一發力，就能把阿古麗那優雅如天鵝的脖子硬生生扭斷，讓她再也做不出那俏美靈活的舞蹈動作。

阿里王子的人全集中在破牆口，呆呆地看著屋裡的兩個人，屋裡的兩個土人也呆呆地看著他們，好像一幅群塑，過了好半晌，阿里王子才清醒過來，深吸口氣，喝道：「殺了他們！」

「吱呀呀……」弓弦一陣響，就彷彿是接到了號令，一陣更大的吱呀呀聲響了起來，阿里王子一怔，所有的箭手也是一怔，一齊慢慢地、慢慢地低頭，看向自己腳下，因為那種吱呀呀的聲音就來自他們腳下。

「吱吱……轟隆！」

整個地面猛地塌了下去，一個巨大的陷洞把地面上的一切都吞噬了，楊浩和阿古麗也不例外，阿里王子和他的箭手們尖叫著摔進地洞，緊跟著楊浩和阿古麗也滑落進去，然後是泥沙和土壤，最後，搖晃著倒下的房頂轟隆一下蓋在破洞上，騰起一團巨大的塵土。

這裡實在是太破舊了，剛剛倒塌的一切和風化腐爛的其他建築看不出有什麼區別，彼此混然一體，好像很久以前這裡就是這個樣子。

五百八四　地下城

「啦咾依……我心愛的羊羔……」

楊浩被一陣若有若無的歌聲驚醒了，頭還迷迷糊糊的，意識卻漸漸清醒，歌聲在耳邊徘徊，這歌曲本身是悠揚、奔放的，如果手執牧羊鞭，站在藍天白雲下，驅趕著成片的牛羊，最適宜唱這樣的曲子，如今在黑暗之中，唱歌的人又刻意把聲音放得輕柔，聽起來便另有一種纏綿緋側的味道。

「你要吃上好草，我不怕把路兒跑。不管溝有多深，也不管山有多高，只要你能快快上膘，我甘願把路兒多跑。啦咾依——我心愛的寶貝，你快好好吃草……」

楊浩呻吟一聲，喃喃地道：「能不能……不要鬼叫啦，這裡太黑，聽起來……怪恐怖的……」

「你……你還沒死！」黑暗中傳來先驚後喜的叫聲，聽起來並不太遠，隨即便又變得落寞起來：「不死……也快了……」

楊浩試著想動，卻感覺胸口處很沉重，這才發現有一大堆土石瓦礫壓在身上，他費了好大的勁，才從土石中掙扎出來，舉目四顧，黑沉沉一片，完全看不見東西，楊浩問道：「妳怎麼樣？我們掉下來……多久了？」

阿古麗淡淡地道：「我的腿……摔斷了，我們掉下來很久了，現在外面應該已經天黑了，你的人沒有找到這裡來，他們……大概根本不會想到我們會在他們的腳底下吧。」

楊浩的心也沉了下來，模糊的記憶中，似乎掉下來的時候摔得很深，這個地穴應該不淺，只是不知道有沒有可以攀爬的地方。

他摸了摸頭，好像掉下來時摔破了，不過現在傷口處已經乾凝，傷勢不是很重。楊浩從懷裡取出火摺子，晃著了藉著微弱的光四下瞧了瞧，身後不遠處就是牆壁，楊浩走過去摸了一番，發覺這是直上直下、如同刀削的牆壁，一顆心頓時沉了下去。

火摺子不能燃燒太久，這已是他唯一的取火工具，楊浩迅速熄滅了火摺子，重新在瓦礫堆上坐了下來。

方才火摺子點亮的時候，阿古麗已經看清了他的位置，這時火摺子熄滅，地穴中重歸黑暗，阿古麗才輕輕一笑：「不用找了，我已經找過了，這裡是圓形的直上直下的地穴，四壁大概是滲了糯米汁的夯土打就，光滑如鏡，沒有一處可以攀爬，從摔下來之時的感覺，我估計至少有五丈高，這是大概是以前主人躲避兵災戰禍的地方，或許上下用的是懸梯，如果有，現在也早就腐爛了。」

楊浩沒有搭腔，過了許久，才緩緩問道：「妳為什麼要殺我？」

「我們都要死了，你還關心這個問題？」

「我收到的情報中，沒有妳要造反的消息，從妳當時驚愕的表情看，也不像，可妳……為什麼要殺我？」

「……」

「我不想……黃泉路上還是妳殺我，我殺妳的。妳我好歹同葬一穴，也算前世修來的緣分，現在，妳還有什麼好隱瞞的？」

水上鴛鴦，雲中翡翠。憂佳相隨，風雨無悔。引喻山河，指呈日月。生則同襟，死則同穴。聽到楊浩說同葬一穴，阿古麗心中忽然升起一陣難言的滋味，似乎她和楊浩之間，悄然出現了一絲聯繫，雖然細若蛛絲，卻是直指肺腑。

過了許久，她才輕輕地道：「反正……已經是要死的了，告訴你也無妨。沒錯，我並沒想過要反你，至少現在沒有。我要殺你，只因為……」

黑暗中，楊浩聽著她娓娓的訴說，阿古麗從頭到尾說了一遍，淒然一笑道：「現在，你知道了？」

楊浩沉默了一會兒，輕輕一笑道：「不錯，很不錯。」

阿古麗詫異地道：「什麼不錯？」

楊浩道：「妳很不錯。折家五公子，妳聽說過嗎？」

阿古麗道：「這次去興州，我才聽說過她的事情，聽說她和你……」

楊浩「嗯」了一聲：「妳和她很像，都很堅強，為了自己想要保護的人，捨得付出一切，如果妳和她早認識，也許會成為朋友也說不定。但是，妳和她也有相同的毛病。」

「什麼？」

「妳們都喜歡自作聰明，或許說妳們自我的意識太強，認準了的道理，便堅定不移地想要去做，卻不知道，妳的選擇未必是對的，甚至是大錯特錯。」

阿古麗反問道：「錯了？我哪裡錯了？」

楊浩道：「妳想把事情瞞下來，就只有兩個選擇。第一，蘇爾曼是妳的族人，哪怕妳不贊同他的做法，也要硬著頭皮跟著他去做。那樣，表面上看來，妳是保護了妳的族人，實際上是把更多的族人拖下了水。蘇爾曼想造反，妳不想，妳有沒有想過妳的族人、斛老溫和他的族人，甚至蘇爾曼的族人想不想造反？」

楊浩加重了語氣道：「妳縱容了他一個人，結果是拖累了全族的人，妳不要忘了，妳現在是甘州回紇人的首領，妳的責任不只是保護他們，還有引導他們，試圖把全部族人拖入戰火的人，就算他是妳的族人，也該是妳的敵人，可妳並沒有這個意識。妳就像一個不分是非，一味溺愛孩子的大家長，只會慣壞了他們！」

阿古麗沉默了一會兒，說道：「還有第二？」

「有。第二，就是妳和斛老溫聯起手來約束他，禁止他聯合李繼筠，做出有害於全族的事來。我想，這也是妳正在考慮的事情。問題是，妳難道看不出他已經走了多遠？當他已經完全了解了對方的身分和意圖，就不再僅僅是妳的一個引見人了，他已經陷得太深，如果妳想限制他，他會背叛妳，甚至會加害妳，以圖謀更大的權力來達到他的目的，妳有沒有想過？」

阿古麗沉默不語，楊浩也靜了一會兒，這才說道：「在河西一十八州之中，甘州和涼州，是我賦予自治權力最大的地方。因為這兩州的情形最為特殊，涼州以吐蕃人為主，甘州以回紇人為主，這兩個民族在這兩州占據了絕對多數，其他諸族的百姓只占很小一部分。要想讓這裡安定團結，少生事端，採用部落自治是比較恰當的辦法，同時……也說明了我對你們的信任！妳為什麼不相信我？

「我可以在這裡屯駐重兵，但是我還不來足夠多的其他民族百姓，以中和此地居民成分的獨立性。調撥一支大軍，耗費大量財力物力且不說，而且用以震懾一個亦民亦兵的強大部族，只會適得其反。或者在妳的部族中安插一些毫無根基的朝廷官員？也不足取。

「前者，就算沒有有心人從中挑撥，激起駐軍與居民之間的衝突，兩者間也會因為這樣那樣的問題而漸起矛盾。而後者……呵呵，當初朝廷在廣原就曾經這麼幹過，程世雄的廣原鐵板一塊，朝廷的官員根本就插不進去，反而令當地將官時刻猜忌小心。

「我選擇給你們最大的權力，讓你們自己管理好自己。我給你們最大的幫助，讓你們有安定富足的生活。除了要遵從朝廷的法紀，在外交和軍事上服從朝廷的命令，你們享有最大的權力。這樣，經過三、五十年，甘州和涼州與其他各州再沒有什麼區別，百十年後，妳是吐蕃族人抑或是回紇族人，只是戶籍路條上的一個記載，河西諸族之間再沒有任何區別，泯然眾矣，這就是我的打算。

「難道妳不希望河西漢人把你們看成一家人，而是把你們當成胡族蠻夷？難道妳認為，非得堅持你們的與眾不同，才是保護你們族人的權益？人生而為人，想要的到底是什麼？百姓們想要安居樂業，一家人其樂融融，是我想做到的更能滿足他們的需要，還是妳在做的分裂能給他們？頭人酋領們想要世代榮華，我已經給了你們，難道推翻我的統治，讓河西十八州重歸戰亂，諸州之間打打殺殺，權貴世家傾軋鬥爭，反而更符合妳的利益？當蘇爾曼想要造反的時候，妳是應該維護他這隻害群之馬，和我作對，還是應該維護更多回紇族人的利益，果斷地除掉他這個禍害？」

阿古麗囁嚅地道：「我……我……我看你不斷地遷移我的族人到興州一帶去，

我……我擔心你在削弱我的勢力之後，為了把我的族人全部納入你的治下就……就會卸磨殺驢……」

楊浩沒好氣地道：「為什麼這麼想？就因為妳見多了爭權奪利？卸磨殺驢！妳還真像一頭漂亮而愚蠢的驢子。」

阿古麗出奇地沒有反駁，好像默認了楊浩的呵斥，只是期期艾艾地道：「你……你這次來，想對我說什麼？」

她沒有聽到回答，卻聽到瓦礫碎塊一陣嘩啦亂響，然後腳步聲到了她的眼前，「嚓嚓」幾聲之後，火摺子一閃，一枝火把點燃了，光線一亮，阿古麗迅速閉起了眼睛，然後慢慢張開一道縫隙，就見楊浩站在身前，竟已赤裸了上身。

阿古麗大吃一驚，雙手據地，驚慌地退後道：「你……你想做什麼？」

楊浩哼了一聲道：「找出路！」說著便自顧走開了，阿古麗這才發現他脫了上衣纏在一截朽木上，做成一枝火把，正在迅速觀察著四下的動靜。

這個洞穴果然是圓形的，直徑大概在三丈左右，四壁很結實，由於洞穴中太黑，即便把火把舉得很高，也看不到很遠的距離，楊浩一邊摸索著牆壁，一邊敲敲打打，四下裡都是實心的，而且光滑如鏡。

阿古麗知道自己想歪了，臉上不禁一熱，幸好楊浩根本沒有注意她。她暗暗鬆了口氣，說道：「省點力氣吧，四壁這麼高，沒有什麼可以攀爬的東西，上不去的。」

楊浩道：「我不想等死，我還有妻子、孩兒，還有忠心耿耿的部下，哪怕有一線希望，我也不會放棄。」

阿古麗沉默了，半晌才幽幽地道：「你有值得留戀的東西，而我……什麼都沒有。」

四下搜索了一圈，牆壁上沒有任何可以攀附的地方，而腳下大多是磚石瓦礫，偶見幾根朽木，也既短又爛，根本不中用，楊浩心中沉重，慢慢走到阿古麗身邊，一屁股坐下來，把漸要熄滅的火把往磚石瓦礫的縫隙中一插，說道：「怎麼沒有？妳一心要維護的族人，難道不是妳的牽掛？」

阿古麗輕輕搖頭：「不，那不是牽掛，而是責任。我活著，那是我的責任，我死了，便與我全不相干，族人們會選出一個新頭人，無論生死，都不再需要我操心。我的丈夫，在生死關頭想要我做替死鬼；我的部下，在我的部落剛剛安頓下來後，又想拖我一起造反……你死了，有人想你，有人會為你哭，而我死了……夜落紇會笑，蘇爾曼……也會大大地鬆一口氣吧……」

楊浩沉重地道：「我若死了，開心的人比妳更多。夜落紇、蘇爾曼、李繼筠、尚波千、趙光義……還有那個我想挖出來的陰謀者，他藏得好深，我本來……想要妳幫我引他出來的，現在困在這裡，我只擔心……」

他說到這裡，忽然像看到了什麼，身子向前一探，然後一把抓住火把，對阿古麗道：「移開一些。」

「啥？」

楊浩急不可耐地道：「我說，挪開妳的尊臀！」

「啊？」

「就是屁股！」

「喔！」阿古麗莫名其妙地向旁邊挪了挪，在她身下，是凝結成塊的一大塊泥板，旁邊貼著牆壁露出一腳寬的縫隙，火把照去，下邊似乎不是實地，而是空的。

楊浩瞿然一動，把火把遞給阿古麗道：「妳拿著，下邊似乎還有洞口。」

阿古麗在一邊拿著火把，楊浩開始不斷地搬挪起石塊來，大塊的石頭瓦礫都搬開了，搬的過程中，不斷有些細小的碎石泥土滾下去，那裡貼牆似乎真的有一個幽深的洞口，楊浩貼近了去，似乎能感覺到有微微的風貼著臉頰吹過。

「有空氣的流動，那就說明，這裡不僅有洞口，而且一定與外面相通。」楊浩大喜過望，搬挪的更加起勁了。

碎落下來的磚石瓦礫橫七豎八，有的地方中間有相當大的空隙，所以搬去上邊橫豎雜陳的石板泥塊，有時很快就能清理出一大片地方，楊浩向下挖著，洞口越來越明顯，當他拖出一具砸得血肉模糊的屍體之後，斜斜向下已經騰出了足以容一人通過的洞口。

就在這時，越來越弱的火把飄搖幾下，「噗」的一聲熄滅了。

* * *

「此路不通。往回走。」

楊浩說著，看看手中漸要熄滅的火把，眼睛瞟向阿古麗，阿古麗立即一縮身子，雙手抱住了胸口：「不，不行……」

「不行也得行。」楊浩舉著火把向她逼近一步，火光把二人的身影映在牆上，就像大灰狼逼近小白兔，但是聲音卻忽然軟下來：「王妃，大姐，妳不脫不成啊，我現在就剩下腰間一塊遮羞布了，我脫光了也無濟於事啊。」

「可……可我……」

楊浩一臉正氣地道：「生死關頭，何拘小節？」

阿古麗瞪起杏眼，又羞又憤地道：「你當然可以不拘小節，我……我若再脫，如何見人？」

楊浩翻個白眼道：「這兒除了咱倆，不是沒有旁人嗎？」

「那也不成，我堅決不脫！」

牆上的影子伸出一隻巨大的可怕的大手，慢慢壓向小白兔的胸口，聲音帶著幾分猙獰的味道：「妳脫，還是不脫？」

……

火把重新明亮起來，阿古麗的上身只剩下一條胸圍子，妙相畢露，羞不可抑。本來楊浩是架著她走的，自打上衣脫去後，她無論如何也不肯與楊浩並肩而行了，於是轉而趴到了楊浩的背上，由她舉著火把，楊浩拔足疾行。

在那碎石瓦礫下邊，果然還有一處暗道，進了這暗道之後竟是別有洞天，下面是一條條交錯縱橫的暗道，通向許多寬敞的空間，腐爛的糧食、朽壞的兵器，唯獨找不到出去的路口。

兩人下來時已扒光了那死屍身上的衣服用作火把，因為沒有油，火把燃得很快，兩個人搜索了三條暗道後，就已燒光了那刺客死屍的衣料，繼而楊浩便扒下了自己的衣服，現在六條暗道搜索完了，楊浩已經扒得赤身裸體，只能把主意打到阿古麗身上了。

阿古麗挺著腰桿，不想完全趴到他的背上去，可是胸前雙峰實在太過飽滿，除非她向後仰身，否則總是若有若無地摩擦著楊浩結實的後背，這樣的摩擦還不如直接貼上去呢，一陣陣異樣的感覺湧上心頭，阿古麗又羞又臊，臉上熱得都能煎雞蛋了。她現在只能盼著楊浩盡快找到出口，否則，在家國天下和她的個人名節之間，她很清楚楊浩會如何選擇。

「此路不通，再找下條。」

阿古麗看著手中搖搖欲滅的火把，絕望地道：「依我看，出路就只有咱們掉進來的那一條，餘此之外，根本再無出路。」

「不可能，狡兔三窟，這裡曾經屯集著大量的糧草、軍械，是黑水城極其重要的所在，怎麼可能只留一個出口？繼續找。」

說完，楊浩把阿古麗輕輕放下，阿古麗一聲尖叫，按著他的肩頭道：「你別轉過來。」

楊浩攤手道：「那妳想怎麼辦？」

阿古麗怯生生地問道：「能不能別再讓我脫了？」

楊浩嘆了口氣道：「那妳說，我能讓誰脫？」

背後沒了聲音，過了許久，認命的一聲嘆息，然後是一陣窸窸窣窣的脫衣聲，接著一隻手顫抖著把一件還帶著體溫的破爛裙子遞了過來，火把在這時再度熄滅了……

「這座黑水城，到底是什麼來歷？為什麼成了一片廢墟？」

楊浩背著阿古麗，邊走邊問。現在兩個人都有夠瞧的，阿古麗只剩下褻衣小褲，難以蔽體，那纖腰粉背、豐盈的大腿都赫然在目，穿著倒比不穿還具誘惑。雖說她此時青絲凌亂，肌膚上也有淤傷灰痕，但反而更易誘發男人的欲望，而楊浩此時與汴梁城中大相國寺門前相撲手的打扮沒什麼兩樣，只在要害處剩下了幾片爛布。

這時不只阿古麗無地自容，楊浩也有些不自在了，只得沒話找話，轉移注意。

阿古麗輕輕咳嗽一聲，以掩飾自己的窘態：「據說漢朝初年，這裡是匈奴王的都城，這附近有一條大河，叫黑水，所以這座城池就叫黑水城。那時月氏國才是西域最強大的國家，西域諸國都向月氏國俯首稱臣，繳納貢賦，派遣質子，月氏國大敗匈奴，匈奴被迫繳納了大筆的黃金珠寶，並把單于的兒子交給月氏國做質子，黑水城也被月氏國占據。

「後來，這個質子回到匈奴，繼承了父汗之位，他就是後來赫赫有名的冒頓單于。冒頓單于勵精圖治，使匈奴漸漸強大起來，由於他熟悉月氏國的情形，在爭戰中漸漸占了上風。後來，繼任的單于更是大敗月氏，殺其王，以月氏國王的頭顱做了便溺的器具，以羞辱其族。

「月氏國被擊潰後，一部分逃到了更遠的西方，留下來的便以這黑水城為中心，生活在河西地區，由於他們身居東西交通要道，東西商賈往來，使得這裡異常富庶，所以只是留下來的這部分月氏國人仍然十分富足，但是他們的武力已經遠遠不及匈奴人了。」

阿古麗頓了頓，又道：「關於這黑水城的覆滅，有一個傳說，傳說漢人統治河西的時候，派了一位韓將軍駐守在黑水城，有一天，城裡來了一個鶴髮童顏的雲遊老道，那老道手裡提著一籃子紅棗黃梨，沿街叫賣。

「可棗梨價錢很貴，誰也買不起，他滿城轉了一圈，便出西門而去，消失在霞光之中。韓將軍得知此事後，覺得有些蹊蹺，反覆思索後才恍然大悟：『棗梨不就是早離嗎？這分明是老道暗示：早離此城。』韓將軍當機立斷，馬上率領全城軍民撤離了黑水城。果然，當晚便狂風驟起，沙土漫天，一夜之間黃沙就把黑水城淹沒，後來沙土漸漸吹落，又顯現出現在這個樣子。」

「不可能！」楊浩斷然道：「我聽說過河西地區因為河流改道，或者出現流沙，於一夜間讓一座城池消失的故事，但是黑水城廢墟的樣子，並不像是被黃沙掩埋過。」

阿古麗道：「不錯，其實……黑水城覆滅的真正原因，就是因為匈奴人。留在黑水城的月氏人已經向匈奴人稱臣了，可是匈奴人因為他們的單于曾在月氏國為質為奴的原因，一心想滅亡了這個國家，可是如果硬拚，月氏人明知必死，拚命反抗，必然也會給匈奴人造成很大的損失，於是匈奴人用了不光彩的手段襲擊了黑水城，屠滅全城，並把城池付之一炬……」

她剛說到這兒，楊浩忽然止住腳步，低聲道：「噤聲！」

阿古麗立即住口，楊浩側耳聽去，忽然退出了走了一半的暗道，拐進了最後一條還沒有試過的通道，腳下走得飛快，堪堪走出百米距離，就聽一陣清晰的狂笑聲不斷傳來：「哈哈哈……哈哈哈哈……我找到出口啦，我找到大月氏國的寶藏啦，大月氏國的寶藏啊，阿古麗已經死了，我能重新掌握二十萬甘州族人。有了這些真金白銀，我就能招兵買馬一統河西，哈哈哈哈……」

阿古麗變色道：「是阿里王子，他還沒有死！」

楊浩不答，腳下卻變得又輕又快，前行不遠，身形一拐，眼前豁然開朗，只見前面不遠是半倒不倒的兩扇門扉，一邊門環上插著一枝熊熊燃燒的火把，裡邊是一間寬大的庫房，庫房中珠光寶氣，金燦燦銀閃閃，俱都是耀眼浮動的光芒，也不知放了多少金珠玉寶。

自漢初月氏國黑水王朝覆滅，迄今已七、八百年之久，當年藏在這裡的糧食已經化成了泥，軍械已朽爛如柴，唯有這金銀珠寶，即便蒙塵，火光一照，仍是瑞氣千條。

阿里王子撲在那些珠寶上，正在縱聲狂笑。

楊浩將阿古麗慢慢放下，提起長劍走了進去。他的身法如同鬼魅，腳下無聲，阿里王子竟然全未察覺。阿古麗扶著門扉，手中舉著火把，看著那一片金光燦爛中，好像身子也幻現出一圈光環的阿里王子，再看著飄向他身後的楊浩，目中漸漸露出奇怪的神色。

她看了看門扉上的火把，看得出，那應該就是這地穴內的東西，火把上纏的油泥火布，歷數百年之久還未完全失去功效，火光明亮而穩定，映著她的眸子，她的眸子便彷彿是兩顆黑寶石般熠熠放光。

她沒有往裡邊看，因為她知道裡邊馬上會發生什麼事，阿里王子潛回甘州，是為了殺她。她陷落在這裡，是因為想殺楊浩。而現在，他們的生死都掌握在楊浩手中。

阿里王子是一定會死的，接下來呢？就算這裡有出路，楊浩會放過她嗎？方才他們一起尋找出路的時候，他們相互扶助，現在出路有了，又有了一個王國的寶藏，那麼阿里王子死後，接下來楊浩的快劍就該砍下她的頭了吧？

所以，即便女人是對珠寶最感興趣的動物，阿古麗也沒有對滿屋的珠玉看上一眼，馬上就要死了，她寧願多看一眼火把，多看一眼光明，因為她馬上就要永遠陷入黑暗之中了。

阿里王子像瘋了一樣還在大笑，他實在忍不住這麼開心，阿古麗死了，他此來甘州的目的達到了；本來以為必死，結果竟被他找到了出口；這還罷了，他還意外地發現了當年月氏王國的無窮寶藏，他怎能不欣喜若狂？

「哈哈哈，這麼大的一筆寶藏，有了它，我就能重振甘州回紇，什麼尚波千、楊浩，統統不在話下，我要一統河西，一統隴右，一統中原……」

「依我看，你還是一統地獄去吧！」

一個冷冷的聲音忽然在他頭頂響起，嚇得阿里王子一個哆嗦，猛地一個翻身，身後堆如小山的金珠銀錠嘩啦啦地滾了下來，阿里王子急急向後一退，失聲叫道：「你也活著？」

「阿里王子，沒想到你的見識竟然如此淺薄！」

楊浩橫劍當胸，三尺青鋒如秋水般流淌著寒光，他屈指彈劍，龍吟聲大作，風度翩翩，儼然絕世高手。只可惜他此時一副相撲手的打扮，除了要害之處，幾乎一絲不掛，實在有損絕世高手的形象。

楊浩淡淡地道：「昔年大月氏國不但有這些寶藏，更有無數忠心耿耿的子民，它可曾一統河西？還不是在匈奴人的鐵蹄下，落得個滿城屠滅，連知道這些寶藏下落的人都沒有留下一個活口。你父子倒行逆施，人心盡喪，不要說區區一個月氏國的寶藏，就算給你一座如賀蘭山般大小的金山，你能成得了什麼事？」

阿里王子眸子倏然一縮，忽地抓起兩枚金錠，劈面向楊浩擲來，同時一個翻身便欲站起，「叮叮、噗！」三個聲音幾乎一氣呵成，劍刃如遊龍輕蕩，盪開了兩枚金錠，自阿里王子的肋下刺了進去，劍刃入腹足有一尺，自右脅入，刺穿了左胸心臟，阿里王子倒在金錠堆裡，汩汩的鮮血流出，染紅了身下的黃金，他的身子有一下沒一下機械地抽搐著，每一次抽搐，腹腔中都湧出更多的鮮血，漸漸地，他眸中的光芒黯淡下來。

楊浩手中劍鋒輕揮，劍上血滴灑落，劍刃仍然雪亮如霜，果然是一柄絕世好劍。

殺死了阿里王子，楊浩的目光只在那些金沙、金塊、玉石珠寶上瞟了一眼，便馬上四顧起來，很快，他就找到了出口所在，那塊封堵洞口的厚重石頭足有一人高，粗糙而原始的卡槽，沒有什麼精巧的機關，卻更適合長時間的使用，設計創意十分巧妙，只能從裡邊打開。阿里王子已在這裡敲敲打打地找過一番，正是找到了這個出口，這滿地的金銀才有了存在的意義，他才欣喜若狂的。

楊浩欣然走向阿古麗，阿古麗此刻上著胸衣、下著褻褲，一身古典風格的比基尼打扮，盡顯姣好迷人的身段，這一路上她都不肯讓楊浩看她一眼，這時楊浩挺身走來，她只瑟縮了一下，卻沒有再羞窘地躲閃，而是挺起了胸膛，咬著牙說道：「殺我之前，可不可以……讓我先穿件衣服？」

五百八五　借勢而行的智者

阿里王子染血的長袍裹住了阿古麗姣美的身姿，因為赤身裸體而羞窘不安的神情褪去，阿古麗的神情變得安詳起來。她慢慢在地上坐下，搬過自己的傷腿盤坐在那兒，將優雅頎長如天鵝般的頸子向前一探，平靜地道：「你可以動手了。」

楊浩凝視她一陣，在她對面也盤膝坐了下來，阿古麗正延頸待死，觸目所及，卻是他赤裸、健壯的一雙大腿，還有雙腿之間僅用一塊遮羞布包裹著的……臉上不由一陣羞熱，她抬起明眸，睇睨著楊浩，不明白他的用意。

楊浩橫劍膝上，輕輕彈劍沉吟：「殺妳，很容易，不過……阿古麗大人莫名身死，總該有個緣故吧，何況，我這次祕密來到甘州，無緣無故不便現身。這原因……要怎麼找呢？」

阿古麗冷冷地瞪著他，一言不發，楊浩雙眉突地一揚，欣然道：「有了，我可以先殺掉妳，然後帶著妳和阿里王子的屍體出去，找一個所在置屍於地，阿古麗大人深恨夜落紇父子，與他們已解下不共戴天之仇，這事甘州上下無人不知，如果阿里王子潛回甘州試圖對妳不利，結果同歸於盡，那結果絕不出人意料。」

阿古麗心中一慘：她對楊浩動刀的時候，打的也是推諉於阿里王子的主意，如今楊浩想的果然也是同一個辦法。現世報，來的快呀。

「阿古麗大人死了，甘州就得有個新主人，妳的部落就得有個新頭人。這樣，我的機會就來了，蘇爾曼一定想爭奪甘州之主的位置，而我則可以利用斛老溫和妳部的新頭人，挑起他們三部之間的爭端，等到三部內耗精疲力盡的時候，蘇爾曼的利用價值也就沒了，那時我就可以將蘇爾曼部一舉殲滅，至於妳的部落和斛老溫的部落，所餘殘兵敗將再無半點威脅，我可以兵不血刃地把他們澈底分解，永除後患，妳說這個主意好不好？」

阿古麗嬌軀一震，一雙微帶忿意的眼睛瞬間變成了懇求的神情：「阿古麗試圖刺殺大王，罪該萬死，可我的族人沒有罪，還有斛老溫，他……完全不知情，他們都是你的子民，大王，求你……」

「妳現在知道求我了？」

楊浩的臉色陰沉起來：「當蘇爾曼找妳合謀對付我時，妳大概唯一的考慮，就是失敗的後果吧，可曾把我當成妳的君上？當妳兩次三番把刀刺向我要害的時候，想的大概只有殺死我，保全妳和妳的族人，可曾把妳當成我西夏國人？我能信任妳？能信任妳的族人？」

楊浩單掌一拍地面，整個人騰身而起，穩穩地立在地上，手中的劍颯然舉起。

「大王，阿古麗知罪了，阿古麗願一力承擔，求大王慈悲，饒過我那些無辜的族人！」

阿古麗只道他的劍馬上就要落下，情急之下不顧腿上劇痛，向前一撲，跪倒在地上，一把抱住他的大腿，泣聲哀求道：「求大王慈悲，我的族人無辜啊。十四年前，一聲天災，大瘟疫瀰漫整個甘州，阿古麗的爹娘親人，全在這場大瘟疫中喪命，阿古麗成了一個孤女……」

阿古麗泣不成聲地道：「我的族人奉我為頭人，可我那時還是個未成年的孩子，我根本不能帶領族人，更不能給他們什麼，他們保護我，養育我，像我爹娘在世時一樣尊敬我，沒有他們，阿古麗早就餓死了，又或淪為奴婢，大王，求你開恩……」

阿古麗情急之下，不顧一切緊緊抱著楊浩的大腿，臉頰貼著他的肌膚，楊浩想起方才所見她妖嬈的身段，背負她時那滑嫩而有彈性的肌膚，心中不由怦然一跳，一陣異樣的滋味使得他有了些反應，楊浩生怕她發現自己的異樣，掙了下身子，發窘地道：「放開我！」

阿古麗忽然發現他下體微微隆起，心中靈光一閃，忽然道：「大王若肯垂憐，阿古麗……阿古麗願意侍奉大王，只求……只求大王開恩，饒過我的族人。」

楊浩沉聲道：「就算我肯答應妳，妳就相信，我不會事後反悔嗎？」

阿古麗忽然一怔，僵住了身子。

楊浩又道：「甘州，是回紇人的天下，我便是委派過來幾個官員也無濟於事，如果我不能保證甘州回紇人忠心於我，如果……我不能剷除蘇爾曼之流等對我心懷叵測者，妳以為，我會為了妳的族人，將更多的國人拖入戰火之中？妳太天真了！」

阿古麗的手無力地滑落下去，整個身子委頓在地。

楊浩道：「當初，為了解甘州之圍，妳冒充夜落紇的女兒獻美予我，現在，妳又想利用自己的身子？那一次，如果妳真的行刺成功，必也葬身我的軍營，夜落紇可曾有一絲半點的猶豫？俟後，夜落紇聲東擊西，再一次出賣了妳，而且搭上了妳全族的人，在他眼中，江山富貴，哪一樣不比妳更加重要？妳是瞧不起我楊浩，還是說，認定了我是個好色之徒？明知道甘州有這麼多的隱患，還會色令智昏，為了一個女人而放任威脅的存在？我承認，妳很美，足以令一個身心正常的男人心動，包括我，可是妳若以為我楊浩比那手下敗將夜落紇還要不堪，可以用社稷大業博女子之歡，那就是大錯特錯了。」

楊浩冷誚的話，讓阿古麗嗅到了其中所蘊含的冷酷和血腥，她知道，楊浩說的都是實理。含羞忍垢，主動獻身，已擊碎了她心中最後一絲自尊，楊浩冷酷的回絕，把她唯一的希望也消滅了。做為一個頭人，她對本族，一向只感覺到責任和義務，這個沉重的負擔壓得她透不過氣來，所以當她以為將葬身地穴，再無出路時，她反而沒有多少悲傷和絕望，反而有種說不出的輕鬆。她在黑暗中輕輕哼唱著少女時代所唱的牧羊歌，整個心都放飛到了藍天白雲下，輕揮牧羊鞭，無憂無慮，天真無邪。那種感覺，已經很久沒有了。死了也好，她可以找回童年的夢，重新做回一個不需要堅強外殼的女人。

可是楊浩打碎了她的夢想。他親口告訴她，要殺死她，還要利用她的死，把她的族人全都拖進戰亂之中。失去了她，她的族人將被捲入斛老溫和蘇爾曼的爭權奪利之中，勇士死傷殆盡，老弱淪為奴僕，然後……他們已失去反抗力的所有人，都會被楊浩重新安置。失去了青壯的族人，在西北這種相對艱苦的地方，自己無法以放牧和耕種為生，最後將全部淪為他人的奴僕。這一切，都始於她對楊浩的不忠，她想弒君的罪孽。

極度的自責、絕望和悲觀，讓一向在人前堅強兇猛的阿古麗，像風中的一片落葉般簌簌發抖，她忽然雙手抓向楊浩的利劍，仰起脖子，閉起一雙美麗的眼睛，想要用那鋒利的長劍割斷自己的喉嚨。既然無論如何也不能改變，那麼……就選擇逃避吧！

可是在那個可恨的男人面前，連死都成了奢望，楊浩手腕一揚，利劍便高高舉起，避開了她的雙手。阿古麗喃喃地道：「殺了我吧，求你讓我死！」

她掙扎著想要站起來，楊浩說了一句話，只是一句話，便讓她已澈底絕望的心重又活了過來：「妳若真想拯救妳的族人，只有一個人才辦得到。」

阿古麗探向空中的雙手停了下來，她跪在楊浩面前，仰起頭，好像虔誠的信徒仰視著她的神明：「什麼人？」

楊浩好像真的成了神棍，神神祕祕地說：「妳自己！」

阿古麗王妃失蹤了。

*　*　*

當天晚上，甘州知府衙門就覺得有些蹊蹺，不過阿古麗離開的時候說過要去城外打獵。甘州雖也依著朝廷的官制建立了衙門，不過其生活方式、統治方式沒有那麼快改變過來，這個自治權極重的州城，基本上仍然按照原來游牧民族的習慣生活著，改變的只是頭人酋領們的官名和建制罷了。

因此阿古麗這個知府兼都指揮使，所行使的職權就是以前的部落頭人，州城中納稅、治理、司法各方面基本上都沿襲原來部落的習慣，因此她並不需要每日升衙署案，處理公事，因此偶有出巡事屬尋常。甘州雖不富裕，卻畢竟是一個人口眾多的城池，城池外面近處的野物並不多，要狩獵沙鼠飛狐，怎麼也得馳出幾十上百里地，這在西域廣袤遼闊的天地間，是一件很平常的事。所以她當晚沒有回來，卻也未必就是出了事情，夜宿於野外也是可能的。

但是等到第二天下午，還是沒有阿古麗的消息，阿古麗本族的部眾開始恐慌了。狩獵三五日不歸，甚或十天半月不歸，都屬平常，不過身為一州之主，事先並無特殊交代，那就有些異常了。甘州飛騎四出，四下搜索，很快，就在甘州城西北黑水城廢墟發現了十幾具屍體，其中就有阿古麗的幾個貼身侍衛。他們沿著地上乾涸的血跡一路追尋，發現血跡後繼續向西北方向延伸，時不時地總能發現一些蛛絲馬跡，或者是棄落的兵刃、或者是掛在荊棘上的衣服碎片，或者是一具屍體，追出四十里地之後，澈底失去了一切蹤跡。

蘇爾曼和斛老溫聽說之後，盡皆大驚，紛紛派出自己的人馬，加入了搜索的行列，搜索持續了三天，最遠搜索到了距甘州兩百里的地方，始終沒有任何發現，雖然沒有發現阿古麗本人的屍體，但是誰都知道，她已凶多吉少了。

斛老溫、蘇爾曼和阿古麗部落的幾個頭人坐下來商議了一番，由斛老溫和蘇爾曼聯合暫攝甘州政務，一面繼續加強搜索，一面命人飛報國主楊浩，剛剛過上幾天太平日子的甘州，重又籠罩了一層無形的陰霾。

蘇爾曼這幾天一直有點心緒不寧，那日他向阿古麗引薦了李凌霄、魏忠正之後，阿古麗當場沒有表態，只和他們約定了以三天為限，到時再做一個答覆。在甘州百姓的眼中，七王妃潑辣剽悍，乃女中猛虎，蘇爾曼雖然不是阿古麗的知己，但是多年來一直共進共退，對她的真實脾性，卻比大多數人更清楚。他知道，對此大事，阿古麗必然有所猶豫，得給她留出思考的時間。不過蘇爾曼還是有相當大的把握，可以軟硬兼施，迫她就範的。

不料第二天阿古麗就莫名其妙地失蹤了，蘇爾曼不知她的失蹤和自己的密謀是否有所關聯，所以急急把李凌霄、魏忠正送出了自己的府邸，安置在甘州城外一個偏僻的小村落中，府中安排了許多侍衛，出入時身穿軟甲暗藏利刃，同時密令自己的部落心腹做好了隨時應變的準備。

幾天下來，他冷眼旁觀，發現阿古麗的失蹤和自己全無關係，所有人的反應，絕對沒有半點是針對自己的。阿古麗被何人襲擊，現在生死如何，他始終不知道，卻知道這對自己絕對是一個好機會，如果他能抓住這個機會，把甘州掌握在自己手中，至少擴大自己的權力和影響，那麼不管阿古麗是否能夠活著回來，對他的大計都是大大有利的。

而且，阿古麗生返的希望可以說是微乎其微，對方既然把她的親信侍衛盡皆殺光，不管是與她有私仇，還是出於什麼其他目的，都沒有把這個掌握著二十萬人馬和一座雄城的回紇王妃釋放回來的道理。然而他想大權在握，最大的阻力就是斛老溫。

阿古麗對她本族的子民照顧的實在是太好了，所有能為他們爭取的，她都為他們去爭取。所有能替他們做的，她都搶著替他們去做。所以她的部落裡，老的一輩垂垂遲暮，年輕的一輩沒有一個能獨當一面，因此阿古麗一去，她的部落便毫無威脅。

而斛老溫不同，他想謀得權力，主要是想對付楊浩，而斛老溫對權力比他還要熱衷。論勇武、論資歷、論部族的實力，斛老溫都不在自己之下，此人為人油滑，人緣威望又比自己好，如果競爭起來，自己未必是他的對手。

當初，受到夜落紇嫡系部落排擠的時候，他們結盟相抗，是並肩作戰的朋友，現在夜落紇家族遷移青海湖，阿古麗生死未卜，甘州回紇二十萬部民的統治權，已經把他們變成了競爭對手。而權力的鬥爭，從來沒有討價還價，沒有溫情脈脈，昔日的戰友，在蘇爾曼心中已經被擺到了敵人的位置上。

中午，蘇爾曼藉口出城尋找阿古麗王妃的下落，去了一趟安置李凌霄、魏忠正二人的小村落，三人密議一番後，蘇爾曼返回了甘州城。他本來還搖擺不定的心，在李凌霄、魏忠正舌粲蓮花的遊說之下澈底堅定下來，他要利用阿古麗遇刺失蹤的機會，除掉斛老溫這個潛在的也是一旦確認阿古麗身故之後必然的競爭對手。

斛老溫一死，他就是唯一有資格控制甘州的人，到那時為了維持甘州的穩定，朝廷也只能任命他做甘州之主，他便可以調動最大的力量，從容部署自己的計畫。原本，他只想借李繼筠之力復仇，現在，隨著阿古麗的生死未卜，他的心中更多了一個理想：或許，他也有機會與李繼筠平分河西，自立為回紇可汗！

至於斛老溫的死因，完全可以推在擄走或殺死阿古麗的兇手身上，為了把戲作得逼真，他甚至已經想好，到時候自己一定要挨上一刀。

蘇爾曼回到府裡，正要打發自己的僕人去給斛老溫捎個口信，他們不大講究中原的拜帖、請柬，想要會見、洽談，派個奴僕去知會一下，大家約好時間地點也就是了。不想斛老溫倒先派了人來，正在府中等他，一問來由，正是要約他相見。

眼下甘州無主，他們二人聯手把持大權，有什麼事都要商議一下。阿古麗王妃下落不明，二人不好堂而皇之地到知府衙門署理公務，而不管到誰的府邸中去，都未免有一種移樽就教的意味，無形中先要矮了人家一頭。這種意思兩個人都沒有明著說過，可是彼此心裡都有數，因此一直在知府衙門對面的八方樓相見，八方樓是甘州除了汗宮、佛塔之外唯一的一座樓式建築。

這正是想打瞌睡便有人送枕頭，蘇爾曼欣然應允，暗自安排一番，待到了時辰，便帶了隨從侍衛往八方樓赴約去了。為了把戲作得逼真，不讓任何人疑心到自己身上，在妥善安排好了動手的人，自阿古麗失蹤之後，他頭一次脫去了軟甲。

蘇爾曼離開府邸的時候，斛老溫也剛剛離開府門，他抬頭看了眼有些陰沉沉的天氣，翻身跨上了戰馬。

「斛老溫大人，做大事者不拘小節。當初楊浩兵臨城下，大軍重重包圍，戲不作真一些，怎麼能吸引他的人馬，從而於合圍之中露出一線生機？大汗以你們為誘餌，本是迫不得已。為了把戲作得夠真，大汗還不是把自己的王妃也搭上了？此乃梟雄所為，相信換了斛老溫大人，以大人您的雄才大略，也會做出這種選擇。

「一家人畢竟是一家人，打斷了骨頭連著筋，總比楊浩要親近些吧？如今大汗在河西已占據了青海湖以西大片草原，其領地比甘州這貧瘠之地還要富庶，可謂兵強馬壯，實力較之在甘州時尤有勝之。大汗現在正與尚波千爭奪隴右，既不能、也不想重歸舊地，我阿里做為父汗的長子，這次甘冒奇險返回甘州，只是放心不下留在這裡的二十萬族人。

「父汗當時迫於無奈，棄下這麼多族人，心中不無歉疚，如果有可能，他當然要照拂一下自己的族人。漢人有句話，窮則獨善其身，達則兼善天下，想必你能明白我父汗的心意。當然，我也不必瞞你，殺掉阿古麗，也是我此行的一個重要目的。

「她對楊浩過於妥協，一味地俯首聽命，會損害我回紇人的利益，甘州二十萬回紇人，我想你來做這個大頭人，遠比阿古麗更合適，這是一個原因。另一個原因就是，這個女人心胸狹窄，睚眥必報，是不會理解父汗良苦用心的，她會不遺餘力地想辦法報復，如果真的有那麼一天，她就會成為楊浩最大的助力，可是你斛老溫卻得做她的馬前卒，無論成敗，於你斛老溫大人有什麼好處呢？」

阿里王子此來，還有一個主要原因，就是夜落紇當日把自己的女人當作棄卒，他帶走的萬餘士卒人人心中有數，雖然在青海湖，七王妃阿古麗的名字是一個絕對的禁忌，但是這件事仍然在暗中流傳，大損夜落紇的令譽，這對正在利用回紇王姓血脈的高貴身分招兵買馬的夜落紇來說，是一個無法掩蓋的致命傷。而這個人若是死了，尤其是營造出一副死在楊浩手中的假象，對修復他的令譽來說，是大有裨益的，但是這個理由，和事成之後的詳細運作，阿里王子當然不會說給他聽，阿里王子只是想利用這一件事，創造最多的收益罷了。

斛老溫目光一凝，問道：「那麼……你想要什麼？」

「河西隴右，遠未稱得上安定太平，尚波千、羅丹、李繼筠、楊浩，個個野心勃勃，無論如何，擁有二十萬人口的甘州，不應成為我們的敵人。我只要甘州的族人不為楊浩所用，來日不會成為我們的敵人，同族不會自相殘殺！」

「你想要我做什麼？」

「我想動手，就需要掌握她的行蹤，我只需要你給我提供消息，其他的什麼都不需要你做，當阿古麗死於楊浩毒手的傳言四起的時候，你還可以大力闢謠，以維護楊浩，謀取他的信任。我，就是要送一分大大的富貴給你，你只要記住這分情就夠了，來日，我們總有相見的時候。」

斛老溫很想再問他一句：「為什麼選擇我，而不是蘇爾曼？」可是他不必問，也知道原因。蘇爾曼的兩個兒子都死在楊浩手中，但也算是死在夜落紇手中，先後幾次，明知楊浩的陌刀陣、鐵甲騎勢不可擋，卻一再嘗試突圍，用來突圍的炮灰，就是估固渾部。蘇爾曼恨楊浩，但更恨夜落紇。

然後，斛老溫在沉默了幾天之後，按照約定的方式給阿里王子傳了一句話，就這一句話的消息，便決定了阿古麗的生死。當阿古麗失蹤的消息傳回來的時候，斛老溫是最意外也是最沒有感到意外的人。

阿古麗下落不明，他並不吃驚卻要強作吃驚，但是隨後發現多具屍體，卻始終沒有阿古麗本人，而且阿里王子也像是人間蒸發了一樣，他做為知情者，對這種異樣情形卻是最意外又得強作正常。不管如何，他原本只是想動一動嘴皮子，博一個做人上人的機會，現在他不想動手也得動手了。

阿古麗雖然死不見屍，但是以他的估計，也是凶多吉少的機會大些。如果這個時候坐等事態變化，天知道興州那邊會做何反應？如果這甘州知府兼都指揮使的職位落到別人手中……那便悔之晚矣。

阿古麗離奇的失蹤，貼身侍衛的死亡，以及令人無法辨識的幾具刺客屍體，使得人人都知道有一股外來的勢力意圖對阿古麗不利，而這些人現在藏在哪兒，還有什麼意圖，同樣無人知曉，而且迄今為止，從來沒有人懷疑過他斛老溫。

那麼，如果他替這些人人都知道他的存在，卻不知道他在哪裡的刺客殺了一個人，是不是可以很清白地清除自己權力路上的障礙呢？

今天的邀請，就是他做出的選擇。

*　　*　　*

甘州城東，一家漢人開的皮貨店。前邊是店，後邊是宅，雖不繁庶，卻極寬廣，院子裡晒著許多尚未清洗、鞣制的動物毛皮，空氣中有股難聞的腥臭味，人一走過去，就嗡地驚起一片蒼蠅。

等趕到後邊的小院，氣味就弱了許多，尤其是最後進的那間小屋。房間不大，雪白的牆壁，新裱糊的窗子，陽光透進來，十分光明卻不刺眼。

一個年老的婦人坐在榻邊，正小心地解著繃帶，一圈一圈小心地解下，取下夾板，一條修長筆直、粉光緻緻的大腿便呈現出來，大腿渾圓豐滿，如同玉柱，小腿纖秀美麗，肌膚緊繃，膝蓋處沒有較深的顏色，也沒有突出的骨頭，十分流暢地把大腿小腿連接在一起，透出一種令人心旌搖動、神魂顛倒的美麗，只是在小腿一側，露出一片瘀青浮腫，破壞了長腿整體的美觀。

「嘖嘖嘖，瞧這腿子，老婆子還從來沒見過這麼漂亮的腿呢，別說是男人，女人都要心動了。」

「大娘說笑了。」阿古麗靦腆地笑笑，又抿住了嘴巴。

她的腿沒有外傷，不過左小腿摔折了，現在正了骨，夾上了夾板，不過為了好得快些，還需要外敷藥物。藥力透骨，滋養傷處，以使其盡快康復。

那老婦人小心地將藥膏塗抹在傷處，重新為她包紮完畢，端起藥盤告辭離去。

阿古麗輕輕撫摸著自己的大腿，患處清清涼涼，繼而細細癢癢，讓人恨不得想要扭動搔癢，可她只能強耐著，她穿得不多，只是寢臥的小衣，因為天氣還熱，腿腳不便，免了歇息更衣之苦。貼身薄軟的內衣，盡顯身體曲線的凸凹，酥胸堅挺而豐滿，柳腰圓潤而纖細，尤其是那兩條不著寸縷的修長大腿，放射著無限肉欲魅力。

修長的大腿，秀氣的小腿，然後是一雙白玉如霜，纖巧秀氣的天足……

「真的呢，這樣的一雙腿，何止是男人，就連女人，也該著迷吧？」

阿古麗痴迷地盯著自己的大腿，陽光透窗而入，已經變得柔和，柔和的陽光照在她的腿上，好像看不到一根汗毛，皮膚晶瑩剔透，發著玉一般潤澤的光，室中似乎因此而更為明亮而又旖旎香豔。

修長的手指從大腿輕輕滑下去，嬌嫩豐盈，膩如脂玉，這是何等誘人的綺靡，何等動人的媚豔？

阿古麗眼中，倒沒注意那輕折的柳腰，和舉臂之間更形壯觀的堆玉雙乳，遠比這修長渾圓的大腿更具致命的殺傷力。

「我承認，妳很美，足以令一個身心正常的男人心動，包括我……」

阿古麗耳畔忽然響起了這句話，香腮不由一陣臊熱，那時……和赤身裸體有什麼區別？什麼都被人看了去，一輩子何時這般狼狽過？

有那麼一陣的心猿意馬，讓她的眼神迷離起來。這幾天只在此靜心修養，什麼也不用她去想，什麼也不用她去做，從來都是她去為別人考慮、決定、指揮一切，現在這種生活，對她而言，實是已多年不曾享受過的幸福，連帶著讓她的心志也脆弱起來，好像變成了悲春傷秋的林黛玉。

修長的手指輕輕撫過臉頰，落在精緻的鎖骨處時，紅脣中卻發出悠悠一嘆：「還不是……不為所動嗎？」

門扉輕扣幾聲，驚醒了痴痴想著的阿古麗，她急忙拉過薄衾，蓋住了身子，這才喚道：「請進！」

楊浩應聲而入，臉上帶著成竹在胸的微笑：「阿古麗，不出我的所料，果然有內奸照應，阿里才能盯得住妳。嘿嘿，妳這廂生死未卜，他果然就跳出來了。」

阿古麗一下子抓緊了被單，骨節處因為用力而變得發白：「他是誰？」

「還是讓妳的人來告訴妳吧。」楊浩負著雙手，悠然閃向一邊，在他身後又出現一個一身回紇牧人衣衫，身材精瘦矮小的男人，阿古麗急道：「脫木兒，那個人是誰？」

那回紇牧裝男子躬身答道：「是……斛老溫大人……」

「是他，竟然是他？」

自己的心腹這麼說，她還豈能有半分懷疑，阿古麗的臉色一陣慘白：「曾經患難與共，如今各懷機心，我……還能信任誰？」

楊浩一指自己的鼻子，悠然自薦道：「當然是我，現在，妳肯照本王說的去做了嗎？」

五百八六　將計

八方樓是一處酒樓，是甘州豪紳巨賈洽談生意慣常選擇的所在。甘州的部落頭人們派頭還沒有中原官員那麼大，相對來說作風要樸素得多，蘇爾曼和斛老溫雖以此處做為日常會見、商量公務的所在，也只是長期定下了一個包廂，並沒有停了人家的生意，霸占整個八方樓，何況八方樓本是阿古麗的族人所開，他們縱然想霸占，也得顧忌一下阿古麗，這個女人可是比較護犢的。

此刻不是飯時，再加上這兩天因為阿古麗失蹤的事，城裡城外到處都是馳騁往來搜尋她下落的武士，因此大家都盡量不出門，免得無端惹禍上身，所以八方樓客人不多。

蘇爾曼趕到的時候，斛老溫已經到了，斛老溫坐在樓下喝茶，並不急著上樓，聽到蘇爾曼趕到的消息，斛老溫馬上迎出門去。

「蘇爾曼兄弟。」

「斛老溫兄弟。」

兩個人在門楣下相遇，一如既往地迎上前去，笑容可掬地做了個擁抱禮。心裡既已存了殺氣，看著對方的眼神，與往昔便有些不同，動作也有些僵硬。只不過二人都心中有鬼，所以只當是自己心理原因造成的，誰也沒有想到，對方不約而同地選擇了今天動手。

他們更加沒有預料到的是，對方都是選擇了在這個大門口動手，因為一旦進入酒樓，雖然未必就沒有殺死對方的機會，卻不利於殺手的潛逃，如果死在他們定下的那間包廂之中，自己又脫不了殺人的嫌疑，因此在大庭廣眾之下，在酒樓門口這個人來人往、最容易隱藏行跡的地方動手，便成了他們最好的選擇。

兩個人寒暄著，把臂轉身，正欲跨進八方樓大門的時候，一枝冷箭自街對面疾射而至，直取蘇爾曼的後心。冷箭無聲無息，準確度毋庸置疑，但是天不從人願，街上這時恰恰在一輛馬車駛來，冷箭直入馬耳，健馬痛嘶，仰天直立，將那馬夫都拋到了地上，痛得那馬夫哀呼不已。

慘叫聲驚動了正欲跨入大門的蘇爾曼，回頭一看，蘇爾曼不由大吃一驚，立即按住了刀柄。與此同時，他的幾名侍衛業已橫於他的身前，警覺地看向四周。

斛老溫的手段當然不止於此，一箭落空，路旁推車賣果子的，階石旁擺攤賣首飾頭面的，悠哉悠哉行於路上的幾個行人，便不約而同拔出利刃，向蘇爾曼猛撲過來，在酒樓裡面，也有一桌食客掀翻了桌子，抽出鋒利的佩刀衝了過來，刀光如疋練，頃刻間便連傷數名侍衛，將蘇爾曼團團圍住。

蘇爾曼出發之前，業已安排了刺客，不過他是接到斛老溫的邀請才趕來的，事先無法預料是否能與斛老溫在門口相會，所以他雖選擇了相同的地點，時間卻定在他離開八方樓的時刻。依照以往的慣例，斛老溫會與他同時離開，那時就是他的人動手的時候，因此他的人雖已先他一步趕到現場，並且同樣巧妙地布置起來，卻沒有即刻動手的準備，斛老溫驟然發難，不但蘇爾曼身邊的侍衛們全無準備，就是已經埋伏於左近的殺手也陷入驚愕之中，一時反應不過來。

於是，鋼刀呼嘯，殺氣盈庭，蘇爾曼頃刻間便陷身於必死之境。

＊　＊　＊

「我自己？我怎麼救我的族人？」

「我給妳妳想要的，妳給我我想要的，妳的族人也就是我的子民，他們的安危，自然我來負責。」

「大王想要什麼？」

「我要妳的忠心，絕對的服從和忠誠。」

「……」

「怎麼？為了保住妳的族人，妳連自己的身子都不惜獻上，反而吝於獻上妳的忠誠？」

「阿古麗……只是不懂，我該如何向大王效忠？」

「阿里並不知道我的身分，他這次來，是追蹤妳出來的。那麼在妳的身邊，就必然有他的耳目。妳恨夜落紇入骨，就是他父子的敵人，如果有機會殺妳，他當然不會放過。但是做為夜落紇的長子，做為夜落紇身邊極重要的人，他絕對不會在夜落紇秣馬厲兵要與尚波千一爭高下的時候，千里迢迢跑回甘州，就只為了殺妳。」

「大王的意思是說……」

「沒錯，一定有更大的利益，他才會來，不出所料的話，在妳的部族當中，已經有人與他勾結在一起了，這個人的地位和現有的權力絕對不低，除掉妳之後，這個人還有希望獲得更大的權力，除非如此，阿里不會翻越祁連山，冒險回到甘州。」

「這個人能是誰？」

「妳都不知道，我又怎麼知道呢？我只知道，蘇爾曼應該沒有可疑之處。就算他不會把兩個兒子的死遷怒於夜落紇的借刀殺人，只憑他與李繼筠有所勾結，就絕不會再搭上阿里這條線。不過，妳若想知道那個人是誰，其實倒也容易得很。

「阿里來殺妳，那個人一定知道內情，現在阿里和他的人都死了，如果妳也失去蹤跡、下落不明的話，這個人會若無其事，靜待事局變化嗎？絕對不會，他會做好事機敗露的準備，還會利用這個機會攫取權力，不管如何，他一定會有所行動，我們只要靜觀其變，等著他露出馬腳就成了。」

「可是……如果真的有這麼一個人，他會採取什麼行動，如果……導致甘州大亂，各部落間傾軋鬥爭，一團糜爛，就算……就算我重新出現，怕也無法收拾局面了。」

「妳若擔心出現這樣的後果，就該狠下心來，想辦法把事態的發展主動掌握在妳的手中，挖出內奸，血洗禍害，如此，才能保全妳那些無辜的族人。」

「我……我該怎麼做？」

「呵呵，這就是戰場上人如虎、馬如龍的巾幗英雄阿古麗大人嗎？我現在對妳倒是真的放心了，妳……根本不具梟雄之資，此事之後，照顧甘州二十萬子民的責任，妳還是放心地交給本王得了，至於妳嘛，還是放下自己承擔不起的責任，乖乖做個正常的女人吧。」

想起在黑水城地下寶庫中的這番對話，想起自己與他赤裎相見，獻身遭拒、被他調侃訓斥的經歷，阿古麗的俏臉瞬時又變得滾燙起來。可是羞窘的感覺剛剛升起，轉而想起楊浩對她的吩咐，又不禁心亂如麻。

對蘇爾曼和斛老溫，她是真的既傷心又失望，可是依著她的性子，她寧願堂堂皇皇與之一戰，哪怕戰死沙場，也是酣暢淋漓，可是按照楊浩的辦法……

她輕輕地嘆了口氣，她已經沒有退路了，在黑水城地下寶庫中，她被楊浩摧毀的不只是一個女人的羞恥心和自尊心，還有一個上位者的自信心和勇氣，她不斷地安慰自己，肯答應楊浩這樣做，完全是為了避免她的族人之間更大的爭鬥和仇殺，將損失控制在最小的範圍之內，可是她心中很清楚，這種溫順和服從，並不只是一個臣子對王上的臣服，還是一個女人對一個男人的臣服。

從小到大，她從來沒有過這樣的感覺，她就像一匹桀驁不馴的野馬，本能地反抗對她的控制和馭使，哪怕是面對大汗的時候。可是當她堅硬的外殼被擊碎，把最柔嫩的本質完全暴露在這個男人面前的時候，她的心靈和她的肉體同時淪陷了，她感覺到，自己甚至有些喜歡這樣的感覺：被他凌駕其上，被他馭駕、控制。

「讓我做妳的可汗，戰旗飛舞如雲，鐵矛多如森林，勇敢的戰士追隨著我，越過高山，越過草原……藍天是我的廬帳，我就是天上的太陽，而妳，我美麗的新娘，就是那夜晚明媚的月光。只有在妳溫柔的懷抱裡，我才肯放下弓和盾，讓妳撫慰我身心的疲憊和創傷……」

不知不覺，她又哼起了歌，她從小就喜歡唱歌，可是自從她的父母雙親過世，年幼的她早早地放下牧羊鞭，成為一族之長後，她就再也沒有唱過歌，如果在心底的哼唱不算數的話。重新放開她百靈般的歌喉，是在黑水城廢墟下面，在她以為必死，將要卸下沉重的責任，去見她久別的爹娘的時候。

這時她下意識地又哼起了歌，歌聲哼出，腦海中不知不覺地便幻想出父親當年挎弓執矛，手提大盾的形象，但是童年時父親的形象在她的記憶裡已經有些模糊了，不知不覺地，那形象便漸漸修正變成了楊浩的模樣，當她唱到美麗的新娘時，腦海中突然閃出一個身穿盛妝，坐在氈帳裡面，滿臉羞紅和幸福的少女，少女婉然低頭，輕拈衣襟。她的可汗提著馬鞭大步走了進來，用鞭梢輕輕挑起少女尖尖俏俏的下巴……

歌聲戛然而止，阿古麗忽然有些害怕，她感到，似乎有一隻惡魔，悄悄占領了她的心靈。

*　*　*

楊浩的房間裡，竹韻正輕聲稟報著事情經過。

「大王，看樣子蘇爾曼也動了對付斛老溫的念頭呢，冷箭射出的時候，我弄驚了一匹馬，替蘇爾曼擋了一箭，小燚則暗使手腳，拖住了受斛老溫指使的刺客，這時候，四下裡又有許多扮作尋常路人的人突然出手，反向斛老溫殺去。」

「哼！兩個人都不是什麼好東西。後來怎樣？」

「後來，阿古麗安排的刺客及時殺到，三方混戰在一起難辨敵我，小燚暗助阿古麗的人殺死了斛老溫，又協助他們安全逃走，之後知府衙門的人出面，抓住了斛老溫手下的幾個活口，問明了刺客的身分，得到了口供，現已和蘇爾曼合兵一處，查抄斛老溫府，搜緝他的家人去了。」

「小燚呢？」

「小燚正尾隨蘇爾曼，以防他有異動。我一直跟到了斛老溫府上這才回來。斛老溫府上已經有人得訊逃離，返回了他們的部落，相信用不了多久，斛老溫部就會殺回甘州，問罪於蘇爾曼了。」

「嗯！」楊浩輕輕點了點頭：「很好，這樣的話，阿古麗就可以及時出現了。明天一早，妳護送她離開，讓蘇爾曼做幾天土皇上吧，甘州先亂上幾天，然後妳陪同阿古麗，帶領她本族兵馬與張浦從肅州調來的人馬正大光明地回甘州。

「這一次，我要把甘州的反叛力量全引出來，甘州距我興州山高路遠，中間還隔著涼州、靈州，李繼筠既然把主意打到了甘州，沒道理不和興州那些對我不滿的拓跋氏貴族有所接觸，我讓阿古麗虛與委蛇，最重要的目的就是透過蘇爾曼，引出隱藏在拓跋氏部落中的那個大禍害，畢其功於一役！所以，蘇爾曼這個人，還得讓他活著，活得香滋辣味，順風順水啊，哈哈……」

「是，大王已經吩咐過了，竹韻知道分寸。」

竹韻輕輕一笑，又道：「其實，大王本不必讓阿古麗派人行刺的，她的族人都是慣於在戰馬上衝鋒陷陣的豪傑，對於輾轉騰挪的小巧功夫並不在行，殺一個斛老溫而已，我和小淼輕而易舉就能辦到，要她派人反而礙手礙腳，其實我要殺斛老溫確也容易，倒是掩護阿古麗差遣的刺客離開，著實費了不少手腳。」

楊浩搖頭笑道：「那是不同的，阿古麗必須參與其中，這叫投名狀，懂嗎？本來，我是想派暗影侍衛出手的，他們的藝業雖也不凡，想不露絲毫痕跡地完成此事還是有些難度，幸虧妳們兩個及時趕來，這個難題迎刃而解。」

說到這裡，他面容一正，鄭重地道：「竹韻，這一次，妳和小淼於兩軍陣前生擒拓跋寒蟬兄弟，立下了大功，妳們離開之前，我曾經說過，只要我拿得出的，妳要什麼，我無有不允。君無戲言，現在是我實現承諾的時候了，妳想要什麼，可以說了。」

阿古麗猶豫了一下，欲言又止，臉蛋先有些紅了。

楊浩見她一副難以啟齒的樣子，不禁奇道：「有過則罰，有功則賞，賞罰分明，一向是我用人之本。妳立下許多功勞，給妳一份厚酬是天經地義的，有什麼不好意思？」

「我……其實……那啥……」

楊浩忍不住笑了：「說吧，妳的性子，什麼時候這麼吞吞吐吐過？有什麼儘管說出來。」

「我……我……」竹韻支吾半晌，才忸怩道：「我還沒想好，要不然……要不然就等回到興州，和……和我爹爹說說，讓他幫我想想。」

她這樣一說，正合楊浩心意，楊浩哈哈笑道：「成，那就等回了甘州，我再兌現許給妳的諾言。呵呵，妳去吩咐廚下拾掇幾樣酒菜出來，等小燚回來，咱們今晚把酒言歡，好好地喝它一頓。唉，自妳們去了汴梁直至今日，咱們三人聚少離多，可是很久沒有坐在一塊談天說地了，我很懷念被妳拉著數星星的那個雪夜寒冬啊。」

竹韻被他說起自己的糗事，不禁臊得滿臉通紅，連忙答應一聲，逃了出去。

五百八七　找死

「當時滿城都是禁軍，到處都是巡檢，已是我們事先策劃時所估計最嚴重的情況。當時我還不知道趙光義也去了崇孝庵，並且遇刺受傷，還以為永慶公主脫逃時被人發現，本來我和狗兒應該暗中護送永慶公主的車仗離開，出現這種情況之後，我便按照事先擬定的對策到處放火，製造更大的混亂，牽制宋廷的人馬。大理寺、太常寺、御史臺，看見什麼燒什麼，搞得官兵焦頭爛額……」

竹韻好酒，但是在汴梁執行潛伏任務這大半年，卻滴酒不沾，回來之後一直也在忙碌，只偶爾小酌一番，今天心情放鬆下來，尤其是在楊浩身邊，頗有一種酒逢知己的喜悅，是以酒到杯乾，喝得十分痛快，話也滔滔不絕。

楊浩是個好聽眾，他也本想只做個好聽眾，可是好酒的人大都喜歡勸酒，美人勸酒，能拒絕的男人本就沒有幾個，更何況是竹韻這樣屢立大功的親近之人相勸，所以楊浩業已喝得醉眼矇矓，腦袋有些暈乎乎的了。

「大叔，我離開一下。」

狗兒大多數時候，只是捧著酒杯，笑咪咪地聽著，再不然就挾一筷子菜肴，用那一口小白牙，很秀氣地嚼呀嚼，至於酒，並未喝幾口，不過她酒量本就淺薄，才只喝了幾口，粉嫩嫩的小臉蛋就和竹韻的桃花面有七分相似的神韻了，其實狗兒是個很活潑的女孩，唯有在楊浩面前時特別文靜。

楊浩知道她不放心這裡的防務，雖說這處皮貨店是飛羽祕諜設在甘州的一處重要據點，內部防衛力量絕不像表面看來那樣毫不設防，而且至少有三條離開的密道。但是阿古麗已經和她的族人親信取得了聯繫，雖然她現在已經做出了臣服的姿態，卻也不可全無防範之心。

楊浩點了點頭，說道：「去看一下也好，如果她仍對我懷有二心，那就……」

楊浩把手掌往下輕輕一切，冷哼道：「再一再二，不可再三再四，我不會毫無限度地容忍她。」

狗兒點點頭，向他甜甜一笑：「小燚知道，大叔喝開心些，有小燚在，沒人動得了大叔一根汗毛。大叔，竹韻姐姐，我去了。」

「去吧去吧。」竹韻很豪爽地揮手，古靈精怪的美少女一喝醉了酒，就變成了嘮叨的老太太，嘿嘿傻笑兩聲，興致勃勃地拉住楊浩，繼續眉飛色舞地道：「緊跟著，收到玉落已接到公主向北而去的消息，我馬上離開汴梁，向西而行，一路上到處惹禍……」

狗兒抿嘴一笑，飄然閃了出去，竹韻一直說到收到折子渝的消息重新回返汴梁，祕密潛入汴河幫，覺得有些口渴，她抓起酒杯，如長鯨吸水，將酒一飲而盡，美目一睨，瞟見楊浩面前酒杯還是滿的，便不依不饒地道：「不成不成，你說今晚要喝個痛快的，大男人家，哪能比我喝的還少，來來來，乾了它。」

竹韻拉著楊浩的胳膊，狀若撒嬌，直到楊浩將酒一飲而盡，這才欣然一笑，重又給他滿上，繼續說道：「這時我才知道，永慶公主不知從哪兒找了一個武功高強的女尼，重傷了趙光義，打暈了太子，險些一舉剷除這對父子，扶她兄弟上位。看她那嬌嬌怯怯的模樣，我是真沒想到，這小妮子竟有那樣的心機。」

「這和模樣無關，和年歲大小也無關，養在深閨的金絲雀，就算再年長一些，也是天真爛漫、毫無心機，就像以前的女英，可是永慶她……不過她這樣做，卻是弄巧成拙了。我對她何曾懷有利念之心，只是想報答她一番知遇之恩罷了，反因此弄得宋皇后和德芳皇子喪命，實非我的本願。」

「這是他們自己找死，與人無咎，大王何必自責？」

「唉……不說這個了，對了，妳們到汴梁之後，一直沒有打聽到壁宿的消息嗎？」

「沒有，聽說，冬天的時候，有刺客雪夜入宮，卻無功而返，朝廷不喜張揚這些事情，我們了解的並不多，在此之後加強探訪，也沒打聽到他的消息。」

「嗯，如果我所料不差，那雪夜入宮的想必就是壁宿了。他闖宮行刺不成，絕不肯甘心。當初他是不告而別，也不好意思再與我們取得聯繫，想必仍然潛伏在汴梁，這次趙光義遇刺，整個東京城都翻了個底朝天，希望不會被人查探到他的蹤跡。唉，刺殺皇帝，有那麼簡單嗎？那個女尼也不知是永慶公主從哪兒找來的，或許是先帝留給永慶的一個心腹吧，這人倒是視死如歸，明知是找死，還肯毫不猶豫地執行。」

竹韻白了他一眼道：「還說人家，你還不是一樣，你現在是西夏大王啊，就帶這麼點人跑到甘州來，要不是你命大，現在就……哼，你還不是自己找死？」

楊浩苦笑道：「這可不同，我這次祕密來甘州，是本想聯絡阿古麗，設計誘別人入伏的，哪知道正有人在打阿古麗的主意，連帶著我也遭殃，嘿嘿，不過也幸虧如此，否則我怎知道蘇爾曼和斛老溫各懷異心。這叫因禍得福。」

「嘁，你就少吹啦，依我看呀，你是看上人家阿古麗王妃的美貌了吧？要不然……哼哼……」

「呵呵呵……」楊浩也有點喝多了，一副笑容可掬的模樣，摸著自己的下巴：「妳還別說，阿古麗還真的是……嗯……很漂亮……」

他說著阿古麗很漂亮的時候，腦海中不覺便浮現出她只著內衣小褲，玲瓏凸凹，異常誘人的嬌軀，還有她趴在自己背上時，手指輕陷脂肉，香滑柔嫩的獨感，以及那挺翹而有彈性的胸部，若有若無地摩擦著自己後背時的異樣感覺……

不知不覺，下腹處就開始火熱起來。

竹韻瞧見他色迷迷的樣子，不禁大生醋意，嗔道：「她很美嗎？比我如何？」說著有意地挺了挺胸脯。

美人跪坐，本來就別具柔媚，再有意展示自己的美麗，風情無限。楊浩看在眼裡，心裡忽地一跳，想起竹韻的身子自己也是看過的，當時她一身鮮血，到處創傷，心憂她的傷勢，雖然替她裹傷時不會想入非非，可是事後想來，那雙渾圓修長、嫩如豆腐的大腿，卻是在腦海中徘徊過許久的。

竹韻瞧見他有些異樣火熱的目光，不由有些害羞起來，她稍稍塌下了腰肢以掩飾胸部的豐挺，羞笑道：「好啦，好啦，連誇人家一句都這麼吝嗇，不問你啦。不過我可得警告你，你現在有大把的人手可用，以後可不許凡事親力親為，冒這樣的風險。這不是自己找死嗎？」

楊浩摸摸鼻子，訕笑道：「我都說了只是意外嘛，要說找死，蘇爾曼、斛老溫才是找死。戰陣之上，兩軍廝殺，傷亡在所難免，卻與私仇不相干，既然他已臣服於我，卻勾結李繼筠蓄意謀反，這便是自取死路，要不是此人還有大用，我現在就已摘了他的腦袋。

「而斛老溫呢，夜落紇在的時候，輪不到他出頭，甘州地理貧瘠，資源有限，偏又人口眾多，所以他的部落一直受到夜落紇嫡系部落的壓制和排擠，也正因如此，他才與阿古麗結為聯盟，以圖自救。而今，他一躍成為甘州僅次於阿古麗的二號人物，野心反而滋長起來，這便是自取死路了。」

楊浩飲一杯酒，又道：「不過，這兩個人徒有野心，若論機謀權變，實不足懼，我真正擔心的，是迄今為止仍未露出馬腳的那個人，從飛羽搜集的情報來看，拓跋氏各部確有異動，這些異動分開來，每一樣都沒什麼出奇，可是那麼多部落蠢蠢欲動，好像事先商量好了一些，那就必有根源了。」

竹韻笑道：「他們卻不知，這正是大王有意促成的局面，那便也是找死了，只不過和蘇爾曼、斛老溫不同的是，他們的野心是大王您給的。」

「這可不是我給的，他們生起不軌之心，我在其中的確發揮了促進作用。但是他們的從中作祟，只是早晚的事。自我立國稱王以來，給他們的好處遠遠低於他們的預期，而且我不可能向他們妥協，許以讓他們滿意的好處。

「我就算安撫他們，他們沒有得到實質利益，還是會不滿，現在的拓跋氏部落，由於大多保持著部落游牧的方式，很難被我直接掌控，兵權始終掌握在他們手中，現在他們安分守己，是憚於我的強勢，等到我與隴右開戰，甚或與大宋開戰的時候，他們還能這麼老實嗎？他們隨時都會變成我腹心之中的一枚毒刺。非常時期，該行非常手段。」

兩個人一邊說，　邊喝，你一杯，我一杯，杯觥交錯，酒喝起來已經像水，醉意越來越濃了。

楊浩直著眼睛，大著舌頭道：「今天，難得如此放鬆，開心吶。等……等我安排好了這邊的事情，興州那邊……也該有所異動了，我……我要……公開處決拓跋寒蟬兩兄弟，逼他們……提……提前動手。這場火，已經燒……得有點大了，得及……及時控制一下。」

「那成，不過……你得答應我，有什麼……事，讓我們去做就好啦，不許你再親身涉險。」

「屁話，什麼事沒風險？越大的事，越大的利……益，風險也就越大。就……就算是生孩子，也一樣有危險。」

竹韻扭過頭去，看了看自己的屁股，大著舌頭道：「那……也得分人。我……我娘說過，我屁股大，能生。我就沒……啥風險。」

「啥？」楊浩眼前的景物已經開始飄來飄去：「妳說啥生孩子？」

竹韻回頭看著他，臉上越來越紅，一雙美眸卻越來越是水潤，她忽然撲到楊浩懷裡，楊浩本就坐立不穩，被她一撲，便倒在席上，頓覺天旋地轉，頭重腳輕，神智更加迷糊了。

「你……你答應過，等我回來，要……答應我一件事，對吧？」竹韻趴在楊浩肩頭，咬著他的耳朵小聲道。

「嗯，對啊，妳……妳要什麼，儘管說。」

「我……我……」灼熱的鼻息噴在楊浩的耳朵裡，惹得他癢癢的，竹韻臉蛋紅紅的，咬了咬嘴唇，忽然大著膽子說道：「我要……我要一個孩子，你的孩子，成不成？」

「啊？」楊浩驚訝地睜大眼睛：「妳自己不能……生嗎？為啥要……要我的孩子？冬兒……和女英……不捨得給的。」

「笨蛋！」

竹韻的臉蛋已經變成了一塊大紅布，她攥起粉拳，在楊浩胸口輕輕捶了一記：「當然……當然是我……和你的孩子啦……」

「喔……那沒問題，哈哈哈哈……」楊浩傻笑起來：「不過……生孩子……很痛的，每次……冬兒……和女英生產，我……我都聽得心驚肉跳的。」

「我樂意，有錢難買我樂意。」竹韻大膽地說，然後開心地伏在他胸口，喃喃地道：「我們說定了喔，你可不許……不許反悔。」

「我……金口……玉言呢，哪能……不算數？」

竹韻開心了，咯咯地笑著，湊過去，在楊浩臉上火辣辣地一吻，然後在他身邊躺了下來。

「大王啊……」

「嗯？」

「那你……有沒有……錯施昏招，幹過……自己找死……的事呀？」

「有吧……」楊浩一躺下，就感覺天旋地轉，幸好竹韻的一條大腿壓在他的小腹上，要不然……好像就要飄起來了，他努力地思索著，含含糊糊地說道：「以前吧，我……我玩過一個網遊，那裡邊你要是殺……十個人，就叫……精英，殺一百個，就叫英雄，殺人過千的，就是江……江湖至尊。反過來，要是被殺十次，就叫孤魂，一百次……就叫野鬼，要是一千次……就叫永墮……黃泉。我們那……遊戲一共三十七個服，半年後才……出了一個至尊。可黃泉之主就……從來沒有過，哪……有人，那麼倒楣，被人殺一千……次呀，直到……直到……我去玩……才……才他媽的半個月……」

「唔……」竹韻懶洋洋地應了一聲，她只聽到楊浩在說話，已經聽不見說的是什麼了。

楊浩嘿嘿地傻笑了起來：「我自己常說……自己找死，遊戲裡的玩家也說我……我是自己找死……」

「唔……」

「因為……我……取了個ＩＤ叫……信春哥，但凡看見我的，不管大……號小號，都來殺……我，他們想知道，我……我是不是……真能……原地復活……呵呵……呵呵……」

「挪開一點，別打擾我……睡覺……」竹韻毫不客氣地把他踹開，涼席很光滑，正在傻笑的楊浩登時滑出去三尺，竹韻同方向來了個大翻身，手腳又搭在了他的身上。

也不知過了多久，燭火漸漸黯淡了，狗兒飄身閃進了房間，一眼瞧見兩個人扭纏在一起的睡姿，心裡不知怎地，湧起一股從未有過的酸溜溜滋味，就好像她心愛的玩具被人家奪走了：「竹韻姐姐又不是大叔的娘子，憑什麼睡在他懷裡呀？」

狗兒很不服氣地撇撇嘴，忽然心裡一熱，未及多想，便閃身過去，小貓似地輕輕偎在楊浩身邊，拾起他的一隻大手，搭在自己的肩膀上，然後很滿足、很開心地閉上了眼睛，俏美的臉蛋上爬起一抹紅暈，嘴角卻牽起甜甜的笑容。

她細密整齊的睫毛頻頻閃動，分明沒有睡著，卻比睡著了還要安詳、放鬆。

＊　　＊　　＊

「喔……喔喔……」

天亮了，雞啼聲大作，楊浩的房間裡傳出一聲男人短促的驚呼：「啊！」

然後是一個女人悠長的尖叫：「啊……」

最後是一個小女孩還帶著睡意的聲音：「怎麼啦？怎麼啦？有敵來襲嗎？」

五百八八　大亂將至，兒女情長

阿古麗的失蹤引發的騷亂在蘇爾曼遇刺事件發生後，迅速演變成了回紇內部的一場大火併。

蘇爾曼集結了自己的親信，會同阿古麗一族的武士，以迅雷不及掩耳之勢抄了斛老溫的家，然後開始滿城搜捕斛老溫的族人，斛老溫赴會之前業已做了些準備，行刺失敗的消息傳回，他的弟弟和他的兒子率領親信家人百餘人殺出甘州城，逃向了他們的部落。

次日一早，蘇爾曼調集的本族人馬便到了，他把甘州防務全部交給阿古麗的族人，率領本族武士，以討逆之名攻向斛老溫部落，斛老溫的弟弟和兒子已先一步趕回了部落，做好了準備，雙方展開了一場血戰。

此時，在楊浩的安排下，張浦自肅州調了一路人馬，正悄然趕赴甘州。這支人馬唯一的使命就是護送阿古麗公開出現，因為斛老溫的身亡固然挑起了甘州回紇內部之亂，卻也打破了原來的權力制衡，如果阿古麗貿然現身，蘇爾曼會不會藉此機會乾脆把阿古麗也幹掉，這是很難預料的事。因此楊浩從肅州調來一路人馬，同時由阿古麗祕密下令，徵調她的部落散布各處的勇士合兵一處，重返甘州，以鎮大局。

阿古麗此刻就在甘州，卻得喬裝打扮離開甘州，然後在肅州兵馬的保護下公開返回，這讓阿古麗也充分意識到了權力鬥爭的殘酷。人人都覺得七王妃在沙場上驍勇如虎，巾幗不讓鬚眉，可是她的內心其實是軟弱的，對政治鬥爭的殘酷更沒有多少認識。上一次夜落紇出賣了她，在她心裡的感覺更多的是從道德層面出發的，而這一次原本守望相助的三大部落內鬥，斛老溫的反叛，蘇爾曼的逼宮，蘇爾曼和斛老溫各懷機心的謀殺，才讓原本在政治上一派天真的她充分意識到那血淋淋的現實。

她知道，在這個戰場上，她永遠不是一個合格的戰士。她沒有夜落紇的冷酷，沒有斛老溫的陰險，沒有蘇爾曼的狠辣，沒有楊浩的謀略，現在蘇爾曼和斛老溫的部落又自相火併，在這種情形下，哪怕楊浩袖手不理，沒有落井下石，她也不知該如何面對這樣的局面，更何況這還只是政治和戰爭方面的問題，這一切就算結束了，還有龐大的族群、老弱婦孺、戰爭遺孀和孤兒，他們都要吃飯，都要穿衣，那更是讓她束手無策的場面。

所以，她決定放棄對部落的控制權，如她在黑水洞窟中所說：毫無保留地忠於楊浩，把她的族人交予楊浩，真正成為他的子民。

阿古麗有此決定，當然不只是怯於承擔責任，更不是為楊浩所迷，她的意志其實是頗為堅定的，對族人更有一種樸素而真誠的感情，絕不至於楊浩在她面前秀了秀健美的肌肉，就神魂顛倒，甘願獻上自己的一切。她肯做出這樣的決定，最主要的原因，是她感覺到了楊浩的誠意。

斛老溫勾結夜落紇、蘇爾曼勾結李繼筠，這兩個從河西敗走隴右的梟雄不約而同地打起了甘州的主意，而一直受排擠打壓的蘇爾曼、斛老溫兩位族人一俟受人重視，便立即飄飄然地把自己當成了舉足輕重的大人物，為了攫取更大的權力，主動與他們勾結起來。

如果楊浩只是想要完全控制甘州而無視甘州百姓的生死，他完全可以利用這個機會，讓甘州三大部落自相殘殺，消耗掉全部實力，一勞永逸地解決甘州問題，要做到這一點並不難，就算不擅機謀權變的阿古麗都能想出至少五種以上的法子，但是楊浩沒有這樣做。他沒有殺掉自己，令甘州群龍無首，沒有揭穿蘇爾曼和斛老溫彼此的陰謀，讓他們各自領兵全面開戰，他還派出了肅州兵馬，協助自己在緊要關頭重新掌控甘州局勢，阿古麗已完全相信了他的誠意。

當阿古麗做出這個決定的時候，儘管眼下還需要她來出面，但是壓在她心頭的重擔已經不見了，她已經決定把這副擔子交給楊浩，身心一片輕鬆，竟有一種脫胎換骨般的感覺。

清晨，儘管一夜不曾好睡，但是做出決定、想通心事的阿古麗神清氣爽。

阿古麗要離開甘州，與肅州兵馬會合了，她已被化妝成一個瘸腿老嫗，在她旁邊站著一個紫臉漢子，普通的回紇牧人打扮，低著頭，扶著老嫗打扮的阿古麗，一副木訥少語的老實模樣，看起來十分憨厚。其實這紅臉漢子本來喬扮的是個黑臉，只是「他」的面皮一直就是紅的，自打站在楊浩面前，就紅著臉，自始至終那顏色就沒消退過，所以看起來就成了紫臉。

這紫臉漢子自然就是竹韻，當她睡醒的時候，發現楊浩側著身，一手搭在她的乳側，一手攬在她的身下，額頭抵著額頭，猶如一對吻頸鴛鴦。她的一條大腿搭在楊浩胯上，楊浩的一條大腿則老實不客氣地抵在她那兩條豐腴結實的大腿中間……

而馬燚則像一條八爪魚般掛在楊浩的身上，三個人七手八腳地糾纏在一起，那種讓人耳熱心跳的場面……

想起楊浩的大腿抵住自己身子時的感覺，竹韻的兩條腿禁不住又有些酥軟起來，她本來是扮孝子扶住阿古麗的，這時倒像是掛在她的身上，阿古麗奇怪地看了她一眼，扭頭對楊浩繼續道：「大王，那我現在就走了。」

「嗯，不必急著回來，我知道妳不希望回紇諸部自相殘殺，可是那些害群之馬不清理出去，早晚會釀成更大的禍患。同時，如果不能削弱諸部的力量，讓他們完全整合到妳的部下，妳也駕馭不住。此去，一路小心。」

「是，謹遵大王吩咐。」

阿古麗的臉蛋也有些紅了，她的容顏扮得十分蒼老，可是一雙眸子卻仍像春水般充滿活力，這些細節處，不是靠化妝便能掩飾的，她可沒有竹韻那麼高明的手段，不過用來瞞瞞一般人卻是足夠了：「阿古麗……一直記著在黑水廢墟時對大王的……所有承諾，也會……遵守對大王的所有承諾，大王……請放心。」

楊浩注意到了阿古麗略有些異樣的語氣，抬眼一瞧，那「老嫗」的臉上一雙眸子帶著一種令人怦然心動的魅力，柔媚靈動、嫵媚妖異，楊浩的心裡不由一跳。

這是一匹漂亮、高傲的小牝馬，不過現在她的心顯然已經折服在某位騎士之下了，已經決定把責任交付給楊浩的她，長久以來封閉、保護起來的感情重新得以釋放，就像蓄積已久的洪水，草原兒女的大方、熱情、主動，那火辣辣的眼神可教人有些消受不了。

阿古麗和竹韻一行人告辭離去，竹韻自始至終不敢抬頭看他，楊浩也覺有些尷尬，狗兒是個小孩子，在他心中一直當作子姪輩看待，猶如自己的親生女兒一般，她睡在自己旁邊倒沒什麼，可是竹韻……饒是楊浩一張老臉久經磨煉，此時也訕訕地有些不好意思了，何況是那位漂亮的女殺手。

「狗兒，咱們也走吧，收伏了阿古麗這匹野馬，我這病裝得也差不多了，咱們該回興州，策劃大事去啦。」

「哦！」扮成半大孩子的狗兒乖巧地應著，陪他登上皮貨車，扮作皮貨店的行商，駛出了皮貨店的大院。此時甘州城風聲鶴唳，就算扮作皮貨商人也難以出城，不過現在甘州的防務是阿古麗的族人負責，阿古麗仍然活著的消息雖說就是大部分族人都不曉得，但是一些絕對可靠、且在部落中有相當實權的人卻是知道的，阿古麗吩咐一聲，有他們暗中照拂，楊浩這位神祕客人要離開甘州卻也容易。

狗兒雙手抱膝，坐在高高的皮貨堆上，歪著腦袋，一副若有所思的樣子，很認真地想了半天，她忽然扭頭向楊浩問道：「大叔，你要娶竹韻姐姐做王妃嗎？」

「啊？」

楊浩沒想到竹韻這個當事人沒敢說什麼，反倒是狗兒發問了，不禁心虛地道：「為什麼這麼問？」

狗兒道：「我娘說，女孩子長大了以後，就只能跟自己的男人睡覺，大叔和竹韻姐姐昨晚不是……」

「咳咳咳咳……」

楊浩一陣咳嗽：「此睡非彼睡，這個睡覺和妳娘說的那個睡覺是兩碼事。」

狗兒眨眨眼道：「有什麼不同嗎？這樣睡覺就可以和別的男人睡嗎？」

楊浩嚇了一跳：「當然不可以，怎麼能隨隨便便和別人的男人睡在一起呢？妳還小，再大一些自然就明白了，現在不要胡思亂想的。」

狗兒嘟起嘴來：「人家還小呀？大叔看不起人。對了，那大叔會娶子渝姐姐做王妃嗎？」

楊浩失笑道：「的確不小了，小丫頭現在也開始注意這些事了呀？」

他往狗兒身邊挪了挪，挨著她的肩膀，寵暱地笑道：「大叔要妳平時注意讀書寫字、針織女紅、烹菜調羹，妳都學了吧？可不能只會動刀動槍的，再過幾年，大叔江山穩定，不需要妳和竹韻再去執行這麼危險的任務，我家小燚也已經出落成一個漂亮的大姑娘了，就要考慮成家立業、生兒育女的事了。」

他扭頭打量著馬燚，欣然道：「還記得，我當年在漢國，頭一次見到妳的時候，妳的身子特別孱弱，眼睛大大的，頭髮稀少，還有點發黃，就像個小男生，現在看，可是個美人胚子了。」

他攬住馬燚的肩膀，隨著車子一顛一顛的動作，悠然說道：「等妳再長大些，就會有妳喜歡的男人了，或者飽讀詩書、才華橫溢，怎麼著也得是個進士出身，才配得上我家小燚。嗯，明年咱們就開科考。要是學武的呢，要找個武藝比妳高強的可不容易，不過怎麼也得是個熟讀兵書、屢立戰功的少年將軍。

「長相嘛，起碼也得眉清目秀、脣紅齒白的，歪瓜裂棗那德性的，咱家小燚可不要，大叔要像嫁女兒一樣，以公主之禮把妳嫁出去，開不開心？」

馬燚努力齜出一口上翹的月牙狀的小白牙，向他扮出一個很開心很開心的俏皮動作，楊浩不禁哈哈大笑，他狠狠揉了揉小燚的頭髮，忍俊不禁地笑道：「瞧妳，還說自己長大了，哈哈，根本就是個不懂事的小女娃嘛。嗯……我現在是得替妳想著些了，噯，妳說楊家的兒郎怎麼樣？楊家老三、老四歲數比妳大不了幾歲，折家的老三、老四、老五，跟妳也差不多，這都是將門虎子啊。還有种家，种大學士全家都搬來興州了，我見過他的幾個姪兒，個個人品出眾，才學不凡，要是妳喜歡文弱書生，咱就從种家找一個，找個書生還有個好處，要是以後小兩口吵架了，妳都不用回來找大叔撐腰，三拳兩腳就能打他個鼻青臉腫。」

「人家不稀罕。」狗兒一掙肩膀，理了理頭髮，紅著臉蛋道：「才不要嫁人呢，人家就守在大叔身邊。」

「現在這麼說成啊，長大了就不成嘍。女大不中留，留來留去留成仇啊……」楊浩不勝唏噓，一時父愛氾濫，真把馬燚當成了自己親生女兒一般，半是歡喜半是心酸地道：「我家狗兒這麼可愛，不知將來會便宜哪個渾小子呢……」

狗兒愜意地半躺在他的懷裡，看著湛藍天空中悠悠飄過的朵朵白雲：「大叔真的會覺得我可愛嗎？那我要是再長大些，大叔會不會喜歡我呢？」她垂下眼簾，偷偷瞄了眼自己的胸部：「嗯，比起娃兒姐姐、女英姐姐她們來，人家這裡真的好小，難怪大叔把我當小孩子……」

她攥起小拳頭，暗暗地給自己鼓勁：「等我長大些，它們也一定會長大的，大到大叔會喜歡……」

「怎麼，睏了吧？睏了就睡一會兒。」楊浩見狗兒忽然文靜起來，便低頭問道，他知道狗兒的生活規律基本上是日夜顛倒，雖說現在正常了許多，但仍是白天休息的時候居多，所以絲毫不以為意。

「喔……」正在給自己鼓勁的小燚趕緊鬆了拳頭，把頭笠往下蓋了蓋，遮住了她害羞的一雙大眼睛，偎在楊浩身上假寐起來……

隨著楊浩的離開，被他借力打力、一手策劃的甘州之亂漸漸升級，此時興州也是暗潮洶湧，連著大半個月楊浩稱病不開朝會、不見朝臣，拓跋寒蟬兄弟被楊浩派人生擒活捉，押入天牢待決，拓跋氏貴族們在兔死狐悲的心態之下，紛紛為他們請命求情，卻連楊浩的面都見不到，於是在有心人的推波助瀾之下，各個利益集團的磨擦越來越嚴重，一場動盪悄然醞釀。

山雨欲來風滿樓，楊浩就在秋風初起、滿城金黃的時節，悄然返回了興州城，河西諸多民族、部落，新舊利益集團，在外敵大軍臨境的情況下暫時得以壓制的矛盾開始全面爆發，一場大亂悄然拉開了帷幕……

五百八九　逼宮

「閉關」一個多月的楊浩終於出山了，群情洶洶的興州官場好像洶湧的洪水突然找到了宣洩口，全部湧向楊浩。

次日早朝，無論是有官有職的、有官無職的、有職無官的，還是無官無職只有爵位的勳卿權貴，都像趕集似地，盡皆向王宮湧來。因為這場風波，與每個人的利益都是密切相關的，新派利益集團、舊派利益集團，不同的民族、不同的部落，形形色色，不一而足。

儘管從一開始楊浩就有意在核心政治圈內對拓跋氏進行邊緣化，但是他立足的根基是定難軍，而西北民族是亦軍亦民的組織，所以各個部落酋長的子姪大多都在軍中任職，軍職在軍政府性質的河西地區那就是最重要的最有實權的官職，所以他們早已滲透到社會的各個層面。

對這些人，尤其是充斥於中低級軍官階層的各部族人員，楊浩想動他們也有種狗咬刺蝟無處下口的感覺，正如趙光義想要清洗朝臣，在他登上帝位之後，竟然耐心等待了數年之久，直到趙光美蓄積兵器、收買廂軍將領，意圖謀反的事情暴露，才以此為契機，展開了一場大清洗。

楊浩面臨的也是這樣的局面，而且比趙光義所處的環境更加複雜，趙光義好歹是接手皇兄趙匡胤苦心經營十年，已經走上正規、制度健全的一個政府，而楊浩旗下的人馬不但民族成分複雜，而且大多是桀驁不馴的一方諸侯，人人有兵馬有地盤，而且彼此間大多有些夙怨，較趙匡胤杯酒釋兵權之前更加危險。

如果他向拓跋氏集團妥協投降，依托這支最強大的力量，的確能夠暫時保證西夏的安定，但是代價卻也是更大的，一方面，把有限的資源盡量滿足拓跋氏權貴的需要，就會把其他剛剛征服的部族推到自己的對立面去，而西夏雖已立國，拓跋氏貴族們卻並沒有這種覺悟，他們擁護順從的仍然是舊的統治體制，一種類似於可汗制的部落聯盟政權，他們需要最大的自由度和充分的權力，這樣早晚有一天，各種矛盾衝突一朝激化爆發，坐在火山口上的楊浩就會落了個灰飛煙滅的下場。

因此楊浩也需要一個契機，一個可以名正言順地剝奪拓跋氏貴族兵權的契機，所以他才一手導演了這場內亂，其目的不僅僅是為了向趙光義釋放煙幕，迅速以武力一統河西之後對其加以整合，才是楊浩想要達到的最根本目的，他只是把兩個目的用同一種手段來實現而已，這也是他向丁承宗學習經商之道時學來的狡獪之處：任何一筆投資、一種手段，都要爭取其利益最大化。

但是楊浩並沒有想到拓跋氏的強硬態度比他預計的還要強烈，他本想製造些內部不合的事端，等到趙光義完全放下了對河西的戒心，全力圖謀塞北的時候，再快刀斬亂麻，以雷霆手段一舉收回這些驕橫不馴的拓跋氏貴族的兵權，所以他想對拓跋氏貴族施加的壓力也是要循序漸進，直至其忍無可忍的。

這個力度的施加，則取決於宋國那邊的情況，然而他只是稍顯冷落，情形就已經有些失控了。嵬武部落先是內部傾軋，藉機打擊排擠蒼石部族派遣至蕭關的兩個部落，繼而無詔自返，搶奪朝廷已調配給蒼石部落的草原，當朝廷下詔問罪的時候，又撕聖旨，斬欽差，簡直是禿子打傘，無法無天。

而暗中又有人趁機推波助瀾，楊浩潛赴甘州，本是想與阿古麗合作再演一齣戲，把這個幕後人物引出來，沒想到甘州那邊也正醞釀著大亂，蘇爾曼勾結了李繼筠，斛老溫則勾搭上了夜落紇，要不是這次心血來潮親自去了一趟甘州，並且恰逢阿里王子刺殺阿古麗，他還很難發現這樁陰謀，一旦讓其在條件成熟時才爆發，自己就要吃個大虧。

楊浩感到情形已經有些出乎自己的預料，必須得提前收網了。

而拓跋氏一族如今輩分最長的李之意，也覺得火候差不多了，這些日子楊浩雖然沒有出面，但是各個部落對朝廷施加的壓力卻是與日俱增，除了每天都有頭人酋領去找种大學士舌槍脣劍之外，這些部落對朝廷的反彈也是越來越厲害。

他們在自己的領地內拒繳稅賦、拒行徭役，驅趕朝廷設置的流官、召回服役的部落百姓，收回了對部落百姓訊案問罪的權力，鬧得种大學士焦頭爛額，在李之意看來，楊浩一開始稱病或許是真的，可是連著一個多月沒有上朝，卻未必是因為身體不適，很可能是這位年輕氣盛的大王對拓跋氏諸部的反應有些不知所措，已經心生悔意，卻想不出一個體面的藉口下臺。

李之意很滿意，他的年紀已經太大了，並沒有什麼篡位稱王的野心，他只是覺得楊浩這個小毛孩子打了幾場勝仗，統一了河西諸州，就有點忘乎所以了，祖宗的規矩他想改、拓跋氏的利益他想碰，當年李光睿都不敢做的事他想做，給他點小小教訓，讓他收斂一下也就是了。

於是，在楊浩恢復朝會的第一天，各部落頭人酋領就像商量好了似的，不約而同地奔向王宮，一場蓄勢已久的交鋒正式開始了。

楊浩休養一月有餘，要處理的國事很多，可他剛一上朝，便馬上有人提出了對拓跋寒蟬兄弟的處置，這兩個人現在還在天牢裡關著呢，就算是與嵬武部沒有什麼交情，一直在看他們笑話的拓跋氏部落，如今都站到了他們那一邊。

兔死狐悲呀，以前在草原大漠裡，哪有這麼嚴峻的刑法？不要說兩個部落間發生一些爭鬥，就算是和大汗開打，只要被打服了，願意俯首稱臣，也要前事概不追究，就像党項七氏與李光睿之間，時不時地就打上一仗，只要豎起白旗，那就萬事好商量，哪有什麼國法刑律，還要把部落頭人押進大牢待參的？

原來的大漠草原，執行的是可汗制和單于制，是極其鬆散的一種政治制度，猶如一個大領主統治著許多小領主，大領主要求的只是對小領主們的統治權，只要他們尊奉自己為首領，他們在自己部落內部仍然擁有絕對的統治權，這也正是李之意心目中理想的政治模式。楊浩現在的做法，正在削弱他們的權力。

他們把嵬武部拓跋寒蟬兄弟一案，當成了針對楊浩的突破口，拓跋寒蟬兄弟沒有奉詔這兵也撤了，無緣無故的把蒼石部落也打了，一氣之下連欽差也殺了，如果楊浩在這件事上憚於拓跋氏的合力做出退讓，赦免了拓跋寒蟬兄弟，那麼他在政體官制各個方面做出的改革努力，自然也就不攻自潰，大家一切照舊，仍然是拓跋氏大家族共同統治河西的局面。

代表拓跋氏頭人出面的是拓跋武，拓跋武先替嵬武部落開脫一番，隨即便向楊浩請命，請求赦免拓跋兄弟。一臉病容的楊浩一聽拓跋武的話臉色便沉了下來，「啪」地一拍御案，喝道：「本王這些時日有恙在身，一直在宮中調養，可是這天下的事，本王卻並非一無所知，拓跋寒蟬兄弟目無王法，無君無父，大逆不道，罪不容赦，你等還為他求情？」

拓跋武不以為然地道：「大王，嵬武部落和蒼石部落之間的些許恩怨，不過是兄弟不和，打了一架，這是家務事嘛，何必要抬出什麼王法來？」

眾頭人紛紛應和，有人說道：「是啊是啊，大王，拓跋兄弟退出蕭關，也是沒有辦法的事，蒼石部頂在前面，不也是連吃敗仗嗎？兩個部落八成人馬都降了吐蕃人，那呼延傲博在隴右素有呼延無敵之稱，區區一個嵬武部落如何能敵？被迫撤下來也是無奈之舉，至於他們殺了大王的使者，這兩個小子膽子的確是大了些，大王要執行王法，可以罰他們一年的俸祿，或者打一頓鞭子略施懲戒也就是了，他們對大王還是忠心耿耿的，豈可拘押坐牢，大失體面，這會傷了我拓跋全族的心吶。」

楊浩目光一寒，沉聲道：「這……是拓跋諸部一致意見嗎？」

那些人見楊浩臉色有些不對，彼此相顧，也覺有些忐忑，但是仗著人多勢眾，仍然硬著頭皮答道：「是，我等諸部頭人，聯名乞求大王赦免拓跋寒蟬、拓跋禾少之罪！」

隨著聲音，大殿上嘩啦啦跪倒了一片，這些人全是胡服皮帽、絡纓狐尾垂胸的拓跋氏貴族，一眼望去，不下四十人之多，每一個都是一個部族的頭領，麾下至少擁有數百帳的部民。

楊浩的臉色變得更加陰霾起來，從牙縫中緩緩擠出一句話來：「你們……代表拓跋氏諸部，一致為那目無王法、跡同謀反的拓跋寒蟬兄弟求免其罪？」

「大王，他們無權代表所有拓跋氏族人。我，李天輪，反對赦免拓跋寒蟬兩兄弟！」

隨著聲音，一個年近三旬，胡服髮辮，腰佩彎刀的魁梧大漢站了出來。上殿佩刀，這是草原部落諸部首領頭人的特權，正如趙匡胤剛剛稱帝的時候，文武大臣在朝堂上還有座位一樣，非關本質的一些規矩習俗，楊浩也只能慢慢更改，無法做到一步到位。

這魁梧大漢站到那些拓跋氏頭人面前，手按刀柄，凜然喝道：「國有國法、家有家規，我們拓跋氏之主，如今是西夏國國王！漢人有句話，叫王子犯法，與庶民同罪，大王親手立下的規矩，如果我拓跋氏族人可以不遵守，那麼如何要其他諸族頭領遵守呢？」

這人睥睨顧盼，頗有豪氣，聲音更是直震屋瓦，楊浩不禁大為意外，他對拓跋氏部落早就開始了拉一批打一批的行動，也早就有了堅定的盟友，不過這個李天輪跳出來，卻不是他的安排。

楊浩對此人有些印象，此人是宥州防禦使李思安的兒子，現任其部族軍副都指揮使，也是個手掌兵權的重要人物，對朝廷一向也算恭馴，不過他能在這個時候站出來為自己說話，卻是有些出乎他的意料之外。

那些拓跋氏頭人一見朝廷官員和其他各部族的頭人沒有站出來反對，倒是自己的族人出來唱反調，不禁大為意外，一見是李天輪，拓跋武立即冷笑道：「我道是誰，原來是你呀，你都已經姓了李了，還敢以拓跋氏族人自居？我拓跋氏族人休戚與共，進退一體，你這吃裡扒外的貨色，除了見風使舵、阿諛奉承，還懂什麼？我勸你一句，還是不要再自承是什麼拓跋氏一族了，我們拓跋氏沒有你這樣丟人現眼的族人！」

拓跋武說罷，身邊立即響起一片放肆的笑聲，李天輪惱羞成怒，霍地拔出雪亮的彎刀，一指拓跋武，喝道：「拓跋武，當初李光睿大人做定難節度使的時候，怎不見你以李姓為恥，以李姓嘲笑？誰人欺軟怕硬，哪個鮮廉寡恥？有種的站起來，咱們手底下見真章！」

拓跋武霍然站起，拔刀出鞘，冷笑道：「怕你不成？來來來，李天輪，讓老子瞧瞧你有多大的出息！」

「你是誰老子！」李天輪揮刀便上，兩人都是性如烈火，「鏗鏗鏗」鋼刃交擊，火花四濺，旁邊的人立即閃向一邊，給他們兩個騰出了場子，眼看著兩人就要在大殿上演一齣全武行，楊浩面沉似水，「砰」地一拍桌子，喝道：「豈有此理，大殿之上動刀動槍，你們眼中還有本王嗎？」

拓跋武立即收刀道：「大王，你親眼看見了，這可是李天輪先動的刀，難道我拓跋武就得束手待斃嗎？要說目無王法，這李天輪此刻就是目無王法，大王如果要處治拓跋寒蟬兄弟，是否也該一併處治了他，方顯公平？」

「拓跋武，你這是要脅大王嗎？」

方才拓跋武嘲諷李天輪姓了李姓，背了祖宗，李繼談在一旁臉色就沉下來了，這時立即挺身而出，站到了李天輪的旁邊：「我，也是拓跋氏一族，我也贊成嚴懲嵬武部拓跋寒蟬兄弟，你要不查一查我的祖宗八代，看看我夠不夠資格說這句話！」

拓跋武頓時語塞，李繼談不但是拓跋氏族人，而且是嫡系族人，當初在李光睿手下，就是統兵一方的將領，能得一個「繼」字，與李光睿的親生兒子一併排行論輩，其家世淵源當然是正宗的拓跋宗支。楊浩稱王之後，仍然對他予以重用，不管是官職權柄還是在族人中的輩分地位，李繼談都高他一頭，拓跋武敢對李天輪囂張，卻不敢對李繼談無禮。

這時，早已得了楊浩囑咐的拓跋蒼木也站了出來，把白鬚一拂，拱手道：「大王，嵬武部落擅離駐地，挑起戰端，大王下旨問罪，猶不知悔改，此乃大逆不道之舉。或許在以前來說，這也算不了什麼，只要他們低頭認罪，便可赦免了他們，但是如今我拓跋李氏已然自立一國，這國就該有個國的樣子，豈可等閒視之？大王明見萬里，深知其中利害，這才大義滅親，爾等渾渾噩噩，俱是鼠目寸光，懂得些什麼？應該嚴懲拓跋氏族人，警示天下，嚴肅國法，才是道理！」

拓跋蒼木端出長輩架子，那些為嵬武部請命的人當中卻也不乏老者，其中有的比拓跋蒼木還大了幾歲，登時戟指罵道：「拓跋蒼木，你拍的什麼馬屁？你們蒼石部落占了嵬武部的牧場，當然贊成嚴懲他們，你這是假公濟私，無恥之尤！」

「哪個罵老夫？」

拓跋蒼木本來端著高人架子，自覺早已盤算好的這番說詞很有點墨水，突然被人一罵，登時沉不住氣了，閃目一看，見是一向與自己不大對盤的拓跋青雲，立即叫道：「原來是你，你這老匹夫，大王征南伐北，揮軍千里的時候，你這縮頭老烏龜在哪裡？現在蹦出來這樣那樣，充什麼大尾巴鷹？」

兩個老傢伙首先對罵起來，其他人不甘示弱，站在李繼談、拓跋蒼木和李天輪這一邊的拓跋氏族人，與站在拓跋武、拓跋青雲那一邊的人紛紛對罵起來，一時間又從武鬥改成了文鬥。

朝廷上，种放、丁承宗等大臣固然是冷眼旁觀，龍瀚海等降臣降王更是一言不發，就算吐蕃、吐固渾以及党項細風氏、野亂氏等各部的頭領也是只作壁上觀，看著拓跋氏族人內鬥。

楊浩端起一杯茶來，看了看罵得越來越兇的兩夥人，本來陰霾的臉色稍霽，輕輕呷了口茶，品了品滋味，楊浩翻開一卷書來，微微側身，好整以暇地看了起來。

殿下這些人起先還只針對嵬武部的事相互叫罵，緊接著便翻起了舊帳，罵得唾沫橫飛，眉飛色舞，對方的祖宗十八代有過什麼對不起自己部落的雞毛蒜皮小事，也都翻了出來口誅筆伐一番。拓跋蒼木鬚髮飛揚，指東罵西，一張利口不遜於屠龍刀倚天劍，對方足足四個老頭圍著他，才堪堪敵得住他的口舌。楊浩翻了頁書，瞄了他一眼，心道：「以前還真沒看出來，這老東西這麼能講。」

拓跋武眼見雙方越罵越兇，兩旁站著無數文武只是在看笑話，只覺今日這場聲勢浩大的逼宮請命簡直成了一場大笑話，這樣下去，自己本來身負的使命恐怕就要全盤成空。他於對罵之中忙裡偷閒地朝上面一瞄，只見楊浩正埋頭看書，神態悠然，根本沒理會殿下這場鬧劇，不由心中一懔，隱隱覺得有些不對勁，連忙舌綻春雷，大吼一聲：「都不要吵啦！」

拓跋武一嗓子震住了三姑六婆似的雙方，搶前兩步，向楊浩抱拳說道：「大王，與嵬武部爭戰廝殺的是蒼石部落，拓跋蒼木便是蒼石部落的頭人，依法而斷，他也是當事一方，避嫌還來不及呢，豈能以一方大臣身分，於朝堂之上決定嵬武部有罪與否？還請大王下詔令其迴避，方顯公允！」

楊浩眉頭一皺，問道：「拓跋蒼木應該迴避嗎？」

拓跋氏族人都反應過來，紛紛說道：「不錯，拓跋武所言有理，案涉蒼石部落，拓跋蒼木理應迴避。」

「好！」

楊浩把書一闔，攸地轉身坐正，「啪」地一拍御案，挑起劍眉道：「拓跋蒼木身為涉案一方，理應迴避！既然大家都認同了拓跋寒蟬欺君罔上的事實，那就不要再用什麼鬧家務事、兄弟失和來搪塞本王了。刑部、大理寺、都察院！」

「臣在！」一旁冷眼旁觀的群臣中應諾閃出三人。

楊浩擲地有聲地道：「在這大殿之上，今日三司會審，斷它個明明白白！」

五百九十　擴張

當下刑部尚書林朋羽主審，大理寺卿許遜山、都察院都御史成思安旁審，西夏王楊浩和滿朝文武、權貴勳卿旁聽，就在金殿下擺開了大堂。

金瓜武士殺氣騰騰侍立左右，第一個傳喚上來的就是嵬武部拓跋寒蟬的幕僚軍師王世榮，王世榮早在楊浩奪取夏州，拓跋寒蟬兄弟搖擺不定，意圖趁楊浩巡營時予以截殺的時候，就向楊浩告過密，從那時候起，他就已經成了楊浩安插在嵬武部落的一個釘子。

王世榮做為拓跋寒蟬的幕僚軍師，對他的一切行動瞭如指掌，他被帶上金殿後，那真是知無不言，言無不盡，嵬武部落如何桀驁不馴，氣焰囂張，凌駕於地方官府之上；如何進駐蕭關，拉上蒼石部落，借吐蕃人之手消耗蒼石部落實力，迫使這兩個部落投靠了呼延傲博；如何擅自退兵，不顧蒼石部落的勸阻解釋，悍然動手，挑起大戰；直至如何殺欽使，毀聖旨，說得一清二楚。

拓跋武一行人聽了啞口無言，心中只是暗罵拓跋寒蟬兄弟不爭氣：一百斤麵蒸個大壽桃——你們這對廢物點心，你們最信任的心腹都投靠了大王，這教我們如何替你說情。

林朋宇面沉似水，一副鐵面判官的模樣，聽罷王世榮的口供，叫他當殿簽字畫押，帶到一旁，隨即再喊一聲傳人證，金殿上嘩啦啦又湧上一群人來，男女老幼，各色人等，一上大殿，是哭的哭、跪的跪，喊冤的喊冤、求告的求告，頓時把個大殿當成了西城菜市坊，喧鬧震天，一團混亂。

這些人俱都是胡服辮髮，聽他們吵吵嚷嚷說了半天，眾文武才聽明白，這些人都是蒼石部落被調往蕭關的兩部人馬的家眷，有他們現身說法，拓跋寒蟬兄弟如何借刀殺人，設計陷害，更是毋庸置疑。他們字字血，句句淚，聞者無不同情，而且他們也是拓跋氏族人，拓跋氏排外的心理很嚴重，而且由於楊浩是李光岑的義子，他打天下的根本又是定難軍，因此拓跋氏面對西域諸民族百姓時總有一種優越感，即便是本族的人有些什麼恃強凌弱的舉動也不以為然，可這一次受害者是本族人，他們不免有點情虛膽怯了。

緊接著，拓跋昊風、拓跋昊地兩個堂兄弟做為原告也登上大殿，將嵬武部落如何挑釁、攻打其部落的事情原原本本地訴說了一遍，最後被帶上殿來的，則是嵬武部與蒼石部落作戰時被俘的傷兵敗將，拓跋寒蟬兄弟如何驕橫野蠻，撕毀聖旨、斬殺欽差的事，由他們親口供述，更是鐵錚錚的事實，再不容人狡辯。

林朋羽將眾人口供一一當堂錄下，讓他們簽字畫押，然後離開小几，返身向楊浩躬身道：「大王，臣奉詔，審理嵬武部落擅離職守、挑釁蒼石部落、斬殺欽使、撕毀詔書、目無君上、跡同謀反一案，現在人證、物證俱在，向大王覆旨。」

楊浩高踞上位，凜然問道：「證據確鑿？」

林朋羽沉聲道：「確鑿！」

「事實清楚？」

「清楚！」

「好，你是刑部尚書，你來說，拓跋寒蟬、拓跋禾少，該當何罪？」

拓跋武與幾個部落頭人對視了一眼，見此情形已知道楊浩是鐵了心要辦這對混蛋兄弟的罪了，說不定還要處以重刑，把他們幽禁興州，看來想為他們完全脫罪已不可能，眼下只能想辦法把他們的罪責減輕一些，最好繳些牛羊馬匹贖罪也就是了。

這邊正暗暗盤算著，林朋羽已斬釘截鐵地道：「拓跋寒蟬、拓跋禾少，為逞一己私欲，不顧大局，排擠打壓蒼石部落，迫其部民無奈投敵，此舉與資敵無異，按我西夏律，當斬！」

拓跋武等人聽了頓時一驚，一雙雙眼睛都瞪大了起來，在他們的想法中，楊浩想要嚴懲拓跋寒蟬兄弟，最大的懲罰也不過是把他二人幽禁興州，在其子姪兄弟中另擇幾個聽話的來執掌部族事務，絕對沒有想到竟有死罪。這已完全超出了他們的估計了。僅是把這兩人剝奪職權，幽禁興州，這些頭人酋領都覺得嚴重了，如今竟是死罪？這些人一時驚在那裡，竟然沒有出聲反駁。

林朋羽繼續擲地有聲地說道：「拓跋寒蟬、拓跋禾少，未奉詔諭，擅離職守，若非朝廷及時發覺，調楊延朗將軍駐守兜嶺，我西夏雄關必被隴右吐蕃唾手而得，如此昏庸荒唐，險釀無窮禍患，其罪較之臨陣脫逃，猶重三分，楊尚書，你執掌兵部，如此行為，依軍法當如何處罪？」

楊繼業立即答道：「依軍法，當斬！」

林朋羽轉身又向楊浩說道：「拓跋寒蟬、拓跋禾少擅離駐地，為爭草原牧場，對蒼石部落動武，此一戰，雙方部落百姓致死者九十四人，致殘者六十三人，致輕重傷者數百人之多，按我西夏律，當斬！」

「拓跋寒蟬、拓跋禾少，在犯下一系列重罪之後，猶不知悔改，竟然撕毀聖旨、斬殺欽使，與朝廷為敵，此舉與反叛無異，按我西夏律，當斬！」

「拓跋寒蟬、拓跋禾少罪大惡極，數罪並罰，依律應予處斬！」

楊浩目光一掃，沉聲問道：「大理寺、都察院！」

「臣在！」

「刑部量刑適當否？」

「準確無誤！」

楊浩睨了眼呆若木雞的拓跋武等人，厲聲說道：「既然如此，孤王准了，拓跋寒蟬、拓跋禾少，十日之後，午門處斬！」

拓跋武大驚失色，搶上一步道：「大王……」

他話還沒有說完，一直冷眼旁觀的文武百官齊齊跪倒，高呼道：「大王英明，臣等遵旨！」

這些人就像事先商量好了似的，齊刷刷一聲喊聲震屋瓦，拓跋武聽得心中一寒，下面的話竟然沒有說出來。

楊浩緩緩坐下，輕輕嘆息一聲，一副悲天憫人的模樣道：「拓跋寒蟬、拓跋禾少犯下十惡不赦之罪，理應處斬。可他們有罪，嵬武部落數千帳百姓卻是無辜的，本王不能因拓跋寒蟬兄弟二人之罪，讓這數千帳百姓流離失所，無家可歸呀。這兩人一死，嵬武部落數千帳百姓如何安置呢？种大學士，你……可有良策呀？」

拓跋青雲人老成精，看出拓跋氏的驕橫已犯了眾怒，觸了楊浩的真火，而拓跋氏內部也不和，拓跋蒼木、李繼談、李天輪等人分明已是鐵了心跟著大王走了，便湊近拓跋武，正要悄聲勸他忍耐，且回去向族叔李之意請教一番再說，一聽這話，心中怵然一驚：「難道……這還不算完，大王……竟是要讓寃武部從世間徹底消失不成？」

*　　*　　*

「幹掉那些小矮子！」

「伊道可瑞那十道！」

「衝啊，殺呀！」

「呀及給給！」

山坡上，兩隊人馬衝向對方，大叫大嚷著廝殺在一起。

其中一隊人馬平均個頭只有一米五多一些，有些稍高些的大致在一米六左右，大部分舉著竹槍，每十個人左右有一個持長刀的首領，雖然身材矮小，倒也墩實有力，動作也很靈活。他們大多穿著簡陋的衣服，身上還套著簡陋的藤甲，腳下穿著一雙草鞋，好像一群忍者神龜。

而他們對面，卻是人高馬大的一群江湖好漢，這些人平均身高比這些小矮子高出兩頭不止，一個個身材魁梧，手中的武器五花八門，九環大砍刀、雙手闊劍、三股托天叉、單手朴刀、紅纓槍，還有銅鐧、鋼鞭等不少偏門武器。

在他們後方，穩穩當當地站著兩個人，一個年約五旬，神凝氣穩，氣度威嚴，略顯花白的頭髮，卻像一桿槍似地立在那兒，在他旁邊，是一個髮梳馬尾，一襲玄衣，膚白如雪的美少女，穿著一身緊身衣，腰間佩著一柄短劍，好整以暇地觀看著戰場情形。

這兩個人，一個是汴河幫原龍頭老大張興龍，另一個就是折家五公子折子渝。

折子渝到了日本之後，忽然發現這裡的民智雖然尚未開化，所謂的大大小小的領主們簡直就像是鬧笑話，但是這裡的資源倒很豐富，尤其是金銀礦很多，有些根本就是露天礦，而許多領主，由於生產能力極其有限，空據寶山，卻仍過得像個叫化子。

折子渝登時打起了他們的主意，西夏到日本如今還隔著遼國和宋國，他們沒有出海口，即便能弄到大批的原礦，抑或是就地提煉，也很難把那麼多的貴重金屬安全運到河西，不過眼見這麼一筆龐大的財富輕而易舉就能掌握，卻因為這點小小困難而把它輕易放過，那卻不是折子渝的性格，不管以後能不能用上，先把這些金銀礦山占下來才是道理。

如果本地這些領主們擁有強大的武力，折子渝或許會用合作的方法分攤利益，但是當她發現就憑汴河幫老大張興龍帶過來的百十名幫會兄弟，就能在這猴子群裡稱霸王的時候，一條更加節省成本的方法，便很容易地擺在了她的面前。

她開始鼓動張興龍，讓他反客為主，架空藤原領主，吞併其他領主，開始了在異國他鄉的擴張之路。本來張興龍沒有這個意思，一來是江湖義氣作崇，藤原把他供奉得跟活祖宗似的，現在翻臉把人家踢下臺，自己當家作主，他有點不好意思。二來也是中原上國的傳統觀念影響，在他心目中，做個中原的富家翁，也比在這種地方當個土皇上還舒坦，他原本就沒打算在這兒長住。

可是發生在宋國的一件事，改變了他的想法，使他很痛快地接受了折子渝的建議。宋國那邊，朝野間展開了轟轟烈烈的清洗運動，朝中老臣受趙光美一案影響，罷官的罷官，流放的流放，看出點眉目主動下臺致仕還鄉的也大有人在，宋琪、賈琰、程羽等晉王潛邸之臣紛紛上位，把持了朝中的重要職位。

這場風波很快蔓延到民間，趙光義開始對河運四幫下手了。當初汴梁缺糧，朝廷束手無策，漕運四幫在其中發揮了多麼大的作用，他一清二楚，他豈肯把國家命脈讓一群江湖幫派把持住？那一回他從如雪坊柳朵兒處返回皇宮時，正好見到張興龍公開傳位於薛良，場面氣派，熱熱鬧鬧，無數的江湖好漢會聚汴河碼頭恭賀，當時便已引起了他的忌憚。

這一次公主和宋皇后、趙德芳三人潛逃出京，所用的無外乎是車船馬匹，涉及河運陸運等等幫派，雖然他沒有掌握真憑實據，但已經足以促使他下定決心，清理這些附生於國家經脈命脈卻不受朝廷直接掌控的力量了。緊接著鄭家和崔家的鬥法，掀出了車船店腳各個行當更多的問題。

這兩家有意借宋廷之手摧毀對方的力量，不斷洩露揭發對方的生意產業，這麼龐大的經濟體，很難保證做生意處處循規蹈矩遵守國法，那些走私偷稅的把戲一洩露出來，便受到了朝廷的嚴厲制裁，雙方動用武力和經濟手段在暗中鬥法，明裡又借朝廷的刀殺人，鬥得不亦樂乎，趙光義卻從中漁利。這些生意難免又牽涉到漕運四幫，掌握了真憑實據，趙光義便開始下猛藥了。

薛良在日本住了半個月，放心不下汴梁那邊的兄弟，便返回了中原，等他回去之後，東京汴梁已物是人非，漕運四幫成了過街老鼠，民不與官鬥，除非他想挑旗造反，面對國家機器的打擊，根本沒有反抗之力，無奈之下，薛良乾脆帶著他找到的一眾兄弟再次東渡。

這一次，薛良就帶來近萬人口，這麼多人要吃要喝，要穿要用，張興龍家底再殷實也不能坐吃山空，本來他聽了折子渝的話還有猶豫不決，這時馬上從善如流。近萬人口除去老幼，其中拳腳了得的江湖好漢不下四千人，要架空藤原領主都無須動手，只是一個眼色過去，藤原就乖乖地讓賢了，不過他眼下還掛著一個名頭，這也是為了方便成事，等到實力足夠龐大的時候，這個名義上的領主便不重要了。

擴張之路就此展開。

扶桑的金礦幾乎遍布整個本州、四國島的大多數地方，論規模集中儲量大的話，主要集中在本州島東北部，也就是所謂的奧州一帶，銀礦更是盛產，尤其以石見國儲量最高，幾乎不用探勘，在礦區選個山頭一鋤頭下去就有可能挖到銀礦石，稍加冶煉就是不錯的銀錠，彷彿就是露天銀礦。

折子渝依據了解的情況，開始對各路領主遠交近攻，向不受領主們重視的皇室贈送禮物以示恭敬，與此同時，有計畫有目標地開始擴張。

這些領主們坐擁寶山而不用，一是缺少相應的生產技術，二就是人力有限，挖礦需要大量的人手，更需要礦區附近的穩定，而領主們不但缺少人力，彼此間還時常征戰，這樣自然無法安心生產。

折子渝自任軍師，鼓動張興龍頂著藤原領主之名四處征伐，歸順的領主也就罷了，不恭順的領主及其武士，一旦落敗就貶為奴隸，讓他們去挖礦，至於提煉技術，汴河幫的人來自三山五岳、各行各業，找幾個冶煉高手倒是不難，於是乎，「藤原領主」一下子成了日本列島大大小小領主中的名人，其吞噬擴張速度和兇悍程度，被人稱為「鱷魚藤原」。

眼下與汴河幫好漢交手的是上杉領主，上杉領主是個比較有實力的高級武士，手下擁有一百武士多名武士，此外戰時還可以動員兩千多名農民，但是這樣的實力顯然和汴河幫仍然不在一個層次上，這次大決戰很快就以上杉領主的全面潰敗結束了。

這時的日本領主還很難統御一支合格的軍隊，或者使用什麼戰術戰法，而汴河幫的人也不是正規的軍隊，雙方的會戰以前都是打群架的模式，在那樣的情形下，這些領主也很難討好，如今在折子渝的調教下，這些江湖好漢已經懂得了聞鼓而進，鳴金則退，觀旗布陣，漸漸有了點軍隊的樣子，那些領主自然更加不是對手。

張興龍看著自己的兒郎大展神威，欣然自得，折子渝的一雙美眸卻一直緊張地關注著一個矮小的戰士。那個比起人高馬大的汴河幫漢子顯得非常嬌小的戰士，穿著一身輕巧的皮甲，就連臉上也戴著遮擋嚴密的頭盔，這是折子渝仿照楊浩麾下的那支歐式重甲騎兵的裝備改製而成的，可以最大限度地保護戰士的安全。

但是像這個戰士這樣打扮的人，在戰場上只有一個，而且注意觀察的話，會發現在他周圍，有幾個身手特別高明的漢子，不管是衝鋒還是撤退，抑或是衝擊敵人側翼，他們始終以這個身材嬌小的武士為保護核心，完全是圍繞著他在行動。

追了一陣，眼見那些小矮子們逃得飛快，這個穿著全身皮甲的武士停止追趕了，轉身往回走來，到了折子渝面前，他一掀頭盔面罩，露出了一張汗津津的俏臉，柳眉杏眼，櫻桃小口，俏美如花，竟然就是永慶公主。

折子渝明顯鬆了口氣，微笑道：「公主其實不必親身上陣的，如果公主真要學，也該學調兵遣將、排兵布陣，學天子劍、諸侯劍，而非匹夫之劍。」

永慶公主做了個甩頭的動作，搖了搖繫成馬尾已被壓低的秀髮，抽出一方手帕拭淨劍上鮮血，「嚓」的一聲將利劍還鞘，這才冷冷地說：「匹夫之劍會聚千萬，就是天子之劍。再說，匹夫之劍可以鍛鍊一個人的意志、勇氣和體魄，我要學的有很多，匹夫之劍，也要學！」

折子渝輕輕嘆了口氣，自從知道宋皇后和趙德芳身故之後，這個小公主就變成了一塊冰，再也沒有見過她微笑的樣子，折子渝知道她滿腹仇恨，而且充滿自責，卻不知道該如何開解她，或許……她的心結，只有見證趙光義的死亡時才能解得開。

這時，一個日本武士裝束的矮個子男人飛快地向他們跑來，到了他們面前恭敬地站定，向折子渝扶劍躬身道：「五公子，您約見的人已經來了，奉您之命，我們剛剛把他們從海上接過來。」

「哦？」折子渝眉梢一挑，閃目望去，只見遠處又有一個武士，引著幾個彪形大漢正向這裡走來，那幾個人穿著粗陋的皮襖，前額和頭頂的頭髮剃得精光，發青的頭皮在陽光下閃閃發亮，只餘一半的頭髮辮成兩條長辮，繫著絲帶垂於腦後。折子渝立即欣然迎了上去……

五百九一　原來如此

向折子渝走來的是幾個女真人，一見折子渝向他們迎來，幾個女真勇士馬上站住腳步向她撫胸施禮，態度十分恭敬。

女真人和党項人一樣，商周時期亦隸屬於中原帝國。當時他們被稱為肅慎人，虞舜時期，肅慎人就曾向天子貢獻弓矢。禹定九州時，周邊諸族各以其職來貢，其中也有肅慎一族。周武王時，又向武王貢楛矢石砮，周人列舉其疆土時，稱肅慎、燕、亳之地，乃吾北方土地。

歷數千年以來，這個民族在艱苦的環境中始終堅強地繁衍生息著，後漢時期肅慎人被稱為挹婁。南北朝時又稱勿吉，隋唐時期稱為靺鞨。武則天時期，靺鞨首領大祚榮建立渤海國，靺鞨各部皆依附於他，渤海國立國兩百多年後被遼國所滅，從此靺鞨人散布於白山黑水之間，勢力漸漸微弱，女真就是古語肅慎的不同音譯。

女真人按照由南向北的順序，次第趨於落後，越是鄰近宋遼的地方，越是相對文明、發達，但是這種富裕也僅僅是相對於他們自己的族人而言，較之宋遼，他們還是非常貧窮落後的，除了打獵、採擷和簡單的農耕，他們別無生存手段，相對發達的地區在掌握了一定的航海能力後，就有些人越過日本海峽，時常到日本列島打打秋風。

上一次他們來時，那個港灣已經落到了藤原領主的掌握之中，汴河幫多年經營漕運，擁有極為強大的潛勢力，張興龍、薛良眼見朝廷逼迫甚急，決心遷往日本避難，因此再無顧忌，動用了他們的全部力量，調集了上百條大船，將願意追隨他們離開的幫會兄弟及其家眷全部遷了過來。

這樣，他們一下子便擁有了一支強大的水軍，這支水軍雖是江湖人組成，但是比起日本水軍來也毫不遜色，日本當時並沒有大型戰艦，雖說他們曾有過與唐軍白江水戰的「輝煌戰績」，可當時傾國之力，籌措了一千多條船、一萬多水軍，在唐軍七千人，不到兩百艘戰船的打擊下卻大敗而歸，日本人自己的史載中說「須臾之際，官軍敗績」，次日集合殘部一哄而上，又被唐軍夾船繞戰，燒燬其「戰艦」四百多艘，赴水溺亡者不計其數。

以區區百餘條船，可以將上千條「日本戰艦」給困得突圍不得，眼睜睜被大火燒燬，可見其戰船的大小。另外，唐軍七千水軍一百七十條船，而日軍僅比他們多了三千人，竟要使用一千多條戰船，從他們的戰船載員量，也可看出他們所謂的戰艦是些什麼貨色。

到了宋朝時，中原的航海技術進一步發展，造船業更加先進，與他們之間的差距拉得就更大了，雖說汴河幫的船不是正式的戰艦，但是他們運輸貨物，尤其是運營日本、高麗、呂宋，船隻不只堅固、快速，還要用武力對付海盜，因此稍加改裝的艦船在那裡已經算是十分了得。

女真人因生活艱苦，練就了一身膽魄和強健的身體，三人同行便能獵虎，但是這些打秋風的女真人遇到汴河幫的水上好漢，不但沒有占到一點便宜，想要逃跑時還被連船帶人都截了回來。

折子渝聽說此事後，便阻止了將被俘女真人統統斬首示眾的做法，在她看來，這些女真人還是大有用處的，尤其是日本島孤懸海外，宋遼兩國的體制相對完善，在那裡都不便有過多的行動，只隔一道海峽相望的女真人便有了利用的價值。

這邊的財富如果將來想要運往中原，對面一定得有個碼頭，有接頭人。掌握著出海口的，除了宋遼就只有女真人了。同時女真人與遼國之間的關係並不好，他們的力量雖不足以抗衡遼國，想要牽制遼國還是辦得到的，折子渝從來沒有天真到因為遼和西夏聯手有利於共同扼制宋國，兩國就會成為親密無間的兄弟之國。國與國之間只有利益，遼雖是盟國，但沒有宋這個敵人，焉知來日遼國不會露出尖牙利齒，對楊浩不利？如果能和附屬於遼國，卻又不時與遼國出現矛盾的女真部落有比較密切的聯繫，或許他們會成為一路奇兵。

出於未雨綢繆的考慮，折子渝饒了他們一命，並且和他們建立了貿易關係，用很公平的價格收購他們的皮毛、山珍、草藥等物，折子渝對他們的幫助雖然對她自己來說是微不足道的，但是對這些生活貧苦的女真人來說，那些收入已足以讓族人過上比較舒適的生活。他們本來的產物，都被遼人和宋人以極低的價格收購，由於他們別無市場，也只能忍氣吞聲，折子渝的示恩，令他們對這位神祕的「五公子」十分敬畏。

這一次來，他們租借了汴河幫的大船，運來了更多的貨物，這些貨物對曾運送過價值連城的絲綢、茶葉、瓷器等中原財制的汴河幫來說不算什麼，可對他們來說卻是意義重大，因此安車骨部落的少族長珠里真親自押陣，率領著族中勇士運送而來。

折子渝留下張興龍打掃戰場，自己陪同這幾個女真勇士返回了城中。接收了珍珠、人參、貂皮等各種水陸奇珍之後，折子渝將他們請進客廳，設茶相待。

珠里真盤膝坐定，伸手一拂他的辮子，恭敬地說道：「五公子，這次運來的貨物，是我們安車骨部落迄今為止全部拿得出手的貨物了。去年冬天採摘捕獵的東西，在此之前已廉價賣給了遼人和宋人，不過以後只要五公子您這裡需要，我們不會再賣給這些趁人之危的黑心商人一件東西。」

折子渝莞爾一笑道：「好得很，這些東西你們有多少，我就要多少。」

她頓了一頓，又道：「總之，你們有多少，我就收多少，多多益善，價錢公道，這一點你不必擔心。」

珠里真一聽喜出望外，折子渝卻也心中暗喜，女真人沒有遠航能力，只能廉價把東西賣給她，而她轉手再賣到宋國、呂宋、交趾，甚至更遠的地方，獲利十倍不止，有鑑於此，她覺得宋遼兩國的商人實在是心太黑了些，因此這些女真人實在是太窮了些，那麼暴利的貨物，還要剝削得讓他們連溫飽都辦不到，這樣的商人她真的做不來。

當時的女真人，女子辮髮盤髻，男子辮髮垂後，和後來的女真人不同，而且當時女真人的髮辮是兩條，髮辮上以絲帶繫之，有錢人會綴之以珠玉。按理說，一族之長是一族之中最富有的人，可是眼前這位珠里真少族長腦後的髮辮上所用的帶子不是絲綢，而是染色的布帛，玉石墜飾倒是有兩片，卻也是質地最差的玉石，根本值不了幾個錢。一族少族長都這般寒酸，他們的日子可想而知。

珠里真喜形於色，連忙欠身致謝，折子渝抿一口茶，淺笑又道：「對了，我需要的貨物很多，遠洋一次，總要多帶些貨物才值回本錢嘛。我從日本國這邊收集了一些土特地產，再加上你運來的，還嫌有所不足，你說這是自去年冬天之後，直至如今全部的貨物……也不算多呀。」

接著，折子渝卻輕輕搖頭嘆道：「事實上，我不是吃不下，而是不夠吃啊。」

她的一雙妙目微微一睇珠里真，見他露出惶恐不安的模樣，囁嚅著不知所措，不禁暗暗搖頭：「這些山裡人……看來我的話還得說得再明白些才行。」

折子渝便淡淡地道：「你們一個部落拿不出足夠的貨物，那麼幾個部落呢？少族長似乎可以多聯繫幾個部落，如果能收來更多的貨物，我多派幾條船也就是了。至於價錢，你完全不必擔心。」

珠里真趕緊道：「珠里真相信五公子，自然不擔心價錢的問題，只是……」

珠里真臉上露出為難的神色，卻欲言又止，折子渝心知肚明，女真人的地盤十分貧瘠，各個部落間也存在著競爭關係，安車骨部落遇上了折子渝這個貴人，巴不得獨占這條財源，使得安車骨部落成為女真諸部中實力最強大的一族，又豈肯讓其他部落搭順風車。

折子渝淺淺笑道：「其實珠里真少族長完全不必擔心，我是個商人，只要貨物就行了，是誰來交易都沒關係。所以……少族長完全可以向其他各部以高於宋遼兩國商人的價錢收購其他部落的貨物，我會以一個公道的價格再轉手從你手中收購，就算先預支一些金銀給你也沒關係。這樣的話，那些弱小的部落必然投靠安車骨，即便是強大的部落，也得仰你們的鼻息、看你們的臉色，對安車骨部落來說，是不是更好一些呢？據我所知，完顏、夾谷、朮虎、徒單、烏林答諸部的實力不在你安車骨部之下，而且完顏部落、紇石烈部落還是你們的世仇，如果安車骨部按我說的去做，他們還有什麼本事與你們相爭呢？」

珠里真倒也不蠢，一聽這話，瞿然驚醒，仔細品味著折子渝的話，更是心花怒放，當即感激涕零地道：「多謝五公子指點，珠里真知道怎麼做了。」

折子渝滿意地一笑，珠里真又頓首道：「珠里真回去之後，就按五公子的吩咐著手此事。不過……下一次來，恐怕要待明年春天了。」

折子渝秀氣的雙眉微微一蹙，訝然道：「怎麼需要那麼久？以我提供給你們的大船，再加上那些經驗豐富的水手，又只是一道窄窄的海峽，也需要如此顧忌冬天的氣候嗎？」

珠里真苦笑道：「五公子誤會了，我說明年春天才能再來，倒不是畏懼風浪，五公子提供的大船實在是平穩之極，又何懼些許風浪。只是……因為獵取海東青的時節到了。」

折子渝失笑道：「不會吧？你們的部族究竟有多少人？獵幾頭鷹，還要舉族上陣不成？」

珠里真臉色一紅，說道：「這個……倒不是海東青難獵，實在是……嘿！」

珠里真重重地一拍大腿，說道：「我們自稱為女真人，在我們的語言中，這女真就是海東青的意思，「海東青」體型雖小、卻是一種很兇猛的鷹，本來是獵人最好的助手。不過，卻也沒有那麼重要，重要到我們全族要拋下生計去獵鷹，我們各個部落如此看重獵鷹，實在是有說不出的苦衷呀。」

折子渝來了興趣，好奇地道：「少族長不妨說一說，聽你一說，我對這鷹也有些興趣了。」

珠里真舔了舔嘴脣道：「遼國滅了渤海國之後，我們女真人便依附了遼國，既然做了遼國的附庸，那便得向遼國朝貢。」

折子渝笑道：「既然稱臣，當然要上貢，這倒也合情合理。」

珠里真道：「是，可是我女真人貧窮，我們窮得連做飯的鍋都沒有，都要靠遼國施捨。哪有什麼可以讓遼國皇室看得上眼的東西，所以每年上貢的東西都很寒酸。後來，遼國的皇室宗親、權貴勳卿們開始熱衷於打獵，他們發現海東青是最好的獵鷹，無不以擁有一隻海東青為榮，所以便四處搜刮海東青。

「而這海東青只產於我們女真人的領地之內，於是遼國便把海東青列為貢品之一，規定我們每年都要進貢一定數量的海東青，如果辦不到，就要繳納五倍的貢品。我們的部落……實在是太貧窮了，哪能繳納得起那麼些稅賦？然而海東青又不是耗子，可以漫山遍野的到處都是，這種神鷹在我們女真人那裡也是稀罕物，現如今只有更北方的部落境內還有，為了能夠獵到神鷹，我們就得到北方部落去，北方部落也視這鷹為最貴重的財物，豈肯拱手相讓？

「所以……說是獵鷹，其實每年為了獵鷹，我們南方諸部都得和北方諸部大打出手，一旦捕到了神鷹，為了把神鷹占為己有，我們南方諸部之間還要不停地打仗……」

珠里真越說臉色越沉重，眉頭擰成了一個大疙瘩，有些悲戚地道：「我二弟，就是為了爭鷹而慘死在完顏部落勇士箭下的，我三叔……也是為了獵鷹，結果致殘癱瘓，他本來是我族第一勇士，如今……如今只能癱在床上，就連飲食便溺，都得要人料理。」

珠里真在自己大腿上重重地捶了一拳，眼中已閃出晶瑩的淚光。在他身後，幾名女真勇士都黯然垂下頭去。

折子渝蹙眉思索片刻，漸漸露出欣賞的神色，問道：「列海東青為貢品，若無海東青，繳納五倍稅賦，這是什麼時候列的規矩？」

珠里真道：「便是當今蕭太后成為皇后的第二年頒布的旨意，遼帝多病，當時，蕭后已經秉政，因為我們女真部落苦於貢賦不足，所以娘娘頒下了這道旨意。」

折子渝一雙妙目凝注著他，問道：「那麼……你三叔，你二弟，都因為獵鷹而下場淒慘，你恨蕭后嗎？」

珠里真重重地一搖頭：「有什麼好恨的？允許我們以海東青抵納稅賦，其實是一件好事，畢竟，只要獵到了鷹，我們的部落每年都能節省很多的財物，能少餓死一些人。雖說為了獵鷹要打仗，其實日子比起以前還要好過一些。」

折子渝輕輕笑了，抬起一雙素手，輕輕鼓掌道：「好手段，好心機，本公子現如今可真的是有點佩服這位蕭娘娘了。」

珠里真疑道：「五公子說什麼？」

折子渝嫣然笑道：「古有晏嬰二桃殺三士，今有蕭綽神鷹亂女真，當真是女中豪傑，如果有機會，我真想跟這位蕭娘娘鬥一鬥智計本領。」

珠里真瞠目道：「什……什麼二桃，雁鷹是什麼鷹？」

折子渝「嗤」的一聲笑，這才說道：「這是中原的一個典故，不說也罷。我的意思是說，蕭娘娘並不是想列海東青為貢品，好賞賜給諸部首領，縱容他們聲色犬馬、不務正業，而是想藉此避免女真諸部的團結。為了一頭海東青，女真諸部自相殘殺，蕭娘娘的臥榻之旁，可是安全得很啦。」

珠里真雙眼霍地瞪得老大，好像吃人的老虎一般死死地瞪著折子渝，頰上的橫肉一下下地抽搐著，神色漸轉猙獰，太陽穴怦怦直跳，額頭的青筋都繃了起來，好像一條條青色的蚯蚓，看來好不嚇人，折子渝卻只是好整以暇地坐著，風輕雲淡，神色自若。

「原來如此，原來如此……」珠里真喃喃半晌，忽然大吼一聲，缽大的鐵拳重重捶下，「轟」的一聲，他面前堅實的矮几被他一拳砸得粉碎，拳頭迸裂，鮮血直流，珠里真卻恍若未覺，只是咬牙切齒地說道：「原來……如此！」

西夏，興州，楊浩一錘定音，決定了拓跋寒蟬兄弟的生死，可是事情並沒有因此完結，反而掀起了一場聲勢更加浩大的風波。

拓跋寒蟬兄弟被判了死刑，嵬武部落澈底取消了酋領制度，對所有族民每十戶編為一什，每五什編為一隊，每兩隊編為一旅，每五旅編為一團，若干個團則合併為一個兵團，什長、隊長、旅長、團長和兵團長及其副手，由朝廷層層任命，每層為一個控制層次，由考評政績決定遷左的制度。

這樣，這些牧人既適合繼續保持游牧生活的特點，其領導權也牢牢地把持在了朝廷手中，即使是兵團長懷有不軌的野心，由於任免之權不在他的副手、以及團長、旅長及其各自的副手之手中，想要像以前那樣如臂使指地調動他們，指揮他們按照自己的意志與朝廷為敵，其難易較之以前何止增大了百倍。

大王竟然要殺了拓跋寒蟬兄弟，大王竟然因為拓跋寒蟬二人之罪，取消了一個酋領世襲罔替的部落，把它直接納入朝廷的轄制之下，這一舉措就像捅了馬蜂窩，拓跋氏貴族們悲憤了，暴怒了，他們從未像現在這樣團結，從未像現在這樣拋卻機心，真誠地攜起手來，決定為了保護自己的權益而反擊了。

反應最強烈的，提出了清王側，誅种放，以兵諫令楊浩收回成命，不過眼下這種觀

* * *

點還不是主流，壓力主要來自於李之意，這個老頭子雖然一手策劃了這起詰難楊浩的事件，但他並不想把楊浩趕下臺，不管怎麼說，楊浩代表的是他們拓跋家，要是楊浩下了臺，老頭子從子姪中還真找不出一個那麼有出息的出來挑大梁，要是把個西夏國鬧得四分五裂，拓跋氏的下場未必比現在更好。

但是他也並不甘心就此服輸，他還要做最後的抗爭。

李天輪、李繼談、拓跋蒼木等人雖然早就知道楊浩為了嚴肅綱紀，教訓一下那些以皇親國戚自居的拓跋氏族人，卻也沒有想到楊浩做的這麼絕，居然把嵬武部落澈底解體，取消了該部頭人世襲罔替的權力。他們也有自己的族眾，不只在朝中有官職，更是自己部族的領袖，對楊浩的這種做法，他們也本能地有些抵觸。

可是他們更知道，他們已經走的太遠，開弓沒有回頭箭，他們現在已經和拓跋氏族人中的傳統勢力澈底決裂，他們的命運前程全都和楊浩綁在一起了，只能前行，再無退路。一旦楊浩敗了，頂多削弱他的權力，把這個大王還原成一個不夠強勢的可汗般的人物，而他們這些拓跋氏的叛徒，則只有死無葬身之地的下場。他們的族民會被其他部落吞併，他們的嬌妻美妾會淪為其他酋領的玩物。

所以，當他們聽到族人們祕密串聯集會，蓄謀對抗楊浩的時候，他們比楊浩還要心急，迫不及待地跑去王宮把這個消息稟報了他，他們唯一想要的，就是請大王先下手為強！

楊浩倒是老神在在，悠然自得。他似乎根本不信那些失意貴族們敢造自己的反，在他看來，這些傢伙不過是像女人一般，玩些一哭二鬧三上吊的手段，他很貼心地安撫了一番這些已經鐵了心站在自己這邊的拓跋氏族人，便興沖沖地與焰王妃努力造人去了。

自從知道了她們不孕的原因之後，楊浩每日都是鋤禾日當午，汗滴禾下土，鞠躬盡瘁，不遺餘力，在他的努力之下，竟是年紀最小的妙妙率先懷孕，緊接著清吟小築主人一嗅了油膩也開始乾嘔起來，反倒是唐焰焰的腹皮依然平坦如舊。

焰夫人心急如焚，特意去向冬兒請了道懿旨，剽悍地宣布：在她成功生孕之前要獨霸後宮！

壟斷莫如競爭，眼看著齊人之福變成了焰女王的獨舞，楊浩也想努力改變這種局面，於是乎一桿鋼槍，天天抗戰，兩口子就算新婚的時候都沒像現在這般，好得蜜裡調油。

李繼談等人無奈只得回去暗自調動本族人馬，悄悄做好應變準備。

十天，彈指間便過去了，今天就是公開處斬拓跋寒蟬、拓跋禾少的日子，整個興州都摩拳擦掌，這天一早，一騎絕塵而來，自甘州趕來的一名軍驛信使，背插三桿紅旗，懷揣十萬火急的軍情奏報，馳向王宮大內！

五百九二　死難為鬼雄

甘州驛使傳來一個令人震驚的消息：甘州阿古麗，反了。

因為今日要處斬拓跋寒蟬兄弟，拓跋部落的許多貴族這些日子鬧得不可開交，一些老成持重的大臣也開始覺得處罰太重了。當然，論罪，這兩個人是應該處死的，可是法理不外乎人情，法理尤其是要服從於朝廷的利益，眼下看，對拓跋寒蟬兄弟予以幽禁，在其族人中另擇賢良擔任酋領，無異是穩定朝綱的更好做法，於是許多大臣上朝，試圖勸說楊浩回心轉意，做最好的努力。

恰在這時，甘州驛使趕到，帶來了甘州回紇造反的消息，頓時如旱地驚雷一般，在朝堂上引起了一片軒然大波。

楊浩把驛使傳上大殿，親自詢問，這才知道事情原委。原來斛老溫勾結阿里王子，一個行刺阿古麗，一個行刺蘇爾曼，試圖把整個部落重新掌握在手中，結果兩人雙雙失手，阿古麗負傷潛逃，得到了自己部落的保護，隨即與駐紮肅州的張浦取得了聯繫，調了一路人馬來，保護她安然返回了甘州。

此時蘇爾曼親率本部人馬，與斛老溫的族人正打得如火如荼，阿古麗重現甘州，斛老溫卻已身故，他的弟弟和兒子威信遠不及他本人，對族人的掌控力本就有限，這時在阿古麗、蘇爾曼和肅州兵馬三路夾擊之下，迅速發生了叛亂，斛老溫的堂兄小滿英殺了他的堂弟和姪子，提著人頭陣前乞降，甘州重新平靜下來。

可是此後不久，張浦調往甘州協助阿古麗穩固政權的軍隊與當地部族百姓卻頻生磨擦，雙方關係迅速惡化，不久，一個部族頭人出殯的時候，因為與肅州援軍發生衝突，於街頭群毆一場，雙方各有死傷，於是各自糾集了更多的人馬，一時劍拔弩張，估固渾頭人蘇爾曼親自出馬，與肅州援軍將領交涉，雙方各不相讓，若不是阿古麗出面彈壓，恐怕肅州援軍與當地部族就得大打出手。

此後不久，阿古麗的人在當地黑水城廢墟下面發現了一個當年月氏王國的地下寶藏，肅州駐軍鬧訊要分一杯羹，甘州回紇得此寶藏喜不自勝，到口的肥肉豈肯相讓，於是雙方鬱積已久的矛盾終於全面爆發，阿古麗得到了這筆寶藏，實力大增，也變得強硬起來。

阿古麗態度的改變，使得回紇諸部更加有恃無恐，雙方由衝突迅速演變成了全面的大戰，阿古麗扯旗造反了。

阿古麗得到了黑水遺寶，以此招兵買馬，積蓄糧草，一時聲勢大振，竟然把肅州駐軍趕了出去。張浦自肅州聞訊趕去平叛，卻也連連失利，如今正節節敗退，向興州逃來。

事情原委一說，大殿上頓時人聲鼎沸，有人怒不可遏，要求馬上派軍平叛，有人則趁機聲言，這是大王瓦解嵬武部落、取消其世襲制度，使得諸部頭人心生不安之故，要求楊浩改弦更張，改變策略。

楊浩聞言哂然冷笑道：「昔日夜落紇仍在時，甘州回紇三十萬兵馬，尚且不堪一擊，如今只是阿古麗一個婦道人家，甘州回紇又元氣未復，她折騰得出多大的風浪？甘州之亂，本王彈指間便可平息，何足道哉？」

李天輪搶步出班，奏道：「大王……」

楊浩猛一揮手，道：「毋須多言，大不了本王再一次御駕親征，小小阿古麗，還怕她翻上了天去？以阿古麗之亂而為拓跋寒蟬開脫者，更是荒唐。本王心意已決，立即集結兵力待戰，等張浦趕回來，掌握了詳細情形再說。眼下嘛，立即處斬拓跋寒蟬、拓跋禾少，以正國法，以儆效尤！藐視本王、藐視國法者，必受嚴懲！」

* * *

刑場上，拓跋寒蟬、拓跋禾少兩兄弟蓬頭垢面，往日囂張的氣焰全然不見。

很多年了，就算是李光睿也沒有對麾下強大的部落首領有過太嚴酷的舉動，他們的戒懼之心已經淡薄了。當他們被押上刑場，劊子手執著雪亮的鋼刀站在他們身邊的時候，他們才想起來，並不是每一個反叛者都能得到寬宥的。當年綏州刺史李彝敏打起反旗，他的親二哥李彝殷又何曾手下留情？他親手砍下了三弟的腦袋，挑在竿頭。

拓跋寒蟬兄弟終於知道怕了，他們後悔當初不該聽從族人的挑唆，冒犯楊浩。楊浩雖然平時看著和氣，可他的天下畢竟是他一刀一槍親手打下來的，一個馬上皇帝，親手打天下的君王，又有哪個缺乏魄力、缺乏勇氣？如果上天能再給他們一次機會，他們絕對不當這個出頭鳥！

兩隻呆鳥神智恍惚地被綁在行刑臺上，就連站在一旁的拓跋武在說些什麼，兩個人也沒有聽清。

拓跋武滿頭大汗地在給他們鼓勁：「你們不用擔心，楊浩如此肆無忌憚，老爺子也怒了，這事他不會不管的。」

拓跋寒蟬神智恍惚地看了看天空，絕望地道：「午時一到，開刀問斬，老爺子就算肯出手，還來得及嗎？」

「來得及的，一定來得及的，你們不要擔心……」

拓跋武正在勸著，監刑官的儀仗遠遠行來，這三人正是三司長官，以林朋羽為首，三人進入高搭的監刑棚中，林朋羽居中就坐，看了看頭頂的天空，冷冷地一笑，在他的手邊，就是一筒朱紅色的令箭，那朱紅色的令箭看來異樣刺眼，彷彿閻王索魂的絞索，一枝令箭，一條人命。

現場一片靜謐，圍觀的百姓成千上萬，殺人不稀奇，可是處斬兩個拓跋氏的頭人，就彷彿是處斬兩個皇室的權貴，轟動效應還是有的，更何況興州百姓的日常娛樂活動本就匱乏得很。

「咳，午時將至，兩位大人……」

林朋羽向大理寺、都察院兩位主官拱了拱手，兩位大人連忙還禮：「大人請，大人是主監刑官，理應由大人下令。」

林朋羽呵呵一笑，拈鬚道：「既然如此，老夫就當仁不讓了。」

他咳嗽一聲，端正身形，伸手一探，抓起令箭，臉色一正，高聲喝道：「來人啊，午時將到，準備……」

「且慢！」

陡然一聲大喝，人群應聲分開，就見遠遠一行人馬，正怒氣沖沖而來，這些人不下百餘人，各個錦袍玉帶，卻都是胡服裝飾，看衣飾質料，都是權貴人家，頭前一個白鬚老者，手中攙著一個比他更加年邁的老人，老人鬚髮如銀，卻是腰挺背直，精神矍鑠，正是李之意。

李之意本想避於幕後，透過族人們向楊浩施加壓力，迫其就範，想不到楊浩一意孤行，根本不予理會，他更巧妙地利用了形勢，促使以李繼談、拓跋蒼木為首的一些族人與之分裂，從而達到了拉一批、打一批，澈底分化瓦解拓跋氏族人龐大力量的目的。

今日就是處斬拓跋寒蟬兄弟之期，李之意怒火上衝，本打算直接上殿面君，當面請命，半道上聽說甘州反了，老頭子眼珠一轉，立即轉向了法場。

眼下甘州造反，內部絕對不能再亂，這是任何一個正常的統治者都該想到的問題，以他的了解，楊浩絕對不蠢，一定也會想到這個問題。李之意本來想率領數百名拓跋氏貴族大鬧金殿，如今得了這個消息，乾脆放棄了原來的計畫，他要直接鬧法場，讓楊浩當著天下人的面收回成命。

林朋羽一見氣勢洶洶來了百十號人，連忙離座起身，沉著臉色道：「拓跋青雲，本官奉大王之命監斬，你想幹什麼？」

扶著李之意的拓跋青雲冷笑道：「林朋羽，莫要囂張，我們老爺子來了，老爺子要保下拓跋寒蟬兄弟兩個，這人，你殺不得！」

拓跋寒蟬兄弟二人一見李之意，不由歡喜得聲淚俱下，高聲叫道：「老爺子，我們冤吶，老爺子救命！」

李之意斥道：「沒出息的混帳東西，我們拓跋家的人頂天立地，何畏一死，掉什麼眼淚？都給我擦乾淨！」

拓跋寒蟬二人倒是想擦眼淚，可惜他們被五花大綁，根本動彈不得。那些拓跋貴族們一擁而上，守法場的官兵雖多，卻也不敢對這麼多頭人老爺動刀動槍，登時被擠到一邊去，李之意被人七手八腳簇擁著趕上監斬臺，往監斬官正位上一坐，喝道：「把他們解下來！」

官兵們雖然被衝開了，但是在林朋羽的指揮下，仍然守住了刑場，他們把拓跋寒蟬二人團團護在中間，與上前放人的拓跋氏貴族們推推擠擠互不相讓，現場登時大亂。

林朋羽叫道：「李老爺子，本官奉大王之命監斬，你帶人來擾亂法場，這可是犯了王法，你就不怕大王怪罪嗎？」

李之意冷笑道：「王法？王法也是我們拓跋家定出來的王法。老頭子活了八十多歲了，還怕一死嗎？老夫是拓跋家年歲最長的人，大王行事莽撞，做錯了事，我這做老人的，不能眼看著他犯錯卻不去管。今天這樁事，我是管定了，老頭子就守在這兒，寒蟬和禾少不能殺，大王怪罪？嘿！好哇，老夫就坐在這兒，等著大王降罪！」

李之意往椅背上一靠，閉目養起神來。

消息迅速傳到王宮，半個時辰之後，王駕儀仗出了王宮，向午門前行來。

滿朝文武都跟了出來，聲勢浩蕩，後面還有一支甲冑鮮明、武器精良的衛隊，那是經過程世雄調教的宮衛軍，程世雄在廣原時，特意挑選了一隊精兵，個個身高馬大，完全按照禁軍上軍的標準選拔的，又經過沙場浴血，一舉一動間，自然便有一股凜然殺氣，這隊人馬也給了楊浩，現在整個宮衛軍的士兵幾乎都達到了這個標準，行止之間鏗鏘作響，殺氣騰騰，那些氣焰囂張的拓跋貴族們見了也不覺有些生怯，待見李之意仍然穩坐臺上，他們心裡才安定了些。

「大王……」

眾人紛紛向楊浩見禮，李之意倨傲地瞥了楊浩一眼，緩緩起身，向他微微欠身，說道：「見過大王。」

楊浩滿面春風地道：「老爺子是我拓跋一族年歲最長者，在本王面前，也無需行禮，來來來，老爺子請坐。」

李之意老眼一張，問道：「大王仍以我拓跋氏為一家嗎？」

楊浩肅然道：「本王義父是拓跋一族，楊浩承繼義父衣缽，以定難五州起家，方有今日天下，豈敢或忘。」

李之意老臉微微露出一絲笑意，倨傲地說道：「大王還記得，很好。」

楊浩當仁不讓，一屁股在主位上坐了，原本占據主位的李之意就成了旁邊陪坐的。

二人坐定，楊浩說道：「老爺子偌大年紀，行動不便，有什麼事叫人去宮裡傳報一聲也就是了，怎麼到這兒來啦？」

李之意嘆了口氣道：「還不是為了這兩個不爭氣的東西。大王啊，他們二人的確有冒犯大王的地方，可是不管怎麼說，他們都是咱們拓跋一族一個強大部落的頭人，大王能有今日，他們都是出了力的。犯了錯，你對他們施以教訓那也罷了，都是一家人，何至於動刀動槍的鬧家務事？這不是讓人寒心？」

「老爺子這話就說的差了。」楊浩正色道：「自從楊浩接過義父手中這個攤子，可是兢兢業業，不敢有絲毫懈怠。拓跋一族在西北一百多年來，可有今日之輝煌？楊浩今日不只是党項八氏之主，還是整個西夏國之主，治理一族與治理一國大不相同，綱紀不立，何以約束群臣？楊浩今日揮淚斬寒蟬，正是為了基業千秋永固，這才大義滅親。」

李之意白眉一軒道：「能達到懲戒的目的，又何必一定要施以殺戮？再者，大王把整個嵬武部落打散，取消了世襲族領的制度，又作何解釋？」

楊浩道：「拓跋寒蟬、拓跋禾少何以如此囂張，斬殺欽使，撕毀聖旨？所倚仗者，就是他手中有兵有權，對目無王法者予以如此嚴懲，正是為了更多的部族、百姓能夠安居樂業。今日若是因為他們是拓跋氏族人，昔日又有些許功勳而循私枉法，那麼來日其他部落犯了王法，本王又該怎麼辦呢？」

李之意目光一冷道：「大王想要保住這萬世基業嗎？」

「當然。」

「既然如此，大王就不該如此異想天開。我草原上，千百年來就是這樣的規矩，拓跋寒蟬二人就算冒犯了大王，也沒有將他的部落連根剷除的道理。」

「哈哈，老爺子言重了，嵬武部落的百姓可沒有受到懲戒，只不過……拓跋寒蟬、拓跋禾少不爭氣，本王把這些百姓直接納入了治下。他們管不好，本王自己來管罷了。現在不比從前，從前我這一族之長，不過是直接管著最大的部落，現如今西夏是國家，一個王國，與往昔的治理之法自然是有所不同的，老爺子還用老腦筋想東西，那可不成啊。」

「呵呵，大王的法子就是根本之法嗎？想那遼國，也是從草原部落發展而成的一個國家，遼國立國已有六十多年，現如今還不是燕雲十六州施以流官漢制，而契丹八部基本上仍然沿襲舊制？何以大王危言聳聽，似乎不如此便有塌天之禍？」

「老爺子說的對，所以遼國內亂不已，篡位造反者不絕於途，當皇帝的少有善終，遠的不說，就這幾年，已經有幾個王爺先後造反了，要想長治久安，必得法治森嚴。對桀驁不馴、觸犯國法者，就該嚴懲不貸！」

李之意森然道：「大王這麼做，就不怕寒了拓跋一族的心，釀成更大的禍患嗎？據老夫所知，甘州阿古麗已然反了，阿古麗造反，附庸者眾，其中未嘗沒有大王取消嵬武部落世襲之制的緣故。如果其他部族首領因此而心生忌憚，與阿古麗遙相呼應，大王的萬世基業，還能傳得幾年呢？」

楊浩輕輕嘆了口氣道：「是啊，這也正是本王所憂慮的。之意公德高望重，對不理解本王苦心的族人，還望之意公能出面安撫，為本王分憂。至於心懷叵測者……」

他的臉上微微露出一絲殺氣，冷笑道：「這樣的人，今日不反，來日也必然要反。既然早晚要反，哼！那不如早早地收拾了他們，我西夏王國才能長治久安。」

李之意霍然站了起來：「大王罔顧如此多的族人酋領心願，必要一意孤行嗎？」

楊浩看也不看他一眼，只是緩緩立起，冷峻的目光慢慢從那百餘拓跋頭人臉上掠過，一字一頓地道：「我，是党項八氏之主。我，是西夏諸族之王。我的意志，就是党項八氏的意志。我的利益，就是西夏諸族的利益！我是王，你們當遵從我的意志而行！」

楊浩不容質疑的語氣，再加上兩旁屹立如山、殺氣沖霄的宮衛軍將士，震懾住了那百餘頭人，一時之間，竟然無人敢再出言反駁。

拓跋青雲惶急地道：「大王還請三思……」

「國法如山，何須三思？」

「這……」拓跋青雲看了眼氣得說不出話來的李之意，眼珠一轉，又道：「大王原說午時問斬，如今午時已過，是否……」

楊浩冷笑一聲，截口道：「本王說的是午時三刻，不是午時。來人啊，把死囚拓跋寒蟬、拓跋禾少，給我開刀問斬，再有阻撓者，與死囚同罪！」

他大步走向前去，鐵甲鏗鏘的侍衛們立即隨之而行，氣湧如山，拓跋青雲等人駭然退了幾步，拓跋寒蟬心生絕望，破口大罵道：「楊浩，你今日殺我，我兄弟兩個，便是死了也要化作厲鬼，絕不饒你！」

楊浩冷笑一聲，睨著拓跋青雲問道：「午門問斬，午時三刻，此例援自中原，你們可知道其中緣由？」

拓跋青雲吃吃地道：「臣……臣等不知……」

楊浩大聲道：「午門乃文武百官朝覲出入之地，天子出巡必經之所，正大光明，天理昭昭之地；午時，烈日當頭，腳下無影，青天白日，光明磊落，正所謂明人不做暗事！人死有魂，魂可化鬼，午時三刻乃陽極巔峰之時，鋼刀可斬人，烈日可誅鬼，人魂俱滅，死後不得超生！」

他伸手一指五花大綁的一對兄弟，高聲道：「拓跋寒蟬、拓跋禾少，忤逆謀反，罪不容誅，我教你們……連鬼都沒得做！」

五百九三　大約在冬季

「為什麼會這樣？沒理由啊，就算大王覺得拓跋寒蟬兩兄弟挑戰了他的權威，想要殺一儆百，可是這麼多部族頭領反對，尤其是張浦與拓跋兄弟交往密切，甘州那邊回紇人又在造反，內憂外患之中，就算大王再想殺他們，難道就不能稍作隱忍嗎？」

兩顆血淋淋的人頭，澈底打碎了拓跋諸部頭人的幻想，一場聲勢浩大的示威請願活動，在楊浩的屠刀下迅速夭折了。

車輪轆轆，李之意坐在車中，斜倚在狼皮褥子上，百思不得其解，過了許久，他終於深深地嘆了口氣，承認自己澈底失敗了，這次召集百餘位頭人法場逼宮之舉，根本就是一場鬧劇，一場被楊浩拿來立威的鬧劇。這個大王年紀雖小，但是心思之深，顯然不是他能了解的。

李之意輩分雖尊，但是在拓跋李氏子孫中，卻也不算佼佼者，至少李彝殷三兄弟，心機智慧就遠在其上，下一輩的李光睿、李光岑也算得上一代豪傑，或許年少時候李之意的天資要比自己的幾個堂兄弟要高一些，比下一輩的李光睿、李光岑等人也高一些，但是天資不代表一切，後天的鍛鍊更加重要。

在李彝殷、李光睿父子兩代把持大權的時候，李之意一直未曾進入權力核心，爾虞我詐的江湖歷練，他還欠缺得很。在他看來，擺出這麼大的陣仗，集合了拓跋氏一多半的部族首領向族長施壓示威，已足以迫使他收回成命，卻沒有仔細想想楊浩如今的倚仗何止是拓跋氏一族。

儘管如此，李之意還是看得出，暫留拓跋寒蟬兄弟一命，對穩固楊浩的政權，益處還是相當明顯的，這也正是他想不通的地方，在此內憂外患的緊要關頭，堅持要殺拓跋寒蟬兄弟已是不智之舉，把嵬武部落收為己有更是觸及了各部頭人們的心理底線，楊浩難道看不出其中的利害？他立國之後，真的志得意滿，昏庸一至於斯？

「老爺子，到家了。」馬車停下，老僕掀開轎簾，對沉思之中的李之意說道。

「哦。」李之意清醒過來，活動了一下有點發麻的手腳，一邊彎腰往外走，一邊對老僕咐咐道：「讓大夥都進來坐坐，有些話，我還想跟他們聊聊。」

老僕詫異地道：「老爺子，您……說的是什麼人吶？」

「嗯？」李之意一愣，扭頭看了一眼，只見車後空空蕩蕩，原來亦步亦趨跟在他車後的那些人都不見了，李之意微微有些難堪：「他們……已經走了？」

隨行於側的家人忙道：「老爺子，他們這一路上憤憤不平的，後來，拓跋武對大夥說老爺子年紀大了，少了幾分衝勁，老爺子能忍，大夥可不能就這麼夾著尾巴做人，總得商量個辦法出來，所以大夥就跟著他一起走了。」

李之意冷笑一聲，道：「拓跋武？哼！乳臭未乾的小兒，他能商量個出個屁的主意來？一些不知輕重的東西，由他們鬧去！」

李之意舉步下車，忽又想起了自己的姪兒李天遠，他只生了四個女兒，沒有親生兒子，這個姪兒是當兒子一般看重的，扭頭一瞧他沒跟上來，李之意生怕他也跟著拓跋武那莽夫一起胡鬧，便又問道：「天遠呢？沒跟著去吧？」

家人道：「沒有，二爺也不太開心，一路上悶悶不樂的，後來經過咱們家的鋪子，二爺就去鋪子看看，讓我跟老爺子說一聲的。」

李之意心頭一寬，點點頭回了自己的宅院，到了後宅在廊下躺椅上坐了，輕輕地叩著扶手。

到了他這個歲數，縱然沒有練出寵辱不驚的氣度胸懷，對些許意氣之爭看得也不是那麼重了，他一心想要考慮的，是家族和部族的前程與未來，今天在楊浩面前雖然栽了個大跟頭，他心中卻是疑惑遠遠多於氣惱，明明沒有理由拒絕他的事情，楊浩偏偏就拒絕了，而且還變本加厲，他到底有什麼倚仗？

他養的幾隻雄鷹看到主人，紛紛自空中降落下來，看到自己心愛的雄鷹，李之意臉上才露出幾分笑意，掀開一旁扣著的盤子，取出幾根肉條拋過去，雄鷹展翅，靈巧地接在空中，李之意手臂輕揮，雄鷹又沖霄而起，直入雲端。

李之意仰起頭，瞇著眼看著直沖雲霄的幾頭雄鷹，微笑道：「一飛沖天，好鷹啊好鷹，還是這幾頭鷹聽話啊，比那些小兔崽子們可強多啦……」

他輕叩的手指一停，腦海中靈光一閃，忽然像是想到了什麼，再想捕捉那絲靈感，卻無論如何也想不起來了，李之意顯然是沒讀過楚莊王扮作呆鳥，三年不鳴、三年不飛，然後化身雄鷹，一鳴驚人，一飛沖天的故事。

他彈了彈自己的腦袋，自嘲地笑道：「不服老是真的不行了啊，腦筋不夠用了……」

＊　　＊　　＊

「二弟，現在收網會不會早了些？原本……咱們可是想等到中原有所異動時再一舉解決內患的，那便可以同時進逼河西，如果現在動手，恐怕中原那邊的時機就不太好掌握了。」

御花園裡，花影繽紛，丁承宗坐在輪椅上，車子經過樹下，陽光透枝葉而下，映得臉色忽明忽暗。

楊浩緩步推著車子，說道：「大哥，這個我也想過了，可惜事態發展不是盡如人意的。對於懷有異心者，我們原本的估計還是少了，我們的有意縱容，已經使得許多野心家開始暗中動作，事情已經開始漸漸脫離我們的掌握，如果再拖下去，很可能會弄假成真。」

丁承宗點了點頭：「那麼，就開始收網吧，如果可能，盡量留下一條漏條之魚，那樣我們才能獲得更大的利益。」

楊浩道：「我明白，甘州之行，挖出了一個蘇爾曼、一個斛老溫，而興州這邊，那隻幕後黑手是誰，我們仍然一無所知。這正是令我忌憚的地方，在最緊要的時候，這個我們不知道的敵人，會給我們造成很大的損失，哪怕謀奪隴右的計畫延後，我也得把這個傢伙揪出來。我們是要製造一副自顧不暇的樣子給人看，卻不能真的手忙腳亂，首尾難顧。」

「嗯，你覺得……這個人不會是李之意呢？」

楊浩斷然搖頭道：「不會，如果李之意就是那個幕後人，他就不會用這種集結百餘頭人法場逼宮的幼稚手段了，依我看，李之意也是個被利用者。這個幕後人到底是誰，我們現在不知道，他手上掌握著多大的力量，我們也不知道，這才是心腹大患！現在，就讓張浦、阿古麗好好地把這場戲演下去吧，幕後黑手粉墨登場之前，我是不會出手的。」

丁承宗哈哈一笑：「好，我們兄弟兩個聯手，可是陰了不少人了，這一次，我倒想知道，這個心懷叵測的傢伙到底會是誰。」

楊浩會心地一笑：「拭目以待。」

遠處傳來一陣談笑聲，兄弟二人抬頭望去，見花叢樹影間一座紅頂的小亭，亭中隱約可見花枝般綽約的幾個女子，正是冬兒、女英、玉落幾人。

兄弟二人駐足林間，遠遠地望著她們談笑說話，過了許久，丁承宗才輕輕嘆了口氣：「小妹……年紀已經不小了。」

楊浩默然，半晌才道：「是啊，以她這年齡，我都該當舅舅了。唉……當初羅克敵對小妹心生好感時，我真該阻止他們才對，那時小妹對克敵尚無情意，我只須說上一句，也不會弄到如今這般……兩人山水相隔，不得相見。」

丁承宗拍了拍他的手，安慰道：「我聽小妹說起過那位羅將軍，倒是個文武雙全的將才，難怪小妹傾心於他。當初，這位羅將軍喜歡了小妹的時候，你還是宋國的鴻臚寺卿，哪知會有今日際遇？兩家說起來也算門當戶對，得婿如此……如果我在，我也會贊成的。可是如今……恐怕小妹要一輩子……」

楊浩明白丁承宗話中之意，羅家在宋國是做著高官的，而他現在是西夏國王，雖說名義上是宋國之臣，實際上卻是自成一家，兩家的家世，注定了玉落和克敵絕不可能結合，或許當初 一人一句「等你到天荒地老」的誓言會就此一語成讖，這樣的結局，怎不令如許重視家人的丁承宗為之黯然。

遠遠地看著玉落清麗絕俗的容顏，楊浩心中卻想：「這一定就是唯一的結局嗎？未必吧……羅克敵之所以要做這個大將軍，原本就是想謀取兵權做一回袒臂周勃，可惜……趙氏先帝二子已先後殞落。如果我兵進隴右時，亮出宋皇后的血詔，會不會促使他離開宋廷呢？宋皇后已死，我這血詔，沒有一個趙氏子孫為證，天下人如何信得呢？」

楊浩轉首，望向悠悠天際，秋季的天空湛藍一片，純淨得好似海洋：「大海的那邊，子渝一定正在想辦法回來，或許……等到大雪紛飛的時候，她就該回到我的身邊了。至於那位永慶小公主，她是就此留居日本呢，還是會隨子渝一起回來？」

五百九四　魑魅魍魎

繼遼和宋之後，西夏立國以來的第一次大規模內亂也漸漸展開了。

自唐朝分崩離析之後，一個個王朝不斷地崛起，又不斷地殞落，考驗其是否能夠避免曇花一現的唯一標準，就是能否穩住內部，因為自唐末以來的這些王朝大多數都是亡於內亂。

在這方面，宋國無疑是做的最好的，趙匡胤果斷地杯酒釋兵權，解除了那些尚未立國時就是一方諸侯的兵權，從根本上保證了宋國政權的穩定，如果不是近來鬧了一齣趙光美謀反未遂案，宋國立國十年來，不曾發生過一次皇室貴胄或統兵大將謀反的事件，事實上以後也沒有，在這一點上，宋國較之中華大地四千年歷史上的任何一個帝國都更加成功。

而遼國在這方面做的就很差了，遼國比宋國立國早五十多年，由於掌握著兵權、自主權力極大的部落酋長很多，皇室子孫也大多擁有自己的部落，所以內亂頻仍，先後幾任皇帝不是死在沙場就是死在自己人的屠刀之下，現在輪到了西夏，這個新興的王國能否經受得住這個考驗，就連宋遼兩國也前所未有地關注起來。

甘州易幟造反，推舉阿古麗為可汗，她的表妹紇娜穆雅擔任特勤兼梅祿。特勤就是親王，梅祿是皇室總管，統領阿古麗一族侍衛組成的宮衛軍，可謂位高權重。阿古麗的這位表妹據說也有皇室血統，溯本求源，其祖先是奉誠可汗和大唐咸安公主。

咸安公主是唐德宗李適之第八女，當時大唐衰落，需要回紇王國牽制突厥人，於是把她嫁給了回紇長壽天親可汗，這位號稱長壽的可汗一年後就死了，於是又嫁給了他的兒子忠貞可汗，忠貞可汗三個月後被人毒死，公主又下嫁他的兒子奉誠可汗，五年後奉誠可汗病死，宰相骨咄祿稱可汗，咸安公主再一次換了丈夫。

咸安公主嫁了兩姓、四夫、祖孫三代，所以譜系就比較混亂，想查也不好查，尤其是對文化資料的傳承保護不怎麼重視的回紇部落。不過蘇爾曼對此並不太在乎，就算阿古麗只是想隨便找個理由安插的親信他也不在乎，雖說斛老溫一死，他失去了掣肘，野心進一步滋生，已不再滿足於報仇，但他並沒有把握吃下阿古麗的部落，只要阿古麗能支持、順從他的決定，他就很滿足了。

如今，蘇爾曼已越格擔任了按習慣一向只有可汗的子弟及宗室才能充任的葉護（副王），並兼任宰相和阿波（統兵馬官），而闍洪達、達干、俟斤、吐屯等官員，也大多是由他的子姪和親信擔任，在甘州可謂一手遮天了。

蘇爾曼大權在握，意氣風發，立即揮兵東進，直取涼州。甘州經過一年來的休養，多少恢復了些元氣，再加上發掘出了黑水城寶藏，大肆宣傳之下更是發揮了十倍的效果，附近果然有些小部落來歸附，於是氣勢更甚。涼州知府絡絨登巴眼見蘇爾曼氣勢洶洶，不敢出城應戰，於是和兄弟扎西多吉緊守姑臧城，既不出降，也不出戰。

蘇爾曼打了一陣不見效果，張浦返回時已調駐肅州的木魁便分兵來攻了，木魁是楊浩的嫡系親信，手中兵力雖少，卻盡是精銳，而且駐守玉門關的木恩也撥了數千精兵增援於他，木魁揮兵東進，阿古麗擔心甘州有失，便把隨同蘇爾曼東進的本族軍隊調了回去，加強甘州防務。

好在木魁兵力有限，而且負有彈壓肅州之責，他也擔心糾纏於甘州戰事，肅州再來個後院起火，所以不敢全力以赴，雙方打了幾仗，倒是阿古麗勝場較多。蘇爾曼見阿古麗足以抵住自西線而來的威脅，而絡絨登巴又一直做縮頭烏龜，根本不敢出戰，於是放開忌諱，繞過涼州直撲沙陀。

張浦趕回興州後，向楊浩建議採取綏靖政策，發還嵬武部落給拓跋寒蟬兄弟的子姪，安撫拓跋諸部，再調其兵馬西向迎戰蘇爾曼，楊浩聞言大發雷霆，罷了他的五軍大都督之職，貶為沙陀防禦使，命他帶罪立功，守住蘇爾曼東進必經之路，並拔擢心腹穆舍人為奉議大夫，監沙陀軍事。

由於拓跋諸部人心不穩，楊浩需要留駐興州左右大量的嫡系部隊以策安全，這種內耗嚴重牽制了他的力量，所以沙陀守軍並不多，而且張浦在與种放的爭鋒之中敗下陣來，情緒十分低落，備戰非常懈怠，蘇爾曼打聽到這些消息不禁大喜，放開膽量直撲沙陀，原本驍勇善戰的張浦果然不敵，他一味地據城而守，沙陀地勢並非久守之地，抵抗半月之後，沙陀被迫放棄，張浦退守應理，向興州急求援兵。

在河西地面上一向戰無不克的楊浩軍隊終於吃了敗仗，消息傳到興州，滿城震動，人心為之惶惶，唯有一群人欣喜若狂，那就是以拓跋武、拓跋青雲為首的一眾拓跋氏貴族。

拓跋青雲的家中，此刻門庭若市，熱鬧非凡，一眾拓跋氏頭人盡皆會聚於此。此時已是深秋時分，風蕭蕭、沙漫天，百木凋零，拓跋青雲家的大庭裡卻是熱火朝天，一眾拓跋氏頭人眉飛色舞，喜氣洋洋。

「怎麼樣？離了我們拓跋氏，大王就成了沒牙的老虎，當初縱橫河西、所向無敵的軍隊，就算是夜落紇見了都得望風而逃，現在呢，卻連他的一個女人都抵敵不過，嘿嘿！大王現在想必也後悔不迭了。」

一個拓跋氏頭人面前擺著一盤肥美的手抓羊肉，吃得汁水淋漓，他也不知道擦一下，只顧揚著油漬漬的大嘴得意洋洋地說道。

另一個斜披昂貴的灰鼠皮袍的大漢將一碗酒一飲而盡，往案上重重地一頓，說道：

「不錯，我的部落現在是不出錢、不出工、不出力，總之，大王不讓這一步，我拔都兒古就不承認他是我拓跋氏之主，哼，這江山是他的，他要不急，我更不急，看看最後誰吃虧。」

拓跋武盤膝坐在上首，看了看滿臉興奮的眾人，冷哼一聲道：「諸位，似乎對眼下這個局面很滿意吶？」

一個頭人瞪起眼道：「怎麼，你不滿意嗎？大王不把咱們兄弟當自家人，咱們還得為他出生入死？大王能有今日，可少得了咱們兄弟的幫助？如今這西夏立國了，咱們得過什麼好處？拓跋寒蟬兄弟兩個被殺的那一天，咱們就在那兒眼睜睜地看著，連個屁都放不得！」

他越說越怒，忽地拿起大碗，猛地往地上一摜，一只酒碗摔得粉碎：「大王好威風、好煞氣！今天殺的是拓跋寒蟬，明天殺的可能就是你，就是我，就是他！」

「就是，就是！」

「唉，雖說大王是光岑大人的義子，可到底不算是咱們拓跋家的人吶，你看看大王重用的那些人，有多少是咱們拓跋氏的？當初可不同啊，定難五州，那是姓拓跋的，現在的西夏國，姓什麼呀？」

「當初？提什麼當初？如果當初楊浩占領夏州的時候，咱們能鼓起勇氣出兵驅之，現在坐龍庭的就是李光睿大人了，李光睿大人待咱們可比當今的大王強上百倍。」

「拉倒吧你，不想想當初大王手上是什麼兵馬，那陌刀陣，那重甲騎兵，你見識過沒有？就憑咱們，嘿！」

「休長他人志氣，滅自己威風。俗話說蟻多咬死象，何況當時他能拿得出手的只有這麼兩路人馬，陌刀陣和重甲兵移動不便，而且不克久戰，只能在緊要關頭拿出來嚇人，能左右得了戰局嗎？」

「噓，大家不要說這些了，現在說這些還有什麼用？萬一傳到大王耳朵裡那就壞了，我聽說那飛羽隨風可是十分厲害。」

拓跋武冷笑道：「它再厲害能有多少人？總得哪兒發生了事情才能去查，可沒有千手千眼，可以看盡天下之事，要不然，也不會甘州之亂鬧到這步田地，他事先還一無所知了。」

「諸位！」

他揚起雙手，「啪啪」地擊了三掌，提高嗓門又道：「諸位，靜一靜，聽我拓跋武說上幾句。」

大庭裡喧嚷的聲音漸漸平靜下來，終至鴉雀無聲，無數雙眼睛都盯在拓跋武身上。

「諸位，當日大朝會，咱們當面進諫，大王不納忠言，反利用李繼談、李天輪、拓跋蒼木那些沒種敗類與我等糾纏，為拓跋寒蟬兩兄弟、也是為我們自己爭取權利的機會就此喪過了！

「第二次，老爺子出面，率我拓跋氏百餘位頭人法場求情，當時甘州亂象已生，本以為大王會藉機下臺，給我們一個面子，結果如何？結果就是……他用拓跋寒蟬兩兄弟的人頭，搧了咱們一個血淋淋的大耳光！」

拓跋武越說越怒，聲音也更大了，整個大廳中都是他咆哮的聲音：「大王根本沒把咱們當自家人，你們還沒看清楚嗎？如今蘇爾曼已占領沙陀，大王的兵馬節節敗退，可是大王可曾因此向咱們服軟？你們別忘了，沙州、瓜州、肅州，還有木恩、木魁的數萬兵馬，而靈州往北，一路下來更是重兵屯集，就憑一個蘇爾曼，要想殺進來難如登天，如果蘇爾曼無功而返，甚至敗於大王之手，豈不更證明了大王離開我們一樣吃得開？到那時，恐怕大王就更加毫無顧忌，我們就成了大王手中的魚肉，我們今日對抗大王的手段，來日就是抗旨的罪證。拓跋寒蟬兩兄弟抗旨不遵，是什麼下場，你們一清二楚，咱們……也要步他們的後塵嗎？」

拓跋武的聲音戛然而止，餘音實有繞梁之效，大庭中靜得掉下一根針來都聽得清清楚楚，過了許久，才有人期期地道：「你……你什麼意思，難道要咱們向大王服軟，主動出兵相助？」

拓跋青雲捋鬚道：「恐怕……沒什麼用吧。你們也不看看，大王最信任、最看重的都是些什麼人，大王想要的是什麼，你們現在還看不出來？除非咱們把部落整個獻出去，老老實實在興州做個閒人，要不然……是滿足不了大王的胃口的。

「各位族人，大王本是宋人，你們可知道趙匡胤當了宋國皇帝之後，那些手握重兵的節度使是如何得以保全性命和富貴的？你們……願意放棄自己的部落嗎？」

拓跋武大聲道：「當然不願意！這草原，這部落，是我們祖宗傳下來的，誰也不能拿走！放棄這一切，換取一官半職，在興州安分守己地過日子？就算楊浩不找我們的麻煩，我們的富貴能有多久？我們的子孫也能代代為官嗎？我們的家族還能代代富貴嗎？我們百年之後有顏面去見列祖列宗嗎？」

有些腦瓜靈活的已經反應過來，沉聲問道：「拓跋武，你的意思是？」

拓跋武雙拳一握，凜然道：「既然他楊浩不吃軟的，那咱們就來硬的！蘇爾曼打不進興州，咱們就助他一臂之力！」

有人瞠目結舌道：「不是吧？放回紇人進來？那對咱們又有什麼好處？」

馬上有人反駁道：「你怎麼那麼蠢？興州四周重兵雲集，蘇爾曼真進來了，能攪得起多大的風浪？那個斷子絕孫的老傢伙已經被喪子之仇沖昏了頭腦，拓跋武的意思是利用他製造混亂，咱們趁機來個兵諫！」

一聽竟是要用武力反抗楊浩，眾頭人面面相覷，有人摩拳擦掌，眼中露出了嗜血興奮的光芒，有人則目光躲閃，生起了畏怯之意。拓跋青雲見狀，忙幫腔道：「本來駐守銀州的楊延朗，現在駐紮在蕭關，而退守應理的張浦受到种放打壓，在大王面前不甚得志，業已早有怨言，從他與蘇爾曼一戰，已可看出他的不滿。現在坐鎮興州的，只有一個楊繼業。宮衛軍至少有一半來自程世雄，而程世雄戀棧舊主，他的舊主卻被楊浩發配了沙州，哼，所以……如果有人做蘇爾曼內應的話……要說險，其實一點也不險。」

拓跋武馬上道：「不錯，只要我們橫下一條心來，此事大有可成之望，當然，楊浩這個大王還是要留著的，如果他死了，咱們西夏國必然四分五裂，可是大王身邊那幾個妖言惑眾、竊持大權的奸臣，諸如种放、丁承宗之流，乃至咱們拓跋家的叛徒李天輪、李繼談、拓跋蒼木父子，卻一定要死！

「到那時，楊浩想不依賴我拓跋家都不成。今日在座的，都是我拓跋一族的人，房上、四周俱有青雲叔的族人持箭拱衛，安全毋庸置疑，諸位可以敞開胸懷，暢所欲言！大家可肯與我攜手，轟轟烈烈幹他一場？」

*　　*　　*

王宮中，丁承宗與楊浩對坐弈棋，丁承宗放下一子，沉聲道：「拓跋武、拓跋青雲要動了。」

「拓跋武，拓跋青雲？」楊浩怔了怔，拈著旗子沉吟起來，半晌方道：「他們的部落在靈州附近，如果在內接應，確有奇兵之效，難怪他們似有所恃。不過，他們……應該不是我想找出的那個人。」

丁承宗含笑道：「理由？」

楊浩道：「我們先前所掌握的那些異動，不是這兩個人辦得到的。」

棋盤上，丁承宗直取中路，攻勢凌厲，楊浩視若無睹，他輕輕放下一子，卻是讓出了中路，下在右角，左右棋子遙相呼應，相成鉗擊之勢，「啪」地一子落下，楊浩斷然說道：「放他們進來！不見鬼子，我不拉弦！」

「什麼？」

楊浩向大哥哈哈一笑：「嘿嘿，我是說……不見兔子，我不撒鷹。」

五百九五　壓境

蘇爾曼氣勢洶洶，張浦則士氣不振，又過十餘日，應理再度失守，張浦退守鳴沙要塞。這裡距靈州已近，楊繼業調靈州兵馬來援，總算遏制了蘇爾曼前進的步伐。

這一戰，回紇人打出了威風士氣，但是鳴沙河要塞是楊繼業精心打造的一處防禦關隘，漫說他還派出了靈州兵馬來援，就算只憑張浦的人馬，背倚這座雄關，蘇爾曼也很難攻克。蘇爾曼打下應理城時，繳獲了一些攻守城池的軍械器具，盡皆運至鳴沙城下，但是靠著這些軍械，還是很難取得進展，而來自興州方面的援軍卻是源源不絕。

儘管阿古麗已經妥協，成了蘇爾曼的同謀，但是和李繼筠一方聯繫的人一直都是蘇爾曼，回紇軍只有他最了解興州眼下的局勢，也最明白興州目前雖是重兵雲集，但是情形十分微妙。他這路兵馬一旦直逼興州城下，那就會像滾沸的油鍋裡倒進了一瓢冷水，一定能把楊浩燙個焦頭爛額。

然而以他眼下的兵力，已不足以撼動鳴沙要塞，即便能夠攻克鳴沙城，溯鳴沙河而上的靈州城，也不是他眼下的兵力能夠輕易奪取的，有鑑於此，蘇爾曼一面和李繼筠的信使頻繁接觸，一面遣人回甘州，向阿古麗可汗搬取援兵。

他已經做了他能做的，按照協議，現在是李繼筠履行承諾的時候了。而甘州那邊，木魁受阻於甘州城西，甘州穩如泰山，眼下也是抽得出兵力的時候，朝中內三外六九位宰相幾乎全都是他的人，足以左右阿古麗，派兵援助於他。

其實並不用蘇爾曼通報，李繼筠也一直在了解西夏情況，一俟接到蘇爾曼的求援書，李繼筠覺得時機已經成熟，馬上開始了行動，他先重施故伎，派族人襲擾兜嶺楊延朗的駐軍，引其來攻，禍水東引，使其與呼延傲博直接交手。繼而又將他掌握的興州情形稟報予呼延傲博，並且承諾願傾巢而出，集中其全部兵力予以配合作戰。

呼延傲博雖然倨傲自矜，狂妄自大，但是對義兄尚波千卻言聽計從，他並未被李繼筠蠱惑，而是把這件事密報了尚波千，徵詢他的意見。尚波千剛剛大敗夜落紇和羅丹的聯軍，正是志得意滿的時候，一聽河西內亂，且李繼筠願傾其全族襄助此戰，馬上就答應下來。

一則隴右內部的威脅眼下看來已不足為懼，自從童羽的巴蜀義軍投靠他之後，他的實力空前壯大，童羽的五萬兵馬，再加上招納的隴右大盜王如風、狄海景等人的兩萬輕騎兵，打得夜落紇和羅丹節節敗退，只有招架沒有還手之力，眼下既然有機會攪亂河西，又有機會把李繼筠這根肉中刺趕回河西去自生自滅，不管怎麼盤算都是占了便宜，成功的話固然好，一旦失敗也不過是仍然退守蕭關罷了。

呼延傲博得了尚波千的回信，立即安頓好蕭關防務，集結兵馬，與李繼筠合兵一處，殺向河西。

蕭關的險要地勢盡在呼延傲博掌握之中，又有蒼石部落投降的族人熟悉西夏營地內部情形，以他們為前驅，出其不意直取兜嶺，便是以楊延朗之能，也被打了個措手不及。

蕭關吐蕃軍隊與李繼筠的党項軍聯手北上，勢如破竹，兜嶺於次日傍晚便告失守，楊延朗被迫率領殘兵敗將退出兜嶺，這處河西隴右一向爭奪的要隘全部落入呼延傲博之手。呼延傲博此番北上，原蒼石部落的兩部人馬立下了大功，也澈底得到了他的信任，被他編入自己的親軍，只休整一日，便馬不停蹄地殺奔賞移口……

* * *

情勢嚴峻，興州一片風聲鶴唳。自楊浩親征玉門關，功成立國迄今，已經很久沒有召開這樣大型的朝議了，而今天，六部九卿，各路將領，盡皆集於朝堂，開始商量應對來敵之策。

丁承宗神色凝重地道：「如今的情形已經很明顯了，呼延傲博、李繼筠不只是趁人之危，而且根本就是與蘇爾曼早有密謀。諸位請看，蘇爾曼出甘州，繞涼州，克應理，攻鳴沙。而呼延傲博和李繼筠則先取兜嶺，再攻賞移口，賞移口無險可守，楊延朗兵力有限，一旦被攻克，呼延傲博和李繼筠就能沿葫蘆河直接北上。」

他深深地吸了口氣，又道：「葫蘆河與鳴沙河交匯於鳴沙城，這兩路人馬明顯是要在鳴沙城合兵一路，經峽口，克順州，直取我都城興州。如果被他們攻克峽口，那麼他們就可以長驅直入，逕奔都城，大王，峽口斷不容有失，須得指派名將，將峽口守得如銅牆鐵壁一般，興州方可安全。」

楊浩今天的神色也很凝重，自稱王以來顯得有些狂妄的神態蕩然無存：「丁卿所言有理，那麼……由哪位將軍鎮守峽口才好呢？」

他的目光從眾武將身上一一掠過，眾將都未作聲。楊浩手下最好戰的艾義海現在正與張崇巍鎮守橫山，最忠心的木恩、木魁受阻於甘州以西，餘下諸將雖然都是善戰之士，但是要他們獨當一面，卻還有些能力不足。

楊浩點將，眾將卻不敢應答，朝堂上一時靜了下來，楊繼業輕咳一聲，出班奏道：「大王，程世雄將軍驍勇善戰，昔日獨守廣原，直插宋境，能攻能守，乃是一員難得的良將，依臣看，若守峽口，非程將軍莫屬。」

楊浩一聽，欣然轉向程世雄：「程將軍，可願為本王鎮守峽口，阻擋敵軍？」

程世雄霍然出班，雙手一抱拳，渾身甲葉鏗然一響：「臣願領旨，鎮守峽口。」

他略一遲疑，又道：「不過……峽口所恃，不過是一條大河，餘此別無險要。峽口東側不足百里，就是靈州，可為峽口之呼應，臣若守峽口，需有一員能審時度勢、擅攻擅守的大將坐鎮靈州，臣方無後顧之憂。」

楊浩略一思忖，說道：「嗚沙城顯見是守不住的，既如此，莫不如主動後撤，調張浦守靈州。只要你們二人死死鉗住靈州和峽口，就能阻敵於外。」

他冷冷一笑道：「現在已是深秋時節，用不了多久，就是大雪隆冬。敵人的糧草輜重有限，而且我們在城中，敵人在野外，到那時候，積蓄秋草的事情已經結束，本王也能把党項諸氏的部落勇士們都集結起來，這些敵人既然來了，他們就別想再逃回去！」

「大王，臣反對！」

楊浩話音剛落，种放便出班奏道：「張浦此人，與拓跋寒蟬等不肯馴服的部落酋領走動一向密切，前番大王因拓跋寒蟬一事對他予以重責，並罷其五軍都督之職，令其帶罪立功，而張浦不知感念大王宏恩，反懷恨在心，對大王的處置極為不滿，時常牢騷滿腹，無心於軍事。應理城雖不易守，卻也不是可以輕易攻克的，全因張浦消極應戰，方才為敵所趁。

「治軍當賞罰分明，張浦昔年雖立過些功勞，可是眼下他連吃敗仗，早該將他緝拿回京追究其罪，峽口之存在事關我都城安危，如此重要的所在，怎麼能交給張浦這種人呢？將我都城之安危交在這樣一個人手上，如何使得？讓張浦退守峽口或靈州，在程將軍或靈州守將陣前聽用倒也罷了，怎麼可以再賦予如此重任呢？臣以為，當另遣一員用兵如神、穩妥可靠的大將，興州方能固若金湯。」

眾人心道：「种相與張浦一向不合，豈有不痛打落水狗的道理？偏偏張都督不爭氣，連吃幾個敗仗，這一次如果不能受命擔任靈州守將，且立下大功，事後清算時恐怕他就再也沒有翻身的機會了。」

楊浩聽了卻深以為然，頷首道：「种卿所言也是道理，不過……何人可以擔此重任呢？」

程世雄位高權重，資歷也老，當初還對楊浩有過提攜之功，這靈州守將不只是要智勇雙全，在身分地位上還得有資格指揮調遣他才行。楊浩手下的將領屈指數來，也不過是張浦、木恩、木魁等寥寥幾人，所以楊浩開口選擇張浦，其實也有他的考慮，現在被种放一言否決，想找這麼個人出來可就難了。

种放微微一笑道：「大王麾下文臣濟濟，猛將如雲，要找一員名將又有何難？兵部楊尚書智勇雙全，用兵如神，豈不正是最佳人選嗎？」

楊浩微微一怔：「楊尚書……」他瞟了楊繼業一眼，猶豫道：「楊卿守靈州倒是守得，只不過楊卿是兵部尚書，還需坐鎮京師啊。」

种放道：「大王，若是峽口守不住，興州還如何守得？事急從權，緊要關頭，御駕亦可親征，何況兵部尚書呢？」

楊繼業微微一笑，出班拱手道：「大王，臣願守靈州，與程將軍並肩拱衛都城安全。」

楊浩大喜道：「好，楊卿真是忠心可嘉，既如此，就由楊卿守靈州，程卿守峽口，張浦和楊延朗分別於你們陣前聽用。兩位將軍就是本王的遲敬德和秦叔寶啊，有你們這兩個大門神在，還有什麼魑魅魍魎、陰魂小鬼，能在本王眼皮子底下蹦躂呢？哈哈哈……」

*　　*　　*

特勤兼梅祿官紇娜穆雅率領兩萬宮衛馳援蘇爾曼了。梅祿是皇室兵馬總管，職位與蘇爾曼差不多相當，而特勤是親王，爵位和蘇爾曼這個副王也是不相上下，因此紇娜穆雅姑娘一來，蘇爾曼率領本族酋領以及斛老溫部落的將領們隆重地迎了出去。

已是深秋時節，天高氣爽。遠遠大軍馳來，有如一條長龍，天空中一頭雄鷹發出嘹亮的鳴叫，百餘名親衛軍護擁著一位俏麗的黃衫女子馳到了蘇爾曼的面前。

黃衫、小帽，無數條髮辮垂在肩後，非常俐落地扳鞍下馬，這位女親王大大方方地走向蘇爾曼，眾人眼前頓時一亮。不愧是大唐咸安公主的後人吶，這位紇娜穆雅姑娘的姿色絲毫不遜於阿古麗可汗。

那臉是最美麗的瓜子臉，膚如凝脂；那眸水汪汪的，顧盼生姿；那眉，細細長長，如兩輪彎月；那腰，迎風款擺，纖腰妙舞縈迴雪；玉指素臂、細腰雪膚、紅妝粉飾、肢體透香、蓮步輕移、裊娜生姿，十分美麗中有五分英氣、五分秀麗，嬌俏嫻雅，不可方物。

「呵呵呵，特勤大人一路鞍馬勞頓，實在是辛苦啦。」蘇爾曼大步迎上去，笑容可掬地道。

美麗的紇娜穆雅嫵媚地一笑，明眸流盼，神采飛揚地說：「葉護大人客氣啦，大人一路所向披靡，勢若破竹，可汗聞之欣喜不已呢。這次我帶兵來，可汗還特意吩咐我，指揮調度，盡皆聽從葉護大人的安排。呀！前邊那座城，就是鳴沙城了吧？」

蘇爾曼聽了大為滿意，親切地笑道：「不錯，那座城就是鳴沙城。」

小美女嬌俏地皺了下鼻子：「看起來不是很高啊，好像本姑娘一提馬韁，就能直接躍上城頭呢，這麼一座小城，不應該阻得住蘇爾曼大人和諸位驍勇的武士前進的步伐吧？」

蘇爾曼開懷大笑：「哈哈哈哈，特勤大人說的好啊，區區一座鳴沙城，焉能阻得住我們回紇勇士的馬蹄？如今特勤大人帶來了援兵，咱們很快就能踏平鳴沙，直取興州，砍下楊浩的腦袋。特勤大人回甘州的時候，就可以為我們的可汗獻上一盞用楊浩的頭顱製作的精緻酥油燈啦……」

「有他的人頭做油燈？呸呸呸，童言無忌，大風吹去，人家才不捨得呢，用你們的人頭做夜壺還差不多！」小美女不滿地橫了他一眼，可惜看在蘇爾曼眼裡，卻沒嗅出什麼味道，只覺得小美女媚眼流波，風情萬種，嗯……那風擺楊柳般的身段也香香的……

老傢伙雖年過花甲，被小美人這一瞟，骨頭也不覺輕了幾分。

* * *

嗚沙城頭，張浦背負雙手看著城下五里之外回紇人的營盤中兩路大軍會合的場面，臉色陰霾。主動趕來嗚沙赴援的頗豐部落頭人二唯舒生站在他的身後，喃喃地道：「回紇人又增兵了，嗚沙……恐怕守不住了。」

「守不住也要守！」張浦咬牙道：「若是再敗，我張浦便永無翻身之地了，這嗚沙，就是我張浦成敗之地，沒有退路。」

二唯舒生眼珠微微一轉，輕聲說道：「將軍怎麼會這麼想呢？其實對將軍來說，勝不如敗，嗚沙是守不如棄才對呀。」

「嗯？」張浦霍然回頭，目光如兩道冷電，盯在二唯舒生的臉上：「你這話，是什麼意思？」

五百九六　期待

隴右的呼延傲博和李繼筠正在割踏寨苦戰，而蘇爾曼也止步於鳴沙城前，楊繼業、程世雄兩員大將分赴靈州和峽口坐鎮，戰火還沒有蔓延到興州來，但是這裡的戰爭氣氛已經十分濃厚了。

每天，都有數不清的人湧進城來，有地方上的商賈豪紳，有逃離家園的百姓，也有本來定居於其他城池，但是覺得當地城池不如興州牢靠的大戶，一時間興州城人滿為患。

「我總覺得，情形有些不大對勁呀。」李繼談憂心忡忡地道。

在他對面坐著的，是拓跋蒼木和李天輪，做為拓跋氏家族的核心成員，自從三人在金殿上公開表態支持楊浩針對嵬武部落的政策方略之後，便被眾多的拓跋氏族人視作了眼中釘、肉中刺，在他們的排擠之下，這三個人走得越來越近，自成一個小團體，時常一起聚聚，喝喝酒小酒聯絡感情，時不時地也會討論一些朝野間的事情。

拓跋蒼木年紀最大，在三人組合中儼然扮演的是老大哥角色，他喝了口酒，瞪起眼道：「什麼不對了，你不要吞吞吐吐的，有話直說嘛。」

李繼談道：「自從大王法場監斬拓跋寒蟬、拓跋禾少，逼走李之意後，拓跋氏各部頭人對大王的態度與往昔相比大相逕庭，他們時常聚會，也不知在說些什麼。」

拓跋蒼木哂然道：「原來你擔心這個。」

他捋了捋人鬍子，說道：「其實……做為一個部落之長，我也不希望大王分解各個部落，追根究柢，這是自身的利益。要說祖宗家法……嘿嘿，誰在乎它是怎麼說的了？有這世襲之制，我的子子孫孫就算再不爭氣，也能穩穩地成為蒼石部落之長，除非變了天，我党項八氏族不復存在，否則怎麼也不至於敗落了。可失去了這世襲之制，一旦子孫不爭氣，進不能入朝為官，退不能自擁一族，那沒落也就是難免的了。」

他自嘲地一笑，又道：「不過……我看得出大王的決心，我知道這是不可更改的，既然不能與大王為敵，那就只好順應大王之意。將來的事……去他娘娘的將來，眼皮子底下的日子都沒過好呢，誰還顧得及將來？將來玄子重孫，誰還記得我這個祖宗？他們有本事，就吃香的喝辣的，沒本事，就滾他娘的蛋，老子管不著啦。」

李繼談呵呵一笑，說道：「蒼木大哥看得開，可是那些頭人們可未必看得開啊。」

拓跋蒼木瞪眼道：「看不開又怎麼樣？那些慫包還敢造反不成？」

一直沒有說話的李天輪沉著臉道：「我懷疑……他們正有此意。」

拓跋蒼木吃驚地道：「你說什麼？你從哪兒看出來的？」

李天輪道：「蒼木大哥，以前李光睿在的時候，跟吐蕃人打，跟回紇人打，跟党項七氏打，跟麟府兩州的折繼勳、楊崇勳打，乃至後來和咱們大王交手，也曾有過被人攻入轄地陷入被動的時候，不管哪一次，這些部落頭人們可曾有過一次急呼呼地把家人接進夏州城避難的時候？」

拓跋蒼木道：「當然沒有，怎麼了？難道……」

李繼談道：「不錯，這一回，這些頭人們不約而同地選擇了這個做法，他們的家眷絡繹不絕，每天都在進城。」

拓跋蒼木微一思索，笑道：「這也正常，大王斬了拓跋寒蟬，又分了嵬武部落，他們正心懷不滿，巴不得看大王一個笑話，這麼做也許是故作鼠輩，免得蘇爾曼、李繼筠他們一旦逼進，他們的部落首當其衝，就算再不願意，也得出生入死為大王效力吧。」

李繼談冷笑道：「蒼木大哥，你想的太簡單了，如今在興州的部落頭人不下一百五十人，每人都把家眷接進城來，家眷、扈從，每家都不下兩百人，光是這股力量，集合起來就足足有兩萬人，再加上他們原本就留在興州的家人和侍衛，總兵力快趕上興州宮衛、城衛兵馬總數了，如果這股力量真的有心作亂，你覺得會怎麼樣？」

拓跋蒼木一聽攸然變色，終於感覺到了危險，連忙說道：「此事不妙，應該馬上稟報大王。」

李天輪攤手道：「如何去講呢？我們與他們已勢同水火，大王對此心中有數，會不會以為我們是搬弄是非，伺機報復？再者，他們一日不反，我們就沒有憑據，就算告訴了大王，大王又能如何？難道各部頭人把家眷送進興州避險，大王反要尋一個藉口砍他們的頭？那不是逼著所有的部落造反嗎？」

李繼談看了他一眼，說道：「蒼木大哥，大王那裡，我會去提醒一下，如果大王能提起小心最好，他們不反，朝廷就不能動他們一手指頭，在他們面前，大王是被動的。但是如果大王有所準備，卻也未必就會為其所趁。

「可是，這些頭人中就算有人只是想觀望風色，一旦真有人意圖不軌，也會把他們拖下水。何況我們無法分辨誰有歹意，誰只是牆頭草，宮衛、城衛兵馬有限，兵部楊尚書又親赴靈州去了，這有限的兵力要守城、要拱衛王宮、要監視這些頭人動向，已是不敷使用，我們的家眷安全如何著落？大王有一座內城，我們呢？」

拓跋蒼木一怔：「我們？」忽然間，他已恍然大悟：如果那些頭人真想要造反，自然不會只去攻打王宮，朝中許多大臣都將是他們下手的目標，別的大臣如果沒有太大的威脅暫時還不會有人去碰，可是他們三個，那些對他們恨之入骨的頭人不把他們家中老幼婦孺盡皆殺光才怪。

拓跋蒼木「唰」地冒出一身冷汗：「不成，不管他們是不是真的有反意，咱們都得早做準備，千萬不能被人殺個措手不及，繼談、天輪，咱們在興州的族人也不少，應該把他們召集起來，唔……眼下興州人口越來越多，住宿、食糧都是問題，就用這個藉口，身為一族之長，咱們照料一下自己的族人天經地義吧？然後祕密集中其中的青壯，以應急變。」

李繼談道：「蒼木大哥，今天找你們來，我正是這個意思。」

拓跋蒼木不放心地又囑咐道：「嗯，虧得你提醒，要不然人家的鋼刀架到我脖子上，我還在睡大頭覺呢。天輪，你也得小心，繼談，你有軍職在身，手中還有一定的兵馬可以調動，這些時日更得打起精神來，咱們的身家性命，可都著落在你的身上了。」

李繼談神色凝重地點點頭：「小弟明白。」

李天輪道：「僅憑咱們，恐怕自保都難，繼談，大王那裡，你還得去說一說，大王多幾分警覺總是好的。」

李繼談深深地吸了一口氣，答應道：「我會的。」

拓跋蒼木喘了口粗氣道：「嗯，我兒昊風是有軍職在身的人，這事，我也會跟他說一說，讓他也去大王那邊吹吹風。李繼筠引來一群吐蕃人，阿古麗那個娘們領著一幫回紇人也在鬧事，他娘的，怎麼就鬧到今天這種地步了！」

*　　*　　*

楊浩怒氣沖沖地道：「嗯，飛羽隨風業已報了消息上來，本王正派人監視著他們呢，哼！我倒要看看這些鼠輩有多大的膽量，攪得起多大的風浪！」

李繼談道：「這個……也只是臣的擔心，或許……他們並沒有這個意思，只是想趁大王之危拿矯一番自重身分罷了，還請大王慎重其事。畢竟……他們都是我拓跋一族，如果貿啟殺機，對大王的令譽……」

楊浩展顏一笑，嘉許道：「李卿忠心可嘉，這個嘛，本王省得，斷不會做出不教而誅的事來。」

「是是是，既如此，臣……告退了。」

「嗯。」

李繼談施禮退下，目注他遠去之後，楊浩對丁承宗道：「說起來真是奇怪，好像這天底下充滿了陰謀詭計、篡位奪權，在宋國時，我遇上了骨肉相殘，爭的只是那一把九五至尊的寶座。在遼國，也撞上一樁，好好的王爺不做，偏要做個亂臣賊子，落得個斷子絕孫的下場。」

丁承宗淡淡一笑：「天下熙熙，皆為利來。其實何止皇位天下，就是百姓人家，每日又有多少樁這樣的事在上演呢？遠的不說，就說咱們……」

丁承宗臉頰抽搐了一下，沒有再說下去，一時間兩兄弟都靜默下來。過了許久，楊浩才猛地一舒雙臂，振奮道：「不招人妒是庸才，不想做庸才，就得大權在握，若想大權在握，豈能不招人嫉？不管是誰想要在我背後狠狠捅上一刀，那就來吧，我接招！」

丁承宗也笑了：「是我們兄弟倆接招！」

楊浩重重一點頭，握住他的手道：「不錯，兄弟同心，其利斷金，不管是什麼妖魔鬼怪，咱們都打他個原形畢現！」

＊　＊　＊

箭鏑流星，人如鐮刀下的牧草一般齊刷刷倒下，刀劍揮舞，映日生寒，鮮血就在這刀劍中四濺。頭顱滾地，斷肢飛舞，吶喊聲、咆哮聲，馬嘶、犬吠、牛哞、駱駝吼，羊群慌不擇路地四處逃奔，殺戮把整個鳴沙城下都染成了紅色。

張浦面無表情地站在一處沙丘上，觀望著前方這場大戰，四下站著七、八名手執大盾的侍衛，筆直地立在那兒。雁翎陣的主陣在蘇爾曼的人軍潮水般不斷抨擊下已經鬆動，就在這時，敵軍又像兩把尖刀，從兩翼急抄過來，馬蹄踐踏，箭矢飛灑，一俟短兵交接，立時血肉橫飛。

敵騎藉著短程衝刺的猛勁，就像兩柄尖刀，狠狠刺入左右翼陣近三百米，然後才像扎到了骨頭，停止了前進，雙方混戰在一起，很快就再也無法保持界限分明的陣形，雙方各尋對手，展開了一刀一槍的搏鬥。

二唯舒生緊張地看著兩軍交接的場面，艱澀地嚥了口唾沫，對張浦道：「將軍，恐怕抵敵不住了，再不收兵，全軍就要被回紇人分而殲之了。」

張浦抿了抿嘴脣，慢慢抬起了手……

鳴金聲起，中軍陣中，張浦的帥旗開始徐徐移動，本就落了下風的西夏軍隊一見主帥鳴金，帥旗後撤，頓時士氣大挫。此消彼長，回紇人卻是氣勢如虹，不斷地衝鋒、切斷、包圍、壓縮，西夏軍隊開始從有序撤退漸漸演變成了混亂的敗退。

一俟變成落花流水一般的大潰退，什麼號令旗鼓都沒用了，比的只是誰的馬力長、逃得快而已。二唯舒生注意到，張浦本陣的兩萬精兵自始至終都沒有投入戰鬥，那是真正的精兵，裝備最精良、訓練有素、驍勇善戰的鐵軍，也是張浦的嫡系部隊。如果張浦能及時把這支部隊投入戰鬥，很可能就會澈底扭轉戰局，但是他選擇的卻是讓出鳴沙，退往峽口。

二唯舒生嘴角不禁悄然露出一抹陰冷而得意的笑容。

他的話已經奏效了，他在張浦心中埋下了一粒種子，這粒種子很快就會生根發芽，茁壯成長，直至開花結果的。

他告訴張浦，勝不如敗，進不如退。因為种放在大王心中的分量明顯比他重得多，即便是他全盛的時候，也不是种放的對手。而今，他已被貶為防禦使，即便立下再大的功勞，又有多少前程呢？一旦打了勝仗，豈不更證明大王英明，种放睿智？何況，外敵強盛而內部不穩，勝算並不大。

在此情況下莫不如主動退兵保存實力，透過戰爭失利，配合拓跋諸部頭人們向朝廷施加壓力，迫使大王罷黜种放等一眾急進頑固、堅持奉行中原王朝統治策略的大臣之後，眾頭人將把他再度捧上五軍大都督的位子，全力投效，助他擊潰外敵，那時他在朝中的地位將再也無人可以撼動。

如今看來，這番話已經生效了。

自古英雄如美女，第一次既已向人就範，下一次還會玉潔冰清嗎？

想到這裡，二唯舒生得意地一笑。

人喊馬嘶，敗軍如潮中，二唯舒生向緊緊隨在身邊的親信胡橐駝悄悄遞了個眼色，胡橐駝會意，立即一撥馬頭，斜向奔出。混亂的戰場上，掉隊的、逃跑的、自相殘踏的，什麼狀況都可能發生，誰會注意這麼一個小人物的去向？

二唯舒生又是微微一笑：「興州那邊，是時候動手了！」

他狠狠一磕馬腹，緊追張浦而去。

《步步生蓮》卷二十五心如世上青蓮色完